Haus der Schande

Vater, Andrew Cahill, hatte es durch seinen Fleiß zum Millionär gebracht und engagierte sich für Dutzende von Wohltätigkeitsorganisationen. Zudem unterstützte er politische Kandidaten wie Lowe – und das nicht nur in New York, sondern im ganzen Staat und überall im Land. Francesca war stolz auf ihren Verstand und ihre Leidenschaft für die Reformbewegung. Normalerweise hatte sie keine Zeit für Partys oder Einkaufsbummel, und sie konnte einfach nicht verstehen, warum die anderen jungen Frauen, die sie kannte, sich für nichts anderes interessierten. Francesca gehörte fünf Gesellschaften an, die sich allesamt dem Kampf gegen Ungerechtigkeit und gegen die überhand nehmende Armut in der Stadt verschrieben hatten. Außerdem hatte sie selbst eine Gesellschaft gegründet: die Damengesellschaft zur Abschaffung der Mietshäuser. Ursprünglich war es ihre Absicht gewesen, Artikel und Bücher über die schlimmsten Seiten des Lebens in New York zu schreiben, um die feinen Damen und Herren aufzuklären, die in den vornehmen Villenvierteln lebten. Doch dann hatten sich Francescas Ambitionen ganz plötzlich und auf drastische Weise verändert, denn zwei Wochen zuvor hatte sie ihre wahre Berufung entdeckt: die Kriminalistik.

Damals war sie eigentlich nur durch Zufall auf jene erste Nachricht des Entführers gestoßen, aber im Nachhinein war es ein glücklicher Zufall gewesen. Denn von diesem Moment an hatte sie versucht, dem neuen Commissioner bei der Aufklärung des scheußlichen Verbrechens zu helfen und den entführten Jungen zu finden. Rick Bragg und sie hatten gemeinsam den schlimmsten Gefahren getrotzt, während eine anonyme Nachricht nach der anderen entdeckt wurde, die alle darauf hingedeutet hatten, dass der Junge tot war. Doch am Ende hatten sie den kleinen Jonny Burton doch noch lebend gefunden und ihn sicher in die Arme seiner Mutter zurückgebracht. Ohne Francesca hätte es Bragg nicht geschafft, das hatte er ihr sogar selbst gesagt.

Bei diesem Gedanken musste Francesca unwillkürlich lächeln. Erneut blickte sie zum Eingang hinüber, durch den weiterhin die Gäste eintraten. Ihr Vater hatte ihr erzählt, dass auch Bragg zu diesem Fest eingeladen worden war.

Natürlich waren der Commissioner und sie nur Freunde; sie hatten sich ja gerade erst kennen gelernt. Aber bestimmt würde es schon bald ein weiteres Verbrechen geben, bei dessen Lösung er ihrer Hilfe bedurfte. Wie könnte es in dieser Stadt der Schwindler und Gauner anders sein? Am Tag zuvor hatte Francesca ihre neuen Visitenkarten abgeholt, die sie bei Tiffany's bestellt hatte, und bereits damit begonnen, sie zu verteilen. Sie trugen den Aufdruck:

Francesca Cahill
Kriminalistin aus Leidenschaft
810 Fifth Avenue, New York City.
Akzeptiere alle Fälle. Kein Verbrechen zu geringfügig.

»Wo steckt nur dein Vater? Er wollte eigentlich bloß kurz in seinem Club vorbeischauen, aber er ist spät dran«, ertönte plötzlich die Stimme ihrer Mutter. Sie war an Francescas Seite zurückgekehrt und blickte sich stirnrunzelnd um.

Francesca musste ihren Blick wohl oder übel vom Eingang lösen, da sie nicht wollte, dass ihre Mutter noch misstrauischer wurde, als sie es ohnehin schon war. In den vergangenen zwei Wochen hatte Julia bemerkt, dass Francesca sich für den Polizeipräsidenten interessierte, und sie hatte ihrer Tochter klar und deutlich erklärt, dass ein Bastard als Verehrer für

sie nicht in Frage kam, ganz gleich, ob er gebildet war, ein Gentleman und ein Polizei-Commissioner noch dazu.
Doch trotzdem war Francesca in diesem Moment so aufgeregt wie ein Schulmädchen bei der ersten Verabredung. Und das, obwohl sie kein aufs Heiraten versessener Dummkopf, sondern eine College-Studentin und obendrein eine Kriminalistin war. Sie musste sich endlich zusammenreißen! Spätestens bis zum Mittag des nächsten Tages, denn dann wollte Bragg kommen, um sie zu einer Spazierfahrt aufs Land abzuholen.
Francesca lächelte in sich hinein. Ganz offenbar beabsichtigte er doch, ihr den Hof zu machen.
»Francesca, sieh nur! Da ist White. Ich glaube, ich warte mit der Begrüßung aber lieber, bis dein Vater da ist.« Julia ergriff ihre Tochter am Arm und zog sie ein Stück beiseite.
Stanford White, der bei einer Gruppe von Gästen stand, war ein großer, korpulenter Mann mittleren Alters mit einer lauten Stimme. Julia musterte die Frauen, die bei White standen. Zwei von ihnen stammten ganz offensichtlich nicht aus ihren eigenen gesellschaftlichen Kreisen. »Du meine Güte!«, raunte sie. »Sind diese Frauen das, wofür ich sie halte?«
Francesca vermutete, dass die beiden hinreißend schönen Frauen Mätressen waren. »Ob sie zu White gehören?«, murmelte sie. »Es heißt ja, dass er nicht weit von hier eine Wohnung für seine Tändeleien unterhält.«
»Über so etwas solltest du nicht sprechen!«, rief Julia und fügte dann verwundert hinzu: »Wo hast du es denn gehört?«
»Evan hat es mir erzählt«, erwiderte Francesca mit unschuldigem Tonfall. Ihr Bruder hatte es nicht besser verdient.
»Offenbar muss ich mal ein Wörtchen mit ihm reden. Was hat er dir denn noch alles erzählt?«, fragte Julia.

»Oh, da ist ja Papa!«, rief Francesca in diesem Moment und hoffte, die Gelegenheit nutzen zu können, um dem forschenden Blick ihrer Mutter zu entkommen. Aber Julia sagte mit leiser Stimme: »Ich weiß, dass du etwas im Schilde führst, Schätzchen, und wir wissen beide, dass die Wahrheit früher oder später ans Licht kommen wird.«

Francescas Wangen begannen zu glühen. Wie immer freute sie sich, ihren Vater zu sehen, und sie winkte ihm eifrig zu.

Andrew Cahill, der auf einer Farm in Illinois aufgewachsen war, hatte ein Vermögen mit der Fleischverarbeitung in Chicago gemacht. Als Francesca, das jüngste der drei Kinder, acht Jahre alt war, war er mit seiner Familie nach New York gezogen. Jetzt strahlte er seine Tochter an und küsste sie auf die Wange. »Gerade noch rechtzeitig, was, Fran?«

»Du hast wie immer den richtigen Zeitpunkt gewählt, Papa«, gab sie zurück und fügte flüsternd hinzu: »Ich mag es kaum glauben, dass Mama eine Party von White besucht.«

Andrew Cahill hatte ein rundliches Gesicht und einen mächtigen, grau-weißen Backenbart. »Die Neugierde hat schon so manchen ins Verderben gestürzt, aber nicht deine Mutter.« Er wandte sich Julia zu. »Das ist ja ein ganz wundervolles Kleid, Liebling!«, rief er und küsste sie liebevoll. »Habe ich es schon einmal gesehen?«

»Wenn du glaubst, dass ich dir dein Zuspätkommen verzeihe, dann hast du dich getäuscht«, erwiderte sie ebenso liebevoll. »Und nein, Andrew, du hast das Kleid noch nicht gesehen, denn es ist neu.«

»Es gefällt mir.«

Julia lächelte. »Das freut mich.«

Francesca sah den Blick, den ihre Eltern einander zuwarfen, und wandte sich höflich ab. Andrew sagte entschuldigend:

»Als ich aus dem Club kam, bin ich dem Commissioner begegnet und musste ein paar Worte mit ihm wechseln.«

Francesca erstarrte unwillkürlich und spitzte die Ohren.

»Keine Politik heute Abend!«, sagte Julia mit warnender Stimme.

»Gibt es Neuigkeiten, Papa?« Es fiel Francesca schwer, Braggs Namen nicht auszusprechen.

»Das Gerücht ist wahr. Es ist einfach unglaublich!«, rief Andrew.

Francesca spürte, wie ihr Herz zu rasen begann. »Welches Gerücht?«, fragte sie schnell. Hatte sie womöglich irgendetwas verpasst? Sie hatte Bragg doch erst am Abend zuvor gesehen, als sie ihm, nachdem sie ihre Visitenkarten abgeholt hatte, einen Besuch im Polizeipräsidium abgestattet hatte, wo sie inzwischen gewissermaßen schon bekannt war.

»Es heißt, er habe dreihundert Beamte der Polizeibehörde degradiert. Und es stimmt offenbar!«, rief Andrew. Seine Augen strahlten vor Aufregung, während er das Wort ausschließlich an seine Tochter richtete. »Der Mann hat Nerven, was?«

Francesca starrte zu Boden. Ihr war schwindelig, und sie fühlte sich einer Ohnmacht nahe. Die Reform des Polizeiapparates stellte eines der brennendsten Probleme der Stadt dar. So war es schon seit vielen Jahren, seit Theodore Roosevelt den Posten als Commissioner innegehabt und damit begonnen hatte, gegen das System von Mauschelei und Korruption vorzugehen. Sämtliche New Yorker – Reformisten wie sie selbst ebenso wie Liberale, Geistliche und Reporter – warteten mit angehaltenem Atem darauf, ob Bragg die berüchtigte Behörde an die Kandare nehmen würde. Francesca glaubte an ihn. Wenn es überhaupt irgendjemandem gelingen würde, die New Yorker Polizeibehörde zu reformieren, dann war es Bragg, ein

Mann mit Rückgrat und Charakterstärke, einer, der schnell handelte und unermüdlich kämpfte. »Wie konnte er nur dreihundert Beamte auf einmal degradieren?«, fragte sie.

»Wir haben uns nicht sehr ausführlich unterhalten können. Er sagte, morgen würde alles in der Zeitung stehen. Er ist übrigens hier; wir sind zusammen heraufgekommen«, sagte Andrew.

Francesca blieb beinahe das Herz stehen. Als sie bemerkte, dass ihr Vater sie forschend anblickte, senkte sie den Kopf. Sosehr sie Andrew Cahill auch bewundern mochte – sie musste vorsichtig sein, denn immerhin sprach er über alles mit seiner Frau. Und eines der Themen, die die beiden viel zu häufig diskutierten, waren ihre Kinder. Connie, Francescas Schwester, hatte vier Jahre zuvor Lord Neil Montrose geheiratet, und vor kurzem war nun auch Evans Verlobung bekannt gegeben worden. Damit blieb nur noch Francesca übrig. Sie hegte keinen Zweifel daran, dass sie das Hauptthema bei den Gesprächen ihrer Eltern bildete, und es würde nur noch schlimmer werden, wenn Evan erst einmal verheiratet war.

»Müssen wir heute Abend unbedingt über die Polizeibehörde reden?«, erkundigte sich Julia mit fester Stimme. »Andrew, wir sollten White begrüßen. Francesca, du bleibst besser hier.«

Francesca versteifte sich unwillkürlich. »Das ist ungerecht, Mama«, sagte sie.

Julia ignorierte ihren Einwand. »Ich fürchte, sie könnte irgendwelche ausgefallenen Ideen von White aufschnappen, Andrew. Ehrlich gesagt, jetzt, da ich einige der Gäste hier gesehen habe, bin ich mir nicht mehr sicher, ob es eine gute Idee war, ihr zu erlauben, mitzukommen.«

»Papa?«, wandte sich Francesca protestierend an ihren Vater.

»Ausnahmsweise stimme ich deiner Mutter einmal zu«, erklärte

Andrew und ergriff Julias Arm. »Mir hat es von Anfang an nicht gefallen, dich heute Abend mitzunehmen. Wir werden bald wieder aufbrechen.«

Francesca starrte ihren Eltern nach, als sie auf den distinguierten, extravagant gekleideten Gentleman mit dem vollen weißen Haarschopf zuschritten, der in der Mitte des Tanzbodens Hof hielt. Plötzlich entdeckte sie eine überaus streng gekleidete Frau mit kurz geschnittenem Haar in der Menge – die Frau wirkte ziemlich männlich und zudem sehr intelligent. Francesca fragte sich, wer sie wohl sein mochte.

Als sie einen dunkelhaarigen Gentleman in einem schwarzen Smoking sah, der neben White stand und sich mit einer Dame unterhielt, musste Francesca unwillkürlich blinzeln. Der groß gewachsene Mann mit dem olivfarbenen Teint und den blitzenden Zähnen kam ihr irgendwie bekannt vor. War das nicht Braggs Halbbruder, Calder Hart?

»Das haben Sie sehr gut weggesteckt«, ertönte plötzlich Braggs Stimme hinter ihr.

Sein Atem strich über ihren Nacken und ließ sie erschauern. Sie wandte sich um und blickte in seine goldbraunen Augen. Er verbeugte sich und versuchte sein Lächeln zu verbergen. »Guten Abend, Miss Cahill«, sagte er höflich.

»Bragg.« Sie gab sich Mühe, gleichgültig zu klingen, und versuchte zugleich, ihr eigenes Lächeln zu unterdrücken.

»Cahill.« Rick Bragg nickte Evan zu, der plötzlich wie aus dem Nichts neben Francesca aufgetaucht war. Der Zeitpunkt war denkbar schlecht gewählt, und sie hätte ihrem Bruder am liebsten einen Tritt versetzt. Stattdessen warf sie ihm einen erbosten Blick zu, den Evan aber ignorierte.

»Was führt Sie hierher, Bragg?«, erkundigte sich Evan ein wenig kühl.

Bragg lächelte. »Das Übliche – eine Einladung.« Sein Blick wanderte wieder zu Francesca hinüber und glitt über ihr Gesicht.

Sie war sich bewusst, dass sie errötete, während sie ihn anlächelte. Bragg trug eine weiße Smokingjacke zu einer schwarzen Hose. Sein goldbraunes Haar – eine Mischung aus kupferfarbenen, goldenen und blonden Strähnen – glänzte im Lichtschein des riesigen Kronleuchters, der über ihren Köpfen hing. In der Woche zuvor, während der Ermittlungen zur Burton-Entführung, hatte er erschöpft gewirkt, doch an diesem Abend strahlte er vor Gesundheit und wirkte überaus männlich.

Er schien erfreut zu sein, Francesca zu sehen. »Nun, wie sieht Ihr Plan aus?«, fragte er, während seine Augen amüsiert blitzten.

»Mein Plan?«, brachte sie hervor.

»Sie haben doch gewiss einen Plan? Wie Sie Ihre Mutter überlisten und White kennen lernen können?« Seine Lippen verzogen sich zu einem Lächeln.

»Es gibt keinen Plan.« Sie tat einen tiefen Atemzug. Es war erstaunlich, wie leicht er sie aus der Fassung zu bringen vermochte. »Ich werde mich heute ganz lammfromm in mein Schicksal fügen.«

Er lachte. »Lammfromm? Das möchte ich bezweifeln.«

»Sie werden eine ganze neue Francesca kennen lernen, warten Sie nur ab.«

»Aber vielleicht hat mir ja die alte gefallen?«, erwiderte er lächelnd.

Einen Moment lang blickten sie einander intensiv an.

Evan hüstelte. »Gibt es heute Abend keine Polizei-Angelegenheiten, um die Sie sich kümmern müssen?«

»Die gibt es leider immer«, erwiderte Bragg, ohne den Blick von Francesca zu nehmen.

Francesca befeuchtete ihre Lippen. »Ich war überrascht zu hören, dass Sie heute Abend hier sein würden. Das ist eigentlich der letzte Ort, an dem ich erwartet hätte, Sie zu treffen.«

»Und es ist auch der letzte Ort, an dem ich sein möchte.« Er hielt den Blick weiter auf sie gerichtet, ganz so, als wäre ihr Bruder gar nicht anwesend.

»Und warum sind Sie dann hier?«, fragte Francesca neugierig. »Ich bin überrascht, dass Sie nicht im Polizeipräsidium sind.« Sie wusste, wie hart Bragg arbeitete und dass er oft bis abends in seinem Büro war.

Er zuckte beiläufig mit den Schultern. »Öffentlichkeitsarbeit.«

»Öffentlichkeitsarbeit?«, wiederholte sie fragend.

»Ich muss mich mit der Crème de la Crème der Stadt sehen lassen«, erwiderte er mit leicht ironischem Tonfall.

Plötzlich begriff Francesca, was er meinte. Bragg hatte eine große Aufgabe übernommen, aber es blieb ihm nur wenig Zeit, sie zu erledigen. Seine Ernennung zum Polizeipräsidenten war nicht unumstritten gewesen, und unter diesen Voraussetzungen war die Besetzung eines solchen Postens nur selten von Langlebigkeit geprägt. Bisher hatte die Presse Bragg das Leben zur Hölle gemacht. Erst eine Woche zuvor hatte man ihm Inkompetenz vorgeworfen, da es ihm zunächst nicht gelungen war, Jonny Burtons Entführer zu fassen. Später hatte man ihn dann zum Helden erklärt. Francesca fragte sich, wie die Presse wohl darauf reagieren würde, dass er dreihundert Polizisten degradiert hatte – offenbar sein erster Versuch, gegen die Korruption bei der Polizei anzukämpfen. »Haben Sie wirklich dreihundert Ihrer Männer degradiert?«, fragte sie nach einer Weile.

Er presste die Lippen zusammen. »Kein Kommentar.«
»Bragg!«, erwiderte sie lächelnd. »Ich bin nicht bei der *Tribune* angestellt.«
»Gott sei Dank, und um Ihre Frage zu beantworten: Ja, das habe ich«, erwiderte er lächelnd.
Wie sie es liebte, wenn er sie so aufzog! »Und was wollen Sie damit erreichen? Oh, warten Sie, sagen Sie nichts – das Rudel fürchtet jetzt gewiss seinen Anführer!«
Er grinste. »Die Männer haben andere Aufgaben zugewiesen bekommen; sie müssen den Streifendienst in verschiedenen Revieren übernehmen. Es ist eine lange Geschichte, Francesca. Ich hoffe, dass ich langfristig die Spreu vom Weizen trennen kann und einige gute Männer übrig bleiben werden.«
Francesca schoss durch den Kopf, dass ihn die meisten seiner Leute im Polizeipräsidium nun wohl nicht nur fürchteten, sondern auch hassten. Ein Schauer lief über ihren Rücken. »Seien Sie nur vorsichtig, Bragg.« Diese neue Entwicklung gefiel ihr ganz und gar nicht.
Braggs Augen weiteten sich kaum merklich vor Überraschung, als Evan zwischen sie trat. »Sollen wir uns etwas zu trinken holen, Fran?«
Sie hätte ihn am liebsten gegen das Schienbein getreten oder ihn gekniffen. »Warum holst du mir nicht ein Glas Champagner?«, fragte sie lächelnd, während ihre Augen ihn zornig anblitzten.
»Warum begleitest du mich nicht?«, konterte Evan, ohne sich von der Stelle zu rühren, und starrte sie mit einem durchdringenden Blick an.
Warum glaubte er nur, sie vor Bragg beschützen zu müssen? »Vielleicht, weil ich mich gern mit dem Commissioner unterhalten würde?«, gab sie zurück.

»Nun, ich muss ohnehin weiter«, sagte Bragg. Er zögerte. »Francesca? Dürfte ich Sie noch einen Moment unter vier Augen sprechen?«
Sie war überrascht, doch jegliches Hochgefühl schwand rasch dahin, als sie seinen finsteren Gesichtsausdruck sah. »Gewiss.« Sie ignorierte den missbilligenden Blick ihres Bruders und trat mit Bragg zur Seite.
Er seufzte. »Ich wollte Ihnen eigentlich ein paar Zeilen schreiben.«
Ein ungutes Gefühl beschlich sie. »Ein paar Zeilen?«
»Ich fürchte, dass mein Leben zurzeit ausschließlich durch meine Arbeit diktiert wird. Leider muss ich unseren Ausflug morgen absagen.«
Sie sah ihn an und hatte das Gefühl, als habe man ihr soeben den Boden unter den Füßen weggezogen. »Wie bitte?«
»Es tut mir wirklich Leid. Vielleicht ein anderes Mal?« Er lächelte sie an, aber sein Blick war forschend und ernst.
Francesca zwang sich zu einem Lächeln, das sich wie ein dummes Grinsen auf ihrem Gesicht anfühlte – doch sie durfte Bragg ihre wahren Gefühle auf keinen Fall offenbaren. »Gewiss. Natürlich sind Sie sehr mit Ihrer Arbeit beschäftigt. Machen Sie sich nichts daraus, Bragg.«
»Ich war mir sicher, dass Sie es verstehen würden«, sagte er, während er sie weiter unablässig anblickte.
»Wie Sie wissen, bin ich Ihr größter Anhänger«, erwiderte Francesca mit fester Stimme.
»Und das weiß ich zu schätzen.« Er nickte ihr und dann ihrem Bruder zu, bevor er sich zum Gehen wandte.
Francesca beobachtete, wie Bragg von einigen anderen Gästen herzlich begrüßt wurde.
»So sieht es also aus«, sagte Evan in diesem Moment vorwurfs-

voll. »Und ich dachte, es sei nichts weiter als ein alberner Flirt, aber es ist offenbar viel mehr als das!«

Francesca hörte ihn kaum. Bragg hatte den Ausflug abgesagt. Wie konnte er nur? Was hatte das zu bedeuten?

Nun, ganz offensichtlich, dass er sich um seine Arbeit bei der Polizei kümmern musste.

Nein. Es hieß, dass ihm der Kuss nichts bedeutet hatte.

Francesca schloss die Augen. Sie hatte versucht, jenen langen, leidenschaftlichen Kuss zu vergessen, den Bragg und sie getauscht hatten. Damals hatten sie Jonny Burton für tot gehalten und waren tieftraurig, ängstlich und erschöpft gewesen. Außerdem hatte Bragg getrunken.

Er hatte sie auf eine Weise geküsst, wie kein Gentleman jemals eine ehrbare Dame küssen würde. Er hatte sie geküsst und berührt und sie in seinen Armen gehalten, und sie hatte seinen Kuss erwidert. Hatte er das etwa vergessen?

Hatte ihm der Kuss denn gar nichts bedeutet?

»Du bist in Bragg verliebt!«, rief Evan.

In diesem Augenblick traten die Löwendompteure auf, und Francesca blieb eine Antwort erspart.

Die Damen kreischten, und einige der Herren stießen erschrockene Schreie aus, als vier Männer in Strumpfhosen und Zigeunerhemden, die jeweils einen Löwen mit der Peitsche vor sich hertrieben, den Tanzboden betraten. Ihnen folgte eine Frau, die mit einem Korsett und einem kurzen Rock bekleidet war, unter dem man ihre schwarzen Strümpfe und Strumpfbänder hervorblitzen sah. Bei ihrem Anblick schnappten einige der Gäste unwillkürlich nach Luft. Die Frau hielt einen großen Reifen in der Hand.

»Ich habe Ihnen allen einen unterhaltsamen Abend versprochen«, ertönte in diesem Moment Whites Stimme durch ein Megafon. »Und bei Gott, den sollen Sie auch haben!«

Die Dompteure ließen ihre Löwen den Tanzboden umrunden und nacheinander durch den Reifen springen, den die Frau jetzt hoch in die Luft hielt. Die Gäste applaudierten begeistert. Francesca bekam von all dem kaum etwas mit. Sie war am Boden zerstört und schlang verzweifelt die Arme um ihren Körper.

»Hat er dir etwa wehgetan?«, fragte Evan. »Bragg war der Mann, mit dem du in jener Nacht zusammen warst, nicht wahr?«

Einige Tage zuvor hatte Evan seine Schwester erwischt, als sie spät in der Nacht nach Hause gekommen war. Als er sie zur Rede stellte, erzählte sie ihm wahrheitsgemäß, dass sie der Polizei bei den Ermittlungen zu der Burton-Entführung helfe, und Evan war sich nicht sicher gewesen, ob er ihr glauben sollte. Jetzt wandte sich Francesca ihrem Bruder wütend zu. »Niemand hat mir wehgetan. Und wag es ja nicht, irgendjemandem ein Wort darüber zu erzählen!«

»Ein Wort worüber?«, schaltete sich ihre Schwester Connie ein, die plötzlich an ihrer Seite aufgetaucht war. Sie sah einfach atemberaubend aus in ihrem apricotfarbenen Kleid, zu dem sie ein enges, mit Zitrinen besetztes Halsband trug. Viele waren der Ansicht, dass sich die Cahill-Schwestern wie ein Ei dem anderen glichen, aber Francesca hatte ihre Schwester immer für die Schönere gehalten. Sie bewunderte Connie dafür, dass sie immer – ganz gleich, zu welcher Tageszeit – außerordentlich elegant gekleidet war. »Was führst du denn jetzt wieder im Schilde, Fran?«, fragte Connie mit neckender Stimme.

»Sie hat mit Bragg angebandelt!«, erwiderte Evan grimmig.

Dann kehrte er seinen Schwestern den Rücken zu und bahnte sich einen Weg durch die Gästeschar.
Connies Brauen wanderten kurz in die Höhe, ehe sie sich Francesca zuwandte. »Soweit es mich angeht, sind das gute Neuigkeiten. Du weißt, dass ich den Commissioner mag.«
Francesca schwieg. Erleichtert stellte sie fest, dass sich ihre Eltern außer Hörweite befanden. Die beiden unterhielten sich in einiger Entfernung mit zwei anderen Ehepaaren, während sie die Löwendressur beobachteten.
Connie mochte Bragg tatsächlich und war geradezu entzückt, dass ihre Schwester im reifen Alter von zwanzig Jahren endlich einmal romantische Gefühle für einen Gentleman zu hegen schien.
Francesca blickte Connie an und wurde schmerzlich an das Geheimnis erinnert, das sie vor ihr verbarg. Einige Tage zuvor hatte sie Connies Ehemann bei einer leidenschaftlichen Umarmung mit einer anderen Frau beobachtet, doch sie hatte ihrer Schwester kein Wort darüber verraten.
Es fiel ihr immer noch schwer zu glauben, dass Neil Montrose seine Frau betrog. Francesca hatte ihren gut aussehenden, aristokratischen Schwager von dem Moment an, als sie ihm fünf Jahre zuvor vorgestellt worden war, angebetet. Und bis zu jenem Vorfall hatte sie geglaubt, er liebe seine Frau über alles. Doch darin hatte Francesca sich offenbar getäuscht.
»Ach, du meine Güte!«, entfuhr es Connie plötzlich, die mit großen Augen das Spektakel auf der Tanzfläche beobachtete.
Francesca drehte sich um und sah, dass die spärlich bekleidete Frau mittlerweile auf dem Rücken eines der Löwen ritt. Einige Männer pfiffen, als die Frau ihnen zuwinkte.
»Sieht gefährlich aus«, brummte Francesca.

»Mehr als gefährlich«, sagte Connie. »Also, Fran, was ist los mit dir?«
Francesca schob den Gedanken an Neil Montrose beiseite. »Bragg hat abgesagt«, erklärte sie. Ihre Schwester war die Einzige, die von der Verabredung wusste.
»Wie bitte?« Connie warf ihr einen entgeisterten Blick zu.
»Ich bin eine Närrin«, fuhr Francesca fort. »Und verdammt enttäuscht.« Dadurch, dass sie es laut aussprach, gestand sie es sich zum ersten Mal selbst ein.
Plötzlich wurde es im Saal auffällig still, und Francesca blickte zur Tanzfläche hinüber. Die Frau hing jetzt mit dem Kopf nach unten an einem Trapez, wobei der kurze Rock beinahe ihr Hinterteil entblößte und ihre Brüste aus dem engen Korsett quollen. Einer der Dompteure hielt die vier Löwen in Schach, die friedlich in einer Reihe dalagen. Die drei anderen Männer bildeten eine menschliche Pyramide, und ganz offensichtlich wollte der oben stehende Mann die Akrobatin in der Luft an den Händen ergreifen.
»Oh, Fran, ich bin mir sicher, dass Bragg einen guten Grund dafür hatte. So etwas kommt vor«, hob Connie an, ohne die Augen von dem Geschehen auf der Tanzfläche zu nehmen.
»Du bist voreingenommen«, sagte Francesca.
»Das bist du auch«, erwiderte Connie.
In diesem Augenblick schrie die Menge auf. Der Mann, der auf den Schultern seiner beiden Kollegen gestanden hatte, hing jetzt ebenfalls kopfüber an dem Trapez, sodass die beiden Akrobaten jetzt Rücken an Rücken gefährlich dicht über den Köpfen der Gäste hin und her schwangen.
»Himmel!«, stieß Connie hervor. Ihre Wangen waren vor Aufregung gerötet.

Auch Francesca starrte sprachlos zu den beiden Trapezkünstlern hinauf. Plötzlich veränderten die beiden ihre Position und saßen mit einem Mal oben auf dem Trapez, die Gesichter einander zugewandt, die Frau auf dem Schoß des Mannes.
Jemand pfiff, und ein Mann rief etwas. Andere applaudierten. Die Akrobaten versetzten die Schaukel mit Hilfe ihrer Körperbewegungen in immer größere Schwingungen. Es war beinahe so, als würden sie sich auf dem Trapez lieben.
Francesca stammelte: »Glaubst du etwa ... Sie werden es doch nicht wagen ... Das würde White doch nicht zulassen!«
»Das erscheint mir nun doch ein wenig unanständig«, hauchte Connie, ohne die Augen von den beiden Künstlern zu nehmen. Sie schien völlig fasziniert von der Vorstellung zu sein.
»Überaus unanständig«, erklang es in einer schleppenden Sprechweise hinter ihnen.
Francesca erstarrte vor Überraschung. Dann drehten sich Connie und sie beinahe gleichzeitig zu dem Sprecher um. Calder Hart lächelte Francesca an, und als er Connie anblickte, nahm sein Gesicht einen grüblerischen Ausdruck an.
»Sie sind Braggs Bruder. Wir haben uns schon einmal getroffen«, brachte Francesca heraus, die gern gesehen hätte, was die beiden Trapezkünstler veranstalteten, sich aber genierte, auch nur einen verstohlenen Blick nach oben zu werfen. Connie dagegen hatte ihre Aufmerksamkeit wieder dem Geschehen an der Decke zugewandt.
»Halbbruder«, sagte Calder Hart mit einem kurzen Nicken. »Miss Cahill, nehme ich an?«
Sie nickte ebenfalls und reichte ihm die Hand, während laute Rufe aus der Menge ertönten. Francesca wandte den Kopf und sah, dass die beiden Artisten nun einander zugewandt oben auf dem Trapez standen und kraftvoll hin und her schwangen.

Als sie sich wieder zu Calder Hart umdrehte, sah sie, dass er Connie anstarrte, die ihren Blick immer noch nicht von der Vorstellung zu lösen vermochte.

Er lachte, schüttelte den Kopf und richtete seinen Blick wieder auf Francesca. »Sie sollten eigentlich zu Hause sein, Miss Cahill. Dies ist kein Ort für anständige junge Damen wie Sie. Und vielleicht sollten Sie Ihre Schwester – ich nehme an, dass dies Ihre Schwester ist – mitnehmen.«

»Ich bin wirklich schockiert«, gestand Francesca.

»Schockiert – oder ... angeregt?«, fragte er und warf Connie erneut einen Blick zu.

»Ich muss doch sehr bitten«, entgegnete Francesca steif. Doch sie fühlte sich in der Tat auf seltsame Weise erregt. Wie sollte sie auch nicht? Wieder musste sie an Bragg denken. Ob er wohl ebenso fasziniert von der Vorstellung auf dem Trapez war wie alle anderen?

»Ist diese Dame Ihre Schwester?«

Francesca nickte. »Ja, verzeihen Sie bitte – Connie, das ist Mr Hart. Mr Hart, dies ist meine Schwester, Lady Montrose.« Francesca kniff Connie unsanft in den Arm, worauf diese erschrocken herumfuhr. Sie war von der Vorstellung offenbar völlig aufgewühlt. Calder Hart ergriff ihre Hand und musterte sie langsam und in aller Offenheit von Kopf bis Fuß. Francesca war fassungslos, aber Connie schien es nicht einmal zu bemerken. »Ich bitte um Entschuldigung. Ich habe so etwas noch nie gesehen und bin völlig sprachlos«, gestand Connie freimütig.

»Das ist offensichtlich«, erwiderte er trocken und beugte sich über ihre Hand. »Darf ich davon ausgehen, dass jegliche Bemühung meinerseits, Ihre Schönheit zu preisen, eine bloße Zeitverschwendung darstellen würde?«

Connie warf ihm einen kurzen Blick zu. »Wie bitte?« Sie hatte kein Wort von dem gehört, was er gesagt hatte.
»Das dachte ich mir«, antwortete er ein wenig spöttisch und griff sich an die Brust, als sei er verwundet worden.
»Er ist Braggs Halbbruder«, erklärte Francesca.
»Und ein guter Freund von White«, fügte Calder Hart hinzu. Er starrte Connie an, als erwarte er eine Reaktion auf diesen Hinweis. Als sie nichts darauf entgegnete, zuckte er mit den Schultern und grinste.
Francesca betrachtete ihn nachdenklich. Wenn er zu Standford Whites Freunden zählte, war er sicherlich an Schauspiele dieser Art gewöhnt. »Warum ist White so daran gelegen, die Gesellschaft zu schockieren?«
Er grinste sie an. »Das müssen Sie ihn schon selbst fragen. Es war mir ein Vergnügen, meine Damen. Ich hoffe, Sie schon sehr bald einmal wieder zu sehen.«
Francesca verschlug es die Sprache, aber das spielte keine Rolle, da Braggs Halbbruder sich rasch verbeugte und in der Menge verschwand, sodass sie gar nicht die Chance hatte, auf seine Bemerkung zu antworten. Connie bemerkte es nicht einmal, weil sie bereits wieder zur Decke hinaufschaute. Der Mann war mittlerweile durch die Beine der Frau hindurchgeschlüpft und stand nun hinter ihr auf dem schaukelnden Trapez. Die Menge brüllte, während die Akrobatin in Ekstase zu geraten schien.
Francesca stieß ihrer Schwester mit einer sehr undamenhaften Geste den Ellbogen in die Seite. »Du warst unhöflich!«, beschwerte sie sich.
»War ich das?«, fragte Connie, ohne sie anzusehen.
»Da seid ihr ja!«, ertönte in diesem Moment Julias Stimme. Sie trat, gefolgt von Andrew, auf ihre Töchter zu. »Wir gehen! Ich

habe genug gesehen. Los, mein Kind, husch, husch. Man sollte White dafür verhaften!«

Francesca hatte ohnehin genug von der Feier. »Na schön«, sagte sie mit einem Seitenblick auf Connie.

»Ich sollte einmal schauen, wo Neil steckt«, flüsterte ihre Schwester mit unsicherer Stimme.

Bevor sie ging, ergriff Francesca ihre Hand. »Con?« Mit Unbehagen erinnerte sie sich daran, wie Calder Hart ihre Schwester angestarrt hatte.

Connie atmete ganz flach. »Keine Sorge, es geht mir gut. Ich werde einmal nachsehen, ob Neil noch bleiben möchte oder ob wir auch gehen.«

Francesca nickte. »Gut.«

Connie erwiderte den Druck ihrer Hand und beugte sich zu ihr hinüber. »Keine Sorge. Noch ist nicht aller Tage Abend.« Sie lächelte. »Bragg wird sich schon wieder melden.«

Wenn sie an den Commissioner dachte, wurde Francesca das Herz schwer. »Danke«, sagte sie. Aber sie wusste, dass sich ihre Schwester irrte.

Die Hälfte der Gäste auf Whites Party hatte während der Vorführung beschlossen zu gehen, und Francesca konnte dem Gemurmel und Geflüster um sich herum entnehmen, dass diese Leute schockiert und empört waren. Einige, darunter ihre Mutter, waren sehr aufgebracht darüber, dass man sie in die Situation gebracht hatte, an einer solch unmoralischen, jegliche gute Sitten vermissen lassenden Zurschaustellung teilnehmen zu müssen.

Die Aufzüge waren überfüllt, sodass Francesca nicht in derselben Kabine Platz fand wie ihre Eltern. Julia war sehr erbost gewesen, dass Evan noch hatte bleiben wollen.

Francesca fragte sich, ob Connie und Neil wohl auch bleiben würden. So wütend sie auch auf ihren Schwager wegen seines Verhältnisses mit Eliza Burton war – sie bezweifelte doch, dass er sich Connie gegenüber so respektlos verhalten und einen ganzen Abend mit ihr auf einer Feier verbringen würde, bei der solch unmoralische Unterhaltung geboten wurde. Wahrscheinlich würde auch Neil seine Frau nach Hause bringen.

Als sich die Aufzugtüren öffneten, strömten die Menschen hinaus. »Francesca?«, hörte Francesca ihren Vater rufen.

»Alles in Ordnung, Papa«, rief sie zurück, während sie inmitten der anderen Gäste auf den Ausgang zusteuerte. Sie konnte ihre Eltern nicht sehen, wusste aber, dass sie irgendwo zu ihrer Linken sein mussten.

Auf der Straße schlug ihr eine Woge kalter Luft entgegen, und sie erschauerte trotz des pelzgefütterten Umhangs, den sie trug. Es hatte seit einigen Tagen nicht mehr geschneit – dazu war es zu kalt. Der Winter stellte einen neuen Kälterekord in der Stadt auf.

Broughams, Equipagen und einige wenige Automobile säumten in Zweierreihen die 26th- und die 27th-Street, und auf der Suche nach Fahrgästen fuhren Droschken die Straßen auf und ab. Der Gehweg vor dem Madison Square Rooftop Garden war mit Fußgängern bevölkertet, doch die umgebenden Straßen lagen – wohl aufgrund der Kälte – verlassen da. Francesca wäre beinahe auf dem vereisten Bürgersteig ausgerutscht, während sich die Menschenmengen auf der Suche nach einer Droschke oder ihren Kutschen an ihr vorbeischoben. Sie schaute sich um, konnte aber ihre Eltern in dem Gewühl nicht entdecken. »Papa?«, rief sie, während sie vorsichtig auf den Randstein zuging. Der Brougham ihrer Familie stand nur wenige Schritte entfernt weiter oben auf der Straße.

Plötzlich packte sie jemand grob am Arm.
Francesca wusste, dass es weder ihr Vater noch ihre Mutter sein konnte, und wirbelte herum. Ein dunkles Augenpaar blickte sie aus einer riesigen, pelzgefütterten Kapuze an.
Schockiert, dass jemand auf diese Weise ihren Arm zu ergreifen wagte, blieb Francesca für einen Augenblick wie angewurzelt stehen. Sie vermochte nicht auszumachen, ob die Person eine Frau oder ein Mann war, und als sie gerade verlangen wollte, dass man sie losließe, ertönte es: »Miss Cahill?«
Es war die Stimme einer Frau, was Francesca ein wenig erleichterte. »Ja?«
»Bitte!« Dieses eine Wort aus dem Mund der Frau war ein einziger, zu Herzen gehender, erschütternder Appell. »Bitte helfen Sie mir!«, sagte sie.

KAPITEL 2

FREITAG, 31. JANUAR 1902 – 22 UHR

Francesca starrte die Fremde überrascht an. »Bitte!«, wiederholte die Frau mit flehentlicher Stimme und drückte Francesca etwas in die Hand. Dann drehte sie sich um und eilte zwischen den Passanten davon, wobei sie ein ums andere Mal auszurutschen drohte.

»So warten Sie doch!«, rief Francesca hinter der Fremden her, als sie sich von dem Schreck erholt hatte.

»Francesca?«, ertönte plötzlich die Stimme ihres Vaters hinter ihr. Francesca war außer Atem, und das Herz schlug ihr bis zum Hals. Sie öffnete ihre Hand und sah, dass die Frau ihr eine Visitenkarte hineingedrückt hatte, aber trotz des Lichtes der Straßenlaternen war es unmöglich, sie zu entziffern. Als Francescas Vater sie erneut rief, steckte sie die Karte rasch in ihre perlenbestickte Handtasche.

Dann atmete sie tief durch, wandte sich um und schritt auf den Brougham ihrer Eltern zu. Ihr Vater, der bereits auf sie wartete, warf ihr einen forschenden Blick zu. »Hat dich diese Frau belästigt? Ist etwas passiert?«

Francesca schenkte ihm ein strahlendes Lächeln. »Nein, nein, es war nichts weiter, lediglich eine Verwechslung, das ist alles«, sagte sie.

In Gedanken war sie bei der Frau, die sie um Hilfe gebeten hatte. Offenbar steckte sie in Schwierigkeiten, und ihrem Tonfall nach zu urteilen musste es sich um große Schwierigkeiten handeln.

Als sie endlich allein in ihrem Zimmer war, holte Francesca die Visitenkarte aus ihrer Handtasche hervor. Vorn auf der Karte stand der Name der Frau zu lesen – sie hieß Miss Georgette de Labouche –, und darunter war ihre Adresse gedruckt, 28 West 24th Street. Sie wohnte also nur wenige Straßen vom Madison Square entfernt.
Francesca drehte die Karte um und sah, dass die Frau ein paar Worte in Blockschrift darauf geschrieben hatte:

HELFEN SIE MIR
KOMMEN SIE SOFORT
NOCH HEUTE ABEND

Francesca stieß vor Verblüffung einen zischenden Laut aus. Was mochte es mit diesem Hilferuf nur auf sich haben?
Sie zog ihre weißen Abendhandschuhe aus, die ihr bis zu den Ellenbogen hinaufreichten, und entledigte sich ihrer hochhackigen grünen Satinpumps. Ob es sich möglicherweise um einen Trick handelte?
Doch sie kannte niemanden – außer vielleicht Evan –, der ihr einen solchen Streich spielen würde, und ihr Bruder würde es gewiss nicht zu einer solch späten Stunde tun. Immerhin bat man sie eindringlich, auf der Stelle zum Madison Square zurückzukehren. Francesca blickte zu der großen, bronzenen Uhr hinüber, die auf der ebenholzfarben gebeizten Ahorn-Kommode stand. Es war zehn Minuten nach zehn.
Zu spät für eine unverheiratete Dame von Stand, um sich ohne Begleitung in der Stadt herumzutreiben. Anständige Damen gingen zu Dinnerpartys oder einem Ball, zu einem Opern- oder einem Ballettbesuch.

Aber Francesca war nun einmal nicht wie die anderen unverheirateten jungen Damen in dieser Stadt.

Warum hatte Miss Georgette de Labouche nur ausgerechnet sie für ihre Bitte auserkoren? Und was für einen ungewöhnlichen Namen sie trug! Ob sie eine Schauspielerin war? Francesca begann auf und ab zu schreiten, wobei ihr das mintgrüne Abendkleid – eine Kombination aus Seide und Chiffon – um die Beine raschelte. Dann blieb sie unvermittelt stehen. Die Fremde war wirklich verängstigt und schrecklich verzweifelt gewesen, und das bedeutete, dass Francesca ihrer Bitte nachkommen und ihr helfen musste.

Francesca eilte zu ihrem Schrank und riss ihn auf. Ihr Elternhaus, das erst wenige Jahre zuvor erbaut worden war, verfügte über alle nur denkbaren modernen Annehmlichkeiten wie Elektrizität, Wandschränke, sanitäre Anlagen im Haus und ein Telefon, welches sich unten im Arbeitszimmer ihres Vaters befand. Die Villa, die gegenüber vom Central Park, ein Stück abseits von der Fifth Avenue stand, war über eine imposante, kreisförmige Auffahrt erreichbar, die in große Rasenflächen eingebettet war. Die Presse nannte sie den »Marmorpalast«. In Francescas großem und wunderschön eingerichtetem Zimmer gab es allerdings keinen Marmor – bis auf das Sims über dem Kamin und die Platte des Tisches, der vor dem beigefarbenen Damastsofa und den blauen Sesseln stand.

Sie zog ein taubengraues Kostüm aus dem Schrank und kämpfte mit den Knöpfen ihres Abendkleides, die sich auf dem Rücken befanden. Aber sie wollte auf keinen Fall das Mädchen rufen. Francesca fragte sich, ob sich ihr Vater wohl um diese Uhrzeit noch in der Bibliothek aufhielte, die sich genau wie sein Arbeitszimmer im Erdgeschoss befand. Die Bibliothek war Andrews Lieblingszimmer, seine Zufluchtsstätte, und es konnte

gut sein, dass er vor dem Zubettgehen dort noch Zeitung las. Francesca spielte mit dem Gedanken, Bragg anzurufen.
Doch natürlich würde er nicht zu Hause sein, denn schließlich befand er sich ja noch auf dem Fest im Rooftoof Garden. Allerdings vermutete Francesca, dass er es auch nicht mehr sehr lange auf Stanford Whites schockierender Party aushalten würde. Vielleicht war er auch noch in sein Büro auf der Mulberry Street Nummer 300 gefahren, um dort bis tief in die Nacht zu arbeiten, wie er es so häufig tat.
Andererseits würde sie möglicherweise ihren ersten eigenen Fall riskieren, wenn sie Bragg anriefe, weil er ihn selbst übernehmen würde. Zitternd vor Sorge und Aufregung pellte sie sich aus dem Kleid. Sie musste die Angelegenheit allein erledigen, durfte Bragg – der sie ja ohnehin noch eine Stunde zuvor zurückgewiesen hatte – nichts davon sagen. Und doch dachte sie plötzlich daran, was sich in der Woche zuvor zugetragen hatte, als sie ebenfalls zu solch später Stunde allein ausgegangen war.
Evan hatte sie erwischt und war seitdem seiner Schwester gegenüber äußerst misstrauisch, da er glaubte, sie habe ein Techtelmechtel und sei an jenem Abend mit dem Mann verabredet gewesen. Auch Bragg hatte mitbekommen, dass sie weit nach Mitternacht nach Hause zurückkehrt war, und hatte ebenfalls das Schlimmste angenommen. Und als sei all das noch nicht genug, hatte ihr Schwager Neil Francesca am Sonntag zuvor dabei erwischt, wie sie in der Verkleidung eines Hausmädchens nach Hause gekommen war. Auch er hatte vermutet, dass sie einen Liebhaber hatte.
Bei diesen Gedanken musste Francesca unwillkürlich lächeln. Offenbar begann ihr guter Ruf gewaltig unter ihren kriminalistischen Ambitionen zu leiden. Dabei waren diese Verdächti-

gungen doch so weit von der Wahrheit entfernt – zumindest bis auf diesen einen Kuss zwischen ihr und Bragg.

Wie auch immer, es war grundsätzlich keine gute Idee, zu einer solchen Stunde allein auszugehen – von dem Schaden, den es ihrer Reputation zufügen würde, einmal ganz abgesehen.

In der Nacht trieben die schlimmsten, übelsten und gefährlichsten Elemente ihr Unwesen, und die Stadt war nicht der geeignete Aufenthaltsort für eine Dame, ganz gleich, in welcher Branche sie auch arbeiten mochte. Francesca schoss durch den Kopf, dass sie sich für ihre neue, wenngleich geheime Aufgabe, wohl besser unverzüglich eine Waffe zulegen sollte.

Während sie sich fertig anzog, fragte sie sich, ob Georgette de Labouches Bitte wohl ein Trick war und ihr jemand eine Falle stellen wollte. Immerhin musste sie diese Möglichkeit in Betracht ziehen, und schon allein aus diesem Grund wäre es viel besser gewesen, bis zum Morgen zu warten, ehe sie zum Madison Square zurückkehrte. Doch Francesca wollte nicht warten, denn sie war zutiefst davon überzeugt, dass Georgette de Labouche in ernsthaften Schwierigkeiten steckte.

Plötzlich schoss ihr durch den Kopf, dass sie den kleinen Joel Kennedy bitten könnte, sie zu begleiten. Er wäre genau der Richtige für diese Aufgabe, denn obgleich er erst zehn Jahre alt war, kannte er die Stadt doch wie seine Westentasche und hatte sie schon aus so mancher misslichen Situation befreit.

Francesca nahm sich vor, den Jungen auf dem Weg in die Innenstadt abzuholen, und lächelte erleichtert in sich hinein.

Joel lebte mit seiner Mutter – sie arbeitete als Näherin für den Kleiderfabrikanten Moe Levy – und seinen beiden jüngeren Brüdern und der jüngeren Schwester auf der Avenue A, in unmittelbarer Nähe der Tenth Street. Er war ein kleiner Strolch, ein Taschendieb, dessen Foto sich sogar in Braggs Schurkensammlung befand. Diese Kladde enthielt Fotografien der meistgesuchten Ganoven der Stadt und war ursprünglich von Tom Byrnes, Braggs berüchtigtem Vorgänger, angelegt worden.

Francesca und Joel hatten sich durch Zufall während der Ermittlungen zu Jonny Burtons Entführung kennen gelernt. Der Junge hatte sie vor einem Grobian gerettet, und seitdem fühlten sie einander auf eigenartige Art verbunden. Da Joel sich bestens in New York auskannte – ganz besonders in den Elendsvierteln der Innenstadt –, hatte ihn Francesca wiederholt um Rat und Hilfe gebeten. Francesca war sich nicht sicher, ob es ihr gelungen wäre, den wahnsinnigen Entführer zu stellen, hätte sie nicht Joel an ihrer Seite gehabt. Sie hatte den kleinen Jungen während der vergangenen Wochen geradezu lieb gewonnen, hatte sie doch erkannt, dass er nicht durch und durch schlecht war. Wenn er jemals sein verbrecherisches Treiben aufgäbe, wäre er gewiss ein ganz entzückendes Kind.

Aber Francesca hatte auch gesehen, in welch ärmlichen Verhältnissen die Familie des Jungen lebte. Sie hatte gesehen, wie seine junge Mutter, Maggie, schuftete, um ihre vier Kinder durchzubringen. Sie hatte gesehen, wie sehr Joel an seinen Geschwistern hing, auch wenn er das niemals zugeben würde. Francesca war sich darüber im Klaren, dass er seine riskanten, aber überaus lukrativen Diebestouren nicht so bald aufgeben würde.

Die Droschke, die Francesca auf der Fifth Avenue herbeigewunken hatte, nachdem sie sich durch die Küchentür aus dem

Haus geschlichen hatte, hielt vor dem Haus mit der Nummer 201, in dem Joel und seine Familie lebten. Francesca zögerte. Sollte sie hinaufgehen und an die Tür der Kennedys klopfen? Maggie würde wütend sein. Welche Mutter ließ ihren Sohn schon um diese Zeit aus dem Haus? Aber immerhin ging es um eine Frau, die in Schwierigkeiten steckte und verzweifelt auf Francesca wartete.

Sie reichte dem Kutscher einen Dollar. »Bitte warten Sie«, sagte sie mit fester Stimme, »es wird nur einen Augenblick dauern.« Sie hatte dieses Spiel schon einmal ohne Erfolg gespielt. Nachdem sie den letzten Kutscher überaus großzügig bezahlt hatte, damit er auf sie wartete, war er ohne sie davongefahren und hatte sie in einem der schlimmsten Viertel der Stadt inmitten von Bordellen und Spielhöllen zurückgelassen. Sie lächelte. »Wenn Sie auf mich warten, werde ich Ihnen für die Weiterfahrt den doppelten Fahrpreis zahlen.«

Er riss vor Überraschung die Augen auf. »Ich werde hier sein, Ma'am«, versprach er.

Und Francesca glaubte ihm. Sie war stolz darauf, dass sie nicht der Typ Frau war, die den gleichen Fehler zwei Mal beging. Als sie aus dem Einspänner stieg, wäre sie beinahe auf dem vereisten Bürgersteig ausgerutscht. Vorsichtig ging sie zum Eingang der Nummer 201 hinüber und betrat das Haus. In dem engen, dunklen Treppenhaus empfingen sie die übelsten und widerwärtigsten Gerüche.

Francesca stieg die Treppe hinauf. Hätte sie doch nur eine Kerze oder wenigstens ein Streichholz gehabt! Ihr schoss durch den Kopf, dass sie ab sofort nur noch mit einer größeren Handtasche durch die Stadt fahren sollte, um einige nützliche Dinge mitnehmen zu können. In Gedanken fügte sie ihrer Liste, auf der bisher nur eine kleine Pistole stand, Streichhölzer

hinzu. Außerdem war sie wild entschlossen, einen Weg zu finden, wie sie den Kennedys helfen konnte.
Endlich stand sie vor der Wohnungstür und klopfte vorsichtig an.
Die Tür wurde beinahe umgehend geöffnet, und Francesca stellte überrascht fest, dass Maggie trotz der vielen Stunden, die sie in der Fabrik arbeitete, offenbar noch nicht geschlafen hatte. Ein Licht brannte in dem Zimmer, das zugleich als Wohnzimmer und Küche diente. In der Ecke stand eine Wanne, und an der Matte auf dem Boden erkannte Francesca, dass Maggie in diesem Raum auch schlief. An der gegenüberliegenden Wand befand sich eine Tür, die einen Spaltbreit geöffnet war. Sie führte in ein weiteres Zimmer, in dem die drei Kinder schliefen.
Auf dem Küchentisch stand eine Nähmaschine, daneben lagen ein Nadelkissen und verschiedene Garnrollen. Francesca sah, dass Maggie einen wunderschönen Stoff verarbeitete, und vermutete, dass sie zu dieser späten Stunde gewiss nicht für Moe Levy arbeitete. Das Schnittmuster lag zusammengefaltet auf einem Stuhl.
Maggie blickte Francesca aus müden blauen Augen an. »Miss Cahill?«, fragte sie erstaunt.
Francesca lächelte. »Es tut mir Leid, dass ich Sie zu so später Stunde noch störe«, sagte sie.
»Ist was passiert? Sind Sie … allein?« Maggie spähte in den dunklen Hausflur. Sie machte keine Anstalten, Francesca hereinzubitten.
»Ja, jemand steckt in Schwierigkeiten. In ernsten Schwierigkeiten, wie ich fürchte.« Francesca zögerte. »Ich habe Angst, so spät noch allein in der Stadt herumzulaufen, und meine Eltern würden mich umbringen, wenn sie erführen, dass ich

nicht zu Hause in meinem Bett liege. Besteht die Möglichkeit, dass ich Joel als meinen Führer beschäftige?« Dieser Einfall war ihr erst im letzten Moment gekommen. Auf diese Weise könnte sie Joel für seine Mühe großzügig bezahlen, wodurch sie sozusagen zwei Fliegen mit einer Klappe geschlagen hätte.

»Er ist nich zu Hause«, erwiderte Maggie, und für einen kurzen Moment nahm ihr Gesicht einen wütenden Ausdruck an. »Er macht mal wieder, was er will. Paddy sagt, er ist, kurz bevor ich nach Hause kam, weggegangen, und ich bin seit 'ner Stunde hier. Ich fürchte, ich kann Ihnen nich helfen.« Sie zögerte, als sei sie sich nicht sicher, was sie als Nächstes sagen sollte.

Francesca wurde bewusst, wie sehr sie sich darauf verlassen hatte, Joel an ihrer Seite zu haben, während sie Georgette de Labouches Hilferuf folgte. Doch jetzt hatte sie keine andere Wahl, als allein zu gehen.

»Dann danke ich Ihnen vielmals«, sagte sie, nachdem sie einen tiefen Atemzug getan hatte. Ihr Blick wanderte an der rothaarigen Frau mit dem hübschen, aber erschöpften Gesicht vorbei zu dem wunderschönen himmelblauen Satin, der auf dem Tisch lag. »Das wird ja ein ganz reizendes Kleid werden.«

»Ja, das wird es.« Nicht einmal ein kleines Lächeln umspielte Maggies Lippen. »Sollten Sie mal ein auf Maß gefertigtes Kleid benötigen, lassen Sie's mich wissen. Ich arbeite ausgezeichnet und bin billiger als jeder andere in der Stadt, das kann ich Ihnen versichern.«

Maggie schien es mit ihrer Arbeit außerhalb der Fabrik sehr ernst zu nehmen. Francesca entschied sich spontan, auf das Angebot einzugehen. »Ich benötige in der Tat einige neue Kleider für den Frühling und werde mich unverzüglich mit Ihnen in Verbindung setzen.«

Maggies Augen begannen zu leuchten. »Sie werden es nich bereuen«, versicherte sie. Dann fügte sie hinzu: »Ich hole Ihnen 'ne Kerze, damit Sie besser nach unten kommen. Sie können sie mir ein anderes Mal zurückgeben.« Unvermittelt schloss sie die Tür, und Francesca stand im Dunklen da. Die Tatsache, dass diese Frau so arm war, dass sie ihr eine Kerze, die gerade einmal einen Penny kostete, nur zu leihen vermochte, brach Francesca das Herz.

Die Tür öffnete sich wieder, und Maggie reichte ihr mit dem Anflug eines Lächelns eine kleine, brennende Kerze. »Gute Nacht, Miss Cahill«, sagte sie und schloss die Tür umgehend wieder.

Francesca murmelte: »Gute Nacht«, drehte sich um und eilte mit der Kerze in der Hand, die kaum dicker war als ihr kleiner Finger und nur wenig Licht spendete, nach unten. Doch immerhin reichte es aus, um einer faulen Kartoffel auszuweichen, die jemand einfach auf die unebenen Stufen geworfen hatte.

Auf der Straße wartete die Droschke, und Francesca jubilierte innerlich – ihr Kniff hatte funktioniert! Sie kletterte in den Einspänner und nannte dem Kutscher Georgette de Labouches Adresse. Als die Droschke losschaukelte, klirrte das Geschirr des Pferdes, und seine Hufe klapperten über die Pflastersteine. Irgendwo in der Ferne vernahm Francesca das Horn eines Feuerwehr-Fuhrwerks. Sie hoffte inständig, dass sie nicht in irgendeine Falle tappen würde. Eine innere Stimme sagte ihr, dass irgendetwas nicht mit rechten Dingen zuging.

Als plötzlich etwas gegen die Seite der Droschke schlug, zuckte Francesca vor Schreck zusammen. Dem Kutscher erging es offenbar ebenso, denn er blickte über seine Schulter zurück, während der Rappen in seinem Geschirr ungerührt weiter-

trabte. In diesem Moment wurden sie links von einer stattlichen, von vier Braunen gezogenen Kutsche überholt.
»Hey! Hau ab!«, schrie der Kutscher plötzlich jemandem zu.
Francesca sah voller Verblüffung, wie sich die Tür der Droschke öffnete und sich eine kleine, in einen Mantel gehüllte Gestalt auf den Sitz neben sie warf. Sie erkannte den Jungen sogleich.
»Puh, ist das kalt!«, rief Joel.
Francesca griff über ihn hinweg, um die Tür zu schließen. »Das ist ein Freund, alles in Ordnung«, rief sie dem Kutscher zu.
Der Kutscher murmelte etwas Unverständliches, offenbar nicht gerade Freundliches in sich hinein. Dann bog er in die Fourteenth Street und fuhr in westlicher Richtung weiter. Der Verkehr war hier nicht besonders dicht; Francesca sah nur wenige andere Droschken, die in verschiedene Richtungen unterwegs waren.
Sie wandte sich dem dunkelhaarigen Jungen mit der auffallend hellen Haut zu. »Woher wusstest du, dass ich es bin, Joel?«
Er rieb die in Lumpen gehüllten Hände aneinander und grinste. »Wer würde wohl sonst in meinem Viertel in sonem schicken Gespann rumfahren, Miss?«
Sie strahlte ihn an. »Ich habe nach dir gesucht.«
»Nach wem auch sonst«, erwiderte er und grinste sie an.
»Ich möchte, dass du für mich arbeitest, Joel. Ich benötige deine Dienste«, fügte sie hinzu, und während sie dies sagte, wurde ihr klar, dass sie ihn tatsächlich brauchte, dringend sogar, und nicht nur als Stadtführer, sondern noch für etliche andere Dinge. Sie hatte zwar nicht vor, sich seiner Talente als Langfinger zu bedienen, aber er war gewieft und clever, und sie hatte in den vergangenen zwei Wochen schon viel von ihm gelernt.

»Joel, ich biete dir eine Anstellung an«, erklärte sie und beschloss, nicht mehr über das Tafelsilber ihrer Mutter nachzudenken. Eine Woche zuvor hatte Joel kurz in den Ställen der Cahills gearbeitet, woraufhin prompt das feine Silber ihrer Mutter verschwunden war. Sowohl Julia als auch Mrs Ryan, die Haushälterin, waren überzeugt davon gewesen, dass Joel der Schuldige war. Er hatte es allerdings bestritten.

»Ich hasse Pferde«, sagte er.

»Du hasst sie nicht, du hast Angst vor ihnen«, verbesserte ihn Francesca mit sanfter Stimme.

Er seufzte. »Ich mag in keinem Stall arbeiten, Miss.«

»Habe ich irgendetwas davon gesagt, dass du in einem Stall arbeiten sollst? Ich möchte dich zu meinem Gehilfen machen.«

Die Bezahlung war rasch ausgehandelt. »Ich werde dir zwei Dollar die Woche zahlen. Plus Mahlzeiten.« Francesca lächelte, denn sie wusste, dass sie ihm damit einen Vierteldollar mehr anbot, als ihm die Arbeit als Stallbursche eingebracht hätte.

»Drei Dollar, plus Mahlzeiten und 'n Bett, wenn ich's brauche.«

Sie blinzelte. »Drei Dollar die Woche? Du bist doch erst zehn Jahre alt!«

»Drei Dollar, plus Mahlzeiten und 'n Bett, und wir sind im Geschäft, Miss«, wiederholte er.

»Na schön«, ergab sich Francesca seufzend. Dann fuhr sie eifrig fort: »Wir haben auch schon unseren ersten Fall.« Sie erzählte ihm rasch, was geschehen war, und zog dabei Georgettes Karte hervor. »Was hältst du davon?«

Er verzog das Gesicht, als er nach der Karte der Frau griff. »Das stinkt. Irgendwas ist faul an der Sache.« Er warf einen Blick auf die Visitenkarte.

Francesca wäre es lieber gewesen, wenn er ihre eigenen Befürchtungen nicht bestätigt hätte. »Joel, du kannst doch gar nicht lesen.«

Er lächelte sie an. »Meine Ma hat versucht, es mir beizubringen, und ein bisschen kann ich schon lesen.«

Francesca blickte ihn entgeistert an. »Aber du hast mir doch gesagt, du könntest nicht lesen!«

»Na ja, wir kannten uns ja noch nich so gut und da waren überall Polypen und ich hab mich um meine eigenen Angelegenheiten gekümmert!«, erwiderte der Junge.

Leicht verärgert nahm Francesca die Visitenkarte wieder an sich. »Weißt du, Joel, ich bin ein sehr ehrlicher Mensch, und wenn du für mich arbeitest, dann wirst du dein Faible dafür, die Wahrheit zu ... zu verdrehen, ablegen müssen.« Er hatte sie unverfroren angelogen – und das nicht zum ersten Mal!

Er schenkte ihr ein Lächeln, das seine sämtlichen Zahnlücken freilegte. »Was meinen Sie mit Fabel?«

»Faible. Das bedeutet Vorliebe.« In diesem Augenblick hielt die Droschke an, und Francescas Herz begann unwillkürlich zu hämmern. »Wir sind da, Joel.«

Er tätschelte ihr die Hand. »Keine Sorge, Miss. Wenn Sie möchten, geh ich zuerst rein und schau nach, ob auch alles sauber ist.«

Francesca bezahlte den Kutscher. »Nein. Wir gehen zusammen hinein.« Sie bemühte sich, tapfer zu lächeln, aber ihr Mut schien sie plötzlich verlassen zu haben.

Kurz nachdem sie den Türklopfer betätigt hatte, ertönten auch schon schnelle Schritte im Flur hinter der Tür, und sie wurde unverzüglich aufgerissen.

Francesca erblickte eine vollbusige Frau Anfang dreißig mit rot gefärbtem Haar, das sie zu einer Lockenfrisur aufgesteckt hatte. Die Frau trug ein gut geschneidertes Kostüm, dessen Jacke nach

Francescas Geschmack allerdings ungebührlich viel Dekolleté zeigte, und hatte große, aquamarinfarbene Tropfenohrringe angelegt. An ihrem Ausschnitt steckte eine riesige aquamarinfarbene, mit Diamanten besetzte Anstecknadel in der Form eines Schmetterlings, und an den Händen trug sie drei Ringe, die allesamt mit Edelsteinen versehen waren. Sie hatte ein hübsches, kunstvoll geschminktes Gesicht. Francesca wusste sofort, dass sie es nicht mit einer Dame von Stand zu tun hatte.

Sie spähte an der Frau vorbei ins Haus und erblickte einen mit Holzboden ausgestatteten Flur, der sich an den kleinen Eingangsbereich anschloss, und eine Treppe, die neben dem Eingang in den ersten Stock führte. Am Ende des schwach beleuchteten Flures befand sich eine geschlossene Tür, unter der ein Lichtschein nach außen drang.

»Gott sei Dank, Miss Cahill, Sie sind gekommen!«, rief die Frau erleichtert. »Wer ist denn das?«, fuhr sie mit einem leicht misstrauischen Unterton fort, als ihr Blick auf Joel fiel.

»Ich bin ihr Gehilfe«, verkündete Joel, schlüpfte unter dem Arm der Frau hindurch, die immer noch die Tür offen hielt, und verschwand im Flur.

Francesca nahm sich vor, Joel bei nächster Gelegenheit zu sagen, dass es besser war, wenn sie das Reden übernahm. »Miss de Labouche?«

»Ja, ja, kommen Sie nur herein!«, rief die Frau, was darauf schließen ließ, dass sie in der Tat diejenige gewesen war, die Francesca die Nachricht überreicht hatte. Miss de Labouche wandte sich zu Joel um und rief mit strenger Stimme: »Bleib sofort stehen, junger Mann!«

Joel stopfte seine mit Lumpen umwickelten Hände in die Taschen seines großen, wollenen Mantels und zuckte mit den Schultern. Miss de Labouche schloss die Tür hinter Francesca.

»Ich danke Gott, dass Sie gekommen sind, aber Sie hätten allein kommen sollen!«

Es war unübersehbar, dass die Frau in Panik war; Francesca konnte es an ihren Augen, ihrem Tonfall und ihrem Gesichtsausdruck ablesen.

»Am besten erzählen Sie alles ganz von vorn«, sagte sie mit freundlicher Stimme.

»Dafür ist keine Zeit!«

Francesca knöpfte ihren pelzgefütterten Umhang auf. »Na schön. Warum setzen wir uns nicht irgendwo hin und fangen einfach an?«

Georgette zögerte, blickte zu Joel hinüber und sagte dann: »Gehen wir doch dort hinein.« Sie deutete auf die Tür am Ende des Flurs. »Aber der Junge bleibt hier.« Sie warf Joel einen zornigen Blick zu. »Du rührst dich nicht von der Stelle, Bürschchen! Haben wir uns verstanden?«

Joel schnitt eine Grimasse. »Ich hab schon ’nen Boss, und das ist Miss Cahill.«

»Werd bloß nicht frech!«, rief Georgette.

Francesca legte eine Hand auf ihren Arm und lächelte sie beruhigend an. »Wie ich sehe, sind Sie sehr aufgeregt. Keine Sorge, wir können uns unter vier Augen unterhalten.« Sie blickte Joel an. »Joel, deine Aufgabe besteht darin, mir zu helfen – wenn ich Hilfe benötige. Im Augenblick möchte ich dich bitten, hier am Eingang stehen zu bleiben und auf mich zu warten, bis ich mich wieder melde.«

Er blickte sie forschend an. Francesca begriff, dass er herauszufinden versuchte, was ihre Worte wirklich zu bedeuten hatten – ganz so, als hätte sie sie verschlüsselt.

»Bleib hier«, wiederholte sie und lächelte Georgette zu, die ihre beringten Hände rang. Sie schien den Tränen nahe zu sein.

»Es ist alles in bester Ordnung«, sagte Francesca und hoffte, dass es der Wahrheit entsprach. Anfangs schien es eine wundervolle Idee gewesen zu sein, Joel zu ihrem Gehilfen zu machen, aber nun war sich Francesca nicht mehr ganz sicher, ob sie ihm trauen konnte – würde er wirklich immer ihre Anweisungen befolgen? Sie wollte ihren ersten Fall nicht wegen ihm aufs Spiel setzen.

Georgette ging mit schnellem Schritt voraus den Flur entlang.

»Woher wussten Sie von mir, Miss de Labouche?«, fragte Francesca, die der Frau gefolgt war.

Sie hatte die Hand bereits um den Knauf der geschlossenen Tür gelegt und blickte über ihre Schulter zurück. »Sie haben mir gestern vor der Tür von Tiffany's eine Ihrer Visitenkarten gegeben. Es war eine ungewöhnliche Karte, und ich habe sie aufbewahrt. Aber ich hätte nie gedacht, dass ich sie einmal benötigen würde, ganz gewiss nicht schon einen Tag später!«

Francesca sah, dass die Frau weinte. »Es wird schon alles wieder in Ordnung kommen«, sagte sie mit sanfter Stimme.

Georgette drehte sich um, öffnete die Tür einen Spaltbreit und schlüpfte hinein. Ein ungutes Gefühl überkam Francesca, und sie zögerte für einen Moment, ehe sie Georgette folgte, die die Tür sofort hinter ihr schloss und den Schlüssel umdrehte.

Francesca achtete gar nicht darauf, denn ihre Aufmerksamkeit wurde sofort von einem Mann in Anspruch genommen, der mitten im Zimmer auf dem polierten Holzboden auf dem Bauch lag. Unter seinem Kopf hatte sich eine Lache aus dunkelrotem Blut gebildet.

Francesca schluckte. »Ist er …«

»Er ist tot«, sagte Georgette. »Und ich benötige Ihre Hilfe, um die Leiche loszuwerden.«

Kapitel 3

FREITAG, 31. JANUAR 1902 – MITTERNACHT

Francesca schnappte nach Luft. Sie musste Georgette de Labouche wohl missverstanden haben. »Wie bitte?«

»Wir müssen die Leiche loswerden! Dazu benötige ich Ihre Hilfe. Und als Erstes müssen wir den Jungen wegschicken!«, rief Georgette in einem Tonfall, als wäre Francesca ein Einfaltspinsel.

Francesca wollte ihren Ohren nicht trauen. Dies war ihr erster offizieller Fall, und es war kein gewöhnlicher Fall, sondern ein Mord – das schlimmste aller Verbrechen. Ein Mensch war ums Leben gekommen, doch die fremde Frau bat sie nicht etwa darum, das Verbrechen aufzuklären, sondern sie wollte es mit Francescas Hilfe vertuschen. Das Ganze wäre wohl komisch gewesen, hätte nicht ein Mann ermordet zu ihren Füßen gelegen.

»Haben Sie nicht gehört, was ich gesagt habe? Wenn ihn die Polizei hier findet, werden die mich doch sofort einbuchten!« Georgette schien einem hysterischen Anfall nahe zu sein.

Francesca tat einen tiefen Atemzug, um ihre Nerven zu beruhigen. Dann warf sie einen weiteren Blick auf den Toten zu ihren Füßen, und in diesem Moment hätte sich ihr beinahe der Magen umgedreht. Natürlich hatte sie schon Leichen gesehen, aber die waren mit ihrem Sonntagsstaat bekleidet gewesen und hatten in einem wunderschönen Sarg gelegen. »Miss de Labouche, wer ist der Mann? Haben Sie ihn umgebracht?«

»Sehen Sie! Selbst Sie glauben, dass ich es getan habe!« Georgette begann mit wogendem Busen in dem Zimmer auf und ab zu schreiten.
Francesca musterte den toten Mann etwas genauer. Sie schätzte ihn auf Anfang fünfzig. »Ist das da ein Loch in seinem Hinterkopf?«, fragte sie, während sie gegen den Drang ankämpfte, sich zu übergeben. »Ist er erschossen worden? Oder mit einem Knüppel erschlagen?«
Georgette fuhr herum. »Ich hätte Paul so etwas niemals angetan. Er war ein sehr, sehr lieber Freund.«
Francesca fiel auf, dass der Mann bis hin zu seinen glänzenden, geschnürten Halbschuhen ausnehmend gut gekleidet war. Er trug einen dunklen Wollanzug, und aus der dazu passenden Weste war eine goldene Taschenuhr herausgerutscht. Der Anzug, die Uhr und die Schuhe waren von einer sehr guten Qualität. Der Mann hatte seinen Mantel und den Hut zusammen mit einem Gehstock mit Silberspitze auf einem Sessel abgelegt.
»Ein sehr, sehr lieber Freund«, wiederholte Francesca. »Waren Sie seine Mätresse?«
Georgette wurde nicht einmal rot. »Was denn sonst?«, gab sie zurück. »Werden Sie mir jetzt dabei helfen, die Leiche verschwinden zu lassen, oder nicht?«
»Jetzt wollen Sie sie sogar verschwinden lassen?« Francesca starrte die Frau mit offenem Mund an. »Miss de Labouche, dieser Mann hier ist keine Maus in einer Falle. Er ist ein Mensch und das Opfer eines schrecklichen Verbrechens. Wir müssen die Polizei verständigen. Ein Mann ist ermordet worden. Und allem Anschein nach kaltblütig, wie ich hinzufügen darf.«
»Natürlich war es kaltblütig!«, rief Georgette. Sie ließ sich stöhnend in einen roten Samtsessel sinken und verbarg das Gesicht in den Händen.

Francesca schritt zu Georgette hinüber und legte ihr beruhigend die Hand auf die mollige Schulter. »Es tut mir Leid, dass Sie einen solchen Verlust erleiden mussten«, sagte sie leise.

Georgette stöhnte erneut und sagte: »Ich wandere geradewegs ins Stadtgefängnis, so viel ist sicher!«

»Niemand hat Sie irgendeines Verbrechens beschuldigt, Miss de Labouche. Was ist denn eigentlich geschehen?« Francesca war sich bewusst, dass sie nicht viel Zeit hatte, um ihre Fragen zu stellen. Als eine wahrhaft ehrenwerte Bürgerin hätte sie ohnehin gleich loseilen und die Polizei verständigen sollen. Doch sie zog es vor, zunächst einmal ein paar Fragen zu stellen – bevor die Polizei ihre Ermittlungen aufnahm.

Einen Moment lang musste sie an Bragg denken, und es versetzte ihr einen Stich. Sie hatten recht eng zusammengearbeitet, um die Entführung von Jonny Burton aufzuklären, und Bragg hatte zugegeben – wenn auch widerstrebend –, dass Francesca ihm eine große Hilfe gewesen war. Ob sie wohl auch dieses neue, noch niederträchtigere Verbrechen gemeinsam aufklären würden?

Georgette blickte auf. »Ich war in der Badewanne«, begann sie zu erzählen. »Paul kommt jeden Dienstag und Freitag am Abend vorbei. Sein voller Name lautet Paul Randall«, fügte sie hinzu. »Ich habe gehört, wie er hereinkam. Zumindest nahm ich an, dass er es war. Ich habe darauf gewartet, dass er nach oben kommen würde, denn ich hatte eine Überraschung für ihn.« Ihre Augen füllten sich mit Tränen.

»Eine Überraschung?«, fragte Francesca. Hätte sie doch nur einen Notizblock bei der Hand! Sie nahm sich vor, am nächsten Tag als Erstes das nötige Werkzeug für ihre neue Tätigkeit zu besorgen.

»Ich war in der Badewanne, Miss Cahill. Mit Champagner und … einigen Dingen.«

»Oh!«, hauchte Francesca und erstarrte unwillkürlich. »Welcher Art von Dingen?«

Georgette blinzelte. »Spielzeug … nun ja, Sie wissen schon.«

Francesca hatte das Gefühl, als habe sich ihr Herzschlag verlangsamt. »Spielzeug? Ich verstehe nicht …«

Georgette seufzte verzweifelt, schüttelte den Kopf und erhob sich. »Na, Spielzeug eben. Meine Güte, Ihr Frauen von Stand seid doch alle gleich! Kein Wunder, dass Männer wie Paul zu uns kommen! Erotisches Spielzeug, verstehen Sie? Dinge, die Lust verschaffen. Wenn Sie möchten, zeige ich sie Ihnen.« Sie blickte Francesca ein wenig verschämt an.

Francesca schluckte. Ihre Wangen brannten. Sie hatte gar nicht gewusst, dass solche Dinge überhaupt existierten. Wie würden sie wohl zu beschaffen sein und wie benutzte man sie? Ob Connie wohl irgendetwas über erotisches Spielzeug wusste? Francesca bezweifelte es, aber ihre Schwester war der einzige Mensch, den zu fragen sie wagen würde. »Ich verstehe«, sagte sie schließlich, wobei sie sich alle Mühe gab, forsch und professionell zu klingen. »Sie waren also in der Badewanne – und was geschah dann?«

»Einige Minuten vergingen, während ich dort mit dem Spielzeug verweilte.« Georgette warf Francesca ein kleines Lächeln zu, in dem sich eine Art Anzüglichkeit zu verstecken schien. Francesca war sich nicht ganz klar, was dies zu bedeuten hatte. »Ich kenne Paul gut und wusste, dass er schon bald zu mir kommen würde. Als er nicht kam, begann ich mir Sorgen zu machen. Und plötzlich vernahm ich einen durchdringenden, lauten Knall. Ich wusste sofort, dass es sich um einen Schuss handelte.«

Francesca sah Georgette allein in der Badewanne vor sich, umgeben von Kinderspielzeug – etwas anderes konnte sie sich beim besten Willen nicht vorstellen. Dann riss sie sich zusammen. »Und?«, fragte sie.
»Ich stieg schnell aus der Wanne, zog einen Morgenrock über und lief laut nach Paul rufend nach unten. Als ich am Fuß der Treppe ankam, sah ich, dass die Haustür weit offen stand. Ich ging hin und schloss sie.«
Francesca kam ein Gedanke. »Was ist mit Ihren Dienstboten?«
»Donnerstags und freitags habe ich aus Gründen, die auf der Hand liegen, keine Dienstboten im Haus. Ich benötige meine Privatsphäre.«
»Gewiss«, erwiderte Francesca.
»Nachdem ich die Tür geschlossen hatte, drehte ich mich um und bemerkte, dass die Tür zum Salon ebenfalls weit offen stand. Ich lief hin, und da sah ich ihn liegen. Oh Gott, es war so schrecklich! Sie können sich gar nicht vorstellen, wie schrecklich es war!« Sie stieß einen Laut aus, der einem Schluchzer ähnelte, und verbarg ihr Gesicht erneut in den Händen.
Francesca tätschelte ihr die Schulter. »Es tut mir so Leid.«
Georgette blickte mit tränenverhangenen Augen auf. »Wirklich?«
»Aber ja«, erwiderte Francesca leise und ernst. »Ein unschuldiger Mann ist getötet worden. Das ist ein scheußliches Verbrechen. Es tut mir schrecklich Leid, und ich verspreche Ihnen, Miss de Labouche, dass ich herausfinden werde, wer diese abscheuliche Tat begangen hat.«
»Ich möchte nur die Leiche verstecken«, erwiderte Georgette. »Paul ist tot und wird nicht wieder lebendig, wenn ich herausfinde, wer ihn ermordet hat.« Ihre Lippen begannen erneut zu zittern.

»Wir müssen es der Polizei mitteilen«, sagte Francesca mit fester Stimme. »Sie sind also zu ihm gelaufen? War er da noch am Leben? Hat er irgendetwas gesagt?«
Georgette schüttelte den Kopf und schloss kurz die Augen. »Er war schon tot. Seine Augen waren weit geöffnet und starr, und da war so viel Blut!« Sie stöhnte und schlug erneut die Hände vor das Gesicht.
Francesca blickte zu dem Toten hinüber. Seine Augen waren geschlossen. »Haben Sie ihn angefasst?«
Georgette nickte und flüsterte: »Ich habe seine Augen geschlossen. Ich musste es einfach tun!«
Francesca nickte und verschränkte die Arme. Sie ließ ihren Blick von dem toten Mann zu Georgette schweifen, die zusammengekauert auf dem Sessel saß und ein Bild des Jammers bot. Dann blickte sich Francesca in dem Salon um.
»Ist die Tür zum Flur der einzige Eingang zu diesem Raum?«, fragte sie.
Georgette nickte.
»Und Sie sind sich ganz sicher, dass Sie niemanden gesehen haben?«
Die Frau nickte erneut.
Francesca blickte auf die Uhr, die auf dem Kaminsims stand. Es war Viertel vor zwölf. Georgette hatte sie gegen halb zehn vor dem Madison Square Garden angesprochen, möglicherweise war es auch erst Viertel nach neun gewesen. »Um wie viel Uhr sind Sie in die Badewanne gestiegen?«, fragte Francesca. »Und wie lange haben Sie in der Wanne gelegen, bis Sie den Schuss hörten?«
»Ich erwartete Paul um sieben und habe gegen halb sieben begonnen, das Bad vorzubereiten. Er war immer sehr pünktlich. Also muss er um kurz nach sieben ermordet worden sein.«

»Miss Labouche, hat Mr Randall irgendwelche Feinde gehabt? Fällt Ihnen jemand ein, der ihn womöglich gern tot gesehen hätte?«
»Nur seine Frau«, erwiderte sie mürrisch.
»Die Frage war ernst gemeint«, gab Francesca zurück. »Ihre Antwort auch?«
Georgette de Labouche verzog das Gesicht. »Paul hatte keine Feinde. Er war nicht der Typ dafür, Miss Cahill. Er war früher Geschäftsführer einer Textilfirma und hat sich vor fünf Jahren aus dem Geschäftsleben zurückgezogen. Kurz danach haben wir uns kennen gelernt. Er war ein guter Mann. Sein Leben drehte sich um seine Kinder, seine Frau, seinen Club, das Golfspielen – und um mich.«
Francesca nickte nachdenklich. Dann seufzte sie. »Nun, ich werde später möglicherweise noch mehr Fragen an Sie haben, Miss de Labouche, aber für den Moment soll es genug sein. Jetzt muss ich die Polizei verständigen. Haben Sie ein Telefon?«
Georgette blickte sie verzweifelt an. »Die Polizei wird glauben, dass ich es getan habe. Ein solcher Mord wird doch immer der Mätresse in die Schuhe geschoben.«
»Ich glaube nicht, dass man Sie dafür verantwortlich machen wird«, erwiderte Francesca. »Wir müssen die Polizei verständigen. Es geht kein Weg daran vorbei.«
»Na schön«, sagte Georgette schließlich. »Ich habe kein Telefon. Während Sie unterwegs sind, werde ich nach oben gehen und versuchen, mich ein wenig zu beruhigen. Möglicherweise werde ich mich auch für einen Moment hinlegen.«
»Das halte ich für eine gute Idee«, erwiderte Francesca. Sie zögerte. Bragg wohnte ganz in der Nähe. Sollte sie auf der Straße nach einem Streifenpolizisten suchen oder lieber gleich

zu Bragg laufen? Irgendwann würde er ohnehin von dem Mord erfahren.

Einerseits wäre es bestimmt besser, sofort zu Bragg gehen, denn sonst müsste sie sich erst mit den Fragen eines Streifenpolizisten herumschlagen, was die ganze Angelegenheit nur unnötig verzögern würde. Aber andererseits hatte Bragg ihr erst wenige Stunden zuvor eine Abfuhr erteilt, und die Aussicht darauf, erneut einen Fall gemeinsam mit ihm aufzuklären, sollte ihr eigentlich nicht reizvoll erscheinen.

»Ich werde Sie zur Tür begleiten«, sagte Georgette plötzlich und erhob sich.

Der Tonfall, in dem sie es sagte, erweckte Francescas Misstrauen. Immerhin hatte Georgette mindestens drei Mal gesagt, dass sie die Leiche beiseite schaffen wollte. Sicher wäre es besser, wenn Francesca im Haus bliebe und den Toten bewachte, während Joel loslief, um Hilfe zu holen. Andererseits war es nicht sehr wahrscheinlich, dass es der Frau in der halben Stunde, die bis zum Eintreffen des Commissioners vergehen mochte, gelingen würde, die Leiche wegzuschaffen und zu verstecken.

»Ich werde Joel zum Haus des Commissioners schicken. Er wohnt gleich um die Ecke«, verkündete Francesca und musterte Georgette aufmerksam. »Er ist ein guter Freund von mir«, fügte sie hinzu.

Georgette erbleichte und stürzte, ohne ein Wort zu verlieren und mit einem noch unglücklicheren Gesichtsausdruck als zuvor, aus dem Zimmer.

Sogleich kam Joel in den Salon gerannt. Offenbar hatte er die ganze Zeit über sein Ohr an die Tür gepresst und gelauscht. »Du heiliger Strohsack!«, rief er mit weit aufgerissenen Augen. »Der Kerl ist ja mausetot! Ihr erstes Verbrechen, Miss Cahill, und direkt 'ne Leiche!« Er grinste sie an. »Und ein richtiger feiner Pinkel noch dazu, wie's aussieht.«

»Ja, es scheint sich um einen Gentleman zu handeln«, erwiderte Francesca streng. »Joel, wenn du mein Gehilfe sein möchtest, musst du dir das Lauschen abgewöhnen.«

»Lauschen? Wie kommen Sie denn da drauf?«

»Du hast hinter der Tür gestanden und eine private Unterhaltung zwischen Miss de Labouche und mir belauscht«, sagte sie und trat auf ihn zu.

»Ich hab bloß auf Sie aufgepasst, Miss«, erwiderte er hitzig. »Das gehört mit zu meiner Arbeit.«

Sie blickte in seine beinahe schwarzen Augen und schmolz dahin. »Hast du das wirklich?«

Er nickte. »Haben Sie mal 'nen Blick in seine Geldbörse geworfen?«

Sie erstarrte. »Wir werden doch nicht die Geldbörse eines Toten stehlen!«

»Warum denn nich? Er ist doch hinüber. Er kann den Zaster eh nich mehr ausgeben!«

»Zaster?« Wenn sie sich mit Joel unterhielt, kam es Francesca manchmal so vor, als spreche er eine fremde Sprache.

»Er ist tot. Er hat nix mehr von seinem Geld.«

»Noch einmal: Wir werden keinen Toten bestehlen!«, rief Francesca verärgert. »Jetzt hör einmal genau zu, Joel. Morgen werden wir uns zusammensetzen und einige Regeln aufstellen – Regeln, die deine Anstellung betreffen. Aber jetzt läufst du erst einmal zum Commissioner und erzählst ihm, was geschehen ist. Sollte er nicht da sein, erzähle es Peter, seinem Butler.« Sie zögerte und blickte auf die Leiche auf dem Boden. Großer Gott, sie würde allein mit dem Toten zurückbleiben, während Joel fort war. Welch ein unbehaglicher Gedanke!

Aber Miss de Labouche war ja oben; sie wäre also gar nicht wirklich allein.

»Und beeil dich!«, fügte Francesca hinzu.

»Mach ich«, sagte Joel und wandte sich zum Gehen.

»Warte!« Sie hielt ihn an der Schulter zurück. »Weißt du überhaupt, wohin du gehen musst?«

Joel grinste sie an. »Klar doch. Madison Ecke Twenty-fourth Street.«

Sie starrte ihn verblüfft an. »Woher weißt du, wo Bragg wohnt?«

Er zuckte mit den Schultern. »Das weiß doch jeder. Ist kein Geheimnis. Keine Sorge, bin wie der Blitz wieder da«, gab er zurück und eilte davon.

Francesca stand bewegungslos da und beobachtete, wie er das Haus verließ. Plötzlich fühlte sie sich furchtbar allein.

Es war so still im Haus, dass sie das Ticken der Uhr auf dem Kaminsims hören konnte. Zudem hatte sie das Gefühl, als ob der Tote seine Augen auf ihren Rücken gerichtet hätte, dabei wusste sie natürlich genau, dass er nicht mehr unter den Lebenden weilte.

Francesca hastete den schwach beleuchteten Flur entlang – wäre er doch nur etwas heller! –, froh, das Zimmer mit der Leiche verlassen zu können, und vergewisserte sich, dass die Haustür geschlossen war. Daraufhin fühlte sie sich bereits etwas besser. Dann öffnete sie die einzige andere Tür, die – abgesehen von der Salontür – vom Flur abging, einen Spaltbreit und blickte in ein kleines Esszimmer. Es lag im Dunkeln, und Francesca vermochte nur vage einen Esstisch und vier Stühle, ein Blumengesteck und eine Anrichte mit allerlei Nippes darauf auszumachen. Auf der anderen Seite des kleinen Raums musste sich die Küche befinden. Francesca zögerte.

Falls es eine Tür gab, die von der Küche nach draußen führte, so sollte sie überprüfen, ob diese verschlossen war. Francesca spürte, dass sie nervös wurde. Immerhin bewachte sie die Leiche eines Mannes, der weniger als fünf Stunden zuvor ermordet worden war.

Mit der Hand an der Klinke der Esszimmertür blickte Francesca sich zu der Treppe um. »Miss de Labouche?«, rief sie nach oben.

Keine Antwort.

»Georgette?«, versuchte sie es wieder, doch mit ebenso wenig Erfolg.

Francesca schaute über die Schulter in den Salon zurück, wo noch immer der Tote in der Blutlache auf dem Boden lag. Ihre Nervosität wuchs.

Dann atmete sie tief durch und hastete durch das kleine Esszimmer in die Küche. Dabei versuchte sie nicht daran zu denken, dass sich Pauls Mörder möglicherweise noch im Haus befinden konnte. Es gab kein elektrisches Licht, und so dauerte es einen Moment, bis Francesca eine Gaslampe entzündet hatte. Sie blickte sich in der Küche um und stellte fest, dass es in der Tat eine Hintertür gab, die aber verschlossen war.

Als Francesca gerade vor Erleichterung seufzen wollte, hörte sie plötzlich ein Geräusch.

Instinktiv löschte sie das Licht wieder und ging neben der Tür, die ins Esszimmer führte, in die Hocke. Die Tür vom Esszimmer zum Flur hatte sie nicht geschlossen, sodass sie einen Teil des Flurs sehen konnte.

Wieder vernahm sie ein Geräusch, und dieses Mal war sie sich sicher, dass es die Haustür war, die gerade vorsichtig geschlossen wurde.

Francesca, die mittlerweile vor Aufregung schwitzte, kauerte sich unwillkürlich ganz klein zusammen. Joel war erst seit ungefähr fünf Minuten fort, also konnte er auf keinen Fall schon wieder zurück sein – ob allein oder mit Bragg –, und außerdem hätten die beiden bestimmt geklopft.

Als sie das Knarren der Dielenbretter vernahm, begann sie erneut zu zittern.

Irgendjemand schien das Haus betreten zu haben und war jetzt im Flur. Und derjenige war offenbar im Besitz eines Schlüssels.

Francesca hörte leise Schritte.

Obwohl sie vor Angst beinahe ohnmächtig wurde, wollte sie unbedingt herausfinden, wer der Eindringling war. Vorsichtig spähte sie um den Türpfosten der Küchentür herum und zur Esszimmertür, gerade rechtzeitig, um die Silhouette eines Mannes zu erblicken, der den Flur entlangschritt.

Francesca wich zurück. Sie hörte, wie der Mann stehen blieb und einen kaum hörbaren Fluch ausstieß. Dann blieb es für einen Moment still. Ob der Mann wohl gerade den Toten anstarrte?

Dann kehrte der Fremde schnellen Schrittes zurück. Francesca wagte nicht, ein weiteres Mal um die Ecke zu schauen, obwohl sie es nur zu gern getan hätte. Aus Angst, dass der Eindringling ihre Gegenwart spüren und ihr Versteck in der Küche entdecken könnte, hielt sie den Atem an.

Als sie hörte, wie die Haustür geöffnet und wieder geschlossen wurde, sprang Francesca auf, rannte ins Esszimmer, schob die Vorhänge zur Seite und spähte mit heftig klopfendem Herzen auf die Straße hinaus. Ein hübscher Gig fuhr gerade von der Bordsteinkante weg, und Francesca sah, dass außer dem Kutscher niemand darin saß. Doch der Mann war leider zu weit entfernt, als dass sie sein Gesicht hätte erkennen können.

Francesca starrte dem Wagen nach. Wer zum Teufel war da gerade in Georgette de Labouches Haus spaziert, um einen Blick auf ihren toten Liebhaber zu werfen? Wer würde so etwas tun und dann, ohne ein Wort zu sagen, einfach wieder verschwinden?
Was in aller Welt ging hier vor sich?

Francesca eilte in den Salon zurück. Sie hatte den Schreck überwunden, war aber ausgesprochen verwirrt. Warum hatte der Eindringling nicht um Hilfe gerufen? Warum hatte er nicht versucht, Georgette zu finden? Hatte er etwa damit gerechnet, Paul tot auf dem Boden im Salon vorzufinden?
Sie blickte zuerst auf den Toten und dann zur Uhr auf dem Kaminsims. Es war Viertel nach zwölf; wenn Bragg zu Hause gewesen war, müsste er jeden Moment hier eintreffen. Francesca atmete tief durch.
Jetzt, da der Moment der Gefahr vorüber war, funktionierte ihr Verstand wieder, und sie begann sich Fragen zu stellen. Waren Pauls Frau, seine Kinder, sein Golfspiel, sein Club und seine Mätresse wirklich sein Lebensinhalt gewesen? Ob er nicht doch Feinde gehabt hatte? All dies waren sehr wichtige, für die Untersuchung entscheidende Fragen. Nachdenklich starrte sie auf die Leiche. Obwohl sie wusste, dass sie am Tatort eigentlich nichts anrühren sollte, trat Francesca langsam auf die Leiche zu. Dies war schließlich ihr erster Fall, und sie hatte vor, ihn zu lösen – und zwar allein! Vorsichtig schlug sie das Jackett des Mannes zurück und entdeckte eine Wölbung in seiner Hosentasche. Eine Geldbörse – die würde ihr gewiss weiterhelfen.
Sie versuchte, an die Hosentasche zu gelangen, musste aber feststellen, dass es äußerst schwierig war, dabei nicht in das bereits trocknende Blut auf dem Boden zu treten. Bragg

entging selten etwas, und Francesca wollte nicht, dass er merkte, dass sie den Toten berührt hatte. Schließlich gelang es Francesca, mit zwei Fingern in die Hosentasche des Mannes zu gelangen. Sie spürte das harte Leder der Geldbörse zwischen ihren Fingerspitzen.

Mit einem Gefühl des Triumphes zog sie die Börse aus der Hosentasche. Doch das Lächeln verging ihr rasch, als sie ihr im selben Moment aus den Fingern glitt und in die Blutlache fiel.

»Verflixt noch mal!«, entfuhr es ihr.

Francesca erstarrte. Wie laut ihre Worte in Gegenwart des Toten geklungen hatten! Sie schluckte, griff nach der Börse und stand auf. Dann blickte sie sich um, entdeckte aber nichts, womit sie das Blut hätte abwischen können, und öffnete seufzend die Börse.

Außer einer Menge Bargeld, dem Francesca keine Aufmerksamkeit schenkte, steckten mehrere Visitenkarten in der Börse. Auf der ersten stand:

MR PAUL RANDALL
89 EAST 57th STREET
NEW YORK CITY

Francesca wagte es nicht, die Karte an sich zu nehmen, und prägte sich stattdessen die Adresse ein. Als sie anschließend einen Blick auf die anderen Visitenkarten warf, entfuhr ihr ein Keuchen. Auf der letzten Karte stand:

CALDER HART, PRÄSIDENT
HART INDUSTRIES & SHIPPING CO.
NO. 1 BRIDGE STREET
NEW YORK CITY

Unten auf die Karte hatte jemand eine weitere Adresse gekritzelt, die Francesca aber nicht genau entziffern konnte. Es war entweder 973 oder 978 Fifth Avenue.
Francesca starrte die Visitenkarte an, als könne sie ihr verraten, warum sie sich in der Geldbörse des Toten befunden hatte. Offenbar war Paul Randall Calder Hart mindestens ein Mal in seinem Leben begegnet.
Ob sie wohl geschäftlich miteinander zu tun gehabt hatten? Oder waren sie gar Freunde gewesen?
Francesca hörte, wie die Haustür geöffnet und dann zugeknallt wurde. Dann eilten offenbar mehrere Personen mit großen Schritten den Flur entlang.
Ohne zu zögern, steckte sie Calder Harts Visitenkarte in das Mieder unter ihrer Kostümjacke und beförderte Paul Randalls Geldbörse rasch zurück in dessen Hosentasche. Sie konnte nur hoffen, dass sie damit nicht die Arbeit der Polizei behinderte, wie Bragg es ihr schon einmal vorgeworfen hatte. Dann stand sie auf und trat von der Leiche zurück. In diesem Augenblick kam auch schon Bragg zur Tür hereingestürzt.
Er blieb wie angewurzelt stehen und blickte zuerst Francesca und dann die Leiche an. Sein Gesichtsausdruck spiegelte eine Mischung aus Wut und Resignation wider.
»Da ist der Kerl«, sagte Joel fröhlich, drückte sich an Bragg vorbei und blieb zwischen Francesca und dem Toten stehen. Er deutete auf die Leiche. »Kalt wie 'ne Hundeschnauze.« Er grinste.
Braggs persönlicher Dienstbote Peter, ein großer, kräftiger Kerl, stand hinter dem Commissioner. Er war knapp zwei Meter groß, wog wohl an die hundertzehn Kilogramm und glich eher einer Leibwache als einem Kammerdiener. Francesca war

bereits früher zu dem Schluss gelangt, dass er ein Alleskönner war.

Ihr Blick begegnete Braggs.

»Ich kann das erklären«, sagte Francesca rasch.

Bragg presste die Lippen aufeinander. Sein Gesicht hatte einen harten, gefährlichen Ausdruck angenommen. »Und es ist gewiss eine sehr gute Erklärung«, sagte er schließlich. »Daran hege ich nicht den geringsten Zweifel.«

KAPITEL 4

Sie starrte ihn wie hypnotisiert an.

»Ich warte, Francesca«, sagte er leise, und in diesem Moment klang die für ihn so typische, schleppende Sprechweise irgendwie bedrohlich. »Ich warte auf eine plausible Erklärung. Es würde mich wirklich interessieren, wie Sie in dieses Haus, neben diese Leiche geraten sind.« Seine funkelnden Augen ließen endlich von ihr ab und wandten sich Paul Randall zu. »Die Leiche eines Mannes, der noch gar nicht so lange tot ist, wie mir scheint.«

»Es gibt eine ganze einfache und auch sehr einleuchtende Erklärung dafür!«, rief sie. Braggs kühles Auftreten flößte ihr Angst ein. War es in diesem Salon wirklich so warm, oder kam es ihr nur so vor? Am liebsten hätte sie sich Luft zugefächelt.

Er drehte sich zu Peter um, als habe er sie gar nicht gehört. »Treiben Sie einen Streifenpolizisten auf und setzen Sie sich mit dem Polizeipräsidium in Verbindung. Ich will mindestens einen Beamten hier am Tatort haben. Und Kennedy soll im Flur warten«, sagte er mit zunehmend scharfem Tonfall, woraufhin der große Mann nickte und mit einem unwilligen Joel im Schlepptau verschwand.

Francesca war instinktiv ein Stück zurückgewichen, während Bragg sprach. Er war ganz offensichtlich wütend, und sie war keine Närrin – sie wusste, dass seine Wut weniger damit zu tun hatte, dass man ihn mitten in der Nacht aus dem Bett geholt hatte, als vielmehr damit, dass er Francesca am Tatort vorgefunden hatte. Sie fühlte sich, als sähe sie einen Tornado auf sich zukommen.

War er nun besorgt um sie, oder regte er sich lediglich über sie auf?

Er warf ihr einen ausgesprochen finsteren Blick zu, trat auf die Leiche zu, hockte sich daneben und betrachtete die Kopfwunde. »Ich warte, Francesca«, wiederholte er, ohne aufzublicken.

»Also gut!« Sie warf die Hände in die Luft. »Als ich aus dem Rooftop Garden kam, drückte mir eine ziemlich verzweifelt wirkende Frau eine Visitenkarte in die Hand, auf der sie mich um Hilfe bat. Da ich mit meinen Eltern dort war, konnte ich die Zeilen erst lesen, als ich zu Hause angekommen war. Ihr Name ist Georgette de Labouche, und sie wohnt hier. Die Nachricht war recht deutlich: Sie bat mich, noch heute Abend hierher zu kommen.«

Bragg hatte Randall ohne große Mühe die Geldbörse aus der Hosentasche gezogen und stand nun da und blickte hinein. »Also haben Sie sich zu mitternächtlicher Stunde aus dem Haus Ihrer Eltern geschlichen, um sich mit einer Fremden zu treffen, bloß, weil diese Sie darum gebeten hat?« Er zog die Visitenkarten aus der Börse und starrte sie an. Für einen kurzen Moment veränderte sich sein Gesichtsausdruck, aber Francesca vermochte das Aufblitzen in seinen goldbraunen Augen nicht zu ergründen.

»Die Botschaft klang verzweifelt, Bragg«, erwiderte sie nervös. »Hätte ich ihr da etwa ihre Bitte abschlagen sollen?«

Er wandte sich ihr zu. »Ehrlich gesagt hätten Sie genau das tun sollen! Ist es Ihnen denn nie in den Sinn gekommen, dass es sich um eine Falle handeln könnte? Und wo steckt diese Miss de Labouche überhaupt?«

»Sie ist oben, und ja, natürlich ist mir diese unerfreuliche –

wenn auch meiner Ansicht nach abwegige – Möglichkeit in den Sinn gekommen.«

»Haben Sie irgendetwas angefasst, Francesca?«, fragte Bragg und betrachtete die Geldbörse von allen Seiten.

Sie konnte nur hoffen, dass er die Blutflecke nicht bemerken würde. »Nein.« Ihre Wangen brannten.

»Da ist Blut auf Ihren Schuhen. Und Blut auf der Börse«, sagte er mit ruhiger Stimme, doch sein Blick schien sie zu durchbohren.

Francesca verzog das Gesicht und wusste im ersten Moment nicht, was sie sagen oder tun sollte. Sie log nicht gern, doch sie konnte es auch nicht leiden, auf diese Weise vorgeführt zu werden.

Er wartete scheinbar geduldig.

»Ja!«, rief sie schließlich. »Natürlich habe ich einen Blick in seine Geldbörse geworfen!« Sollte sie ihm auch gestehen, dass sie Calder Harts Visitenkarte herausgenommen hatte? Aber das war ihre beste Spur!

»Es ist ein schweres Vergehen, die Arbeit der Polizei zu behindern«, sagte Bragg, wobei seine Stimme nicht mehr ganz so geduldig klang.

»Ich weiß, und es tut mir ja auch Leid, aber nachdem dieser Eindringling hier war, konnte ich einfach nicht anders!«

»Ein Eindringling?«, fragte Bragg mit scharfer Stimme.

Francesca nickte eifrig. »Kurz nachdem Joel gegangen war, hat jemand das Haus betreten, Bragg. Es war ein Mann. Ich habe ihn nicht richtig sehen können, da ich mich in der Küche versteckt hatte, wo ich gerade überprüfen wollte, ob es eine Hintertür gibt und ob sie verschlossen ist. Aber er ist auf jeden Fall den Flur entlanggegangen, hat die Leiche gesehen, hat bis auf einen leisen Fluch kein Wort gesagt und ist wieder verschwunden. Einfach so.« Sie hatte so schnell gesprochen, dass sie jetzt ganz atemlos war.

»Himmel noch mal!«, stieß Bragg hervor. Er knallte die Geldbörse auf den kleinen Tisch vor dem Sofa, trat auf Francesca zu und baute sich vor ihr auf. »Was, wenn das der Mörder gewesen ist? Meine Güte, Francesca, warum müssen Sie sich bloß immer wieder in Gefahr bringen?«

Sie blickte ihn mit großen Augen an. Seine Nähe führte dazu, dass die Anspannung in ihrem Inneren wuchs. »Wieso sollte Sie das kümmern?«, hörte sie sich sagen und wünschte sich sofort, sie könne ihre Worte zurücknehmen.

»Wie bitte?« Er starrte sie entgeistert an. »Wieso mich das kümmern sollte? Sie sind schließlich eine Freundin, und ich verspüre nicht das Bedürfnis, auf Ihre Beerdigung zu gehen!« Bei dem letzten Satz war seine Stimme immer lauter geworden, bis er die letzten Worte beinahe herausgeschrien hatte. »Da lasse ich Sie bei einem orgiastischen Spektakel zurück – was an sich schon schlimm genug ist –, und was tun Sie? Sie landen im Haus irgendeiner Fremden neben einer Leiche! Eines Tages werden Sie einmal einen bedauernswerten Mann um den Verstand bringen, weil er sich so um sie sorgt!«

In diesem Moment schoss Francesca durch den Kopf, dass er einige Stunden zuvor ihre Verabredung für den folgenden Tag abgesagt hatte. Ihre Brauen wanderten in die Höhe. »Nun, zumindest besteht ja nicht die Gefahr, dass Sie dieser Mann sein könnten.«

Bragg blinzelte. »Wie bitte?«

»Schon gut«, murmelte sie und wandte sich ab.

Aber er packte sie am Arm. »Nein, ich möchte wissen, was diese Bemerkung zu bedeuten hat. Und zwar auf der Stelle!«

Sie drehte sich wieder zu ihm um. »Sie behandeln mich recht unsanft, Commissioner.«
Er ließ sie sofort los. »Verzeihen Sie. Aber ich war eigentlich davon ausgegangen, dass Sie nun, da die Burton-Entführung aufgeklärt ist, wieder ein normales Leben führen würden.« Er schüttelte den Kopf. »Wie ich sehe, habe ich mich getäuscht.«
»Sie sollten mich eigentlich besser kennen, Bragg«, erwiderte sie leise.
Er starrte sie nur an.
Dann fuhr sie fort: »Mit Ihnen ist es auch nicht immer leicht.«
Verwunderung schlich sich in seinen Blick. »Wie darf ich das nun wieder verstehen?«, fragte er und verschränkte die Arme vor seiner breiten Brust.
»Nun, wenn man einen ganzen Tag auf ein bestimmtes Ereignis hin ausrichtet und dieses Ereignis dann plötzlich nicht stattfindet, dann ist das ziemlich lästig, finden Sie nicht auch?«, fragte sie in zuckersüßem Tonfall und lächelte ihn unschuldig an.
Er stemmte die Hände in die Hüften. »Verstehe. Jetzt begreife ich, warum Sie so schlecht gelaunt sind. Sie sind wütend, weil ich morgen nicht diesen Ausflug mit Ihnen unternehmen kann. Typisch Frau!« Ein Lächeln breitete sich auf seinem Gesicht aus.
»Von wegen typisch Frau! Ich habe bereits andere Pläne gemacht, vielen Dank auch.«
»Oh, wollen Sie etwa die Bibliothek besuchen, um zu lernen? Damit Sie sich wieder selbst abfragen können?«
Francesca errötete. Außer Connie und Evan wusste niemand, dass sie heimlich am College studierte. Bragg war ihr einmal beinahe auf die Schliche gekommen, doch sie hatte ihm

erzählt, dass sie sich zum Vergnügen mit verschiedenen Themen beschäftige und hin und wieder selbst abfrage. »Ich habe einige Verehrer«, behauptete sie, was eine Lüge war.

»Francesca, es reicht. Es tut mir Leid, wenn Sie kein Verständnis für den Druck haben, unter dem ich in meiner Position als Polizei-Commissioner stehe. Aber ich verspreche Ihnen, dass wir den Ausflug eines Tages nachholen werden.« Er blickte sie ein letztes Mal an und wandte sich dann wieder der Leiche zu.

Er wollte den Ausflug also »eines Tages« nachholen. Francesca konnte es einfach nicht glauben. Hatte sie seine Absichten denn wirklich derart missverstanden? Es klang ganz und gar nicht so, als habe er irgendein Interesse an ihr oder als beabsichtige er, ihr den Hof zu machen – weder jetzt noch am nächsten Tag oder sonst irgendwann.

Ich darf jetzt nicht enttäuscht sein, ermahnte sie sich selbst und wandte sich ab. Immerhin hatte sie ihren ersten Fall zu lösen, einen wichtigen Fall.

»Was haben Sie aus der Geldbörse herausgenommen, Francesca?«, fragte Bragg, der sich in dem Salon umschaute.

»Nichts«, log sie. Sie schob ihre Enttäuschung beiseite. Natürlich würde sie ihm irgendwann etwas von Calder Harts Visitenkarte erzählen müssen, aber vielleicht würde Hart ihr einen Hinweis liefern, durch den sie imstande wäre, den Fall zu lösen – ohne Braggs Hilfe. Was machte es schon, dass sie sich in ihrer Fantasie ausgemalt hatte, mit ihm zusammenzuarbeiten?

»Erzählen Sie mir, was nach Ihrem Eintreffen im Haus geschehen ist«, sagte Bragg, während er die Sitzpolster und Kissen anhob, um darunter nach Spuren zu suchen.

Francesca nahm in einem der Sessel Platz. »Was suchen Sie denn?«, fragte sie neugierig.

»Ein Mörder lässt oft Beweise zurück, und häufig handelt es

sich dabei um die Tatwaffe.« Er ging zu einem Tisch hinüber, auf dem einige Fotografien und Nippes standen. »Ich wäre nicht überrascht, wenn wir die Mordwaffe in einem Umkreis von einem halben Häuserblock um dieses Haus fänden.«

Das war eine interessante Information, und Francesca beschloss, sie sich einzuprägen.

»Bitte erzählen Sie mir, was nach Ihrem Eintreffen geschehen ist«, forderte sie Bragg erneut auf, der gerade die bis zum Boden reichenden Vorhänge des einzigen Fensters anhob, um einen Blick dahinter zu werfen.

»Miss de Labouche war ziemlich außer sich, als ich hier ankam«, berichtete Francesca. Wenn sie Bragg doch nur bei der Suche nach der Waffe hätte helfen können! »Sie war nicht sehr erfreut, dass ich Joel mitgebracht hatte«, fügte sie hinzu.

Der Commissioner wandte sich mit den Händen in den Hüften zu ihr um. »Und wie kommt es, dass unser kleiner Taschendieb mit von der Partie war?«

»Ich glaube, er hat sich gebessert, Bragg«, sagte Francesca, der es gar nicht gefiel, dass der Commissioner in dem Jungen immer nur das Schlechte sah.

Er schnaubte verächtlich. »Er ist also ganz zufällig hier aufgetaucht?«

»Ich habe ihn abgeholt. Ich hatte Angst, ganz allein in der Stadt umherzuziehen.«

Er lächelte sie mit einem viel sagenden »Habe ich es Ihnen nicht gesagt?«-Lächeln an.

»Als ich hier ankam, zeigte Miss Labouche mir die Leiche und bat mich, ihr dabei zu helfen, den Toten zu verstecken«, berichtete Francesca mit großen, unschuldig dreinblickenden Augen weiter, wobei sie sich sehr wohl bewusst war, welche Reaktion ihre bühnengerechte Erzählung hervorrufen würde.

»Wie bitte?«, rief Bragg entgeistert. »Grundgütiger! Und die Frau ist dort oben?« Er machte sich auf den Weg zur Tür.
»Sie ist unschuldig, Bragg!«, rief Francesca hinter ihm her und erhob sich. »Sie ist – sie war – Randalls Mätresse und hat Angst, Sie könnten sie für die Mörderin halten. Deshalb wollte sie die Leiche unbedingt verstecken.«
»Und Sie haben ihr geglaubt? Francesca, Sie sind wirklich naiv!«
»Sie war in der Badewanne, als der Schuss fiel! Mit erotischem Spielzeug, wenn ich das hinzufügen darf.«
Bragg blieb wie angewurzelt stehen und drehte sich zu ihr um.
»Ich wiederhole lediglich, was sie mir erzählt hat«, erläuterte Francesca.
»Verstehe.« Er starrte sie entgeistert an. »Nun, ich glaube, es ist an der Zeit, einmal mit Miss de Labouche zu sprechen.« Mit energischen Schritten verließ Bragg den Salon.
»Der Mord ist gegen sieben Uhr am heutigen Abend passiert«, rief Francesca, die ihm in den Flur gefolgt war.
Er blieb am Fuß der Treppe stehen, wandte sich um und blickte Francesca an. »Sie haben die Verdächtige also bereits befragt?«
»Ich betrachte sie als eine Zeugin«, gab Francesca zurück.
»Sie sind keine Polizistin«, sagte Bragg mit fester Stimme. »Und Ihre Meinung ist nicht relevant. Es ist mein Ernst, Francesca«, fügte er warnend hinzu. »Dieser Fall geht Sie nichts an.«
Sie fragte sich, wie oft er ihre Gefühle an diesem Abend wohl noch verletzen wollte. »Ich habe Ihnen doch dabei geholfen, die Burton-Entführung aufzuklären«, sagte sie leise. »Das haben Sie selbst gesagt.«
»Ja, das habe ich. Und ich werde Ihnen dafür auch immer

dankbar sein. Aber Sie werden mir auf keinen Fall dabei helfen, den Randall-Mord aufzuklären, Francesca. Auf gar keinen Fall!« Seine Augen funkelten. »Und wenn ich Sie dafür zu Hause einsperren lassen muss!«

Sie verschränkte die Arme vor der Brust, verkniff sich aber eine Antwort.

»Nun?«, fragte er.

Es wollte ihr nicht so recht gelingen, ihn anzulächeln. »Miss de Labouche ist meine Klientin«, sagte sie. Was allerdings nicht ganz der Wahrheit entsprach, da ihre Vereinbarung nicht wirklich offiziell war. Aber Miss de Labbouche würde zweifellos zustimmen, Francescas Dienste in Anspruch zu nehmen, wenn sie ihr anbot, umsonst zu arbeiten.

Sie konnte förmlich sehen, wie Braggs Blutdruck in die Höhe schoss.

Ohne ein Wort zu verlieren, stapfte er die Treppe hinauf, und Francesca eilte ihm nach. Auf dem Treppenabsatz fuhr er herum, sodass sie beinahe zusammengestoßen wären. »Gehen Sie wieder nach unten!«, zischte er.

Sie hatte keine Lust auf eine Auseinandersetzung mit ihm. »Na schön. Aber es besteht kein Grund, sich so aufzuregen, Bragg.«

»In den zwei Wochen, seit wir uns kennen, habe ich schon etliche graue Haare bekommen«, erwiderte er.

Francesca wandte sich lächelnd ab, denn sonderbarerweise freute sie sich über diese Antwort. Sie hörte, wie Bragg nach Miss de Labouche rief, doch die Dame des Hauses antwortete nicht.

Im oberen Stockwerk des Hauses befanden sich lediglich ein Schlafzimmer und das Bad, was nicht ungewöhnlich war, da es

sich um eines jener großen Stadthäuser handelte, die in mehrere Wohnungen unterteilt worden waren.
Als Bragg die Tür zum Schlafzimmer öffnete, beschloss Francesca, einen Blick in das Badezimmer zu werfen. Es war eindeutig, dass hier ein Bad hastig unterbrochen worden war: Auf einem kleinen Hocker standen eine geöffnete Champagnerflasche und zwei Gläser, eines davon halb voll, ein Handtuch lag auf dem Boden, und einige Kerzen waren bis auf die Dochte heruntergebrannt. Die Wände des kleinen, aber recht hübschen Badezimmers waren in einem dunklen Roséton gestrichen. In einer Ecke stand ein bunt bemalter Wandschirm, und an einigen Wandhaken hingen mehrere Spitzen-Negligees. Es gab keine Toilette; diese befand sich in einem angrenzenden, separaten Raum.
Francesca starrte in die Badewanne, eine Porzellanwanne, die auf vergoldeten Klauenfüßen stand. Im Wasser schwamm ein großer Gegenstand in einer undefinierbaren Farbe. An seiner Form war allerdings nichts Undefinierbares, im Gegenteil, es bestand kein Zweifel daran, was er darstellen sollte. Francesca spürte, wie ihr heiß wurde.
Großer Gott! Plötzlich begriff sie, was Miss de Labouche gemeint hatte, als sie von erotischem Spielzeug gesprochen hatte. Ihr wurde schwindlig.
»Ich kann sie nicht finden. Aber ich habe gesehen, dass es eine Hintertreppe gibt, die zur Küche hinunterführt – wahrscheinlich ist Miss de Labouche auf diesem Weg geflohen«, ertönte in diesem Augenblick Braggs Stimme hinter ihr. Er verharrte auf der Schwelle der Badezimmertür.
»Oh!«, entfuhr es Francesca. Sie wich durch die offene Tür zurück, wobei sie ihn in ihrer Hast flüchtig streifte.
»Oh Gott!«, sagte Bragg, der ebenfalls erkannt hatte, was

in der Wanne schwamm, und trat rasch wieder auf den Flur.
Francesca vermochte ihm nicht in die Augen zu sehen. »Nun, sie war ganz eindeutig im Bad«, sagte sie.
»Aber das heißt noch lange nicht, dass sie keine Mörderin ist«, gab Bragg betont gelassen zurück.
Francesca vermied es immer noch, ihn anzusehen, und warf stattdessen einen Blick ins Schlafzimmer. Die Farbe Rot dominierte den Raum, an dessen Wänden einige chinesische Gemälde hingen. Die Vorhänge am Fenster waren goldfarben, und in der Ecke stand ein orientalischer Wandschirm. Auf dem großen Bett lag eine rote Tagesdecke.
Anschließend begutachtete Francesca die Hintertreppe, die offenbar tatsächlich zur Küche hinunterführte. Von unten war sie ihr im Dunkeln gar nicht aufgefallen. »Sie hat ein Bad genommen, Bragg, genau wie sie gesagt hat«, sagte Francesca.
Er seufzte, legte eine Hand auf ihre Schulter und führte sie die Hintertreppe hinunter. Auf dem Weg nach unten hörten sie Stimmen, die aus dem Flur kamen. »Francesca, Sie sind jung und eine Dame von Stand noch dazu und können sich solche Dinge vielleicht nicht vorstellen – aber möglicherweise hat diese Frau ja nach dem Mord an ihrem Liebhaber ein Bad genommen.«
»Sie hat mit ihrem Spielzeug gebadet, Bragg«, erwiderte Francesca mit scharfer Stimme.
Mittlerweile waren sie in der Küche angekommen. Francesca entzündete die Gaslampe, und Bragg wiederholte: »Wie ich schon sagte: Möglicherweise hat sie nach dem Mord an Randall gebadet.«
Jetzt begriff Francesca die Bedeutung seiner Worte und starrte ihn entgeistert an. »Aber das ist ja krank!«

»Ja, das ist es.« Er ließ sie in der Küche stehen und ging durch das Esszimmer in die Diele.
Francesca entschloss sich, für den Moment nicht weiter über eine solch schockierende Möglichkeit nachzudenken, und eilte ihm nach. Bragg wies bereits zwei Streifenbeamte an, das Gebiet abzusperren, während zwei weitere Beamte auf ihre Instruktionen warteten. »Ich glaube, dass der Mord mit einer kleinen Waffe begangen wurde, möglicherweise mit einer Damenpistole oder auch mit einer Derringer. Das Haus und das Grundstück – wenn nötig der gesamte Straßenblock – müssen sofort durchsucht werden. Ich erwarte, dass die Waffe noch heute Nacht gefunden wird.« Die beiden Streifenbeamten eilten mit ernsten und entschlossenen Gesichtern davon.
Francesca schnitt eine Grimasse. Sie hatte ganz vergessen, dass Bragg dreihundert seiner Leute degradiert hatte, wodurch sich die gesamte Behörde in einem einzigen Durcheinander befand und die Leute zweifellos auch erbärmliche Angst vor ihrem Commissioner hatten. Sie warf einen Blick auf die beiden anderen Männer, die stocksteif vor Bragg standen und auf ihre Befehle warteten. Sie sahen nicht besonders glücklich aus, machten aber den Eindruck, als wären sie notfalls bereit, durch einen Reifen zu springen, wenn Bragg es ihnen befahl.
In diesem Moment traten zwei Kriminalbeamte in Zivil durch die Haustür. Einen von ihnen erkannte Francesca wieder: Inspector Murphy, ein Mann mit einem dicken Bauch und einem mächtigen Schnurrbart. »Die Leiche liegt im Salon«, sagte Bragg. »Aber zunächst müssen wir Georgette de Labouche ausfindig machen, die Herrin des Hauses. Verhaften Sie sie noch nicht, aber bringen Sie sie zum Verhör ins Präsidium. Ich werde sie mir dort persönlich vernehmen. Francesca, bitte beschreiben Sie Miss de Labouche.«

»Bragg –«, protestierte sie.
Erst jetzt erkannte auch Murphy Francesca, und seine Augen weiteten sich vor Überraschung. »Beschreiben Sie bitte Miss de Labouche«, wiederholte Bragg. »Im Augenblick ist schnelles Handeln geboten.«
Francesca war sich zwar fast sicher, dass es nicht Georgette war, die Paul Randall getötet hatte, aber sie sagte gehorsam: »Sie ist Anfang dreißig, etwas mollig und hübsch anzusehen, hat lockiges, rotes Haar und braune Augen. Sie trug ein blaues Kostüm, dessen Jacke recht gewagt war, große, aquamarinfarbene Tropfenohrringe und eine große, aquamarinfarbene Brosche in der Form eines Schmetterlings. Außerdem trug sie an beiden Händen mehrere große Ringe, von denen einer möglicherweise ein in Silber gefasster Granat war.«
»Vielen Dank«, sagte Bragg. Dann fuhr er an Murphy gewandt fort: »Sie kann noch nicht weit sein. Geben Sie die Beschreibung heraus. Ich möchte Miss de Labouche noch vor Morgengrauen in meinem Büro sitzen haben. Fangen Sie mit der Befragung der Nachbarn an. Vielleicht hat jemand gesehen, wie die Dame das Haus verlassen hat oder wann Randall eingetroffen ist.«
»Jawohl, Sir«, sagte Murphy und trat durch die Haustür. Als sie seinen Tonfall vernahm, war Francesca erstaunt, dass er nicht auch noch salutierte.
»Ich würde mir gern einmal die Leiche ansehen«, sagte der andere Detective.
»Bitte«, gab Bragg zurück und deutete Richtung Salon. Der Detective ließ sie an der Tür zurück und schritt durch den Flur davon. Francesca hörte das Klappern von Pferdehufen auf Kopfsteinpflaster und das Knirschen von Wagenrädern. Sie trat zur Seite und warf einen Blick durch das Fenster neben der

Haustür. Ein Polizei-Fuhrwerk war eingetroffen, von dem mehrere Polizisten hinuntersprangen. Jemand hatte bereits eine Barrikade an einem Ende der Straße platziert, und Francesca sah, dass ein Streifenbeamter gerade eine zweite Barrikade vor das Haus schleppte. In den Fenstern auf der gegenüberliegenden Straßenseite gingen nach und nach die Lichter an. Plötzlich wurde eines der Fenster geöffnet, und ein Mann brüllte: »Was zum Teufel ist da los?«

»Peter?«, sagte Bragg in diesem Moment leise.

Francesca drehte sich verdutzt um und sah, dass der große Mann aus dem Schatten neben der Treppe trat. Sie hatte gar nicht bemerkt, dass er noch im Flur war. Er hatte eine Hand auf Joel Kennedys schmale Schulter gelegt. Joel warf Francesca einen verärgerten Blick zu, der sich rasch in einen flehentlichen verwandelte. Seine Körpersprache war eindeutig: Er wollte so schnell wie möglich weg von der Polizei. Sie lächelte ihm beruhigend zu.

»Peter, bitte bringen Sie Miss Cahill nach Hause und sorgen Sie dafür, dass sie auch wirklich ins Haus geht«, sagte Bragg. »Der Junge kann ebenfalls gehen.«

Francesca war bestürzt. Sie wäre viel lieber am Ort des Geschehens geblieben. Immerhin war Georgette verschwunden, man hatte die Mordwaffe noch nicht gefunden, und Bragg würde sich schon bald mit Murphy und den anderen Kriminalbeamten zusammensetzen, um den Fall zu besprechen. Und was war mit den Nachbarn? Francesca wollte unbedingt hören, was sie zu sagen hatten!

Schließlich war dies ihr Fall, und nun wollte man sie einfach ausschließen.

»Gute Nacht, Francesca«, sagte Bragg mit fester Stimme.

Sie starrte ihn für einen Moment stumm an. Dann nickte sie,

denn ihr wurde klar, dass er ihr keine andere Wahl ließ. »Gute Nacht, Bragg«, verabschiedete sie sich mit süßlicher Stimme.
Als sie Peter zur Tür folgte, sagte Bragg: »Eins noch, Francesca.«
Sie blieb stehen und betrachtete ihn mit einem unschuldigen Blick.
»Falls Ihre Klientin versuchen sollte, Kontakt zu Ihnen aufzunehmen, werden Sie mich doch umgehend darüber in Kenntnis setzen, nicht wahr?«, sagte er.
Sie schenkte ihm ein strahlendes Lächeln. »Gewiss doch«, erwiderte sie.
»Es ist mir ernst damit«, sagte er warnend.
»Mir auch.«

KAPITEL 5

SAMSTAG, 1. FEBRUAR 1902 – 10 UHR
Als Francesca am Morgen erwachte, fiel ihr als Erstes ein, dass sie einen wichtigen Fall hatte. Es gab so viel zu tun, dass sie große Zweifel hegte, ob es überhaupt alles an einem einzigen Tag zu schaffen war. Während sie noch mit geschlossenen Augen dalag, schossen ihr bereits zahllose Fragen durch den Kopf: Ob die Polizei Georgette de Labouche wohl gefunden hatte? In welchem Verhältnis mochte Calder Hart zu dem Verstorbenen gestanden haben? Hatte einer der Nachbarn irgendetwas gesehen oder gehört?

Und vor allem: Wer hatte Paul Randall derart gehasst, dass er ihn getötet hatte?

Francesca war entschlossen, den Mord aufzuklären und Bragg damit ein für alle Mal zu beweisen, wie gut sie als Kriminalistin war. Während sie langsam blinzelnd die Augen öffnete, stellte sie sich vor, wie er ihr schon bald wieder einmal für ihre unentbehrliche Hilfe danken und ihr möglicherweise sogar gestehen würde, dass er den Fall ohne sie gar nicht hätte lösen können. Bei diesem Gedanken musste sie unwillkürlich lächeln.

Jemand stand am Fußende ihres Bettes und erwiderte ihr Lächeln, aber es war nicht etwa Bragg, sondern ihre Schwester. Connie, in einem wundervollen rot-cremefarbenen Ensemble, war strahlend schön wie immer und schmunzelte amüsiert vor sich hin. »Guten Morgen, Schlafmütze. Das muss ja ein

wundervoller Traum gewesen sein, dass er ein solches Lächeln auf dein Gesicht zaubert, Francesca!«
Francesca setzte sich mit einem herzhaften und recht uneleganten Gähnen auf. »Es war auch ein wundervoller Traum.«
»Lass mich raten. Hatte er möglicherweise etwas mit unserem schneidigen neuen Commissioner zu tun?«, zog ihre Schwester sie auf.
Bei dieser Bemerkung war Francesca schlagartig wach, und ihre Vernunft kehrte zurück. Das Problem war, dass sie nicht für die Polizei arbeitete und Bragg entschlossen war, sie aus der Untersuchung herauszuhalten. Es war beinahe so, als hätte es ihre wunderbare Zusammenarbeit während der Burton-Entführung nie gegeben. Francesca würde ihre Nachforschungen zunächst wohl ausgesprochen diskret anstellen müssen – bis Bragg schließlich einsähe, wie unschätzbar wertvoll ihre Mithilfe war.
»Was machst du denn hier, und wie viel Uhr ist es überhaupt?« Francesca schlug ihre Bettdecke mit Schwung zur Seite und warf dabei einen Blick auf das Fenster mit den nur halb zugezogenen Vorhängen. Sie hatte offenbar verschlafen, denn draußen stand die Sonne bereits hoch am Himmel.
»Es ist schon nach zehn, und ich muss zugeben, dass ich schlichtweg schockiert bin, dass du noch im Bett herumlümmelst!« Connie hatte die Arme vor der Brust verschränkt und lächelte erneut.
»Ich bin spät zu Bett gegangen«, gab Francesca zu. Die Schwestern standen sich sehr nah, und Francesca freute sich stets, Connie zu sehen. Ihr gutes Verhältnis ließ sich vielleicht dadurch erklären, dass es zwischen ihnen kaum Rivalitäten gab, da sie – obwohl sie sich äußerlich sehr ähnlich sahen – so verschieden waren. Während Francesca der Blaustrumpf und die Refor-

mistin der Familie war, verkörperte Connie die perfekte Gastgeberin, elegante Ehefrau und liebende Mutter zweier süßer kleiner Mädchen. Schon als junges Mädchen hatte Francesca lieber gelernt, während Connie ihre Mutter zu Teegesellschaften begleitete. Im Unterschied zu ihrer Schwester interessierte sich Francesca auch nie für ihre Verehrer. Sie hatte insgeheim immer schon gewusst, dass sie eine Heirat so lange wie möglich hinausschieben wollte. Connie dagegen hatte immer in aller Offenheit davon geschwärmt, dass sie heiraten wolle, sobald sie alt genug dafür sei. Mit siebzehn hatte sie dann Neil Montrose kennen gelernt, und ein Jahr später hatten die beiden bereits geheiratet. Inzwischen war sie zweiundzwanzig.

»Du musst aber wirklich sehr spät zu Bett gegangen sein«, sagte sie jetzt. »Hast du wieder einmal bis zum Morgengrauen gelernt?«

Francesca, die mittlerweile aufgestanden war und in ihrem hellblauen Seidennachthemd fröstelte, grinste. »Nein. Stell dir vor, ich habe meinen ersten Fall, Con!«, rief sie, wobei sie sich bemühte, leise zu sein, doch es fiel ihr schwer, ihre Aufregung zu verstecken.

»Deinen ersten was?«, fragte Connie mit gerunzelter Stirn.

»Meinen ersten Fall.« Als Connie immer noch nicht zu begreifen schien, erläuterte Francesca: »Als Kriminalistin, Con. Schon vergessen?«

Connie blinzelte. »Wie bitte?«

Francesca mochte gar nicht glauben, dass Connie offenbar nicht begriff, wovon sie sprach. Sie streckte ihre Hand nach der Handtasche aus, die sie am Abend zuvor bei sich gehabt hatte, und holte eine Visitenkarte daraus hervor, die sie Connie reichte. »Habe ich dir denn die Karten noch nicht gezeigt? Ich habe sie am Donnerstag bei Tiffany's abgeholt.«

Connie warf einen Blick auf die Karte und keuchte unwillkürlich auf. »Ach, du meine Güte! Als ich sagte, du solltest Kriminalistin werden, da habe ich das doch im Scherz gemeint, Francesca! Und was ist mit deinem Studium?« Sie war offensichtlich wirklich erschrocken und starrte ihre Schwester aus weit aufgerissenen Augen an.
Francesca blinzelte, nahm ihre Karte wieder an sich und verstaute sie in der Handtasche. »Ich kann dir versichern, dass mein Studium nicht darunter leiden wird.«
»Und was soll das heißen, du hast deinen ersten Fall? Was darf ich mir darunter vorstellen?«, fragte Connie nervös, um dann sogleich hinzuzufügen: »Mama wird uns beide umbringen, wenn sie davon erfährt!«
»Sie wird nichts davon erfahren«, erwiderte Francesca mit gesenkter Stimme, doch der warnende Tonfall darin war nicht zu überhören.
Connie warf ihr einen ungläubigen Blick zu. »Du weißt genau, dass es auf Dauer unmöglich ist, ein Geheimnis vor Mama zu bewahren! Sie ist über alles bestens informiert, was ihre Lieben und die Menschen angeht, die sie als wichtig erachtet.«
Das entsprach leider der Wahrheit. Julia war zweifellos eine der klügsten und angesehensten Frauen in ganz New York. Sie war mit sämtlichen wichtigen Persönlichkeiten bekannt und verkehrte regelmäßig mit der Elite der Stadt. Sie war die treibende Kraft hinter beinahe jedem gesellschaftlichen, politischen oder gemeinnützigen Ereignis und vermochte Berge zu versetzen, wenn ihr der Sinn danach stand. Besser noch, sie vermochte den Berg dazu zu bewegen, zu ihr zu kommen.
»Das gefällt mir ganz und gar nicht«, sagte Connie.
»Das tut mir Leid. Aber es besteht kein Grund zur Sorge. Vielleicht hätte ich es dir besser nicht erzählen sollen. Also, was

tust du hier – an einem Samstagmorgen?« Francesca wurde mit einem Mal bewusst, wie ungewöhnlich dieser Besuch war. »Ist Neil denn nicht zu Hause?« Als sie diese Worte aussprach, verspürte sie ein Ziehen in der Brust. Neil würde doch wohl nicht zu solch früher Stunde seiner Liebelei frönen?

Francesca konnte immer noch nicht glauben, dass ihr Schwager eine Affäre hatte. Bis zu jenem schrecklichen Moment, als sie es entdeckt hatte, war er für sie der nobelste Mann gewesen, dem sie je begegnet war. Francesca hatte ihn für den perfekten Gentleman gehalten und den perfekten Ehemann dazu.

Connie blickte zur Seite. »Doch. Neil ist zu Hause«, sagte sie leise.

Francesca sah den gequälten Ausdruck auf dem Gesicht ihrer Schwester und hasste sich dafür, dass sie ihr nicht gestand, was sie in Erfahrung gebracht hatte. Dabei war sie sich ganz sicher, dass Neil eine Affäre hatte, denn sie hatte ihn in flagranti erwischt. Sie wusste, dass seine Geliebte kurz vor der Abreise nach Europa stand, wo sie für den Rest des Jahres bleiben würde. Vielleicht bedeutete dies ja das Ende der Affäre, und es würde sich alles in Wohlgefallen auflösen.

Aber Francesca glaubte nicht daran. Einige Tage zuvor hatte ihr Connie beinahe den Kopf abgerissen, weil Francesca angeblich in ihrem Privatleben herumgeschnüffelt hatte. Connie hatte klipp und klar von ihrer Schwester verlangt, dass sie sich um ihre eigenen Angelegenheiten kümmern solle. Francesca hatte ihre Schwester noch niemals so wütend gesehen.

Sie war sich nicht sicher, ob Connie Bescheid wusste, aber ganz offenbar spürte sie, dass irgendetwas nicht stimmte. Francesca schenkte ihr ein kleines Lächeln. »Du bist also gekommen, um mir bei einem späten Frühstück Gesellschaft zu leisten?« Connie war eine hingebungsvolle Ehefrau und Mutter, und dass sie an einem Samstagmorgen nicht bei ihrem Baby, der dreijährigen Charlotte und Neil weilte, ließ darauf schließen, dass dunkle Wolken über ihrem Leben aufzogen.

Connie erwiderte das Lächeln. »Ich dachte, du hättest vielleicht Lust auf einen Einkaufsbummel. Neil ist zum Mittagessen verabredet, und Charlotte ist zu einer Geburtstagsfeier eingeladen.«

Francesca blickte ihre Schwester nachdenklich an. Normalerweise hätte Connie Charlotte zu der Geburtstagsfeier begleitet und sich dort mit den anderen Müttern zusammengesetzt, die alle junge Damen der guten Gesellschaft waren.

»Ich wollte dich abholen, damit wir ein bisschen Geld verprassen können. Wir machen uns einen schönen Tag und essen im Sherry's oder im Plaza Hotel zu Mittag«, fuhr Connie fort, aber es waren nur ihre Lippen, die lächelten, nicht ihre Augen.

Francesca fiel auf, dass Connie mit einem Mal ernst und unglücklich wirkte. Außerdem wusste sie genau, dass Fran Einkaufsbummel hasste. Seufzend ergriff Francesca die Hand ihrer Schwester. »Oh, Con, ich kann nicht. Es tut mir Leid.«

»Aber warum denn nicht?«, rief Connie enttäuscht.

Sie zögerte. »Mein Fall. Ich muss einige Leute befragen.« Paul Randalls Witwe war die Erste auf ihrer Liste, gefolgt von Calder Hart. Außerdem wollte sie Joel bitten, zum Präsidium zu gehen, um herauszufinden, welche Fortschritte Bragg bislang bei seinen Ermittlungen gemacht hatte.

»Du hast tatsächlich vor, den Tag damit zu verbringen, Detektiv zu spielen?«, fragte Connie ein wenig überrascht.

Francesca nickte fröhlich. »Aber benutze diesen Ausdruck bitte nicht in diesem Haus!«

»Mama ist in ihrem Zimmer. Sie wird erst frühestens in zwei Stunden nach unten gehen, das weißt du doch.«

»Es gibt für alles ein erstes Mal.«
»In diesem Falle möchte ich es bezweifeln. Na schön, ich werde dich begleiten«, erklärte Connie schließlich.
»Wie bitte?« Francesca glaubte, sich verhört zu haben.
»Ich werde dich begleiten«, wiederholte Connie lächelnd. »Das macht bestimmt Spaß.« Ihr Lächeln schwand. »Und es wird mich auf andere Gedanken bringen.«
Francesca blickte sie an. »Du meinst, es wird dich davon abhalten, über Neil nachzudenken.« Die Worte waren ihr einfach so herausgerutscht.
Connie erstarrte. »Das habe ich nicht gesagt.« Sie wandte sich ab, drehte sich dann aber wieder zu Francesca um. »Bitte, Fran! Ich verspreche auch, mich nicht einzumischen. Wenn du willst, werde ich nichts weiter als deine treue Begleiterin sein.«
Francesca hätte am liebsten abgelehnt. Sie wollte Connie nicht im Schlepptau haben, schon allein deshalb nicht, weil sie für sie verantwortlich sein würde, wenn sie in Gefahr gerieten – und die Erfahrungen der Vergangenheit hatten sie gelehrt, dass sie in solchen Situationen schon alle Hände voll zu tun hatte, sich selbst zu retten. Außerdem konnte sie Connie unmöglich anvertrauen, dass sie in einem Mordfall ermittelte. Francesca zweifelte nicht einen Augenblick lang daran, dass ihre Schwester schon beim bloßen Klang des Wortes Mord einen hysterischen Anfall bekommen würde. Außerdem würde sie mit einer solchen Information schnurstracks zu Neil rennen – ganz gleich, in welchem Zustand sich ihre Ehe auch befinden mochte.
Doch während sich Francescas Gedanken überschlugen, fiel ihr plötzlich ein, dass Calder Hart am Abend zuvor ein gewisses Interesse an ihrer Schwester gezeigt hatte – sie hatte es in seinen Augen gesehen. Und wenn sie allein zu ihm ginge,

würde er ihr möglicherweise nicht die nötige Aufmerksamkeit schenken.
Es gefiel ihr zwar eigentlich nicht, Connie auf diese Weise zu benutzen, aber dieses eine Mal würde gewiss keinen Schaden anrichten. Außerdem lief in der Stadt ein Mörder frei herum, ein Mörder, der vor Gericht gebracht werden musste. Allerdings würde sie ihren Besuch bei Randalls Witwe verschieben müssen, denn sonst wäre ja die Katze aus dem Sack gewesen.
»Also gut, du kannst mich begleiten«, sagte Francesca schließlich. »Aber nur unter einer Bedingung: Du musst mir schwören, dass du niemandem, wirklich niemandem, Connie – und das heißt weder Neil noch Bragg –, von dem heutigen Tag erzählen wirst, ganz gleich, was auch geschehen mag!«
Connie hob feierlich ihre rechte Hand. »Ich schwöre«, sagte sie.
Erleichtert fühlte sich Francesca deshalb aber noch lange nicht.

Connies Vierspänner, eine sehr elegante schwarze Kutsche, hielt vor der Auffahrt von Haus Nummer 973 auf der Fifth Avenue, ungefähr zehn Häuserblöcke von der Villa der Cahills entfernt. »Das kann es unmöglich sein«, erklärte Francesca.
»Das muss es sein, das Gekritzel ist eindeutig eine Drei und keine Acht«, erwiderte Connie, deren Hände in einem roten Nerzmuff steckten, der sowohl zu ihrem Ensemble als auch zu ihrem Mantel passte.
Francesca starrte die riesige Villa an, vor der sie standen. Sie war mindestens vier Stockwerke hoch, das einzige Haus im ganzen Straßenquadrat, und das Grundstück nahm mindestens die Hälfte davon ein. Die anderen Grundstücke waren unbebaut, wobei auf einem offenbar bald mit Bauarbeiten begonnen werden würde. Ausgedehnte Rasenflächen, die nun

mit Schnee bedeckt waren, umgaben das Haus; im hinteren Teil befanden sich ein zugefrorener Teich und ein Gästehaus, außerdem Tennisplätze und ein großer Stall.

»Dieses Haus ist größer als unsere Villa«, bemerkte Francesca. »Ob Calder Hart wirklich so vermögend ist?«

»Vielleicht hat er ja zehn Kinder«, erwiderte Connie. Sie klopfte gegen die Trennscheibe, um den Kutscher auf sich aufmerksam zu machen. »Clark, bitte fahren Sie die Auffahrt hinauf.«

»Hart hat sich aber gestern Abend nicht gerade wie ein verheirateter Mann aufgeführt«, gab Francesca zu bedenken und bedauerte ihre Worte sogleich, als ihr erneut Neils Affäre einfiel.

Connie warf ihr einen Blick zu. »Er hat sich doch bloß ein paar Minuten mit uns unterhalten. Wie konntest du in der kurzen Zeit denn irgendetwas feststellen – vor allem bei dem ganzen Zirkus, der um uns herum herrschte?« Bei der Erinnerung daran errötete sie.

Francesca fragte sich, was Connie wohl zu Miss de Labouches Faible für Erotik-Spielzeug sagen würde. »Im Gegensatz zu dir habe ich Mr Hart meine Aufmerksamkeit geschenkt. Ich fand ihn weitaus interessanter als dieses inszenierte Spektakel, das uns der zügellose Mr White zugemutet hat.«

Connies Wangen nahmen einen noch kräftigeren Rotton an. »Ich habe Mr Hart durchaus auch meine Aufmerksamkeit geschenkt.«

»Unsinn! Du konntest gar nicht genug bekommen von den Artisten.«

»Das ist nun wirklich unverschämt, Francesca«, sagte Connie steif.

»Tut mir Leid. Es war … anregend, um es einmal mit Calder Harts Worten zu sagen.« Sie tätschelte den Arm ihrer Schwester.

»Anregend ist wohl kaum der richtige Ausdruck. Es war schockierend und skandalös«, erklärte Connie mit fester Stimme.

»Seid du und Neil denn auch schon bald gegangen?«, konnte sich Francesca nicht verkneifen zu fragen, als der Brougham vor dem Eingang zu Harts Villa hielt.

»Nein, wir sind noch etwas länger geblieben.« Connie presste die Lippen aufeinander. »Ich hatte gewisse Schwierigkeiten, Neil in dem Trubel zu finden.«

Das gefiel Francesca ganz und gar nicht. Ob Neils Geliebte wohl auch auf dem Fest gewesen war? Oder hatte er sich bloß mit anderen Gästen unterhalten? Francesca hoffte inständig, dass Letzteres der Fall gewesen war.

In diesem Moment öffnete der Kutscher die Tür, und Connie schenkte ihrer Schwester ein strahlendes Lächeln. »Auf ins Vergnügen!«, sagte sie. »Lass uns sehen, ob wir finden, wonach auch immer du suchen magst.«

Lächelnd stieg Francesca hinter ihrer Schwester aus der Kutsche, wobei sie Clarks Arm ergriff, um zu verhindern, dass sie ausrutschte. Trotz ihres pelzgefütterten Mantels war ihr kalt.

»Dieses Wetter lässt einem sogar Newport mitten im Hochsommer verführerisch erscheinen«, sagte Francesca. Sie hatte nichts gegen Meer und Strand einzuwenden, mochte Newport aber nicht, das den reichsten und affektiertesten Einwohnern der Stadt im Sommer als Zufluchtsort diente. Am liebsten hielt sie sich dort in den Wintermonaten auf, wenn man lange, einsame Spaziergänge am Strand unternehmen konnte und der Ort selbst an eine Geisterstadt erinnerte.

Connie betätigte bereits den Türklopfer, und die Tür wurde sogleich von einem Diener geöffnet. Die Schwestern traten ein, und Francesca überreichte dem Mann ihre brandneue Visitenkarte.

»Bitte teilen Sie Mr Hart mit, dass die Cahill-Schwestern ihn zu sehen wünschen«, sagte sie.

Als der Butler gegangen war, blickten sie sich um. In der prunkvollen Eingangshalle, die mit einem schwarz-weißen Marmorboden im Schachbrettmuster ausgelegt war, hätte man gut und gern einen kleinen Ball veranstalten können. Francesca hatte noch niemals einen so überdimensionierten Eingangsbereich eines Hauses gesehen. Die kuppelförmige Decke zierte ein Freskogemälde, dessen Thema offensichtlich religiöser Natur war: Menschen und Engel und möglicherweise auch Teufel wurden scheinbar in das Reich Gottes hinaufgerissen – oder sollte es die Hölle darstellen? Da der Himmel blau gemalt war, hoffte Francesca inständig, dass es sich um die ewige Seeligkeit handelte, aber die Männer, Frauen und Kinder auf dem Fresko schienen zu schreien, was darauf schließen ließ, dass sie litten. Womöglich sollte das Gemälde ja auch das Ende der Welt darstellen – jedenfalls war die Wirkung makaber.

Francesca ließ ihren Blick weiter umherwandern.

An beiden Enden des großen Raumes befanden sich schwarze Marmorsäulen. Zwischen den beiden am hinteren Ende des Saales standen zwei lebensgroße Statuen nackter Frauen. Francesca stand mit offenem Mund da und starrte sie an.

Weder Hände noch Blätter bedeckten die Geschlechtsteile der beiden Frauen. Sie waren wunderschön und besaßen üppige Kurven, doch Gesichtsausdruck und Körperhaltung der einen schienen Angst auszudrücken. Ihr langes, lockiges Haar wallte um ihre breiten Hüften und ihre vollen Brüste, während sie mit weit aufgerissenen Augen über ihre Schulter zurückblickte. Francesca riss ihren Blick von den Statuen los und warf Connie einen viel sagenden Blick zu.

»Schau dir nur die Bilder an!«, sagte ihre Schwester leise.

Francesca hatte die beiden riesigen Gemälde an den Wänden links und rechts noch gar nicht bemerkt. Das eine war die ausgesprochen realistische Darstellung eines Mannes, der scheinbar im Sterben lag, auf jeden Fall aber eine Verwundung erlitten hatte. Er lag auf dem Rücken, ein Schwert neben sich, und im Hintergrund war sein Pferd zu sehen, von dem er offenbar heruntergefallen war. Francesca blickte ihre Schwester an und trat dann auf das Bild zu.

»Die Bekehrung des heiligen Paulus«, las sie im Flüsterton vor. Es war ein sehr eindringliches und beunruhigendes Bild, und ihr lief unwillkürlich ein Schauer über den Rücken.

Connie trat neben sie und sagte leise: »Meinst du, Mr Hart ist ein Atheist? Ich möchte bezweifeln, dass die Kirche ein solches Gemälde gutheißen würde.«

»Ich weiß nicht, ich kenne ihn ja kaum«, erwiderte Francesca.

In diesem Moment hörten die Schwestern, wie sich forsche Schritte näherten. »Was für eine angenehme Überraschung!«, ertönte eine männliche Stimme.

Sie fuhren herum wie zwei kleine Mädchen, die beim heimlichen Griff in die Plätzchendose erwischt wurden.

Calder Hart grinste. »Wie ich sehe, bewundern Sie meinen Caravaggio.«

Francesca besaß die Geistesgegenwart, ihre Hand auszustrecken. »Mr Hart! Guten Tag. Es ist sehr freundlich von Ihnen, uns zu empfangen. Und – ja, wir bewundern tatsächlich Ihre Kunst.«

»Wirklich?« Er beugte sich über ihre Hand, blickte dabei aber unverhohlen zu Connie hinüber. »Die meisten meiner Gäste finden dieses Gemälde – wie so manches andere – zu wenig religiös, um nicht zu sagen skandalös und schockierend.« Er lächelte, als amüsiere ihn dies.

»Es ist in der Tat ein wenig pietätlos«, murmelte Connie. »Guten Tag, Mr Hart.«

»Bitte nennen Sie mich doch Calder.« Mit funkelnden Augen beugte er sich auch über ihre Hand. »Finden Sie es denn auch schockierend?«, fragte er.

Connie zog ihre Hand weg, als habe er sie zu lange festgehalten, was gar nicht der Fall war. »Nein, ich finde es nicht schockierend, aber ich würde es niemals in meinem Haus aufhängen«, erwiderte sie mit einer Offenheit, die Francesca überraschte, da sie sie von ihrer Schwester nicht gewohnt war.

»Es gefällt Ihnen also nicht?«, fragte Hart.

»Nein, ganz bestimmt nicht.«

»Und wenn Ihr Mann es gern besitzen würde?«

Connie starrte Hart an. »Nun, dann sollte er es kaufen. Aber ich würde ihm niemals erlauben, es in einen für Besucher zugänglichen Raum zu hängen – und ganz gewiss nicht in den Eingangsbereich unseres Hauses.«

»Ach, herrje! Sie missbilligen meine Wahl. Nun, vielleicht fehlt mir wirklich die richtige Anleitung, der Rat einer Frau wie Sie.«

»Gibt es denn keine Frau, die Ihnen diesen Rat geben könnte, Mr Hart?«, fragte Connie.

»Ich bin Junggeselle, wenn Ihre Frage darauf abzielt. Und ein überzeugter dazu, das darf ich Ihnen versichern.« Er grinste.

»Welch eine Schande!«, bemerkte Connie, und Francesca wusste, dass sie es ehrlich meinte.

»Finden Sie? Die meisten Frauen scheinen erfreut zu sein, wenn sie erfahren, dass ich noch zu haben bin.« Harts Grinsen wurde breiter, beinahe teuflisch.

»Die meisten allein stehenden Frauen«, verbesserte ihn Connie.

Er lachte laut auf. »Und die verheirateten«, sagte er.

Connie erstarrte. »Ich muss doch sehr bitten! Eine verheiratete Frau würde sich doch nur für Sie interessieren, wenn sie eine Freundin oder eine Schwester hätte, die noch frei ist.«
Er blickte sie an. »In Ihren Kreisen vielleicht.«
Francesca blickte von einem zum anderen, und was sie sah, gefiel ihr gar nicht. Das Gemälde schien Connie nicht mehr länger zu stören; ganz offensichtlich störte sie sich weitaus mehr an ihrem Gastgeber, der mit ihr flirtete und sich nicht einmal Mühe gab, es zu verbergen. Im Grunde war es mehr als das – Hart benahm sich, als wäre ihre Schwester seine Beute, und das war einfach nicht akzeptabel.
»Mr Hart? Könnten wir bitte kurz mit Ihnen sprechen?«, schaltete Francesca sich ein.
»Gewiss, Miss Cahill«, sagte er und fuhr sogleich fort: »Finden Sie die Bekehrung eines der bekanntesten Heiligen der katholischen Kirche auch pietätlos und schockierend?«
Sie befeuchtete ihre Lippen. »Ich finde das Bild beunruhigend, aber ich muss mir erst noch eine Meinung bilden, warum es sich so verhält. Dennoch scheint der Künstler ganz offensichtlich ein Meister zu sein, und sein Werk übt zweifellos eine gewisse Faszination aus.«
Er nickte anerkennend. »Dem kann ich nur zustimmen.« Er blickte erneut zu Connie hinüber. »Ich bin ein passionierter Sammler und würde Sie gern durch mein Haus führen, um Ihnen die vielen Meisterwerke zu zeigen, die ich über die Jahre erworben habe.« Er lächelte.
»Ich fürchte, wir dürften kaum Zeit für eine solche Führung haben, Mr Hart«, erwiderte Connie.
»Nun, vielleicht werden Sie Ihre Meinung mit der Zeit ändern«, sagte Hart. Dann wandte er sich lächelnd an Francesca: »Folgen Sie mir bitte, meine Damen.«

Francesca warf Connie, die offenbar wirklich verärgert war, einen beruhigenden Blick zu.
Dann ergriff sie Connies Hand, und die Schwestern folgten Calder Hart durch die riesige Eingangshalle in einen Salon. Francesca erblickte rund ein Dutzend oder mehr exotische Sitzmöglichkeiten. Brokat, Damast und Seide waren überall vertreten, Streifenmuster konkurrierten mit türkischen Mustern und einfarbigen Stoffen. Zwei riesige, thronähnliche Sessel schienen mit echten Zebrafellen bedeckt zu sein. Abgesehen davon herrschten in dem Raum Rottöne, Gold und Bernsteingelb vor, und die Wände waren in einem dunklen Orange gestrichen. Von der Decke hingen riesige Kristallkronleuchter herab, und auf dem Boden lagen neben etlichen anderen Teppichen auch zwei Leopardenfelle. Francesca kam es vor, als habe sie eine andere Welt betreten oder als sei sie in eine andere Zeit gereist, in ein vergangenes Jahrhundert.
Connie stieß ihr den Ellenbogen in die Seite. Ihre Wangen waren gerötet.
Francesca folgte dem Blick ihrer Schwestern und schluckte.
An einer der Wände hing ein Bild, auf dem sich eine lockige Brünette inmitten zerknitterter weißer Seidenlaken sinnlich räkelte. Sie war nackt und hatte gerötete Wangen, und ihre Körperhaltung überließ nur wenig der Phantasie. Der Künstler hatte jeden Zentimeter ihres Leibes mit größter Genauigkeit und Sorgfalt wiedergegeben, wenngleich ihre Lenden glücklicherweise bedeckt waren. Dennoch war das Bild drastisch und schockierend.
Francesca hatte etwas Derartiges noch nie gesehen.
Connie wandte sich ab, nahm in einem goldfarben bedruckten Damastsessel Platz und faltete ihre Hände im Schoß.
Auch Francesca riss ihren Blick von dem Bild los und sah zu

Calder Hart hinüber, der Connie mit einem grüblerischen Blick beobachtete. Francesca fragte sich, ob er wohl Vergnügen daran fand, seine Gäste zu schockieren. Oder war er womöglich ein wahrer Kunstfreund, dem es völlig egal war, was man von ihm dachte? Und warum baute sich ein Junggeselle wie er ein solches Haus? Wie einsam er sich in diesem riesigen, exotischen Palast fühlen musste, in dem ihm nur die Dienstboten Gesellschaft leisteten!

Calder Hart bemerkte, dass Francesca ihn beobachtete, und deutete auf die Sitzgelegenheiten. »Nehmen Sie doch bitte Platz.«

Francesca nickte und setzte sich neben ihre Schwester auf ein kleines rotes Sofa mit burgunderfarbenen Zierkordeln, während Hart ihnen gegenüber in einem Lehnsessel Platz nahm. Francesca versuchte ihre Gedanken zu ordnen. Seit sie Harts Villa betreten hatte, war sie so abgelenkt gewesen, dass sie den Grund ihres Besuches beinahe vergessen hatte. Sie rief sich in Erinnerung, dass sie zunächst einmal herausfinden musste, in welcher Beziehung Mr Hart zu dem verstorbenen Paul Randall gestanden hatte.

»Also, Miss Cahill, wie kann ich Ihnen ... und Ihrer Schwester ... helfen?«, fragte Hart. »Nachdem ich einen Blick auf Ihre sehr ungewöhnliche Visitenkarte werfen durfte, nehme ich an, dass es sich nicht um einen Höflichkeitsbesuch handelt.«

Francesca und Connie wechselten einen Blick. »Nein, leider handelt es sich nicht um einen Höflichkeitsbesuch.«

»Das stürzt mich in tiefe Verzweiflung«, erwiderte Hart lächelnd.

»Nun, vielleicht ein anderes Mal«, sagte Francesca.

»Ja, möglicherweise habe ich ja einmal die Ehre, Sie und Ihre

Schwester zum Mittagessen ausführen zu dürfen. Vielleicht schon diese Woche?« Er stellte die Frage, ohne dabei zu Connie hinüberzusehen.
Doch Connie war es, die antwortete, bevor Francesca überhaupt ein Wort über die Lippen bringen konnte. »Das ist überaus freundlich von Ihnen, Mr Hart, aber mein Terminkalender ist bereits voll.«
»Dann vielleicht nächste Woche?« Er schenkte ihr ein äußerst charmantes Lächeln. Francesca war sich sicher, noch niemals zuvor einem Mann mit einer solchen Ausstrahlung begegnet zu sein, zumindest noch keinem, der auf solch rücksichtslose Weise Gebrauch davon machte.
»Ich werde einmal nachsehen, ob ich mich frei machen kann«, erwiderte Connie betont freundlich, aber Francesca wusste, dass sie lediglich höflich sein wollte und nicht die Absicht hatte, jemals mit ihrem Gastgeber zu speisen.
»Bitte tun Sie das«, sagte Hart, der offenbar nicht vorhatte, sich von seinem Plan abbringen zu lassen. Dann wandte er sich Francesca zu. »Wie kann ich Ihnen helfen?«
Francesca straffte die Schultern. »Ich habe kürzlich den Auftrag einer Klientin angenommen, Mr Hart. Ihr Name lautet Miss Georgette de Labouche. Sind Sie möglicherweise mit ihr bekannt?«
Falls er Miss de Labouche kannte oder ihr Name ihm in irgendeiner Weise vertraut war, so ließ Calder Hart es sich nicht anmerken. »Nein, das bin ich nicht. Worum geht es denn überhaupt?«
Francesca zögerte. Wie ginge sie wohl am geschicktesten vor? »Miss de Labouche ist eine gute Freundin von Paul Randall. Wenn mich nicht alles täuscht, sind Sie ein Bekannter des Gentlemans?« Francesca lächelte Hart an.

Er erwiderte ihr Lächeln nicht, und sein Tonfall wurde merklich kühler. »Ja, ich kenne Randall«, sagte er.
»Und welcher Art ist Ihre Beziehung, wenn ich fragen darf?«, fuhr Francesca eifrig fort. »Haben Sie geschäftlich mit ihm zu tun? Sind Sie befreundet?«
Hart erhob sich. »Ehrlich gesagt, glaube ich nicht, dass Sie das etwas angeht, Miss Cahill.«
Harts plötzliche Verwandlung bestürzte Francesca. »Ich möchte Ihnen natürlich nicht zu nahe treten, Mr Hart«, sagte sie, obgleich sie dies natürlich durchaus in Kauf nahm.
»Das tun Sie aber«, entgegnete er barsch.
Connie erhob sich. »Francesca, wir sollten besser gehen. Ich fürchte, wir sind schon länger geblieben, als wir willkommen sind.«
Francesca ignorierte ihre Schwester und ließ Hart nicht aus den Augen. »Es tut mir Leid, falls ich Ihnen zur Last falle, Mr Hart, aber Ihre Beziehung zu Paul Randall könnte sehr wichtig für meine Untersuchung sein.«
»Und was genau untersuchen Sie, Miss Cahill?«, fragte er spöttisch.
Sie fuhr sich mit der Zunge über die Lippen. »Paul Randall ist tot, Mr Hart«, sagte sie schließlich. »Und ich versuche herauszufinden, wer ihn ermordet hat.«
Connie entfuhr ein Keuchen, was Francesca allerdings nur vage wahrnahm, da sie Hart immer noch nicht aus den Augen ließ. Sie sah, wie sich sein Gesichtsausdruck veränderte, doch sie war nicht in der Lage, seinen Blick zu deuten. War er möglicherweise nur überrascht gewesen? Oder verbarg er etwas, das zu erkennen sie nicht scharfsinnig genug war?
»Er ist gestern Nacht ermordet worden, Mr Hart«, fuhr Francesca fort. »Es tut mir Leid, dass ich Ihnen diese schlechte

Nachricht überbringe, aber vielleicht verstehen Sie nun, warum ich wissen muss, in welcher Beziehung Sie zu Mr Randall standen.«

Hart wandte sich ab und trat zu einem versilberten Beistellwagen, auf dem alkoholische Getränke standen. Francesca sah mit großen Augen zu, wie er sich einen Drink einschenkte und den Inhalt des Glases bis zur Hälfte hinunterstürzte.

»Mr Hart?«

Er blieb weiter mit dem Rücken zu ihr stehen und trank den Rest des Whiskeys aus. Dann füllte er das Glas erneut.

Connie hatte sich bereits erhoben und zupfte ihre Schwester nun ungeduldig am Ärmel. Francesca sah die Missbilligung in ihren Augen. »Ich glaube, wir sollten gehen«, flüsterte Connie.

Francesca schüttelte den Kopf.

In diesem Augenblick drehte sich Hart wieder um. Er hielt das Glas wie zu einem Toast in die Höhe. »Miss Cahill, ich könnte Ihnen um den Hals fallen«, sagte er, aber das Lächeln, das er ihr schenkte, war der blanke Hohn. »Randall ist also wirklich tot? Hurra!« Er nahm einen weiteren kräftigen Schluck Whiskey.

Connie überraschte alle – vielleicht am meisten sich selbst –, als sie entschlossen auf Hart zutrat und ihm das Glas aus der Hand nahm. »Ich entschuldige mich für die Taktlosigkeit meiner Schwester – sie meint es nicht böse, aber manchmal mangelt es ihr leider an den nötigen Umgangsformen. Setzen Sie sich doch bitte. Vielleicht ist es besser, wenn ich Ihren Kammerdiener rufe, Mr Hart.«

»Wie freundlich Sie doch sind!«, erwiderte er spöttisch. Dann legte er seine Hand unter ihr Kinn und hob es an. »Ich frage mich, wie weit Ihre Freundlichkeit wohl unter anderen Umständen gehen würde.«

Francesca begriff die Bedeutung seiner Worte und schnappte nach Luft. Connie wich nicht sofort zurück, sondern starrte Hart wie hypnotisiert an.
Der ließ sie schließlich los, lächelte und blickte Francesca an. »Die Antwort auf Ihre Frage ist einfach«, sagte er. »Und nun, da Randall tot ist, habe ich auch kein Problem damit, sie zu beantworten.«
Connie, die ganz bleich geworden war, trat einen Schritt zurück. Francesca ergriff ihre Hand und hielt sie fest. Dieser Mann war wirklich Furcht einflößend.
»Ich bin sein Sohn«, sagte Calder Hart nach einer Weile. »Sein Bastard.« Das Lächeln, das er den Schwestern schenkte, ließ Francesca einen kalten Schauer über den Rücken laufen.

KAPITEL 6

Francesca starrte Hart entsetzt an.
Er war Randalls Sohn?

»Großer Gott!«, flüsterte Connie, die noch eine Spur bleicher geworden war.

»Mr Hart! Es tut mir so Leid! Ich hatte ja keine Ahnung!«, rief Francesca und rang die Hände. In ihrem Kopf überschlugen sich die Gedanken, und sie schalt sich selbst für ihr gedankenloses Verhalten. Sie hatte diesem Mann gerade mitgeteilt, dass sein Vater tot war; diesen Fehltritt würde sie gewiss ihr Leben lang bereuen. Aber wie hätte sie auch davon wissen sollen? Und warum hatte Bragg Hart noch nicht über den Mord unterrichtet? Er wusste doch gewiss, dass Randall der Vater seines Halbbruders war!

»Bedauern Sie, dass Randall tot ist und dass Sie die Überbringerin solch schlechter Nachrichten sind?«, fragte Hart kühl.

»Ja«, flüsterte Francesca beschämt.

Connie trat zwischen die beiden. »Wir haben einen schrecklichen Fauxpas begangen!«, rief sie. »Ich kann Sie dafür nur um Vergebung bitten. Hätte ich gewusst, was Francesca vorhat, so hätte ich es niemals erlaubt!« Sie warf ihrer Schwester einen wütenden Blick zu.

»Ich hatte ja keine Ahnung«, wiederholte Francesca. »Mr Hart, bitte nehmen Sie doch wieder Platz. Wir werden Ihnen einen Tee bringen lassen.«

Er lachte, aber dieses Lachen klang alles andere als fröhlich.

»Wir werden jetzt gehen«, erklärte Connie mit fester Stimme und blickte Francesca erneut böse an. Dann wandte sie sich wieder an Calder Hart. »Gibt es irgendetwas, was wir in dieser schweren Zeit für Sie tun können?«

Er schaute sie an, und sein Blick war eiskalt. Es war der Blick eines Mannes, der kein Gewissen hat.

»Mir fallen verschiedene Arten ein, wie Sie mir Trost spenden könnten, meine liebe Lady Montrose«, sagte er.

Die Bemerkung war derart unverschämt, dass sogar Francesca keine Antwort darauf einfiel.

Connie errötete, drehte sich ohne ein weiteres Wort zu verlieren um und schritt quer durch den Salon zur Tür.

Francesca starrte Hart an.

»Auf Wiedersehen«, sagte er schroff.

Francesca lag eine scharfe Zurechtweisung für sein unverschämtes Verhalten auf der Zunge. Sie fragte sich, ob er es genossen hatte, ihrer Schwester ein solches Unbehagen zu bereiten. Aber dann erinnerte sie sich daran, dass er gerade erst vom Tod seines Vaters erfahren hatte, und hielt die Bemerkung zurück.

»Mr Hart, Sir«, sagte sie stattdessen nur.

Als sie sich zum Gehen wandte, sah sie, dass der Butler neben Connie an der Salontür stand. Er sagte: »Der Commissioner ist hier und wünscht Sie zu sprechen, Sir.«

Francesca schlug das Herz plötzlich bis zum Hals.

»Der Tag wird einfach immer besser«, erwiderte Hart bissig. »Führen Sie den lieben Commissioner herein.«

Francesca war sich darüber im Klaren, dass sie so schnell wie möglich verschwinden musste, um eine Begegnung mit Bragg zu vermeiden. Ob es wohl noch einen anderen Ausgang aus dem Salon gab? Sie sah sich um und entdeckte zwei hohe

Flügeltüren, die offenbar in ein anderes Zimmer führten. Am liebsten wäre sie schnurstracks darauf zugerannt, doch in diesem Augenblick kam Bragg bereits in den Salon geeilt.

Francesca bemühte sich, einen unschuldigen Gesichtsausdruck aufzusetzen, während sie fieberhaft nach einer glaubwürdigen Ausrede für ihren Besuch bei Hart suchte. Doch es wollte ihr einfach nichts einfallen. Als Bragg sie sah, blieb er überrascht stehen.

Hart goss bereits einen weiteren Drink ein. »Dein Liebchen ist dir zuvorgekommen, Rick«, sagte er. »Ich habe die Neuigkeit schon erfahren. Der König ist tot. Es lebe der König!«

Bragg schaute zwischen seinem Halbbruder und Francesca hin und her, doch schließlich blieb sein Blick an Francesca hängen und schien sie förmlich zu durchbohren. »Nein«, sagte er und schüttelte den Kopf, als sehe er Dinge, die gar nicht da waren.

»Ich habe einen Fehler begangen, aber es war ein Versehen!«, rief Francesca. »Bitte ziehen Sie keine falschen Schlüsse, Bragg!«

»Was mir unter den gegebenen Umständen allerdings schwer fällt«, erwiderte er mit einer Unheil verkündenden Stimme, die Francesca zusammenfahren ließ.

Hart kicherte. »Der Widerspenstigen Zähmung … Dies scheint sich ja zu einem recht unterhaltsamen kleinen Familiendrama zu entwickeln, bei dem ich nur allzu gern den Zuschauer abgeben werde.«

Bragg sah ihn an. »Halt die Klappe, Hart! Du sitzt ohnehin schon tief genug in der Patsche.«

»Wie bitte? Willst du etwa deinen eigenen Bruder verhaften? Und weshalb, wenn ich fragen darf? Wegen einiger spitzer Bemerkungen?« Hart nahm erneut einen Schluck Whiskey,

dieses Mal allerdings ohne Hast. Dann musterte er seinen Bruder kühl, wobei seine Augen beinahe schwarz erschienen.
Bragg trat auf Francesca zu. »Ich ziehe ernsthaft in Erwägung, Sie zum Polizeipräsidium mitzunehmen. Vielleicht begreifen Sie dann den Ernst der Lage.«
»Connie und ich wollten eigentlich nur einen Einkaufsbummel machen«, hob sie an.
»Das stimmt gar nicht!«, rief Connie von der Tür her. Sie war immer noch wütend auf Francesca.
Francesca warf ihr einen bösen Blick zu. Dann sagte sie: »Es tut mir ja so Leid!«
»Warten Sie in der Eingangshalle auf mich. Wir werden uns nachher unterhalten, wenn ich mit Calder gesprochen habe.«
»Jawohl«, erwiderte Francesca gehorsam und überlegte, ob es nicht besser wäre, zu Connies Kutsche zu laufen und nach Hause zu fahren. Aber es war möglicherweise keine gute Idee, sich Bragg zu widersetzen. Sie eilte aus dem Salon, und als sie über die Schwelle trat, hatte sie das eigenartige Gefühl, gerade noch einmal ihrem Henker entkommen zu sein.
In der Eingangshalle starrte ihre Schwester sie anschuldigend an. »Du untersuchst einen Mord, Fran?«
Francesca hätte sich gern verteidigt, war aber immer noch viel zu mitgenommen von dem, was soeben geschehen war. »Das werde ich mir niemals verzeihen«, flüsterte sie. »Es ist meine Schuld, dass Hart auf diese Weise vom Tod seines Vaters erfahren musste.«
»Und es ist wirklich unverzeihlich«, fuhr Connie sie an. »Auch wenn dieser Mann sich überaus verwerflich benimmt.«
Francesca sah sie an und vernahm im selben Moment laute Stimmen aus dem Salon. Offenbar stritten die Brüder, und sie hätte nur zu gern gewusst, worum es in dem Streit ging.

»Ich würde alles dafür geben, jetzt eine Fliege an der Wand in diesem Zimmer sein zu können«, flüsterte Francesca ihrer Schwester zu.
»Nein«, sagte Connie und schüttelte den Kopf. »Wir warten hier auf den Commissioner und rühren uns nicht von der Stelle.«
Francesca ignorierte sie. Es war beinahe so, als hätten ihre Füße ein Eigenleben entwickelt. Sie huschte in das Zimmer neben dem Salon, das sich als kleiner, aber ebenso prunkvoll ausgestattet entpuppte. Die riesigen Flügeltüren, die sie in dem großen Salon gesehen hatte, lagen direkt vor ihr, und sie eilte darauf zu, ohne Connies Protestschrei Beachtung zu schenken. Francesca drückte ihr Ohr gegen das Holz und lauschte angestrengt, während Connie, die ihr gefolgt war, wütend auf sie einredete.
»Ich könnte dich erwürgen! Besitzt du denn überhaupt keinen Anstand? Das ist doch eine Privatunterhaltung!«, rief Connie.
»Schschsch«, zischte Francesca.
Connie zögerte einen Moment lang und fragte dann leise: »Was geht denn da vor sich?«
Francesca fuhr sich mit der Zunge über die Lippen. »Hart bestreitet, Randall umgebracht zu haben.«
Connie schnappte nach Luft und presste ihr Ohr ebenfalls an die Tür.

»Ich habe ihn nicht getötet – falls du deshalb hier sein solltest«, erklärte Hart mit gleichgültiger Stimme. Er wandte sich erneut dem Servierwagen zu. »Etwas zu trinken gefällig?«
»Habe ich denn behauptet, dass du Randall umgebracht hast?«, fragte Bragg kühl.
Hart ließ sich Zeit damit, Bragg einen Drink einzuschütten,

den dieser gar nicht gewünscht hatte, trat dann auf ihn zu und reichte ihm das Glas. Sein Lächeln glich einer Grimasse. »Ich kenne dich nur allzu gut, hast du das etwa schon vergessen? Immerhin sind wir Brüder.«

Bragg stellte den Drink unberührt ab. »Du kennst mich ganz und gar nicht, Calder, und du solltest dir trotz der Tatsache, dass wir Halbbrüder sind, nichts vormachen.«

Hart lachte. »Und ob ich dich kenne! Rick, der Kreuzritter, der Verfechter von Recht und Freiheit und vom Streben nach dem eigenen Glück als ein von Gott gegebenes Recht für alle.«

»Dieses Recht ist in der Verfassung verankert.«

»Dabei könnte man meinen, du hättest es erfunden.«

»Verspürst du nicht wenigstens eine Spur von Reue angesichts deiner Selbstsüchtigkeit?«

»Und hast du es niemals bedauert, ein Sklave moralischer Rechtschaffenheit zu sein?«

»Natürlich habe ich das«, sagte Bragg.

»Und ehrlich zu sein, geradezu abstoßend ehrlich? Wie kann ich da jemals mithalten?«, spottete Hart.

»Du bist doch derjenige, der daraus einen Wettbewerb gemacht hat«, gab Bragg gelassen zurück.

»Es ist also wie immer meine Schuld.« Hart seufzte melodramatisch. »Findest du es nicht eigenartig, dass du heute zum ersten Mal einen Fuß in mein Haus gesetzt hast? Wie wäre es übrigens mit einer kleinen Führung?«

»Man kann es wohl kaum als eigenartig bezeichnen, da ich gerade erst zum Polizei-Commissioner von New York City ernannt worden bin und noch nicht lange in der Stadt weile. Und außerdem weißt du sehr wohl, dass wir nicht in denselben Kreisen verkehren. Und was die Führung angeht: Wenn ich das Bedürfnis haben sollte, dein Haus zu sehen, dann höchstens aus beruflichen Gründen – und du kannst dir sicher sein, dass du es dann als Erster erfahren wirst.«

»Ach du meine Güte, das hatte ich ja beinahe vergessen! Meine Welt ist zu verdorben für dich.«

»So ist es«, stimmte ihm Bragg zu. »Aber auch nur, weil du so verdammt bemüht bist, dich schamlos zu benehmen.«

»Ich glaube, du bist eifersüchtig«, spöttelte Hart.

»Auf was sollte ich eifersüchtig sein? Ganz gewiss nicht auf dein ausschweifendes Leben.«

Für einen Moment blieb es still. Hart lächelte und vollführte eine ausladende Geste, mit der er zu verstehen gab, dass er sein Haus und seine teueren Möbel und Kunstobjekte gemeint hatte.

Bragg lachte, und sein Lachen klang ebenso kalt und unangenehm wie das von Hart zuvor. »Warum sollte ich auf einen Mann eifersüchtig sein, der kein Herz hat und kein Rückgrat besitzt? Ich bewundere wohl deine Intelligenz, Calder, das habe ich schon immer getan. Aber ich kann keinen Mann bewundern, der für seinen Reichtum und seine gesellschaftliche Stellung gestohlen und betrogen und Gott weiß wie viele Frauen unglücklich gemacht hat.«

»Und wie sonst hätte ein armer Bastard wie ich irgendetwas erreichen sollen?«, gab Hart achselzuckend zurück.

»Mein Vater, Rathe Bragg, hat dir damals das Geld für einen Neuanfang geben wollen, als du dein Studium in Princeton hingeworfen hast, das weiß ich ganz genau«, sagte Bragg. Dann fügte er hinzu: »Aber wir kommen vom Thema ab. Ich bin in einer offiziellen Polizeiangelegenheit hier, Calder.«

»Aber dieses Thema ist doch so viel unterhaltsamer! Haben sie es dir eigentlich schon erzählt?«

Bragg erstarrte. »Wer soll mir was erzählt haben?«

»Hat dein Vater dir schon die Neuigkeit erzählt?«
»Was für eine Neuigkeit?«, fragte Bragg misstrauisch.
»Offenbar sind sie zu dem Schluss gekommen, dass ihnen das Leben unten in Texas nicht mehr behagt, seit Lucy und Shoz geheiratet haben und sesshaft geworden sind.« Lucy war Rathe und Graces ältestes Kind und Braggs Halbschwester. Sie hatten noch fünf weitere Kinder, allesamt Jungen. »Der junge Nicholas scheint in deine Fußstapfen treten zu wollen und hat sich schon jetzt für das nächste Jahr an der Columbia beworben. Rathe und Grace kehren mit Nicholas, Hugh und Colin nach New York zurück und werden vorübergehend bei mir wohnen, bis sie ein eigenes Haus beziehen können.« Hart schenkte Bragg ein breites Lächeln. »Grace hätte es wohl gern, wenn Rathe das Haus verkauft und ein neues, kleineres, hier oben im Villenviertel an der Fifth Avenue baut.«
Wiederum entstand eine kurze, bedrückende Stille. »Ich habe noch nichts Derartiges gehört«, sagte Bragg schließlich ruhig.
»Ich mag es kaum glauben, dass es der liebe Rathe bisher versäumt hat, seinem eigenen Fleisch und Blut von seinen Plänen zu erzählen! Aber wir haben natürlich beide gewusst, dass die Entscheidung der beiden, nach Lucys Hochzeit in Texas zu bleiben, nicht von Dauer sein würde.«
»Gewiss«, brachte Bragg hervor.
Hart lachte. »Ich bin mir sicher, dass du schon bald von ihm hören wirst. Sie beabsichtigen, in gut einem Monat in die Stadt zu kommen.«
Ein Lächeln umspielte Braggs Lippen, aber der Blick, mit dem er seinen Halbbruder musterte, war kühl. »Und wie viele Punkte bringt dir dieser Coup deiner Ansicht nach nun ein?«
»Keine Ahnung. Ich habe den genauen Punktestand auch ehrlich gesagt gar nicht mehr im Kopf.«

»Erzähl mir nichts, du wusstest doch immer am besten, wie es zwischen uns steht«, erwiderte Bragg schroff.

Hart lächelte süffisant und hob sein Glas wie zu einem Toast. »Bragg fünfhundert, Hart zehn. Ich hole langsam auf. Hipp, hipp, hurra!«

Bragg ignorierte ihn. »Kommen wir wieder zum eigentlichen Grund meines Besuches, damit ich verschwinden kann. Ich würde meinen Arbeitstag heute gern einmal zu einer vernünftigen Stunde beenden – trotz Randalls Tod.«

»Und ich dachte, du könntest es kaum erwarten, mich zu verlassen, wo doch deine kleine Kriminalistin da draußen auf dich wartet.« Hart lachte.

»Ich schlage vor, du sparst dir deine versteckten Andeutungen in Bezug auf Francesca«, sagte Bragg barsch.

»Und wenn nicht? Hast du dann etwa vor, mich einzusperren oder mir eine zu verpassen?«

»Letzteres erscheint mir immer verlockender, Calder. Francesca Cahill meint es gut. Sie ist außerdem eine junge Dame – was bedeutet, dass sie auf eine Weise naiv ist, die deine Vorstellungskraft übersteigt. Lass sie in Ruhe, und zerstöre nicht ihre Illusionen.«

»Du bist also ihr Fürsprecher«, kicherte Hart. »Das ist wirklich fantastisch!«

»Ich bin niemandes Fürsprecher; ich tue einfach das, was getan werden muss.« Braggs Augen wirkten jetzt beinahe schwarz. »Wo warst du gestern Abend zwischen fünf und neun Uhr, Calder?«

Hart kicherte erneut. »Also hatte ich doch Recht. Ich kenne dich einfach in- und auswendig. Hart elf Punkte, Bragg fünfhundert. Du bist also hergekommen, um zu sehen, ob dein unmoralischer Bruder ein Alibi hat.«

»Und? Hast du eins?«, fragte Bragg und lächelte betont freundlich.
»Ich fürchte, ja. Damit verderbe ich dir natürlich jetzt den Tag. Tut mir wirklich Leid.«
Bragg funkelte seinen Halbbruder wütend an. »Lass uns die Sache endlich vom Tisch bekommen, ja? Ich habe wirklich Besseres zu tun, als mich mit dir zu streiten. Sag mir einfach, wo du gestern Abend um die Zeit gewesen bist und wer es bezeugen kann.«
»Na schön.« Hart nahm erneut einen Schluck aus seinem Glas. »Ich war bis um zehn nach sechs in meinem Büro. Mein Sekretär kann das bezeugen. Sein Name ist Brad Lewis.«
»Und danach?«
»Danach war ich in meiner Kutsche, mit meinem Kutscher, Raoul. Er hat mich gegen sieben Uhr abgesetzt.«
Bragg kniff die Augen zusammen. »Wo?«
»Vor einer Wohnung auf der Third Avenue Ecke Forty-eighth Street.« Hart grinste.
»Lass mich raten. Bei deiner Mätresse?«
»Ach du liebe Güte, nein! Die lebt natürlich im Villenviertel, an der Fourth Avenue. Die Namen der Damen, die ich besucht habe, lauten Rose und Daisy. Ihr Nachname ist Jones, glaube ich. Sie sind Schwestern.« Er lachte. »Das behaupten sie wenigstens.«
»Sie sind also Huren?«
Hart zuckte mit den Schultern. »Sie kennen sich aus, und das ist es doch, was zählt.«
»Um welche Uhrzeit hast du diese ... Schwestern ... wieder verlassen?«
»Ein paar Minuten vor neun. Ich war auf Whites kleiner Feier, schon vergessen? Die hat um neun Uhr angefangen. Ich war

sogar recht pünktlich dort. Ich bin bis Mitternacht geblieben und dann nach Hause gefahren.«

»Wann hast du Randall zum letzten Mal gesehen?«, fragte Bragg.

»Dienstagabend.« Hart zuckte erneut mit den Schultern.

»Ach, wirklich? Ich hatte ja keine Ahnung, dass ihr beide Freundschaft geschlossen hattet.«

»Hatten wir auch nicht.« Hart sah auf seine Uhr. »Ich habe noch einen Termin in der Innenstadt, Bragg.«

»Wir sind gleich fertig. Warum hast du dich mit ihm getroffen, und wo hat dieses Treffen stattgefunden?«

»Da du es ohnehin erfahren wirst, werde ich dir die Zeit und das Herumschnüffeln ersparen. Wir haben uns zum Abendessen im Republican Club getroffen, wo er Mitglied war. Warum ich mich mit ihm getroffen habe, geht dich allerdings nichts an. Das Ganze hat übrigens nicht lange gedauert.« Er lächelte, als amüsiere ihn die Erinnerung daran.

»Deine Beziehung zu ihm geht mich sehr wohl etwas an, denn er ist ermordet worden, und du stehst ganz oben auf der Liste der Verdächtigen.« Bragg lächelte betont vergnügt.

»Wie loyal du doch bist!«

»Wir wissen beide, wie sehr du ihn gehasst hast. Ich frage mich nur, ob du ihn genug gehasst hast, um ihn umzubringen?«

»Ich habe meine Gefühle nicht versteckt, das ist richtig. Aber das tue ich ja selten.« Hart leerte sein Glas. »Und jetzt muss ich gehen. Oh – und die Antwort lautet übrigens nein.«

»Komm nicht auf die Idee, die Stadt zu verlassen, Hart, du gehörst zum Kreis der Verdächtigen. Andernfalls werde ich den Bezirkspolizeichef zu Rate ziehen und dich in Gewahrsam nehmen lassen müssen.«

Hart machte eine Geste, als zittere er vor Angst. »Ach du meine Güte, das wäre ja furchtbar!«

Bragg ignorierte seine Antwort und fuhr fort: »Gib mir dein Wort, dass du die Stadt nicht verlassen wirst, bis ich dir die Erlaubnis dazu gebe.«

Hart starrte ihn an. »Na schön, du hast es. Aber es fällt mir schwer zu glauben, dass mein Wort in deinen Augen irgendetwas zählt.«

»Das tut es gemeinhin auch nicht. Aber dein Vater wurde kaltblütig ermordet, Hart. Und ganz gleich, wie sehr du auch behaupten magst, ihn verachtet zu haben – sollte dich an seinem Tod keine Schuld treffen und irgendwo tief in deinem bösen Herzen so etwas wie ein Gewissen verborgen liegen, so dürfte dir mehr als jedem anderen daran liegen, dass der Fall aufgeklärt wird.« Bragg nickte und marschierte aus dem Salon.

Hart starrte ihm nach. »Da täuschst du dich«, murmelte er kaum hörbar in sich hinein.

Hinter der Tür richtete sich Francesca atemlos auf und blickte ihre Schwester an, die sie mit großen Augen ansah. Verdächtigte Bragg Hart wirklich, seinen eigenen Vater getötet zu haben? Und warum konnten sich die Halbbrüder wohl nicht leiden?

»Mr Hart tut mir Leid«, flüsterte Connie.

Francesca erstarrte. Es gefiel ihr nicht, dass ihre Schwester Verständnis für Hart zeigte. Doch als sie daran dachte, dass Bragg sie verteidigt hatte, als Hart Anspielungen auf ihre Beziehung zu ihm gemacht hatte, musste sie unwillkürlich lächeln.

Dann schoss ihr durch den Kopf, dass Bragg sicherlich nach ihr suchen würde, und ihre Augen weiteten sich vor Schreck.

»Komm mit, Con!«, sagte sie, packte ihre Schwester bei der Hand und zerrte sie hinter sich her durch den Raum.

Doch es war bereits zu spät. Bragg stand mit vor der Brust verschränkten Armen in der Eingangshalle und starrte zu Boden. Francesca verlangsamte den Schritt und versuchte, ruhig zu atmen.

Als Bragg aufsah, blickte er grimmig drein. Francesca zuckte zusammen, wich seinem Blick aber nicht aus. Sie ahnte, dass er in Gedanken noch bei dem unangenehmen Wortwechsel mit Hart weilte, und beschloss, diesen Umstand auszunutzen. Sanft berührte sie seinen Arm. »Ich muss mich entschuldigen. Ich hatte ja keine Ahnung, dass Hart Randalls Sohn ist.«

Er blickte sie durchdringend an. »Das ist mir klar, Francesca. Ich weiß, dass Sie keiner Fliege etwas zuleide tun könnten, wenn es sich vermeiden ließe.«

Sie wagte ein kleines Lächeln. »Ist ... ist bei Ihnen alles in Ordnung?«

»Mir geht es gut.«

Sie wusste, dass das eine Lüge war, und berührte ihn erneut am Arm, wobei sie ihre Hand dieses Mal etwas länger dort ruhen ließ.

Die Geste schien ihn zu überraschen. »Wie viel haben Sie mit angehört?«, fragte er.

»Nur ein bisschen«, schwindelte sie. Sie hatte Mitleid mit Bragg, der seinen Halbbruder nicht wirklich zu hassen schien. Aber Hart hasste Bragg – oder gab sich zumindest Mühe, es zu tun. »Hart ist ganz offenbar eifersüchtig auf Sie, Bragg«, sagte Francesca leise.

Seine Brauen wanderten in die Höhe. »Das möchte ich bezweifeln«, erwiderte er. »Hart besitzt mehr, als ich jemals besitzen werde; er ist Millionär. Ich dagegen habe vor meiner

Ernennung zum Commissioner als Anwalt in Washington gearbeitet, und es war keine besonders lukrative Praxis, Francesca. In der Hälfte aller Fälle habe ich Menschen verteidigt, von denen ich glaubte, sie seien unschuldig an den Taten, die man ihnen vorwarf.«

»Ich bewundere Sie, Bragg«, sagte sie und errötete prompt, da ihr die Worte einfach so herausgerutscht waren. Aber sie entsprachen der Wahrheit – sein nobler Charakter rührte sie, und vielleicht war das einer der Gründe, warum sie ihn so attraktiv fand. Natürlich war er zudem ein außerordentlich gut aussehender Mann.

Er fuhr zusammen, und ihre Blicke senkten sich ineinander. In diesem Moment vergaß Francesca, dass sie nicht allein waren.

»Heben Sie mich nicht in den Himmel«, sagte Bragg schließlich leise.

»Das tue ich ja gar nicht«, gab sie ebenso leise zurück.

Daraufhin lächelte er, und sie erwiderte sein Lächeln.

Francesca nahm wahr, dass Connie sich hinter ihr räusperte, doch sie blieb regungslos stehen. Ihr Herz raste. Sie hatte das Gefühl, als ob Bragg jeden Moment die Hand nach ihr ausstrecken, sie vielleicht sogar berühren würde.

Doch das tat er nicht; stattdessen steckte er die Hände in die Hosentaschen. »Die Bewunderung beruht auf Gegenseitigkeit«, sagte er schließlich, ganz so, als habe auch er Connies Anwesenheit vergessen. Aber dann war es so, als käme er urplötzlich wieder zur Besinnung, und er runzelte die Stirn. »Sie haben sich in meine Untersuchung eingemischt, Francesca. Das kann ich einfach nicht dulden.«

Sie schluckte. »Ich weiß. Und es tut mir Leid.«

»Wirklich? Offen gestanden glaube ich Ihnen in diesem Punkt nicht«, sagte er, wobei er aber nicht wirklich verärgert wirkte.

Sie atmete tief durch, zog in Erwägung, ihm in Erinnerung zu rufen, dass Georgette de Labouche ihre Klientin war, entschloss sich dann aber, es nicht aufs Neue zu erwähnen. »Glauben Sie wirklich, dass Calder Hart seinen eigenen Vater umgebracht hat?«

Braggs Gesicht nahm sofort einen verschlossenen Ausdruck an. »Es ist meine Pflicht, unvoreingenommen zu sein und alle Möglichkeiten in Betracht zu ziehen.«

Er hatte offenbar nicht vor, ihr seine wahren Gefühle zu zeigen.

»Haben Sie Georgette de Labouche gefunden?«, fragte Francesca.

»Nein.«

»Die Waffe?«

Er musterte sie. »Francesca, was muss ich tun, um Sie dazu zu bewegen, sich wieder Ihrem Studium und Ihrem Leben als Reformverfechterin zu widmen?«

Sie erstarrte. »Wie bitte?«

»Sie haben mich schon verstanden.«

»Wie … wie haben Sie das mit … mit meinem Studium herausgefunden?«, stammelte sie.

Er lächelte sie an. »Francesca, ich bin Polizist. Glauben Sie wirklich, ich hätte sie an der Burton-Entführung mitarbeiten lassen, ohne dass ich Erkundigungen über Sie einziehe?«

Sie starrte ihn fassungslos an.

Plötzlich drehte sich Bragg zu Connie um. »Heißen Sie die neue Betätigung Ihrer Schwester etwa gut?«

»Mitnichten!«, erwiderte Connie grimmig.

»Gut. Dann habe ich ja eine Verbündete.« Er wandte sich wieder Francesca zu. »Halten Sie sich von Hart fern. Glauben Sie mir, er ist ein gefährlicher Mann.« Er blickte sich erneut zu

Connie um und fuhr fort: »Ich kann Ihnen nur wärmstens empfehlen, sich ebenfalls von ihm fern zu halten, Lady Montrose.«

Connie errötete. »Ich sehe keine Veranlassung, etwas anderes zu tun. Ich kenne den Mann ja gar nicht. Er ist weder mit mir noch mit meinem Mann befreundet.«

»Gut.« Bragg sah Francesca an. »Ich nehme an, Sie haben ebenfalls noch nichts von Miss de Labouche gehört?«

Francesca schüttelte den Kopf. »Nein.«

Er musterte sie forschend, erkannte, dass sie die Wahrheit sagte, und lächelte.

Dieses Lächeln wärmte Francesca das Herz.

»Nun, ich muss mich auf den Weg machen«, sagte er schließlich. »Viel Spaß beim Einkaufsbummel, Francesca.« Er warf ihr einen strengen Blick zu, während sie sich gemeinsam mit Connie auf den Weg zur Tür machten, wo bereits ein Dienstbote auf sie wartete.

»Ich hasse Einkaufen«, sagte Francesca, deren Gedanken sich überschlugen. Sie musste Connie irgendwie loswerden, wenn sie noch weiter Detektiv spielen wollte.

»Nehmen Sie Ihre Schwester mit zum Einkaufen«, sagte Bragg mit fester Stimme an Connie gewandt, als ihnen der Bedienstete die Haustür öffnete. Braggs Automobil, ein hübscher, cremefarbener Daimler, parkte hinter Connies Kutsche.

»Das werde ich«, versprach Connie. »Auf Wiedersehen, Commissioner. Und ich bitte Sie noch einmal vielmals um Entschuldigung für das, was wir getan haben.«

Bragg nickte ihnen beiden zu, aber es kam Francesca so vor, als ruhte sein Blick etwas länger auf ihr als nötig. Sie folgte ihrer Schwester in die Kutsche und verrenkte sich beinahe den Hals, um Bragg dabei zu beobachten, wie er den Motor seines

Vehikels anwarf, einstieg und den Gang einlegte. Ihr Kutscher ließ ihn zuerst ausscheren.

Francesca seufzte. Im selben Moment errötete sie und warf einen kurzen Blick zu ihrer Schwester hinüber. Connie lächelte. »Du bist so einfach zu durchschauen, Fran.«

»Er ist bloß ein Bekannter. Komm bloß nicht auf dumme Gedanken«, warnte sie Francesca.

»Ja, ja«, gab Connie zurück. Sie beugte sich vor, um dem Kutscher Anweisungen zu geben.

»Übrigens weigere ich mich, einen Einkaufsbummel zu machen. Lass uns nach Hause fahren«, sagte Francesca, allerdings nicht ohne Hintergedanken. »Da mich der Commissioner sozusagen unter Arrest genommen hat, sollte ich meine Zeit wohl besser nutzen, um zu lernen.«

Connie verdrehte die Augen. Als die Kutsche dann auf die Fifth Avenue einbog und sich in nördlicher Richtung auf den Weg machte, starrte sie nachdenklich aus dem Fenster. Francesca sah, dass sich der Gesichtsausdruck ihrer Schwester veränderte und sie plötzlich traurig wirkte.

Francesca schloss kurz die Augen. Wenn sie Connie doch nur hätte helfen können! Aber der einzige Mensch, der das konnte, war Neil. »Vielleicht lässt sich ja Mama von dir zu einem Einkaufsbummel überreden«, sagte sie.

Connie wandte ihren Blick nicht von dem verschneiten Central Park, an dem sie soeben vorüberfuhren. Selbst bei diesem unfreundlichen Wetter waren einige Reiter und Kutschen auf den Wegen unterwegs. »Ich habe keine Lust, den Tag mit Mama zu verbringen.«

»Nun, um wie viel Uhr wird Neil denn wieder zurück sein? Und wann kommt Charlotte?«

Connie zögerte.

»Con?«

Jetzt war es an ihrer Schwester, zu seufzen, doch ihr Seufzer klang eher ungeduldig. »Ich habe keine Ahnung. Er war sich nicht sicher. Er ist in letzter Zeit ständig so … so abwesend.«

Francesca nickte. »Das glaube ich gern.«

Endlich blickte Connie sie an. »Es ist dir also auch schon aufgefallen?«

Francesca hatte sofort wieder ein schlechtes Gewissen. »Ja, das ist es.«

»Ihr beide scheint gar nicht mehr so gut miteinander auszukommen wie früher«, bemerkte Connie.

Francesca blinzelte. »Wie bitte?«

»Weshalb streitet ihr euch neuerdings eigentlich so oft? Du hast Neil doch immer gemocht.« Connies Stimme begann zu zittern. »Neulich auf Evans Verlobungsparty, da war es fast so, als könntet ihr euch nicht ausstehen.«

Francesca war ganz steif vor Anspannung. »Nun ja, Neil glaubt, dass ich eine Affäre habe.«

»Wie bitte?«, keuchte Connie auf.

Francesca nickte ernst. »Genau wie Evan, und auch Bragg hatte eine Weile denselben Verdacht.«

»Wie bitte?«, wiederholte Connie.

»Meine Detektivarbeit während der Burton-Entführung hat mich zu ungewöhnlichen Zeiten aus dem Haus geführt«, erklärte Francesca mit klopfendem Herzen. »Ich konnte Neil nicht verraten, was ich tat, und er hat die falschen Schlüsse gezogen. Deshalb haben wir uns gestritten.«

Connie betrachtete sie voller Erstaunen. »Neil hat nie ein Wort davon erwähnt.«

»Er hat mir versprechen müssen, nicht darüber zu sprechen.« Dagegen hatte er Francesca nicht das Versprechen abnehmen können, über das, was sie herausgefunden hatte, Stillschweigen zu bewahren – was der wirkliche Grund dafür war, dass Francesca und er seit einiger Zeit nicht gut miteinander auskamen.

»Nun …« Connie verstummte. Sie war ganz offensichtlich erleichtert. »Merkwürdigerweise hatte ich geglaubt, es gebe einen anderen Grund für eure Differenzen«, fuhr sie nach einer Weile fort.

Francesca starrte ihre Schwester an. Ob Connie wohl ahnte, was der wirkliche Grund für Francescas Auseinandersetzung mit Neil war? Vielleicht wäre es ja besser für sie, ihren Verdacht bestätigt zu wissen. Vielleicht wäre es sogar eine Erleichterung für sie, die Wahrheit zu erfahren, anstatt ständig zu grübeln. Dann hätte sie zumindest die Chance, ihre Ehe wieder in Ordnung zu bringen, und das nicht nur um ihrer selbst willen, sondern auch zum Wohl ihrer beiden Töchter.

Dann musste Francesca an Bragg denken, der ihr einmal gesagt hatte, dass man Worte, die man einmal ausgesprochen hatte, niemals zurücknehmen konnte. Was sollte sie nur tun?

Bestimmt wäre es für alle eine Erleichterung, wenn Neils schmutzige Affäre der Vergangenheit angehören würde, doch je länger Francesca darüber nachdachte, desto sicherer wurde sie, dass sie Connie nichts erzählen würde. Sie war sich sicher, dass ihre Schwester die Wahrheit lieber nicht hören wollte – ganz gleich, wie besorgt sie im Moment auch sein mochte.

»Warum starrst du mich so an?«, fragte ihre Schwester und riss Francesca damit aus ihren Gedanken.

Francesca schluckte. »Tut mir Leid, das wollte ich nicht«, sagte sie und blickte rasch zur Seite.

Aber Connie legte ihr die Hand auf das Knie. »Fran? Was geht hier vor sich?«

Francesca schaute erschrocken auf. »Wie bitte?«
Connie war furchtbar blass und schloss für einen Moment die Augen. »Da ist noch etwas anderes, nicht wahr? Es gibt noch einen anderen Grund für die Spannungen zwischen dir und Neil.« Sie öffnete die Augen wieder. »Es gibt etwas, das du mir nicht erzählen willst, oder irre ich mich?«
Francesca war wie vor den Kopf gestoßen. Wollte Connie etwa die Wahrheit von ihr hören? Was sollte sie nur tun? Panik stieg in ihr auf. »Con …«, setzte sie an.
»Oder irre ich mich?« Connie schrie die Worte beinahe heraus.
Francesca erstarrte. Sie musste sich mit der Zunge über die Lippen fahren, um überhaupt sprechen zu können. »Nein, du irrst dich nicht«, sagte sie.

KAPITEL 7

SAMSTAG, 1. FEBRUAR 1902 – 13 UHR

Francesca sah die Angst in Connies Augen, bevor diese den Blick wieder senkte. Der Brougham näherte sich mittlerweile dem Häuserblock, in dem die Villa der Cahills stand.

»Was ist es?«, fragte Connie drängend. »Was verschweigst du mir?«

Francesca griff nach den Händen ihrer Schwester und zwang sie, ihr wieder in die Augen zu sehen. Das Herz schlug ihr bis zum Hals – sie hatte furchtbare Angst, das Falsche zu tun. »Connie, wenn etwas nicht in Ordnung wäre und ich darüber Bescheid wüsste und du darüber vielleicht auch besser Bescheid wissen solltest, würdest du dann wollen, dass ich es dir erzähle?«

Connie saß wie erstarrt da. Sie sah Francesca nur an.

»Geht es um Neil?«, fragte sie schließlich.

Francesca zögerte.

»Es geht um ihn, nicht wahr?« Connie zog ihre Hände weg und sah aus dem Fenster. Ein weiterer, schier endlos langer Moment verging. Francesca schwieg. Sie wollte keinesfalls mit der Wahrheit über Neils Ehebruch herausplatzen, solange sie nicht wusste, ob ihre Schwester bereit war, sich den Tatsachen zu stellen.

»Weißt du was, ich habe meine Meinung geändert. Lass uns doch einen Einkaufsbummel machen!«, rief sie. »Und ich habe eine ganz wundervolle Idee. Warum fahren wir nicht bei Sarah

Channing vorbei und fragen sie, ob sie Lust hat, mitzukommen?« Sarah war die junge Frau, mit der ihr Bruder seit kurzem verlobt war, obgleich er eigentlich gegen diese Verbindung war. »Sarah ist eine großartige Künstlerin. Wir werden sie zweifelsohne in ihrem Atelier an der Staffelei vorfinden. Sie ist zwar nicht gerade der Typ Frau, der einem Einkaufsbummel viel abzugewinnen vermag, aber sie würde ihre zukünftigen Schwägerinnen bestimmt gern besser kennen lernen.«
In diesem Moment hielt die Kutsche vor der großen Kalkstein-Villa der Cahills. Connie wandte sich wieder Francesca zu. »Es gibt eine andere Frau«, sagte sie.
Francesca, die gerade Anstalten gemacht hatte, aufzustehen, ließ sich auf die Lederbank zurücksinken. Sie befeuchtete ihre Lippen. »Du ... du weißt davon?«
Connie starrte sie mit einem gequälten Gesichtsausdruck an, der erahnen ließ, wie groß ihre Angst war, die Wahrheit zu erfahren. »Nein. Ich weiß gar nichts. Aber aus irgendeinem Grund scheinst du etwas zu wissen.«
Francesca zog es das Herz zusammen, denn sie wusste, dass ihre Worte Connie unendlich verletzen würden. »Ich ... ich habe Neil mit jemandem gesehen ... mit einer anderen Frau.«
Connie saß stumm und bewegungslos da. Von einem Moment auf den anderen schien sie sich in eine hinreißend schöne Elfenbeinstatue verwandelt zu haben.
»Es tut mir so Leid«, flüsterte Francesca.
Wie klein die Kutsche mit einem Mal zu sein schien, wie still der Tag!
»Wie lange weißt du schon davon?«, fragte Connie unvermittelt mit scharfer Stimme. Sie blickte Francesca mit glasigen Augen an. »Er liebt die Mädchen über alles. Er liebt mich über alles. Ich verstehe das einfach nicht!«

Francesca ergriff erneut ihre Hand. »Ich verstehe es ja auch nicht. Ich weiß es erst seit ungefähr einer Woche. Ich dachte, du würdest lieber nichts davon erfahren. Deshalb habe ich nichts gesagt.«

»Bist du dir auch ganz sicher?«, fragte Connie verzweifelt. »Vielleicht hast du die Situation ja einfach nur missdeutet.«

Francesca schwieg für einen Moment. Sie fühlte mit ihrer Schwester, hatte selbst schon viele Tränen wegen dieser Affäre vergossen. »Ja, ich bin mir ganz sicher. Ich habe alles ganz deutlich gesehen«, sagte sie mit zittriger Stimme.

Connie schlang die Arme um ihren Körper. »Am liebsten wäre ich tot«, sagte sie leise.

»Nein, Con, sag so etwas nicht! Neil liebt dich, da bin ich mir ganz sicher, und du wirst diesem Wahnsinn ein Ende bereiten. Alles wird wieder gut, davon bin ich überzeugt!«, rief Francesca.

Connie blickte ausdruckslos vor sich hin. Ihre himmelblauen Augen füllten sich mit Tränen, und eine kullerte ihr bereits über die Wange.

»Neil liebt dich«, beharrte Francesca und hoffte inständig, dass ihre Worte der Wahrheit entsprachen. Wenn sie ihrer Schwester doch nur diesen schlimmen Schmerz hätte ersparen können!

»Ich muss wissen, mit wem er zusammen gewesen ist. Ich muss einfach wissen, wer sie ist«, sagte Connie.

Francesca zögerte. »Es ist Eliza Burton«, erwiderte sie dann.

Francesca schlüpfte in die große Eingangshalle der Cahill-Villa, die mit einem Marmorboden und korinthischen Säulen ausgestattet war. Die Wände waren ebenfalls mit Marmor vertäfelt, und ein prächtiges Gemälde, das eine ländliche Szene zeigte, zierte die hohe Decke. Francesca fühlte sich schrecklich. Connie hatte sie gefragt, ob sonst noch jemand von Neils Affäre wusste, und Francesca hatte es verneint, obwohl ihr bekannt war, dass Bragg davon wusste. Aber sie hatte ihrer Schwester nicht noch mehr Kummer aufbürden wollen. Sie hatte ihr versprechen müssen, niemandem ein Wort über Neils Affäre zu verraten, nicht einmal Evan und ganz besonders nicht ihrer Mutter.

Francesca schenkte dem Dienstboten, der ihr die Tür geöffnet hatte, ein gequältes Lächeln und reichte ihm ihren Muff, den Hut – aus dem sie zuvor die Nadel entfernte, mit dem er in ihrem Haar festgesteckt war – und ihren pelzgefütterten Mantel. Im Haus war es ruhig. Julia war zweifellos mit irgendwelchen wichtigen Damen der Gesellschaft zum Essen gegangen, und auch Evan war bestimmt schon längst fort. Francesca machte sich auf den Weg in die Bibliothek. Sie wollte einen Blick in die Morgenausgabe der Zeitung werfen – was sie wegen Connies unerwartetem Besuch am Morgen versäumt hatte – und dann eine Mietdroschke nehmen, um Joel zu suchen. Sie hatte den ganzen Nachmittag zur Verfügung, um die Ermittlungen im Randall-Fall fortzusetzen. Francesca glaubte, dass es nicht herauskommen würde, wenn sie die Nachbarn von Georgette de Labouche befragte, solange sie diskret dabei vorging. Allerdings würde sie es nicht wagen, die Witwe zu besuchen, da sie fürchtete, dort Bragg oder einem anderen Polizeibeamten zu begegnen.

Sie betrat die Bibliothek, die ihrem Vater zugleich als Arbeitszimmer diente. Mit der golden durchwirkten Tapete, den Buntglasfenstern, dem dunklen Holzschmuck und den gemütlichen Möbeln stellte sie einen überaus einladenden Zufluchtsort dar. Als Francesca ihren Vater an seinem Schreibtisch sitzen sah, blinzelte sie überrascht. Andrew Cahill schrieb einen Brief und war so darin vertieft, dass er seine Tochter offenbar nicht kommen gehört hatte.

Sie lehnte die Tür hinter sich an und lächelte liebevoll. »Papa, ich habe die zweite Kutsche gar nicht gesehen. Ich wusste nicht, dass du zu Hause bist.«

Cahill zuckte zusammen und blickte auf. Ein Lächeln huschte über sein Gesicht. »Guten Tag, Francesca. Du hast ja heute Morgen ausnahmsweise einmal recht lange geschlafen.«

In gewisser Weise war in dieser Feststellung eine Frage versteckt, doch Francesca war nicht beunruhigt. Hätte ihre Mutter dagegen eine solche Bemerkung gemacht, hätte Francesca befürchten müssen, dass man ihr auf die Schliche kam.

»Ja, das habe ich«, antwortete sie. »Und es war einfach herrlich. Vielleicht werde ich mir eine solche Faulheit von nun an zur Gewohnheit machen.«

Cahill lachte. »Das kann ich mir bei dir kaum vorstellen.«

Francesca lächelte und ging zum Sofa vor dem Kamin hinüber, wo sie die Zeitungen liegen sah. Sie griff nach der *Tribune* und überflog rasch die Titelseite. Randalls Ermordung hatte offenbar noch keine Schlagzeilen gemacht, aber Bragg hatte es wieder einmal geschafft. Bragg greift durch, las Francesca. Darunter stand: Hunderte Polizeibeamte degradiert, um Korruption Riegel vorzuschieben.

Anschließend warf sie einen Blick auf die *Times*. 300 Polizisten degradiert und demoralisiert, las sie. Und weiter: Versetzungen werden Mauschelei bei der Polizei ein Ende bereiten. Bekämpfung von Verbrechen gefährdet?

»Bragg hat den Tiger am Schwanz gepackt«, kommentierte Andrew, der aufgestanden war und zu ihr herüberkam. »Er ist ein mutiger Mann.«

Francesca freute sich über die Berichterstattung, obgleich ihr die Andeutung der *Times* nicht gefiel, dass Bragg möglicherweise der Tauglichkeit der Polizei Schaden zufügte. »Glaubst du, dass er es überstehen wird, Papa?«

»Das bleibt abzuwarten. Aber durch die Versetzung der Beamten in verschiedene Reviere hat er dem System der Mauschelei und der Korruption einen schweren Schlag versetzt.«

»Ich verstehe. Die Beamten eines bestimmten Bezirks kassieren Bestechungsgelder von den Schnapskneipen, den Bordellbesitzern und den Spielhöllen in ihrem Bezirk. Nun, da sie degradiert und in einen fremden Bezirk versetzt wurden, dürfte es ihnen schwer fallen, sofort wieder ein neues System der Korruption aufzubauen. Wie clever! Und wie mutig dazu!«

»Bragg ist in seiner eigenen Behörde zurzeit nicht gerade sehr beliebt«, erklärte Cahill. »Und wenn du die *Times* liest, wirst du feststellen, dass einer der Reporter ihm unterstellt, er sei zu schnell vorgegangen. Er behauptet, dass das Verbrechen unter diesen Bedingungen aufblühen werde.«

»Ich bin überzeugt, dass sich Bragg nicht darum schert, ob er beliebt ist oder nicht«, erwiderte Francesca mit Nachdruck. »Aber es würde mir schon etwas Kopfzerbrechen bereiten, wenn ihn seine eigenen Männer verachten sollten.«

»Er muss seinen neuen Polizeichef ernennen, und das möglichst bald.«

»Ja, das ist wohl richtig, aber wie sollte er innerhalb der Ränge einen Verbündeten finden? Es sind doch alle so korrupt!«, rief Francesca.

»Nun, jemand Neues kann er jedenfalls nicht auf diesen Platz setzen. Bragg hat während des Burton-Falls ohnehin schon die Arbeit für zwei erledigt. Er hat genug damit zu tun, gegen die Korruption innerhalb der Behörde anzugehen, da kann er nicht auch noch das Verbrechen auf der Straße bekämpfen.«

Darin stimmte Francesca ihrem Vater zu. Andererseits kannte sie Bragg inzwischen recht gut und glaubte nicht, dass er es sich nehmen lassen würde, die Kriminalität eigenhändig zu bekämpfen. Sie wünschte, sie hätte ihrem Vater von dem Mord an Paul Randall erzählen können, aber das war unmöglich. Zumindest solange es noch nicht in der Zeitung stand.

»Nun, ich glaube, Bragg hat das Richtige getan«, sagte sie schließlich. »Er hat die Behörde aufgerüttelt, und das ist immerhin ein Anfang. Ich glaube nicht, dass er diesen Schritt unternommen hätte, wenn es in irgendeiner Weise die Fähigkeit der Polizei zur Verbrechensbekämpfung gefährden könnte.«

Cahill nahm neben seiner Tochter auf dem moosfarbenen Plüschsofa mit den gemusterten Kissen Platz. »Du verhältst dich Rick Bragg gegenüber sehr loyal und unterstützt ihn offenbar, wo du nur kannst.«

Francesca verzog keine Miene und war entschlossen, nicht zu erröten. »Wir sind jetzt Freunde, Papa. Wir haben den Burton-Fall zusammen gelöst.«

Er tätschelte ihr das Knie. »Das weiß ich ja. Und ich bin stolz auf dich, obgleich ich hoffe, dass du dich niemals wieder in eine solche Gefahr begeben wirst. Aber natürlich wirst du, nachdem du einen ganzen Tag von diesem Wahnsinnigen gefangen gehalten wurdest, niemals wieder versuchen, irgendein Verbrechen aufzuklären, nicht wahr?« Er blickte sie forschend an.

Francesca senkte den Blick. »Nun ja …« Sie brachte es einfach nicht fertig, ihren Vater anzulügen. Er war ihr der liebste Mensch auf der ganzen Welt.

»Francesca!«, rief er. »Du wirst deine Lektion doch wohl gelernt haben?«

Francesca blickte ihn flehentlich an. »Papa, wenn ich Zeugin eines Verbrechens werden würde und niemand dort wäre außer dem Verbrecher und mir, dann würde ich das tun, was ich für richtig halte, das weißt du.«

Er seufzte. »Ja, das weiß ich, aber du solltest dich zurückhalten, wenn es bedeutet, dass du dich dadurch in Gefahr begibst!«

»Das ist mir durchaus bewusst. Aber dennoch – wenn ich sehen würde, wie ein Mann ein kleines Kind schlägt, würde ich um jeden Preis versuchen, ihn aufzuhalten.«

»Womit habe ich nur eine solch couragierte, tapfere und entschlossene Tochter verdient? Francesca, du weißt, dass wir bei den meisten Dingen einer Meinung sind, aber du musst mir versprechen, dich in Zukunft von Bragg fern zu halten.« Als er Braggs Namen aussprach, kniff er ein wenig die Augen zusammen.

Sie stand auf und rang die Hände. »Das darfst du nicht von mir verlangen, Papa!«

Er sprang ebenfalls auf. »Doch, das verlange ich!«

»Aber ich kann dir dieses Versprechen nicht geben. Ich kann es einfach nicht.«

Andrew blickte sie ungläubig an. »Ich bin mir nicht sicher, ob ich es fragen sollte, aber ich tue es dennoch: Hat diese Weigerung etwas mit deinem Interesse an Recht und Gesetz zu tun – oder mit Bragg als Mann?«

Francesca errötete und öffnete den Mund, um ihm zu antworten, dass es natürlich nur mit Ersterem etwas zu tun hatte, aber die Worte wollten ihr einfach nicht über die Lippen kommen.

»Ich verstehe«, sagte Andrew grimmig.

»Wir sind bloß Freunde«, brachte sie schließlich hervor. »Mehr nicht.«

Er nickte und schwieg für einen Moment. »Ich bin ein guter Freund von Rick. Ich bewundere ihn aufrichtig und respektiere ihn. Aber er ist nicht der Richtige für dich, Francesca.«

Sie blickte ihn bestürzt an. Julia hatte ihr genau das Gleiche gesagt. »Und warum nicht? Weil er unehelich geboren wurde?«

»Hat dir deine Mutter das erzählt?«, fragte Andrew überrascht.

Sie nickte.

»Nun, es liegt in der Tat ein Schatten auf seiner Vergangenheit, aber nein, das ist nicht der Grund. Bitte vertraue mir. Er ist nicht der Richtige für dich, Francesca, also verliere dein Herz nicht an einen Mann, der deine Gefühle niemals erwidern kann.«

Seine Worte wirkten wie ein Schlag ins Gesicht. »Warum sagst du so etwas?«

»Weil ich glaube, die Pflicht dazu zu haben.« Er tätschelte ihre Schulter. »Es tut mir Leid, wenn ich dich damit verletze, Herzchen.«

»Hat Bragg irgendetwas über mich gesagt? Hat er in irgendeiner Weise angedeutet, dass er mich niemals ... mögen könnte? Gibt es eine andere Frau?«

»Francesca, ich weiß, dass du nicht die Richtige für ihn bist und er nicht der Richtige für dich ist – also belassen wir es dabei.«

Sie wäre am liebsten in Tränen ausgebrochen, riss sich aber zusammen.

»Ich möchte dich um einen Gefallen bitten«, sagte Andrew und beendete damit das Thema.

Francesca hörte kaum, was er sagte. Wenn sie doch nur gewusst

hätte, warum ihr Vater so unnachgiebig war. Aber er täuschte sich in seiner Einschätzung doch gewiss – oder etwa nicht?«
Allerdings hatte Bragg, obgleich es manchmal so schien, als ob er sie mögen würde, den geplanten Ausflug ohne Begründung abgesagt. Und es war ihm offenbar nicht in den Sinn gekommen, einen neuen Termin auszumachen.

Francescas Laune sank auf einen Tiefpunkt. »Worum geht es denn, Papa?«

»Um Evan«, erwiderte Andrew mit finsterer Miene.

Francesca ließ sich wieder auf die Sofakante sinken. »Und was ist mit ihm?«

»Er hat seit seiner Verlobungsfeier vor einer Woche nicht mehr mit mir gesprochen. Ich weiß, dass er wegen der Verlobung und meiner Weigerung, seine Spielschulden zu bezahlen, verstimmt ist, aber er ist mein Sohn, Francesca. So kann das nicht weitergehen. Du musst mit ihm sprechen. Wenn ihm jemand begreiflich machen kann, dass er sich ändern muss – und dass Sarah Channing ihm dabei helfen wird –, dann bist du es.« Andrew verstummte.

Evan war in der Tat furchtbar aufgebracht darüber, dass man ihn zwang, eine Frau zu heiraten, die er nicht liebte. Sein Vater hatte ihm begreiflich gemacht, dass er nicht bereit war, Evans große Spielschulden zu bezahlen, wenn er sich weigerte, diese Ehe einzugehen. Francesca, die sich für Evan eine Heirat aus Liebe gewünscht hätte, hatte bereits versucht, für ihn einzutreten, aber ihr Vater war unnachgiebig geblieben.

»Natürlich werde ich mit ihm reden, Papa«, versicherte sie ihm.

Andrew strahlte sie an. »Ich wusste, dass du das tun würdest.«

»Ich werde mit ihm reden, obwohl ich in dieser Angelegenheit ganz und gar nicht deiner Meinung bin. Sarah und Evan passen nicht zueinander, und ich halte ihre Verlobung für einen schrecklichen Fehler.«

Da Andrew die zweite Kutsche an diesem Tag nicht mehr benötigen würde, weil er sich weiter der Erledigung von Schreibarbeiten widmen wollte, machte sich Francesca darin auf den Weg durch den samstäglichen Verkehr auf der Upper East Side. Straßenbahnen, Hansoms und elegante Broughams kämpften an jeder Kreuzung um die Vorfahrt; Bahnen bimmelten, und gelegentlich ertönte ein ungeduldiges Hupen. Auf der Fifty-seventh Street regelte ein Polizist in blauer Uniform den Verkehr, doch niemand schien auf ihn zu achten. Die Fußgänger eilten einfach zwischen den Kutschen und den vereinzelten Automobilen hindurch. Francesca benutzte nicht gern Mietdroschken oder Bahnen, wenn sie zu den ärmeren Stadtvierteln unterwegs war, in denen viele Verbrechen geschahen. Auf der Lower East Side fiel sie stets auf, selbst wenn sie verkleidet war. Dies war ihr anlässlich einer unangenehmen Begegnung während des Burton-Falles überaus bewusst geworden.

Das Viertel, in dem Georgette de Labouche wohnte, bereitete Francesca allerdings keine Sorgen. Sie hatte beschlossen, sich allein dorthin zu wagen, falls sie Joel nicht finden sollte.

Nach und nach veränderte sich das Straßenbild. Man sah kaum noch elegante Kutschen, die auf wohlhabende Insassen schließen ließen, und als sich Francescas Kutsche der Tenth Street und der Avenue A näherte, bestand der größte Teil des Verkehrs aus Fuhrwerken, die mit Waren und Gütern beladen waren. Straßenhändler boten den Passanten – von denen es trotz der Kälte auf den Gehsteigen nur so wimmelte – eine eigenartige Mischung von Dingen feil: Neben Handschuhen

und Ohrenschützern gab es frische Brezeln und gewürzte Schweineohren zu kaufen. Die Menschen waren so dick eingemummelt, dass man kaum auszumachen vermochte, ob es sich um Männer oder Frauen handelte, aber Francesca wusste, dass zu dieser Stunde zumeist arme Immigrantenfrauen auf dem Weg zur Arbeit in einer Fabrik waren, die zu Hause viele Mäuler zu stopfen hatten.
In jedem Häuserblock gab es mindestens eine, manchmal sogar zwei oder drei Schenken, und sie schienen ein gutes Geschäft zu machen. Immer wieder torkelten betrunkene Gäste – Männer wie Frauen – über die Straßen. Francesca wusste, dass es die hochgesinnten Bürger der Stadt – die Geistlichkeit eingeschlossen – in aller Schärfe ablehnten, dass trotz der so genannten Blue Laws, der Sonntagsschließungsgesetze, an diesem Tag Alkohol ausgeschenkt wurde. Dennoch war es seit langem üblich, dass die Polizei dies ungestraft durchgehen ließ. Bragg stand unter dem Druck, das Gesetz durchzusetzen und dafür zu sorgen, dass die Schenken an Sonntagen geschlossen blieben – nur eines von vielen Problemen, die der neue Commissioner zu bewältigen hatte.
Beim Gedanken an Bragg fragte sich Francesca erneut, warum ihr Andrew wohl untersagt hatte, irgendwelche romantischen Gefühle für Bragg zu hegen. Offenbar wusste er etwas, wovon sie keine Ahnung hatte.
»Miss Cahill? Wir sind da, Nummer 201 in der Avenue A«, sagte in diesem Moment der Kutscher, der die Trennscheibe zum Inneren der Kutsche geöffnet hatte.
Francesca zuckte zusammen. »Oh! Vielen Dank«, sagte sie. Als sie sich zur Tür drehte, um auszusteigen, erblickte sie Joel, der neben der Kutsche stand und sie angrinste.
»Wo ham' Sie denn den ganzen Tag gesteckt, Miss?«, fragte er.

Er hatte die Hände in die Taschen seines zu weiten, zerlumpten Mantels gestopft und zitterte vor Kälte. »Ich hab die ganze Zeit auf Sie gewartet.«

Francesca strahlte. »Wenn ich das gewusst hätte! Steig nur ein. Wir werden uns ein wenig in Miss de Labouches Nachbarschaft umsehen und schauen, ob wir dort etwas herausfinden.«

Joel kletterte in die Kutsche und nahm neben Francesca Platz, während sie dem Kutscher die neue Adresse mitteilte. »Es ist schon zwei Uhr«, beschwerte sich der Junge.

»Ich weiß. Um zwölf habe ich Calder Hart einen Besuch abgestattet.« Francesca erzählte dem Jungen einen Teil von dem, was geschehen war.

Joel hörte ihr aufmerksam zu. »Miss Cahill, Sie müssen dem Commissioner aus dem Weg gehen. Ich hab gesehen, wie sauer er gestern Nacht gewesen ist. Er will nich, dass Sie sich in diesen Fall einmischen.«

»Ich bin mir dessen durchaus bewusst, aber es ist zu spät, denn ich stecke bereits mittendrin«, erwiderte Francesca mit fester Stimme. »Ist dir irgendetwas zu Ohren gekommen, Joel? Was ›munkelt‹ man denn so auf der Straße?«

»Hier in der Gegend gar nix. Das hab ich auch nich anders erwartet«, sagte Joel. »Aber ich hör mich gerne ein bisschen für Sie um, wenn wir zum Haus dieser Frau kommen, deren Namen ich mir einfach nich merken kann.«

»Das wäre ganz wunderbar«, sagte Francesca lächelnd und tätschelte seine Hand.

Plötzlich beugte sich Joel nach vorn und schaute aus dem Fenster. »Teufel noch mal!«, rief er. »Ist das nich Ihr Bruder?«

»Wie bitte?« Francesca blickte an dem Jungen vorbei auf die Straße.

Sie waren auf den Broadway abgebogen und fuhren in einem

zügigen Tempo dicht hinter einem Omnibus her in nördlicher Richtung. Francesca blickte in eine der neben ihnen fahrenden Kutschen und fuhr unwillkürlich zusammen.
In der Kutsche saß Evan und neben ihm eine Frau, die ihr nicht unbekannt war.
Aber es war nicht etwa seine Verlobte, Sarah Channing. Es war Evans Geliebte, die hinreißende und berühmte Bühnenschauspielerin Grace Conway, und so, wie es aussah, war die Affäre noch nicht beendet.

Vor Georgette de Labouches Haus stand ein uniformierter Polizist Wache, doch ansonsten gab es keine Anzeichen von Aktivität in dem Haus, wie Francesca erleichtert feststellte.
Ihre Gedanken weilten noch bei ihrem Bruder, als sie an die Tür des Nachbarn klopfte. Sie liebte Evan über alles; sie respektierte und bewunderte ihn – und das obwohl er ihr vor kurzem gestanden hatte, dass er aufgrund seiner Vorliebe fürs Glücksspiel hoch verschuldet war. Viele Männer spielten, und Francesca war sich sicher, dass Evan sich bessern würde, sobald seine Schulden erst einmal bezahlt waren. Ihr Vater hatte versprochen, sie jetzt, da er mit Sarah verlobt war, für ihn zu begleichen. Wie konnte Evan sich in dieser Situation nur mit seiner Geliebten herumtreiben? Immerhin war er jetzt verlobt und schuldete Sarah Channing seine Loyalität und auch sein Herz!
Francesca hatte keinen Zweifel daran, dass es jene Schauspielerin war, die neben Evan gesessen hatte. Sie hatte die beiden einige Monate zuvor schon einmal zusammen auf der Straße gesehen, sich aber nicht bemerkbar gemacht.
Als sie jetzt den Türklopfer an dem Nachbarhaus betätigte, schoss ihr durch den Kopf, dass Evan sich womöglich nur mit Grace Conway getroffen hatte, um die Affäre zu beenden.

Ein Gefühl der Erleichterung überkam sie. Natürlich musste das der Grund sein, warum ihr Bruder sich mit seiner früheren Geliebten verabredet hatte, denn immerhin war er ein Mann von Charakter!

Ein erschöpft wirkendes Hausmädchen in einem schlecht sitzenden schwarzen Kleid öffnete die Tür.

Francesca lächelte und reichte ihr ihre Visitenkarte. »Wäre der Herr oder die Herrin des Hauses zu sprechen?«

Das Mädchen nickte und schloss die Tür wieder, ohne ein Wort zu verlieren. Francesca warf Joel einen Blick zu. Der Junge seufzte. »'nen Mörder zu jagen hatte ich mir ja eigentlich anders vorgestellt«, sagte er. »Ist ziemlich langweilig, was?«

»Wir haben ja gerade erst mit unseren Nachforschungen begonnen. Sag, hast du schon einmal etwas von den Schwestern Daisy und Rose Jones gehört? Es sind Frauen von zweifelhaftem Ruf.«

»Nicht, dass ich wüsste, aber solche Damen gibt's ja zur Genüge. Soll ich die beiden für Sie ausfindig machen?«

»Sieh einmal zu, was du über sie herausfinden kannst. Sie sollen irgendwo auf der Forty-eight Street und der Third wohnen. Wenn uns noch genug Zeit bleiben sollte, werden wir gleich im Anschluss den Randalls einen Besuch abstatten, sofern die Polizei nicht gerade dort ist. Und morgen schauen wir dann einmal bei diesen beiden Schwestern vorbei.«

»Warum?«

Francesca verzog das Gesicht. »Nun, Bragg scheint zu glauben, dass ein gewisser Gentleman ein möglicher Verdächtiger in diesem Mordfall sein könnte. Und dieser Herr behauptet, zur fraglichen Zeit mit den beiden Frauen zusammen gewesen zu sein.« Sie wollte Joel nicht verraten, dass es sich bei dem Verdächtigen um Hart handelte.

Joel grinste. »Mit beiden?«
Francesca errötete. Genau dieser Gedanke war ihr auch schon durch den Kopf gegangen. »Ich bin sicher, dass er nur eine der beiden Schwestern besucht hat«, erklärte sie mit fester Stimme.
Joel lachte und schüttelte den Kopf.
In diesem Augenblick wurde die Tür erneut geöffnet, und das Mädchen drückte Francesca die Visitenkarte in die behandschuhte Hand. »Sind ausgegangen«, sagte das Mädchen und schlug Francesca die Tür vor der Nase zu.
Sie blinzelte ungläubig. »Wie unhöflich!«, rief sie.
»Und was nun?«, fragte Joel, doch Francesca antwortete ihm nicht. Sie schlug bereits mit der Faust wiederholt kräftig gegen die Tür.
Aber offenbar hatte das Mädchen nicht die Absicht, erneut zu öffnen, und ganz offensichtlich hatte ihr ihre Herrschaft mitgeteilt, dass sie Francesca nicht zu empfangen gedachte.
»Der Polyp interessiert sich für uns«, bemerkte Joel.
»Bragg ist hier?«, rief Francesca entsetzt und fuhr herum.
»Nein, Miss, ich meine den Blauen auf der Treppe vor dem Haus, wo diese Labouche drin wohnt.«
Francesca sah, dass sie der Streifenpolizist, der den Eingang zu Georgettes Haus bewachte, in der Tat beobachtete. Sie warf ihm einen, wie sie hoffte, gebieterischen Blick zu und wandte sich von dem Haus ab. Leider weigerten sich die beiden nächsten Nachbarn auch, mit ihr zu reden. Ihre Dienstboten murmelten Entschuldigungen, ließen das Bedauern ihrer Herrschaften ausrichten und gaben ihr ihre Karte zurück.
Francesca war ratlos. »Irgendjemand muss doch etwas gesehen haben!«, rief sie verzweifelt.
»Wo viele sind, ham auch viele was gesehen«, erklärte Joel mit wissender Stimme. »Warten Sie hier. Bin gleich wieder da.«

»Joel –«, hob sie an, um ihn zu fragen, was er vorhatte, aber er eilte bereits um die Ecke des Hauses, vor dem sie gerade standen. Nach hinten hinaus lagen zweifellos winzige Höfe mit Wäscheleinen, die an einem solch kalten Tag sicherlich leer waren.
Francesca begann allmählich vor Kälte zu zittern und fragte sich, ob sie ihre Nachforschungen für diesen Tag nicht besser beenden sollte. Sie wollte unbedingt noch mit Evan reden und außerdem kurz ihre Schwester besuchen, um zu schauen, wie es ihr ging. Francesca selbst war unglaublich wütend gewesen, als sie entdeckt hatte, dass ihr Schwager eine Affäre hatte – wie schlimm musste es da erst für Connie sein!
»Kann ich Ihnen helfen?«, ertönte in diesem Moment eine Stimme.
Francesca zuckte zusammen und drehte sich um. Hinter ihr stand Arthur Kurland, ein äußerst unangenehmer Reporter von der *Sun*, und grinste sie an. Er war Anfang dreißig, hatte bereits schütter werdendes Haar und tauchte immer dann auf, wenn man ihn am wenigsten gebrauchen konnte.
»Miss Cahill, nicht wahr?«
»Guten Tag, Mr Kurland, und nein, Sie können mir nicht helfen, es sei denn, Sie haben Neuigkeiten über den Randall-Mord«, sagte Francesca kühl.
Er grinste sie immer noch an. »Sollte ich Sie in irgendeiner Weise beleidigt haben? Ihr Tonfall scheint mir so etwas anzudeuten.«
Sie reckte ihr Kinn in die Höhe. »Ich mag es nun einmal nicht, wenn man mir nachspioniert.«
»Ich tue nur meine Arbeit.« Der Kerl war gerissen. »Der Commissioner wohnt ganz hier in der Nähe, wissen Sie.«
Darauf fiel Francesca keine Antwort ein. Sie wusste sehr wohl,

dass Bragg nur wenige Straßen entfernt wohnte, und Kurland wiederum wusste, dass ihr diese Tatsache nicht unbekannt war. Schließlich hatte er sie eine gute Woche zuvor dabei beobachtet, wie sie – ohne jede Begleitung – Braggs Haus zu einer sehr ungewöhnlichen Stunde betreten und es später in einem arg zerzausten Zustand wieder verlassen hatte. »Mr Bragg befindet sich mit Sicherheit in seinem Büro im Polizeipräsidium«, sagte sie kühl.

»Randalls Mätresse ist immer noch verschwunden«, bemerkte Kurland. »Aber sie haben die Waffe gefunden. Eine kleine Derringer mit perlenbesetztem Griff, wie sie gern von Damen benutzt wird.«

»Oder von vornehmen Gentlemen«, konterte Francesca.

Er nickte. »Ja, auch von denen.«

»Gibt es irgendwelche neuen Entwicklungen?«, konnte sich Francesca nicht verkneifen zu fragen.

»Die gibt es. Aber wenn ich Ihnen etwas verraten soll, müssen Sie mir auch etwas dafür geben«, erwiderte er. »Ein kleines Tauschgeschäft, nichts weiter.«

»Aber das ist Erpressung!«, rief Francesca entgeistert.

Er kicherte. »Sie sind noch so jung, Miss Cahill, viel zu jung für eine Detektivin.«

Sie blinzelte. »Woher – woher wissen Sie davon?«

»Es gehört mit zu meinem Aufgaben, Bescheid zu wissen, was in dieser Stadt vor sich geht – zumindest soweit es das Verbrechen betrifft. Und was ich Ihnen vorgeschlagen habe, ist beileibe keine Erpressung. Man nennt es Informationsaustausch, und es ist in meiner Branche allgemein üblich.«

Francesca fragte sich, ob Kurland wohl tatsächlich im Besitz von lohnenswerten Informationen war und was sie ihm berichten könnte. »Wer fängt an?«, fragte sie schließlich.

»Sie.«
»Aber was ist, wenn es sich bloß um einen Trick handelt?«
»Nun, wie heißt es so schön? Aus Schaden wird man klug. Und Sie riskieren dabei nur einen geringen Schaden – aber es dürfte wohl kaum in meinem Interesse sein, dass Sie mir niemals wieder vertrauen.«
Sie nahm seine Worte in sich auf. »Miss de Labouche ist meine Klientin.«
Er kicherte erneut. »Das reicht nicht, Miss Cahill.«
»Miss de Labouche wollte die Leiche verstecken«, fuhr sie fort.
Sein Gesichtsausdruck veränderte sich nicht. »Ich fürchte, das dürfte immer noch nicht ausreichen, Miss Cahill. Oder darf ich Sie Francesca nennen?«
»Das dürfen Sie nicht«, entgegnete sie mit scharfer Stimme. »Ich glaube, jetzt sind Sie an der Reihe.«
»Nicht bevor Sie mir etwas erzählt haben, was ich noch nicht weiß.«
Doch Francesca wagte nicht, noch mehr zu sagen.
»Warum waren Sie, Ihre Schwester und Bragg heute Morgen bei Calder Hart?«
Francesca entfuhr ein Keuchen. »Sie spionieren mir nach!«
»Ist er etwa in den Mordfall verwickelt?«
Francesca wandte sich ab. »Leben Sie wohl, Mr Kurland.«
Er ergriff ihren Arm, worauf sie einen kleinen Schrei ausstieß. »Einer der Nachbarn hat am Mordabend um kurz vor acht Uhr einen dunkelhaarigen, gefährlich aussehenden Mann dabei beobachtet, wie er die fragliche Wohnung verlassen hat.«
Francesca starrte den Reporter an. Dunkelhaarig und gefährlich wirkend – diese Beschreibung passte ganz wunderbar auf Calder Hart.

»Jetzt sind Sie an der Reihe«, sagte Kurland barsch.
»Ich …«, setzte sie an und verstummte.
»Was hat Hart mit der Sache zu tun? In welcher Verbindung stand er zu Randall? Ich werde es ohnehin herausfinden, Miss Cahill, das wissen Sie, aber Sie sind mir jetzt etwas schuldig.«
Ihre Wangen glühten. Handelte es sich um Wissen, das der Allgemeinheit zugänglich war? Bestimmt war es irgendwo registriert. Sie zögerte.
»Nun?«, drängte der Reporter.
Sie seufzte. »Randall war Harts Vater.«

KAPITEL 8

SAMSTAG, 1. FEBRUAR 1902 – 17 UHR
Connie war überzeugt, dass Francesca sich geirrt hatte. Aber sie hatte Neil und Mrs Burton zusammen gesehen, hatte sie in flagranti erwischt! Das behauptete Francesca zumindest.

Connie hielt sich gern im Arbeitszimmer ihres Mannes auf. Selbst wenn er nicht da war, erinnerte sie jeder Zentimeter der Einrichtung aus dunklem Holz und grünen und goldenen Farben an ihn. Die Bücher, die er so gern las – und von denen er viele aus England mitgebracht hatte –, füllten die vom Boden bis zur Decke reichenden Regale an einer Wand. Shakespeare und Chaucer wetteiferten mit Tolstoi und Dostojewski. Die beiden Landschaftsbilder über dem Kaminsims, beides wirkliche Meisterwerke, hatten einmal im Stammsitz der Familie in Devon gehangen. Der große, mit Ziernägeln versehene Ledersessel hinter dem wuchtigen Schreibtisch hatte früher Neils Vater gehört und stammte aus dem Spanien des sechzehnten Jahrhunderts. Connie hatte es sich seit kurzem zur Gewohnheit gemacht, dort zu sitzen, wenn ihr Mann nicht zu Hause war. Auf diesem riesigen, thronähnlichen Sessel roch es nach seinen Zigarren, seinen Pferden, seinem Eau de Cologne, dort meinte sie seine Gegenwart ganz intensiv zu spüren.

Doch heute setzte sie sich nicht an den Schreibtisch.

Sie hatte schon seit längerer Zeit gefühlt, dass etwas mit Neil nicht stimmte. Aber Francesca musste sich irren, das kam bei

ihrer Schwester öfter vor. Sie meinte es immer gut, zog aber häufig die falschen Schlüsse aus irgendwelchen Vorfällen.
Connie kehrte Neils Schreibtisch den Rücken zu. Sie zitterte wie Espenlaub, und das Atmen fiel ihr schwer. Francesca musste sich einfach irren!
Aber war es möglich, dass sich ein Mensch so täuschte?
Neils Arbeitszimmer lag im ersten Stock des großen Hauses, das an der Ecke eines Häuserblocks und dadurch sowohl an der Madison Avenue als auch an der Sixty-second Street lag. Als Connie und Neil sich verlobt hatten, war das Grundstück noch unbebaut gewesen, und Andrew Cahill hatte den beiden das Haus zur Hochzeit geschenkt.
Plötzlich vernahm Connie von draußen das vertraute Geräusch von Neils Kutsche, die die kurze Auffahrt hinaufgefahren kam, und zuckte unwillkürlich zusammen.
Sie spürte, wie die Anspannung in ihrem Körper zunahm. Ich werde nicht weinen, ermahnte sie sich.
Es kam ihr vor, als hätte sie Stunden in dem Arbeitszimmer ihres Mannes verbracht, während ihr immer und immer wieder dieselben Gedanken im Kopf herumgekreist waren. Jetzt trat sie ans Fenster und blickte auf die U-förmige Auffahrt hinunter, die in einem sanften Bogen zur Sixty-second Street führte. Connie sah, wie Neil aus der Kutsche stieg und auf das Haus zuging.
Das Herz schlug ihr bis zum Hals, während sie an die erste Zeit ihrer Ehe zurückdachte. Connie hatte sich bei ihrer ersten Begegnung fünf Jahre zuvor sofort in Lord Montrose verliebt. Natürlich hatte er ihr auch Angst eingejagt, denn sie hatte sich nicht einmal in ihren kühnsten Träumen vorgestellt, dass sie einen so vornehmen, so gut aussehenden, intelligenten und weltmännischen Ehemann bekommen würde. Im ersten Jahr

ihrer Ehe hatte er ihr das Gefühl gegeben, als sei sie erst vierzehn Jahre alt. Damals war sie sich unbeholfen und linkisch vorgekommen.
Diese Zeiten waren natürlich längst vorbei. Connie war eine erwachsene Frau, die Mutter zweier Kinder, und war darin geübt, den Haushalt zu führen, für ihre Töchter zu sorgen und an jedem gesellschaftlichen Anlass teilzunehmen, den Neil als wichtig erachtete. Sie unterstützte zudem einige Wohltätigkeitsgesellschaften und veranstaltete zwei Mal im Jahr ihre eigenen Wohltätigkeitsempfänge. Für viele galt sie als die ideale Ehefrau und Mutter, und ihre Freundinnen fragten sie immer wieder, wie sie das nur alles schaffe.
Sie hatte stets geantwortet, dass alles ganz leicht sei, wenn man eine Ehe wie sie und Neil führte.
Bei diesem Gedanken atmete Connie unwillkürlich tief durch. Welche Art von Ehe führte sie denn eigentlich? Doch diese Frage flößte ihr Furcht ein, und sie verdrängte sie schnell wieder.
Irgendwie schaffte sie es, einen Fuß vor den anderen zu setzen und zur Tür zu gehen. Als sie sie öffnete, eilte gerade ein Hausmädchen vorbei.
»Dottie? Bitten Sie doch Lord Montrose, in sein Arbeitszimmer zu kommen.«
»Jawohl, Ma'am«, erwiderte das Mädchen, hielt dann inne und blickte Connie mit großen Augen an. »Lady Montrose? Ist Ihnen nicht gut?«
Connie bemerkte, dass sie sich unwillkürlich an den Türpfosten klammerte, als habe sie Angst hinzufallen. »Es geht mir gut, Dottie. Vielen Dank.« Als sie zurück ins Arbeitszimmer trat, hatte sie das merkwürdige Gefühl zu schweben.
Plötzlich kam ihr ihr ganzes Leben seltsam unwirklich vor.

Wie oft hatte sie insgeheim gedacht, dass Neil einfach der perfekte Ehemann war?
Tränen schossen ihr in die Augen, als sie sich vorstellte, wie Neil mit einer anderen Frau jenen Akt vollzog, der niemals außerhalb der Bande der Liebe und der Ehe vollzogen werden sollte. Wie hatte Francesca nur so etwas behaupten können? Sie hatte gesagt, Neil und Eliza Burton im Dunkeln teilweise entkleidet zusammen auf dem Sofa gesehen zu haben. Und angedeutet, dass sie sich geliebt hatten. Hieß das notwendigerweise, dass es auch wirklich geschehen war? Wahrscheinlich war es gar nicht Neil gewesen; im Dunkeln konnte man schließlich schnell jemanden verwechseln.
Connie fühlte sich ganz krank. Nein, Francesca hatte sich nicht geirrt. Neil war in letzter Zeit so distanziert gewesen, und sie hatten schon seit Monaten nicht mehr miteinander geschlafen.
»Connie?«
Beim Klang seiner Stimme zuckte sie zusammen. Und dann wandte sie sich langsam zu dem Mann um, den sie von ganzem Herzen liebte. Er war so viel größer als sie – Connie war gerade einmal einen Meter sechzig groß und Montrose gut einen Meter neunzig. Er war wie immer tadellos gekleidet, und dennoch zeugte seine Aufmachung von einer gewissen Lässigkeit: Seine Anzugjacke war geöffnet, und die Krawatte saß ein wenig schief. Zusammen mit seinem attraktiven Äußeren – dem dunklen Haar, den blauen Augen, der großen, muskulösen Gestalt – verlieh ihm das ein leicht verwegenes Aussehen. Er lächelte, was das Grübchen in seinem Kinn gut zur Geltung brachte.
Als er das Gesicht seiner Frau sah, verschwand sein Lächeln. »Was ist los? Bist du krank? Connie, setz dich hin.« Er eilte mit erhobenen Händen auf sie zu.

»Fass mich nicht an!«, fauchte sie und war selbst entsetzt über ihren Tonfall – es war ganz so, als hätte eine andere Frau gesprochen.
Neil blieb wie angewurzelt stehen, und Connie sah, wie er die Hände langsam sinken ließ. Diese Hände, die beinahe jeden Zentimeter ihres Körpers berührt hatten. Hände, die sie genau kannten. Hände, die ihr so viel Lust bereitet hatten – nachdem sie erst einmal herausgefunden hatte, dass in einer Ehe kein Grund zur Scham bestand.
In seinem Kiefer zuckte ein Muskel. »Was ist los?«, fragte er noch einmal, aber dieses Mal deutlich kühler.
»Liebst du sie?«, hörte sie sich mit eisiger Stimme fragen.
»Wie bitte?«, fragte er entgeistert.
»Ich glaube, du hast mich schon verstanden. Liebst du sie?« Ihr Mund verzog sich zu einem freudlosen Lächeln. »Oder wolltest du dich lediglich amüsieren – und mich ruinieren?«
»Ich verstehe«, sagte er. »Du hast dich offenbar mit deiner Schwester unterhalten.« Sie erkannte seine Augen kaum wieder – durch die schweren Lider wirkten sie plötzlich verhangen.
Connie spürte, wie ihr Herz zu zerbrechen begann. Sie meinte jede einzelne Scherbe zu spüren, die sich ablöste. Es tat furchtbar weh, und das Atmen fiel ihr schwer. »Ja. Francesca hat mir alles erzählt.«
»Sie mischt sich andauernd in alles ein.«
»Also streitest du es nicht ab?«
Er starrte sie an.
Connie wartete.
»Und wenn ich es tun würde?«, fragte er langsam.
Jetzt war das Atmen unmöglich geworden. »Dann würde ich dir nicht glauben«, sagte Connie. Und damit hatte sie sich ein weiteres Mal selbst in Erstaunen versetzt.

»Verstehe.« Er wandte sich ab.

Sie öffnete den Mund, schnappte nach Luft und klammerte sich dabei an einen der Sessel, die vor dem Schreibtisch standen – wild entschlossen, ihre Fassung wiederzuerlangen, bevor er sich ihr erneut zuwandte. Sie musste wohl wie ein Fisch aussehen, den man an Land gezogen hatte und der einen jämmerlichen Tod fand. Für wie erbärmlich würde er sie wohl halten, wenn er sie so sähe?

Er drehte sich um. »Willst du denn gar nicht schreien und keifen? In Tränen ausbrechen, schluchzen und eine Szene machen?«, fragte er.

»Nein. Ich möchte nur wissen, wie lange das schon so geht. Wie lange ist Eliza Burton – die ich in diesem Haus als Gast empfangen habe! – schon deine Mätresse?« Ihre äußerliche Ruhe erstaunte sie selbst.

»Noch nicht sehr lange.« Er errötete. »Als die Burtons bei uns eingeladen waren, war sie noch nicht meine ... Mätresse. Sie ist es übrigens nie gewesen.«

»Verstehe. Es gibt also einen Unterschied zwischen einer Geliebten und einer Mätresse.« Sie kehrte ihm den Rücken zu. Ob er wohl bemerkte, wie sehr sie zitterte? Ob er erahnte, dass eine Stimme in ihrem Inneren ihm die schlimmsten und undamenhaftesten Flüche entgegenschleuderte? Gewiss wusste er es. »Liebst du sie?«, fragte sie noch einmal leise. Sie musste es einfach wissen.

»Nein.«

Connie nickte, drehte sich aber immer noch nicht wieder zu ihm um. »Liebst du mich?« In dem Moment, als ihr die Worte über die Lippen kamen, wusste sie, wie überflüssig sie waren. Natürlich liebte er sie nicht! Wenn er es täte, hätte er nicht diesen Ehebruch begangen.

»Ja.«

Sie drehte sich langsam um. Sein Blick ruhte wachsam und unverwandt auf ihr. In diesem Moment erinnerte er sie an eine Eule. Und sie war die Maus, die er zu töten gedachte.

Dabei war sie doch schon tot. Sie spürte nichts mehr in ihrem Inneren und würde auch niemals wieder etwas spüren, denn er liebte sie nicht, wie sein Verrat bewies. »Warum?«, fragte sie.

Es war eine so simple Frage, und doch die tiefgründigste überhaupt.

»Du würdest es nicht verstehen.«

Sie ließ ihren Blick über ihn hinwegwandern, während das Verlangen zu weinen immer größer wurde. Aber sie würde nicht weinen. Nicht vor ihm. Weder jetzt noch morgen, noch sonst irgendwann. »Dann erkläre es mir doch bitte.« Aber sie wusste die Antwort bereits. Sie war nicht perfekt genug.

»Das halte ich für keine gute Idee«, erwiderte er in einem scharfen Tonfall, der sie überraschte. »Es tut mir Leid«, sagte er, und wieder zuckte dieser Muskel in seinem Kiefer. »Es wird nicht wieder vorkommen. Wirst du mir verzeihen?«, fragte er.

Natürlich würde sie ihm verzeihen. Er war ihr Mann, bis dass der Tod sie schied.

»Nein«, sagte Connie. »Ich werde dir nicht verzeihen, Neil.«

Er sah ihr mit großen Augen nach, als sie das Zimmer verließ.

War Calder Hart am Mordabend bei Georgette de Labouche gewesen? Während die Kutsche die Fourty-eighth Street entlangfuhr, überschlugen sich Francescas Gedanken. Sie glaubte nicht, dass er der Mörder war, weigerte sich, es zu glauben. Er mochte wohl sittenlos sein und so etwas wie ein Bösewicht,

aber er war Braggs Bruder und konnte einfach kein Mörder sein.
Doch ein Nachbar hatte einen Fremden, auf den Harts Beschreibung passte, dabei beobachtet, wie er Miss de Labouches Wohnung verließ – und das vor acht Uhr abends. Das bedeutete nichts Gutes für ihn.
Hart hatte seinem Bruder ein Alibi präsentiert, und aus diesem Grund waren Francesca und Joel jetzt nicht auf dem Weg zu Randalls Witwe, sondern zu den Schwestern Jones. Bei ihnen hatte sich Hart an jenem fraglichen Abend angeblich bis neun Uhr aufgehalten. Der Beileidsbesuch bei der Witwe konnte noch bis zum nächsten Tag warten.
»Hey, Miss!«, sagte Joel laut.
Francesca wurde bewusst, dass er seit dem Moment, als sie den unverschämten Reporter auf der Straße neben Georgette de Labouches Haus hatten stehen lassen, versuchte, ihre Aufmerksamkeit zu gewinnen. »Tut mir Leid, Joel. Ich war in Gedanken.«
»Völlig weggetreten trifft's wohl eher«, brummte er. »Wollen Sie denn gar nich wissen, was ich bei den Nachbarn rausgefunden habe?«, fragte er.
Francesca zuckte zusammen. »Ich will doch nicht hoffen, dass du etwas gestohlen hast!«, sagte sie.
»Ach was! Ich sollte doch bloß rausfinden, ob wer was gesehen hat.« Er grinste.
Francesca beugte sich eifrig vor. »Hat denn jemand etwas gesehen?«
»Nö. Aber das Flittchen hat Familie.«
»Wie bitte?«
»Sie hat 'nen Bruder. Mark Anthony. Und er wohnt hier in New York. Irgendwo in der Innenstadt.«

»Das soll wohl ein Scherz sein«, sagte Francesca enttäuscht.
Der Junge runzelte verwirrt die Stirn. »Ist kein Scherz. Sie hat wirklich 'nen Bruder. Mark Anthony. Soll 'n Spieler sein.«
»Mark Anthony. Marcus Antonius. Das war einer von Cäsars Generälen, Joel«, sagte Francesca. »Da hat dich jemand auf den Arm genommen.«
Er machte ein finsteres Gesicht. »Cäsar? Von dem hab ich noch nie was gehört. Dieser Anthony hat jedenfalls 'ne Wohnung irgendwo auf dem Broadway und besucht die Labouche hin und wieder. Sie ist seine Schwester«, beharrte er. »Er bringt ihr sogar ab und zu Geschenke mit. Die beiden stehen sich sehr nah. Wenn er sonntags kommt, essen sie abends zusammen. Er ist der einzige Verwandte, den sie hat.«
Vielleicht war es ja doch kein Scherz. Vielleicht gab es in dieser Familie eine Vorliebe für lächerliche Namen.
»Weißt du denn, wo Mr Anthony zu finden ist?«, fragte Francesca.
»Ich werd ihn schon auftreiben«, erklärte Joel zuversichtlich.
Sie lächelte und tätschelte seinen Kopf mit den dichten schwarzen Locken. »Das hast du gut gemacht«, lobte sie ihn liebevoll. »Du gibst einen guten Gehilfen ab.«
»Finden Sie?«, fragte er strahlend.
»Ja, das finde ich.«
Während er vergnügt zu pfeifen begann, blickte Francesca aus dem Fenster und dachte über eine andere Frage nach. Sie selbst war Zeugin gewesen, wie jemand Miss de Labouches Wohnung betreten hatte. Ob es sich dabei um Hart gehandelt haben könnte?
Sie war sich nicht sicher. Immerhin hatte sie nur einen kurzen Blick auf den Mann werfen können, und obendrein war es

dunkel gewesen. Sie sah sich außerstande, den Mann zu identifizieren.

Doch wenn es Hart gewesen war, so hatte er den Mord nicht begangen – denn er wäre ja wohl kaum zurückkehrt, um den Mann, den er gerade umgebracht hatte, anzustarren und dann wieder zu verschwinden. Francesca glaubte, dass der Mann, der die Wohnung betreten hatte, während sie sich in der Küche versteckt hielt, nicht Randalls Mörder gewesen war, sondern jemand anderes, wahrscheinlich jemand, der Randall gekannt hatte.

Francescas Laune näherte sich einem neuen Tiefpunkt. Ihre Stimmung war schlechter als noch eine Stunde zuvor, als sie das Haus verlassen hatte. Es kam ihr so vor, als hätte sie einen Tiefschlag nach dem anderen einstecken müssen. Erst erklärte ihr Vater, dass Bragg nichts für sie war – was ihr nach wie vor zu schaffen machte, denn Francesca war sich sicher, dass Andrew irgendetwas vor ihr verheimlichte, und sie beabsichtigte herauszubekommen, was es war –, dann die Sache mit Neil. Es ließ Francesca immer noch keine Ruhe, dass sie Connie von der Affäre erzählt hatte. Aber was hätte sie denn tun sollen? Doch damit hatte sie ihrer Schwester natürlich nun großen Kummer bereitet. Und schließlich Evan, der sich mit dieser Schauspielerin traf, die seine Geliebte war. Kurland dagegen war nichts weiter als eine lästige Plage – mit ihm würde Francesca fertig werden.

Ihre Gedanken kehrten zu Hart zurück. Eigentlich kannte sie den Mann gar nicht, und daher sollte es ihr eigentlich egal sein, ob er ein Verdächtiger in einem Mordfall war. Aber das war es nicht. Hart war Braggs Bruder, und da ihr Bragg nicht gleichgültig war, machte sie das gewissermaßen zu Harts Verbündeter – auch wenn die Brüder einander feindlich gesinnt waren. Worum auch immer es dabei gehen mochte, die beiden verhielten sich einfach kindisch, und Francesca nahm sich vor, sie gelegentlich miteinander auszusöhnen.

Welch ein guter Einfall! Ihre Laune besserte sich schlagartig, und sie lächelte. Vielleicht würde es ihr ja sogar gelingen, dafür zu sorgen, dass die beiden Freunde wurden!

In diesem Moment hielt die Kutsche. »Wir sind da«, sagte Francesca zu Joel und blickte die Straße entlang. In den Unter- und Erdgeschossen der Häuser waren Ladenlokale untergebracht. In dem Gebäude, vor dem sie angehalten hatten, befand sich eine Schusterei, links davon ein kleiner Lebensmittelladen und rechts ein Schlosser. An der Straßenecke lag eine offenbar gut besuchte Schenke, aus deren geöffneten Türen lautes Gelächter und Geschrei drangen. Direkt davor standen fünf wenig Vertrauen erweckende Kerle neben einer Laterne und tranken Bier. Ein Polizist hatte sich zu ihnen gesellt und trank mit den Schurken. Welch ein peinlicher Anblick, wo doch der Polizist in Uniform war!

»Dann lass uns einmal sehen, ob wir herausfinden können, wo die Schwestern Jones wohnen.« Francesca fühlte sich unbehaglich angesichts der Szene an der Straßenecke. »Ist der Polizist da etwa betrunken?«, fragte sie fassungslos. »Es ist doch erst fünf Uhr am Nachmittag!«

»Sternhagelvoll, würde ich sagen. Keine Sorge, wir finden diese Schwestern schon, wenn Sie ein paar Dollar bei sich haben.« Joel sprang auf die gefrorene Straße hinunter, wobei er beinahe in einem Haufen Mist und anderem Abfall gelandet wäre.

»Das habe ich«, erwiderte Francesca und stieg ebenfalls vorsichtig aus der Kutsche. Die Männer an der Ecke, die sich zuvor lebhaft unterhalten hatten, verstummten abrupt. Offenbar hatten sie Francesca entdeckt. Sie bereitete sich innerlich auf anzügliche Bemerkungen vor, und als tatsächlich einer der Männer prompt einen lauten Pfiff ausstieß, eilte sie die Treppe zur Schusterei hinunter und flüchtete sich in den Laden.

Ein schmächtiger Mann mit einem Bart arbeitete auf einer hölzernen Werkbank an einem Paar Ledersohlen. An der Hinterseite des Ladens stand ein Regal, das mit Schuhen gefüllt war; einige davon schienen bereits repariert zu sein, andere noch nicht. Durch eine Tür hinter der Werkbank konnte Francesca einen Blick auf ein kleines Zimmer erhaschen. Sie sah eine dünne Frau mit einem rundlichen Gesicht am Herd stehen. Neben ihr lag ein Baby in einem Korb.

Francesca wusste, dass der Schuster mit seiner Familie und möglicherweise weiteren Familien unter schrecklichen Bedingungen hinter seinem Laden hauste, Bedingungen, die Francesca und andere Mitstreiter in der Stadt zu verbessern gedachten. Aber jetzt war nicht die Zeit, um über die fälligen Reformen nachzudenken. Francesca setzte ein Lächeln auf, als der Schuster die Ledersohlen beiseite legte und sie neugierig musterte.

»Guten Tag. Ich bin auf der Suche nach zwei Damen, Daisy und Rose Jones. Vielleicht können Sie mir dabei helfen?«, fragte Francesca und öffnete ihre Handtasche.

»Englisch nix gut. Schuhe machen wie neu«, sagte der Mann mit einem starken slawischen Akzent.

»Nein, nein, meine Schuhe müssen nicht repariert werden. Ich bin auf der Suche nach zwei Frauen, Daisy und Rose Jones.«

»Schuhe machen wie neu«, wiederholte er, lächelte Francesca an und zeigte auf ihre Füße.

Francesca wurde klar, dass er kein Wort von dem verstand, was sie sagte.

»Er is'n Jude und spricht kein Englisch«, sagte Joel und verzog das Gesicht.

Sie sah Joel blinzelnd an. Offenbar war er voreingenommen, wie so viele in der Stadt. Sie wollte ihn gerade zurechtweisen und ihm einen Vortrag über Gleichberechtigung und die Unabhängigkeitserklärung halten, als das Baby im hinteren Zimmer zu weinen begann. Francesca lächelte den Schuster an und reichte ihm fünf Dollar. »Meine Schuhe müssen nicht repariert werden«, sagte sie. »Aber kaufen Sie Ihrer Familie etwas Gesundes zum Essen.«

»Schuhe machen wie neu«, sagte er lächelnd.

In diesem Moment kam die Frau mit dem Baby auf dem Arm aus dem Zimmer hinter dem Laden.

»Zwei Türen weiter die Straße runter«, sagte sie in einem Englisch, das erkennen ließ, dass sie New Yorkerin war.

»Sie kennen die Schwestern?«, fragte Francesca.

Die Frau, die wahrscheinlich in Francescas Alter war, aber zwanzig Jahre älter aussah, nickte. »Aber Sie gehen da besser nich rauf, Ma'am.«

»Warum denn nicht?«

»Das is'n Bordell«, erwiderte die Frau, deren Augen müde dreinblickten.

»Oh!«, entfuhr es Francesca, und sie errötete. Dabei hätte sie diese Auskunft eigentlich nicht überraschen sollen. Es war doch offensichtlich gewesen, warum Hart bei einer dieser Frauen gewesen war – welche es auch immer gewesen sein mochte. Dennoch war Francesca der Ansicht, dass es einen großen Unterschied machte, ob ein Mann eine Geliebte hatte oder ein Bordell besuchte. Das Letztere kam ihr irgendwie verdorben vor. Sollte sie es wagen, ein solches Haus von zweifelhaftem Ruf zu betreten?

Aber natürlich würde sie es wagen! Sie wollte ohnehin unbedingt einmal erfahren, wie es in einem Bordell aussah.

Francesca bedankte sich, verließ die Schusterei und ging die Straße hinunter zu dem Haus, das die Frau ihr beschrieben hatte. Sie klopfte an die Tür. Ein großer schwarzer Mann öffnete und schlug die Tür gleich wieder zu, als er Francesca erblickte.

»Die lassen Sie da nie rein, Miss«, sagte Joel. »Es sei denn, Sie bezahlen, und das nich zu knapp.«

»Warum denn nicht?«, wollte sie wissen.

»Weil ich das Haus kenne. Die sind ziemlich beschäftigt, weil hier viele Herren hinkommen. Herren von Ihrer Seite der Stadt«, sagte er verschmitzt.

Sie spürte, wie sie rot wurde. »Dann werde ich eben bezahlen.«

Sie klopfte erneut, und dieses Mal war es eine Frau, die die Tür einen Spaltbreit öffnete. Ihre Blicke begegneten sich.

»Was wollen Sie?«, fragte die Frau. Sie war ungefähr Anfang vierzig, hatte blaue Augen und schwarz gefärbtes Haar. Francesca fiel auf, dass sie einen schönen Teint hatte.

»Ich würde gern mit Daisy und Rose Jones sprechen«, sagte Francesca und lächelte freundlich. Aus dem Inneren des Hauses drangen Gelächter, das Klirren von Gläsern und leise, tiefe Männerstimmen.

»Noch nie was von denen gehört.« Die Tür wurde zugeknallt.

Francesca klopfte erneut.

Offenbar hatte die Frau wohl nur darauf gewartet, denn die Tür wurde umgehend wieder geöffnet. Francesca sagte rasch: »Ich werde für das Gespräch natürlich bezahlen.« Sie versuchte, an der Frau vorbei einen Blick in das Haus zu werfen, konnte aber nichts anderes erkennen als ein sanftes, pfirsichfarbenes Licht.

»Das macht zusammen fünfzig Dollar.«

»Wie bitte?«, fragte Francesca schockiert.

»Die beiden sind meine besten Pferde im Stall.« In den Augen der Frau lag ein harter Ausdruck. »Zwanzig einzeln, aber fünfzig für beide gleichzeitig. Das ist der Preis. Er steht auf der Karte, aber Kunden, die zum ersten Mal zu uns kommen, kriegen die Karte erst dann zu sehen, wenn ich entschieden habe, dass sie sauber sind.«

Francesca starrte die Frau entgeistert an. Es gab eine Karte? Die Tür wurde wieder zugeknallt.

Langsam wurde Francesca wütend. Sie klopfte erneut, und die Tür wurde umgehend wieder geöffnet.

»Ich verstehe nicht ganz«, sagte sie. »Das hier ist doch kein Restaurant.«

»Manche halten es dafür«, gab die Frau zurück und lächelte unerwarteterweise. »Wie auch immer, wir haben unsere Preise. Wenn Sie reden wollen, dann ist das Ihre Angelegenheit, aber das steht nicht auf der Karte. Sie müssen nehmen, was auf der Karte steht. Zwanzig für Daisy in der Missionarsstellung. Für Rose gilt das Gleiche. Zusammen macht es fünfzig. Die zehn extra sind für die Freude des Herrn. Wenn Sie was Ausgefallenes wollen, liegt der Preis natürlich noch höher, und Sie müssen es erst mit mir vereinbaren.«

Francesca war sprachlos. Was hatte es wohl mit »für die Freude des Herrn« auf sich? Natürlich sollte sie darüber nicht einmal nachdenken, aber wie hätte sie es nicht tun sollen?

Die Frau machte Anstalten, die Tür erneut zu schließen.

»Ich werde Ihnen fünfzig Dollar geben, auch wenn ich mich nur mit den Mädchen unterhalten möchte«, sagte Francesca schnell.

Die Frau lächelte. »Ich bin Mrs Pinke. Treten Sie ein.« Sie trat beiseite und warf dann einen Blick auf Joel. »Der kann mitkommen, aber wenn er was klaut, müssen Sie dafür bezahlen.«

»Joel wird nichts stehlen«, versprach Francesca ganz atemlos vor Aufregung. Ehe sie sich versah, stand sie auch schon in einem Flur mit lachsfarbenen Wänden, und die Tür schloss sich hinter ihr.

»Sie haben Glück, die beiden sind gerade frei«, sagte Mrs Pinke und führte Francesca und Joel zu einer Treppe. »Rose ist gerade mit einem Kunden fertig, und Daisy wartet auf einen Stammkunden, der kommt aber erst um sechs.«
Francesca wusste nicht, was sie sagen sollte. Sie spähte den Flur entlang in einen Salon, dessen Ausstattung vornehmlich in Rot gehalten war, und erhaschte einen Blick auf eine wunderschöne junge Frau, die lesend auf einem Sofa lag. Sie trug ein sehr gewagtes, tief ausgeschnittenes Kleid.
Die Männerstimmen, die Francesca zuvor vernommen hatte, waren jetzt verstummt. »Wo sind denn die Kunden?«, fragte sie.
»Oben.« Die Frau lächelte Francesca über die Schulter zu. »Diskretion ist das A und O in diesem Haus.«
»Ist das der Grund, warum Sie nicht nach meinem Namen gefragt haben?«, erkundigte sich Francesca.
»Wenn Sie es gewünscht hätten, dass ich Ihren Namen erfahre, hätten Sie ihn mir genannt«, erwiderte Mrs Pinke mit fester Stimme.
»Bin ich die Erste, die heute um ein Gespräch mit Daisy und Rose bittet?«, fragte Francesca, als sie den Treppenabsatz erreicht hatten. Hinter einer geschlossenen Tür vernahm sie das Kichern einer Frau.
»Das kann man wohl sagen. Unsere Kunden haben meist andere Wünsche«, erwiderte Mrs Pinke mit einem amüsierten Lächeln.

Francesca dachte erfreut, dass die Polizei die Schwestern offenbar noch nicht befragt hatte.
Aber in gewisser Hinsicht war sie auch enttäuscht. Wo waren all die halb nackten Mädchen? Außerdem hatte sie darauf gehofft, einige Herren zu sehen, die auf ihre Geliebten warteten. Aber vielleicht war es auch besser so – womöglich wäre sie jemandem begegnet, den sie kannte. »Haben Sie die Herren, die heute zu Besuch sind, um meinetwillen verscheucht?«, fragte sie.
»Die Herren haben sich aus freien Stücken zurückgezogen«, erwiderte Mrs Pinke und klopfte an eine Tür. Sie warf Francesca einen Blick zu. »Sie haben dreißig Minuten Zeit. Ich darf Sie bitten, im Voraus zu zahlen.«
Francesca griff in ihre Handtasche, um das Geld herauszuholen. Im selben Moment öffnete sich die Tür, und Francesca hielt in der Bewegung inne. Eine der schönsten Frauen, die sie jemals gesehen hatte, stand vor ihr. Sie trug ein durchsichtiges Negligee und darunter nichts weiter als Strümpfe und schwarze Strumpfbänder.
»Daisy, die junge Dame hier wünscht mit dir und Rose zu sprechen.« Mrs Pinke nickte Francesca zu, nahm das Geld entgegen und wandte sich zum Gehen.
Francesca bemerkte mit einem Mal, dass Joel mit offenem Mund neben ihr stand. Sie bedeckte seine Augen mit ihren Händen. »Du wartest unten auf mich!«, rief sie.
»Hey, lassen Sie mich los«, protestierte er. »Ich habe auch Rechte!«
»Du verschwindest auf der Stelle nach unten, ansonsten bist du die längste Zeit mein Gehilfe gewesen!«, fuhr sie ihn an. Dann fügte sie über ihre Schulter gewandt hinzu: »Miss … äh … Jones, würden Sie sich bitte etwas überziehen?«

Daisy schien verblüfft zu sein, drehte sich dann aber um und schlenderte davon. Doch zuvor hatte Francesca einen Blick in ihre strahlend blauen Augen geworfen und darin nicht etwa einen abgestumpften, gelangweilten Ausdruck entdeckt, sondern ein Leuchten, das auf Neugierde und Intelligenz schließen ließ. Als sich Joel widerwillig davongemacht hatte, betrat Francesca das Zimmer und schloss die Tür hinter sich. Sie schaute sich um und stellte fest, dass der Raum recht hübsch eingerichtet war. Er hatte einen Kamin, und in der Mitte stand ein großes Himmelbett.

Daisy hatte sich mittlerweile einen seidenen Morgenrock übergezogen. Er war elfenbeinfarben und passte gut zu ihrem hellblonden Haar und der blassen Haut. Jede andere Frau hätte mit diesem Teint wohl erschöpft gewirkt, aber Daisy verlieh er etwas Leuchtendes. Die blassen Farben betonten irgendwie ihre hohen Wangenknochen, die feinen Züge, die strahlend blauen Augen und die vollen roten Lippen.

Francesca begriff, warum Calder Hart zu dieser Frau ging – sie war einfach atemberaubend schön.

»Ich habe noch nie eine Frau als Freier gehabt«, sagte Daisy mit sanfter Stimme. Sie sprach nicht wie eine Frau von der Straße, sondern äußerst kultiviert. »Sagen Sie mir, was ich tun soll.« Sie lächelte.

Francesca erstarrte. »Ich bin kein Freier. Ich bezahle Sie – und Rose –, damit Sie mir ein paar Fragen beantworten.«

Daisy nickte und zuckte mit den Schultern, als ob es ihr gleichgültig sei, aber Francesca erkannte den wachen Ausdruck in ihren Augen.

»Wo ist Rose?«, fragte Francesca.

»Sie kommt gleich – sie ist wahrscheinlich noch mit einem Kunden beschäftigt.« Daisy setzte sich in einen großen grünen

Sessel und schlug ihre langen Beine übereinander. »Um was für Fragen handelt es sich denn?«
Francesca blickte sich suchend um und nahm in dem einzigen verbliebenen Sessel Platz. »Sind Sie eine Freundin von Calder Hart?«
»Nie von ihm gehört«, sagte Daisy mit ihrer sanften Stimme. Francesca erkannte sogleich, dass man sie hereingelegt hatte. Diskretion war hier das oberste Gebot, und obgleich sie fünfzig Dollar gezahlt hatte, um mit den beiden Mädchen zu reden, würden diese niemals zugeben, einen Calder Hart zu kennen – geschweige denn, dass er ihr Kunde war.
Plötzlich wurde die Tür geöffnet, und eine weitere Frau betrat das Zimmer. Francesca drehte sich um und sah sie an. Die Frau war ebenfalls atemberaubend schön, allerdings ein ganz anderer Typ als Daisy. Sie hatte taillenlanges schwarzes Haar, helle Haut und große grüne Augen. Daisy war schmal und klein, Rose dagegen war groß und hatte einen üppig geformten Körper. Glücklicherweise trug sie bereits einen seidenen Morgenrock, auch wenn er ihr gerade einmal bis zu den Oberschenkeln reichte.
»Vielleicht können Sie mir etwas über Ihre Beziehung zu Calder Hart sagen«, hob Francesca an.
Rose blinzelte. Ihre Augen waren ebenso wach und intelligent wie Daisys. »Über wen?«, fragte sie.
»Also, so kommen wir nicht weiter. Hart steckt möglicherweise in Schwierigkeiten. Er hat Ihre Namen erwähnt, und ich muss wissen, ob er die Wahrheit gesagt hat.«
»Sind Sie seine Frau?«, fragte Daisy und blickte sie forschend an.
»Nein.« Francesca spürte, wie sie bei der Vorstellung errötete.

»Er ist nicht verheiratet.« Rose trat hinter Daisys Sessel. Die Bewegung hatte etwas Beschützendes.

Daisy zuckte mit den Schultern. »Was meinen Sie mit ›Freundin‹?«

»Ist er ein Freier?«, fragte Francesca ohne Umschweife. »Wann haben Sie ihn zum letzten Mal gesehen?«

Francesca bemerkte, dass Rose ihre Hand auf Daisys Schulter gelegt hatte. Es war eine so intime Geste, dass Francescas Wangen zu brennen begannen. Diese Frauen waren eindeutig keine Schwestern, und Francesca konnte sich des Eindrucks nicht erwehren, dass sie mehr waren als nur Freundinnen.

»Was wäre, wenn ich Ihnen verrate, dass man Hart möglicherweise des Mordes anklagen wird?«, fragte Francesca.

Daisy presste die Lippen zusammen und blickte zu Rose hinauf. Die beiden hielten einander bei den Händen.

»Möglicherweise kennen wir Hart«, sagte Rose langsam. »Aber was hätte das damit zu tun, ob man ihn des Mordes anklagt oder nicht?«

»Wenn er Ihr Freier ist, so darf ich Ihnen versichern, dass er nichts dagegen hat, wenn Sie dies bestätigen. Er hat bereits erzählt, dass er Sie beide kürzlich besucht hat. Ich muss wissen, wann genau er das letzte Mal bei Ihnen gewesen ist«, sagte Francesca.

»Wem hat er es erzählt?«, fragte Daisy. Ihre Stimme war nach wie vor sanft, aber die Art, wie sie die Frage stellte, war es nicht.

»Der Polizei«, erwiderte Francesca leise.

Die beiden Frauen sahen einander nicht an, aber Francesca beobachtete, dass Roses Griff um Daisys Hand fester wurde.

»Ich habe keinen Grund zu lügen!«, rief Francesca.

»Wir schon.« Es war Rose, die diese Worte gesprochen hatte. »Wäre das dann alles?«

»Wann haben Sie ihn zum letzten Mal gesehen?«, fragte Francesca noch einmal mit fester Stimme. Dann fügte sie eindringlich hinzu: »Bitte sagen Sie es mir.«
Die beiden Frauen schwiegen und starrten sie an.
»Sie müssen mir die Wahrheit sagen«, schlug Francesca einen neuen Weg ein. »Ich bin eine gute Bekannte von ihm und möchte ihm helfen.«
Daisy blickte zu Rose auf. »Ich glaube, sie sagt die Wahrheit. Sie hat ehrliche Augen.«
Rose nickte. »Er ist ein Freund von uns«, sagte sie. »Er besucht uns regelmäßig.«
»Welche von Ihnen besucht er?«, rutschte Francesca heraus.
Ein kleines Lächeln erschien auf Daisys Lippen. »Uns beide.«
Francesca starrte sie an, und ihre Wangen begannen erneut zu brennen. »Aber doch gewiss nicht zur selben Zeit!«
»Zur selben Zeit«, erwiderte Daisy immer noch lächelnd. »Aber das hat wohl nichts mit dem Mord zu tun, von dem Sie sprachen.«
Francesca schluckte. »Wohl nicht … Entschuldigen Sie, aber wie ist das möglich?«
Rose lächelte sie an. »Das ist sehr gut möglich. Besonders bei einem Mann wie Calder. Er ist unermüdlich.«
»Und so freundlich«, fügte Daisy hinzu.
Francesca blickte sie erstaunt an. Sie hätte es sich niemals träumen lassen, dass jemand Hart einmal als freundlich bezeichnen würde. »Sprechen wir auch wirklich von ein und demselben Mann?«
Rose nickte. »Es kommen Männer hierher, die sich für Gentlemen halten, es aber nicht sind. Letzten Monat ist ein Mädchen gestorben, weil sie von ihrem Freund geschlagen wurde. Und das war nicht das erste Mal.«

Francesca erhob sich. Sie war erschüttert über das, was Rose erzählt hatte. »Warum arbeiten Sie hier? Sie sind doch offenbar beide wohlerzogen und gebildet. Ich sehe es in Ihren Augen und höre es in Ihren Stimmen.«

»Sie werden es wahrscheinlich nicht verstehen«, erwiderte Rose, »aber nicht jede Frau sehnt sich danach, einen Mann zu heiraten und ihm und seinen Kindern zu Diensten zu sein und den Haushalt zu führen.«

Francesca starrte sie an. Plötzlich hatte sie das Gefühl, mehr mit Daisy und Rose gemein zu haben als mit ihresgleichen. »Ich verstehe sehr wohl«, sagte sie langsam. »Aber wie können Sie mit Fremden ... intim werden?«

Daisy lächelte. »Das fällt einem nur die ersten paar Male schwer. Und wenn man einen Kunden wie Calder hat, dann kann es sogar schön sein.«

Der vertrauliche Gebrauch seines Vornamens sprach Bände. »Bitte sagen Sie mir doch, wann er das letzte Mal hier war«, drängte Francesca.

Die beiden sahen einander an. Dann erhob sich Daisy, und Rose legte einen Arm um sie. »Gestern Abend«, sagte Daisy.

Francesca atmete erleichtert auf. Das war die Antwort, auf die sie im Stillen gehofft hatte. »Um wie viel Uhr ist er eingetroffen, und wann ist er wieder gegangen?«

»Er kam gegen sieben, glaube ich.« Es war erneut Daisy, die sprach. »Und er ist um kurz vor neun gegangen.« Bei der Erinnerung lächelte sie. »Er sagte, er sei zu einer Party eingeladen.«

Francesca jubilierte innerlich. Hart besaß ein Alibi! »Würden Sie das auch der Polizei sagen?«, fragte sie gerade, als plötzlich von unten Lärm heraufdrang. Es klang, als wäre die Haustür

mit voller Wucht aufgestoßen worden, und dann ertönte ein Schrei: »Polizei!«
Türen wurden zugeknallt, Frauen schrien, Männer fluchten. Dann hörte man Schritte, und es klang beinahe so, als käme eine ganze Armee die Treppe heraufgestürmt. Francesca hörte mehrere Männer rufen: »Polizei! Öffnen Sie die Tür! Polizei! Das ist eine Razzia! Öffnen Sie die Tür!«
Daisy und Rose flüchteten nacheinander durch ein Fenster auf die Feuerleiter hinaus.
Francesca wollte ihnen gerade folgen, als sie unten auf der Straße, am Fuß der Leiter, drei Polizisten erblickte, die die beiden Frauen angrinsten und nur darauf warteten, sie in Empfang zu nehmen. In diesem Moment hämmerte auch schon jemand gegen die Zimmertür. Warum musste das bloß ausgerechnet jetzt passieren? Man durfte sie auf keinen Fall in diesem Bordell erwischen! Sie konnte sich vorstellen, wie wütend Bragg sein würde.
Einer plötzlichen Eingebung folgend kroch sie in Windeseile unter das Himmelbett und kauerte sich dort zitternd zusammen. Sie hörte, wie die Zimmertür geöffnet wurde, und erblickte drei Paare schwarzer Schuhe, die beinahe gleichzeitig ins Zimmer traten.
»Wo sind sie?«, erklang Braggs Stimme.
Francesca zuckte zusammen. Das durfte doch alles nicht wahr sein! Ausgerechnet Bragg!
»Das Zimmer ist leer, Sir. Vielleicht haben wir das falsche erwischt.«
»Durchsuchen Sie es«, fuhr ihn Bragg an, dann drehte er sich um und marschierte hinaus.
Francesca wagte kaum zu atmen. Sie spürte, wie ihr am ganzen Körper der Schweiß ausbrach.

Möbelstücke wurden hin und her gerückt; eine Schranktür quietschte leise beim Öffnen. Francesca schloss die Augen und betete, dass man sie nicht finden würde.
Als es eine Weile lang still blieb, öffnete sie langsam die Augen und erblickte einen Polizisten, der auf allen vieren vor dem Himmelbett kniete und sie angrinste. »Ich hab hier was gefunden, Harry«, sagte er.

Kapitel 9

Sie tun mir weh!«, protestierte Francesca, als sie der Polizist unsanft am Ellenbogen ergriff und die Treppe hinunterzerrte.

»Halt die Klappe!«, erwiderte der Mann, dessen Atem säuerlich roch. »Sonst zeig ich dir mal, was ein echter Kerl ist.« Er zwinkerte ihr anzüglich zu.

Francesca begriff, dass er sie irrtümlich für eines der Mädchen hielt. »Halten Sie mich etwa für eine ...?«, keuchte sie, außerstande, den Satz zu beenden. »Ich bin eine Dame!«

Er lachte. »Und ich bin der Weihnachtsmann.«

Beschämt stolperte Francesca die letzten Stufen hinunter.

»Lassen Sie Miss Cahill umgehend los!«

Der Polizist, der Francesca am Ellenbogen festhielt, ließ seine Hand so schnell fallen, als sei er von einer Kugel getroffen worden.

Bragg stand in der weit offen stehenden Haustüre, sodass seine Silhouette vom Licht der Wintersonne umrahmt wurde. Francesca konnte erkennen, dass hinter ihm auf der Straße zahlreiche notdürftig bekleidete Frauen in ein Polizei-Fuhrwerk verfrachtet wurden. Die meisten von ihnen schrien und protestierten. Mrs Pinke stand vor dem Haus, hatte die Arme vor der Brust verschränkt und stritt wütend mit einem Detective, der einen Kammgarnanzug mit einer Polizeimarke daran trug. Zwei Polizisten standen rechts und links von Mrs Pinke und blickten gelangweilt drein.

Francesca bedachte den Polizisten, der sie so unsanft nach unten befördert hatte, mit einem bösen Blick und rieb sich den Ellenbogen. »Das gibt einen blauen Fleck«, sagte sie. »Ich werde eine solch brutale Behandlung nicht einfach hinnehmen!«

»Francesca –«, sagte Bragg warnend.

Sie zuckte leicht zusammen und wandte sich ihm zu. Im selben Moment erblickte sie Joel, der hinter Bragg stand und von einem Detective in einem schäbigen Anzug festgehalten wurde. Dem Gesichtsausdruck des Jungen zufolge schien er Francesca dafür verantwortlich zu machen, dass er wieder einmal in die Hände der Polizei gefallen war.

Doch er konnte sich wohl kaum so elend fühlen, wie sie selbst es in diesem Moment tat. »Hallo, Bragg!«, brachte sie hervor.

»Geht es Ihnen gut?« Er musterte sie von oben bis unten.

Sie nickte überrascht, denn sie hatte eher mit einer wütenden Reaktion gerechnet. War er etwa um ihr Wohlergehen besorgt? »Ich schätze, ich habe es nicht anders verdient, als für ein Straßenmädchen gehalten zu werden.«

»So ist es«, erwiderte Bragg. In diesem Augenblick führte ein weiterer Uniformierter Daisy und Rose von der Straße herein. Die beiden Frauen zitterten vor Kälte in ihren seidenen Morgenröcken und den hochhackigen Pumps. »Sind das die beiden Frauen?«, fragte der Commissioner.

»Ich nehme es an. Hab sie dabei erwischt, wie sie die Feuerleiter aus dem Zimmer herabstiegen, von dem Sie sagten, dass sie da drin sein würden«, erwiderte der Polizist. »Aber sie wollen ihre Namen nicht nennen.«

»Holen Sie ihnen zwei Decken«, befahl Bragg. Francesca beobachtete ihn genau. Falls ihn Daisys ätherische Schönheit oder die nackten, wohlgeformten Beine von Rose gefielen, so ließ er es sich nicht anmerken. »Sind Sie Daisy und Rose?«, fragte er.

Daisy hatte die Lippen fest zusammengepresst. Rose sagte: »Nein, sind wir nich. Und wer zum Teufel bist du?«

Francesca zuckte unwillkürlich zusammen. Rose hatte ihre Ausdrucksweise völlig verändert. Sie klang, als wäre sie in diesem Teil der Stadt zur Welt gekommen und aufgewachsen.

»Ich bekleide in dieser Stadt das höchste Amt nach dem Bürgermeister«, erwiderte Bragg kühl. »Ich bin der Commissioner der Polizei von New York.«

Rose schüttelte den Polizisten ab und trat einen Schritt vor. Dabei öffnete sich ihr Morgenrock und Francesca sah, dass sie darunter völlig nackt war. Sie presste sich gegen Bragg. »Warum hast du das denn nich gleich gesagt? Für den Commissioner ist es natürlich umsonst. Alles, was du willst«, schnurrte sie.

Francesca beobachtete fassungslos, wie Rose ihre Hand über Braggs Schenkel auf seinen Schritt zu gleiten ließ.

Bragg, dessen Gesichtsausdruck sich nicht verändert hatte, trat von der Brünetten weg. »Bringen Sie sie und ihre Freundin ins Stadtgefängnis. Wenn sie sich benehmen, will ich sie morgen früh um acht in meinem Büro sehen.« Er kehrte Rose den Rücken zu.

Francesca tat einen tiefen Atemzug. Sie hatte sich gerade auf die andere Frau stürzen wollen, weil sie Bragg auf eine solch ungebührliche Art und Weise berührt hatte.

Rose spuckte ihm vor die Füße.

»Trennen Sie die beiden«, sagte Bragg ungerührt. »Stecken Sie sie in verschiedene Zellen. Geben Sie ihnen keine Möglichkeit, miteinander zu reden.«

»Leck mich doch! Aber bloß in deinen Träumen, Polyp!«, fauchte Rose.

»Bitte hör auf, Rose«, flüsterte Daisy und ergriff ihre Hand.

»Schaffen Sie die beiden hier weg«, befahl Bragg einem der Polizisten. Dann sagte er an einen Dritten gewandt: »Vergewissern Sie sich, dass das Haus leer ist, und verschließen Sie es. Vernageln Sie die Fenster und die Haustür mit Brettern. Hier wird niemand mehr etwas verdienen.«

Francesca blickte von seinem starren Gesicht zu Daisy und Rose hinüber, die über die Straße zu dem Polizei-Fuhrwerk geführt wurden. In diesem Moment schaute Daisy über ihre Schulter zurück, als habe sie Francescas Blick gespürt. In ihren Augen lag ein Flehen.

Francesca zögerte einen Moment lang und nickte dann kaum merklich. Sie hoffte, Daisy damit begreiflich machen zu können, dass sie versuchen würde, ihnen zu helfen.

Daisy lächelte erleichtert.

Bragg, der den Blickwechsel beobachtet hatte, sagte: »Ich wäre Ihnen dankbar, wenn Sie mich zum Polizeipräsidium fahren würden, Francesca. Dickens, begleiten Sie Miss Cahill und den Jungen zu ihrem Brougham und sorgen Sie dafür, dass sie dort auf mich warten.«

Francesca blickte ihn mit großen Augen an, bemühte sich aber, gelassen zu bleiben. Warum wollte er mit ihr fahren? Sie befürchtete, dass seine Motive nicht privater Natur waren. »Haben Sie denn kein Fahrzeug, Bragg?«, fragte sie.

Er ignorierte sie und trat aus dem Haus zu Mrs Pinke, die noch immer auf der Straße stand. Sie trug einen pelzgefütterten Umhang um die Schultern. Als Francesca vor ihrer Kutsche stand, spitzte sie die Ohren, um die Unterhaltung zwischen Bragg und Mrs Pinke mitzuverfolgen.

»Haben Sie es sich anders überlegt?«, hörte sie Bragg fragen.
»Wenn Sie damit meinen, ob ich bereit bin, die Namen irgendwelcher Kunden zu nennen, so lautet die Antwort nein«, erwiderte Mrs Pinke.
Braggs Lächeln hatte etwas so Gefährliches an sich, dass es Francesca unwillkürlich kalt den Rücken hinunterlief. »Es gibt keinen Grund mehr, Ihre Kunden zu schützen, da Sie Ihr Haus niemals wieder öffnen werden.«
Mrs Pinke sah ihn fassungslos an und sagte dann mit vor Wut zitternder Stimme: »Sie werden in dieser Stadt niemals überleben, Commissioner. Ich möchte Sie um eine Unterredung unter vier Augen bitten.«
»Warum? Um mir ein paar tausend Dollar anzubieten? Im Gegensatz zu meinen Vorgängern bin ich nicht käuflich, Mrs Pinke. Sie haben die Wahl – entweder Sie werden wegen Zuhälterei, Prostitution, Betrug, Erpressung, Bestechung eines Polizeibeamten und Gott weiß was mir noch so alles einfallen könnte, angeklagt, oder Sie erzählen mir, was ich wissen will, und kommen mit einer Verwarnung davon.«
Sie starrte ihn entgeistert an. »Und mein Haus?«
Er lächelte. »Das wird geschlossen, Mrs Pinke, und aus meiner Sicht ist diese Stadt damit wieder einmal um ein Nest der Korruption ärmer geworden.«
Mrs Pinke zitterte vor Wut. »Ich habe einen Anwalt, Commissioner. Einen verdammt guten!«
Bragg kehrte ihr den Rücken zu. »Stecken Sie sie zu den anderen«, wies er einen uniformierten Polizisten an. Dann richtete er seinen Blick auf Francesca, die gerade in ihre Kutsche steigen wollte, und seine Augen verzogen sich zu Schlitzen.

Als er auf die Kutsche zumarschiert kam, um ihr die Tür aufzuhalten, lächelte Francesca ihn an, aber er erwiderte ihr Lächeln nicht.
Schweigend stieg er nach ihr in die Kutsche und setzte sich gegenüber von Joel auf den Platz neben Francesca.

Für eine Weile fuhren sie schweigend vor sich hin. Jedes Mal, wenn die Kutsche durch ein Schlagloch fuhr, stieß Bragg mit seinem Knie gegen Francescas. Sie warf ihm mehrere verstohlene Blicke von der Seite zu, doch er schien in Gedanken versunken zu sein und starrte nur geradeaus.
»Bragg? Ich habe gute Neuigkeiten«, sagte sie schließlich nervös.
Er wandte sich ihr halb zu. »Woher wussten Sie von Daisy und Rose? Haben Sie sich etwa noch einmal mit Calder unterhalten?«
Francesca biss sich auf die Lippe. Obgleich Joel mit in der Kutsche saß, spürte sie Braggs männliche Ausstrahlung und Kraft überdeutlich. Es war, als nehme er den Raum in dem Brougham ganz für sich ein.
»Ich verstehe. Sie haben Calder und mich also belauscht.«
Sie zögerte für einen Moment und sagte dann: »Aber doch nur, weil ich besorgt war.«
Er schüttelte den Kopf. »Heiligt denn der Zweck Ihrer Meinung nach immer die Mittel?«
Sie erbleichte. »Natürlich nicht.«
»Und warum haben Sie es dann getan? Gewiss, es macht einen großen Teil Ihres Charmes aus. Es hebt Sie von allen anderen Frauen ab, die ich jemals in meinem Leben kennen gelernt habe. Aber es ist auch sehr frustrierend. Wenn ich eine Tür öffne, weiß ich nie, ob nicht Francesca Cahill dahinter hervor-

springt – wie ein Kastenteufel.« Er sprach das Wort aus, ohne dabei zu lächeln.

Aber er schien nicht wütend zu sein; sein Ton war eher sanft. Sie wagte ein kleines Lächeln. »Ich bin also einzigartig?« Diese Vorstellung gefiel ihr.

»Ja, schrecklich einzigartig.« Endlich lächelte auch er.

Francesca war glücklich. Bragg war der einzige Mann – abgesehen von ihrem Vater –, der sie verstand und zu schätzen wusste, dass sie anders war als die meisten anderen Frauen. »Ich danke Ihnen, Bragg«, sagte sie.

Er seufzte. »Ich hatte eigentlich vor, Sie zu schelten, und nun mache ich Ihnen Komplimente!«

»Aber das ist doch nicht schlimm.« Sie strahlte und hätte beinahe seine Hand genommen, hielt sich dann aber zurück. Stattdessen fragte sie: »Warum sind Sie nicht wütend auf mich?«

Das schien ihn zu amüsieren. »Hätten Sie es lieber, wenn ich wütend wäre?«

»Gestern Abend waren Sie es«, rief sie ihm in Erinnerung.

»Da standen Sie ja auch neben einer Leiche«, erwiderte er. »Und das hatte ich wirklich nicht erwartet.«

»Und heute Morgen waren Sie auch wütend.«

»Das stimmt, denn ich ziehe es vor, dass Sie sich nicht in meine Arbeit einmischen. Allerdings hatte ich in der Zwischenzeit Gelegenheit, darüber nachzudenken. Sie waren mir während der Untersuchung des Burton-Falles eine große Hilfe, Francesca.« Er kniff die Augen zusammen.

Sie errötete vor Freude und streckte die Hand aus, um seine zu ergreifen, doch im selben Moment begann sie zu zittern und ließ ihre Hand wieder fallen. »Ich habe wirklich nur die allerbesten Absichten. Genau wie Sie bin ich entsetzt über jede Ungerechtigkeit.«

Er schüttelte lächelnd den Kopf. »Ja, ich weiß. Und deshalb bin ich auch zu dem Schluss gekommen, dass Sie vielleicht doch eine Rolle in diesem Fall spielen sollten.« Er hob den Blick und sah sie an.

Es lag ein seltsamer Ausdruck darin, aber das wurde Francesca erst später klar, als sie darüber nachdachte. »Wirklich? Sie legen also Wert auf meine Hilfe? Und wir werden wieder zusammenarbeiten?«, rief sie.

»Sind Sie sich sicher, dass Miss de Labouche Ihre Klientin ist?«

Francesca zögerte. Sie wusste, dass es nicht der richtige Zeitpunkt war, Bragg etwas vorzutäuschen. »Ich bin mir sicher, dass Sie es wird, wenn ich ihr meine Dienste gratis anbiete.«

Er lächelte erneut, sagte dann aber mit ernster Stimme: »Sie wird immer noch vermisst, Francesca. Miss de Labouche ist unsere Hauptverdächtige in diesem Fall, auch wenn Sie sie für unschuldig halten. Ich muss die Dame unbedingt vernehmen.«

Francesca begriff, worauf er hinauswollte, und hätte beinahe vor Freude in die Hände geklatscht. »Sie wollen also, dass ich sie finde?«

»Und das so schnell wie nur irgend möglich«, erwiderte er. »Ich habe einen Beamten darauf angesetzt, aber er hat bereits alle Hände voll zu tun mit einem weiteren wichtigen Fall. Sie haben doch sicherlich gehört, dass der Schmuck von Mrs Graffs gestohlen wurde?«

»Ich glaube mich zu erinnern«, antwortete Francesca.

»Mir ist klar, dass das eine sehr unkonventionelle Vorgehensweise ist. Ich schlage vor, dass Sie allein arbeiten und mir – und nur mir! – Bericht erstatten.«

Vor Freude verschlug es ihr die Sprache.

»Peter ist ein Alleskönner. Wenn Sie einen Gehilfen benötigen, könnte er Ihnen zur Seite stehen, Francesca.«

Sie sah ihn blinzelnd an. »Ich habe bereits einen Gehilfen. Joel.« Sie warf dem Jungen einen Blick zu, doch der starrte aus dem Fenster auf die Straße hinaus und tat so, als langweile ihn ihre Unterhaltung – dabei wusste Francesca, dass er auf jedes ihrer Worte lauschte.

Bragg riss erstaunt die Augen auf. »Der Junge ist jetzt Ihr Gehilfe?«

Sie nickte stolz. »Ich habe ihn angestellt. Und machen Sie sich keine Sorgen, Bragg, er hat seine kriminellen Machenschaften aufgegeben. Man kann ihm in jeder Hinsicht vertrauen.«

Bragg stöhnte.

Francescas Gedanken überschlugen sich. Mit Peter an ihrer Seite könnte sie es mit den übelsten Schurken aufnehmen – vielleicht sogar mit einem halben Dutzend gleichzeitig. »Möglicherweise könnte ich Peter hin und wieder doch gebrauchen.« Plötzlich kam ihr ein Gedanke. »Soll er mich etwa bespitzeln?«

»Nein.« Bragg lächelte. »Er soll Sie beschützen, Francesca, und dafür sorgen, dass Sie nicht in Gefahr geraten.«

Sie schenkte ihm ein süßliches Lächeln. »Ich habe es während der Burton-Affäre durchaus geschafft, mich selbst zu verteidigen.«

»Und Sie sind dabei einige Male nur um Haaresbreite überaus brenzligen Situationen entkommen«, gab er zurück.

Das entsprach allerdings der Wahrheit. »Ich werde Georgette de Labouche für Sie finden, Bragg«, erklärte sie entschlossen und beschloss spontan, ihm noch nichts von ihrer heißesten Spur, Georgettes Bruder Mark Anthony, zu erzählen. »Aber es könnte sein, dass sie sich weigert, mit Ihnen zu reden.«

»Dann wird sie sich eben mit Ihnen unterhalten, und Sie werden für mich Augen und Ohren offen halten.«

Francesca strahlte. »Damit wird ein Traum für mich wahr!«, platzte sie heraus und hätte sich am liebsten sogleich die Zunge abgebissen.

»Vielleicht gelangen Sie ja doch noch zu dem Schluss, dass Ihnen das Detektivspielen nicht zusagt.«

»Das möchte ich bezweifeln.« Das »Detektivspielen« würde ihr immer zusagen, ganz besonders mit Bragg an ihrer Seite. »Möchten Sie denn gar nicht wissen, was mir Daisy und Rose erzählt haben?«, fragte sie nach einer Weile und gab sich ein kleines bisschen kokett.

»Bitte«, sagte er und hob die Hand. »Nur zu.«

»Zunächst einmal möchte ich betonen, dass beide sehr nette Frauen sind und ganz und gar nicht das, wofür Sie sie halten. Sie sollten die beiden nicht eingesperren, Bragg.«

Er blickte ihr in die Augen. »Francesca, die beiden sind Prostituierte, und was sie tun, ist gegen das Gesetz.«

»Das mag sein, aber« – Francesca berührte reflexartig seine Hand, und dieses Mal nahm sie sich einen Moment lang Zeit, um die Beschaffenheit seiner Haut zu spüren – »Rose hat sich ganz anders benommen, als sie mit Ihnen sprach. Vorher, als wir allein waren, habe ich an ihrer Art zu reden gemerkt, dass sie aus einer vornehmen Familie kommt und gute Schulen besucht hat. Ich könnte schwören, dass diese beiden Frauen Damen von Stand waren, bevor sie sich für dieses Leben entschieden!«

»Und welchen Unterschied macht das? Jetzt sind sie Prostituierte. Sie verkaufen ihre Körper.« Er starrte sie an. »Sie bestreiten ihren Lebensunterhalt damit, das Gesetz zu brechen, Francesca.«

Sie hielt seinem Blick stand. »Sie waren doch derjenige, der mir vor noch gar nicht so langer Zeit erklärt hat, dass nichts einfach nur schwarz oder weiß ist, sondern dass sich in jeder Situation auch immer einige Grautöne finden lassen.«

Er seufzte. »Touché! Ich gebe mich geschlagen.«

»Wirklich?« Sie war zufrieden und schenkte ihm ein offenes Lächeln.

»Ich habe trotz Roses pöbelhaftem Benehmen sofort bemerkt, dass es sich bei den beiden nicht um gewöhnliche Huren handelt, wie man sie in jedem Bordell antrifft. Ich nehme an, dass sie eine Vereinbarung mit Mrs Pinke getroffen haben. Da ich meinen Bruder nur zu gut kenne, hatte ich mit etwas Derartigem gerechnet.«

Francesca konnte nicht verhindern, sich Calder Hart in einer überaus kompromittierenden Situation mit den beiden Frauen vorzustellen. »Nun, jedenfalls habe ich gute Neuigkeiten«, sagte sie. »Hart ist gestern Abend dort gewesen.« Sie verstummte für einen Moment und errötete. »Er war bis beinahe neun Uhr mit Daisy und Rose zusammen, wie er gesagt hat. Er hat den beiden sogar erzählt, dass er noch auf eine Party gehen würde.«

Bragg musterte sie neugierig.

Sie erwiderte seinen Blick und spürte, wie ihre Wangen noch heißer wurden.

»Ist Ihnen warm, Francesca?«, fragte Bragg leise.

Sein Tonfall hatte sich verändert, war sanft und sinnlich geworden. Sie spürte, wie ihr Körper umgehend reagierte, und fragte sich atemlos, was nun folgen würde. »Ich bin nur etwas ... überrascht ... das ist alles. Ihr Bruder ist ...« Sie verstummte.

»Sittenlos, verdorben, gerissen und überaus selbstsüchtig«, beendete Bragg den Satz für sie.

»Daisy sagt, er sei ein freundlicher Mann.«

Bragg lachte. »Das glaube ich gern. Wenn er etwas haben will, kann er sehr freundlich sein.«
»Vielleicht kennen Sie Ihren Bruder ja doch nicht so gut, wie Sie meinen«, gab Francesca zu bedenken.
Er erstarrte. »Wollen Sie meinen Halbbruder etwa verteidigen?«
Sie zuckte zusammen. »Aber nein, natürlich nicht! Ich wollte damit nur zum Ausdruck bringen, dass er möglicherweise gar kein so schlechter Kerl ist!«
»Alle Frauen verlieben sich in Calder. Wie ich sehe, bilden auch Sie keine Ausnahme«, sagte er steif.
Francesca rang um Fassung. Eine solch heftige Reaktion auf ihre arglose Bemerkung hatte sie nicht erwartet. »Ich bin nicht verliebt in Calder Hart!«, rief sie. Und beinahe hätte sie hinzugefügt: »Ich bin in dich verliebt, du elender Narr!«
»Um Ihretwillen hoffe ich, dass das der Wahrheit entspricht«, erwiderte Bragg. »Calder ist unfähig, einen anderen Menschen zu lieben. Er liebt nur sich selbst.«
Francesca war verwirrt. Hatte sie sich da etwa gerade selbst eingestanden, dass sie in Bragg verliebt war? Sie begann zu zittern. Doch ihr Herz sagte ihr, dass es auf diese Frage nur eine einzige Antwort gab – sie war verliebt. Sie war in Rick Bragg verliebt.
»Was ist?«, fragte er.
Sie riss sich zusammen und schluckte. »Hart ist Ihr Bruder, und deshalb mag ich ihn – falls man es überhaupt so nennen kann«, brachte sie hervor.
Bragg starrte aus dem Fenster, und mit einem Mal kam er ihr verdrießlich vor.
Sie verschränkte die Arme vor der Brust. »Ich habe keine Lust, mich mit Ihnen zu streiten, Bragg. Wir arbeiten doch jetzt zusammen!«

»Wir streiten ja gar nicht. Halten Sie sich bloß von Hart fern!«
»Versprochen«, sagte sie.
Er wandte sich ihr zu und blickte sie forschend an. »Es ist mir ernst damit.«
Sie schluckte. »Mir auch.«
Bragg musterte sie aufmerksam. Francesca zuckte zusammen, als sie es bemerkte. Konnte er etwa ihre Gedanken lesen?
Sie straffte die Schultern, lächelte und sagte: »Hart hat also ein Alibi.« Ihre Stimme klang vor lauter Nervosität ganz schrill.
Bragg wandte seinen Blick nicht von ihrem Gesicht. »Geht es Ihnen gut?«
»Aber ja. Ganz wunderbar!«
»Calder hat diese beiden Frauen bezahlt, Francesca. Sie würden niemals etwas sagen, was nicht in seinem Sinne ist.«
Sie blickte ihn mit offenem Mund an. »Sie ... Sie glauben ihnen also nicht? Sie sind der Ansicht, dass er ... dass er sie ... bestochen hat, damit sie behaupten, er sei gestern Abend mit ihnen zusammen gewesen?«, fragte sie bestürzt.
»Haben Sie denn gar keine Ahnung, wie es da draußen im Leben zugeht, Francesca?«, gab Bragg wütend zurück. »Ich befürchte, dass Sie Ihr Vertrauen und Ihre Naivität eines Tages einmal ins Unglück stürzen werden. Calder besitzt Millionen von Dollar. Er ist ein einflussreicher Mann. Wenn zwei Prostituierte, die er regelmäßig aufsucht, behaupten, dass er gestern Abend mit ihnen zusammen gewesen sei, dann ist diese Behauptung wertlos. Natürlich sagen sie genau das, was Hart wünscht. Sie würden niemals gegen ihn handeln, genauso wenig wie Mrs Pinke, und ich glaube nicht einmal, dass Calder sie dafür bestechen musste – zumal er sich damit strafbar gemacht hätte, und so dumm ist er nicht.«
Francesca sah ihn an und stellte fest, dass sich seine Züge

verhärtet hatten. »Aber ich glaube trotzdem, dass die beiden die Wahrheit gesagt haben«, sagte sie schließlich, auch wenn sie sich dessen gar nicht mehr ganz sicher war.

»Natürlich könnte es so sein, aber ich möchte bezweifeln, dass wir jemals mit Sicherheit werden sagen können, ob Calder nun gestern Abend bei den Mädchen gewesen ist oder nicht.«

»Und warum haben Sie die beiden dann ins Stadtgefängnis bringen lassen?«

»Weil sie das Gesetz gebrochen haben und es meine Pflicht ist, die Wahrheit herauszufinden. Vielleicht wird Daisy etwas verraten; sie scheint mir weicher zu sein als Rose. Da die beiden offenbar aneinander hängen, ist es das Beste, sie zu trennen und einzeln zu vernehmen. Eine Nacht in einer kalten, unbequemen Zelle, ohne etwas zu essen und zudem noch getrennt voneinander, wird sie schon dazu bringen, dass sie auspacken.«

»Aber das ist grausam!«

»Mag sein. Aber schlimmer wäre es, wenn Randalls Mörder ungestraft davonkäme«, sagte Bragg.

»Ich mag Daisy und Rose«, beharrte Francesca. »Und ich finde es abscheulich, dass sie ins Gefängnis geworfen wurden.«

Seine Brauen wanderten in die Höhe. »Wirklich?«

»Ja, wirklich.« Sie schaute ihm in die goldbraunen Augen. »Manchmal sind Regeln dazu da, um gebrochen zu werden.«

»Und wann sollte das Gesetz Ihrer Meinung nach ignoriert oder sogar missachtet werden?«

»Das ist eine philosophische Frage, und wir könnten den ganzen Tag und die ganze Nacht hier sitzen und darüber debattieren«, erklärte Francesca.

»Ja, das könnten wir.« Bragg schüttelte den Kopf, lächelte aber dabei. »Ich glaube nicht, dass es hier um Sympathie oder Antipathie geht. Sie interessieren sich für Daisy und Rose, weil sie so ganz anders sind als die Frauen, die Sie kennen – so ganz anders als Sie selbst. Und Sie werden sich so lange mit der Frage herumschlagen, warum zwei Damen von Stand sich für dieses Leben entschieden haben, bis Sie es verstanden haben, habe ich Recht?«

Sie sah ihn blinzelnd an. »Ja, vielleicht. Möglicherweise durchschauen Sie mich ja, Bragg, obgleich wir uns noch nicht so lange kennen.« Ihr Herz begann heftig zu pochen.

»Ich habe Ihnen ja bereits versichert, dass ich ein ausgesprochen guter Menschenkenner bin.«

Sie lächelten sich an, und Francesca fragte sich, ob Bragg wohl auch die Spannung spürte, die zwischen ihnen herrschte. Sie zögerte für den Bruchteil einer Sekunde und platzte dann heraus: »War der Grund für Ihre Absage unseres Ausflugs wirklich rein beruflicher Natur?«

»Nein«, sagte er.

»Warum dann?«, flüsterte sie.

Er presste die Lippen aufeinander. Dann beugte er sich vor und öffnete das kleine Fenster zwischen der Kabine und dem Kutschbock. »Kutscher, biegen Sie nach rechts ab in die Houston Street«, rief er.

Als er sich zurücklehnte, sah er Francesca an, doch sie konnte seinen Blick nicht deuten. »Nachdem ich so spontan den Vorschlag zu diesem Ausflug aufs Land gemacht hatte, ist mir klar geworden, dass mein Verhalten völlig unpassend und irreführend war. Ich entschuldige mich dafür, Francesca.«

Sie hatte das Gefühl, als würde ihr der Boden unter den Füßen weggerissen. »Unpassend? Wie das?«

Er blickte zur Seite. »Meine Absichten waren von Anfang an rein freundschaftlicher Natur. Es tut mir Leid, wenn ich Sie diesbezüglich in die Irre geführt habe.«

Nachdem Bragg am Polizeipräsidium ausgestiegen war, hatte Francesca Joel versichert, dass ihre Arbeit für den heutigen Tag getan sei. Jetzt waren sie auf dem Weg zu seinem Stadtviertel, wo sie ihn einige Straßen entfernt von der Wohnung seiner Familie absetzen sollte. »Wir werden unsere Arbeit morgen fortsetzen«, sagte sie, als die Kutsche zum Stehen kam.

»Um wie viel Uhr?«, fragte Joel eifrig.

»Was hältst du von zehn? Könntest du mich zu Hause abholen?«

»Klar!« Er grinste. Dann veränderte sich sein Gesichtsausdruck plötzlich, und anstatt wie üblich aus der Kutsche zu springen, blieb er sitzen und schaute Francesca an.

Sie blickte in seine dunklen Augen mit den langen schwarzen Wimpern. »Gibt es noch etwas?«, fragte sie.

Er zögerte zunächst, platzte dann aber heraus: »Miss, das ist 'n Trick, bloß damit Sie's wissen!«

Sie blinzelte verwirrt. »Ich habe keine Ahnung, wovon du sprichst.«

Er seufzte. »Der Polyp! Der Polyp, dem Sie schöne Augen machen.«

Francesca spürte, wie ihre Wangen zu brennen begannen. »Jetzt hör mir mal zu, Joel! Zum einen mache ich Rick Bragg keine schönen Augen« – das war eine glatte Lüge –, »und zum anderen weiß ich wirklich nicht, wovon du sprichst.«

»Er hat Ihnen nich mal in die Augen gucken können, als er's gesagt hat. Er meint es gar nich so!«

»Was hat er nicht so gemeint?«

»Dass Sie seinen Partner abgeben sollen und all das. Dass er mit Ihnen zusammenarbeiten will und Sie nur ihm Bericht erstatten dürfen, ganz so, als gehörten Sie zu seiner Truppe.«

Sie starrte den Jungen verblüfft an.

»Das ist 'n Trick«, wiederholte Joel grimmig. »Jede Wette, der hat noch 'n Ass im Ärmel. Vergessen Sie das nich!«
»Aber warum sollte er mir dann überhaupt vorschlagen, dass wir zusammenarbeiten? Warum sollte er mich bitten, Miss de Labouche zu finden, eine für diesen Fall so wichtige Zeugin? Wie kann das ein Trick sein? Wir müssen unbedingt mit dieser Frau sprechen, Joel, das weißt du doch.«
»Es ist 'n Trick, und ich versteh's ja selbst noch nich.« Er nickte ihr zu, sagte: »Tut mir Leid, Miss«, und sprang aus der Kutsche.
Francesca starrte ihm für einen Moment gedankenverloren nach. Dann richtete sie sich plötzlich kerzengerade auf. Wollte Bragg sie etwa bei den Ermittlungen aus dem Weg haben? Glaubte er etwa, dass sie ihm nicht mehr in die Quere kommen würde, wenn er sie bat, Miss de Labouche ausfindig zu machen? Dass er sie damit vom wesentlichen Teil der Ermittlungen fern halten konnte?
Ihr schwirrte der Kopf. Du liebe Güte! Er schickte sie für nichts und wieder nichts los, und in der Zwischenzeit löste er den Fall selbst!
Aber so leicht würde sie sich nicht ins Bockshorn jagen lassen, oh nein!
»Joel!« Sie öffnete die Kutschentür und streckte ihren Kopf hinaus. Joel blieb wie angewurzelt stehen. »Du bist ein kluger Junge!«, rief sie.
Er strahlte sie an.

Eine knappe halbe Stunde später blickte Francesca an der Fassade des Hauses ihrer Schwester hinauf. Sie machte sich große Sorgen um Connie und musste unbedingt mit ihr reden. Ein Besuch bei ihr würde ihr außerdem helfen, ihre Gedanken im

Zaum zu halten. Denn je länger sie darüber nachdachte, desto überzeugter war sie, dass Joel Recht hatte und Bragg versuchte, sie von der eigentlichen Ermittlung abzulenken. Aber unter ihrer Wut lauerte zudem eine große Traurigkeit – sie konnte nicht vergessen, dass Bragg gesagt hatte, er hege nichts weiter als freundschaftliche Gefühle für sie.

Warum bloß?

Fand er sie nicht attraktiv?

Oder war sie zu exzentrisch, zu wenig weiblich für seinen Geschmack?

Sie verscheuchte die Gedanken an Bragg; schließlich hatte sie ihre Arbeit zu erledigen und war verpflichtet, den Fall zu lösen – ob nun mit oder ohne Bragg an ihrer Seite.

»Miss Cahill?«

William, einer der Dienstboten ihrer Schwester, hatte die Kutsche entdeckt und war aus dem Haus getreten, um ihr die Tür aufzuhalten. Sie lächelte ihn verkrampft an und ließ sich von ihm aus der Kutsche helfen.

Das Haus der Montroses war ein vierstöckiges, sandfarbenes Steingebäude. Die gepflasterte Auffahrt formte ein U um eine Insel, auf der im Frühjahr und Sommer Ziersträucher und zwei prächtige Ulmen blühten. Ein Weg führte durch einen Torbogen in einen kleinen Innenhof, der von hohen Ahornbäumen umgeben war, die jetzt gänzlich kahl waren.

Francesca sah, dass ein großer Brougham und ein kleinerer Gig vor dem Haus standen, was bedeutete, dass sowohl Connie als auch Neil zu Hause sein mussten. Das in Stein gemeißelte, rot, blau und silber bemalte Wappen der Montroses – darauf war ein Löwe zu sehen, der eine Pranke auf die Erdkugel legte – hing über der Eingangstür.

Francesca wurde hineingeführt. Die Eingangshalle war hell

und luftig mit einem glänzenden, beigefarbenen Marmorboden und weißen, verputzten Wänden. Mehrere, teilweise jahrhundertealte Familienporträts von Vorfahren der Montroses hingen an den Wänden. Francesca lächelte dem Dienstboten erneut zu, und dieses Mal gelang es ihr schon besser. »Würden Sie meiner Schwester bitte sagen, dass ich hier bin? Ich werde im Salon warten«, sagte sie.

Der Bedienstete nickte und verschwand.

Francesca betrat den feudalen Raum mit seinen überwiegend in Gelb- und Goldtönen gehaltenen Möbeln, den man direkt von der Eingangshalle aus erreichte. Während Connie in der Villa der Cahills ein und aus ging, wie es ihr gefiel, hatte Francesca schon vor langer Zeit entschieden, sich nicht in der gleichen Weise im Haus ihrer Schwester zu bewegen. Es wäre ihr unangemessen erschienen.

Francesca setzte sich nicht, sondern betrachtete im Stehen das beinahe lebensgroße Porträt ihrer Schwester, das Neil kurz nach ihrer Verlobung in Auftrag gegeben hatte. Es hing an der hinteren Wand des Salons und dominierte das ganze Zimmer. Connie war sehr hübsch anzusehen in ihrem lavendelfarbenen Ballkleid und mit dem bezaubernden Lächeln, das ihre Lippen umspielte. Sie schien vor Zufriedenheit und Glück zu strahlen.

»Wie kannst du es wagen, noch einen Fuß in dieses Haus zu setzen?«

Beim Klang von Montroses Stimme wirbelte Francesca herum, und ihr wäre vor Schreck beinahe das Herz stehen geblieben.

Er schritt wütend auf sie zu. »Hast du gehört, was ich gesagt habe, Francesca?«

Sie wich zurück. »Neil –«

»Ich hatte dich gebeten, dich um deine eigenen Angelegenheiten zu kümmern. Ich hatte dir klipp und klar gesagt, dass du dich nicht in meine Ehe und mein Leben einmischen sollst!«, brüllte er.

Francesca spürte, wie ihr die Tränen in die Augen traten. Neils Verhalten machte ihr Angst. Aber viel schlimmer war der Gedanke, dass sie ihren Schwager wenige Wochen zuvor noch über alles geliebt hatte – das Resultat einer Vernarrtheit, die begonnen hatte, als sie ihm im Alter von fünfzehn Jahren zum ersten Mal begegnet war. In den zurückliegenden beiden Wochen waren ihre Illusionen zerstört worden, und ihr Herz war zerbrochen. Doch war es wirklich nötig, es so weit kommen zu lassen? War es wirklich nötig, dass sie einander nur noch mit Feindseligkeit, Geschrei und Vorwürfen begegnen konnten und von nun an Zwietracht herrschen würde?

»Wie kannst du es wagen, mich anzuschreien?«, stammelte sie. Es war ihr schon immer schwer gefallen, in Neils Gegenwart auch nur einen einzigen zusammenhängenden Satz zustande zu bringen. Trotz der Wut, die sie gegen ihn hegte, war er für sie noch immer der attraktivste Mann, den sie jemals gesehen hatte. Er besaß eine faszinierende Ausstrahlung und eine beinahe schon magnetische Anziehungskraft. Francesca wusste, dass ihn die meisten Frauen unwiderstehlich fanden; das war schon immer so gewesen.

»Wie ich es wagen kann, dich anzuschreien? Wie kannst du es wagen, meine Ehe, mein Leben zu zerstören?«, brüllte er.

Sie schnappte nach Luft und wich einen Schritt zurück, aber er trat auf sie zu und baute sich bedrohlich vor ihr auf.

»Ich habe gar nichts zerstört, Neil! Ich habe dich nicht dazu gezwungen, eine Affäre zu beginnen. Wenn etwas zerstört worden ist, dann musst du die Schuld allein bei dir suchen!«

»Glaubst du etwa, das wüsste ich nicht?«, schrie er wütend.

»Hältst du mich für einen Narren? Ich weiß, dass ich den schlimmsten Fehler meines Lebens begangen habe! Aber musstest du dich unbedingt einmischen? Ich habe dich gebeten, nichts zu sagen, und du hast es mir versprochen. Bist du jetzt zufrieden? Sag schon!« Es klang wie ein Befehl. Seine türkisfarbenen Augen funkelten. Er ergriff mit beiden Händen ihre Schultern und schüttelte sie leicht.

»Bitte lass mich los!«, stieß sie mit zitternder Stimme hervor. Als er umgehend gehorchte, wich sie zurück und schlang die Arme um ihren Körper. »Wie könnte ich zufrieden sein? Wie denn?«, flüsterte sie. »Im Gegenteil. Ich bin entsetzt!«, rief sie.

»Ich glaube, du bist zufrieden«, sagte er finster. »Ich glaube, das hier ist genau das, was du immer wolltest.«

»Wie bitte?«, keuchte sie auf. »Ich habe keine Ahnung, wovon du sprichst!«

»Nein? Das glaube ich aber schon.« Er starrte sie an. Sein Gesicht war gerötet. »Ich glaube, du weißt ganz genau, wovon ich rede.«

Sie zitterte. »Das weiß ich nicht. Ich muss jetzt gehen.« Mit diesen Worten wollte sie an ihm vorbeischreiten, doch er packte sie erneut an der Schulter, und dieses Mal ließ er sie nicht gleich wieder los. »Du sehnst dich schon so lange danach, die Stelle deiner Schwester einzunehmen. Glaub nur nicht, dass ich das nicht bemerkt hätte!«

Francesca war sprachlos. Sie brachte keinen Ton heraus, sondern vermochte ihren Schwager nur anzustarren.

Sie musste sich eingestehen, dass er in gewisser Weise Recht hatte. Sie hatte sich schon immer gefragt, wie es sich wohl angefühlt hätte, wenn sie die ältere Schwester gewesen wäre und Neil geheiratet hätte. Noch zwei Wochen zuvor hatte sie tief

in ihrem Herzen geglaubt, dass sie in diesem Fall die glücklichste Frau auf Erden gewesen wäre.
»Wenn du mich fragst, ob ich dich bewundert habe, dann lautet die Antwort ja«, sagte sie. »Ich war fünfzehn Jahre alt, als wir uns kennen gelernt haben, Neil. Meine Bewunderung für dich war nur natürlich.«
»Ich würde es eher als Vernarrtheit bezeichnen«, fuhr er sie an.
Francesca spürte, wie sie rot wurde. »Nein, das war es nicht.« Aber eine gewisse Vernarrtheit konnte sie eigentlich nicht abstreiten – wenn sie auch harmlos und unschuldig gewesen war.
»Ich habe dich immer bewundert, und ich liebe meine Schwester und meine Nichten, also wage es nicht noch einmal, anzudeuten, ich hätte Connie mit böser Absicht von deiner Affäre erzählt!«
Francesca versuchte an ihm vorbeizukommen, doch er versperrte ihr den Weg. »Lass mich gehen!«, rief sie, den Tränen nah.
»Ich könnte dich erwürgen, Francesca«, erklärte er kühl. »Ich weiß nicht, ob ich wütender auf dich oder auf mich selbst sein soll.«
Sie blickte durch einen Tränenschleier zu ihm auf, und plötzlich ließ er sie mit einem scharfen Laut, der wie ein Stöhnen klang, los.
»Ich habe dich immer bewundert, Neil«, wiederholte sie schluchzend. »Aber diese Bewunderung ist erloschen, als ich dich mit Eliza gesehen haben! Es war so, als hätte man mir einen Eimer mit eiskaltem Wasser ins Gesicht geschüttet, um mich aufzuwecken! Wie kannst du auch nur andeuten, dass ich heimlich in dich verliebt gewesen sei und alles tun würde, um deiner Ehe, meiner Schwester, meinen Nichten zu schaden?«
Er ballte die Hände zu Fäusten. »Was macht es schon für einen

Unterschied, was ich sage oder nicht sage? Der Heilige ist zum Sünder geworden und wird es für immer und ewig bleiben.«

Sie starrte ihn an. »Unsinn! Mit der Zeit wird das alles vorbeigehen, das weißt du ebenso gut wie ich. Ich kann nur hoffen, dass es dir und Connie gelingt, einen Weg zu finden, zu vergeben und zu vergessen, und dass euch dies alles nur noch enger zusammenschmiedet.« Neil stieß ein verächtliches Schnauben aus. »Aber ich wünschte, du hättest meiner Schwester nicht das Herz gebrochen!«, rief Francesca aus.

»Ist dir jemals in den Sinn gekommen, dass vielleicht mein Herz dasjenige ist, das gebrochen wurde?«

Sie starrte ihn verblüfft an. »Wie bitte?«, flüsterte sie.

»Trotz deines Übereifers weißt du noch lange nicht alles.« Er wandte sich ab. »Es reicht, Francesca. Ich habe keine Ahnung, warum du hier bist – und es ist mir auch egal.«

Seine Worte verletzten sie. »Neil –«

»Verschwinde aus diesem Haus«, sagte er mit ausdrucksloser Stimme und wandte sich ab.

»Neil!«, rief Francesca fassungslos.

Er drehte sich nicht um, als er auf der Schwelle des Zimmers stehen blieb. Sie starrte auf seinen breiten Rücken. »Verschwinde aus diesem Haus, Francesca, bevor ich dich eigenhändig hinauswerfe«, brachte er mühsam hervor.

Sie wich zurück.

»Du bist hier nicht mehr willkommen. Und du wirst hier nie wieder willkommen sein. Habe ich mich klar ausgedrückt?«

Francesca war sprachlos.

»Raus mit dir!«, brüllte er und wirbelte herum.

Sie rannte an ihm vorbei aus dem Salon und eilte aus dem Haus.

Kapitel 10

SAMSTAG, 1. FEBRUAR 1902 – 19.45 UHR

Der letzte Ort, an dem Francesca in diesem Moment sein wollte, war die Oper.

Aber die in ganz Europa berühmte Signora Valciaolo gab an jenem Abend am *Metropolitan Opera House* ihr amerikanisches Debüt. Seit sie vor einigen Jahren ihre Mitgliedschaft an der *Academy of Music* aufgegeben hatten, hatten die Cahills dort eine Loge, und dieser Abend war bereits Monate im Voraus geplant gewesen. Im Anschluss an die Vorstellung sollte ein luxuriöses Abendessen im Delmonico's folgen.

Francesca saß neben ihrem Vater, der doch tatsächlich Zeitung las, während sich das Opernhaus füllte. Julia befand sich noch in dem riesigen Foyer und machte ihre Runde unter den Opernliebhabern, von denen die meisten zu ihrem Freundeskreis zählten.

Francesca fühlte sich krank. Der Kummer, den sie empfand, bereitete ihr körperliche Beschwerden. Sie war nicht in der Lage gewesen, etwas zu essen, bevor sie das Haus verließen, was ihre Mutter dazu veranlasst hatte, ihr einen stirnrunzelnden Blick zuzuwerfen. In diesem Moment hatte sich Francesca ernsthaft gefragt, ob sie es schaffen würde, den Abend zu überstehen.

Neil konnte seine Worte unmöglich ernst gemeint haben; sie waren doch schon seit Jahren Freunde! Er hatte doch immer wieder beteuert, dass er sie als seine kleine Schwester

betrachtete! Und im Grunde war sie das durch seine Heirat mit Connie ja auch geworden.
Aber nun schien er sie zu verabscheuen. Francesca hoffte inständig, dass er ihr mit der Zeit doch noch vergeben würde, dass sie Connie die Wahrheit erzählt hatte.
Ihr war leider erst zu spät klar geworden, dass sie mit einer solchen Feindseligkeit bei ihrem Schwager nicht fertig werden würde. Und dass die Zuneigung, die man fünf Jahre lang für einen Menschen gehegt hatte, nicht einfach so starb. Sie brachte es nicht fertig, ihn zu hassen, nicht einmal, nachdem sie erfahren hatte, was für ein Schuft er war.
Ach, wenn es Neil und Connie doch nur gelingen würde, ihre Ehe zu retten! Francesca hätte sich nichts mehr gewünscht, als dass das Leben der beiden wieder so harmonisch verliefe wie früher. Sie fragte sich, was Neils Bemerkung über sein gebrochenes Herz wohl zu bedeuten gehabt hatte.
Es war geplant, dass Neil und Connie in der Oper zu den Cahills stoßen sollten. Francesca hatte schreckliche Angst davor, den beiden gegenüberzutreten; sie konnte sich einfach nicht vorstellen, so zu tun, als wäre alles in Ordnung zwischen ihnen. Aber wenigstens würde sie ihre Schwester sehen, und vielleicht ergäbe sich ja die Möglichkeit, sie unter vier Augen zu sprechen.
Francesca hatte versucht, Connie anzurufen, bevor sie sich mit ihren Eltern auf den Weg zum Opernhaus machte, aber ein Dienstbote hatte ihr erklärt, dass Lady Montrose keine Anrufe entgegennehme.
Diese Auskunft hatte Francesca zutiefst beunruhigt, denn Connie hatte ihre Anrufe bisher immer entgegengenommen.
»Hallo, Andrew. Hallo, Francesca«, ertönte in diesem Augenblick eine weibliche Stimme von hinten.

Francesca wandte sich um und erblickte Sarah Channing und ihre ständig zerstreut wirkende, aber überaus liebenswürdige Mutter.
Andrew erhob sich, küsste Mrs Channing die Hand und gab Sarah einen Kuss auf die Wange. »Hallo, Lillibet. Sarah. Du siehst heute Abend ganz reizend aus, meine Liebe«, sagte Andrew und schenkte seiner zukünftigen Schwiegertochter ein liebevolles Lächeln.
Sarah lächelte zurück, schwieg aber. Sie war nicht gerade eine Schönheit, eher eine unscheinbare junge Frau, klein und zierlich, mit dunklem Haar und dunklen Augen. Ihrer Garderobe hatte sie offenbar wie üblich keine besondere Aufmerksamkeit geschenkt. Ihr rotes Abendkleid war längst nicht mehr modern, es war viel zu extravagant für ihr schlichtes Wesen, und die Farbe erschlug sie förmlich. Francesca kannte Sarah inzwischen gut genug, um zu wissen, dass sie überhaupt keinen Wert auf ihre Kleidung legte, und nahm an, dass Sarahs Mutter ihr vorgeschlagen hatte, dieses hässliche Kleid zu tragen.
»Hallo«, brachte Francesca zur Begrüßung heraus. Sie litt mittlerweile unter schrecklichen Kopfschmerzen, und Sarahs Gegenwart erinnerte sie daran, dass sie auch noch mit Evan wegen seiner Mätresse sprechen musste.
»Francesca, du siehst wunderhübsch aus«, sagte Mrs Channing und erlaubte Sarah, zu dem Sitz neben Francesca hindurchzuschlüpfen. »Pfirsich ist einfach die perfekte Farbe für dich. Und wo steckt Julia?«, fuhr sie an Andrew gewandt fort.
Francesca warf Sarah einen Blick zu und rang sich ein Lächeln ab.
Aber Sarah erwiderte es nicht. »Francesca?«, fragte sie forschend.

»Es geht mir gut«, erwiderte diese rasch. Sie begriff, dass Sarah sofort bemerkt hatte, dass etwas nicht stimmte. Die junge Frau kam Francesca stets wie ein wunderbares Beispiel dafür vor, dass der äußere Schein trügen kann. Sie wirkte überaus sanftmütig und schüchtern, dabei war sie eine leidenschaftliche und brillante Malerin, und ihre Werke drückten ihre Gefühle und Ansichten besser aus, als es eine Million Worte jemals vermocht hätten.

Evan hatte bisher noch keins ihrer Bilder gesehen.

Sarah lächelte Francesca aufmunternd zu und tätschelte ihr beruhigend die Hand.

Plötzlich hatte Francesca das Gefühl, nicht mehr atmen zu können, und sprang auf. »Ich muss ein wenig Luft schnappen«, erklärte sie ihrer Mutter, die gerade die Loge betrat. »Ich bin gleich wieder zurück.«

»Beeil dich, Francesca«, erwiderte Julia, die ein prächtiges dunkelrotes Chiffonkleid und zahlreiche, dazu passende Rubine trug. »Du weißt, dass sich der Vorhang pünktlich um acht hebt.«

Francesca nickte und trat durch die schweren Samtvorhänge in den Flur hinaus. Welch eine Erleichterung, aus der Loge herauszukommen! Sie ging ein paar Schritte, blieb stehen und ließ sich mit dem Rücken gegen die Wand sinken.

Wieder kehrten ihre Gedanken zu ihrem Schwager zurück. Sie konnte es einfach nicht ertragen, dass er sie verachtete. War es falsch gewesen, Connie von seiner Affäre mit Eliza zu erzählen? Connie hatte doch bereits vermutet, dass Neil eine Affäre hatte, da war sich Francesca sicher. Hätte sie ihre Schwester denn anlügen sollen?

»Fran? Der Vorhang hebt sich in fünf Minuten«, sagte Evan, der in Begleitung zweier junger Damen, die Francesca irgendwie bekannt vorkamen, den Flur entlanggeschlendert kam. Die beiden warfen ihrem Bruder sehnsüchtige Blicke zu, doch er schien sich ihrer Bewunderung gar nicht bewusst zu sein. Er grinste Francesca an.

»Ich muss mit dir reden«, sagte sie kurz angebunden.

Er machte große Augen. »Ach, du meine Güte! Was habe ich denn jetzt wieder angestellt, dass du mir grollst?«

Francesca schluckte. Sie durfte ihren Kummer nicht an ihrem Bruder auslassen, den sie wohl kaum für Neils Zorn verantwortlich machen konnte. Sie nickte den beiden jungen Frauen zu. »Unter vier Augen.«

Die beiden Frauen blickten Evan fragend an, worauf er eine Verbeugung in ihre Richtung andeutete. Francesca sah den beiden nach, als sie davoneilten. Die Brünette warf noch einen langen und sehnsüchtigen Blick über ihre Schulter zu Evan zurück. »Was ist los, Fran? Hast du etwa geweint?«, fragte er.

Es lag ihr auf der Zunge, ihm von Neils Affäre und Connies Kummer zu erzählen, doch sie tat es nicht. Immerhin war es gut möglich, dass die beiden die Angelegenheit geheim halten wollten. Sie straffte die Schultern. »Nein, ich habe nicht geweint, aber ich bin ziemlich außer mir.«

»Aber doch gewiss nicht wegen mir«, sagte er. Er war groß, dunkelhaarig und gut aussehend und besaß ein sonniges Gemüt.

»Ich habe viel um die Ohren, und meine verdrießliche Stimmung hat nichts mit dir zu tun«, gab sie zurück.

»Puuh! Welch eine Erleichterung!« Er versetzte ihr einen sanften Kinnstüber. »Komm schon, Fran, so schlimm kann es doch nicht sein.«

»Ich habe dich mit Grace Conway gesehen.«

»Wie bitte?« Er erstarrte und sah sie mit weit aufgerissenen Augen an.

»Auf dem Broadway, in einer Kutsche«, sagte Francesca. »Versuch bloß nicht, es abzustreiten.«

Er wurde rot. »Woher kennst du Grace ... äh, Miss Conway überhaupt?«

»Evan, ich bin keine Närrin. Ich weiß, dass du eine ganze Reihe von Mätressen gehabt hast, und ich habe dich mit dieser Frau schon vor einer halben Ewigkeit gesehen. Die eine oder andere Nachfrage hat rasch ergeben, dass sie eine bekannte Bühnenschauspielerin ist. Und eine sehr schöne noch dazu, wenn ich das hinzufügen darf«, sagte Francesca.

Er war inzwischen knallrot geworden. »Typisch Fran! Dir ist wohl nichts heilig, wie? Darf ich denn keine Geheimnisse haben? Musst du ständig herumschnüffeln?«

Sie verschränkte ihre Arme vor der Brust. »Du bist jetzt verlobt, Evan, und zwar mit einer bewundernswerten Frau. Ich kann nur hoffen, dass du mit Miss Conway zusammen gewesen bist, um ihr mitzuteilen, dass eure Affäre beendet ist.«

»Was ich tue oder nicht tue, geht dich gar nichts an, Fran – nicht, wenn es mein Privatleben betrifft«, sagte er mit scharfer Stimme, drehte sich auf dem Absatz herum und eilte mit großen Schritten davon.

Francesca war schockiert. Sie rannte ihm nach und ergriff seinen Arm. »Willst du damit etwa sagen, dass du nicht vorhast, deine Liebschaften aufzugeben, obgleich du bald heiraten wirst?«

Er wirbelte zu ihr herum und schüttelte sie ab. »Das sind meine Privatangelegenheiten, Fran. Sie gehen dich nichts an!«

Sie starrte ihren Bruder bestürzt an.

»Außerdem weißt du, dass ich Sarah nicht liebe«, fuhr er

wütend fort. »Dass Vater mich erpresst hat, damit ich diese Ehe eingehe. Wie kannst du bloß auf seiner Seite stehen?«

»Ich stehe nicht auf seiner Seite«, brachte sie heraus. Sie wusste, dass Andrew tatsächlich nur bereit war, Evans Schulden zu bezahlen, wenn dieser einer Ehe mit Sarah Channing zustimmte. »Niemand ist mehr gegen deine Heirat mit Sarah Channing als ich. Ich habe noch niemals zwei Menschen gesehen, die so wenig füreinander geschaffen waren! Du weißt, dass ich Vater gebeten habe, er möge seine Meinung ändern, und du weißt auch, dass es aussichtslos ist. Ich wünschte, du würdest aus Liebe heiraten. Aber du bist jetzt verlobt, Evan, und darfst deine Verlobte nicht betrügen. Du bist Sarah dein Herz und deine Loyalität schuldig!«

Er warf ihr einen verächtlichen Blick zu, schritt davon und ließ sie allein in dem nun leeren Flur stehen.

Francesca war verzweifelt. Noch nie hatte sie gesehen, dass ihr Bruder jemanden mit einem solchen Blick bedacht hatte, schon gar nicht sie selbst.

Und zu ihrem Verdruss erhob sich hinter den verschlossenen Türen nun auch noch Signora Valciaolos Stimme.

Francesca schlüpfte so unauffällig wie möglich zurück in die Familienloge. Es war unübersehbar, wie steif Evans Schultern waren, der zwischen Sarah und ihrer Mutter saß. Und es war ebenso unübersehbar, wer in der Loge fehlte. Connie und Neil waren noch nicht eingetroffen, und Francesca wusste tief in ihrem Herzen, dass die beiden nicht kommen würden.

Leise huschte sie auf ihren Platz zwischen Sarah und Julia.

Bis auf Francesca schienen alle völlig hingerissen von der Vorstellung der italienischen Sopranistin zu sein. Sie sang von einer unglücklichen Liebe, wodurch Francesca ihren Kummer nur noch stärker empfand.

Als sie ihren Blick über die anderen Logen schweifen ließ, sah Francesca, dass ein groß gewachsener Mann soeben die Loge am anderen Ende des Mezzanins betreten hatte. Sie erkannte ihn sofort.

Es war Calder Hart, der sich gerade vorbeugte, um die Wange einer Frau zu küssen, die Francesca zwar kannte, an deren Namen sie sich aber nicht erinnerte. Hart sah umwerfend aus in seinem schwarzen Smoking. Die Frau war eine zierliche, hübsche Brünette, die erst kürzlich verwitwet war und sowohl das Vermögen ihres Mannes als auch das ihres ebenfalls verstorbenen Vaters geerbt hatte. Ihre Loge war gut gefüllt; außer Calder waren ungefähr ein Dutzend andere Gäste da.

Francesca richtete ihr Opernglas auf das Paar. Calder hatte sich immer noch zu der Witwe heruntergebeugt, die ihm gerade etwas ins Ohr flüsterte. Francesca ließ ihren Blick an dem behandschuhten Arm der Frau bis zu ihrer Hand gleiten und sah, dass diese auf Harts Taille ruhte. Sie erstarrte. Ob sie auch eine seiner Geliebten war? Mit wie vielen Frauen konnte ein Mann eigentlich gleichzeitig ein Verhältnis haben?

Plötzlich richtete sich Calder Hart auf und schaute in Francescas Richtung. Sie ließ rasch das Opernglas sinken und spürte, dass sie rot wurde. Zwischen den beiden Logen lagen lediglich fünf andere, und Francesca konnte Harts Züge deutlich genug ausmachen. Ihre Blicke begegneten sich.

Er lächelte – ein wenig süffisant, wie ihr schien – und verbeugte sich leicht.

Sie errötete heftiger und richtete ihr Glas rasch auf die Operndiva auf der Bühne.

In diesem Moment wandte Julia ihr den Kopf zu und sah sie

an, doch Francesca ignorierte sie. Was mochte Harts Verbeugung bloß zu bedeuten gehabt haben?
Sie blickte immer noch durch ihr Glas, spähte aber aus den Augenwinkeln erst rechts, dann links daran vorbei. Dabei stellte sie fest, dass einige Leute zu ihr herüberblickten – und zwar nicht nur Damen, sondern auch Herren.
Francesca versuchte sich auf das Drama zu konzentrieren, das sich unten auf der Bühne entfaltete, aber es war ein schier unmögliches Unterfangen, da ihre Gedanken immer wieder zu Calder Hart zurückkehrten. Aus irgendeinem Grund schien er mit ihr spielen zu wollen, anders konnte sie sich sein Verhalten nicht erklären.
Nach einer Weile richtete Francesca ihr Opernglas erneut unauffällig auf die Loge der Witwe – genauer gesagt auf ihn.
Er folgte gebannt der Vorstellung, während seine verwitwete Freundin so nahe neben ihm saß, dass sich ihre Körper berührten. Wenn sie noch keine Affäre miteinander hatten, würden sie gewiss schon bald eine beginnen.
Dann richtete Francesca ihr Glas mit einer ruckartigen Bewegung wieder auf Signora Valciaolo. Einige endlose Minuten verstrichen, in denen Francesca erneut zahlreiche Blicke auf sich ruhen fühlte, unter anderem auch den ihrer Mutter. Und das war wirklich eigenartig, denn Julia liebte Musik über alles. Eine Oper, ein Ballett oder auch ein Musical fanden sonst immer ihre ungeteilte Aufmerksamkeit, doch an diesem Abend schien dies ausnahmsweise einmal nicht der Fall zu sein.
»Francesca?«, flüsterte Sarah plötzlich in Francescas Ohr.
Sie ließ das Glas sinken und drehte den Kopf in Sarahs Richtung. »Ja?«
»Wer ist dieser Mann?«

Francesca hoffte, dass sie nicht errötete, während sie Sarahs Blick folgte. Hart war noch immer vollkommen vertieft in diese ganz offenbar faszinierende Oper, die Francesca so gar nicht zu genießen vermochte. Sie wandte sich wieder Sarah zu. »Sein Name ist Calder Hart. Warum?«

»Ich glaube, er ist sehr angetan von dir. Er schaut dauernd zu dir herüber«, sagte Sarah so leise, dass nur Francesca es hören konnte.

Francesca sah sie blinzelnd an. »Wenn er von jemandem angetan ist, dann von –«, wisperte sie, verstummte dann aber rasch wieder, da Julia offenbar versuchte, ihrem Gespräch zu lauschen. Dabei hatte Francesca ihrer zukünftigen Schwägerin gerade enthüllen wollen, dass Hart unpassenderweise Interesse an ihrer Schwester zu haben schien. »Du täuschst dich«, fuhr sie stattdessen flüsternd fort. »Außerdem ist Hart der Typ Mann, der eine Affäre nach der anderen hat. Er hat es nie nur auf eine einzige Frau abgesehen.«

Sarah schaute sie ungläubig an und schüttelte den Kopf. »Wie schade! Ich hatte den Eindruck, als würde er nur an dich denken. Ist das etwa der Calder Hart, der sich einen Namen als Kunstsammler gemacht hat? Der letzten Monat in London ein Vermögen für Ingres Grande Odalisque ausgegeben hat?«

»Er ist ein Kunstsammler. Aber ich habe keine Ahnung, ob er dieses Gemälde, von dem du da sprichst, gekauft hat.«

Sarahs Wangen röteten sich vor Aufregung. »Oh, Francesca, wenn du ihn kennst – würdest du ihn dann wohl – wenn es keine Mühe macht – irgendwann einmal dazu überreden, uns seine Kunstsammlung zu zeigen? Ich habe gehört, dass es eine der besten der Welt sein soll.«

Francesca wollte gerade einwilligen, als Julia ihr warnend die Hand auf den Arm legte. Also nickte sie Sarah nur zu, um ihr zu bedeuten, dass sie es bei Gelegenheit versuchen würde. Dann warf sie ihrer Mutter einen entschuldigenden Blick zu.

Es war bereits Mitternacht, als die Cahills ohne Evan das Haus betraten. Er hatte seine Verlobte und ihre Mutter nach dem Abendessen durch den Park nach Hause begleitet, und Francesca vermutete, dass er anschließend nicht nach Hause zurückkehren, sondern stattdessen noch in einem seiner Clubs, einem Trinklokal oder einem der beliebten Restaurants der Innenstadt verweilen würde, wie er es für gewöhnlich tat. Womöglich würde er sogar seiner Mätresse einen Besuch abstatten – ein Gedanke, der Francesca mit Bestürzung erfüllte.

»Gute Nacht, Herzchen«, sagte Andrew und gab ihr einen Kuss auf die Wange. »Bis morgen früh.« Er stieg die breite weiße Alabastertreppe hinauf und ließ Francesca mit ihrer Mutter in der Eingangshalle zurück.

Francesca war verzweifelt. Sie musste unbedingt herausbekommen, ob Connie angerufen oder eine Nachricht geschickt hatte, und wollte sich rasch auf den Weg in ihr Zimmer machen, um auf ihrem Schreibtisch nachzuschauen, wo die Dienstboten eventuell eingegangene Nachrichten hinterlassen hätten.

»Francesca, mein Schatz, was ist los mit dir?«, fragte Julia besorgt.

»Ich bin nur ein wenig angeschlagen«, gab sie zurück. »Wahrscheinlich wieder eine Erkältung.«

»Aber du bist doch erst vor ein paar Tagen erkältet gewesen«, erwiderte Julia. »Als du bis zum Hals in dieser schrecklichen Burton-Geschichte gesteckt hast.« Sie reichte einem Dienstboten ihren prächtigen Zobelmantel und die langen schwarzen

Handschuhe, ohne Francesca dabei auch nur einen Moment aus den Augen zu lassen.
Francesca zog ihren Mantel aus pfirsichfarbenem Seidenbrokat mit Nerzfutter aus – er war genau auf ihr Abendkleid abgestimmt – und reichte ihn dem wartenden Dienstboten, wobei sie dem forschenden Blick ihrer Mutter auswich. »Nun ja«, sagte sie langsam, »das Leben eines kleinen Jungen stand auf dem Spiel, und da konnte ich wohl schlecht einfach so dasitzen und nichts tun, wo ich doch wusste, dass ich mich nützlich machen konnte.«
Julia legte ihr die Hand unter das Kinn und hob ihren Kopf in die Höhe. »Was führst du im Schilde, Francesca? Sag mir die Wahrheit! Du siehst aus, als hättest du Sorgen.«
»Nichts«, flüsterte Francesca, obwohl sie es hasste, andere Menschen anzulügen, ganz besonders, wenn es sich um ein Mitglied ihrer eigenen Familie handelte.
Julia ließ sie los. »Würdest du mir ins Gesicht lügen, Francesca?«, fragte sie leise.
»Oh, Mama! Nein, gewiss nicht ... es tut mir Leid.« Francesca rang die Hände. Sie saß in der Falle. Einerseits machte sie sich Sorgen um ihre Schwester, wagte aber andererseits nicht, ihrer Mutter auch nur ein Sterbenswörtchen darüber zu verraten – obgleich Julia früher oder später doch alles herausfinden würde, daran hegte Francesca nicht den geringsten Zweifel. Sie beschloss, ihrer Mutter zumindest die Hälfte der Wahrheit zu sagen, da sie ohnehin schon etwas zu vermuten schien. »Vielleicht habe ich Bragg ein kleines bisschen bei einem anderen Fall geholfen«, sagte sie.
»Wie bitte?«, fragte Julia fassungslos.
Francesca sah sie an. »Aber – hast du das nicht schon gewusst?«

»Ich darf wohl von mir behaupten, dass ich so ziemlich alles weiß, was unter diesem Dach vor sich geht, aber nein, Francesca, das habe ich nicht gewusst. Die Entführung des kleinen Burton liegt doch erst eine Woche zurück!«, sagte sie.

»Gewiss, wir haben den Fall erst vor ein paar Tagen abgeschlossen. Und es tut mir ja auch Leid, Mama, aber ich weiß, dass ich der Polizei helfen kann ...«

»Das werde ich nicht dulden!«, rief Julia mit fester Stimme. »Du hast dich schon einmal in Gefahr gebracht, Francesca. Das lasse ich nicht noch einmal zu. Du bist eine vornehme junge Dame und treibst dich mit Polizisten und Strolchen und sogar mit diesem kleinen Taschendieb herum – der sich mit meinem Silber davongemacht hat, wie ich hinzufügen darf.« Sie stemmte verärgert ihre Hände auf die Hüften.

»Mama, Joel Kennedy hat dein Silber nicht genommen, da bin ich mir ganz sicher.«

»Mrs Ryan ist da aber völlig anderer Ansicht, Francesca, und ich möchte im Augenblick auch gar nicht über das gestohlene Silber debattieren.«

»Aber ich! Joel ist mein Freund, und seine Familie ist so arm. Ich beabsichtige, ihn als Laufburschen zu beschäftigen«, sagte sie – es war ja nur eine kleine Notlüge.

»Wie bitte? Das wirst du ganz gewiss nicht tun! Ich will diesen kleinen Dieb nicht einmal von weitem sehen, geschweige denn in diesem Haus! Das ist mein Ernst, Francesca.«

»Einer unserer Dienstboten hat das Silber gestohlen, Mutter! Aber keine Sorge – ich werde den Schuldigen ausfindig machen und Joels Namen reinwaschen.« Es war Francesca ernst damit, obgleich sie keine Ahnung hatte, wie sie es anstellen sollte, jetzt, wo Connie sie so dringend brauchte und Francesca sich verpflichtet hatte, Georgette de Labouche zu finden, und – viel wichtiger noch – Paul Randalls Mörder. Allein bei dem Gedanken an diese vielen Aufgaben schwirrte Francesca der Kopf. Hatte sie sich möglicherweise ein wenig übernommen?

Julia schritt in der großen Halle auf und ab. Dann blieb sie unvermittelt stehen und sagte: »Und ich dachte, es ginge um deine Schwester.«

Francesca spürte, wie ihr alles Blut aus dem Gesicht wich. »Wie bitte?« Sie hoffte, sich verhört zu haben, wusste aber, dass es sich nicht so verhielt.

»Ich dachte, es ginge um deine Schwester«, wiederholte Julia.

»Wieso glaubst du, es ginge um Connie?«, erkundigte sich Francesca vorsichtig.

»Weil sie ganz offensichtlich Kummer hat, und das schon seit geraumer Zeit. Ich weiß, wie nahe ihr beiden euch steht und dass sie dir ihre Sorgen anvertraut – falls sie sie überhaupt jemandem anvertraut. Was ist los mit Connie, Francesca?« Julia trat auf sie zu. Ihre blauen Augen, die denen ihrer Tochter so ähnlich waren, trugen einen besorgten Ausdruck. »Muss ich mir Sorgen machen?«

Francesca atmete tief durch und schaute ihrer Mutter in die Augen. »Mama, ich kann es dir nicht sagen. Ich wünschte, ich könnte es, aber ich kann es nicht.«

Julia nickte schließlich. »Wenn du mir versicherst, dass es nicht um irgendeine Krankheit geht, dass Connie, Montrose und die Mädchen wohlauf sind, dann werde ich warten, bis Connie sich entschließt, mir selbst anzuvertrauen, was sie quält.«

»Es hat nichts mit einer Krankheit zu tun«, flüsterte Francesca und dachte bei sich, wie krank ein gebrochenes Herz doch machen konnte.

Julia schien sich mit der Antwort zufrieden zu geben. »Wenn man gesund ist, Francesca, kann man letztlich alle Hindernisse überwinden.«
Francesca nickte. »Das mag wohl so sein.«
Julia umfasste ihre Schulter. »Es gefällt mir auch nicht, dich so betrübt zu sehen.«
Francesca zuckte mit den Schultern. »Das wird wieder vergehen.«
»Ja, gewiss.« Julia betrachtete sie forschend. »Mr Hart hat sich also an euer Zusammentreffen auf Whites Party im Rooftop Garden gestern Abend erinnert.«
Francesca erstarrte. Julia entging offenbar wirklich nichts! Sie schien Augen im Hinterkopf zu haben und Ohren in den Handtaschen anderer Leute. »Wieso sagst du das, Mama?«, erkundigte sie sich vorsichtig.
Julia lächelte. »Er hat sich heute Abend einige Male nach dir umgedreht. Glaub mir, Francesca, ich bin sogar von einigen meiner Freundinnen darauf angesprochen worden.«
Francesca mochte es kaum glauben, welche Wendung die Unterhaltung genommen hatte. »Mama, du denkst doch hoffentlich nicht –«
»Genau das tue ich.« Julia lächelte. »Hart ist einer der reichsten Junggesellen der Stadt. Weißt du eigentlich, dass er mit China handelt? Er besitzt außerdem die größte Versicherungsgesellschaft New Yorks. Ich bin mir bewusst, dass er einen etwas zweifelhaften Ruf hat, aber, Francesca, er ist noch jung – erst sechsundzwanzig. Er stößt sich noch die Hörner ab, aber wenn er erst einmal vor den Altar getreten ist, wird er schon zur Ruhe kommen, da bin ich mir sicher.«
Wie konnte ihre Mutter auch nur für einen Moment glauben, dass Calder Hart sich für sie interessierte? Und sie womöglich

auch noch heiraten wollte? Francesca fiel ein, was Sarah Channing in der Oper gesagt hatte, und fragte sich, ob ihr möglicherweise etwas entgangen war. Doch dann erinnerte sie sich daran, wie Hart mit Connie gesprochen hatte, und wusste plötzlich, dass sich Julia und Sarah irrten. Außerdem hätte sie ohnehin nicht im Traum daran gedacht, Hart zu heiraten – sie beabsichtigte im Augenblick überhaupt niemanden zu heiraten. »Ich glaube nicht, dass es irgendeine Frau schaffen wird, ihn vor den Altar zu schleppen, Mama«, flüsterte sie.

»Unsinn! Jeder Mann muss irgendwann einmal heiraten, und da wird er wohl kaum eine Ausnahme machen. Warum also nicht dich?« Julia strahlte. Ganz offensichtlich war sie über die jüngsten Entwicklungen entzückt.

Francesca verschränkte ihre Arme fest vor der Brust. Jemand musste ihre Mutter aufhalten, sofort! Mit einem Mal sah sie Bragg vor sich, der sie wütend anschaute. Hatte er sie nicht erst wenige Stunden zuvor beschuldigt, in Calder verliebt zu sein? Francesca hatte bisher keine Zeit gehabt, über diese Unterhaltung nachzudenken, aber als sie sich jetzt daran erinnerte, kam es ihr so vor, als sei Bragg angesichts dieser Vorstellung ziemlich unglücklich und möglicherweise sogar eifersüchtig gewesen. Was ja eigentlich keinen Sinn ergab, da er angeblich nichts weiter als ihre Freundschaft suchte.

»Ich habe mich entschlossen, niemals zu heiraten«, sagte Francesca bestimmt. »Und davon wirst du mich nicht abbringen, Mama.«

»Bitte sag so etwas nicht, Francesca, das ist ja albern!«, rief Julia.

»Albern ist wohl kaum das richtige Wort. Du kannst mich nicht zwingen zu heiraten. Ich ziehe es nun einmal vor, ledig zu bleiben. Ich werde weiterhin bei dir und Papa wohnen und mich in meinen Gesellschaften engagieren, in der Hoffnung, dass ich ein wenig dazu beitragen kann, dass in dieser Stadt einige Reformen durchgesetzt werden.« Nach einer Weile fügte sie hinzu: »Eines Tages, wenn ihr beide alt seid und ich hier bin, um mich um euch zu kümmern, wirst du dich noch sehr über meine Entscheidung freuen.«

»Du willst doch wohl etwa keine alte Jungfer werden!«, rief Julia entsetzt. »Auf solch schreckliche Gedanken kannst auch nur du kommen. Das werde ich nicht zulassen.«

»Ich scherze nicht, Mama.«

»Ich auch nicht.«

»Außerdem wird es gar nicht so leicht werden, mich zu verheiraten.« Das Hochgefühl, das sie eigentlich beim Ausspielen ihrer Trumpfkarte erwartet hatte, wollte sich nicht so recht einstellen.

»Das ist doch wohl nicht dein Ernst, Francesca! Weiß du, wie viele Anfragen ich täglich wegen dir erhalte?«

»Von deinen Freunden vielleicht, aber gewiss nicht von ihren Söhnen.« Für gewöhnlich lehnte Francesca es ab, am gesellschaftlichen Leben teilzunehmen, um nach einem geeigneten Heiratskandidaten Ausschau zu halten, doch dieser Gedanke versetzte ihr nun sonderbarerweise einen Stich.

»Was ist denn nur los, Schätzchen?«, fragte Julia und strich ihr über die Wange. »Was ist los mit dir?«

Francesca verzog das Gesicht. »Ich bin keine Närrin. Ich weiß sehr wohl, dass mich die Leute eigenartig finden. Man hat mich schon des Öfteren als exzentrisch, sogar als unweiblich bezeichnet. Aber das ist mir egal.« Sie zuckte mit den Schultern.

Das Problem war nur, dass es ihr irgendwo tief in ihrem Inneren doch nicht vollkommen egal war und sie sich verzweifelt

danach sehnte, ebenso vergöttert und begehrt zu werden wie Connie.
Julia blickte sie mit offenem Mund an.
»Ich weiß sehr wohl, was hinter meinem Rücken über mich geredet wird.« Francesca lächelte tapfer. »Connie und ich sehen zwar wie Zwillingsschwestern aus, aber darauf fällt niemand herein. Du täuschst dich also. Deine Freunde mögen mich als geeignet für ihre Söhne erachten, aber diese Söhne halten mich ganz bestimmt nicht für die geeignete Braut. Und was Calder Hart angeht, der ist nicht an mir interessiert – nicht auf diese Weise, das kannst du mir glauben.«
»Francesca. Schätzchen! Wie kommst du nur auf solche Gedanken?« Julia zog sie an sich. »Niemand redet hinter deinem Rücken über dich.«
Francesca lächelte nur. Sie hatte nicht vor, dieses Thema näher mit ihrer Mutter zu erörtern. Sie hatte erst wenige Wochen zuvor mit eigenen Ohren gehört, wie zwei junge Damen sie als exzentrisch und unweiblich und zudem auch noch als hochnäsig bezeichnet hatten. Francesca war sich darüber im Klaren, wie sehr sie sich von anderen jungen Frauen ihres Alters unterschied. Sie hatte schon als Kind gewusst, dass sie anders war als all die anderen kleinen Mädchen.
»Francesca, schlag dir diese Gedanken aus dem Kopf! Du bist eine gute Partie; du bist schön, intelligent, stammst aus einer hervorragenden Familie und bist vermögend. Vertraue mir, es wird nicht schwer sein, einen Mann für dich zu finden.«
Francesca wich zurück. »Mama, ich will keinen Mann. Und du kannst mich nicht mit Gewalt vor den Altar zerren.«
Julia lächelte verschmitzt. »Nicht einmal, wenn Calder Hart der glückliche Bräutigam wäre?«

Francesca erstarrte. »Nicht einmal Calder Hart könnte mir die Ehe schmackhaft machen«, erwiderte sie grimmig. »Mama, ich bin mir sicher, dass er in deinen Augen zu einem weitaus weniger begehrten Junggesellen wird, wenn ich dir verrate, dass er Braggs Halbbruder ist.«

Julia starrte ihre Tochter verblüfft an. »Aber ... aber wie ist das möglich?«

»Sie haben dieselbe Mutter. Er ist auch ein Bastard.«

Julia erbleichte.

»Calder Hart ist also nichts für mich.«

»Nun, das bleibt erst noch abzuwarten«, erwiderte Julia.

»Wie bitte? Du hast Bragg wegen seiner Herkunft ausgeschlossen, also dürfte wohl das Gleiche für Hart zutreffen!«, rief Francesca.

»Ich muss das erst mit deinem Vater besprechen«, erwiderte Julia nachdenklich.

»Das verstehe ich nicht!«, rief Francesca.

»Bragg ist mittellos. Er ist Staatsbeamter –«

»Er war Anwalt, bevor er dieses Amt angenommen hat«, gab Francesca wütend zurück.

»Ein Anwalt, der Gauner und Ganoven verteidigt hat«, sagte Julia. »Ein Anwalt, der die bescheidensten Fälle angenommen hat – und für seine Arbeit wenig oder gar kein Geld bekam.«

Francesca mochte kaum glauben, dass ihre Mutter über Braggs Vergangenheit Bescheid wusste. »Wie in Gottes Namen hast du das alles herausbekommen?«

»Als ich bemerkt habe, wie du ihn ansiehst, habe ich es mir zur Aufgabe gemacht, mehr über ihn zu erfahren.« Sie zuckte mit den Schultern. »Und glaube ja nicht, dass ich nicht wüsste, wie sehr es dich beeindruckt, dass er die Armen und Bedürftigen verteidigt hat. Das macht ihn in deinen Augen nur noch anziehender«, seufzte sie.

»Natürlich spricht mich das an – die Welt braucht mehr selbstlose Männer wie Bragg. Aber Hart wäre trotz seines schlechten Rufes akzeptabel, weil er reich ist?«, fragte Francesca entgeistert.

»Ich sagte, ich werde das mit deinem Vater besprechen«, erwiderte Julia. »Aber dein Ehemann muss in der Lage sein, standesgemäß für dich zu sorgen.«

»Connie hat Neil geheiratet, der arm wie eine Kirchenmaus war, und Papa hat ihnen ein Vermögen gegeben!« Francesca schrie es beinahe heraus.

»Alle englischen Adligen sind verarmt. Aber Montrose brachte immerhin eine adlige Abstammung – und nicht zu vergessen eine Vielzahl von Titeln – in die Verbindung ein. Und er ist ein Gentleman.«

»Das ist Bragg auch. Oh Verzeihung! Er ist mittellos, besitzt keinen Titel, und er ist ein Bastard! Offenbar sind wir wirklich zu vornehm, um mit so etwas zu verkehren.« Sie starrte ihre Mutter zornig an.

»Sprich nicht auf diese Weise mit mir, Francesca!«, sagte Julia warnend. »Ich bewundere deinen Idealismus, aber mit der Zeit wirst du begreifen, wie es draußen in der Welt zugeht. Bragg ist nicht der richtige Mann für dich. Und es tut mir Leid, dass du ihm noch immer nachtrauerst.«

»Nachtrauern?« Francesca war den Tränen nahe. »Nein, das tue ich nicht. Und du hast keine Ahnung, was ich empfinde, weder für ihn noch für irgendjemand sonst. Aber das ist auch egal. Deine Scheinheiligkeit irritiert mich über alle Maßen. Ich werde jetzt zu Bett gehen!« Francesca wandte sich ab und ging auf die Treppe zu.

»Eines Tages wirst du mir für meine Worte danken, Schätzchen. Dies alles tue ich nur für dich«, sagte Julia leise.
Francesca rannte wütend die Treppe hinauf.
Als sie in ihrem Zimmer angekommen war und die Tür abgeschlossen hatte, eilte sie zu ihrem Schreibtisch, fand aber keine Nachricht von Connie vor.

Kapitel 11

Sonntag, 2. Februar 1902 – 9 Uhr

Als Francesca das Frühstückszimmer betrat, fand sie ihren Vater allein dort vor. Andrew war in die *Times* vertieft. Die fröhliche gelbe Tapete des Raumes, durch dessen Fenster man auf den verschneiten Garten hinter dem Haus blicken konnte, strahlte eine gewisse Intimität und Wärme aus. Auf der Anrichte stand eine Vielzahl von abgedeckten Schüsseln, die, wie Francesca wusste, Eier, Würstchen, Waffeln und Brötchen enthielten. Außerdem standen dort auch Kaffee, Milch, frisch gepresster Orangensaft, Früchte sowie verschiedene Marmeladen und Gelees bereit. Als sich Francesca eine Tasse Kaffee aus der silbernen Kanne eingoss, legte ihr Vater die Zeitung zur Seite.

»Guten Morgen, Papa«, sagte Francesca und schenkte ihm ein strahlendes Lächeln, obgleich sie sich immer noch große Sorgen um ihre Schwester machte und sich sehnlichst wünschte, endlich eine Nachricht von ihr zu erhalten. Francesca hatte in der Nacht zuvor kaum ein Auge zugetan, weil sie in Gedanken immer und immer wieder die Unterhaltung mit Julia durchgegangen war. Sie grollte ihrer Mutter noch immer ob ihrer Ungerechtigkeit und Scheinheiligkeit in Bezug auf Calder Hart und Rick Bragg.

»Gut geschlafen?«, fragte Andrew lächelnd.

»Ja, danke.« Francesca nahm Platz. Sie wollte ihm nicht erzählen, dass sie sich hin und her gewälzt hatte, da sie seine

Nachfragen fürchtete. Während sie einen Schluck von ihrem Kaffee nahm, warf sie einen Blick auf die Titelseite der *New York Times.* Dort stand zu lesen:

PAUL RANDALL IN DER WOHNUNG SEINER GELIEBTEN ERMORDET

Sie setzte ihre Tasse ab und überflog die ersten Zeilen des Artikels, aus denen aber nichts weiter hervorging, als dass bisher noch keine Verdächtigen ausgemacht worden seien und die Geliebte verschwunden war.

»Hast du Mr Randall gekannt, Papa?«, fragte sie.

»Ich habe ihn vor ein paar Jahren einmal beim Golfspielen kennen gelernt. In Sagaponack, wenn ich mich recht entsinne. Ich habe ihn als ruhigen Menschen in Erinnerung, ein typischer Vertreter des Mittelstandes.« Andrew nahm einen Schluck von seinem Tee. »Er wurde offenbar Freitagabend getötet. Jemand hat ihm in den Hinterkopf geschossen, als er in der Wohnung seiner Geliebten weilte.« Andrew schüttelte den Kopf. »Da ich den Gentleman kennen gelernt habe, fällt es mir schwer zu glauben, dass er eine Mätresse hatte – obwohl er in seiner Jugend wohl ein ziemlicher Draufgänger gewesen sein soll.«

Dann schob Andrew Francesca eine andere Zeitung hin. »Hast du das hier schon gesehen?«, fragte er. Sie sah, dass es sich um die *Sun* handelte.

Als sie die Schlagzeile las, hätte sie sich beinahe verschluckt.

POLIZEI-COMMISSIONER IN RANDALL-MORD VERWICKELT

»Ach, du meine Güte!«, rief Francesca, setzte ihre Tasse ab und griff nach dem Blatt. »Was soll denn das?« Als ihr Blick auf die Zeile mit dem Namen des Autors fiel, erstarrte sie vor Schreck. Es war Arthur Kurland. Aber wie hätte sie wissen sollen, dass Kurland die Verbindung zwischen Hart und Bragg herstellen würde? Sie hatte ihm lediglich verraten, dass Randall Harts Vater war.

»Dieser Reporter hat seine Hausaufgaben gründlich gemacht«, erklärte Andrew. »Offenbar ist Randall der Vater von Braggs Halbbruder, Calder Hart. Du hast ihn, glaube ich, auf Stanford Whites Party kennen gelernt.«

Sein Tonfall klang ein wenig eigenartig, und Francesca löste ihren Blick von dem Artikel. Als sie den Gesichtsausdruck ihres Vaters sah, wusste sie, dass er und Julia sich am Abend vor dem Zubettgehen unterhalten hatten.

»Ja, das habe ich«, brachte sie heraus. Dann überflog sie den Untertitel, und ihr Entsetzen wurde größer:

VORWURF DER BEFANGENHEIT

»Der Artikel hat es in sich«, bemerkte Andrew, während Francesca die Zeilen überflog. »Der Reporter verlangt, dass sich Bragg wegen seiner Verwandtschaft zu Calder Hart aus den Ermittlungen zurückzieht. Er hält ihn für befangen.«

»Es ist schlimmer als das«, flüsterte Francesca. »Kurland behauptet, Hart und Randall hätten am Dienstagabend zusammen in Harts Club gegessen und sich dabei schrecklich gestritten. Er behauptet zudem, dass es Zeugen gebe und dass Hart so wütend gewesen sei, dass er seinen Vater einfach dort habe sitzen lassen.« Francesca blickte von dem Artikel auf. Ihre Augen weiteten sich. »Er unterstellt dabei, ohne es offen zu sagen, dass Hart seinen eigenen Vater getötet haben könnte!«, rief sie. »Und er sagt ganz offen, dass Bragg bisher noch keine Verdächtigen hat und Hart noch nicht einmal zu einer Befragung ins Polizeipräsidium gebracht wurde. Das ist ein versteckter Vorwurf der Nachlässigkeit, wenn nicht gar der Fahrlässigkeit!«

Andrew nickte grimmig. »Harts schlechter Ruf wird auch nicht gerade hilfreich für ihn sein, wenn sich die Sache zuspitzt. Vielleicht sollte sich Rick wirklich besser von der Untersuchung zurückziehen.«

»Ich glaube nicht, dass Hart der Mörder ist, Papa. Ich bin mir nicht einmal sicher, dass er seinen Vater gehasst hat, auch wenn er das der ganzen Welt glauben machen möchte.«

Andrew betrachtete sie forschend. »Und wie kommt es, dass du so viel über Calder Hart weißt – den du doch erst am Freitag kennen gelernt hast?«, fragte er.

Sie zögerte. Dann sagte sie schließlich ausweichend: »Bragg zählt zu meinen Freunden, und Hart ist sein Bruder. Muss ich dem noch etwas hinzufügen?«

»Zweifelsohne könntest du das«, entgegnete Andrew ruhig. »Francesca, bitte misch dich nicht in Braggs Leben ein!«

Sie legte die Zeitung weg. »Aber warum denn nicht?«

»Es tut mir Leid, aber das kann ich dir nicht sagen.«

Francesca starrte ihren Vater an und versuchte, in seinen Augen zu lesen. Bewahrte Andrew womöglich ein Geheimnis für sich, das Bragg betraf, so, wie sie es bei Connie tat? Fast wollte es ihr so scheinen. »Und wenn ich mich zu sehr in *Harts* Leben ›einmischen‹ sollte?«

»Dann würde mir das ebenso wenig gefallen.« Andrew warf seine Serviette auf den Tisch. »Deine Mutter findet, er wäre ein passender Ehemann für dich. Da bin ich anderer Ansicht. Er ist als Schürzenjäger bekannt, aber viel schlimmer ist, dass er jeglichen Respekt vermissen lässt. Es fällt mir schwer, einen Menschen zu mögen, der den Eindruck erweckt, die Welt mit jeder seiner Äußerungen und Taten schockieren zu wollen. Ich traue diesem Mann nicht, und es würde mir nicht gefallen, wenn du versuchen würdest, ihn dir zu angeln – wie es deine Mutter vorzuhaben scheint, die ihn als deinen zukünftigen Ehemann in Betracht zieht.«

»Ich versuche mir überhaupt keinen Mann zu angeln«, entgegnete Francesca, der bei den Worten ihres Vaters der Mut gesunken war. Offenbar hatte ihre Mutter eine Entscheidung getroffen, und leider bekam sie meistens ihren Willen, wenn sie sich erst einmal etwas in den Kopf gesetzt hatte. »Ich habe es Mama schon gestern Abend zu erklären versucht. Gott sei Dank bist du nicht auf ihrer Seite.«

»Zumindest nicht in dieser Angelegenheit. Und das habe ich ihr auch unmissverständlich klar gemacht.« Er zögerte einen Moment lang. »Das mit Bragg ist wirklich eine Schande«, sagte er dann.

Sie erstarrte. »Wieso?«

»Weil er ein so rechtschaffener Mann ist, und wenn die Dinge anders stünden, würdet ihr wohl gut zueinander passen.« Er stand auf. »Aber die Dinge sind nun einmal, wie sie sind.« Er blickte sie durchdringend an. »Und sie werden sich niemals ändern, Francesca.«

Sie hatte das Gefühl, als würde er ihr damit den Todesstoß versetzen. »Ich wünschte, ich wüsste, warum«, sagte sie in der Hoffnung, ihm doch noch eine Erklärung zu entlocken. Aber sie hoffte vergeblich.

Er beugte sich zu ihr hinunter und gab ihr einen Kuss auf die Stirn. »Ich bin mir sicher, dass er es dir selbst sagen wird, falls sich einmal die Notwendigkeit ergeben sollte – was hoffentlich niemals der Fall ist.«

Francesca blickte ihrem Vater nach, als er das Frühstückszimmer verließ, und als er fort war, verbarg sie für einen Moment verzweifelt den Kopf in den Händen. Bragg hatte offenbar ein Geheimnis, und sie fürchtete sich davor, es eines Tages zu entdecken.

Bevor sie sich auf den Weg machte, um Mrs Randall einen Besuch abzustatten, versuchte Francesca noch einmal, Connie telefonisch zu erreichen. Doch es nahm niemand ab, was Francesca zutiefst beunruhigte. Warum war nicht wenigstens einer der Dienstboten an den Apparat gegangen?

Gewiss, in dem Haus ihrer Schwester gab es nur ein Telefon, und das stand wie bei den Cahills im Arbeitszimmer. Vielleicht hatte niemand im Haus das Läuten gehört. Das war möglich, aber sehr unwahrscheinlich, denn im Haus der Montroses ging es normalerweise sehr geschäftig zu, und sie hatten mindestens ein halbes Dutzend Dienstboten.

Francesca schrieb Connie eine Nachricht, steckte sie in einen Umschlag, den sie versiegelte und einem Stalljungen mit der genauen Anweisung übergab, ihn nur Lady Montrose auszuhändigen, nicht aber ihrem Ehemann. Sollte Lady Montrose nicht erreichbar sein, so sollte der Junge den Umschlag Mrs Partridge überbringen, dem Kindermädchen der beiden Kleinen, die ihn Lady Montrose dann persönlich überreichen sollte.

Francesca rief sich in Erinnerung, dass sie ihre Schwester noch am Tag zuvor, am späten Nachmittag, gesehen hatte, obgleich es ihr so vorkam, als sei in der Zwischenzeit eine halbe Ewigkeit verstrichen. Wahrscheinlich war bei Connie alles in Ordnung, und die schrecklichen Szenarien spielten sich nur in ihrer Fantasie ab.

Was konnte auch schon geschehen sein? Connie hatte sich bestimmt in ihre Räumlichkeiten zurückgezogen, um ihrem gebrochenen Herzen etwas Ruhe zu gönnen.

Joel wartete vor dem Eingangstor zur Cahill'schen Villa auf Francesca. Sie freute sich, ihn zu sehen, und für einen Moment besserte sich ihre Laune. Sie winkte eine Droschke heran, da sie ihre Eltern nicht darauf aufmerksam machen wollte, dass sie fort war. Das Haus der Randalls lag auf der Fifty-seventh Street, zwischen der Lexington und der Fourth Avenue. Als sie und Joel dort ausstiegen, erblickte Francesca sofort Braggs schönes Automobil, das in zweiter Reihe neben einer wartenden Kutsche parkte.

»Und was machen wir jetzt?«, fragte Joel. »Dem Polypen wird das nich gefallen.« Er schüttelte seinen dunklen Schopf.

»Lass mich nachdenken«, erwiderte sie kurz angebunden. Sie konnte nicht leugnen, dass ihre erste Reaktion beim Anblick seines Wagens ein Gefühl von Aufgeregtheit, gefolgt von einer echten Hochstimmung gewesen war – es schien ganz so, als sollten sich Braggs und ihre Wege erneut kreuzen. Aber schon sehr bald verspürte sie einen Anflug von Furcht, dass er darüber gar nicht erbaut sein könnte. Doch Francesca rief sich in Erinnerung, dass sie durchaus das Recht hatte, Mrs Randall ihre Aufwartung zu machen. Außerdem nahm sie ja schließlich an den polizeilichen Ermittlungen teil und sollte Miss de Labouche aufspüren – auch wenn es vielleicht nur eine Finte von Bragg gewesen war, um sie von den eigentlichen Ermittlungen abzulenken. Sie musste sich nur irgendeine plausible und überzeugende Erklärung ausdenken, warum sie die Suche nach Georgette de Labouche zu Paul Randalls Witwe geführt hatte.

Sie nahm all ihren Mut zusammen und klopfte an die Tür des viktorianischen Stadthauses aus rotem Backstein. Schon bald wurde die Tür von einem Hausmädchen geöffnet.

Francesca reichte ihr ihre Karte und wartete in der kleinen, dunklen Diele, während sich Joel neugierig umsah. Andrew hatte Recht gehabt – Paul Randall hatte offenbar ein recht gewöhnliches Leben geführt, war weder arm noch reich gewesen. Sein Heim war hübsch, aber klein; es umfasste die Hälfte des Backsteinhauses. Eine schmale Treppe führte in die erste Etage, wo vermutlich die Schlafzimmer untergebracht waren. Vom Flur aus konnte Francesca das Esszimmer sehen, wo ein Tisch mit sechs Stühlen stand. Der Holzboden unter ihren Füßen hätte wieder einmal gebeizt und an einigen Stellen ausgebessert werden müssen, aber er war durchaus annehmbar. Es duftete nach einem Sonntagsessen – nach gebratenem Perlhuhn.

Nach einer Weile trat das Mädchen aus einer Tür, die am Ende des Flurs lag und wahrscheinlich in den Salon führte. »Folgen Sie mir bitte, Miss«, sagte sie, während sie Joel ignorierte.

Francesca schritt den Flur entlang und bedeutete Joel mit einem Blick, ihr zu folgen. Sie wurde in einen überladenen Salon geführt, in dem etliche Sessel und Tische standen, aber nur ein einziges, bereits ein wenig abgenutztes rotes Sofa. Volkstümliche Kunst wetteiferte mit gerahmten Fotografien und einer Vielzahl von Sammlerstücken um die Aufmerksamkeit des Betrachters. Mrs Randall saß auf dem Sofa und hielt ein Taschentuch umklammert. Ihre Augen waren rot und verweint. Sie war eine mollige Frau, die in ihrer Jugend wohl einmal recht hübsch gewesen sein musste. Ihre Tochter, ein ziemlich unscheinbares blondes Mädchen in Francescas Alter, stand hinter ihr und hatte ihr eine magere Hand auf die Schulter gelegt. Sie schien ebenfalls untröstlich zu sein, und ihre Nase war ebenso rot und geschwollen wie ihre Augen. Bragg erhob sich aus einem der Sessel, als Francesca hereingeführt wurde. Er trug seinen üblichen dunklen, gut geschnittenen Anzug, und sein Mantel lag über der Sessellehne.

Sie schenkte ihm ein zögerndes Lächeln.

»Guten Morgen, Miss Cahill«, sagte er. »Ich habe mich schon gefragt, wie lange es wohl dauern würde, bis Sie Mrs Randall einen Besuch abstatten.« Seine bernsteinfarbenen Augen waren voller Wärme und betrachteten sie belustigt. Er schien weder beunruhigt zu sein, sie in diesem Haus zu sehen, noch wütend über die Artikel in den Tageszeitungen. Francesca nahm erfreut zur Kenntnis, dass er im Gegenteil ausgeruht und gut gelaunt wirkte.

»Ich bin in einer offiziellen Angelegenheit hier, Commissioner«, sagte sie und neigte den Kopf. Sie wollte nicht, dass er mitbekam, welche Gefühle sie für ihn hegte.

Er blickte zu Joel hinüber. »Joel«, sagte er ein wenig widerwillig anstatt einer Begrüßung.

Joel warf ihm einen finsteren Blick zu und verschränkte die Arme vor der Brust.

Francesca trat auf die rundliche Witwe zu. »Mrs Randall? Ich bin hier, um Ihnen mein Beileid auszusprechen. Es tut mir sehr Leid, dass Sie einen solchen Verlust erlitten haben.«

Henrietta Randall nickte. »Aber ich verstehe nicht ganz, Miss Cahill«, sagte sie. »Wir sind uns nie begegnet. Sie kennen meine Mary nicht. Auf Ihrer Karte heißt es, dass Sie Kriminalistin sind. Sind Sie irgendwie mit meinem Mann bekannt gewesen?«

Francesca sah Bragg nicht an. »Nein, das war ich nicht, aber man hat mich damit beauftragt, seinen Mörder zu finden.«

Henrietta Randall sah sie blinzelnd an. »Wer hat Sie beauftragt?«
»Ich fürchte, mein Klient wünscht anonym zu bleiben«, erklärte Francesca bestimmt und warf einen kurzen Blick zu Bragg hinüber. Warum musste er nur so früh am Morgen schon so gut aussehen? Warum dominierte seine Gegenwart den Raum und erfüllte ihn mit Wärme? Selbst wenn sie ihn nicht ansah, war sie sich seiner Anwesenheit überaus bewusst, und sie spürte, dass seine Aufmerksamkeit auf sie gerichtet war.
»Aber ich möchte Ihre Unterhaltung mit dem Commissioner nicht unterbrechen«, sagte sie und schaute ihm direkt in die Augen.
»Sie haben uns nicht unterbrochen«, erwiderte Bragg. »Ehrlich gesagt, bin ich hier fertig und wollte mich gerade verabschieden.«
Francesca konnte ihre Enttäuschung kaum verbergen.
Bragg warf ihr einen bedeutungsvollen Blick zu und reichte Henrietta Randall seine Visitenkarte. »Mrs Randall, ich versichere Ihnen, dass ich den Mörder Ihres Mannes finden werde. Wenn Ihnen im Anschluss an unsere Unterhaltung noch etwas einfallen sollte, setzen Sie sich bitte umgehend mit mir in Verbindung. Sie können mich jederzeit erreichen, ob in meinem Büro oder zu Hause. Ich werde sofort kommen. Egal, wie unbedeutend oder abwegig Ihnen der Gedanke auch erscheinen mag, Mrs Randall. Sie mögen etwas für nebensächlich erachten, während es in meinen Augen eine heiße Spur darstellt.« Er lächelte sie an und wandte sich dann Mary zu. »Das Gleiche gilt für Sie, Miss Randall.«
Mary nickte, erwiderte aber: »Wir haben Ihnen alles gesagt, was wir wissen.«

Plötzlich begann Henrietta zu weinen, und Mary ergriff ihre Hand. Sie hatte einen breiten Mund mit schmalen Lippen, die sie nun fest zusammenpresste. Ihr Haar hatte sie zu einem unordentlichen Nackenknoten aufgesteckt.

»Miss Cahill.« Bragg lächelte und neigte den Kopf.

»Auf Wiedersehen«, brachte Francesca hervor und sah zu, wie er das Zimmer verließ. Sie wusste, dass er versucht hatte, ihr mit seinem Blick etwas zu sagen, was sie ungemein freute. Aber leider hatte sie keine Ahnung, was es damit auf sich hatte. Als er verschwunden war, ermahnte sie sich im Stillen, sich zusammenzureißen, und lächelte der Witwe und ihrer Tochter aufmunternd zu. »Dürfte ich Ihnen wohl auch noch ein paar Fragen stellen?«

»Bitte«, erwiderte Henrietta.

»Haben Sie eine Ahnung, wer Ihrem Mann das angetan haben könnte?«

»Nein«, erwiderte Henrietta mit Nachdruck. »Mein Mann war wohl gelitten, ein guter Mensch.«

»Mutter!«, rief Mary verzweifelt. »Warum sagst du das immer wieder?« Sie warf Francesca einen wütenden Blick zu. »Ich habe es dem Commissioner bereits gesagt und werde es auch Ihnen gegenüber wiederholen. Es gibt sehr wohl einen Menschen, der meinen Vater gehasst hat.«

Francesca glaubte zu wissen, um wen es sich dabei handelte. »Und wer ist das?«

»Sein unehelicher Sohn, Calder Hart. Mein Halbbruder«, fauchte Mary.

Francesca sah Henrietta an. »Sehen Sie das ebenso?«

Henrietta nickte mit gesenktem Blick, während ihr die Tränen über die Wangen liefen. »Er hat uns schon immer gehasst. Uns alle.«

»Aber warum denn? Warum hat Hart seinen Vater so gehasst?«, fragte Francesca, obgleich die Antwort auf der Hand lag. Dennoch wollte sie es aus dem Munde dieser Frau oder ihrer Tochter hören.

»Warum?«, rief Mary ungläubig. »Warum? Ich werde Ihnen sagen, warum! Weil Vater ihn nie gewollt hat, weder damals noch heute!«

»Hat Ihr Vater Hart auch gehasst?«, fragte Francesca.

»Mein Vater hat niemanden gehasst«, sagte Mary. »Er war ein guter Mensch, ein ganz wunderbarer Mensch! Er hat immer nur Rücksicht auf andere genommen, hat jedem geholfen. Er war ein wahrer Heiliger!«

Francesca blinzelte. Wahrscheinlich würde sie über ihren eigenen Vater ebenso reden, wenn er gerade gestorben wäre. »Es tut mir so Leid«, sagte sie.

Mary setzte sich neben ihre Mutter und brach nun ebenfalls in Tränen aus. Die Schluchzer schienen tief aus ihrem Inneren zu kommen und verwandelten sich bald in ein fürchterliches Stöhnen. Francesca, die sich vorstellen konnte, wie groß ihr eigener Schmerz eines Tages sein würde, wenn die Stunde ihres Vaters gekommen war, hatte großes Mitleid mit der jungen Frau. Sie wusste, dass es Zeit war, die beiden Trauernden allein zu lassen.

»Vielleicht könnten wir das Gespräch ein anderes Mal beenden?«, sagte Henrietta und erhob sich. »Wie Sie sehen, ist Mary untröstlich. Sie war Pauls Liebling, sein kleines Mädchen. Wir haben ihn alle sehr geliebt, aber sie hat ihn vergöttert.«

Francesca nickte. »Mary?«, flüsterte sie. »Ich verstehe Sie sehr gut, ich liebe meinen Vater auch über alles.«

Mary hörte für einen Moment auf zu schluchzen und blickte

mit tränenüberströmtem Gesicht auf. »Ich werde niemals wieder dieselbe sein«, flüsterte sie verzweifelt.

»Ja, ich weiß.«

Mary bedeckte das Gesicht mit ihren Händen und begann erneut zu weinen.

Henrietta trat hinter dem Tisch hervor, der vor dem Sofa stand. Sie wünschte ganz offensichtlich, dass Francesca nun ging und sie ihrer Trauer überließ.

»Wie alt ist Mary, Mrs Randall?«, fragte Francesca.

»Sie ist achtzehn«, erwiderte Henrietta und führte Francesca zur Tür.

Francesca wusste, dass Hart sechsundzwanzig war, denn er war zwei Jahre jünger als Bragg. »Sie haben auch noch einen Sohn, nicht wahr?«, fragte sie.

»Ja. Bill ist gestern Nachmittag zu Hause eingetroffen. Er besucht die Universität in Philadelphia«, sagte sie. Dann fügte sie stolz hinzu: »Er wird diesen Sommer seinen Abschluss machen.«

Francesca lächelte. Also war Bill Randall älter als Mary, er musste ungefähr einundzwanzig sein. Demnach lagen fünf Jahre zwischen Randalls Affäre mit Harts Mutter und der Geburt seines ersten, ehelichen Kindes. Francesca fragte sich, wann Henrietta wohl erfahren haben mochte, dass Randall einen unehelichen Sohn hatte. Und ob sie wohl von Georgette de Labouche gewusst hatte? Da es in sämtlichen Tageszeitungen stand, durfte man wohl davon ausgehen, dass sie die Wahrheit inzwischen kannte.

»Ich würde mich gern noch mit Ihrem Sohn unterhalten, wenn Sie nichts dagegen haben«, sagte Francesca.

»Er schläft noch. Kommen Sie doch heute Nachmittag wieder vorbei. Gegen vier«, erwiderte Henrietta.

»Vielen Dank.« Francesca schüttelte ihre Hand und verließ den Salon. Draußen im Flur tauschte sie einen Blick mit Joel. Während sie auf die Tür zugingen, bedeutete Francesca Joel mit einem Kopfschütteln, dass er noch nichts sagen sollte, solange sie noch im Haus waren.

»Miss Cahill?«

Beim Klang von Marys schriller Stimme drehte Francesca sich um.

Das dünne, recht schlaksig wirkende Mädchen kam auf sie zugeeilt. »Ich wollte vor meiner Mutter nicht darüber reden«, sagte sie grimmig. Sie starrte Joel neugierig an. »Wer ist *das* eigentlich?«

»Das ist mein Gehilfe. Er erledigt Botengänge für mich«, erläuterte Francesca. »Worum geht es denn? Was wollten Sie mir sagen?«

»Ich weiß, dass Hart meinen Vater umgebracht hat – und ich weiß auch, warum!«, rief sie.

»Wirklich?«, fragte Francesca überrascht.

»Ja, ich kenne die Wahrheit«, sagte Mary mit drängender Stimme. »Hart hat meinen Vater erpresst, Miss Cahill. Ich habe zufällig mit angehört, wie sich die beiden am Mordtag vor dem Haus unterhalten haben. Sie haben sich über Geld gestritten. Geld, das Hart von meinem Vater gefordert hat, das mein Vater aber nicht zahlen wollte!«

Francesca starrte sie an. Ihre Gedanken überschlugen sich. »Aber womit hätte Hart Ihren Vater erpressen können?«

Mary gab einen abschätzigen Laut von sich. »Wer weiß. Spielt das denn eine Rolle?« Sie starrte Francesca an. »Er ist durch und durch böse, Miss Cahill, der reine Teufel. Er braucht keinen Grund, um einen Menschen zu quälen, er tut es aus purem Vergnügen.«

Francesca blickte Mary in die Augen. Als sie den glühenden Hass darin erkannte, wich sie unwillkürlich zurück. Doch dann überwand sie sich, die knochige Schulter des Mädchens zu tätscheln. »Ich danke Ihnen, Mary. Vielen, vielen Dank.«

»Danken Sie mir nicht.« Mary brach erneut in Tränen aus, und die Schluchzer schüttelten ihren mageren Körper. »Ich will nichts weiter als Gerechtigkeit, Miss Cahill. Sorgen Sie dafür, dass der Gerechtigkeit Genüge getan wird«, sagte sie eindringlich.

Francesca trat mit Joel aus der Tür und zögerte, als sie sah, dass Bragg neben seinem Daimler stand und mit einem uniformierten Polizisten sprach. Als er sie sah, winkte er ihr zu – ganz offenbar sollte sie zu ihm herüberkommen.

Das hatte sein seltsamer Blick also zu bedeuten gehabt – er hatte auf sie gewartet! Während Joel vor dem Haus stehen blieb, eilte Francesca lächelnd auf Bragg zu.

»Jawohl, Sir«, sagte der Uniformierte gerade, legte mit einer schneidigen Bewegung die Hand an die Stirn und wandte sich ab.

Bragg blickte Francesca an.

»Jetzt lassen Sie Ihre Leute sogar schon vor Ihnen salutieren, Bragg«, zog sie ihn auf.

Er lachte. »Das ist keine Vorschrift, Francesca. Wie geht es Ihnen?«

Sie dachte an Connie und an ihre Mutter und an das Geheimnis, das Bragg umgab, und spürte, wie sie unwillkürlich ihr Gesicht verzog.

»Stimmt etwas nicht?«

»Stimmt überhaupt noch irgendetwas?« gab sie zurück, in dem Versuch, sich kokett zu geben.

Er betrachtete sie forschend und sagte dann: »Kommen Sie, fahren Sie mit mir. Gibt es irgendwelche Fortschritte in Bezug auf Miss de Labouche?«

»Nein«, sagte Francesca folgte ihm zur Beifahrertür des Automobils. »Ich denke zurzeit darüber nach, wohin sie verschwunden sein könnte.«

Bragg nickte ihr zu, ohne sie dabei anzusehen, und öffnete ihr die Wagentür. »Ich bin mir sicher, dass Sie Erfolg haben werden«, sagte er.

Joel hat Recht, dachte sie, und starrte Bragg an. Er versuchte wirklich, sie mit der Suche nach Georgette von der eigentlichen Untersuchung fern zu halten! Sie blickte über ihre Schulter zu dem Jungen zurück, der neben der Vordertreppe des Stadthauses stand und die Hände in den Taschen vergraben hatte. Er warf ihr einen warnenden Blick zu, der nur eines bedeuten konnte: *Erzählen Sie dem Polypen bloß nichts!*

Sie kämpfte gegen den Drang an, von Bragg zu verlangen, dass er ihr die Wahrheit sagte. »Haben Sie heute Morgen mit Daisy und Rose gesprochen?«, fragte sie stattdessen mit gepresster Stimme.

Sein Blick schien sie zu durchbohren, als er ihren eigenartigen Tonfall vernahm. »Ja, das habe ich. Um acht Uhr. Sie bleiben bei ihrer Geschichte. Ich habe sie getrennt vernommen, und wenn sie lügen sollten, dann machen sie ihre Sache wirklich ganz hervorragend.« Er betrachtete Francesca fragend. »Alles in Ordnung?«

»Aber gewiss doch«, sagte sie mit gespielt fröhlicher Stimme. »Komm her, Joel.«

Der Junge trat langsam auf das Automobil zu, während Bragg sie weiterhin anstarrte. Ganz offensichtlich glaubte er ihr kein

Wort. »Wir sehen uns dann später, wenn Sie mich noch mal brauchen sollten«, sagte Joel.

»Ich bin mir sicher, dass ich dich noch brauchen werde, und der Commissioner würde dich bestimmt gern mitfahren lassen, nicht wahr, Bragg?« Sie lächelte ihn an.

»Natürlich«, erwiderte Bragg widerstrebend.

»Wir sehen uns dann später«, wiederholte Joel mit finsterem Blick, bevor er auf dem Absatz kehrtmachte und losrannte.

»Joel!«, rief Francesca.

»Bis später, Miss!«, schrie er über die Schulter zurück und verschwand um die Ecke.

Francesca stemmte die Hände auf die Hüften. »Da haben Sie's«, sagte sie zu Bragg. »Jetzt sehen Sie nur, was Sie angerichtet haben!«

Er schmunzelte. »Was habe ich denn getan? Der Junge wollte nicht mitfahren – das hatte doch nichts mit mir zu tun.«

»Sie hätten schon ein bisschen netter zu ihm sein können«, erwiderte sie heftig.

»Sind Sie eventuell wütend auf mich, Francesca?«, fragte er vorsichtig. »Und wenn ja, warum?«

Statt einer Antwort schlüpfte sie auf den eleganten Ledersitz und starrte vor sich hin.

»Nein, ich bin nicht wütend auf Sie«, seufzte sie. »Vielleicht war Hart ja wirklich bei den beiden Frauen, wie sie es behaupten.«

»Das will ich doch sehr hoffen.« Wieder lächelte er sie an, und seine bernsteinfarbenen Augen schimmerten golden.

Als er so über die Beifahrertür gelehnt dastand, fiel Francesca wieder einmal auf, wie überaus attraktiv er war. In ihren Augen sah er einfach umwerfend aus, besser noch als ihr Schwager Montrose.

»Sie scheinen ja heute sehr gute Laune zu haben«, sagte sie.
»Nun, ich mag nun einmal Sonntage – ganz besonders, wenn ich bei einer Morduntersuchung eine echte Kriminalistin aus Leidenschaft an meiner Seite habe.« Jetzt zog er sie auf!
»Bragg! Was ist los?«
Er seufzte. »Francesca, ich bin eigentlich meist ein gut gelaunter Mensch. Nur wenn man mich bedrängt und ich erschöpft bin, werde ich hin und wieder ein wenig grimmig.« Dann fügte er hinzu. »Außerdem hatte ich ja nun ein wenig Zeit, um mich daran zu gewöhnen, dass Sie jedes Mal hinter mir zu stehen scheinen, wenn ich mich umdrehe.« Seine Augen funkelten.
»Sie haben mich um Hilfe gebeten«, betonte sie und biss sich sogleich auf die Lippe.
»Ja, das habe ich.« Er blickte zur Seite, als wolle er vermeiden, ihr in die Augen zu sehen. Joel hatte ja so Recht gehabt!
»Bragg, haben Sie schon einen Blick in die Morgenzeitungen geworfen?«
»Ja, das habe ich.«
Das überraschte sie.
»Ich lerne schnell, Francesca. Und ich habe während der Burton-Entführung gelernt, dass es klug ist, sich ein dickes Fell zuzulegen. Ich muss das tun, was ich für richtig halte, wenn ich in meinem Amt erfolgreich sein will. Wenn ich es zulasse, mir von einem sensationslustigen Reporter den Tag verderben zu lassen, kann ich mir auch gleich eine neue Anstellung suchen.«
Sie fühlte mit ihm. Er trug eine so große Verantwortung und wurde von der Presse so ungerecht behandelt! Aber das war wohl bei einer Position, die dermaßen im Licht der Öffentlichkeit stand und so umstritten war, nicht zu vermeiden. »Werden Sie sich von der Randall-Untersuchung zurückziehen, Bragg?«

Er lächelte. »Nein.«
»Kurland würde Hart am liebsten aufknüpfen lassen.«
»Das glaube ich nicht. Kurland will nur Zeitungen verkaufen.«
Er ließ seinen Blick noch einen Augenblick auf ihr ruhen, schloss dann die Beifahrertür und schritt zur Vorderseite des Automobils.
Francesca durchlief ein freudiger Schauer. Braggs Blick war so unglaublich herzlich gewesen, das hatte sie sich auf gar keinen Fall eingebildet! Er mochte sie, da war sie sich sicher. Zu gern hätte sie ihn gefragt, was ihn zurückhielt, doch sie fürchtete die Antwort darauf viel zu sehr. Und so sah sie zu, wie er den Motor ankurbelte, bis er ansprang.
Dann eilte er zur Fahrerseite, stieg in den Wagen und fuhr los.
»Warum haben Sie mich mit Mrs Randall und ihrer Tochter allein gelassen?«, fragte Francesca.
Er blickte über seine Schulter zurück, überholte einen Vierspänner und ordnete sich vor einem altmodischen Gig wieder ein. »Ich glaube, Sie wissen, warum.«
»Wahrscheinlich hatten Sie das Gefühl, ich würde mehr Erfolg bei den beiden Frauen haben als Sie.«
Er grinste. »Und was haben Sie herausgefunden?«
»Hart hat Randall erpresst.«
Bragg wäre beinahe in eine Straßenbahn gekracht. »Francesca! Müssen Sie immer so drastisch sein?«
»Tut mir Leid.«
»Bitte etwas ausführlicher.« Er fuhr langsamer, da sie sich der verkehrsreichen Kreuzung an der Fourth Avenue näherten. Ein Polizist erblickte den Daimler, erkannte ihn ganz offenbar und hielt den anderen Verkehr an, um Bragg durchzuwinken.
»Mary sagt, sie habe gehört, wie sich ihr Vater und Hart am

Morgen des Mordtages vor dem Haus gestritten haben. Sie behauptet, Hart hätte Randall erpresst und dass es bei dem Streit um Geld gegangen sei.« Sie sah Bragg von der Seite an. Er erwiderte ihren Blick. »Das ist unmöglich.«
»Dass Hart seinen eigenen Vater erpresst?«
»Nein. Es ist unmöglich, dass sie sich am Freitagmorgen hier in New York gestritten haben.«
Francesca wandte sich ihm auf ihrem Sitz halb zu. »Warum?«
»Weil Hart frühestens am Nachmittag in der Stadt eingetroffen sein kann. Ich weiß, dass er geschäftlich in Baltimore zu tun hatte, da ich ihn dort am Donnerstagabend mit eigenen Augen gesehen habe – ich war selbst in einer Dienstangelegenheit dort. Und nach elf Uhr abends fahren keine Züge mehr Richtung Norden, nach New York.«
»Sind Sie sich da sicher?«, fragte Francesca, der die Bedeutung seiner Worte langsam klar wurde.
»Ja.«
Sie fragte sich, was ihn wohl zu diesem kurzen Aufenthalt in Baltimore bewogen haben mochte. »Bragg, das bedeutet, dass Mary lügt, das ist Ihnen doch wohl klar?«
»Allerdings. Und interessanterweise hat sie sich entschieden, *Ihnen* diese Lüge aufzutischen. Mir hat sie kein Wort davon gesagt.« Er warf ihr einen langen Blick zu.
»Was auch immer das bedeuten mag«, gab Francesca zurück. Es war unmöglich, nicht das Gefühl zu haben, dass sie zusammenarbeiteten. Sie diskutierten den Fall in aller Offenheit, und Bragg erweckte in keiner Weise den Eindruck, als wolle er sie ausschließen, ganz im Gegenteil. In diesem Augenblick war Francesca einfach nur glücklich, bei ihm zu sein.
Sie hätte sich nicht gewundert, wenn plötzlich die Vögel um sie herum zu zwitschern begonnen hätten; es schien einfach

der richtige Tag dafür zu sein – wenn man einmal davon absah, dass sie sich mitten im tiefsten Winter befanden.

Er bog auf die Madison Avenue ab, wo sie nur langsam vorankamen. »In meiner Gegenwart war Mary äußerst schüchtern«, sinnierte er. »Sie kam mir wie ein graues Mäuschen vor. Ich bin mir ziemlich sicher, dass sie Angst vor Männern hat – abgesehen natürlich von ihrem verstorbenen Vater.«

»Sie hat Randall sehr geliebt, so viel ist klar«, ergänzte Francesca. »Bei mir war sie ganz und gar nicht schüchtern, Bragg. Sie war sogar sehr redselig – und sehr wütend. Sie verachtet Hart.«

»Das muss wohl in der Familie liegen.« Nach einer Weile fügte er hinzu: »Möglicherweise verachtet sie alle Männer.«

Francesca zögerte einen Moment. Dann sagte sie: »Es ist nicht meine Absicht, Calder zu verteidigen, aber ... ich glaube nicht so recht, dass er seinen Vater gehasst hat, und ich vermute, dass seine herzlose Reaktion auf die Nachricht von seiner Ermordung nur eine Tarnung gewesen ist, unter der kompliziertere Gefühle verborgen liegen.«

Bragg starrte sie an. »Jetzt nennen Sie ihn also schon beim Vornamen!«

Sie errötete. »Ich bitte Sie! Das klingt ja beinahe, als wären Sie eifersüchtig, Bragg.«

»Eifersüchtig? Haben Sie den Verstand verloren, Francesca? Ich bin nicht eifersüchtig auf meinen Bruder. Nicht im Mindesten.«

»Nun, dann ist es ja gut«, sagte sie, obwohl sie an seinen Worten zweifelte. Dann wandte sie den Kopf zur Seite und blickte aus dem Fenster. »Sie haben auch keinen Grund, eifersüchtig auf ihn zu sein«, fügte sie hinzu.

Er schwieg.

Sie drehte den Kopf wieder in seine Richtung, und sie wechselten einen intensiven Blick, bis sich Francesca atemlos wieder abwandte. Sie wäre ihm so gern näher gekommen. Vielleicht sollte sie versuchen herauszufinden, was ihn davon abhielt. Bei dem Gedanken daran wurde sie ein wenig nervös. Sie hatte Angst vor dem, was sie herausfinden könnte, wenn sie es wagen würde, in Braggs Vergangenheit herumzuschnüffeln. Außerdem wäre es nicht richtig, so etwas zu tun. Wenn er ihr etwas mitzuteilen hatte, würde er es ihr persönlich sagen, davon war sie überzeugt.

Wenn die Zeit gekommen war, würde er ihr gewiss erzählen, was er jetzt noch für sich behielt, und so lange würden sie eben Freunde bleiben.

»Was beschäftigt Sie eigentlich, Francesca?«, fragte er plötzlich leise.

Sie zuckte erschrocken zusammen.

»Sie kamen mir heute so besorgt vor. Was ist los? Kann ich Ihnen helfen?«

Francesca zögerte zunächst, platzte dann aber heraus: »Ach, Bragg! Es geht um Familienangelegenheiten.«

»Oh! Nun, wenn Sie eine Schulter zum Anlehnen benötigen, bin ich gern für Sie da«, sagte er mit einem kleinen Lächeln. »Auch wenn ich weiß, wie sehr Sie weinerliche Frauen verachten.«

Sie befanden sich mittlerweile auf der Sixty-first Street. Von der Stelle aus, wo sie in dem stockenden Verkehr vorankrochen, konnte Francesca das Haus der Montroses sehen. Sie stellte sich vor, wie es sein würde, an Braggs Schulter zu weinen, und seufzte, da sie wusste, dass sie sich niemals derart geziert würde aufführen können. »Ich glaube, Evan hat immer noch eine Mätresse.«

»Er ist nicht verheiratet«, gab Bragg zu bedenken.
»Aber er ist verlobt! Er sollte diese Affäre beenden!«, rief sie empört.
»Das mag *Ihre* Ansicht sein«, erwiderte Bragg, »aber ich möchte bezweifeln, dass er sich genötigt sieht, sich Miss Channing gegenüber loyal zu verhalten, bevor er sein Ehegelübde abgelegt hat.«
»Aber ... sind Sie etwa der gleichen Ansicht?«, fragte sie fassungslos. Seine Worte hatten so ganz und gar nicht nach dem Mann geklungen, den sie zu kennen glaubte.
»Nein, ich teile diese Ansicht nicht. Aber viele Männer denken so.«
Francesca atmete erleichtert auf. Sie musste Bragg gar nicht erst besser kennen lernen, um zu wissen, dass er der loyalste und treueste aller Ehemänner wäre.
»Ist das Ihre einzige Sorge?«
»Leider nicht.« Sie blickte zur Seite, aus Angst, dass er erraten könnte, dass er ganz oben auf ihrer Kummerliste stand. Dann wandte sie sich ihm abrupt wieder zu und sagte: »Bragg? Ich musste Connie von Montrose erzählen.«
Sein Kopf schnellte zu ihr herum. »Wie bitte?«
»Bragg, der Gig!«, rief sie.
Er wandte seine Aufmerksamkeit wieder der Straße zu und trat rasch auf die Bremse. Der Gig war hinter einer anderen Kutsche direkt vor ihnen ausgeschert. »Ich befürchte Schreckliches«, sagte Bragg.
»Connie hatte bereits eine Ahnung, da bin ich mir sicher, und dann hat sie mich offen gefragt, ob ich etwas wüsste. Da konnte ich doch nicht einfach lügen!«
»Oh, Francesca!« Er schüttelte den Kopf.
»Glauben Sie, ich habe das Falsche getan?« Sie legte ihre Hand

auf seinen Arm, und ihre Blicke trafen sich. »Aber wie hätte ich Connie denn anlügen sollen?«

»Ich weiß es nicht. Es ist jedenfalls besser, sich aus dem Privatleben anderer Leute herauszuhalten, besonders, wenn sie verheiratet sind«, erwiderte er ernst.

»Ich habe es ihr gestern Nachmittag erzählt, Bragg, und sie danach mehrmals angerufen, aber ich kann sie einfach nicht erreichen. Gestern hat sie keine Anrufe entgegengenommen, und heute Morgen ist niemand ans Telefon gegangen. Ich mache mir Sorgen. Wahrscheinlich besteht gar kein Grund dazu, aber ich tue es dennoch.« Sie schüttelte den Kopf.

»Ich würde mir an Ihrer Stelle auch Sorgen machen«, sagte er.

Sie blickte ihn an. »Ich hatte gehofft, Sie würden etwas Ermutigenderes sagen.«

»Ihre Schwester ist nicht so stark wie Sie, Francesca, und sie liebt Montrose.«

»Connie ist sehr stark«, widersprach Francesca, doch während sie die Worte aussprach, fragte sie sich, ob es sich eigentlich wirklich so verhielt. »Seit sie ein kleines Mädchen war, hat sie sich gewünscht, in Mutters Fußstapfen zu treten, und sie macht das ganz wunderbar.«

»Vielleicht war es eher der Wunsch Ihrer Mutter«, wandte er ein.

»Wie bitte?«

»Ich vermute, Ihre Mutter hatte den Wunsch, ihre älteste Tochter zu einem Ebenbild ihrer selbst zu machen.«

Francesca starrte ihn an. »Na ja, möglicherweise, aber Connie war immer schon entschlossen, dasselbe Leben zu führen wie unsere Mutter.«

Er sagte: »Das Leben zwingt die Menschen oft dazu, sich ihren schlimmsten Ängsten zu stellen.«

Sie betrachtete sein fein geschnittenes Profil. »Welch ein düsterer Gedanke.«
»Aber ich habe feststellen müssen, dass er zutrifft«, gab er zurück, in einem Tonfall, der sie aufmerken ließ.
Sie schluckte. »Hat das Leben *Sie* schon einmal gezwungen, sich Ihren schlimmsten Ängsten zu stellen?«
»In gewisser Weise.«
Sie atmete tief durch. Diese Antwort gefiel ihr ganz und gar nicht. Beinahe hätte sie instinktiv nach seiner Hand gegriffen, aber glücklicherweise waren seine Hände damit beschäftigt, den Wagen zu lenken, und so hielt sie sich zurück.
Seine Lippen verzogen sich zu einem kleinen Lächeln. »Connie hat Sie und ihre Familie, sie wird das schon durchstehen, und es wird ein gutes Ende finden.«
»Montrose hat mich aus dem Haus geworfen«, erzählte sie. »Er hat mir erklärt, dass ich dort nie wieder willkommen bin.«
Bragg blickte sie von der Seite an, ohne ein Wort zu sagen.
Sie errötete. »Das hat sehr wehgetan.«
»Das kann ich mir vorstellen.«
»Ich hatte auf ein wenig mehr Mitgefühl gehofft«, sagte sie ärgerlich.
»Soweit es Montrose angeht, kann ich Ihnen da leider nicht mit dienen.« Er blickte starr auf die Straße vor sich.
Francesca sah zur Seite. Sie war sich sehr wohl bewusst, dass zwischen den beiden Männern eine gewisse Feindschaft herrschte.
»Liegt das daran, dass Sie selbst immer noch etwas für Eliza empfinden?«, konnte sie sich nicht verkneifen zu fragen.
Vor vielen Jahren, als Bragg Student an der Columbia University gewesen war, hatte er eine Affäre mit Eliza gehabt, kurz bevor diese den Bund fürs Leben mit Burton geschlossen

hatte. Und nach all den Jahren waren sie immer noch miteinander befreundet.
»Ich mag Eliza. Aber sie ist nur eine Freundin. Das haben wir doch alles schon einmal erörtert«, sagte er. Er umklammerte das mit Leder überzogene Lenkrad fester und starrte weiterhin auf die Straße. »Aber Sie mag ich auch.«
Francesca hatte keine Ahnung, was sie darauf erwidern sollte, aber sie erhielt gar nicht die Gelegenheit, etwas zu sagen, denn er fuhr fort: »Und ich habe das Gefühl, Sie beschützen zu müssen, Francesca. Montrose ist ein Schurke. Hat er das nicht bewiesen? Sie sollten ihn jetzt nicht mehr bewundern.«
»Das, was er getan hat, lässt sich in der Tat nur als verwerflich bezeichnen, Bragg. Aber man hat ihm auch wehgetan, da bin ich mir sicher.« Sie vermied es allerdings, Bragg zu verraten, dass Neil ihr dies selbst gestanden hatte.
»Großer Gott, Sie verteidigen aber auch wirklich jeden! Sogar Montrose!«
»Nein, ich verteidige nicht jeden, nur die Menschen, an denen mir etwas liegt. Das ist doch nur natürlich.«
Er wandte ihr den Kopf zu und musterte sie mit einem hitzigen Blick.
»Und Sie wissen, dass er mir ebenso lieb und teuer ist wie mein Bruder Evan!«, setzte sie heftig hinzu.
Er richtete seinen Blick wieder auf die Straße. »Sie sind wirklich eine einzigartige Frau: Sie studieren, haben liberale Ansichten, eine Leidenschaft für Reformen – und dennoch sind Sie ein Blaustrumpf, der irgendwie einen besonders männlichen Typ Mann anzuziehen scheint. Sie umgeben sich förmlich mit solchen Männern.«
Francesca runzelte die Stirn. Was redete er denn da? Montrose war ihr Schwager, Hart war ein flüchtiger Bekannter, dem sie

gerade erst begegnet war, und es waren erst zwei Wochen vergangen, seit Bragg in ihr Leben getreten war.

In diesem Moment erreichten sie die Kreuzung an der Sixty-second Street, und Francesca vergaß seine seltsame Äußerung für einen Moment. Sie *musste* einfach mit Connie reden.

Als habe er ihre Gedanken gelesen, fragte Bragg: »Soll ich hier anhalten?«

Sie zögerte. Was, wenn Montrose zu Hause war? Sie fühlte sich außerstande, ihm ein weiteres Mal gegenüberzutreten. »Er war so wütend, Bragg«, sagte sie leise.

»Haben Sie etwa Angst vor Montrose?«, fragte er ungläubig.

Sie nickte. »Ich weiß, das ist albern. Er würde mir nie etwas tun, aber diese Wut – es war einfach schrecklich.«

»Soll ich versuchen, ob man mich zu Ihrer Schwester vorlässt?«

Sie sah ihn an. »Oh ja, bitte! Ich werde im Automobil warten. Bitte richten Sie ihr von mir aus, dass ich Sie unbedingt sehen muss!«

Bragg scherte so plötzlich nach links aus, dass ihn ein Kutscher hinter ihnen anschrie, doch er ignorierte den Mann.

Francesca knetete die Hände in ihrem Muff. Hoffentlich musste sie Neil nicht noch einmal begegnen! Hoffentlich war er nicht zu Hause!

Bragg bog in die Auffahrt ab, die zum Anwesen ihrer Schwester führte. Dann fuhr er unter dem Torbogen hindurch und auf den Innenhof, wo er das Automobil anhielt.

»Warten Sie hier«, sagte Bragg und sprang aus dem Daimler.

»Bragg?«

Er verharrte, ehe er die drei kleinen Stufen zur Haustür hinaufschritt.

»Ich danke Ihnen.«

Er nickte und betätigte den Türklopfer.

Francesca zögerte einen Moment, und als niemand öffnete, stieg sie langsam aus dem Automobil.

»Na, haben Sie Mut gefasst, jetzt, wo Verstärkung da ist?«, fragte Bragg lächelnd.

»Haben Sie dennoch Respekt vor mir?«, erwiderte sie.

Er lachte. »Ich werde Sie immer respektieren, Francesca, und ich mache Ihnen keinen Vorwurf, dass Sie sich unter den gegebenen Umständen vor Montrose fürchten. An seiner Stelle wäre ich stinkwütend auf Sie. Ehrlich gesagt, bin ich erstaunt, dass er nicht versucht hat, Sie zu erwürgen.«

»Und wenn er es getan hätte?«

Einen Moment sagte er nichts, sah sie nur mit seinen bernsteinfarbenen Augen an. »Sind Sie etwa auf der Suche nach einem Beschützer, Francesca?«, fragte er leise.

Sie spürte, wie ihr heiß wurde. »Und wenn ich es wäre?«

Er lächelte nur, und ihre Blicke wollten einfach nicht voneinander weichen. Francesca hörte sich seufzen.

Nach einer Weile wandte er sich ab und betätigte noch einmal den Türklopfer. »Ob niemand zu Hause ist? Was ist mit den Dienstboten?«

Francesca wurde unruhig. »Wenn niemand aufmacht, dann stimmt etwas nicht. Wir müssen versuchen, irgendwie ins Haus zu gelangen!«

»Einbruch ist ein Verbrechen«, entgegnete er und hämmerte mit seiner behandschuhten Faust gegen die Tür. »Aber ich möchte bezweifeln, dass Sie das abhalten würde.«

»Das würde es allerdings nicht. Warum macht bloß niemand auf?«, fragte Francesca und rang die Hände. »Das ist wirklich eigenartig. Ich habe ein ganz ungutes Gefühl. Hoffentlich ist nichts passiert!«

»Ich bin mir sicher, dass es eine vernünftige Erklärung dafür gibt«, sagte Bragg und drückte ihre Hand, als plötzlich die Tür aufgerissen wurde und sie sich nicht etwa einem Dienstboten gegenüber sahen, sondern Montrose.

In Hemdsärmeln, unrasiert und ungekämmt blickte er sie zornig an. »Du!« sagte er zu Francesca und wollte die Tür wieder zuknallen, aber Bragg stemmte sich mit der Hüfte dagegen.

»Wir würden gern mit Ihrer Frau reden, Montrose«, sagte er kühl. »Lassen Sie uns eintreten.«

»Besorgen Sie sich doch einen Durchsuchungsbefehl«, gab Montrose mit scharfer Stimme zurück.

Dann richtete er seinen Blick auf Francesca. »Ich fürchte, meine Frau empfängt keine Besucher«, stieß er hervor. »Nicht hier. Nicht heute.«

»Warum nicht?«, keuchte Francesca auf. »Was hast du ihr angetan?«

»Was *ich* ihr angetan habe?«, brüllte er. »*Du* warst es doch! Du und deine verfluchte Einmischerei! Du bist schuld!«

»Wo ist Lady Montrose?«, unterbrach ihn Bragg.

Montrose starrte ihn wütend an. »Ich weiß es nicht«, sagte er.

»Wie bitte?«, flüsterte Francesca mit wachsendem Entsetzen. »Was hast du gesagt?«

»Ich weiß es nicht!«, brüllte er. »Connie ist verschwunden, und sie hat die Mädchen mitgenommen!«

KAPITEL 12

Francesca spürte, wie der Boden unter ihren Füßen zu schwanken begann. Bragg ergriff ihren Arm, aber sie hatte nur Augen für Montrose. »Nein! Connie kann nicht verschwunden sein. Das ist unmöglich.«

»Und *du* bist daran schuld«, quetschte Neil zwischen zusammenpressten Zähnen hervor und wies mit dem Finger auf sie. Dann wandte er sich abrupt um und ging in die Eingangshalle davon, ohne sich die Mühe zu machen, die Haustür zu schließen.

Francesca war tief bestürzt. »Bestimmt unternimmt sie gerade einen Ausflug mit den Mädchen«, sagte sie zu Bragg.

Braggs Blick war voller Mitgefühl. »Francesca -«, setzte er mit sanfter Stimme an.

Montrose, der ihre Worte ebenfalls gehört hatte, blieb auf dem Absatz stehen und wirbelte herum. »Einen Ausflug? Sie hat mich verlassen, Francesca! Sie hat die Mädchen mitgenommen und mich verlassen!«

Francesca wagte es nicht, sich ihm zu nähern. Er schien wie von Sinnen in seiner Wut. »Ich kenne meine Schwester, Neil«, sagte sie mit betont ruhiger Stimme. »So etwas würde sie nie tun. Connie weiß, was sich gehört.«

»Sie hat einen Koffer für sich und für jedes der Mädchen gepackt! Sie hat mich verlassen, Francesca, und ich habe keine Ahnung, wohin sie gegangen ist.« Erneut wandte er sich abrupt um. Seine Schultern zuckten.

Francesca wäre am liebsten sofort zu ihm geeilt, um ihn zu trösten, doch Bragg hielt sie zurück.

»Sie kommt wieder, Neil«, sagte sie. »Ganz bestimmt.«

Er stieß einen scharfen, verächtlichen Laut aus.

Francesca schüttelte Braggs Hand ab und ging langsam auf ihren Schwager zu. »Neil? Warum ziehst du dich nicht in deine Räumlichkeiten zurück? Ich werde einen Dienstboten mit einem Imbiss und einem Glas Cognac hinaufschicken.« Sie wusste, dass er Cognac am liebsten trank.

Er drehte sich zu ihr um und schaute sie an. »Ich habe keinen Hunger. Und ich habe die Dienstboten für heute nach Hause geschickt.«

Francesca hatte die Angst und die Verzweiflung in seinem Blick erkannt. »Ich werde Connie finden, Neil. Sie wird zurückkommen.«

Als sie dies sagte, erlosch der letzte Rest von Wut in Neils Augen, und ihr Ausdruck wurde weicher. Er schüttelte den Kopf. »Ich habe dich auf die schlimmste Art und Weise behandelt, und du bist so freundlich zu mir. Du versuchst mir Hoffnung zu machen.«

»Ja, das tue ich«, sagte sie.

»Ich wünschte, du hättest dich nicht in mein Leben eingemischt, Francesca.«

»Und ich wünschte, du hättest keine Affäre mit einer anderen Frau begonnen.«

»Du hast ja keine Ahnung, was ich tief in meinem Herzen empfinde – was ich für deine Schwester empfinde.«

»Wie kompliziert kann das schon sein?«, fragte sie, ohne einen Hauch von Sarkasmus in der Stimme.

»Überaus kompliziert«, antwortete er ausdruckslos.

Sie blickte ihn forschend an. Offensichtlich hatte Neil ihre

Schwester sehr gern, liebte sie vielleicht sogar. Und offensichtlich stimmte etwas in ihrer Ehe ganz und gar nicht.

Francesca berührte ihn sanft am Arm. »Du darfst nicht gleich das Schlimmste annehmen.«

»Ich kann einfach nicht anders.« Er blickte ihr direkt in die Augen. »Ich fürchte, dass meine Ehe für immer zerstört ist«, sagte er.

Braggs Daimler stand mit laufendem Motor auf der großzügigen, kreisförmigen Auffahrt vor der Villa der Cahills. Francesca saß auf dem Beifahrersitz, die Hände in ihrem Fuchshaarmuff verborgen, der zum Besatz ihres hellbraunen Mantels passte. In ihrem Kopf überschlugen sich die Gedanken. Neil musste sich einfach irren; Connie hatte ihn bestimmt nicht verlassen, und falls doch, dann höchstens für kurze Zeit. Die Connie, die Francesca kannte, würde so etwas niemals tun.

Bragg zog ihre Hand aus dem Muff und ergriff sie. »Früher oder später wird sie schon wieder auftauchen«, sagte er und blickte Francesca an.

»Bitte verschonen Sie mich mit Plattitüden. Sagen Sie mir lieber, was Sie wirklich denken«, erwiderte Francesca, während sie seine Hand umklammerte. Sie fühlte sich so unglaublich stark an. Das ist ein Mann, auf den ich mich verlassen kann, dachte sie.

»Das habe ich Ihnen doch bereits gesagt: Ich halte Connie für labil und ganz und gar nicht so stark, wie alle vermuten, und daher mache ich mir Sorgen um sie.«

»Bragg!«, rief sie entsetzt, und ihr Herz begann vor Angst wie wild zu pochen.

»Aber ich sorge mich nicht um ihr Wohlergehen. Sie wird mit

den Mädchen in einem Hotel untergekommen sein, in einer großzügigen, komfortablen Suite mit gutem Essen.«

Francesca konnte nur hoffen, dass er Recht hatte. »Ich wüsste nicht, wohin sie sonst gegangen sein könnte. Aber warum ist sie nicht hierher gekommen? Das ist doch ihr Zuhause!«, sagte sie und ließ seine Hand los.

»Das hat ihr Stolz nicht zugelassen. Und wahrscheinlich wollte sie etwas Abstand zu ihrem Mann gewinnen.«

Sein Blick wanderte langsam über ihre Züge hinweg, was Francesca ein wenig durcheinander brachte.

»Ich werde Mama oder Papa nichts davon erzählen«, sagte sie rasch. »Sie würden sich viel zu große Sorgen machen. Aber ich werde mich mit Evan und Joel auf die Suche machen und jedes Hotel der Stadt abklappern.«

»Das wäre eine Möglichkeit«, stimmte ihr Bragg zu. »Aber vielleicht sollten Sie Connie einfach für eine Weile in Ruhe lassen.«

Sie starrte ihn entgeistert an. »Das kann doch nicht Ihr Ernst sein, Bragg!«

»Doch, Francesca. Ganz offensichtlich möchte sie allein sein. Wenn sie das Verlangen verspürt, ihre Familie zu sehen, wird sie ihren Aufenthaltsort gewiss bekannt geben.« Er lächelte. »Es ist ja nur ein Vorschlag.«

Francesca seufzte. Bragg hatte wieder einmal Recht. »Woher wissen Sie bloß immer, was das Beste ist?«, fragte sie leicht gereizt.

Er grinste. »Ich bin eben ein wenig älter als Sie.«

»Aber nur acht Jahre.«

Er kniff die Augen zusammen. »Ich wüsste nicht, dass ich Ihnen jemals mein Alter verraten hätte.«

Nun grinste sie ebenfalls. »Ich bin Privatdetektivin, schon vergessen?«

»Wie könnte ich?« Er verdrehte die Augen theatralisch zum Himmel, und sie lachte.

Dann wurde er wieder ernst. »Sie machen sich immer um alles viel zu große Sorgen. Das sehe ich gar nicht gern. Sie können nicht die Last der ganzen Welt auf Ihre Schultern laden, Francesca.«

»Aber ich kann es versuchen«, erwiderte sie mit gespielter Leichtfertigkeit, doch er quittierte ihre Bemerkung nicht mit dem erhofften Lächeln. Zögernd setzte sie hinzu: »Das Gleiche könnte ich übrigens von Ihnen sagen.«

Sie blickten einander an. »Ich werde mich noch einmal mit meinem Halbbruder unterhalten«, sagte er nach einer Weile. Es war, als habe er ihre Bemerkung nicht gehört. »Wenn Sie mich brauchen, zögern Sie nicht, mich anzurufen, Francesca.«

Er stieg aus dem Automobil und ging um die Vorderseite herum, um ihr die Tür zu öffnen.

Sie lächelte ihn an, bevor sie ausstieg. »Ich danke Ihnen, Bragg.«

»Grüßen Sie Ihre Eltern von mir«, sagte er.

Francesca nickte und schritt auf die Haustür zu. Sie spürte, dass Bragg sie dabei beobachtete, und es war ein gutes Gefühl zu wissen, dass es ihm wichtig war, ob sie auch sicher ins Haus gelangte. Offenbar lagen ihm ihr Wohlergehen und das ihrer Familie am Herzen – ob der Grund dafür wirklich in rein freundschaftlichen Gefühlen zu finden war? Das mochte sie nicht so recht glauben.

Als Francesca das Haus betrat, sah sie zu ihrer Erleichterung, dass die Eingangshalle leer war. Sie wollte eine Begegnung mit ihren Eltern unter allen Umständen vermeiden, denn wenn sie ihr Gesicht gesehen hätten, hätten sie sofort gewusst, dass etwas nicht in Ordnung war. Francesca eilte die Treppe hinauf.

Im ersten Stock wandte sie sich der Treppe zu, die in jenen Teil der Villa führte, den ihr Bruder bewohnte. Evan hatte eine ganze Haushälfte für sich allein, damit er dort später einmal mit seiner Familie leben konnte. Sein Teil des Hauses hatte einen eigenen Eingang zur Fifth Avenue, zu dem eine wunderschön geschwungene Auffahrt führte, die von Rasenflächen und Blumenbeeten umgeben war. Eines Tages, wenn Evan eigene Kinder hätte, würden diese direkt vom Grundstück ihres Vaters zu dem ihres Großvaters hinüberlaufen können.

Als Francesca jetzt die mit Marmor ausgelegte Eingangshalle ihres Bruders betrat, die – abgesehen davon, dass sie nur ein Drittel von deren Größe besaß – der Halle im Haus der Cahills glich, begrüßte sie ein Dienstbote mit einem Lächeln. »Miss Cahill?«

»Ist mein Bruder zu Hause?«, fragte Francesca und zog ihren Mantel aus.

»Er befindet sich in der Bibliothek.«

Francesca nickte und eilte den Flur entlang, vorbei an dem großen, vornehmen Salon und dem etwas kleineren Musikzimmer. Die Tür zur Bibliothek stand offen. Es war ein heller, luftiger Raum mit pastellgrüner Tapete und einer weißen Decke. Evans Schreibtisch, das Bücherregal und verschiedene Tische waren aus dunklem Holz gefertigt, und über dem Kamin befand sich ein dunkelgrüner Marmorsims. Ihr Bruder saß auf dem Sofa vor dem Kamin und hatte den Kopf in den Händen vergraben.

Francesca blieb wie angewurzelt stehen. Sie sah, dass Evan noch denselben Smoking wie am Abend zuvor in der Oper trug. Das schwarze Jackett hatte er abgelegt, die silberne Seidenweste aufgeknöpft und die Ärmel seines weißen Hemds aufgekrempelt. Ein gefülltes Whiskeyglas stand auf einem Bei-

stelltisch, wo auch sein Kummerbund und ein Paar goldene, mit Onyx und Diamanten besetzte Manschettenknöpfe lagen.
»Bist du gerade erst nach Hause gekommen?«, fragte Francesca entgeistert. Es war zwei Uhr nachmittags!
Er blickte nicht einmal auf. »Geh weg, Francesca«, sagte er nur.
Sie erstarrte. »Bist du etwa betrunken?«
Evan richtete sich auf, aber bloß, um sich sogleich gegen die Rückenlehne des Sofas sinken zu lassen und seine Schwester mit einem desinteressierten Blick zu mustern. »Ich bin voll wie eine Strandhaubitze, aber was geht dich das an?«
Sie trat auf ihn zu. »Nun, du bist mein Bruder, und ich liebe dich, also geht es mich sehr wohl etwas an.«
Er vollführte eine müde Handbewegung. »Du bist eine gute Schwester, Fran«, sagte er ohne jede Häme.
Sie setzte sich neben ihn. »Du machst einen unglücklichen Eindruck«, flüsterte sie.
»Tue ich das?« Seine dichten, schwarzen Augenbrauen wanderten in die Höhe. »Du meine Güte, warum sollte ich unglücklich sein? Etwa, weil ich Spielschulden von zweihunderttausend Dollar habe, die Vater nicht zu zahlen bereit ist? Oder weil ich in weniger als sechs Monaten vor dem Altar stehen werde und einer Frau, für die ich nicht das Geringste empfinde, schwören werde, sie zu lieben und zu ehren, bis dass der Tod uns scheidet? Großer Gott!« Er stöhnte.
Francesca ergriff seine Hand, ehe er sie nach dem Whiskey-Glas ausstrecken konnte. »Vielleicht wirst du Sarah ja mit der Zeit lieben lernen«, flüsterte sie, obwohl sie tief in ihrem Innern wusste, dass es nicht dazu kommen würde. Evan bevorzugte einen ganz anderen Frauentyp. Die Damen, denen er seine Aufmerksamkeit schenkte, waren alle auf eine bestimmte

Art extravagant. Sarah war eine großartige Künstlerin, aber im Vergleich zu den anderen ein graues Mäuschen. Evan und sie hatten einfach nichts gemein.

»Das bleibt zu hoffen«, erwiderte Evan und zuckte niedergeschlagen mit den Schultern.

»Vielleicht solltest du sie überhaupt erst einmal richtig kennen lernen, Evan. Besuch sie doch einmal in ihrem Atelier. Wenn du erst ihre Kunst siehst, änderst du möglicherweise deine Meinung über sie.«

Er warf ihr einen düsteren Blick zu. »Welchen Unterschied könnten ihre Talente schon ausmachen?«

Francesca seufzte. »Sarah ist eine leidenschaftliche Frau, Evan, ihre Leidenschaft liegt nur im Verborgenen.«

Er lachte. »Glaubst du das wirklich? Tut mir Leid, Fran, aber du bist wirklich schrecklich naiv.« Er tätschelte ihren Kopf.

»Ach, hör auf damit!«, fuhr sie ihn an. »So naiv, wie du glaubst, bin ich gar nicht.« Sie schob seine Hand weg.

»Du hältst Bragg für einen Märchenprinzen«, erwiderte er.

»Tu ich nicht.«

»Du bist in ihn verliebt.«

»Das ist nicht wahr!«

»Du glaubst, du kannst irgendwann doch noch Mrs Polizeicommissioner werden«, sagte er mit einem triumphierenden Unterton. Er hob sein Glas wie zu einem Toast und nahm einen Schluck. »Mama wird dir das niemals erlauben.«

»Hast du schon einmal erotisches Spielzeug gesehen? Ich schon«, sagte Francesca mit ausdrucksloser Stimme.

Evan hätte sich beinahe verschluckt. »Wie bitte?«, fragte er entgeistert.

»Du hast schon richtig gehört.« Sie musste sich ein Lachen verkneifen.

»Ich werde den Kerl umbringen.« Vor Wut lief Evan rot an. »Ich werde Bragg umbringen, falls er dich auch nur angefasst haben sollte!«

»Nein, das wirst du nicht, weil dich meine Beziehung zu ihm nichts angeht. Außerdem hat das Spielzeug nicht ihm gehört, sondern einer möglichen Mordverdächtigen.«

»Wie bitte?« Evan sprang auf, wobei er kaum schwankte. Eines muss man ihm lassen, dachte Francesca, er verträgt offenbar einiges. »Sag bloß nicht, dass du dich wieder in irgendeine gefährliche Situation gebracht hast! Hast du denn deine Lektion immer noch nicht gelernt?«

»Doch, das habe ich.« Sie erhob sich ebenfalls. »Evan, Connie hat Montrose verlassen und die Mädchen mitgenommen.«

Er erstarrte.

»Ich habe keine Ahnung, wo sie steckt. Montrose ist furchtbar wütend – auf mich übrigens –, und wir dürfen Mama und Papa nichts davon erzählen«, fügte Francesca eilig hinzu.

Er ergriff ihre Schultern mit beiden Händen. »Es ist wohl an der Zeit, dass du mir einmal einiges erklärst«, sagte er, und plötzlich kam er ihr überhaupt nicht mehr betrunken vor.

»Ich hab mich schon gefragt, wo Sie stecken«, sagte Joel, als sie ihn zwei Stunden später, nach dem sonntäglichen Mittagessen, vor dem Haus traf. Evan hatte sich geweigert, daran teilzunehmen, und es stattdessen vorgezogen, seinen Rausch auszuschlafen – allerdings erst, nachdem er Francesca ermahnt hatte, sich niemals wieder in das Privatleben anderer Leute einzumischen, und ganz besonders nicht in Connies. Offenbar gab er, genau wie Neil, Francesca die Schuld an der Trennung – wenn es denn überhaupt eine Trennung war. Wie Bragg hatte Evan geraten, sie solle Connie in Ruhe lassen, da diese sich gewiss melden würde, wenn sie ihre Schwester sehen wollte.

Connie, Neil und die Mädchen kamen sonntags oft zum Mittagessen in die Villa der Cahills, aber Montrose hatte angerufen und seine Familie entschuldigen lassen. Julia hatte Francesca fragend angeschaut, als sie von dem Anruf erzählte, doch sie hatte eine Unschuldsmiene aufgesetzt.

Nach dem Essen hatte Francesca ihre Eltern gebeten, die kleinere der beiden Kutschen für einige Höflichkeitsbesuche benutzen zu dürfen.

Jetzt wies sie den Kutscher an, noch einmal zum Haus der Witwe Randall zu fahren.

»Joel, wir müssen unbedingt Miss de Labouche finden«, wandte sie sich dann an den Jungen. »Hast du herausgefunden, wo Mr Anthony wohnt?«

»Bis jetzt noch nich«, erwiderte er und rieb mit beiden Händen über die Ärmel seines Mantels. »Anthony muss ein seltsamer Vogel sein. Keiner scheint zu wissen, wo er wohnt, und er ist die letzten Abende nirgendwo in der Stadt aufgetaucht. Das *Willard's* auf dem West Broadway ist seine Stammkneipe, da haben sie ihn aber seit Freitag nich mehr gesehen.«

Francesca blickte ihn an. Freitag – der Mordabend. »Ist das denn ungewöhnlich für ihn?«

Joel nickte. »Er taucht da wohl fast jeden Abend für eine oder zwei Runden auf.«

»Geht Mr Anthony einem ehrbaren Beruf nach?«, fragte Francesca.

Joel grinste. »Wie ich schon sagte, er spielt gern. Und er soll ein guter Hochstapler sein.«

»Ein Hochstapler?« Francesca schnappte nach Luft.

»Sieht ganz so aus«, erwiderte Joel schulterzuckend.

Francesca seufzte. Offenbar war Anthony kein anständiger Mensch, und seine Schwester besaß auch nicht gerade den besten Ruf. Vielleicht hatte Bragg ja doch Recht, und man musste Georgette wirklich zum Kreis der Verdächtigen zählen. Auf jeden Fall schien jetzt nicht nur sie, sondern auch ihr Bruder verschwunden zu sein.

»Hören Sie mal, Miss, Bess, 'ne Freundin von mir, ist heute Morgen aus dem Stadtgefängnis rausgekommen. Die hatten ihr was angehängt, an dem sie nicht schuld war. Aber viel wichtiger ist, dass Bess Ihre neuen Freundinnen kennt«, sagte Joel.

»Daisy und Rose?«, fragte Francesca gespannt. »Los, erzähl schon!«

»Sie hat gehört, wie sich die beiden unterhalten haben, bevor sie getrennt wurden, und wissen Sie was?« Joel lehnte sich zu ihr hinüber und flüsterte ihr zu: »Hart lügt. Er war Freitagabend gar nich bei den beiden. Sie hatten andere Freier.«

Francesca starrte entgeistert Joel an. »Ach, du meine Güte!«, sagte sie.

Als Francesca um kurz vor fünf bei Henrietta Randall eintraf, wurde sie erneut in den Salon geführt, in dem sie sich bereits am Vormittag aufgehalten hatte. Allerdings nahm sie dieses Mal Joel mit hinein. Das Hausmädchen teilte ihr mit, dass Mr Randall sehr bald herunterkommen würde.

»Komisches Zimmer!«, sagte Joel und rümpfte die Nase, während er einen Porzellan-Delfin mit Goldtressen um den Körper berührte. »Was zum Kuckuck ist das?«

»Die meisten Leute halten es für einen Fisch, aber es ist eigentlich ein Säugetier, da es Luft atmet. Ich glaube, man nennt es einen Tümmler, Joel.«

Francesca, die in dem Salon auf und ab geschritten war, blieb wie angewurzelt stehen, als plötzlich ein Mann ihres Alters im Türrahmen auftauchte.

»Miss Cahill?«, fragte er. Er war mittelgroß, hatte dunkelbraunes Haar und war weder besonders attraktiv noch unscheinbar.

»Guten Tag. Sie müssen Bill Randall sein.« Francesca lächelte herzlich und reichte ihm eine ihrer Karten. Während er einen Blick darauf warf, sagte sie: »Das mit Ihrem Vater tut mir sehr Leid.«

Er steckte ihre Karte in die Tasche seiner Hausjacke und betrat das Zimmer. Sein Blick war verzweifelt und voller Schmerz. »Und? Werden Sie das Verbrechen aufklären?«

»Das hoffe ich sehr«, erwiderte Francesca.

Er lächelte. »Sie kommen mir ein wenig jung vor für eine Detektivin.«

»Ich glaube, wir sind ungefähr im gleichen Alter.«

»Ich bin einundzwanzig.«

»Und ich zwanzig«, sagte sie.

Wieder lächelten sie einander an. Dann forderte Bill sie auf, Platz zu nehmen, und fragte, ob sie eine Erfrischung wünsche. Francesca lehnte dankend ab. »Ich habe gerade erst zu Mittag gegessen.«

Er nickte. »Wie kann ich Ihnen behilflich sein? Und wer ist der Junge?«

»Joel ist mein Gehilfe. Er ist überaus vertraut mit der Stadt und hat eine wichtige Rolle bei meinem letzten Fall gespielt.« Joel strahlte, als er ihre Worte vernahm.

»Eigentlich war ich davon ausgegangen, dass dies Ihr erster Fall ist«, sagte Bill überrascht.

»Nein.« Sie schüttelte nachdrücklich den Kopf. »Ich habe

bei der Aufklärung der Burton-Entführung eng mit der Polizei zusammengearbeitet.« Sie ließ ihn die Neuigkeit erst einmal in sich aufnehmen. Die Entführung war in der Presse als »Jahrhundertverbrechen« bezeichnet worden, und Bill schien entsprechend beeindruckt zu sein. »Haben Sie eine Ahnung, wer Ihren Vater erschossen haben könnte?«, fragte Francesca.

Er erhob sich. »Ich glaube, Mary hat Ihnen bereits mitgeteilt, wer unseren Vater so sehr gehasst hat, dass er nicht davor zurückgeschreckt wäre, ihn kaltblütig zu ermorden.« Seine Augen funkelten.

»Sie teilen also die Meinung Ihrer Schwester?«

»Ja.«

»Halten Sie Calder Hart für einen bösen Menschen?«

»Hat Mary das gesagt?« Er zuckte mit den Schultern. »Er ist ein schlechter Mensch, der es genießt, andere Menschen zu verletzen – er hat es unglaublich genossen, unserer Familie wehzutun.«

Francesca war ein wenig unbehaglich zumute. Sie hoffte, dass Bill Randall übertrieb, konnte sich aber durchaus vorstellen, dass Hart eine grausame Seite besaß. »Auf welche Weise hat er Ihrer Familie wehgetan?«

Bill warf ihr einen kühlen Blick zu. »Er ist eines Tages bei uns aufgetaucht und hat sich vorgestellt. Für meine Mutter brach in diesem Moment eine Welt zusammen. Ist das nicht schon ausreichend?«

Francesca konnte sich vorstellen, welch einen Schock ein solcher Vorfall auslösen musste – da tauchte ein Mann wie aus dem Nichts auf und behauptete, der Sohn des eigenen Mannes zu sein. »Wann war das?«

»Was hat das mit dem Mord an meinem Vater zu tun?«

»Ich versuche, mich in Calder Hart hineinzuversetzen«, erwiderte Francesca. Sie fragte sich, ob Bill womöglich ebenfalls seinen eigenen Vater gehasst hatte, weil er seine Mutter derart verletzt hatte.
»Vor zehn Jahren. Ich werde den Tag niemals vergessen. Es war ein sehr heißer Sommertag, und wir waren gerade mit Packen beschäftigt, weil wir unsere Ferien in den Adirondacks verbringen wollten. Ich war elf Jahre alt. Der Sommer war damit natürlich für uns ruiniert.«
»Es muss ein großer Schock gewesen sein.«
Bill erwiderte nichts.
»Haben Sie heute schon einen Blick in die Zeitung geworfen?«
»Ja«, erwiderte Bill schroff.
»Insbesondere in die *Times?«*
»Es wäre mir lieber, wenn Sie mir eine offene Frage stellen würden, Miss Cahill.« Mittlerweile klang Bills Tonfall gar nicht mehr freundlich.
Francesca zögerte. »Ich würde gern erfahren, wie viel Sie über das Privatleben Ihres Vaters wussten.«
»Ich wusste schon seit einigen Jahren von seiner Mätresse.«
Francesca erhob sich. Sie wollte zwar keine vorschnellen Schlüsse ziehen, aber möglicherweise besaß auch Bill ein Motiv für den Mord. »Wusste auch Ihre Mutter darüber Bescheid? Und Mary?«
Sie sah, dass sein Gesicht einen angespannten Ausdruck annahm. »Warum?«, fragte er.
»Ich versuche, ein sehr kompliziertes Puzzle zusammenzusetzen, Bill. Bitte haben Sie noch ein wenig Geduld mit mir.«
Er seufzte. »Mutter weiß es ebenfalls seit ein paar Jahren, und es war wahrlich nicht leicht für sie. Aber Mary – nun ja, sie liebte Vater so abgöttisch, dass wir es vor ihr verschwiegen

haben. Ich glaube nicht, dass sie bis zum heutigen Morgen etwas über diese Hure gewusst hat.«

Erneut dachte Francesca, dass Bill seinem Vater dessen Affären wohl niemals vergeben hatte. Und was war mit der verletzten und gekränkten Ehefrau? Doch Francesca glaubte, Henrietta als mögliche Mörderin ausschließen zu können. Die Witwe schien – trotz all des Kummers, den Randall ihr bereitet hatte – wirklich sehr traurig über seinen Tod zu sein. Immerhin hatte sie auch bereits seit Jahren von Georgette gewusst, warum hätte sie sich also jetzt erst rächen sollen? Dennoch wollte Francesca keine vorschnellen Schlüsse ziehen.

»Das tut mir Leid. Mary muss zutiefst erschüttert sein«, sagte sie.

»Das ist sie in der Tat. Ich glaube nicht, dass sie schon wirklich begriffen hat, dass Vater ein Doppelleben geführt hat.«

»Mary behauptet, dass Hart Ihren Vater erpresst hat. Wussten Sie davon?«

Bill lachte ohne jede Heiterkeit. »Sie ist verrückt! Hart soll Vater erpresst haben? Falls das der Fall gewesen sein sollte, so hat mir niemand davon erzählt.«

Francesca atmete erleichtert auf.

»Sie versuchen also den Hauptverdächtigen zu entlasten, Miss Cahill?«

»Ist das so offensichtlich?«

»Allerdings.«

»Ich bin mit seinem Bruder befreundet und außerdem der Überzeugung, dass er gar nicht so schlecht ist, wie er die ganze Welt glauben machen will.«

»Wenn das Ihre Meinung ist, möchte ich bezweifeln, dass Sie diesen Fall lösen werden«, entgegnete Bill scharf.

Francesca starrte ihn erstaunt an.

Sein Gesichtsausdruck veränderte sich. »Bitte verzeihen Sie, das war sehr unhöflich von mir«, sagte er zerknirscht. »Obgleich ich das Doppelleben meines Vaters nicht gutgeheißen habe, bin ich ebenso bestürzt über seinen Tod wie jeder andere in diesem Haus«, erklärte er mit reuigem Blick.
Francesca lächelte höflich, fragte sich aber insgeheim, ob das wirklich der Wahrheit entsprach.
Plötzlich betrat Mary das Zimmer. Sie war blass und wirkte furchtbar angespannt, doch ihre Augen funkelten. »Bill, Hart hat Papa wirklich erpresst«, sagte sie ohne Umschweife. Ganz offensichtlich hatte sie vor der Tür gestanden und gelauscht. »Du weißt nicht, was hier alles passiert ist, während du fort warst.« Sie warf Francesca einen wütenden Blick zu.
Bill trat auf sie zu. »Bitte geh wieder auf dein Zimmer und leg dich hin, ja? Ich werde mich schon mit Miss Cahill befassen. Möchtest du ein wenig Laudanum haben?«, fragte er in einem Tonfall, der freundlich und bestimmt zugleich war.
Mary verzog das Gesicht. »Nein ... ja, vielleicht doch. Ach, ich weiß nicht. Bitte glaub mir! Hart hat Papa gesagt, er würde der ganzen Welt erzählen, dass er sein unehelicher Sohn ist und wie hoch Papa verschuldet ist. Ich habe es mit angehört. Papa hatte Angst und war am Boden zerstört, und Hart hat sich amüsiert.« Sie wandte sich Francesca zu. »Ich hasse ihn! Er ist der Mörder, daran besteht kein Zweifel!«
»Ich kann verstehen, was Sie empfinden«, sagte Francesca leise. Es sah gar nicht gut aus für Hart. Wenn man Joels Freundin Glauben schenken konnte, ließ sich Harts Alibi nicht bestätigen, und nun bestand Mary auch noch darauf, dass er seinen Vater erpresst hatte. In der Tat konnte sich Francesca sehr gut vorstellen, dass Hart auf die von Mary beschriebene Weise mit Randall gespielt hatte.

Dennoch hatte sie gelogen, als sie behauptete, am Morgen des Mordtages eine Unterhaltung auf der Straße belauscht zu haben. Aber warum nur?

»Können Sie das?«, erwiderte Mary streitlustig. Sie schüttelte den Kopf. Mit einem Mal liefen ihr die Tränen über die Wangen, und sie stürzte aus dem Zimmer.

Bill eilte an Francesca vorbei, um seiner Schwester zu folgen. Und plötzlich hatte Francesca den Eindruck, dass er ihr irgendwie bekannt vorkam.

Die schmalen Schultern, das dunkle Haar, die kleinen, flinken Schritte.

Francesca erstarrte, als ihr urplötzlich klar wurde, wen sie da vor sich hatte.

An der Tür drehte sich Bill Randall noch einmal um. »Gibt es noch etwas, das ich für Sie tun kann, Miss Cahill?«

Sie hielt unwillkürlich den Atem an. Vor ihr stand der Mann, der sich wenige Stunden nach dem Mord heimlich in Georgette de Labouches Haus geschlichen hatte.

Kapitel 13

SONNTAG, 2. FEBRUAR 1902 – 18 UHR

Francesca war in heller Aufregung. Als sie wieder draußen auf der Straße war, blieb sie unter dem Lichtkreis einer Laterne stehen und versuchte ihre Gedanken zu sammeln. Es hatte zu schneien begonnen; dicke, weiche Flocken tanzten im Licht der Laterne.

»Was ist los? Stimmt was nicht?«, fragte Joel und zupfte am Ärmel ihres Mantels.

Sie nahm ihn gar nicht richtig wahr. Bill Randall hatte Georgette de Labouches Haus am Freitagabend gegen Mitternacht betreten, einen Blick auf die Leiche seines Vaters geworfen, geflucht und war wieder verschwinden.

Sie konnte sich allerdings nicht vorstellen, dass er der Mörder war.

Doch aus irgendeinem Grund hatte er offenbar gewusst, dass die Leiche dort lag. Er war nicht überrascht gewesen, sie dort vorzufinden – sein Verhalten hatte darauf hingedeutet –, und die Tatsache, dass er nicht gleich zur Polizei gelaufen war, machte die ganze Sache nur noch mysteriöser.

Wollte er möglicherweise jemanden decken?

War er ein Komplize des Mörders?

Plötzlich standen Mary und Henrietta auf der Liste der Verdächtigen doch ganz oben. Aber Mary hatte ihren Vater über alles geliebt, und Henrietta wusste schon seit Jahren, dass ihr Mann eine Mätresse hatte.

Francesca spürte Joels Hand auf ihrem Arm und blickte auf ihn hinunter.
»Was ist los?«, wiederholte er beharrlich. »Wenn ich Ihr Gehilfe sein soll, müssen Sie's mir sagen.«
Sie beugte sich zu seinem Ohr hinunter. »Randall war in der Mordnacht bei Miss de Labouche. Wegen ihm habe ich mich in der Küche versteckt.«
»Brat mir einer 'nen Storch!«, rief Joel. Dann kniff er die Augen zusammen und fuhr fort: »Das ist aber komisch.«
»Allerdings. Er hat mich angelogen, Joel. Bill Randall war am Mordabend bereits in der Stadt.« Ob Bill wohl der Mörder sein konnte, der noch einmal an den Ort seines Verbrechens zurückgekehrt war? Francesca glaubte nicht daran. Wie verzwickt dieser Fall doch war!
»Joel, du musst jetzt nach Hause. Ich nehme eine Mietdroschke, damit dich mein Kutscher zurückbringen kann.« Francesca fragte sich, ob sie zu Bragg fahren und ihm alles erzählen sollte, was sie in den letzten Stunden erfahren hatte; doch sie zögerte. Zunächst wollte sie Hart einige Fragen stellen. Es war kurz nach sechs Uhr, möglicherweise würde sie ihn zu Hause erwischen. Später würde er gewiss noch ausgehen, und danach wollte sie ihn nicht mehr besuchen.
Zu Bragg konnte sie dagegen jederzeit gehen.
»Ich muss noch nich nach Hause«, protestierte Joel.
»Es ist Sonntag. Du solltest deiner Mutter helfen.« Sie schwieg für einen Augenblick. »Ich habe morgen zwei Seminare«, fuhr sie dann nachdenklich fort. »Können wir uns gegen zwölf vor unserer Villa treffen? Wir müssen noch einmal mit den Randalls sprechen und unbedingt Georgette de Labouche ausfindig machen«, fügte sie mit Nachdruck hinzu. »Ich möchte dringend einmal ein Wörtchen mit ihr wechseln!«

»Ich kann mich ja morgen Vormittag mal umhören, während Sie im Unterricht sind. Sie muss doch Freunde gehabt haben. Irgendjemand wird schon wissen, wo sie steckt«, sagte Joel.
Francesca strahlte ihn an und tätschelte seine Schulter. »Das wäre ganz wundervoll«, sagte sie. »Vielleicht gelingt es dir ja auch, ihren Bruder aufzuspüren.«
Nachdem er in die Kutsche geklettert war, schloss sie die Tür und trug Jennings auf, zu Harts Villa zu kommen, sobald er Joel in der Avenue A abgesetzt hatte. Die Kutsche fuhr davon, und Francesca trat auf die Straße, um nach einer Droschke Ausschau zu halten. Sie hatte Glück, denn in diesem Moment kam eine die Straße heruntergefahren. Francesca hob die Hand und winkte sie heran.

Als sie an Harts Haustür von dem weißhaarigen Butler begrüßt wurde, den sie noch von ihrem letzten Besuch kannte, wurde sie plötzlich nervös.
»Ist Mr Hart zu Hause?«, fragte sie und lächelte verkrampft.
»Mr Hart empfängt keine Besucher.«
Sie errötete, rührte sich aber nicht von der Stelle. Vielleicht war ja gerade eine seiner »Freundinnen« zu Gast. Sie zögerte einen Moment und fuhr dann fort: »Es handelt sich um eine sehr dringende Angelegenheit. Sind Sie sich sicher, dass er mich nicht empfangen wird?« Sie hielt ihren Muff mit einer Hand fest und öffnete mit der anderen ihre Handtasche, um eine ihrer Visitenkarten hervorzuholen.
»Mr Hart ist indisponiert, Miss Cahill«, sagte der Butler, der offenbar Engländer war und sie wiedererkannt hatte.
Die Art und Weise, wie er dies sagte, gefiel ihr ganz und gar nicht, und sie blickte ihn forschend an. »Ich hoffe, er ist wohlauf«, sagte sie.

Der Mann zögerte; offensichtlich rang er mit sich, ob er gegen die guten Sitten seines Berufsstandes verstoßen sollte. »Er ist indisponiert, Madam«, wiederholte er dann aber mit fester Stimme und hätte wohl gern die Tür geschlossen, wartete jedoch darauf, dass sie sich zum Gehen wandte.

»Ist er krank?«, erkundigte sich Francesca und trat an dem Butler vorbei in die riesige Eingangshalle mit den beiden Skulpturen und dem schrecklich pietätlosen Gemälde eines Künstlers namens Caravaggio.

»Madam, seine Anweisungen waren überaus präzise. Er wünscht keine Besucher zu empfangen.«

»Den Teufel wünsche ich!«

Francesca zuckte zusammen, fing sich aber schnell wieder. Hart stand am gegenüberliegenden Ende der Halle und starrte sie mit einem schiefen Grinsen an, das Francesca irgendwie gefährlich vorkam.

»Kommen Sie nur herein, Miss Cahill. Ach, und Alfred, hatte ich nicht erwähnt, dass ich für die Cahill-Schwestern *immer* eine Ausnahme mache?«

Alfred verbeugte sich. »Nein, das hatten Sie nicht, Sir.«

»Dann wissen Sie jetzt, dass die Damen unbeschränkten Zutritt zu meinem Haus haben.« Hart grinste Francesca erneut an.

Sie blickte ihn mit großen Augen an. Er war unrasiert und hielt eine dicke Zigarre in der Hand. Unter der lose zugebundenen samtenen Hausjacke mit dem türkischen Muster trug er ein arg zerknittertes Hemd. Das dichte, dunkle Haar fiel ihm in die Stirn. Seine Hose erweckte den Eindruck, als habe er darin geschlafen. Trotz seiner leicht zerknitterten Erscheinung fand Francesca ihn geradezu beunruhigend attraktiv. Doch ihr Instinkt sagte ihr, dass irgendetwas nicht stimmte, und derselbe Instinkt riet ihr, mit allergrößter Vorsicht vorzugehen.

»Nur hereinspaziert, Miss Cahill«, sagte Hart mit einem strahlenden Lächeln.
»Vielen Dank«, erwiderte Francesca steif. Sie reichte Alfred ihren Mantel, den Muff, die Handschuhe und den Hut und begann den großen Raum zu durchqueren. Hart rührte sich nicht von der Stelle. Er lehnte an dem Messinggeländer der breiten, geschwungenen Treppe am anderen Ende der Eingangshalle und beobachtete Francesca, während sie auf ihn zuging.
Warum hatte sie bloß das Gefühl, als würde sie die Höhle des Löwen betreten?
Er grinste aufs Neue. Im Unterschied zu Bragg hatte Hart nur ein Grübchen, aber es saß an der gleichen Stelle. »Was für eine angenehme Überraschung.«
Als sie vor ihn trat, stellte sie bestürzt fest, dass er nach Whiskey roch. »Haben Sie etwa getrunken?«
»Aber gewiss.« Er nahm ihre Hand und hakte sie bei sich unter. »Ich feiere, haben Sie das etwa schon vergessen?«
Hart zog Francesca dicht an sich heran. Er war ein muskulöser Mann, von etwas kräftigerer Gestalt als Bragg, obgleich die Brüder beinahe gleich groß und gleich schwer waren. Francesca versuchte instinktiv, ein wenig von ihm abzurücken, doch er hielt sie fest, während er sie in die Tiefen des Hauses hineinführte.
»Sie sind betrunken«, sagte sie mit unsicherer Stimme. Plötzlich kam ihr der Gedanke, dass sich die Brüder doch ähnlicher waren, als sie zugeben wollten. Das letzte Mal, als sie sich in der Gegenwart eines betrunkenen Mannes befunden hatte, war es Bragg gewesen, und es hatte zur Folge gehabt, dass sie sich geküsst hatten – auf eine höchst gewagte und unvergessliche Art und Weise.

»Ja, ich gestehe, ich habe ein wenig zu tief ins Glas geschaut«, erwiderte Hart fröhlich. »Und jetzt tut mir nichts mehr weh.« Er schenkte ihr ein warmes Lächeln, und ihr Herz vollführte unwillkürlich einen Hüpfer. In diesem Moment begriff sie, warum er jede Frau bekam, die er haben wollte; sein Charme übte eine geradezu hypnotisierende Wirkung aus.
»Sie sollten wohl besser nichts mehr trinken«, flüsterte sie. »Und würden Sie bitte meinen Arm loslassen?«
»Aber warum denn?«, fragte er und führte sie in eine große, atemberaubende Bibliothek. Nicht nur Bücher und Kunstwerke – sowohl Gemälde als auch Skulpturen – füllten den Raum, sondern auch ein halbes Dutzend Sitzmöglichkeiten. In der hintersten Ecke stand ein großer Schreibtisch, an dem Hart wohl gemeinhin arbeitete.
Die Kunstwerke bestanden aus Landschaften, Porträts, Akten und Darstellungen aus Mythologie und Religion. Es gab keine vorherrschende Stilrichtung, Impressionismus und Realismus waren gleichsam vertreten.
»Weil Sie mir zu nahe treten«, erwiderte sie scharf.
Er lachte und drehte sie so, dass er sie in den Armen hielt. »Ist das denn ein Verbrechen?«, fragte er und blickte ihr tief in die Augen.
Sie duckte sich, entschlüpfte seiner Umarmung und verspürte sogleich eine unglaubliche Erleichterung. »Wir sind Fremde!«
»Sind wir das? Aber Sie sind in meinen Bruder verliebt. So fremd sind wir einander also doch nicht, meine süße Francesca.« Seine Augen funkelten.
Sie schluckte. »Glauben Sie doch, was Sie wollen. Ich –«
»Das tue ich immer.« Zu ihrer Erleichterung entfernte er sich von ihr.

Francesca griff nach dem Kragen ihres Kleides und lockerte ihn ein wenig. Sie war sich sicher, dass Hart es genoss, mit ihr zu spielen.

Mit einem Glas in der Hand wandte er sich von der wunderschönen, mit Marmor und Spiegeln verkleideten Bar ab. »Ist Ihnen warm?«, fragte er unschuldig.

»Ja. Nein. Mr Hart, ich muss mit Ihnen reden.«

Er lachte und nahm einen Schluck Whiskey.

»Was ist denn so lustig?«

»Das Leben ist lustig, finden Sie nicht auch?« Für einen kurzen Moment verschwand das Lächeln von seinem Gesicht, und er starrte auf das Glas in seiner Hand. »Lustig, unberechenbar ... irrsinnig.«

Sie konnte fühlen, dass sein Schmerz sehr tief ging. »Sie müssen sich nicht betrinken, Mr Hart. Warum lassen Sie nicht einfach Ihren Tränen freien Lauf?«

Die anfängliche Überraschung in seinem Blick wich einer eisigen Kälte. »Und worum sollte ich Ihrer Meinung nach weinen? Doch wohl nicht um diesen verdammten Randall?«

Sie nickte und hielt ihre Hände dabei fest umklammert.

»Den Teufel werde ich tun!«, stieß er hervor, hob das Glas und schleuderte es mit aller Kraft durch das Zimmer.

Francesca stieß einen spitzen Schrei aus, als es an der gegenüberliegenden Wand – auf einem in Öl gemalten Blumenarrangement – zersplitterte.

»Scheiße! Hauen Sie ab!«, sagte er, ohne sie anzusehen, und wandte sich erneut der Bar zu. Francesca sah, dass er zitterte.

Sie nahm all ihren Mut zusammen. »Ich glaube, Sie sollten jetzt nicht allein sein, Mr Hart.«

Er goss sich einen weiteren Drink ein. Dann drehte er sich um und lehnte sich mit der Hüfte gegen die Marmorplatte.

»Oh, jetzt wollen Sie mich also trösten?«, fragte er spöttisch.
»Ja, aber nicht auf die Weise, wie es Ihr Tonfall andeutet.« Francesca blieb regungslos stehen. Sie hatte Angst, dass sie instinktiv fliehen würde, wenn sie auch nur einen Muskel rührte.
»Warum denn nicht? Sie sind eine ungewöhnliche Frau. Eine besondere, vielleicht sogar ein wenig exzentrische Frau. Ich könnte mir denken, dass Sie nicht viel übrig haben für die Regeln der Gesellschaft.« Er starrte sie mit seinen strahlenden Augen durchdringend an.
Sie atmete tief durch. »Ja, man könnte mich wohl als exzentrisch bezeichnen, da stimme ich Ihnen zu. Und so manche Regel ist da, um gebeugt oder gebrochen zu werden – aber beileibe nicht alle.«
Er setzte das Glas ab und trat langsam auf sie zu. Francesca erstarrte, als er seine Hände auf ihre Schultern legte. »Sie und ich, wir sind uns sehr ähnlich«, flüsterte er.
»Nein, das sind wir nicht«, gab sie zurück.
Er grinste. »Wir sind beide exzentrisch, und niemand versteht uns. Sie reden hinter vorgehaltener Hand über uns.« Er zuckte mit den Schultern. »Aber das ist uns egal. Wir leben so, wie es uns gefällt.«
Francescas Herz schlug wie wild. »Bitte lassen Sie mich los«, flüsterte sie, während ihr die Gedanken durch den Kopf jagten. Es lag ein Körnchen Wahrheit in dem, was er sagte. Auch sie hatte schon oft gedacht, dass niemand sie verstand, außer ihrem Vater und – so glaubte sie zumindest – Bragg. Aber Hart irrte zugleich auch gewaltig. »Es ist mir ganz und gar nicht egal, was die Leute sagen oder denken, und ich glaube, Ihnen geht es ebenso.«
Er ließ sie los und lachte. »Nein, Francesca, da irren Sie sich. Es schert mich einen Dreck, was die Welt über mich sagt. Das

war einmal anders, aber das liegt viele Jahre zurück. Ich habe erkannt, dass es falsch ist, so zu denken, und seitdem bin ich über solche Torheit hinaus.«

»Das glaube ich nicht«, flüsterte Francesca, die ihren Blick nicht von ihm lösen konnte.

Er legte seinen Zeigefinger unter ihr Kinn und hob es an. »Wie kommt es nur, dass Sie und Ihre Schwester so verschieden sind? Sie ist so anständig, so korrekt, Sie dagegen sind eine Frau mit leidenschaftlichen Neigungen.«

»Ich bin Reformistin«, sagte Francesca und fragte sich, ob er sie wohl küssen würde, wovor sie schreckliche Angst hatte. Sie zitterte am ganzen Körper, war aber dennoch nicht völlig immun gegen seinen Charme und seine männlichen Reize. Wie konnte das sein? »Bitte nehmen Sie Ihre Hand von meinem Gesicht«, sagte sie.

»Warum? Wollen Sie sich etwa für Ihren Ehemann aufsparen? Oder für meinen Bruder?« Dann ließ er seine Hand fallen, nachdem er sie erneut mit einem durchdringenden Blick gemustert hatte.

Sie wich zurück, doch selbst ein Abstand von einigen Metern und ein ziemlich großer Sessel, der zwischen ihnen stand, schienen ihr nicht genug Schutz zu bieten. »Ich bin keine Abenteurerin.«

Er schenkte ihr ein schiefes Grinsen. »Wie leicht ich das widerlegen könnte.«

Sie befeuchtete ihre Lippen. »Bitte versuchen Sie es erst gar nicht.«

Er sah sie an, und einen Moment lang schwiegen sie beide.

»Es tut mir Leid«, sagte er dann zu ihrem Erstaunen. »Es liegt am Alkohol. Ich mag Sie, Miss Cahill, und ich muss mich entschuldigen.«

»Es liegt gewiss nicht am Alkohol, sondern es sind der Schmerz und die Trauer, die aus Ihnen sprechen.«

Er warf ihr einen wütenden Blick zu und ging zur Bar zurück. Sie sah, dass er leicht schwankte, und stellte erstaunt fest, dass er doch betrunkener war, als sie angenommen hatte. »Mr Hart? Dürfte ich Ihnen einige Fragen stellen?«

Er seufzte, nahm seinen Drink und ließ sich in einen großen roten Sessel fallen. »Wenn es sein muss.«

Sie nahm vorsichtig in einem Sessel gegenüber von ihm Platz. Ein kleiner Tisch stand zwischen ihnen. Es war albern, zu hoffen, dass ihn irgendein Möbelstück in Schach halten könnte, wenn er sich tatsächlich entscheiden sollte, einen unschicklichen Annäherungsversuch zu unternehmen.

Er schien ihren Gedanken erraten zu haben und lachte. »Ich werde Sie schon nicht beißen, glauben Sie mir. Wenn es sein muss, habe ich mich durchaus in der Gewalt, liebste Francesca.«

Sie saß wie erstarrt da und presste die Handflächen gegeneinander. »Ich vertraue Ihnen«, log sie.

»Schwachsinn!«, erwiderte er.

Sie errötete.

»Sie haben doch gewiss schon Schlimmeres gehört?«

»Würden Sie auch vor Connie auf diese Weise reden?«, fragte Francesca spitz.

Er betrachtete sie mit einem langen, nachdenklichen Blick. »Ja, das würde ich. Ich rede immer, wie mir der Schnabel gewachsen ist. Wenn es jemandem nicht gefällt, muss er mir ja nicht mehr Gesellschaft leisten. Es ist eigentlich ganz simpel.«

Ihre Augen weiteten sich. »Ich glaube nicht, dass irgendein Aspekt Ihres Charakters oder irgendetwas, was Sie tun, simpel ist.«

Er grinste zufrieden. »Und Sie sind ebenfalls ein schlauer Kopf. Ich beginne langsam zu begreifen, warum Bragg sich so zu Ihnen hingezogen fühlt. Also, dann erzählen Sie doch mal. Wie geht es Ihrer Schwester? Sie beide könnten Zwillinge sein, so ähnlich sehen Sie einander. Außer, dass Sie ein paar Zentimeter größer sind und Ihr Haar und Ihre Haut, ja selbst Ihre Lippen noch ein wenig goldener sind.« Er musterte ihren Mund mit einem grüblerischen, abwägenden Ausdruck.

Francesca straffte unwillkürlich die Schultern.

»Ich möchte nicht anzüglich erscheinen, aber Sie haben einen wunderschönen, sinnlichen Mund, Francesca. Ich bin Kunstliebhaber. In der Kunst geht es auf den ersten Blick um Farbe und Form. Auf den zweiten Blick um Form und Anordnung. Aber viel wichtiger ist, dass es um eine Geschichte geht, um das Leben selbst. Letztlich geht es allerdings um den Künstler und, wenn ich es so sagen darf, um Gott.« Er grinste. Francesca starrte ihn schockiert an. »Oder den Teufel«, fügte er mit einem noch breiteren Grinsen hinzu.

»Wenn ich nicht in der Lage bin, die leichten Nuancen zwischen Rosa- und Goldtönen zu begreifen«, fuhr er fort, »dann bin ich auch nicht in der Lage, die Form, die Anordnung, die Geschichte, die hinter einem Kunstwerk steckt, das Leben oder auch den Schmerz oder die Leidenschaft des Künstlers zu begreifen – wie sollte ich auch? Und wenn das der Fall wäre, sollte ich keine Kunst sammeln.« Er lächelte Francesca an und lümmelte sich dabei so träge in seinem Sessel, dass sie schon befürchtete, er würde sein Glas fallen lassen. »Farbe ist nichts weiter als die Spitze des Eisbergs«, sagte er.

»Verstehe.« Sie bemerkte, dass sie flüsterte. Dieser Mann entsprach so gar nicht dem Bild, das die Welt von ihm hatte. »Die

Randalls hassen Sie«, sagte sie unvermittelt, um das Thema zu wechseln.
Er schien darüber nicht im Geringsten beunruhigt zu sein. »Nicht halb so sehr, wie ich sie hasse«, erwiderte er.
Sie beugte sich ein wenig nach vorn. »Haben Sie Ihren Vater getötet, Mr Hart?«
»Nennen Sie mich doch Calder.« Er wich ihrem Blick nicht aus. »Die Antwort lautet nein.«
Francesca hatte das Gefühl, dass sie ihm glauben konnte, aber da sie sein Verhalten so verwirrte, war sie sich nicht wirklich sicher. Wie sollte sie auch in Ruhe nachdenken, wenn ihr Herz wie verrückt klopfte und ihr jedes seiner Worte Unbehagen verursachte?
»Haben Sie Randall erpresst ... Calder?«
»Ihn erpresst?« Hart begann schallend zu lachen. »Soll das ein Scherz sein?«
»Nein. Mary behauptet es.«
Er lachte wieder. »Diese Männerhasserin!« Er schüttelte den Kopf. »Ich habe meinen Vater zum ersten Mal von Angesicht zu Angesicht gesehen, als ich sechzehn war. In jenem Jahr –« Er verstummte.
»In jenem Jahr?«
Er blickte zur Seite. »Ich war damals ein Narr. Ich hatte ... gewisse Erwartungen. Das hat sich aber rasch geändert.« Er lächelte sie an, aber dieses Lächeln erreichte nicht seine Augen. »Seitdem habe ich nichts mehr mit dieser Familie zu tun gehabt. Es ist ganz gewiss nicht *meine* Familie. Ich hasse sie. Ich hätte mir gar nicht die Mühe gemacht, Randall zu erpressen. Warum hätte ich es tun soll?«, fragte er.
Francesca biss sich auf die Lippe. »Vielleicht, weil Sie Spaß daran hatten, ihm Angst einzujagen?«

Er schüttelte den Kopf. »Sie meinen, ihn zu quälen? Ehrlich gesagt, hätte ich schon Spaß daran gehabt, aber auf der anderen Seite hätte mich der Kontakt zu diesen Leuten sehr viel mehr gequält als sie.« Er starrte sie an.

Sie wusste, dass er jedes Wort ernst meinte. Seine Seelennot rührte sie, aber sie musste dennoch möglichst objektiv bleiben. »Aber Sie haben doch letzten Dienstag mit Randall in Ihrem Club zu Abend gegessen.«

Er setzte sich gerade hin. »Oho! Die kleine Detektivin ist also gerissener, als es den Anschein hat. Werden Sie etwa rot, Francesca? Wie es scheint, bringe ich Sie in Verlegenheit.«

»Sie wechseln das Thema.«

Er strahlte sie an. »Nun, es war einen Versuch wert, nicht wahr? Also schön. Randall ist auf mich zugekommen. Er schien verzweifelt zu sein. Ich habe zugestimmt, mich mit ihm zum Abendessen zu treffen. Ich hatte ihn seit Jahren nicht mehr gesehen, Francesca. Seit vielen Jahren.«

»Was wollte er?«

»Geld. Wollen wir das nicht alle?« Er lächelte sie an.

»Nein, Calder. Einige von uns sehnen sich nach Liebe, Freiheit und Glück.«

»Das ist alles für Geld zu haben – bis auf die Liebe, die ohnehin nichts weiter ist als eine Illusion.«

Sie starrte ihn entgeistert an. »Über dieses Thema sollten wir uns zu einer anderen Gelegenheit noch einmal genauer unterhalten, Calder.«

Er grinste. »Ich sehe dieser Unterhaltung mit Freuden entgegen.«

Sie ignorierte die Bemerkung, die wieder einmal recht zweideutig geklungen hatte. »Meines Wissens war Randall hoch verschuldet.«

»Überaus hoch«, erwiderte Hart vergnügt.
»Und? Haben Sie ihm Geld geliehen?«
Hart sah sie mit großen Augen an. »Das kann doch wohl nicht Ihr Ernst sein!« Er kicherte. »Nein, das habe ich nicht. Nicht einen einzigen Penny.«
Francesca war entsetzt. »Sie wollten Ihrem eigenen Vater nicht helfen?«
»Paul Randall war nicht mein Vater. Er hatte dieses Recht schon vor vielen Jahren verwirkt«, erwiderte Hart kühl.
»Aber ... wie konnten Sie Randall seine Bitte nur abschlagen? Sie haben doch so viel Geld.«
»Oh, das ist mir ganz leicht gefallen, meine Liebe. Ja, ich habe sehr viel Geld. Ich hätte genug Geld, um diese Stadt zu kaufen, und es würde noch etwas übrig bleiben.« Er starrte sie mit einem finsteren Blick an. »Und ich habe mir jeden Cent, den ich besitze, mühsam selbst verdient. Es ist mein Geld, mit dem ich tun und lassen kann, was ich will.«
Francesca wollte unbedingt vermeiden, dass er sich wieder in seine Wut hineinsteigerte. »Hätten Sie möglicherweise Interesse daran, der Damengesellschaft zur Abschaffung der Mietshäuser beizutreten?«, versuchte sie ihn abzulenken. »Es ist noch ein Platz im Beirat frei«, erläuterte sie, wobei sie sich eingestehen musste, dass sie selbst bisher das einzige Mitglied besagter Gesellschaft war.
Er starrte sie verblüfft an und begann zu lachen.
Sie lächelte ein wenig verschmitzt. »Wir könnten einen Geldgeber gebrauchen, Hart.«
»Ich danke Ihnen, Francesca. Vielen Dank dafür.«
Sie blinzelte. Plötzlich kam Hart ihr sehr ernst vor – und sehr entschlossen. Doch dann gähnte er, und sie musste sich ein Lachen verkneifen.

»Grundgütiger, ich muss mich entschuldigen«, sagte er und erhob sich. Ganz offensichtlich wünschte er ihre Unterhaltung zu beenden. Als er aufrecht stand, begann er erneut zu schwanken.

»Du meine Güte, Calder, wie viel haben Sie denn nur getrunken?«, flüsterte Francesca.

Er sah sie mit verhangenem Blick an. »Keine Ahnung. Wieso? Machen Sie sich etwa Sorgen um mich?«, fragte er belustigt.

Sie ignorierte den anzüglichen Unterton. »Darf ich Ihnen noch ein paar weitere Fragen stellen, bevor ich gehe?«, fragte sie.

Er vollführte eine Bewegung mit der Hand, die wohl seine Zustimmung ausdrücken sollte, während er sich auf das Sofa zubewegte. Dann ließ er sich auf die Plüschkissen sinken und streckte sich vor ihren Augen lang aus.

»Sie haben es doch nicht ernst gemeint, als Sie Mary als Männerhasserin bezeichneten, oder? Sie muss ihren Vater sehr geliebt haben«, sagte Francesca.

»Sie *ist* eine Männerhasserin, Francesca.« Er schloss die Augen. »Und ich könnte mir vorstellen, dass sie in nicht allzu ferner Zukunft feststellen wird, dass ihre Neigungen in eine andere Richtung gehen.«

»In eine andere Richtung?« Francesca fand es überaus seltsam, sich mit einem Mann zu unterhalten, der ausgestreckt vor ihr lag, als sei dies eine ganz alltägliche Sache.

»Ich garantiere Ihnen, dass es nur eine Frage der Zeit ist, wann Mary sich eine Geliebte nimmt«, murmelte er. Dann gähnte er erneut und legte einen angewinkelten Arm über sein Gesicht.

Francesca saß mit offenem Mund da. Ob Hart wohl Recht hatte? Konnte es wirklich sein, dass Mary Frauen Männern vorzog? Ihre Gedanken wanderten zu Daisy und Rose. »Calder, es gibt jemanden, der behauptet, Sie wären am Freitagabend nicht mit Daisy und Rose zusammen gewesen.«

Er hob den Arm und sah sie blinzelnd an. »Hat sich meine süße Daisy also verplappert!«

Bei diesen Worten errötete sie. »Nein, das hat sie nicht. Es war jemand, der eine Unterhaltung der beiden mit angehört hat. Stimmt es denn?«

Er nickte, seufzte tief und schloss die Augen wieder.

Francesca starrte ihn an. Sein Verhalten zeugte von einer zu großen Vertraulichkeit, und sie wusste, dass sie nun wohl besser gegangen wäre, aber sie musste einfach mehr erfahren. »Und wo waren Sie dann, Calder? Wo waren Sie am Mordabend um sieben Uhr?«

Er ließ den Arm auf seiner Stirn liegen, wandte ihr das Gesicht zu und öffnete die Augen. Sie bemerkte zum ersten Mal, dass sie haselnussbraun waren, mit grünen, goldenen und dunkelbraunen Sprenkeln darin. Er ließ seinen Blick langsam und genüsslich von ihrem Gesicht bis zu ihren Füßen und wieder zurückwandern, ehe er schließlich sagte: »Ich war hier.«

»Hier?«, wiederholte sie erleichtert. »Warum haben Sie das denn nicht gleich gesagt? Sie haben ein Haus voller Dienstboten –«

»Ich war allein«, schnitt er ihr das Wort ab und schloss seine Augen wieder. »Ich hatte alle weggeschickt.«

Als ihr die Bedeutung seiner Worte klar wurde, starrte sie ihn entgeistert an.

Plötzlich rutschte sein Arm auf seine Brust hinunter, und er atmete tief und gleichmäßig.

Francesca legte ihre Hände auf ihre Wangen, die sich warm und feucht anfühlten. Sie atmete tief ein und spürte, wie die Anspannung ein wenig von ihr abfiel.

Hart war also in der Mordnacht allein in diesem grässlichen Haus gewesen.

Francesca wandte sich abrupt ab und schlängelte sich durch Sessel, Tische, Sofas und Polstertruhen hindurch bis zur Tür. In diesem Augenblick tauchte gerade Alfred am Ende des Flurs auf. »Alfred, wie viel hat Mr Hart getrunken?«, fragte Francesca.

»Er hat nach Ihrem Besuch gestern Nachmittag damit angefangen«, sagte der Butler mit ängstlichem Blick.

Francesca schnappte nach Luft. »Ach, du meine Güte! Bringen Sie Mr Hart doch bitte ein Tablett mit einem Imbiss hier ins Arbeitszimmer, Alfred. Er schläft jetzt, aber stellen Sie es neben ihn, sodass er es bequem erreichen kann.«

Alfred nickte und wollte sich gerade zum Gehen wenden, als Francesca ihn noch einmal am Ärmel zupfte. »Und entfernen Sie die Whiskeyflaschen aus der Bar. Verstecken Sie sie, schließen Sie sie irgendwo ein.«

Alfred erbleichte. »Miss Cahill?«

Sie verschränkte die Arme. »Er sollte sich der Trauer um seinen Vater stellen, finden Sie nicht?«

Der Butler zögerte. »Da stimme ich Ihnen zu. Aber er wird mich deshalb aus seinen Diensten entlassen.«

»Nun, dann schieben Sie die Schuld eben auf mich.«

Alfred schaute sie verblüfft an, dann lächelte er. »Das werde ich in der Tat.«

»Eins noch – hat Mr Hart seine Dienstboten am Freitagabend weggeschickt?« Francesca wusste, dass es niemand glauben würde, falls es stimmen sollte – niemand, weder die Polizei noch die Geschworenen.

Alfred nickte. »Ja, das hat er.«

»Aber … warum denn nur?«

Der Butler zögerte erneut.
»Ich versuche Ihrem Dienstherren nur zu helfen, Alfred«, sagte sie. »Sie missbrauchen sein Vertrauen nicht, wenn Sie mit mir sprechen.«
Alfred nickte. »Hin und wieder schickt er das gesamte Personal weg. Es kommt vielleicht zwei oder drei Mal im Monat vor.«
»Aber das hier ist ein so großes Haus, ein richtiger Palast! Und er schickt *alle* weg?«, fragte Francesca verblüfft.
»Alle«, erwiderte Alfred mit Nachdruck.
»Aber warum?«
»Ich weiß es nicht.«
Francesca konnte sich nicht vorstellen, dass jemand in einem Haus von dieser Größe allein sein wollte. »Lädt er an diesen Abenden Gäste ein?« Das war die einzig mögliche Erklärung. Vielleicht gab er Partys wie Stanford White.
»Das haben wir uns auch gefragt, Miss Cahill. Aber eines der Mädchen hat einmal ein wenig herumgeschnüffelt und herausgefunden, dass er niemanden einlädt. Er wandert umher. Allein.« Alfred hielt inne, als wolle er noch etwas hinzufügen, schien es sich dann aber anders zu überlegen.
»Und?«
»Er trinkt, wandert von einem Zimmer ins andere und schaut sich seine Gemälde und Skulpturen an.«
Francesca war erschüttert. »Und wie war das am Freitagabend? Wann ist er nach Hause gekommen? Um wie viel Uhr hat er die Dienstboten weggeschickt?«
»Er kam um kurz nach sechs nach Hause und wirkte ein wenig verdrießlich. Dann hat er sofort alle weggeschickt.«
Francesca blieb beinahe das Herz stehen. Calder hatte also kein Alibi für die Zeit zwischen sechs und neun am Mordabend. »Ich danke Ihnen, Alfred.«

Er nickte und sagte: »Nein, ich danke *Ihnen*, Miss Cahill.« Dann machte er sich auf den Weg in die Küche.

Francesca war völlig entgeistert von dem, was sie erfahren hatte. Wieso in aller Welt war Calder nach Hause gekommen, hatte seine Dienstboten weggeschickt und war dann ein paar Stunden später zu Whites Party gegangen? Voller innerer Unruhe kehrte sie in die Bibliothek zurück. Calder lag so still da, dass es beinahe so schien, als würde er nicht mehr atmen. Besorgt trat sie auf ihn zu und stellte mit Erleichterung fest, dass sich seine Brust unter der samtenen Hausjacke kaum merklich hob und senkte.

Sie verspürte großes Mitleid mit diesem komplizierten Mann, der, wie sie vermutete, tief verletzt worden war.

Und nun würde er in große Schwierigkeiten geraten, falls irgendjemand die Wahrheit darüber erfahren sollte, wo er sich am Freitagabend aufgehalten hatte.

Francesca blickte sich um. Die Vorhänge waren noch nicht geschlossen, und sie konnte sehen, dass es draußen kräftig schneite. Aus einem der Fenster konnte sie auf das leere Grundstück sehen, dass in nördlicher Richtung neben Calders Besitz lag. In der Ferne erkannte sie wie durch einen Schleier das gelbe Licht der Straßenlaternen auf dem Boulevard.

Sie schritt zu dem Fenster hinüber und schloss die Vorhänge. Dann nahm sie eine leichte Kaschmirdecke von dem Sessel, der vor dem Kamin stand, und kehrte zu Hart zurück. Um ihn nicht zu wecken, deckte sie ihn vorsichtig zu, und genauso vorsichtig zog sie ihm die Hausschuhe aus. Dann lächelte sie zufrieden.

»Vielleicht würden Sie mich noch gern ins Bett bringen?«, murmelte er, woraufhin sie erschrocken zusammenfuhr.

»Ich wollte Sie nicht wecken«, brachte sie heraus.

»Das dürfen Sie jederzeit gern tun.« Er öffnete nicht einmal die Augen.

Sie starrte ihn an. »Hart?«, flüsterte sie.

Seine Atmung war tief und gleichmäßig. Er schien wieder zu schlafen, denn sie erhielt keine Antwort.

Francesca wandte sich langsam ab und durchquerte erneut das elegante, aber überladene Zimmer. An der Tür verharrte sie für einen Moment, und ein eigenartiger Drang brachte sie dazu, zurückzublicken. Calder schlief tief und fest, und selbst im Schlaf wirkte er faszinierend und gefährlich auf sie.

Sie kam zu dem Schluss, dass er ein sehr interessanter Mann war.

Kapitel 14

SONNTAG, 2. FEBRUAR 1902 – 19 UHR

Francescas Kutsche fuhr hinter einem anderen Brougham die Fifth Avenue hinunter. Da es Sonntagabend war und zudem schneite, herrschte nicht viel Verkehr auf den Straßen, und sie kamen gut voran. Francesca blickte aus dem Fenster zum Central Park hinüber, der ihr durch den herabfallenden Schnee, der im Schein des trüben gelben Lichtes der Straßenlaternen wie ein Schleier wirkte, irgendwie unwirklich vorkam. Sie war niedergeschlagen. Hart war ein außergewöhnlicher Mann, und sie war überzeugter denn je, dass er nicht halb so bösartig war, wie er die Welt offenbar glauben machen wollte. Aber er steckte in ernsthaften Schwierigkeiten, weil er die Polizei angelogen und ein falsches Alibi genannt hatte. Das machte ihn natürlich nur noch verdächtiger. Und obwohl Francesca nach wie vor glaubte, dass Hart gar nicht fähig wäre, einen Mord zu begehen – von dem Mord an seinem eigenen Vater ganz zu schweigen –, hatte sie doch Angst vor der Wahrheit.

Bedauerlicherweise würde sie Bragg berichten müssen, was sie soeben erfahren hatte; eine Neuigkeit von so großer Tragweite konnte sie ihm schließlich nicht verschweigen. Und möglicherweise war Bragg ja auch imstande zu helfen. Francesca war davon überzeugt, dass die Blutsbande zwischen Bragg und Hart im Ernstfall stärker sein würden als die Feindschaft, die zwischen ihnen herrschte.

Sie blickte aus dem Fenster der Kutsche und sah, dass sie gerade an ihrem Elternhaus vorbeifuhren. Sie seufzte, und ihre Gedanken kehrten für einen Moment zu ihrer Schwester zurück. Wo mochte Connie wohl jetzt sein?

Bragg hatte vermutet, dass sie sich in irgendeinem Hotel aufhielt, aber Francesca bezweifelte es. Connie war nicht der Mensch, der Gott und die Welt an ihren Problemen teilhaben ließ, ganz besonders nicht, wenn es dabei um ihre Ehe ging. Sie seufzte erneut und bemerkte, dass sie sich der Fifty-Nineth Street näherten. Das vornehme und elegante Plaza Hotel lag jetzt zu ihrer Rechten. Im Restaurant des Plaza aß Connie am liebsten, und hier traf sie sich auch oft mit ihren Freundinnen. Bei dem Gedanken setzte sich Francesca mit einem Ruck auf.

Beth Anne Holmes.

Beth Anne Holmes war Connies beste Freundin und die einzige, die noch unverheiratet war. Francesca hämmerte gegen die Trennscheibe, um den Kutscher auf sich aufmerksam zu machen. »Jennings! Wir müssen umkehren. Fahren Sie mich zum Haus der Holmes!«, rief sie. Ihr Herz klopfte wie verrückt. Es war doch ganz klar, Connie musste bei Beth Anne sein! Warum hatte sie nur nicht schon früher daran gedacht?

Fünf Minuten später hielt der Brougham bereits vor dem großen Haus, das an der Ecke der Thirty-eigth Street und der Fifth Avenue stand. Francesca hatte gehofft, eine von Montroses Kutschen vor dem Haus zu entdecken, aber zu ihrem Entsetzen stand dort die zweite Kutsche der Cahills. Francesca wusste sofort, dass es Julia sein musste, die der Familie Holmes einen Besuch abstattete.

Wahrscheinlich hatte ihre Mutter herausbekommen, dass Connie verschwunden war, und war sehr rasch zu derselben Schlussfolgerung wie Francesa gelangt. Francesca sprang schon aus der Kutsche, bevor Jennings sie gänzlich zum Stehen gebracht hatte. Dann eilte sie die kurze Auffahrt und die Vordertreppe hinauf. Auf ihr Klopfen hin wurde die Haustür von einem Dienstboten geöffnet. Francesca stand Beth Anne nicht besonders nah und besuchte sie dementsprechend nur sehr selten, sodass sie den Diener genauso wenig kannte wie er sie. Aus dem Innern des Hauses konnte sie mehrere Frauenstimmen hören und erkannte nicht nur die von Beth Anne, sondern auch die Stimme ihrer Mutter.

»Mein Name ist Francesca Cahill. Ich glaube, meine Mutter ist hier«, sagte sie atemlos.

»Mrs Cahill befindet sich im blauen Salon«, erwiderte der Dienstbote. Francesca zog hastig ihren Mantel aus, den sie dem Diener zusammen mit ihrem Muff, dem Hut und den Handschuhen förmlich in den Arm drückte.

Bevor er überhaupt eine Möglichkeit hatte, ihre Überkleidung wegzulegen, geschweige denn Francesca in den Salon zu begleiten, stürzte sie bereits auf die beiden Teakholztüren auf der gegenüberliegenden Seite der Eingangshalle zu und riss sie auf.

Connie saß auf einem der beiden blau-gold gestreiften Sofas, die in dem Salon standen, und Julia saß neben ihr in einem Lehnsessel und tätschelte ihre Hand. Beth Anne, ein pummeliges, hübsches Mädchen mit Sommersprossen und lockigem, roten Haar, stand nicht weit von den beiden entfernt. Connie strahlte eine eigenartige Ruhe aus, es wirkte gar nicht so, als hätte sie soeben ihren Ehemann verlassen. Tatsächlich sah sie in ihrem schlichten, aber hervorragend geschneiderten marineblauen Kostüm wunderschön, elegant und sehr gefasst aus. So gefasst, dass es Francesca beinahe schon unheimlich war.

Auf sie richteten sich jetzt alle Augen.
»Du hast deiner Schwester also erzählt, dass Montrose eine Geliebte hat«, sagte Julia grimmig.
Francesca nickte, und mit einem Schlag wurde ihr klar, woher der Wind wehte. »Con? Gott sei Dank, es geht dir gut!«, rief sie und eilte auf ihre Schwester zu.
Connie blickte sie an. Sie versuchte sich an einem Lächeln, was ihr aber nicht richtig gelingen wollte. »Ja, es geht mir gut«, sagte sie.
Francesca ließ sich neben ihre Schwester auf das Sofa sinken und ergriff ihre Hände. Aus der Nähe wirkte Connie wie eine Puppe aus hauchdünnem Porzellan, die jeden Augenblick zerbrechen konnte.
»Wie konntest du ihr nur so etwas sagen?«, rief Beth Anne aufgebracht, und ihre grünen Augen funkelten.
Francesca wandte sich Connies Freundin ungläubig zu. »Sie hat mich gefragt, ob ich etwas wüsste! Hätte ich etwa lügen sollen?« Sie wusste, dass Beth Anne eine Klatschbase war, die um nichts in der Welt ein Geheimnis für sich behalten konnte, und fand es ziemlich dreist von ihr, sie nun zu kritisieren.
»Ich glaube nicht, dass es dir zustand, etwas auszuplaudern – und wir wissen ja alle, wie oft du etwas Unpassendes sagst!«, rief Beth Anne.
»Bitte streitet nicht«, sagte Connie leise. Ihre Stimme klang vor Anspannung unnatürlich hoch.
»Ich wünschte, du wärest erst zu mir gekommen«, mischte sich Julia ein.
Francesca sah ihre Mutter an und sagte nervös: »Er hat wirklich eine Geliebte, Mama. Ich habe sie zusammen gesehen. Und ich kann Connie doch nicht anlügen.«

Julia starrte sie zornig an. »Wir werden uns gleich unter vier Augen unterhalten, Francesca.«
Francesca wollte protestieren, schüttelte dann aber nur den Kopf. Allmählich wurde sie wütend. Ganz offenbar wollte man ihr Vorwürfe machen, obwohl doch alles Neils Schuld war. Sie wandte sich wieder an Connie. »Ich habe mir solche Sorgen um dich gemacht. Geht es dir wirklich gut?«
»Ja, es geht mir gut«, sagte Connie mit derselben hohen Stimme wie zuvor und entzog Francesca ihre Hände. Ihr Lächeln schien in ihr Gesicht eingemeißelt zu sein, und Francesca stellte fest, dass es ihrer Schwester entgegen ihren Beteuerungen offenbar gar nicht gut ging.
»Connie, wir haben uns solche Sorgen gemacht … Neil auch«, sagte Francesca.
Connie schwieg.
»Musst du dich etwa schon wieder einmischen?«, fragte Beth Anne.
Francesca erhob sich und sah Beth Anne zornig an. »Neil macht sich wirklich Sorgen, und er bereut ganz schrecklich, was er getan hat, da bin ich mir sicher!«
»Und genauso sicher bist du dir auch, dass Neil Connie betrogen hat, nicht wahr?«, sagte Beth Anne herausfordernd. »Aber was ist, wenn du dich geirrt hast? Ich kann mir einfach nicht vorstellen, dass er es jemals fertig bringen würde.«
Francesca hätte Beth Anne am liebsten angeschrien und ihr unmissverständlich klar gemacht, dass sie sich nicht geirrt, sondern dass sie die beiden in flagranti erwischt hatte, aber nachdem sie einen Blick auf Connie geworfen hatte, in deren Augen Tränen schimmerten, schwieg sie.
Julia erhob sich und sagte: »Was passiert ist, ist passiert, und jetzt ist gewiss nicht der richtige Augenblick, um darüber zu

streiten. Beth Anne, wir wissen, wie sehr du an Connie hängst, und wir danken dir für deine Hilfe, aber das hier ist eine Familienangelegenheit.«

Beth Anne schien kurz davor zu stehen, in Tränen auszubrechen. »Mrs Cahill, wie Sie wissen, bin ich seit vielen Jahren Connies beste Freundin. Ich finde, Francesca hatte weder das Recht, Neil nachzuspionieren noch Connie davon zu erzählen.«

»Ich konnte doch meine eigene Schwester nicht anlügen! Wie sollte ich denn ahnen, dass sie ihren Mann verlassen würde!«, rief Francesca.

»Connie hatte ein perfektes Leben, und du hast es zerstört«, erwiderte Beth Anne mit scharfer Stimme.

Francesca erstarrte. »Ich habe Montrose nicht gezwungen, sich mit ...« – sie zögerte einen Moment lang – »sich mit einer anderen Frau einzulassen!«

»Falls es überhaupt jemals eine andere Frau gegeben hat!«, rief Beth Anne mit bebenden Nasenflügeln.

Francesca hätte sie am liebsten erwürgt. Diese Frau ging ihr wirklich auf die Nerven! Wie hielt Connie es nur mit ihr aus?

»Bitte streitet euch doch nicht«, wiederholte Connie.

Beth Anne setzte sich auf die andere Seite neben sie auf das Sofa und umarmte sie. »Alles wird wieder gut werden, da bin ich mir sicher.« Über Connies Kopf hinweg warf sie Francesca einen bösen Blick zu.

»Beth Anne, ich weiß, wie nahe du und Connie euch steht, aber Francesca ist ihre Schwester und steht ihr nun einmal noch näher. Würdest du uns wohl für ein paar Minuten allein lassen?«, fragte Julia.

Beth Anne starrte sie ungläubig an. Dann warf sie einen Blick auf Connie, aber die schien nicht für sie eintreten zu wollen.

»Also schön«, sagte sie schließlich, bedachte Francesca mit einem weiteren finsteren Blick und erhob sich.

Francesca unterdrückte den Drang, ihren Blick zu erwidern. Es fiel ihr schwer, geduldig und freundlich mit Beth Anne umzugehen, aus der sie sich nie etwas gemacht hatte. Francesca hielt Connies Freundin für eine fürchterliche Wichtigtuerin.

»Und noch etwas, Beth Anne. Du wirst doch gewiss niemandem ein Wort über diese Sache erzählen, nicht wahr?«, fuhr Julia mit einem Lächeln fort. »Damit würdest du Connie nämlich nur schaden.«

»Meine Lippen sind versiegelt«, versicherte Beth Anne mit fester Stimme.

Francesca gab ein verächtliches Schnauben von sich.

Beth Anne blickte sie ein letztes Mal böse an und verließ dann das Zimmer.

Für einen Moment wurde es still in dem Salon. »Falls ich etwas falsch gemacht haben sollte, so tut es mir furchtbar Leid«, sagte Francesca nach einer Weile.

Connie blickte auf ihren Schoß hinunter. »Du hast nichts falsch gemacht, Fran«, sagte sie leise. »Ich habe dich gefragt, ob du etwas weißt, und du hast es mir erzählt. Dafür danke ich dir.«

»Bist du dir auch ganz sicher, dass ein Irrtum ausgeschlossen ist, Francesca?«, fragte Julia.

»Absolut sicher, Mama«, erwiderte Francesa.

»Tja, das Kind ist nun einmal in den Brunnen gefallen. Jetzt müssen wir an die Zukunft denken.« Julia nahm Beth Annes Platz auf dem Sofa neben Connie ein. »Du musst wieder nach Hause zurückkehren, mein Schatz, bevor du tatsächlich einen Skandal verursachst.«

Connie nickte. »Ich weiß.« Die Aussicht darauf schien sie allerdings nicht sonderlich zu begeistern.

Francesca überkam eine große Erleichterung. »Neil liebt dich wirklich, Con. Davon bin ich überzeugt.«
Connie sah sie an. »Vielleicht.«
Francesca wollte schier das Herz brechen.
»Ich bin nicht überrascht, dass Montrose auf Abwege geraten ist, mein Kind«, sagte Julia. »Das ist nun einmal der Lauf der Dinge. Nur wenige Männer sind dazu imstande, auf Dauer treu zu sein.«
Francesca schnappte nach Luft. »Mama! Damit willst du doch wohl nicht behaupten, dass die meisten Männer irgendwann vom Pfad der Tugend abkommen?«
»Doch, genau das behaupte ich. Oder besser gesagt, die meisten außergewöhnlichen Männer tun es hin und wieder. Ich hätte nur nicht gedacht, dass es schon so früh passieren würde, Connie. Aber ein gebrochenes Herz heilt wieder. Und ich stimme Francesca zu: Montrose liebt dich. Und jetzt musst du wirklich nach Hause gehen, bevor du einen Skandal verursachst.«
»Du hast leicht reden«, flüsterte Connie.
»Connie, je länger du hier bleibst, desto wahrscheinlicher ist es, dass die Gesellschaft erfahren wird, was geschehen ist. Du solltest noch heute Abend zu Neil zurückkehren und so tun, als wäre nichts geschehen. Verblüffe ihn mit deiner Freundlichkeit, und er wird überwältigt sein von Schuldgefühlen.«
»Ich finde, sie sollte ihm die Leviten lesen. *Ich* würde es tun«, mischte sich Francesca ein.
Julia warf ihr einen scharfen Blick zu. »Der Bund der Ehe wird für ein ganzes Leben geschlossen, Francesca. Und einen Feldzug gegen den eigenen Mann zu führen trägt wohl kaum zur Verbesserung der Beziehung bei. Connie muss zurückkehren

und weitermachen, als ob nichts geschehen sei. Es ist genug geredet worden. Neil ist bewusst, dass Connie Bescheid weiß, und sie kann ihm auf subtile Art und Weise deutlich machen, dass sie so etwas nicht noch einmal hinnehmen wird. Andrew wird sich auch einschalten, natürlich ganz diskret. Aber sollte Neil tatsächlich das Missfallen der Familie auf sich ziehen, so sähe seine Zukunft nicht sehr rosig aus.«

Francesca blickte ihre Mutter verblüfft an. Wollte sie damit etwa andeuten, dass Andrew Neil damit drohen könnte, ihn zu enterben? Sie war erschüttert. Und Julia konnte doch unmöglich erwarten, dass Connie wieder nach Hause zurückkehrte, als sei nichts geschehen!

»Sind wir uns einig?«, fragte Julia und legte Connie die Hand auf die Schulter.

Connie sah ihre Mutter an. »Mama ... es ist noch zu früh«, erwiderte sie.

In diesem Augenblick wurde Francesca zum ersten Mal bewusst, wie groß der Schmerz war, den ihre Schwester empfand. »Spielt denn ein weiterer Tag wirklich eine so große Rolle?«, schaltete sie sich ein. »Hier geht es ihr und den Mädchen doch gut.«

»Jeder Tag zählt, Francesca!«, rief Julia. »Connie, du musst heute Abend noch nach Hause zurückkehren. Ganz besonders, wo Neil glaubt, dass du ihn für immer verlassen haben könntest.«

»Er weiß, dass ich das nie tun würde«, sagte Connie.

»Aber du hast einen Koffer gepackt und ihm keine einzige Zeile hinterlassen«, gab Julia zu bedenken. »Wenn du nach Hause zurückkehrst, sage ihm, dass du eine Nachricht hinterlassen hattest. Dass du nur ein paar Tage mit den Mädchen wegfahren wolltest. Sag, dass das Dienstmädchen die

Nachricht verbummelt haben muss und dass alles nichts weiter als ein großes Missverständnis gewesen ist.«
Francesca starrte ihre Mutter entgeistert an. Sie konnte Neils Ehebruch doch nicht einfach unter den Teppich kehren wollen!
Connie nickte.
Schließlich hielt Francesca es nicht mehr länger aus. »Mama, ich finde, das ist der falsche Weg. Connie sollte mit Neil über alles sprechen. Sie müssen sich darüber unterhalten, um sicherzustellen, dass so etwas nicht wieder geschieht!«
»Francesca, du bist zwanzig Jahre alt und steckst deine Nase den größten Teil der Zeit in irgendwelche Bücher. Ich weiß sehr wohl, wie diese unfeine Geschichte gehandhabt werden sollte, und damit ist diese Diskussion beendet. Connie?«
Connie nahm einen tiefen Atemzug und nickte. »Ich glaube, du hast Recht, Mama«, sagte sie.
Francesca war so frustriert, dass sie sich am liebsten die Haare gerauft hätte.
»Nun, das wäre also geregelt«, sagte Julia, und ihre Stimme klang schon wieder ein wenig heiterer. »Francesca, lass uns gehen.«
Francesca wäre am liebsten noch bei Connie geblieben, aber das hätte ihr Julia wohl kaum erlaubt. Doch bevor sie aufstand, umarmte sie ihre Schwester noch einmal ganz fest. »Wenn du reden möchtest, ruf mich an, Con. Oder komm einfach vorbei.«
Connie sah sie an. »Danke, Fran.«
»Und es tut mir wirklich Leid. Sollte ich mit meinen offenen Worten etwas falsch gemacht haben, so bedauere ich das wirklich sehr.«
»Nein, nein, was du getan hast, war schon richtig.« Connie brachte ein Lächeln zustande und stand ebenfalls auf. Sie

begleitete Francesca und ihre Mutter bis zur Tür, verließ den Salon aber nicht.
Als sie am Eingang standen und auf ihre Mäntel warteten, wandte sich Julia Francesca zu. »Schätzchen, ich weiß, wie sehr du deine Schwester liebst. Und dein Wunsch, anderen zu helfen, ist ein überaus liebenswerter Zug – meistens wenigstens. Aber manchmal hat es einen gegenteiligen Effekt. Ich weiß, dass du es immer gut meinst, aber ich wünschte, du wärest weniger impulsiv.«
Francesca war erleichtert. Das Schlimmste schien überstanden zu sein, und sie war sich fast sicher, dass ihr Julia nun nicht mehr gehörig die Meinung sagen würde. »Ich hatte ja eigentlich gar nichts sagen wollen. Aber dann hat mich Connie gefragt, ob ich etwas wüsste, und da konnte ich doch nicht lügen!«
»Niemand hat verlangt, dass du lügst, Francesca.« Julia seufzte. »Manchmal ziehen es die Menschen nur vor, so zu tun, als sei alles in Ordnung. Nach meiner Erfahrung ist das sogar meistens der Fall. Ich glaube, dass Neil Connie sehr gern hat, und er vergöttert die beiden Mädchen. Was auch immer ihn veranlasst haben mag, Connie untreu zu werden – ich bin mir sicher, dass es vergangen wäre. Daher hätte ich es lieber gesehen, wenn du zu mir gekommen wärest, anstatt zu deiner Schwester zu gehen. Ich weiß nicht, ob überhaupt die Notwendigkeit bestand, dass sie davon erfährt.« Sie musterte Francesca mit einem tadelnden Blick. »Du hättest dich herausreden und vermeiden können, die Wahrheit zu sagen.«
Bragg hatte ihr das Gleiche gesagt, allerdings aus einem anderen Grund. Er hatte sich Sorgen um Connies Gemütszustand gemacht, und nachdem Francesca ihre Schwester gesehen hatte, teilte sie diese Sorgen.

»Vielleicht hast du Recht. Aber ich bin mir trotzdem nicht sicher, ob Connie wirklich nach Hause zurückkehren sollte. Sie benimmt sich so eigenartig!«

»Natürlich muss sie nach Hause zurückkehren«, erwiderte Julia mit fester Stimme. Sie ergriff Francescas Hand und lächelte, aber es war ein trauriges Lächeln. »Ich hege nicht den geringsten Zweifel, dass sich die beiden am Ende wieder versöhnen werden.«

»Connie wirkte so aufgewühlt«, gab Francesca zurück.

»Aber wie könnte es anders sein?« Julia seufzte. »Sie ist so sehr daran gewöhnt, dass ihr alles leicht gemacht wird. Bisher sind ihr in ihrem Leben nur wenige Widrigkeiten widerfahren – wenn es überhaupt jemals welche gegeben hat. Neils Untreue ist ein schrecklicher Schlag für sie, aber vielleicht wird diese Krise am Ende gut für sie sein … und für ihre Ehe.«

»Wie kannst du so etwas nur sagen?«, fragte Francesca überrascht.

Julia lächelte erneut. »Deine Schwester wird aus dieser Krise gestärkt hervorgehen, da bin ich mir sicher. Aber man kann sich gar nicht früh genug bewusst werden, dass man allein auf diese Welt kommt und sie auch allein wieder verlässt.«

»Mutter!« Francesca war fassungslos. »Du bist seit über zwanzig Jahren mit Vater verheiratet, und zwar glücklich, wie ich doch einmal annehmen darf. Wie kannst du da so etwas sagen?«

»Francesca, lass dich niemals täuschen. Ganz gleich, wie sehr ich dich auch lieben mag oder dein Vater oder Evan und Connie dich lieben mögen – du bist allein auf dieser Welt. Im Grunde liegt dein Schicksal in deinen eigenen Händen.«

Bei diesen Worten lief Francesca ein Schauer über den Rücken. »Ich hoffe doch sehr, dass du mir damit nicht sagen willst, dass man sich letztlich auf niemanden verlassen kann, außer auf sich selbst!«

Julia lächelte nur und antwortete nicht, was Francesca als Zustimmung wertete.

»Was ist bloß passiert, Mama, dass du dich so allein fühlst? Papa liebt dich. Wir alle lieben dich.«

»Selbst ich habe meine Geheimnisse«, antwortete Julia. »Die haben wir alle – und so sollte es auch bleiben.«

Francesca schwieg verblüfft.

»Und jetzt erzähl mir bitte, wohin du zu dieser späten Stunde noch fahren willst, Francesca«, sagte Julia, nachdem man ihnen endlich in die Mäntel geholfen hatte.

Francesca zögerte. Die verschiedensten Entschuldigungen und Ausreden kamen ihr in den Sinn, doch schließlich sagte sie wahrheitsgemäß: »Ich war eigentlich gerade auf dem Weg, um dem Commissioner eine wichtige Mitteilung zu machen. Eine sehr, sehr wichtige Mitteilung, Mama.«

»Francesca, du mischst dich doch hoffentlich nicht schon wieder in Polizeiangelegenheiten ein?«, fragte Julia ungläubig.

»Nein, so kann man es nicht nennen. Aber – ich habe Calder Hart besucht, und er hat mir diese Mitteilung gemacht, die ich nun Bragg überbringen muss.«

Julia starrte ihre Tochter entgeistert an. »Du hast Mr Hart besucht? Francesca! *Er* ist derjenige, der dir den Hof machen sollte!«

Francesca verkniff sich ein Lächeln. »Ich habe ihn besucht, Mama, ich habe ihm nicht den Hof gemacht. Weißt du, ich glaube, du solltest ihm auch einmal einen Besuch abstatten. Da du meine Mutter bist, wird er dich gewiss empfangen.«

Bei diesen Worten verzog sie keine Miene. Aber sie wusste, dass ein einziger Besuch bei Hart genügen würde, damit

Julia ihn umgehend als möglichen Heiratskandidaten ausschloss.
»Du führst doch schon wieder etwas im Schilde, Francesca! Nun, ich werde darüber nachdenken. Wie viel Uhr ist es jetzt?«
»Kurz nach sieben. Ich werde bis acht wieder zu Hause sein. Versprochen!«, sagte Francesca und kreuzte dabei die Finger hinter ihrem Rücken. Sie ahnte, dass es wahrscheinlich eher halb neun werden würde oder sogar neun Uhr.
»Wenn ich es dir verbiete, wirst du dich ohnehin später zu irgendeiner gottlosen Stunde aus dem Haus schleichen«, sagte Julia. »Also schön, geh nur, aber sei bis halb neun wieder zurück«, fügte sie mit einem warnenden Unterton hinzu.
»Du kannst wirklich die wundervollste aller Mütter sein!«, rief Francesca und umarmte sie spontan. »Und ich werde pünktlich wieder zurück sein, das schwöre ich.«
Julia lächelte liebevoll, und Francesca eilte aus dem Haus.

Peter, Braggs Kammerdiener und Mann für alle Fälle, öffnete die Tür, kaum dass Francescas Klopfen verklungen war. Der große blonde Mann blickte mit einem undurchdringlichen Gesichtsausdruck auf sie herab. Francesca strahlte ihn an. »Guten Abend, Peter. Ist das nicht ein wundervoller Abend?« Sie wies auf die Straße, auf der der Schnee mittlerweile einige Zentimeter hoch lag. Die wenigen Kutschen, die vorüberfuhren, trugen ebenfalls eine weiße Haube, und nicht weit von Braggs Haus entfernt bewarfen sich zwei Kinder mit Schneebällen. Inmitten des Gekreisches und Gelächters tobte ein kleiner Hund umher.
»Guten Abend, Miss Cahill. Der Commissioner befindet sich in seinem Arbeitszimmer.«

Mit zitternden Knien folgte sie Peter den Flur entlang zur Tür des Arbeitszimmers. Als sie zum ersten und bisher einzigen Mal in Braggs Haus gewesen war, hatte sie sich im Salon im hinteren Teil des Hauses aufgehalten. Jetzt stand die Salontür offen, aber in dem Raum war es dunkel, und im Kamin brannte kein Feuer.

Peter klopfte an eine Tür links neben dem Salon, öffnete sie und sagte: »Miss Cahill, Sir.«

Francesca betrat das Zimmer.

Bragg saß an einem großen Schreibtisch, der seltsamerweise mitten im Raum stand. Ein alter und schon ziemlich durchgescheuerter Lehnstuhl war einem kleinen Kamin zugewandt, in dem ein Feuer knisterte. An einer Wand stand ein voll gestopftes Bücherregal, und überall standen Kisten herum, die geöffnet, aber noch nicht ausgepackt waren. Sie enthielten Bücher und Zeitschriften.

Dieser Anblick rief Francesca in Erinnerung, dass Bragg erst kurze Zeit zuvor nach New York zurückgekehrt war, um sein Amt als Commissioner der Polizei anzutreten.

Bragg war bei ihrem Erscheinen aufgesprungen. Er hatte sein Hemd bis zu den Ellenbogen aufgerollt und trug darüber eine dunkle, geöffnete Weste. Am Hals hatte er das Hemd aufgeknöpft, sodass ein paar dunkle Haare hervorblitzten. Er freute sich offenbar, Francesca zu sehen, und trat lächelnd auf sie zu. »Was für eine unerwartete Überraschung!«, sagte er.

»Ich fürchte, Sie werden mich nicht so schnell los.«

Er lachte. »Haben Sie etwa schon vergessen, dass ich eine schnelle Auffassungsgabe habe? Diese Lektion habe ich doch schon während der Burton-Entführung gelernt.«

Francesca vermochte ihren Blick kaum von ihm zu wenden. Er

kam ihr an diesem Abend irgendwie größer vor, was vielleicht daran lag, dass er nur sein Hemd und seine Weste trug. Dadurch wurde ihr bewusst, wie breit seine Schultern waren und wie stark und muskulös seine Arme. Auch seine Augen wirkten im Feuerschein des Kamins dunkler als sonst. Francesca stellte fest, dass Bragg sie ebenfalls musterte, und sie wich seinem Blick nicht aus. »Sie benötigen einen Dekorateur, Bragg«, murmelte sie.

»Ich weiß. Gehört das etwa auch zu Ihren zahlreichen Talenten?« Er trat hinter seinem Schreibtisch hervor und kam langsam auf sie zu. Ohne sie aus den Augen zu lassen, sagte er: »Peter, bringen Sie Miss Cahill bitte einen Sherry. Oder würden Sie ein Glas Wein bevorzugen?«

Sie befeuchtete ihre Lippen. »Ein Sherry wäre wunderbar«, sagte sie. »Wein steigt mir immer gleich zu Kopf, und dann werde ich leicht sentimental.«

Er lächelte. »Eine sentimentale Francesca – das wäre ja einmal etwas ganz anderes. Ich nehme ein Glas Rotwein, Peter. Burgunder, bitte. Öffnen Sie eine neue Flasche, falls nichts mehr vom Abendessen übrig ist.«

Peter nickte und entfernte sich.

»Spricht er eigentlich nie?«, fragte Francesca und öffnete den obersten Knopf ihres Kragens, der ihr plötzlich zu eng erschien.

»Doch, gelegentlich«, erwiderte Bragg und ließ seinen Blick zu ihren Fingern wandern. »Und wenn Peter etwas sagt, lohnt es sich auch meist, hinzuhören.« Er schaute ihr wieder ins Gesicht.

Francesca nickte. »Das dachte ich mir schon.«

»Sollen wir in den Salon gehen? Hier ist es wirklich ziemlich warm. Außerdem fürchte ich, dass der einzige Sessel, den ich

Ihnen anbieten kann, ziemlich schäbig ist und das Polster recht dünn.«

Sie drückte einmal prüfend mit der Hand auf das Sitzkissen, das dringend eine neue Füllung benötigte. »Ehrlich gesagt, gehört das Dekorieren nicht zu meinen Stärken, aber Connie hat ein Talent dafür.« Bei dem Gedanken an ihre Schwester runzelte sie unwillkürlich die Stirn.

»Dann sollten wir sie vielleicht um Hilfe bitten. Was ist los, Francesca?«, fragte er plötzlich.

Sie richtete sich auf und sah, dass er sie immer noch eindringlich musterte. Sie hatte das Gefühl, als flatterten hundert Schmetterlinge in ihrem Bauch. Es war ein berauschendes Gefühl. Dieser Abend schien ihr plötzlich so voller Möglichkeiten zu stecken. Alles konnte geschehen – etwas *würde* geschehen.

Und er hatte »wir« gesagt.

»Ich bin mir sicher, Connie würde sich dazu überreden lassen, Ihr Haus auf Vordermann zu bringen«, sagte sie leise.

Er berührte sie am Arm. »Ist etwas geschehen, von dem ich nichts weiß?«, fragte er besorgt.

»Connie hat die vergangene Nacht bei ihrer besten Freundin verbracht. Mama hat darauf bestanden, dass sie zu Neil zurückkehrt, und Connie hat zugestimmt. Sie scheint aber irgendwie gar nicht mehr sie selbst zu sein. Ich habe Angst um sie. Und es gefällt mir gar nicht, dass Mama sie so drängt.« Selbst in ihren eigenen Ohren klang ihre Stimme ein wenig weinerlich.

Er legte ihr die Hand auf die Schulter, eine Geste, die dazu dienen sollte, sie zu trösten. Doch stattdessen brachte sie ihren Puls zum Rasen. Irgendwie schien Bragg es zu spüren, denn er zog die Hand schnell wieder weg. »Ich bin überzeugt, dass

Ihre Schwester und Ihr Schwager diese Angelegenheit irgendwann verschmerzt haben werden. Es könnte allerdings sein, dass die Dinge erst einmal schlimmer werden, bevor sie sich zum Besseren wenden«, sagte er.

»Ach, du meine Güte! Bitte sagen Sie so etwas nicht!« Francesca hoffte sehr, dass er sich irrte. »Mama hat Connie schon darüber belehrt, wie sie sich zu verhalten hat – sie verlangt sogar, dass sie sich eine Ausrede ausdenken soll, warum sie die letzte Nacht bei ihrer Freundin verbracht hat. Ich wünschte, sie würde es Connie überlassen, auf ihre Weise mit dem Problem fertig zu werden.«

»Ihre Mutter ist eine starke Frau, Francesca. Ich könnte mir vorstellen, dass Connie daran gewöhnt ist, das zu tun, was Julia von ihr verlangt.«

»Ja, das ist sie«, stimmte ihm Francesca zu und seufzte.

Bragg strich ihr eine Strähne ihres goldblonden Haares aus der Stirn, und Francesca erstarrte unwillkürlich. »Ihr Schwager hat Connies Vertrauen missbraucht«, sagte er. »Es ist nicht leicht, einem anderen Menschen zu vertrauen, aber einmal verloren gegangenes Vertrauen wiederzugewinnen ist noch viel schwieriger. Es wird eine Weile dauern, bis die beiden sich wieder versöhnen.«

»Wie kommt es nur, dass Sie immer die richtigen Worte finden?«, fragte Francesca mit klopfendem Herzen.

Für einen Moment, der eine halbe Ewigkeit zu dauern schien, wechselten sie einen intensiven Blick. »Ich fürchte, das ist zu viel der Ehre. So viel Anerkennung habe ich gar nicht verdient«, sagte Bragg schließlich.

»Doch, das haben Sie.«

Er ließ seinen Blick über ihr Gesicht wandern, über ihren Mund, an ihrem Hals entlang und weiter nach unten. Dann schaute er rasch zur Seite, aber Francesca hatte seinen Blick bemerkt, und sie wusste, was er zu bedeuten hatte. Bragg empfand etwas für sie, da war sie sich sicher.

»Arbeiten Sie gern in diesem Zimmer?«, fragte sie lächelnd und ein wenig atemlos.

»Ja, das tue ich. Hier werde ich nicht abgelenkt, nicht einmal vom Telefon, denn das befindet sich im Salon. Aber oben in meinem Schlafzimmer habe ich einen weiteren Anschluss einrichten lassen.«

Sie schaute ihn überrascht an. »Sie haben ein Telefon in Ihrem Schlafzimmer?«

»Ich bekomme hin und wieder mitten in der Nacht Anrufe«, sagte er. »Das ist bei meinem Beruf nichts Ungewöhnliches.«

»Gewiss«, sagte sie. Unwillkürlich stellte sie sich vor, wie Bragg halbnackt am Telefon Anweisungen erteilte, und errötete. Als er sie an jenem Abend in seinen Armen gehalten hatte, hatte sie gespürt, wie schlank und muskulös sein Körper war. Francesca schob die Gedanken beiseite. Schließlich hatte sie Bragg aus einem bestimmten Grund besucht, und ihre Zeit war begrenzt. »Ich habe Neuigkeiten für Sie, Bragg.«

»Ich hatte schon vermutet, dass es sich nicht um einen bloßen Höflichkeitsbesuch handelt«, erwiderte er. »Ehrlich gesagt, hatte ich mich schon gefragt, wie lange es wohl dauern würde, bis Sie wieder auftauchen.«

Seine Stimme klang so herzlich, dass sie unwillkürlich lächelte. »Und haben Sie mit Ihrer Vermutung richtig gelegen? Haben Sie geglaubt, dass sich unsere Pfade schon so bald wieder kreuzen würden?« Er hatte also auch an sie gedacht! Sie jubilierte innerlich.

»Nein, ich habe mich ein wenig verschätzt«, erwiderte er

trocken. »Ich hatte eigentlich erst morgen am späten Vormittag mit Ihnen gerechnet. Genau gesagt, um kurz vor elf.«

»Oh! Dann bin ich ja sechzehn Stunden zu früh gekommen! Ich halte Sie offenbar ganz schön auf Trab.« Sie grinste.

»Das würden Sie wohl gern, aber die Nachtstunden zählen nicht mit – das habe ich gerade so entschieden.«

»Sie können doch nicht mitten im Spiel die Regeln ändern!«, neckte ihn Francesca.

»Aber warum denn nicht? Es ist ja mein Spiel«, erwiderte er leise. Seine Augen wanderten erneut zu ihrem Mund und verweilten dort.

Francesca erschauerte. Jetzt, wo sie ganz allein waren, würde Bragg sie gewiss in die Arme schließen und küssen, da war sie sich ganz sicher, und sie wünschte sich nichts sehnlicher. »Aber Sie erledigen doch mitten in der Nacht geschäftliche Dinge«, sagte sie ebenso leise. »Sie haben ein Telefon an Ihrem Bett. Das ist der Beweis, dass die Nachtstunden doch zählen.«

»Aber das Telefon ist nur für Notfälle«, erwiderte er lächelnd.

»Nun, Sie können schließlich nie wissen, wann ich Ihnen wieder einmal einen Notfall präsentiere«, gab sie ebenfalls lächelnd zurück. »War es nicht bereits Mitternacht, als ich Joel mit der Neuigkeit von dem Mord zu Ihnen schickte?«

Er lachte und schüttelte den Kopf. »Ich gebe mich geschlagen. Sie haben vollkommen Recht. Beim nächsten Mal werden *Sie* die Regeln bestimmen, Francesca.« Sein Lächeln erstarb, und er starrte sie mit einem glühenden Blick an.

Francesca fiel das Atmen immer schwerer. »Das sollte ich vielleicht besser niederschreiben, um es der Nachwelt zu erhalten«, sagte sie mit fast schon heiserer Stimme.

»Belassen wir es lieber bei einer mündlichen Abmachung.

Gott bewahre, wir wollen doch nicht, dass irgendein fanatischer Reporter erfährt, dass der Commissioner der Polizei von New York einer kleinen Studentin des Barnard Colleges erlaubt, die Spielregeln aufzustellen.«

»Sie haben ja so Recht«, antwortete sie.

»Wollen wir nun in den Salon gehen?«, fragte er und nahm ihren Arm. Er war ihr so nah, dass sich ihre Hüften berührten. Ihr Arm schien dort, wo er sie berührte, zu kribbeln. »Ich hätte nichts dagegen, in Ihrem Arbeitszimmer zu bleiben. Der Raum gefällt mir.« Sie spürte darin seine Energie, sein Wesen, seinen Charakter. Ihr Blick fiel auf die Bücher in der am nächsten stehenden Kiste. Es handelte sich ausschließlich um juristische Fachbücher, die Bragg zweifellos in den Jahren in Harvard angeschafft hatte, oder während der Zeit, als er in Washington, D.C., als Anwalt gearbeitet hatte.

»So ein Zimmer kann auch nur Ihnen gefallen.« Er ließ ihren Arm los, und sie nahm in dem großen Lehnstuhl Platz. Zu ihrer Überraschung saß man darin wie auf einer Wolke. »Wie lange haben Sie diesen Sessel schon?«, fragte sie.

»Schon sehr lange«, erwiderte er.

Sie hatte das Gefühl, dass der Sessel über die Jahre Braggs männlichen Duft angenommen hatte. Sie lehnte sich zurück, worauf zu ihrer Verblüffung die Lehne nach hinten klappte und ein Fußteil ausgefahren wurde, das ihre Füße in die Höhe hob. »Oh!«, rief sie überrascht.

»Ich hatte ganz vergessen, Ihnen zu sagen, dass man den Sessel verstellen kann.« Er beugte sich über den Lehnstuhl, eine Hand auf jeder Armstütze. Während er die Lehne wieder aufrichtete, blickte sie in sein Gesicht, das nur wenige Zentimeter von ihrem entfernt war. Er hielt in der Bewegung inne und starrte sie an.

Francesca konnte ihren Blick nicht von seinem Mund wenden. Sie erinnerte sich noch genau daran, wie seine Lippen geschmeckt und wie sie sich angefühlt hatten, und ihr Herzschlag glich einem Trommelwirbel. »Bragg?«, hauchte sie.

Er richtete sich abrupt auf, ließ den Sessel los und trat so rasch von ihm weg, dass es fast schon so wirkte, als springe er zur Seite.

»Nun, welche Neuigkeiten gibt es denn?«, fragte er mit rauer Stimme und schob die Hände in die Hosentaschen, als wolle er verhindern, dass sie sich woandershin verirrten.

Francesca blickte ihn bestürzt an. Sie glaubte gesehen zu haben, dass seine Hände zitterten, aber sie war sich nicht sicher. Er hätte sie so leicht küssen können, doch er hatte es nicht getan.

Bragg sah sie mit brennenden Augen an.

Warum um alles in der Welt hatte er sie nur nicht geküsst? Verspürte er nicht das gleiche Verlangen wie sie?

Sie fühlte, wie ihre Wangen zu glühen begannen. »Ich habe jede Menge Neuigkeiten«, erwiderte sie mit heiserer Stimme, fuhr sich mit der Zunge über die Lippen und erhob sich zitternd aus dem Sessel. Dieses Mal kam er ihr nicht zu Hilfe, sondern hielt Abstand. »Ich bin mir ziemlich sicher, dass es Bill Randall war, der in Georgette de Labouches Haus kam, als ich mich dort in der Küche versteckte.«

»Tatsächlich?«, fragte Bragg. Die Nachricht schien ihn zu erleichtern. »Er hat angegeben, dass er erst gestern in der Stadt eingetroffen ist, also einen Tag nach dem Mord.«

»Ich bin mir sehr sicher, Bragg«, sagte Francesca.

Bragg starrte sie nachdenklich an. »Dann hat er uns angelogen, und so, wie Sie sein Verhalten beschrieben haben, lässt das nur den Rückschluss zu, dass er bereits vom Tod seines Vaters wusste, als er Miss de Labouches Haus betrat. Wäre er vom Anblick der Leiche überrascht gewesen, hätte er doch bestimmt sofort die Polizei alarmiert.« Braggs Gesicht hatte einen grimmigen Ausdruck angenommen. »Der Leichenbeschauer hat festgestellt, dass der Mord zwischen sechs und acht Uhr abends geschehen sein muss. Nach Ihrer Aussage hat Randalls Sohn gegen Mitternacht – also vier bis sechs Stunden nach dem Mord – Miss de Labouches Haus betreten. Die Frage ist nur, warum? Warum ist er dorthin gegangen? Wusste er wirklich bereits, dass sein Vater tot war? Das ist eine ausgesprochen wichtige Frage, denn wenn es sich so verhält, dann weiß er zweifellos auch, wer der Mörder ist.«

»Soweit ich seine Reaktion an jenem Abend einschätzen kann, bin ich mir ziemlich sicher, dass er nicht überrascht war, seinen Vater dort tot vorzufinden, Bragg.«

Bragg runzelte die Stirn. »Ziemlich sicher ist aber nicht ganz sicher.«

»Ich weiß. Es tut mir Leid. Vergessen Sie nicht, dass ich mich in der Küche versteckt hatte und ihn nicht aus der Nähe sehen konnte.«

»Wenn er nicht überrascht gewesen ist, könnte es sich bei dem Mörder entweder um Mrs Randall oder um Mary handeln«, sagte Bragg.

»Das sehe ich genauso. Aber ich glaube andererseits nicht, dass Henrietta oder ihre Tochter irgendetwas mit dem Mord zu tun haben. Es sei denn, eine von ihnen ist eine wirklich hervorragende Schauspielerin. Was ist mit Randalls Schuldnern? Könnte der Mörder unter ihnen zu finden sein?«

»Dieser Spur gehe ich bereits nach, Francesca«, erwiderte Bragg. »Ich habe einige Beamte darauf angesetzt, all diejenigen zu befragen, denen Randall Geld geschuldet hat. Das scheint allerdings eine Sackgasse zu sein, denn er hatte sich das Geld – übrigens beträchtliche Summen – von drei verschiedenen, überaus seriösen Bankiers geliehen. Diese Herren haben einen hervorragenden Ruf. Es wäre in der Tat schockierend, wenn einer von ihnen wegen des Geldes, das Randall ihm schuldete, einen Mord begangen hätte.«

Francesca seufzte. »Das ist wirklich zu dumm.«

Er warf ihr einen Blick zu. »Ich sage es nur ungern, aber Georgette de Labouche zählt für mich immer noch zum Kreis der Verdächtigen. Ich frage mich, ob sie Bill Randall kannte.«

»Ich war an jenem Abend bei ihr, Bragg, und mein Instinkt sagt mir, dass sie unschuldig ist.«

»Nun, wie auch immer – vielleicht irren Sie sich ja doch, was den Eindringling angeht. Womöglich hat es sich um jemand anders gehandelt. Wie dem auch sei, ich werde der Polizei in Philadelphia telegrafieren und sie bitten herauszufinden, wann Bill Randall tatsächlich von der Universität abgereist ist.«

Francesca wusste, dass sie sich nicht irrte. Sie hatte Bill Randall in jener Nacht in Georgettes Haus gesehen. »Es gibt übrigens noch weitere Neuigkeiten«, sagte sie und verzog ein wenig das Gesicht.

Er lächelte. »Keine guten, wie ich annehme?«

»Nein, keine guten.« Sie wurde zunehmend nervöser. »Hart hat gelogen. Er war in der Mordnacht nicht mit Daisy und Rose zusammen, sondern zu Hause. Er hat es mir gestanden.«

Bragg starrte sie mit großen Augen an. »Einfach so?«

Sie nickte und rang die Hände. »Und er war ausgesprochen freundlich, wenn ich das hinzufügen darf.«

Mit düsterem Gesichtsausdruck schritt er auf sie zu. »Und warum sollte mein Halbbruder Ihnen gestehen, dass sein Alibi erfunden war, wenn ich fragen darf?«, fragte er mit scharfer Stimme.

»Weil ich eine gute Detektivin bin«, erwiderte sie rasch. »Bitte reagieren Sie jetzt nicht übertrieben. Es besteht gar kein Grund, wütend zu werden!«

»Ich habe allerdings jeden Grund, wütend zu werden«, sagte er und blickte sie finster an. »Immerhin hatte ich Sie gebeten, sich von Calder Hart fern zu halten, Francesca, und Sie hatten es mir versprochen. Wo hat diese Unterhaltung stattgefunden?«

»Sie sollten sich lieber bei mir bedanken, dass ich es herausgefunden habe«, erwiderte sie. »Und ich habe nie versprochen, dass ich mich von ihm fern halten würde – Sie haben mein Schweigen als Zustimmung gedeutet.«

»Das ist ja ganz wundervoll«, sagte er höhnisch. »Sie haben meine Frage nicht beantwortet«, fügte er nach einer Weile hinzu.

In diesem Moment wurde die Tür geöffnet, und Peter betrat das Zimmer. Francesca nahm ihren Sherry mit einer gewissen Erleichterung in Empfang und sah zu, wie Bragg Peter wortlos bedeutete, das Weinglas auf seinen Schreibtisch zu stellen. Der große Mann tat wie geheißen und verschwand wieder.

»Nun?«, drängte Bragg, der Francesca nicht eine Sekunde lang aus den Augen gelassen hatte. Er erinnerte sie an einen jener arktischen Wölfe, wie sie in Jack Londons Büchern beschrieben wurden: ein geduldig seine Beute umschleichendes Raubtier mit goldenen, funkelnden Augen.

»Ich habe Hart soeben einen Besuch abgestattet«, sagte sie. »Er war ziemlich betrunken, und ich nehme an, dass er deshalb mit der Wahrheit herausgerückt ist.«

»Verflucht noch mal, Francesca!«, rief Bragg. »Wann werden Sie sich endlich einmal an das halten, was ich Ihnen sage?«

Bei seinem Fluch war sie unwillkürlich zusammengezuckt. »Freut es Sie denn gar nicht, dass ich die Wahrheit herausgefunden habe? Hart war am Freitagabend von kurz nach sechs bis zu dem Moment, als er sich auf den Weg zu Whites Party gemacht hat, allein zu Hause. Leider hat er nämlich das gesamte Dienstpersonal weggeschickt – das ist offenbar eine Angewohnheit von ihm, wie ich erfahren habe.«
Bragg fluchte erneut, doch dieses Mal war es seine Reaktion auf die Schwierigkeiten, in die sein Halbbruder immer tiefer und tiefer hineingeriet, das war Francesca klar. Mit dem Blick auf ihr Gesicht gerichtet, trat Bragg wieder näher an sie heran. »Und was hat mein ach so lammfrommer Bruder sonst noch gesagt – oder getan?«
Sie blickte ihn überrascht an. Eigentlich hatte sie eine Bemerkung über die Tatsache erwartet, dass Calder Hart nun doch zu einem Verdächtigen in dem Mordfall geworden war. Francesca zuckte mit den Schultern, in der Hoffnung, unbekümmert zu wirken. »Das war eigentlich alles. Er hatte zu tief ins Glas geschaut, Bragg. Als ich ging, war er eingeschlafen. Ich glaube, seine Trauer hat ihn dazu gebracht, sich sinnlos zu betrinken.«
»Hat er versucht, Sie zu verführen?«, fragte Bragg mit durchdringendem Blick.
Francesca schnappte nach Luft. »Wie bitte?«
»Sie haben mich schon verstanden.«
»Es gibt keinen Grund, eifersüchtig zu sein, Bragg«, rutschte ihr heraus, aber in dem Moment, als ihr die Worte über die Lippen kamen, waren sie ihr auch schon schrecklich peinlich. Doch Bragg ging gar nicht darauf ein. »Hat er nun versucht, Sie zu verführen oder nicht?«, wiederholte er.
»Nicht wirklich.«

Seine Hand schoss vor und umklammerte ihr Handgelenk. »*Nicht wirklich?* Was zum Teufel soll das heißen?« Er hatte sich bedrohlich vor ihr aufgebaut.

Sie starrte in seine bernsteinfarbenen Augen, die nur wenige Zentimeter von den ihren entfernt waren. »Es bedeutet, dass er es eben nicht so richtig versucht hat.« Seine Wut jagte ihr ein wenig Angst ein, doch zugleich überlief sie auch ein freudiger Schauer. So musste sich wohl einst ein Edelfräulein gefühlt haben, um deren Gunst zwei Ritter kämpften.

»Mein Bruder versucht jede Frau zu verführen, die seinen Weg kreuzt«, knurrte Bragg, wobei sein Atem ihre Wange kitzelte. »Hat er Sie geküsst?«

»Nein!«, rief sie entgeistert. »Nein, Bragg, das hat er nicht!«

Noch immer hielt er ihr Handgelenk umklammert.

»Calder weiß, was wir –«, setzte Francesca an und verstummte abrupt wieder. Fast wäre ihr herausgerutscht, dass Hart wusste, was Bragg und sie füreinander empfanden, aber das durfte sie ihm auf keinen Fall sagen.

»Jetzt nennen Sie ihn also schon Calder! Und was, wollten Sie sagen, weiß Calder?« Mit funkelnden Augen beugte er sich noch weiter zu ihr vor.

»Sie behandeln mich überaus grob!«, beschwerte sich Francesca. »Hart und Sie haben mehr gemeinsam, als Sie beide glauben.«

»Wissen Sie eigentlich, wie gefährlich es war, zu ihm zu gehen – besonders, da er betrunken war? Und wir haben nichts, aber auch gar nichts gemein – außer unserer Mutter, Lily Hart.«

Bragg hatte seine Mutter erst einmal kurz erwähnt, allerdings nicht mit Namen. »Er war ein echter Gentleman«, verteidigte sie sich.

»Ach, wirklich?« Bragg lachte. »Eines sollten Sie wissen, Francesca: Falls er wirklich nicht versucht haben sollte, Sie zu verführen, dann nur, weil er zu betrunken dazu war, das können Sie mir glauben.« Und mit diesen Worten ließ er sie los.

»Er schäkert nur einfach gern, das ist alles«, sagte sie bestürzt. »Und ich bin davon überzeugt, dass er nur deshalb nichts Unschickliches getan hat, weil er – abgesehen von einem anderen Grund – tief in seinem Inneren doch ein Gentleman ist.«

»Sie sollten sich besser keinen Illusionen hingeben«, erwiderte Bragg. Dann ging er zu seinem Schreibtisch und starrte sein Weinglas an, machte aber keine Anstalten, es anzurühren. Seine breiten Schultern waren steif vor Anspannung. Er hob langsam den Kopf und blickte Francesca an. »Was für ein anderer Grund?«, fragte er schroff.

Sie zögerte einen Moment lang. Wie hätte sie Bragg auch erklären sollen, dass Calder Hart wusste, was sie füreinander empfanden, und dass er sich zurückgehalten hatte, weil Bragg sein Halbbruder war? Denn das war es, was Francesca glaubte. »Kennen Sie das Sprichwort ›Blut ist dicker als Wasser‹?«, fragte sie schließlich leise.

»Calder und mich verbindet mehr Wasser als Blut«, gab er prompt zurück.

»Ich gebe auf. Für den Moment jedenfalls«, antwortete Francesca seufzend. »Aber eines Tages würde ich gern erfahren, warum Sie beide einander so feindlich gesinnt sind.«

Bragg musterte sie kühl. »Dieses Thema ist damit ein für alle Mal beendet«, sagte er.

»Aber warum denn?«, fragte sie.

»Weil es Sie nichts angeht«, erwiderte er finster.

Seine Worte verletzten sie zutiefst. »Aber wir sind doch Freunde. Das dachte ich zumindest.«

Er nahm sein Weinglas auf und sah sie an. »Ja, wir sind Freunde, aber es gibt nun einmal einige private Dinge, über die ich nicht sprechen möchte. Und ich bitte Sie, meinen Wunsch zu respektieren, denn wenn Sie es nicht tun, wäre das eine nicht zu entschuldigende Einmischung in mein Privatleben.«

Francesca wurde bewusst, dass sie wohl keine andere Wahl hatte, als dieses Thema in Zukunft zu vermeiden. Und dennoch war sie sich sicher, dass es ihr eines Tages gelingen würde, eine Aussöhnung zwischen den beiden Brüdern in die Wege zu leiten. Sie war zutiefst davon überzeugt, dass Hart in Wahrheit nicht so ein schlechter Mensch war, wie Bragg behauptete – und wie Hart es für sich selbst in Anspruch nahm.

»Ich kann förmlich sehen, wie die kleinen Rädchen in Ihrem Kopf rattern«, sagte Bragg leise, der noch immer vor seinem Schreibtisch stand.

Sie zuckte zusammen.

»Ich hoffe, Sie schmieden nicht schon wieder neue Pläne, Francesca«, fuhr er fort. »Haben Sie denn immer noch nicht genug, womit Sie sich beschäftigen können?«

»Sie haben Recht«, erwiderte Francesca. Sie verspürte den dringenden Wunsch, aufzustehen und zu Bragg hinüberzugehen, wagte es aber nicht. »Ich habe Joel darauf angesetzt, Georgette de Labouche zu finden«, fuhr sie fort. »Sobald er herausgefunden hat, wer ihre Freunde sind, werde ich beginnen, sie zu befragen. Und was Hart angeht – wir dürfen nicht zulassen, dass die Presse Wind davon bekommt.«

»Das würde mir die Arbeit nur erschweren«, stimmte ihr Bragg zu und nahm den ersten Schluck von seinem Rotwein.

»Und es würde Harts ohnehin schon nicht gerade glänzenden Ruf nur weiter ruinieren«, fügte Francesca hinzu.

»Das dürfte ihn am wenigsten stören«, sagte Bragg.

Francesca vermutete, dass er mit dieser Einschätzung Recht hatte. Plötzlich hörte sie, wie eine Uhr zur halben Stunde schlug. Sie blickte erschrocken auf und schaute auf die große, antike Standuhr, die in einer Ecke des Zimmers stand. Als sie sah, dass es bereits halb neun war, nahm ihre Bestürzung zu. Ach, sie war einfach noch nicht bereit zu gehen!

»Spielen Sie heute Abend das Aschenputtel?«, fragte Bragg amüsiert.

»Ehrlich gesagt, hat mir meine Mutter mit ziemlicher Deutlichkeit klar gemacht, dass sie mich spätestens um halb neun zu Hause erwartet.« Sie blickte ihn an.

»Dann sollten Sie sich wohl besser auf den Weg machen«, erwiderte er, wobei er sich nicht von der Stelle rührte. Sein Gesicht wirkte mit einem Mal angespannt.

Francesca konnte einfach nicht anders, sie musste zu ihm gehen. Er stand bewegungslos da, den Blick auf sie gerichtet, als sie auf ihn zutrat. Sie stellte ihr Sherry-Glas auf dem Schreibtisch ab, blickte auf und sah ihm in die Augen.

»Wie geht es jetzt weiter, Bragg?«, flüsterte sie.

Er stand ganz ruhig da.

Francesca schluckte. »Ich wollte damit sagen –«, setzte sie mit belegter Stimme an.

»Ich weiß schon, was Sie damit sagen wollten.« Bragg stellte sein Glas ebenfalls ab und wandte sich ihr dann zu. Er hatte die Hände unwillkürlich zu Fäusten geballt. »Ich werde mich morgen ausführlich mit Hart unterhalten. Und Sie werden Miss de Labouche ausfindig machen.« Francesca sah, wie das Blut hinter seinen Schläfen pochte.

Sie war sich sicher, dass er die wahre Bedeutung ihrer Frage verstanden hatte, doch gewiss wäre es besser gewesen, sie hätte das Spiel mitgespielt und vorgegeben, es ginge nur um die

Arbeit. Stattdessen sagte sie: »Das habe ich nicht gemeint. Ich wollte wissen, wie es mit *uns* weitergeht.«

»Gar nicht, denn es gibt kein *uns«*, erwiderte er tonlos.

»Wie bitte?«, keuchte sie auf.

»Versuchen Sie etwa, mich zu verführen?«, fragte er. »Wissen Sie eigentlich, wie schwer es mir fällt, hier so allein mit Ihnen zu sein – zu dieser späten Stunde? Ihnen ist doch hoffentlich klar, dass es Ihren guten Ruf zerstören könnte, wenn irgendjemand herausfinden sollte, dass Sie hier sind … bei mir – ganz gleich, wie harmlos der Grund dafür auch sein mag.«

Sie fuhr sich mit der Zunge über die Lippen. Warum war er bloß so wütend? »Aber niemand weiß es. Und mein guter Ruf ist mir egal«, erwiderte sie.

»Aber mir nicht!«, rief er. Dann streckte er die Hände aus, als wolle er ihre Schultern ergreifen, ließ sie aber sogleich wieder fallen. »Solange wir irgendwelche Polizeiangelegenheiten besprechen, werde ich damit fertig, Francesca. Aber wenn Sie mich so ansehen und anfangen, versteckte Anspielungen zu machen, komme ich damit nicht zurecht. Ich bin kein Heiliger. Ich bin ein Mann. Ein Mann, dessen Hände gebunden sind, was Sie angeht. Daher gibt es kein *uns«*, endete er mit scharfer Stimme.

Francesca hatte das Gefühl, als könne sie nicht mehr richtig atmen. Sie verstand zwar, warum er sie nicht küssen wollte – sie war eine vornehme Dame, er war ein Gentleman und bekleidete ein öffentliches Amt, es schickte sich einfach nicht. Aber warum machte er ihr denn nicht den Hof?

Sie spürte ein dumpfes Pochen in ihren Schläfen. Sollte sie es wagen, jene Frage zu stellen, die ihr auf der Zunge lag? Sollte sie es wagen, ihn zu fragen, warum er sich ihr immer wieder entzog?

»Warum sehen Sie mich so an, als würden Sie sich nach mir verzehren, und erwecken zugleich den Eindruck, als fürchteten Sie, ich würde Ihnen unerträglichen Schmerz zufügen?«, fragte sie schließlich leise. Daraufhin berührte er endlich ihre Wange, wenn auch nur kurz.

»Ich habe mein Bestes getan, mich Ihnen gegenüber anständig zu verhalten, Francesca.«

Sie atmete tief ein. »Sie haben mich geküsst.«

Ihre Blicke senkten sich ineinander. »Ich war erschöpft, überarbeitet und betrunken.«

»Ich weiß«, antwortete sie leise, und dann tat sie etwas, was sie gar nicht beabsichtigt hatte: Sie streckte die Hand aus und legte sie ihm auf die Wange. Als sie seine unrasierte Haut, seinen angespannten Kiefer und den Winkel seines Mundes unter ihrer Handfläche spürte, überkam sie ein so großes Verlangen, dass ihr beinahe schwindelig wurde.

Er sog scharf den Atem ein und griff nach ihrer Hand, zog sie aber nicht von seiner Wange weg, sondern hielt sie dort fest. Dann drehte er den Kopf zur Seite und küsste ihre Handfläche. Francesca stöhnte auf.

Und dann lag sie plötzlich in seinen Armen, und sein Mund ergriff Besitz von ihren Lippen, wie sie es sich in ihren Träumen vorgestellt hatte. Leidenschaftlich und wild drängte sich seine Zunge in ihren Mund. Francesca spürte, dass er sie mit dem Rücken gegen die Wand drängte. Sie spürte, wie sich ihr Haar löste, spürte seine muskulösen Lenden und seine Erregung, die sich gegen ihren Unterleib presste. Er küsste sie mit einer Leidenschaft, als beabsichtige er, sie an Ort und Stelle zu nehmen.

Francesca klammerte sich an seinen Schultern fest, als hinge ihr Leben davon ab.

Während seine Zunge ihren Mund erkundete, glitten seine Hände an ihrem Rücken entlang und verharrten auf ihren Hüften. Er presste sie fest gegen seinen Körper, und wieder spürte sie seine mächtige Erregung. Als er seine Hand über ihr Hinterteil gleiten ließ, stöhnte sie leise auf.

Sie hatte das Gefühl zu sterben. Einerseits wäre sie am liebsten geflohen, doch andererseits sehnte sie sich verzweifelt danach, zuerst ihm und dann sich selbst die Kleider vom Leib zu reißen.

Plötzlich gab er ihren Mund frei und drückte seine Lippen immer und immer wieder auf ihren Hals, während er gleichzeitig seine Hüften nachdrücklich und fordernd gegen ihren Unterleib presste. Dann drückte er ihr Gesicht in die Vertiefung zwischen seinem Hals und seiner Schulter und umschlang sie mit beiden Armen. Zitternd verharrten sie in einer innigen Umarmung, während Francesca spürte, wie sich ihr eigenes Herz heftig klopfend mit dem seinen verband. Sie ahnte, wie viel Beherrschung er aufbringen musste, um seinen Körper zu zügeln. Seine Erregung war nach wie vor offensichtlich, und Francesca begriff, dass Bragg alles tat, um nicht seinen niedersten Instinkten nachzugeben. Er tat alles in seiner Macht Stehende, um sie mit Respekt zu behandeln.

Nach einer Weile schlugen ihre Herzen wieder ruhiger, und das Zittern ließ nach.

Bragg löste sich aus ihren Armen und sah ihr in die Augen. Francesca vermochte weder zu lächeln noch zu sprechen. Die Heftigkeit der Leidenschaft, die sie zwischen ihnen beiden verspürt hatte, raubte ihr den Atem. Sie blickte ihn schweigend an, bis sie plötzlich bemerkte, wie verzweifelt er aussah.

Eine Welle der Furcht überkam sie.

»Bragg?«, flüsterte sie verunsichert. »Was ist los?«
»Sie sollten jetzt besser gehen«, sagte er heiser. »Sie sind ohnehin schon spät dran. Aber morgen müssen wir uns endlich einmal ernsthaft unterhalten.«
Eine innere Stimme sagte Francesca, dass sie dieses Gespräch um jeden Preis vermeiden sollte.

KAPITEL 15

SONNTAG, 2. FEBRUAR 1902 – 21.30 UHR
Auf dem Heimweg dachte Francesca mit einem gewissen Unbehagen darüber nach, was Bragg bei ihrem nächsten Treffen wohl mit ihr zu besprechen wünschte. Sie fürchtete, dass bei dieser Unterhaltung nichts Gutes herauskommen würde.

Dann ging ihr durch den Kopf, was ihre Mutter wohl dazu sagen würde, dass sie zu spät nach Hause kam. Sie wünschte, sie hätte ihr Wort nicht gebrochen, denn beim nächsten Mal, wenn sie zu einer ungewöhnlichen Stunde in die Stadt fahren wollte, würde ihre Mutter gewiss nicht mehr so entgegenkommend sein. Sie konnte nur hoffen, dass sich Julia bereits in ihre Zimmer zurückgezogen hatte. Das würde das Leben – für den Moment zumindest – viel einfacher machen. Doch Francesca vermochte sich des Gefühls nicht zu erwehren, dass das Leben niemals wieder wirklich einfach sein würde.

Die Kutsche hatte soeben die Ecke der Sixty-third Street und der Fifth Avenue erreicht und bog nun auf die Fifth Avenue ab. Es hatte aufgehört zu schneien, und der Park und die Fifth Avenue waren mit einer frischen Schneeschicht bedeckt, die das Klappern der Hufe dämpfte. Am schwarzblauen Nachthimmel standen einige Sterne und die hell leuchtende Mondsichel. Obwohl es ein wunderschöner Anblick war, vermochte er Francesca nicht aus ihrer bedrückten Stimmung zu reißen. Während die Kutsche langsam auf die Villa ihrer Eltern zurollte, sah Francesca ihren Bruder, der gerade die Treppe von seinem Privateingang herunterkam.

Evan hatte die Hände in den Taschen seines Mantels vergraben und machte sich mit gesenktem Kopf zu Fuß auf den Weg in Richtung Fifth Avenue. Er hatte sich einen Schal nachlässig um den Hals geschlungen, trug aber keinen Hut. Francesca vermutete, dass er auf dem Weg zum Metropolitan Club war, der nur einen halben Häuserblock weit entfernt lag, und das Herz wurde ihr noch schwerer. Es war Sonntagabend – konnte ihr Bruder nicht ein einziges Mal zu Hause bleiben? Mit wem wollte er sich nur treffen, und warum?

»Jennings, halten Sie bitte an, ich möchte mit meinem Bruder sprechen«, rief sie.

Als die Kutsche ihr Tempo verlangsamte, blickte Evan auf und blieb stehen, als er sie als die seiner Eltern erkannte. Francesca entriegelte das Fenster und schob es auf. »Hallo!«, rief sie mit gespielter Fröhlichkeit. »Ist es warm genug, um zu laufen? Ich bin auf dem Nachhauseweg. Wenn du einen Moment wartest, kannst du die Kutsche gern haben.«

»Hallo, Fran«, sagte Evan, trat auf die Tür zu und schaute durch das Fenster zu seiner Schwester hinein. »Ich bin auf dem Weg zum Club, deshalb gehe ich zu Fuß.« Er lächelte, woraus Francesca schloss, dass er ihre unangenehme Auseinandersetzung vom Vortag vergessen hatte. Evan war nun einmal nicht nachtragend.

Außer, wie es schien, wenn es um ihren Vater und die bevorstehende Hochzeit ging.

»In den Metropolitan Club?«, fragte Francesca. »Komm, steig ein! Jennings wird dich dort absetzen.«

Evan zögerte einen Moment lang, öffnete dann aber die Tür und kletterte hinein. »Es ist eigentlich ein sehr schöner Abend«, sagte er, während er es sich neben ihr gemütlich machte. »Mit dem Schnee ist es auch etwas wärmer geworden.«

»Das habe ich gar nicht bemerkt«, erwiderte Francesca stirnrunzelnd.

»Was ist denn los?«

»Ach, alles und nichts.« Sie versuchte ihren Bruder anzulächeln, doch es wollte ihr nicht so recht gelingen.

»Ist es wegen Connie? Zumindest hast du sie gesehen und Mutter auch. Es wird schon wieder alles gut werden, Fran«, sagte er und tätschelte ihr Knie mit aufrichtiger Zuneigung. »Sie wird inzwischen zu Hause sein, und Neil und sie haben wahrscheinlich bereits begonnen, die Dinge wieder ins Lot zu bringen.«

Ob Evan wirklich glaubte, dass es so leicht sein würde? War sie denn die Einzige, die sich um Connie sorgte? Francesca blickte ihn zweifelnd an. »Und das von einem Mann, der selbst eine Mätresse hat«, murmelte sie.

Evan hatte sich nach vorn gebeugt und klopfte an die Trennscheibe. »Jennings, lassen Sie mich bitte am Club raus und bringen Sie Francesca dann nach Hause.«

»Jawohl, Sir«, erwiderte Jennings und ließ die Pferde erneut antraben.

Evan wandte sich wieder seiner Schwester zu. »Fran, ich bin noch nicht verheiratet. Und Sarah Channing liebt mich nicht. Ehrlich gesagt, glaube ich sogar, dass sie Angst vor mir hat. Es wäre ihr gleichgültig, wenn sie von Grace Conway wüsste.«

»Du verwechselst ihre ruhige Art mit Schüchternheit und Ängstlichkeit. Das habe ich anfangs auch getan.«

Er seufzte. »Bitte verschone mich mit den Vorzügen von Sarah Channing. Hast du mich etwa deswegen abgefangen? Ich weiß, dass du etwas mit mir besprechen willst, das sehe ich dir an der Nasenspitze an.« Er seufzte erneut, dieses Mal noch tiefer. »Also, ich bin bereit – lass hören!«

»Wie meinst du das?«

Er verschränkte die Arme vor der Brust und sah sie an. »Ich rechne mit einer Standpauke, weil ich einer bestimmten Dame nicht den Laufpass gegeben habe, die mir sehr viel bedeutet. Es tut mir Leid, dass wir uns gestern Abend gestritten haben, Fran. Zwar geht dich das alles eigentlich nichts an, aber das entschuldigt nicht mein ausfallendes Verhalten. Eine unanständig große Menge Gin war daran schuld.«

»Ich habe dich vorher noch niemals so betrunken gesehen«, sagte Francesca.

»Die Sache ist ganz einfach. Ich bin ein Mann auf dem Weg zum Galgen – warum sollte ich meinen Kummer also nicht ersäufen?« Evans Mund lächelte sie an, aber seine blauen Augen blickten traurig.

Francesca hasste es, ihn so zu sehen. Und sie war wütend auf ihren Vater, weil er den Gefühlen seines Sohnes keine Beachtung schenkte und sich weigerte, auch nur in Erwägung zu ziehen, die Verlobung wieder zu lösen. Sie lächelte und strich ihrem Bruder eine Locke seines schwarzen Haares aus der Stirn. »Evan, lass uns morgen doch gemeinsam Sarah besuchen«, schlug sie einer spontanen Eingebung folgend vor.

»Lieber nicht.«

»Kannst du sie jetzt etwa nicht einmal mehr leiden? Ich weigere mich, das zu glauben. Dazu bist du zu sehr Gentleman.«

»Ich habe nie behauptet, dass ich sie nicht leiden kann, aber ich kann auch nicht gerade behaupten, dass ich sie mag. Ich habe sie doch erst gestern Abend in der Oper gesehen, schon vergessen? Du warst schließlich auch da. Ich war höflich und

aufmerksam, und sie – na ja, vielleicht sollte ich es besser nicht sagen.« Er wandte sich mit einer Grimasse ab.
»Es ist wichtig. Bitte, Evan«, drängte Francesca. »Vielleicht empfindest du danach ganz anders für sie.«
»Ich würde möglicherweise ganz anders für sie empfinden, wenn sie nur eine Meinung hätte und es wagen würde, sie auch zu äußern«, erklärte er erbittert. »Und hast du übrigens schon einmal bemerkt, dass sie spindeldürr und alles andere als hübsch ist?«
»Sie ist zierlich. Und sie hat die schönsten braunen Augen, die ich jemals gesehen habe, und eine makellose Haut wie eine Porzellanpuppe –«
»Das reicht! Wenn du glaubst, mich überzeugen zu können, dass Sarah hübsch ist, so wirst du es nicht schaffen. Sie ist bestenfalls unscheinbar, um es einmal freundlich auszudrücken«, sagte er mit finsterem Blick.
»Ich glaube, du hast dir einfach in den Kopf gesetzt, sie nicht zu mögen.« Der Gedanke war Francesca gerade erst gekommen, doch sie hoffte sehr, dass sie damit ins Schwarze traf. Der Brougham hatte mittlerweile vor dem imposanten Granitgebäude Halt gemacht, in dem der Club untergebracht war. »Ich glaube, du würdest jede Frau ablehnen, die Papa dir vorschlägt. Vielleicht bist du einfach noch nicht reif für die Ehe.«
»Wie scharfsinnig! Leider ist Papa auf diesem Ohr vollkommen taub. Der Mann diktiert mir ja geradezu die Zukunft. Er benimmt sich wie ein Tyrann und will einfach nicht auf mich hören.« Er wandte ihr seinen finsteren Blick zu. »Und auch nicht auf dich. Ich möchte dir noch einmal danken, dass du dich für mich eingesetzt hast, Francesca.«
Francesca hatte einige Tage zuvor versucht, ihren Vater umzustimmen, aber zu ihrem Entsetzen feststellen müssen, dass

dieser sich weigerte, die Verbindung noch einmal zu überdenken. »Eins nach dem anderen, Evan. Es ist noch eine lange Zeit bis Juni. Bis dahin kann noch so viel passieren. Warum sollen wir beide Sarah nicht einmal gemeinsam einen Besuch abstatten?«

»Es ist noch eine lange Zeit bis Juni!«, wiederholte Evan ungläubig. »Es sind gerade einmal vier Monate!«

»Ich hoffe, du gerätst jetzt nicht in Panik«, erwiderte sie besorgt.

»Würde es dir an meiner Stelle denn anders ergehen? Stell dir doch nur einmal vor, Mutter hätte entschieden, dass du im Juni Mr Wiley heiraten sollst. Würdest du dann etwa nicht in Panik geraten?«

Als sie ihm in die Augen sah, begriff sie zum ersten Mal das ganze Ausmaß seiner Misere. »Ich würde nicht mit ihm vor den Altar treten«, sagte sie schlicht.

Evan verzog das Gesicht. »Aber du würdest ja auch nicht wegen deiner Spielschulden im Gefängnis landen.«

»Ach, Evan! Also musst du dich entweder in Sarah verlieben, oder wir müssen einen Ausweg aus diesem Dilemma finden.«

Er lächelte und gab ihr einen Kuss auf die Stirn. »Wenn das Ganze nicht so absurd wäre, könnte ich es glatt mit der Angst zu tun bekommen.«

»Du musst keine Angst haben. Ich werde mir alles noch einmal sehr genau durch den Kopf gehen lassen und versuchen, eine Lösung zu finden, das verspreche ich dir.«

»Wie du es bei Connie getan hast?« Er grinste und griff nach der Tür.

Sie ignorierte seine Bemerkung. Evan wollte sich erheben, doch Francesca hielt ihn zurück.

»Was gibt es denn noch?«, fragte er ohne jede Ungeduld in der Stimme.
»Evan, ich bin sehr besorgt über etwas, das du gestern Abend gesagt hast.«
Er blickte sie fragend an. Das Lächeln auf seinem Gesicht war verschwunden. »Ich war betrunken.«
Sie zuckte zusammen. »Ja, ich weiß. Und ich hoffe, dass du heute Abend nicht vorhast, deinen Kummer erneut zu ertränken.«
»Nein, natürlich nicht.«
Sie zögerte.
»Heraus damit, Fran! Früher oder später wirst du es ohnehin zur Sprache bringen.«
Sie verschränkte die Arme vor der Brust. »Nun, letzte Woche hatte ich den Eindruck gewonnen, dass sich deine Spielschulden auf eine bestimmte Summe belaufen.« Francesca würde diese Summe niemals vergessen, denn sie war geradezu Schwindel erregend hoch – 133.000 Dollar.
Evans Augen nahmen einen seltsam verschleierten Ausdruck an. »Ich glaube nicht, dass dich meine Schulden irgendetwas angehen, Fran«, sagte er vollkommen ruhig und wollte sich erneut erheben.
»Warte! Deine Schulden gehen mich durchaus etwas an, denn du bist mein Bruder und ich liebe dich! Wenn Papa dich zu dieser Heirat zwingt –«
»Er erpresst mich«, fiel er ihr ins Wort. »Wir sollten doch kein Blatt vor den Mund nehmen.«
Sie blickte Evan betroffen an. Aber er hatte Recht, so ungern sie es auch zugab. Tief in ihrem Herzen mochte sie immer noch nicht glauben, dass ihr Vater dazu imstande war, seinen eigenen Sohn zu erpressen. »Du hast doch wohl nicht schon wieder gespielt?«, fragte sie nach einer Weile.

Evans Gesicht nahm einen verschlossenen Ausdruck an, und seine Augen musterten sie kühl. »Ich bin spät dran«, erwiderte er.

»Versuchst du etwa, es Vater mit deiner Spielerei heimzuzahlen?«, fragte sie bestürzt. »Hör mal, Evan, was wäre, wenn wir das Geld aufbringen könnten, um deine Schulden zu bezahlen? Bitte mach nicht noch mehr Schulden, Evan!«, rief sie, doch er sprang bereits aus der Kutsche.

Dann schloss er die Tür und blickte sie durch das Fenster an.

»Kein Mensch würde mir so viel Geld leihen«, sagte er.

»Woher sollen wir das wissen, wenn wir es nicht versuchen?«

Er stopfte die Hände in die Hosentaschen und starrte vor sich hin.

»Halt dich von den Spieltischen fern. Das ist keine Lösung«, drängte Francesca, doch Evan blickte weiter schweigend zu Boden. »Papa hat mich gebeten, mit dir zu reden. Er sagt, du würdest ihn ignorieren.« Sie wartete ängstlich auf seine Antwort.

Evan stieß ein bitteres Lachen aus. »Was für ein Feigling er doch ist!«, sagte er. »Unterlasse es bitte demnächst, mir Nachrichten von ihm zu überbringen. Ich habe ihn nämlich nicht ignoriert, Fran, ich habe ihn aus meinem Leben – und aus meinem Herzen – gestrichen.«

»Evan!«, rief sie entgeistert, doch er schritt bereits davon. Francesca steckte ihren Kopf durch das Fenster. »Sag doch so etwas nicht!«, rief sie hinter ihrem Bruder her. »Papa liebt dich, und du liebst ihn auch, das weiß ich!«

Evan wandte sich um und rief: »Liebe? Das kann man ja wohl kaum als Liebe bezeichnen! Wenn er mich liebte, würde er mich nicht zwingen, diese unscheinbare alte Jungfer zu heiraten, die kein Mann eines zweiten Blickes würdigt! Eine Frau,

die ich schrecklich langweilig finde und die ich nun für den Rest meines Lebens ertragen muss! Soweit es mich angeht, hat er seine Rechte als Vater verwirkt. Ich habe keinen Vater mehr, Fran!« Mit diesen Worten wandte er sich um und eilte die breite Granittreppe zum Eingang des Metropolitan Clubs hinauf, wo ihn zwei livrierte Türsteher umgehend einließen.
Mit Tränen in den Augen klopfte Francesca gegen die Trennscheibe und sagte: »Jennings, bringen Sie mich bitte nach Hause.«

MONTAG, 3. FEBRUAR 1902 – 11.45 UHR

Vor der alten Steinkirche an der Ecke der Lexington Avenue und der Fifty-eighth Street – eine presbyterianische Kirche aus dem achtzehnten Jahrhundert – stieg Francesca aus ihrer Mietdroschke. Sie blieb für einen Moment vor dem Eingang stehen und beobachtete, wie mehrere Trauergäste mit ernsten Gesichtern die Kirche betraten. Als sie am Morgen in der Zeitung gelesen hatte, dass der Trauergottesdienst für Paul Randall um zwölf Uhr gehalten würde und das Begräbnis im Anschluss daran auf dem Yonkers Friedhof im Norden der Stadt stattfinden sollte, hatte sie kurz entschlossen ihr Biologie-Seminar geschwänzt, um daran teilnehmen zu können. Ihr Instinkt sagte ihr, dass sie das Begräbnis nicht versäumen sollte, obgleich sie für ihr häufiges Fehlen im vergangenen Monat bereits von einem ihrer Lehrer verwarnt worden war.
Ihre Arbeit als Kriminalistin ließ sich nun einmal sehr schwer mit ihrem Studium vereinbaren.
Immer wieder hielten Kutschen und Droschken am Randstein vor der Kirche, um ihre Passagiere aussteigen zu lassen. Die Lexington Avenue war eine belebte und laute Straße, was

größtenteils auf die Straßenbahnen zurückzuführen war, die in sehr kurzen Abständen vorüberfuhren. Als Francesca gerade ebenfalls die Kirche betreten wollte, erblickte sie ein glänzendes, cremefarbenes Automobil, das in zweiter Reihe neben einer geparkten Kutsche hielt. Es war ein Daimler, und es bestand kein Zweifel daran, wer der Fahrer war.

Bragg schaltete den Motor aus und stieg aus dem Wagen. Er trug einen dunkelbraunen Mantel, der bei jeder Bewegung mitschwang. Als er mit seinem schnellen, entschlossenen Schritt auf Francesca zukam, vollführte ihr Herz einen Hüpfer. Er sah an diesem Morgen einfach umwerfend aus!

»Guten Morgen«, begrüßte er sie, und der Blick, den er ihr zuwarf, kam ihr wieder einmal viel zu durchdringend vor – oder war er vielleicht einfach nur vertraulich?

Francesca freute sich, ihn zu sehen, und obwohl seine Worte am Abend zuvor so Unheil verkündend geklungen hatte, strahlte sie ihn jetzt an. »Zwei Seelen, ein Gedanke«, begrüßte sie ihn ein wenig atemlos.

»In der Tat.« Sein Blick wanderte über ihr Gesicht. »Ich habe heute Morgen ein Telegramm erhalten.«

»Aus Philadelphia?«, fragte Francesca neugierig.

»Können Sie Gedanken lesen?«, zog er sie auf.

Sie lächelte und wartete darauf, dass er ihr den Inhalt des Telegramms mitteilen würde.

»Bill Randall hat einen Zimmergenossen auf dem Campus, Alistair Farlane. Er hat angegeben, Bill das letzte Mal am Donnerstagmorgen gesehen zu haben. Wenn Bill wirklich, wie er behauptet, Freitagnacht noch in Philadelphia gewesen ist, dann hat er nicht im Studentenwohnheim übernachtet – oder zumindest nicht in seinem Zimmer.«

»Dann habe ich also Recht gehabt«, flüsterte Francesca aufgeregt. »Es war also Bill, der an dem Mordabend an den Tatort kam.«

»Es sieht ganz so aus.«

Als erneut eine Mietdroschke am Straßenrand hielt, beobachteten sie, wie eine rundliche Frau ausstieg und auf den Bürgersteig trat. Francesca wusste, dass Bragg gehofft hatte, es könnte sich um Georgette de Labouche handeln.

Ihre Blicke begegneten sich. »Ich hatte damit gerechnet, dass Miss de Labouche womöglich hier auftauchen würde«, gestand Francesca.

»Das möchte ich bezweifeln. Irgendwelche neue Spuren?«

Sie zögerte. »Eine. Ich werde es Sie wissen lassen, wenn sich daraus etwas ergibt.«

»Das will ich doch hoffen!«, erwiderte er und setzte zu einem Lächeln an, blickte dann jedoch zur Seite. Francesca folgte seinem Blick und sah, dass soeben die Familie Randall in einer Mietdroschke eingetroffen war.

Bill Randall stand am Randstein und half seiner Mutter aus der Droschke. Im hellen Tageslicht wirkte sein Gesicht blass und kantig, sein schlaksiger Körper beinahe schon hager. Er machte einen müden und erschöpften Eindruck. Ob Sorgen der Grund waren? Übermüdung? Oder das Leid, das über seine Familie gekommen war? Warum hatte er nur in Bezug auf sein Eintreffen in der Stadt gelogen, wenn er angeblich nichts zu verbergen hatte?

»Sei vorsichtig, Mutter«, sagte er gerade. »Hier liegt überall Schneematsch.«

»Vielen Dank, Liebes«, gab Henrietta leise zurück und klammerte sich beim Aussteigen an ihren Sohn. Sie trug einen dunklen Mantel und darunter ein schwarzes Ensemble, dazu einen schwarzen Hut mit einem Halbschleier. Immer wieder presste sie ein zusammengeknülltes Taschentuch unter dem Schleier gegen die Augen. Ganz offenbar war sie immer noch außer sich.

»Vorsicht, es ist glatt, Mary«, warnte Bill auch seine Schwester, nachdem er seiner Mutter auf den Gehsteig heruntergeholfen hatte.

Francesca beobachtete Mary beim Aussteigen, ihre viel zu dünne Gestalt in dem zu großen, beigefarbenen Mantel, das verhärmte, bleiche und vom vielen Weinen gezeichnete Gesicht. Sie trug einen Hut ohne Schleier, unter dem sich einzelne Strähnen ihres ungekämmt wirkenden Haares bereits lösten, und umklammerte eine verblasste braune Samthandtasche.

Francesca spürte, dass Bragg ihren Arm berührte, und sah ihn an. Er wies mit dem Kopf in Henriettas Richtung, und sie traten auf sie zu.

»Mrs Randall?«, sagte Bragg leise. »Wir sind gekommen, um Ihrem Mann die letzte Ehre zu erweisen.«

Sie gab ein ersticktes Schluchzen von sich, blickte zu Bragg auf und sah ebenso schnell wieder weg. »Oh, Commissioner Bragg«, flüsterte sie, »ich hatte ja nicht damit gerechnet, dass Sie ...« Sie verstummte und blickte erneut kurz auf, dieses Mal zu Francesca. »Und Miss Cahill!«, flüsterte sie. Wieder schluchzte sie auf und hielt ihre behandschuhte Faust vor den Mund.

»Es tut uns sehr Leid«, sagte Francesca beunruhigt. Sie streifte ihre Handschuhe ab und ergriff die Hände der Frau. »Wenn wir irgendetwas für Sie tun können ...«, fügte sie hinzu.

»Nein, nein, vielen Dank«, murmelte Henrietta, ohne Francesca noch einmal anzusehen.

Sie schaute zu Bragg hinüber. Er erwiderte ihren Blick und verzog das Gesicht. Offenbar ahnte er, was sie im Schilde führte.

»Vielen Dank für das Angebot«, sagte Bill Randall in diesem Moment barsch, ergriff Henriettas Arm und hakte sie besitzergreifend unter. »Guten Tag, Commissioner, Miss Cahill. Haben Sie den Mörder schon gefunden?« Seine Stimme klang schrill.

»Ich habe von keiner Verhaftung gehört!«, sagte Mary, die mit weit aufgerissenen Augen neben ihrem Bruder stand.

»Es hat bisher auch keine Verhaftung gegeben, aber wir arbeiten rund um die Uhr an dem Fall«, erwiderte Bragg ruhig. »Wir werden den Mörder finden.«

»Aber Sie wissen doch, wer meinen Vater ermordet hat!«, rief Mary.

»Nein, das weiß ich noch nicht«, antwortete Bragg und nickte höflich, als wolle er gehen.

In diesem Moment stieg Calder Hart aus der elegantesten und größten Kutsche, die bisher vor der Kirche gehalten hatte. Francescas Magen krampfte sich unwillkürlich zusammen, als sie ihn erblickte. Er trug einen tiefschwarzen Anzug und einen dazu passenden Mantel und sah wie immer atemberaubend gut aus. Wie Bragg hatte auch er sich gegen einen Hut entschieden.

»Vielleicht ist es an der Zeit, dass Sie sich wegen Befangenheit von der Untersuchung zurückziehen«, sagte Bill Randall steif. »Haben Sie heute den Leitartikel in der *Times* gelesen, Commissioner?«

»Ich fürchte, nein, aber falls die Notwendigkeit bestehen sollte, dürfen Sie sicher sein, dass ich den Fall abgeben werde«, erwiderte Bragg gelassen. »Sollen wir hineingehen?«, fuhr er an Francesca gewandt fort. Falls er Hart gesehen hatte, so ließ er es sich nicht anmerken. Aber Francesca wusste, dass ihm nur selten etwas entging.

Sie sah, dass Hart auf die Familie Randall zukam. Zweifellos beabsichtigte er, sie zu begrüßen, anstatt direkt in die Kirche zu gehen. Francesca spürte, wie ihre innere Anspannung wuchs. Eine Szene schien unvermeidlich.

In diesem Augenblick begegnete er ihrem Blick und zwinkerte ihr zu.

Sie hätte ihn am liebsten erwürgt. Warum konnte er nicht einfach in die Kirche gehen und sich unauffällig benehmen?

Francesca wusste, dass auch Bragg Harts Herannahen beobachtete, und hatte das Gefühl, dass seine Gleichgültigkeit nur gespielt war. In diesem Augenblick drehte sich Mary um, erblickte Calder Hart und schrie mit schriller Stimme: »Da ist er! Das ist der Mörder unseres Vaters!«

Hart lachte, während mehrere Trauergäste auf den Stufen der Kirche stehen blieben und mit offenen Mündern zu der kleinen Gruppe herüberstarrten. Francesca versuchte, Hart durch Blicke zu bedeuten, dass er die Randalls nicht ansprechen solle, aber er schaute nicht mehr in ihre Richtung.

»Henrietta«, begann er, »meine liebe ... ja, was eigentlich? Stiefmutter? Wie ich sehe, bist du untröstlich in deiner Trauer. Und Billy – du bist extra nach Hause gekommen, um deinen geliebten Vater zu beerdigen! Und Mary, meine süße, unschuldige, liebe kleine Schwester! Darf ich euch allen mein tiefes und aufrichtiges Beileid aussprechen?«, fragte er immer noch lachend.

Henrietta sank ohnmächtig in Bills Arme.

»Verhaften Sie ihn!«, kreischte Mary und stampfte mit dem Fuß auf. »Verhaften Sie diesen ... diesen elenden Bastard, diesen kaltblütigen Mörder!«

Hart lachte noch lauter.

Bragg musterte ihn kühl. »Sehr geschickt«, sagte er.

Hart zuckte mit den Schultern. »Ich habe mein Bestes gegeben.«
»Wie immer«, murmelte Bragg. »Bist du nun zufrieden?«
»Sehr.« Hart grinste.
Francesca blickte von einem zum anderen und begriff, dass Bragg damit gerechnet hatte, dass Hart bei dem Trauergottesdienst einen solch provozierenden Auftritt haben würde.
Plötzlich trat ein Mann in einem Anzug und mit einem Zylinder auf dem Kopf auf Mary zu. Er hielt einen Notizblock in der Hand. »Würden Sie vor Gericht beschwören, dass Ihr Halbbruder Ihren Vater ermordet hat, Miss Randall?«, fragte er, offenbar bereit, ihre Antwort Wort für Wort niederzuschreiben.
Francesca stöhnte.
»Ganz gewiss würde ich das!«, rief Mary und hüpfte dabei förmlich auf und ab. »Für mich besteht kein Zweifel daran, dass er der Täter ist.«
»Ts ts ts, das ist ja Verleumdung. Du spielst mit dem Feuer, Mary«, sagte Hart, der offensichtlich ganz und gar nicht beunruhigt war.
Er sah Francesca erneut an. Offenbar amüsierte er sich prächtig.
»Könnte mir bitte jemand helfen, Mutter in die Kirche zu bringen?«, fragte Bill in diesem Augenblick. Er hielt noch immer Henrietta in seinen Armen, deren Kopf zu einer Seite herabhing.
Keiner rührte sich, außer Bragg, der dem Reporter den Notizblock aus der Hand genommen hatte und diesen nun auf die Straße warf. »Verziehen Sie sich!«, sagte er mit Nachdruck. »Bevor ich Sie in der heutigen Ausgabe der *Tribune* zum Schweigen bringe.«

Der Mann erbleichte und floh. In diesem Moment erblickte Francesca auch Arthur Kurland, den abscheulichen Reporter von der *Sun.*

»Würde mir bitte irgendjemand mit Mutter helfen?«, fragte Bill erneut, der inzwischen vor Anstrengung keuchte.

Hart kicherte und bot Francesca seinen Arm an. »Darf ich?«

Sie schüttelte verneinend den Kopf.

Als Bragg der schwergewichtigen Henrietta unter die Arme griff, konnte Francesca sehen, dass diese unter dem Schleier rasch die Augen schloss. Francesca erstarrte. Henrietta Randall spielte die Ohnmacht nur!

Nach einer Weile stöhnte die Frau leise und gab vor, gerade erst das Bewusstsein wiedererlangt zu haben. Bragg ließ sie los und trat beiseite.

In diesem Moment kam Kurland auf ihn zu und zog einen Notizblock aus seiner Brusttasche. »Miss Randall scheint keinen Zweifel daran zu haben, wer ihren Vater ermordet hat«, sagte er. »Wurde Ihr Bruder schon offiziell verhört, Commissioner? Hat er ein Alibi für den Mordabend? Ich glaube, er befand sich auf Whites Party – aber das Opfer wurde doch schon früher am Abend ermordet, nicht wahr?«

»Kein Kommentar«, erwiderte Bragg schroff.

Francescas Magen zog sich zusammen. Kurlands Gesichtsausdruck gefiel ihr gar nicht, und seine Fragen noch weniger. Und nun starrte der Reporter der *Sun* Calder Hart an.

»Darf ich Ihnen einige Fragen stellen?«, fragte Kurland.

»Nein.« Hart wandte sich brüsk ab.

»Nun, vielleicht sollte ich dann wohl mit zwei gewissen jungen Damen reden … besser gesagt, mit zwei jungen Dirnen!«, sagte Kurland zu Harts Rücken.

Francesca erstarrte. Kurland wusste also Bescheid. Er wusste,

dass Harts Alibi erfunden war. Irgendwie musste er die Wahrheit herausgefunden haben.
Hart wirbelte mit wutverzerrtem Gesicht herum, und Kurland wich unwillkürlich einen Schritt zurück. »Sie können reden, mit wem Sie wollen«, brachte Hart mühsam heraus.
»Haben Sie Ihr Alibi erfunden?«, fragte Kurland ein wenig eingeschüchtert.
Mit einem Mal packte Hart den Mann an der Kehle. »Sie können sich auf eine Klage gefasst machen!«, fauchte er, während der Reporter nach Luft rang.
»Calder!«, schrie Francesca.
Bragg packte seinen Bruder am Arm. »Lass ihn los, Calder! Lass ihn in Ruhe!«
Hart ließ den Reporter los, der sich vorbeugte und keuchend nach Luft schnappte.
Bragg zog Hart zur Seite. »Bist du verrückt geworden?«, zischte er. »Jetzt wird er dich auf die Abschussliste setzen!«
Hart schüttelte Bragg ab, als Francesca zu ihnen trat. »Ich habe die Beherrschung verloren«, sagte er und sah Francesca an.
»Ich habe niemandem von unserem Gespräch erzählt – außer Bragg«, erwiderte sie so leise, dass die Randalls sie nicht hören konnten. »Ich musste es ihm sagen, Calder. Und ich weiß, dass Sie unschuldig sind, aber jetzt stecken Sie in Schwierigkeiten.«
Er starrte sie an. »Unser Gespräch war vertraulich.«
»Ich weiß. Es tut mir Leid, aber ich hatte keine andere Wahl.«
Hart strich seinen Anzug glatt und sah Bragg an.
»Ich habe kein Wort davon verlauten lassen, nicht einmal gegenüber meinen besten Beamten. Kurland hat offenbar seine Hausaufgaben gemacht«, sagte Bragg grimmig.
Hart klopfte sich imaginären Staub vom Ärmel. »Offensichtlich.«

»Warum hast du überhaupt gelogen?«, fragte Bragg ruhig.
»Warum nicht?«, gab Hart schulterzuckend zurück.
Bragg starrte ihn mit einem finsteren Blick an. Dann blickte er zu Francesca hinüber. »Ich werde jetzt mit den Randalls in die Kirche gehen und versuchen, nach dem Gottesdienst mit Bill zu reden.«
Francesca nickte. Sie war erleichtert, dass die schwierige Situation gemeistert war, und schenkte ihm ein kleines Lächeln, das er erwiderte. Für einen Moment schauten sie sich tief in die Augen.
Dann blickte Francesca ihm nach, als er zu der Familie zurückging, und bewunderte insgeheim seinen aufrechten Gang und seine breiten Schultern.
»Diese Liebe steht unter einem schlechten Stern«, sagte Hart.
Sie zuckte zusammen. »Wovon sprechen Sie?«
»Von Ihnen und meinem Bruder«, erwiderte er, während seine dunklen Augen auf ihr ruhten.
Plötzlich stieg die sehr lebendige und bittersüße Erinnerung an den Abend zuvor in ihr auf. »Wieso unter einem schlechten Stern? Was wissen Sie, das ich nicht weiß?«
Harts Augen weiteten sich vor Überraschung. »Sieh an, sieh an! Mein Bruder hat seine Geheimnisse für sich behalten«, sagte er. »Ich glaube, wir sollten hineingehen, der Gottesdienst wird gleich beginnen.« Er hielt ihr seinen Arm hin.
Francesca nickte und wollte gerade den ihr dargebotenen Arm ergreifen, als sie jemand von hinten streifte. Sie fuhr überrascht herum und sah sich einem Fremden gegenüber. Der Mann trug einen Mantel und einen anständigen, wenn auch schlecht sitzenden Anzug und hatte einen braunen Filzhut tief in sein grob geschnittenes und dennoch attraktiv wirkendes Gesicht gezogen. Er erinnerte Francesca an einen Berufsboxer, denn

obgleich er nicht besonders groß war, besaß er breite Schultern und einen mächtigen Brustkorb. Francesca schätzte ihn auf ungefähr dreißig.

»Ich muss mit Ihnen reden, Miss Cahill. Allein, nach dem Gottesdienst«, flüsterte der Mann drängend.

»Wie bitte?«, fragte sie verblüfft.

»Schschsch!«, machte er. »Sehen Sie zu, dass Sie den Commissioner loswerden!«

Sie starrte mit offenem Mund in ein Paar erstaunlich grüne Augen.

»Francesca?«, hörte sie Hart hinter sich besorgt fragen.

»Ich bin Mark Anthony«, sagte der Fremde im selben Moment.

Sie schnappte nach Luft, doch bevor sie reagieren konnte, eilte der Mann auch schon davon.

KAPITEL 16

Francesca war begeistert. Sie hatte Mark Anthony gefunden! Oder besser gesagt, er hatte sie gefunden! Sie konnte es kaum erwarten, sich mit ihm zu unterhalten. Wenn Hart nicht bei ihr gewesen wäre, wäre sie Anthony gleich gefolgt. Zwar wusste sie nicht, was er von ihr wollte, aber sie hatte jene unüberhörbare Dringlichkeit in seiner Stimme vernommen.

»Gute Neuigkeiten?«, flüsterte ihr Hart mit seiner tiefen, betörenden Stimme ins Ohr, wobei sein Atem ihre Haut streifte. Sie blickte auf und schaute in seine verführerischen dunklen Augen.

»Sie müssen sich wohl in alles einmischen?«, fragte sie.

Er grinste. Offenbar hatte sich seine Stimmung wieder gebessert. »In dieser Hinsicht sind wir uns sehr ähnlich.«

Francesca beschloss, diese Bemerkung zu ignorieren.

»Und wer war dieser Kerl, der wie ein Boxer aussah?«

Sie blinzelte. »Wie bitte?«

»Sie wirken mit einem Mal so zerstreut, Francesca. Offenbar sind Ihre Gedanken mit diesem Gentleman beschäftigt, der – wenn ich das bemerken darf – einen etwas verrufenen Eindruck machte. Wer ist er?«

Eine Antwort blieb Francesca erspart, da genau in diesem Moment eine Kirchenuhr ganz in der Nähe zur Mittagsstunde schlug und sofort die Glocken überall in der Stadt mit einstimmten.

Hart lachte. »Es bricht mir das Herz, dass Sie mich so uninteressant finden«, sagte er. »Lassen Sie uns hineingehen; der Gottesdienst muss jeden Moment beginnen.«

Sie hakte sich bei ihm ein – erleichtert, dass er sie nicht weiter nach Anthony ausfragte –, und sie machten sich auf den Weg zur Treppe. »Warum sind Sie hergekommen, Hart? Was ist der wirkliche Grund?«

Er zuckte mit den Schultern. »Ich wollte diese Leute wissen lassen, dass sie mich nicht ausschließen können.«

»Ich glaube, dass Sie hier sind, um den Tod Ihres Vaters zu betrauern«, erwiderte sie.

»Sie scheinen eine ausgeprägte romantische Ader zu besitzen«, sagte er beinahe liebevoll. Dann blieb er unvermittelt stehen, und notgedrungen verharrte auch sie.

Als sie seinem Blick folgte, sah sie, dass Neil auf sie zumarschiert kam. Sie starrte ihren Schwager an, und ihr Herzschlag schien für einen Moment auszusetzen.

Montrose war in einem elenden Zustand und sah aus, als hätte er seit Tagen nicht geschlafen. Er war unrasiert und trug einen zerknitterten Anzug, wodurch er unglaublich zügellos wirkte, wie ein Mann, der ein ausschweifendes Leben führte. Francesca vermutete, dass Montrose auf der Suche nach ihr war – er musste wohl bei ihr zu Hause gewesen sein und dort erfahren haben, dass sie Randalls Beerdigung besuchte. Aber warum war er hier? Ob Connie am Abend zuvor doch nicht nach Hause zurückgekehrt war? Oder war sie zurückgekehrt und die Dinge hatten sich verschlimmert, statt besser zu werden?

»Was mag es wohl damit auf sich haben?«, murmelte Hart.

Francesca erstarrte und ließ seinen Arm los. »Calder, ich muss mit Neil sprechen. Ich komme so bald wie möglich nach«, sagte sie.

Hart folgte ihrem Blick. »Sind Sie sicher, dass Sie allein mit Ihrem Schwager sprechen wollen? Es scheint schlimm um ihn zu stehen. Was ist nur mit ihm los?«

Francesca biss sich auf die Unterlippe. »Ich habe keine Ahnung«, log sie.

Hart warf ihr einen Blick zu und schritt kopfschüttelnd davon. Offenbar hatte er sie durchschaut. Francesca holte tief Luft und blickte ihrem Schwager in die Augen. Keine Frage, er war verzweifelt. »Offenbar bist du auf der Suche nach mir«, sagte sie, als er vor ihr stand.

»Ja, das bin ich«, erwiderte er grimmig.

Francesca begann unwillkürlich zu zittern. Sie sah, dass Hart auf der Kirchentreppe stehen geblieben war und sich in aller Ruhe eine Zigarette rollte. Offenbar wollte er ihrem Gespräch mit Neil lauschen. Sie trat einen Schritt näher auf ihren Schwager zu. »Was ist los? Es ist etwas mit Connie, nicht wahr? Geht es ihr gut?«, fragte sie leise.

»Woher soll ich wissen, ob es ihr gut geht, wo ich sie doch schon zwei Tage nicht mehr gesehen habe?«, gab er mit zitternder Stimme zurück.

Francesca wurde kreidebleich. »Ist Connie etwa nicht nach Hause zurückgekommen?«, fragte sie entgeistert.

»Nein, das ist sie nicht! Weißt du, wo sie steckt? Hast du sie gesehen?«, fragte er.

Sie starrte ihn fassungslos an. Warum war Connie nicht zu Neil zurückgekehrt? Am Abend zuvor hatte sie doch noch gesagt, dass sie es tun würde!

»Francesca, ich bin hier, um dich um Hilfe zu bitten. Da du dich als Privatdetektivin versuchst, möchte ich dich bitten, meine Frau zu finden, bevor ein noch größerer Schaden angerichtet wird.« Neils türkisfarbene Augen wichen nicht von ihr.

»Ich habe sie gestern Abend gesehen. Sie ist bei Beth Anne untergekommen.«

Auf seinem Gesicht spiegelte sich Erleichterung wider. »Und die Mädchen?«

»Es geht ihnen gut.« Francesca biss sich auf die Lippe. Sie wusste nicht recht, was sie sagen sollte.

Mit einem Mal wurde Neil wütend. »Warum macht sie das? Will sie etwa, dass die ganze Stadt von unserer Situation erfährt? Möchte sie mich damit bloßstellen? Wir haben Besucher gehabt, Francesca, und ich habe ihnen gesagt, dass sich Connie nicht wohl fühlt und im Bett liegt. Aber sehr bald schon werden alle wissen, dass sie mich verlassen hat!«

»Neil« – sie nahm seine Hand –, »sie wird nach Hause zurückkommen, da bin ich mir sicher.«

»Das sollte sie auch besser tun«, sagte er grimmig, und es klang beinahe wie eine Drohung.

Francesca erstarrte. »Wie bitte?«

»Was glaubst du, wie lange ich noch bereit bin, dieses Verhalten zu ertragen?«, fragte er.

»Was soll das heißen?«, erkundigte sie sich vorsichtig.

»Das soll heißen, dass ich langsam wütend werde«, erwiderte er. »Das, was ich getan habe, tut mir aufrichtig Leid, und wenn ich könnte, würde ich die Vergangenheit ändern. Aber das kann ich nun einmal nicht, zum Teufel noch mal! Und irgendwann kommt einmal der Punkt, da reicht es!«

Francesca musterte ihren Schwager eingehend, der ihrem Blick nicht auswich. In diesem Moment wurde ihr klar, dass er die Affäre wirklich bedauerte, und sie war bereit, ihm zu vergeben.

»Ich möchte meine Familie zurückhaben. Auf der Stelle! Aber wenn Connie nicht bald zurückkommt, könnte es möglicherweise zu spät sein«, sagte er mit finsterer Miene.

»Neil! Das kannst du doch unmöglich ernst meinen!« rief Francesca entsetzt.
»Ich bin hierher gekommen, um dich zu bitten, meine Frau zu suchen. Aber nun weiß ich ja, wo sie sich aufhält. Ich erwarte von ihr, dass sie nach Hause kommt – heute noch.« Er warf Francesca einen langen, finsteren Blick zu, der ganz offensichtlich eine Warnung enthielt.
»Ich verstehe«, sagte sie.
»Gut.« Montrose machte auf dem Absatz kehrt und entfernte sich mit schnellen Schritten.
»Oh, Neil«, flüsterte sie, und ein Schauer überlief sie, während sie beobachtete, wie er mit großen, wütenden Schritten die Straße hinuntereilte. Francesca schloss die Augen. Sie hatte das ungute Gefühl, dass diese Angelegenheit doch nicht das Ende finden würde, das alle vorhersagten. Ihre Schwester und ihr Schwager benahmen sich nicht wie zwei erwachsene, vernünftige Menschen. Connie war nicht nach Hause zurückgekehrt, und Neil wurde langsam wütend. Und je länger dieser Zustand anhielt, desto schlimmer würde es werden.
Hatte Neil etwa andeuten wollen, dass er Connie möglicherweise nicht mehr zurücknehmen würde, wenn sie nicht umgehend nach Hause käme? Francesca hoffte sehr, dass sie sich täuschte. Sie wollte es einfach nicht glauben.
»Ihre Schwester hat Montrose also verlassen«, ertönte in diesem Moment Harts Stimme.
Francesca wurde starr vor Angst. Hart war der letzte Mann auf dieser Welt, mit dem sie über Connie und Neil zu reden wünschte. Sie drehte sich langsam um.
Er blickte sie nachdenklich an, schenkte ihr ein kleines Lächeln und starrte Montrose schweigend hinterher.

Und diese Reaktion war für Francesca schlimmer als jede spöttische Bemerkung.

Nach dem Gottesdienst erhoben sich die Trauergäste und drängten in den Gang, um die Kirche zu verlassen. Francesca wartete mit Hart in der vorletzten Reihe, bis sie an der Reihe waren. Die Kirche war nicht sehr voll; Francesca hatte dreiundzwanzig Trauergäste gezählt.

Bill Randall hatte eine liebevolle Lobrede auf seinen Vater gehalten, während der Henrietta und Mary geweint hatten – oder zumindest hatte es den Eindruck gemacht, dass sie weinten. Offenbar war Paul ein überaus liebevoller Vater gewesen; das hatte Bill zumindest behauptet.

Georgette de Labouche war nicht zum Begräbnis ihres Liebhabers erschienen, und Francesca fragte sich, ob sie wirklich so große Angst vor der Polizei hatte oder vielleicht einfach nur herzlos war.

Sie spürte, wie Hart einen leichten Druck auf ihren Arm ausübte, wie um sie zu führen, und trat auf den Mittelgang hinaus. Seine Aufmerksamkeit war zwar höchst unnötig, aber Francesca genoss sie dennoch. Sie blickte nach vorn, wo Bragg in der zweiten Reihe hinter der Familie gesessen hatte. Jetzt beobachtete er die Trauergäste, während er ebenfalls darauf wartete, in den Gang hinaustreten zu können. Francesca war sich sicher, dass er sich alle Einzelheiten gut einprägte, in der Hoffnung auf eine Spur, die ihn zu Randalls Mörder führen könnte.

Als sie sich in die Menge einreihte, bemerkte sie aus dem Augenwinkel heraus, wie Braggs Blick zu ihr und Hart wanderte.

Sie rang mit sich, ob sie ihm von Mark Anthony erzählen sollte, beschloss dann aber, allein zu dem Treffen mit Georgettes Bruder zu gehen, um herauszufinden, was er überhaupt wollte. Bei der Vorstellung, wie sie Bragg später Georgette de Labouche übergeben würde, lächelte Francesca in sich hinein. Er würde von ihren kriminalistischen Fähigkeiten gewiss sehr beeindruckt sein.

Über die Köpfe der Trauergemeinde hinweg warf sie ihm ein kleines Lächeln zu, was er aber nicht zu bemerken schien. Ernüchtert strebte Francesca auf den Ausgang zu, schritt die Treppe hinunter und fand sich mit Hart auf der Straße wieder. Sie entdeckte Anthony sofort in einer Mietdroschke, die in zweiter Reihe neben einer anderen Kutsche wartete, nicht weit von der Stelle entfernt, wo Bragg sein Automobil geparkt hatte. Anthony schaute – offenbar auf der Suche nach Francesca – aus dem Fenster, und als sich ihre Blicke begegneten, zog er sofort die Jalousie herunter.

Francesca wandte sich zu Hart um, um sich zu verabschieden, als sie Bragg oben auf der Treppe erblickte. »Dürfte ich Ihnen anbieten, Sie mitzunehmen?«, fragte Hart. »Es wäre mir wirklich ein Vergnügen.«

Wie immer, wenn er sprach, war es ihm gelungen, seiner Stimme eine beinahe unwiderstehliche Sinnlichkeit zu verleihen. Francesca blickte auf und sah, dass Hart sie freundlich anlächelte. »Ich danke Ihnen für das Angebot, aber ich muss noch einige Besorgungen erledigen«, erwiderte sie rasch.

Er betrachtete sie nachdenklich. »Ich setze sie gern ab, wohin auch immer Sie Ihre Besorgungen führen mögen«, sagte er, während er seinen Blick langsam über ihre Züge wandern ließ, ganz so, als genieße er es, sie anzusehen.

Francesca errötete leicht und lehnte erneut dankend ab. In diesem Augenblick trat Bragg auf sie zu und sagte: »Das wird nicht möglich sein, Calder.«

Es war interessant zu beobachten, wie schnell sich Calders

Aussehen veränderte. Bevor Bragg den Satz ganz beendet hatte, versteifte sich Hart, und sein Lächeln verwandelte sich in ein höhnisches Grinsen. Sogar der warme Ausdruck in seinen Augen wich einem boshaften und zugleich spöttischen Blick.
»Alles ist möglich«, gab er kühl zurück. »Aber ich fürchte, dass mein Herz nun gebrochen ist.« Er lächelte Francesca an und legte eine Hand auf seine Brust.
Bragg trat näher auf seinen Halbbruder zu. »Ich muss dir ein paar Fragen stellen«, sagte er. »Ich fürchte, es kann nicht warten. Du kannst gern mit mir fahren, dann können wir uns unterwegs schon unterhalten, aber es wäre mir lieber, wenn wir die eigentliche Unterhaltung in meinem Büro führen würden.« Er deutete auf sein Automobil.
Ein Ausdruck der Überraschung huschte über Harts Gesicht. »Ich fürchte, mein Nachmittag ist mit Terminen ausgefüllt. Heute ist nämlich Montag, weißt du.«
»Es tut mir Leid, aber du wirst einen oder zwei deiner Termine absagen müssen – je nachdem, wie lange unser Gespräch dauern wird«, erwiderte Bragg höflich, aber bestimmt.
»Diese Termine sind ausgesprochen wichtig. Es gibt nämlich Menschen, die für ihren Lebensunterhalt arbeiten müssen.« Hart grinste, aber dieses Grinsen hatte nichts Frohes an sich.
»Ich fürchte, du hast keine Wahl. Sei vernünftig, Calder. Du hast die Polizei angelogen, und du bist der Sohn des Opfers. Möglicherweise kannst du mir dabei helfen, diesen Fall zu lösen. Lass uns gehen. Schick deinen Kutscher voraus. Es wird nicht lange dauern – wenn du kooperierst.«
Harts Lächeln war verschwunden. Er starrte Bragg an. »Könnte dein plötzlicher Drang, mich zu vernehmen, möglicherweise etwas damit zu tun haben, dass vor weniger als einer Stunde ein

Reporter eine abfällige Bemerkung darüber geäußert hat, wie du diesen Fall handhabst?«

Bragg musterte ihn kühl. »Vielleicht. Aber du kannst dir dabei denken, was du willst – ich werde dir heute auf jeden Fall ein paar Fragen stellen.«

Francesca hätte sich gern in den Wortwechsel eingemischt, wagte es aber nicht.

»Ich bin ein viel beschäftigter Mann«, begehrte Hart auf.

»Du kannst mit mir fahren, aber ich kann dich auch von einem Polizei-Fuhrwerk ins Präsidium bringen lassen, wenn dir das lieber ist«, erwiderte Bragg mit sanfter Stimme.

Francesca befürchtete, dass die Situation eskalieren könnte. Bragg wollte Calder zu einem Verhör ins Präsidium mitnehmen? War das wirklich notwendig?

»Bragg!«, rief sie bestürzt. »Du kannst Calder doch sicherlich auch hier und jetzt ein paar Fragen stellen!«

Bragg warf ihr einen verärgerten Blick zu. »Wir sprechen uns später, Francesca«, sagte er mit fester Stimme, und damit sollte sie wohl entlassen sein.

Aber sie wagte es nicht zu gehen, da sie das Unwetter fürchtete, das sich vor ihren Augen zusammenbraute und jeden Moment entladen konnte.

»Es ist ein Uhr«, setzte Hart an. »Ich habe in einer halben Stunde in meinem Büro in der Pearl Street eine Besprechung mit zwei Engländern, zwei Abgesandten aus China. Ich habe sehr lange und hart dafür gearbeitet, dass dieser Termin zustande kommt. Ein wichtiger Frachtvertrag hängt davon ab.«

»Und ich habe einen Toten am Hals, der zufällig dein Vater gewesen ist. Lass uns gehen«, erwiderte Bragg mit finsterem Blick. Francesca spürte, dass er allmählich die Geduld verlor. Er packte Hart am Arm.

Der blickte seinen Halbbruder zornig an und schüttelte ihn ab. »Jetzt kehrst du also den Vorgesetzten heraus, wie? Liegt das daran, dass du endlich einmal die Macht dazu hast?«
»Nein, Calder, der Grund ist, dass dein Vater ermordet wurde und du wissentlich über deinen Aufenthaltsort am Mordabend gelogen hast. Du hast dir das alles selbst eingebrockt«, erwiderte Bragg kühl.
Hart starrte ihn wütend an. »Du platzt ja förmlich vor Selbstherrlichkeit! Nun gut, dieses eine Mal hast du die Macht, dieses eine Mal kannst du mir tatsächlich deinen Willen aufzwingen. Aber glaub mir, Rick, hier geht es gar nicht um Randall – hier geht es nur um uns beide.«
Bragg lachte, aber dieses Lachen hatte einen so eisigen Klang, dass es Francesca kalt den Rücken hinunterlief. »Ich habe geahnt, dass du so denkst. Du hast nun einmal keinen Funken Ehre im Leib und kannst daher nicht begreifen, nach welchen Prinzipien die meisten von uns leben. Es ist meine Pflicht, Randalls Mörder zu finden, wer immer er – oder sie – auch sein mag. Und es ist außerdem meine Pflicht, dich über deine irreführende Aussage zu befragen. Du hast die Polizei angelogen, Calder. Das war keine gute Idee, denn das ist ein Vergehen.«
»Dann erstatte doch Anzeige«, erwiderte Hart kühl und wollte sich zum Gehen wenden.
Als Francesca sah, wie Bragg vor Wut rot anlief, streckte sie spontan die Hand aus und rief: »Lassen Sie ihn gehen, Bragg! Er hat es nicht getan!«
»Bitte mischen Sie sich nicht ein«, sagte er mit erstaunlich ruhiger Stimme, worauf Francesca ihre Hand rasch wieder fallen ließ. »Bring mich nicht dazu, dich verhaften zu müssen«, rief Bragg seinem Halbbruder hinterher.
Hart blieb wie angewurzelt stehen und drehte sich um. »Viel-

leicht sollte ich genau das tun. Rathe und Grace wären sicherlich begeistert.« Er lachte, aber das Lachen hatte einen hässlichen Klang.

»Du kannst freiwillig mit zum Präsidium kommen, oder ich werde dich von meinen Beamten dorthin bringen lassen. Aber wir werden uns in aller Ruhe in meinem Büro unterhalten – so oder so.«

Hart schüttelte den Kopf.

Francesca trat auf ihn zu und umklammerte seinen Arm. Selbst durch den Mantel und das Jackett hindurch konnte sie seine harten Muskeln spüren. »Hart! Sie müssen mit Bragg gehen und seine Fragen beantworten!«, flehte sie. »Vergessen Sie, dass er Ihr Bruder ist – er ist der Commissioner, und er muss den Mörder Ihres Vaters finden. Und Sie haben nun einmal gelogen«, fuhr sie mit gesenkter Stimme fort.

Er blickte sie an. »Ich hatte Ihnen vertraut«, sagte er.

Sie errötete und biss sich auf die Lippe. »Ich musste es Bragg sagen. Er ist schließlich Ihr Bruder, und ich weiß, dass Sie Ihren Vater nicht umgebracht haben. Aber durch diese Lüge haben Sie sich verdächtig gemacht. Wir wollen Ihnen doch nur *helfen,* Calder!«

»Nein. *Sie* wollen mir helfen. Ihr Liebster dagegen würde mich nur allzu gern hinter Gitter bringen.«

Francesca entfuhr ein Keuchen, und sie wollte gerade protestieren, als Bragg ihr zuvorkam. »Das stimmt nicht, und das weißt du auch.«

Calder blickte seinen Bruder verächtlich an.

»Bitte machen Sie es nicht noch schlimmer, als es ohnehin schon ist«, sagte Francesca leise. »Bitte, Calder!«

Sein Blick schien weicher zu werden, als er für einen Moment auf ihr ruhte. Dann sah er auf seine Taschenuhr und nickte.

»Na, schön. Nur die Überredungskünste einer schönen Frau können mich trotz der Umstände dazu bewegen, einer Befragung zuzustimmen.« Er schüttelte den Kopf, als könne er selbst nicht begreifen, was er da tat.
Francesca trat erleichtert zurück und wandte sich lächelnd zu Bragg um.
Doch er erwiderte ihr Lächeln nicht, sondern musterte sie mit einem kalten Blick, der sie zusammenzucken ließ. War er etwa auch auf sie wütend? Aber sie hatte doch nur versucht, ihm zu helfen – und die drohende Auseinandersetzung abzuwenden.
»Lass uns gehen«, sagte er zu Hart.
»Einen Moment. Ich muss erst noch mit meinem Kutscher sprechen«, entgegnete Hart, der mit einem Mal eine Gleichgültigkeit an den Tag legte, die in nichts mehr an die Vehemenz erinnerte, mit der er sich noch wenige Augenblicke zuvor gegen die Befragung gewehrt hatte.
Francesca zitterte ein wenig.
Bragg sagte zu ihr: »Mischen Sie sich nicht noch einmal in Polizeiangelegenheiten ein, Francesca. Das ist mein Ernst.« Und obgleich er dabei nicht die Stimme erhob, sah Francesca doch die Wut in seinen Augen, bevor er sie stehen ließ und auf sein Automobil zuschritt.
Niedergeschmettert stellte sie fest, dass Bragg nicht einfach nur wütend war – er war fuchsteufelswild.

Nachdem Bragg mit Hart davongefahren war, ging Francesca zu der Droschke, in der Anthony wartete, und stieg ein. Sie nahm gegenüber von ihm Platz und zupfte ihren marineblauen Rock zurecht.
Unter anderen Umständen hätte sie wohl voller Neugierde

darauf gewartet, was er ihr zu sagen hatte, aber nun fühlte sie sich irgendwie elend. Bragg war so furchtbar wütend auf sie, und das war einfach ungerecht. Außerdem gefiel es ihr gar nicht, die Brüder allein lassen zu müssen – sie hätte nur allzu gern das Gespräch in Braggs Büro mit angehört.

Ob sie es wagen sollte?

»Vielen Dank, dass Sie sich die Zeit nehmen, mit mir zu sprechen, Miss Cahill«, unterbrach Anthony ihre Gedanken. Er hatte seinen Hut abgenommen und auf die abgenutzte Sitzbank neben sich gelegt. Sein Haar hatte einen ungewöhnlichen Farbton, den man weder als blond noch als braun bezeichnen konnte, und eine lange Strähne fiel ihm in die Augen. Plötzlich setzte sich die Droschke in Bewegung.

»Wohin fahren wir?«, rief Francesca erschrocken. Er beabsichtigte doch wohl nicht, sie zu entführen?

»Georgette möchte mit Ihnen reden. Es ist dringend«, gab er zurück und blickte sie dabei unverwandt an.

Francesca musterte ihn. Im Unterschied zu seinem Gesicht wirkte sein kräftiger Körper angespannt, doch seine Augen blickten ausdruckslos, sodass sie nicht darin zu lesen vermochte. »Wo ist sie denn?«, fragte sie.

Er verzog das Gesicht. »Wie Sie wissen, glauben die Polypen, dass Georgette Randall ermordet hat – den Mann, den sie geliebt hat! Sie wird ihren Aufenthaltsort nicht preisgeben, aber sie muss unbedingt mit Ihnen reden«, sagte er.

»Und ich muss sie ebenso dringend sprechen«, erwiderte Francesca besorgt. Die Droschke war in die Lexington Avenue abgebogen und bewegte sich nun, eingequetscht zwischen einer Straßenbahn und einem von Pferden gezogenen Omnibus, langsam vorwärts. »Diese Verfahrensweise ist überaus unorthodox.«

»Das mag wohl sein, aber das trifft auf einen Mord wohl ebenso zu, nicht wahr?« Anthony schenkte ihr ein kleines Lächeln, wodurch sich das Grübchen in seinem Kinn vertiefte. Zusammen mit seinen grünen Augen und den hohen Wangenknochen verlieh es ihm ein verwegenes Aussehen. Mark Anthony war nicht sehr groß – Francesca schätzte ihn auf gut einen Meter fünfundsechzig –, aber sie bezweifelte, dass diese Tatsache die Damen davon abhielt, ihn anzuhimmeln.

Das Gefühl der Anspannung wollte nicht von ihr weichen, und sie erwiderte sein Lächeln nicht. »Wenn sie ihren Aufenthaltsort nicht verraten will, wie kann sie dann so sicher sein, dass ich es nicht tun werde?«

»Ist sie denn nicht Ihre Klientin?« Er grinste und sah sie mit gespielter Unschuld an.

Francesca errötete. Offenbar hatte Georgette auf irgendeinem Weg erfahren, dass Francesca behauptete, in ihrem Auftrag zu arbeiten. Sie vermutete, dass Joel der Schuldige war. »Nun, es ist noch nicht ganz offiziell«, murmelte Francesca. »Aber ich hatte gehofft, dass sie mir erlauben würde, in ihrem Auftrag Nachforschungen anzustellen.«

»Wie viel?«

»Wie bitte?«

»Wie viel wird Georgette das kosten?« Anthony lehnte sich in seinem Sitz zurück. Durch die Bewegung öffnete sich sein braunes Jackett, und Francesca konnte sehen, dass er eine Waffe im Hosenbund trug.

Er war ihrem Blick gefolgt. »Die Waffe hat nichts mit Ihnen zu tun«, sagte er. »Die trage ich immer, zu meinem eigenen Schutz.«

»Meiner Erfahrung nach tragen nur Verbrecher und Polizeibeamte Waffen«, gab sie mit scharfer Stimme zurück.

Seine Brauen wanderten in die Höhe. »Heißt das etwa, dass Sie mich bezichtigen, ein Gauner zu sein?« Er musterte sie mit einem schiefen Grinsen.
»Das war gewiss nicht meine Absicht.« Francesca begann zu schwitzen. Sie traute diesem Mann nicht, und jetzt trug er auch noch eine Waffe! Aber sie musste unbedingt mit Georgette reden. »Und es war auch nicht meine Absicht, Ihrer Schwester meine Nachforschungen in Rechnung zu stellen«, fuhr sie fort.
Anthony blickte sie amüsiert an. »Wirklich? Das ist sehr nett von Ihnen.« Er beugte sich ein wenig vor. »Nun, meiner Erfahrung nach gibt es nichts umsonst«, sagte er und lehnte sich wieder zurück.
»Ich glaube nicht, dass Ihre Schwester den Mord begangen hat«, sagte Francesca, und als sie die Worte aussprach, kam ihr der Gedanke, dass dieser Mann möglicherweise der Mörder war. Immerhin trug er eine Pistole. Es war zwar keine kleine Pistole – wie die Mordwaffe, die man bereits gefunden hatte –, aber Mark Anthony machte den Eindruck, als lebe er, wie es ihm gefiel, ohne dabei besondere Rücksicht auf das Gesetz zu nehmen. Er war angezogen wie ein Gentleman, aber davon ließ sich Francesca nicht täuschen. Sie spürte, dass er nicht zu ihren Kreisen zählte und es auch niemals tun würde. In gewisser Weise erinnerte er sie an Calder Hart, aber andererseits erschien ihr Hart im Vergleich zu Anthony wie ein perfekter Gentleman.
Der Gedanke, dass sie womöglich mit einem Mörder durch die Stadt fuhr, ließ sie erschauern. Was, wenn es sich um eine Falle handelte?
»Im Gegensatz zu den Menschen, die *Sie* vielleicht kennen, bin ich durchaus bereit, anderen zu helfen, ohne dafür eine Gegenleistung zu verlangen«, fügte sie nach einer Weile steif hinzu.

Sie starrte in sein grobschlächtiges Gesicht und bemerkte erst jetzt eine Narbe neben seinem linken Auge. Seine Brauen waren dunkler als sein Haar und sehr ausgeprägt.
»Meine Schwester benötigt keine Almosen, von niemandem«, erwiderte Mark Anthony und kicherte.
Francesca hatte keine Ahnung, was ihn amüsierte. »Nun, das wird sich noch herausstellen. Soweit es den Commissioner angeht, ist Ihre Schwester nämlich die Hauptverdächtige im Randall-Mordfall«, sagte Francesca. Im selben Moment, als ihr die Worte über die Lippen kamen, bedauerte sie sie auch schon.
»Ach, wirklich? Glaubt dieser verfluchte Bulle tatsächlich, Georgette hätte Randall erschossen?« Anthonys Lippen verzogen sich zu einem hässlichen Grinsen.
Francesca war seine plötzliche Wut nicht geheuer. »Es gibt mehrere Verdächtige«, brachte sie heraus. »Aber wie dem auch sei, dass ich meine Dienste umsonst anbiete, hat nichts mit Almosen zu tun, Mr Anthony. Ich nehme an, dass Ihre Schwester mir den Auftrag nicht erteilen würde, wenn ich eine Bezahlung verlangte, daher soll mir die Tatsache, dass ich im Dienste der Gerechtigkeit arbeite, Motivation genug sein.«
Er starrte sie ungläubig an. »Sie müssen ja Geld wie Heu haben«, sagte er schließlich kopfschüttelnd.
Francesca musterte ihn kühl. »Meine Vermögensverhältnisse dürften hier nicht von Belang sein.«
Seine Augen verzogen sich zu Schlitzen. »Hören Sie, Miss Cahill, halten Sie sich heute Abend um sieben Uhr bereit. Ich komme vorbei und bringe Sie zu Georgette.«
»Aber fahren wir nicht gerade zu ihr?«, erkundigte sich Francesca überrascht.
»Nein, das tun wir nicht. Ich hatte Sie lediglich darum ge-

beten, mit Ihnen sprechen zu dürfen. Ich hole Sie heute Abend ab.«

Sie starrte ihn an. Sollte sie sich wirklich mit diesem Mann, den sie nicht kannte, und dem sie nicht traute, in die Stadt hinauswagen?

Sie beschloss, Mark Anthony nicht zurückzuweisen, da er sie zu Georgette führen würde. Aber sie würde Joel mitnehmen und nahm sich zudem vor, Bragg zu erzählen, wohin sie fuhr und warum.

»Na, schön. Aber ich werde meinen Gehilfen mitbringen«, sagte sie nach einer Weile.

Er verschränkte seine muskulösen Arme vor seiner breiten Brust. »Den kleinen Taschendieb?«, fragte er lachend.

»Ja.«

Er schüttelte grinsend den Kopf. »Also, gut. Aber keine Polypen. Ganz besonders nicht Ihr *Freund* Bragg.« Nun war das Grinsen verschwunden, und er musterte sie mit einem eisigen Blick.

Francesca lief es kalt den Rücken hinunter. Was hatte diese besondere Betonung zu bedeuten gehabt? Sie biss sich auf die Lippe und beschloss, dass sie Bragg doch nichts von ihrem Vorhaben erzählen würde.

»Es ist mein Ernst. Wenn ich auch nur einen einzigen Bullen sehe, ist das mit Georgette gelaufen.«

Sie nickte zögernd und hoffte nur, dass sie es nicht bereuen würde.

Er klopfte gegen die Trennscheibe, um die Aufmerksamkeit des Kutschers zu gewinnen. »Halten Sie an!«, befahl er.

Francesca blickte aus dem Fenster. Sie hatten die Thirty-nineth Street erreicht. In dieser Gegend gab es viele Geschäfte, und auf den Straßen waren viele Arbeiter mit ihrer Ausrüstung, ihren

Bündeln und Karren unterwegs. Der Verkehr bestand hauptsächlich aus Fuhrwerken jeglicher Art, und Francesca konnte weit und breit weder eine Straßenbahn noch eine Mietdroschke entdecken. Sie verspürte kein besonderes Verlangen, allein durch dieses Viertel zu spazieren.

In diesem Moment stand Mark Anthony auf, sprang aus der Droschke und tippte sich an seinen Hut. »Bringen Sie die Dame, wohin auch immer sie zu fahren wünscht«, sagte er zu dem Kutscher. »Es war mir ein Vergnügen, Sie kennen zu lernen, Miss Cahill«, fuhr er an Francesca gewandt fort. »Es tut mir Leid, aber wie es aussieht, sind Sie jetzt wohl diejenige, die für die Fahrt bezahlen muss.« Er grinste breit.

Francesca, die seinen Trick gar nicht amüsant fand, fragte: »Benötigen Sie denn nicht meine Adresse?«

»Für den ›Marmorpalast‹? Nein, ich denke, ich weiß, wo der zu finden ist.« Er grinste erneut und schlug mit der Faust gegen die Droschke, um dem Kutscher zu bedeuten, dass er losfahren konnte.

»Eines würde ich gern noch wissen«, sagte Francesca. »Heißen Sie wirklich Mark Anthony?«

Er lachte. »Oh, das ist nur einer von vielen Namen, die ich führe.« Er wandte sich ab, drehte sich aber ebenso schnell wieder zu ihr um. »Und noch eins – Georgette ist nicht meine Schwester.« Mit diesen Worten schritt er lachend davon.

Francesca blickte ihm überrascht nach. Anthony war gar nicht Georgettes Bruder? Aber wer war er dann? Gewiss war er nicht Georgettes Liebhaber, schließlich war sie Randalls Mätresse gewesen. Aber Francesca spürte, dass irgendetwas nicht stimmte, und sie hatte nicht die Absicht, in eine Falle zu laufen. Ihr Instinkt sagte ihr, dass Anthony in den Mord an Randall verstrickt war. Aber war er der Mörder? Wenn er

Georgettes Liebhaber war, hätte er sicherlich ein Motiv gehabt.
In ihren Augen war er verdächtiger als Georgette de Labouche oder Hart. Als Francesca klar wurde, dass sie womöglich kurz davor stand, Randalls Mörder zu finden, erschauerte sie vor Aufregung.
»Wohin soll's gehen, Miss?«, ertönte in diesem Moment die Stimme des Kutschers.
Sie sammelte sich kurz und sagte dann entschlossen: »Zum Polizeipräsidium.«

Das Polizeipräsidium befand sich in unmittelbarer Nachbarschaft von Mulberry Bend, einem ärmlichen Viertel mit Schenken und Spelunken, die von Verbrecherbanden und Ganoven frequentiert wurden, die dort alle möglichen krummen Geschäfte einfädelten. Taschendiebe, Strolche, Prostituierte und Gauner jeglicher Couleur zeigten sich nicht im Mindesten beeindruckt davon, dass das Polizeipräsidium in der Nähe lag, sondern gingen unbekümmert ihren Geschäften nach, als stünden keine Streifenbeamten an den Straßenecken. Jedes Mal, wenn Francesca zur Mulberry Street Nummer 300 kam, war sie wieder aufs Neue erstaunt über die Unverfrorenheit der Ganoven und die Gleichgültigkeit der Polizei.
Sie bezahlte dem Droschkenkutscher eine geradezu lächerlich hohe Summe für die Fahrt – wobei sie sich ziemlich sicher war, dass sie betrogen wurde – und stieg aus. Vor dem roten Sandsteinhaus, in dem das Präsidium untergebracht war, standen zwei uniformierte Polizisten Wache. Sie machten einen recht gelangweilten Eindruck und sahen einigen Jungen aus den Augenwinkeln dabei zu, wie diese mit Murmeln um Geld spielten. Eine rothaarige Frau in einem Pelzmantel, bei der es

sich ganz offensichtlich um eine Prostituierte handelte, stand gegenüber von den Polizisten auf der anderen Straßenseite und versuchte ganz offensichtlich Freier anzulocken. Zwei Männer saßen auf der Treppe eines Hauseingangs und tranken Bier. Francesca bezweifelte, dass einer von ihnen überhaupt noch in der Lage gewesen wäre, aufrecht zu stehen.

Sie stieg vorsichtig über einen Haufen Pferdemist und schritt dann um einige matschige Abfallreste herum, ehe sie sicher auf dem Gehweg ankam. Braggs Automobil, das direkt vor dem Präsidium parkte, war von einigen Männern und Jungen und zwei weiteren Frauen von zweifelhaftem Ruf umringt, die es mit großen Augen betrachteten.

Als Francesca an den beiden Polizisten vorbei ins Präsidium ging, musterten diese sie neugierig. Francesca wusste aus Erfahrung, dass Damen das Gebäude eigentlich niemals betraten.

In der Vorhalle ging es wie immer geschäftig zu. Mehrere uniformierte Beamte, von denen Francesca einen erkannte, standen hinter einem langen Tresen. Zahlreiche Bürger saßen auf einer Holzbank und warteten, bis sie an die Reihe kamen, ihr Anliegen oder ihre Beschwerde vorzubringen. Ein Mann und eine Frau – beide in der schäbigen, abgetragenen Kleidung schlecht bezahlter Arbeiter – führten eine hitzige Debatte mit einigen Beamten. Francesca schnappte auf, dass man dem Mann die Geldbörse gestohlen hatte, aber welche Rolle die Frau dabei spielte, bekam Francesca nicht heraus.

Nur wenige Meter entfernt stand ein weiterer Mann in Handschellen, der einen gelangweilten und mürrischen Eindruck machte. Offenbar war er ein Verbrecher, der festgenommen worden war, denn ein Beamter hielt seinen Arm mit festem Griff umklammert, als habe er Angst, dass der Mann versuchen könnte zu flüchten. Auch einige Reporter lungerten in der Nähe des Tresens herum, in ihren schäbigen Anzügen und den übergroßen Mänteln warteten sie darauf, die Meldung des Tages zu ergattern. Einer von ihnen stritt gerade mit einem Sergeant.

Francesca stellte erleichtert fest, dass von Arthur Kurland weit und breit nichts zu sehen war.

Im Hintergrund hörte man das Klappern von Schreibmaschinen und das Klicken des Telegrafen, und irgendwo läutete ein Telefon.

Francesca trat auf den Tresen zu. Der stämmige, kahlköpfige Beamte blickte zu ihr auf und lächelte. »Guten Tag, Miss Cahill«, sagte er.

Erfreut erwiderte sie sein Lächeln. »Sergeant O'Malley, wie geht es Ihnen?«

»Gut, danke der Nachfrage, Miss. Der Commissioner ist da, gehen Sie nur gleich hinauf«, sagte er.

Francesca wollte ihm gerade danken, als ein weiterer Beamter auf sie zutrat. »Der Commissioner will im Augenblick nicht gestört werden, O'Malley«, sagte er. »Wer ist das?« Er musterte Francesca durch seine Hornbrille.

»Miss Cahill, eine Bekannte des Commissioners.«

Francesca lächelte und hielt dem zweiten Beamten mutig ihre Hand hin. Er hatte einen zusätzlichen Streifen an seinem Revers; offenbar stand er rangmäßig über O'Malley.

»Captain Shea«, sagte er und sah ihre Hand an, als könne er nichts damit anfangen. Aber schließlich ergriff er sie doch.

»Ich bin eine Freundin der Familie«, sagte Francesca fröhlich. »Und ich habe dem Commissioner dabei geholfen, die Burton-Entführung aufzuklären.«

Er blickte sie aus zusammengekniffenen Augen an. »Dann

sind Sie die Frau – will sagen, die junge Dame –, die zusammen mit dem Jungen gefangen gehalten wurde, nicht wahr? Ja, das waren Sie!«

Sie nickte stolz. »Ja, das war ich.«

»Der Commissioner will nicht gestört werden, aber gehen Sie ruhig schon einmal hinauf und nehmen Sie oben im Flur Platz. Ich bin mir sicher, dass er Sie empfangen wird, sobald er mit der Angelegenheit fertig ist.«

Francesca strahlte ihn an, dankte ihm und machte sich auf den Weg zum Aufzug. Es war wundervoll, einfach so in das Polizeipräsidium hineinzumarschieren und mit solchem Respekt behandelt zu werden. Vielleicht hätte sie O'Malley und Shea ihre Visitenkarten zeigen sollen?

Der Fahrkorb kam, und Francesca wollte ihn gerade öffnen – in diesem Gebäude gab es keinen Liftboy –, als ihr jemand auf die Schulter klopfte. Francesca drehte sich um, und ihr wurde sogleich bang ums Herz.

Vor ihr stand mit leuchtenden Augen und einem breiten Lächeln der kleine Reporter, der versucht hatte, Mary Randall vor der Kirche zu befragen, und dem Bragg den Notizblock aus der Hand gerissen hatte. »Dürfte ich Sie wohl kurz sprechen, Miss Cahill?«

Ein Reporter war der letzte Mensch, mit dem Francesca sich in diesem Moment unterhalten wollte, denn sie wusste aus Erfahrung, wie viel Ärger das verursachen konnte. »Ich fürchte, ich bin bereits spät dran«, antwortete sie, lächelte verkrampft und versuchte, den Aufzug zu betreten.

Doch der Reporter versperrte ihr den Weg. »Glauben Sie, dass Calder Hart schuldig ist?«

»Nein, das glaube ich nicht«, schnappte sie.

»Warum nicht? Sogar Bragg hält ihn für schuldig.«

»Ach? Hat er das gesagt? Es tut mir Leid, ich kann mich nicht an Ihren Namen erinnern, Sir«, entgegnete sie kühl.

»Walter Isaacson von der *Tribune*. Wenn Bragg ihn nicht für schuldig hält, warum schleift er ihn dann ins Präsidium? Und wie gut kennen Sie Hart, Miss Cahill?« Er lächelte sie süffisant an, und Francesca erstarrte.

»Ich werde es mir nicht erlauben, irgendwelche Vermutungen anzustellen, warum der Commissioner etwas tut oder lässt. Da müssen Sie ihn schon selbst fragen. Sie stehen mir im Weg.«

»Calder Hart genießt einen gewissen Ruf, und er ist der begehrteste Junggeselle der Stadt. Macht er Ihnen den Hof? Sind Sie deshalb so eifrig darauf bedacht, ihn zu verteidigen?«

Francesca spürte, dass sie errötete, und sah das Funkeln in den Augen des Reporters, der offenbar glaubte, einen Volltreffer gelandet zu haben. »Ich glaube zwar nicht, dass Sie es etwas angeht, Mr Isaacson, aber ich habe Mr Hart erst vor wenigen Tagen kennen gelernt. Ich bin eine gute Menschenkennerin und davon überzeugt, dass er unschuldig ist.«

»Worüber haben Sie sich heute vor der Kirche mit Hart unterhalten? Hat er Sie zum Gottesdienst begleitet?«

Sie blinzelte den Mann verständnislos an. »Wie bitte?«

»Ich habe gesehen, dass Sie nebeneinander gesessen haben. Ganz offenbar kennen Sie ihn länger als nur ein paar Tage. Wo war er am Mordabend? Er hat sich geweigert, mit der Presse zu reden, und das war keine besonders gute Idee. Die Stadt will Antworten, Miss Cahill. Vielleicht können Sie sie liefern?«

Sie blickte den kleinen, drahtigen Mann verächtlich an. »Ich habe nichts zu sagen. Wenn Sie mich nun bitte entschuldigen würden? Oder soll ich die Polizei rufen? Dann können Sie den Beamten gern erklären, warum Sie mich daran hindern, den Aufzug zu benutzen.«

Isaacson trat zur Seite. »Falls ich Ihnen Unannehmlichkeiten bereitet haben sollte, so entschuldige ich mich dafür, Miss Cahill«, sagte er und schien es aufrichtig zu meinen. »Ich versuche lediglich die Wahrheit herauszufinden.«

Ihre Blicke begegneten sich für einen Moment. Francesca stellte fest, dass der Mann ungefähr in ihrem Alter war. Er trug eine große Brille mit Drahtgestell, deren Gläser seine Augen riesig erscheinen ließen. Offenbar ging es ihm wirklich um die Wahrheit. *Die Wahrheit* … Die wollte Francesca selbst nur allzu gern herausfinden. »Guten Tag.« Sie nickte und betrat den Aufzug, um dann mit einiger Mühe die Gittertür zu schließen. Dann betätigte sie den Hebel, und während der Korb langsam in den ersten Stock hinaufstieg, starrte sie den Reporter durch die Eisenstäbe an, bis er endlich nicht mehr zu sehen war. Als Francesca im ersten Stock ausstieg, atmete sie erleichtert auf. Zielstrebig schritt sie auf die Tür zu Braggs Büro zu, wobei ihr keiner der vorübergehenden Beamten Beachtung schenkte. Die obere Hälfte der Tür bestand aus dickem Milchglas, durch das man nicht hindurchsehen konnte. Aber dafür konnte Francesca hören, was hinter der Scheibe vor sich ging.

Die Brüder stritten sich, und wie Francesca bereits befürchtet hatte, schien der Streit soeben in eine Schlägerei auszuarten. Ohne anzuklopfen, stürmte sie in das Büro.

KAPITEL 17

MONTAG, 3. FEBRUAR 1902 – 14 UHR
Gefolgt von Bragg, war Hart hoch erhobenen Hauptes in Braggs Büro marschiert. Als Bragg die Tür hinter sich geschlossen hatte, hatte sich sein Halbbruder in dem spartanisch eingerichteten Zimmer umgesehen. Er erblickte zwei Schreibtische, auf denen stapelweise Akten und Mappen sowie Bücher und Zeitschriften lagen. Auf Braggs Schreibtisch stand ein Telefon, dahinter ein Drehstuhl mit Rattanlehne und davor zwei abgenutzte, schäbige Stühle, die für Besucher bestimmt waren. Hart warf Bragg einen Blick zu, verkniff sich aber den wenig schmeichelhaften Kommentar, der ihm auf der Zunge lag.

Bragg steuerte auf seinen Schreibtisch zu, setzte sich aber nicht. Die beiden Männer standen schweigend da und sahen sich an. Aufgrund der eisigen Temperaturen war das einzige Fenster des Zimmers geschlossen, weshalb – anders als normalerweise – kein Straßenlärm zu hören war.

»Warum das falsche Alibi?«, fragte Bragg schließlich und durchschnitt damit die Stille.

»Warum nicht?« Hart lächelte und zuckte mit den Schultern. Er hatte offenbar nicht vor, seinem Halbbruder auch nur im Mindesten entgegenzukommen.

»Darf ich annehmen, dass es dein Wunsch war, die Untersuchung des Mordes an deinem Vater so schwierig wie nur eben möglich zu gestalten? Oder versuchst du einfach, mir das

Leben schwer zu machen – so wie immer?«, fuhr Bragg gelassen fort.

Hart grinste. »Hättest du mir denn geglaubt, wenn ich dir die Wahrheit gesagt hätte?«, fragte er herausfordernd.

»Nein.«

»Das dachte ich mir schon.« Hart trat auf das zerkratzte Holzsims über dem Kamin zu. Es hätte dringend eine gründliche Politur mit Bienenwachs benötigt. Er nahm eine gerahmte Fotografie herunter, die Rick mit einer wunderschönen rothaarigen Frau, zwei Jungen und einem kleinen Mädchen zeigte. Alle lächelten. Es handelte sich um Ricks Halbschwester, Lucy Savage, und ihre Kinder.

Hart wusste, dass Bragg Lucy als seine Schwester betrachtete, doch das war sie nicht, denn in ihren Adern floss nicht das gleiche Blut.

Es standen noch andere Fotos auf dem Sims, unter anderem eines, auf dem Rick mit dem Bürgermeister von New York, Seth Lowe, zu sehen war, und ein anderes, das ihn zusammen mit Theodore Roosevelt auf den Stufen vor einem Regierungsgebäude zeigte. Hart fragte sich, wo wohl die restlichen Familienfotos sein mochten. Zweifellos besaß Rick Dutzende.

Bragg nahm eine dünne Aktenmappe von seinem Schreibtisch. »Deine Behauptung, dass du so viele Stunden allein in deiner Villa verbracht hast, wird vor keinem Gericht der Welt standhalten. Ein guter Staatsanwalt könnte ein solches Alibi sehr rasch gegen dich verwenden.«

»Das dachte ich mir bereits«, sagte Hart. »Wobei du wohl kaum eine Träne vergießen würdest, wenn ich hinter Gittern landen sollte.«

Bragg musterte ihn eingehend. »Falls du schuldig bist, gewiss nicht, Calder.«

»Und wenn ich es nicht bin?«
»Wenn du nicht der Mörder bist, so werde ich ihn finden.«
»Welch eine Entschlossenheit!«, spottete Hart. »Der gute Bruder prescht wieder einmal auf seinem weißen Ross davon, um für Freiheit und Gerechtigkeit zu kämpfen.«
Braggs Gesicht nahm einen angespannten Ausdruck an. Er trat auf seinen Bruder zu, bis sie sich Auge in Auge gegenüberstanden. Bragg war ein paar Zentimeter größer und etwas kräftiger als Hart, seine Schultern waren breiter. »Warum in Gottes Namen hast du das Dienstpersonal an jenem Abend weggeschickt?«
»Mir war danach«, entgegnete Hart leichthin.
Bragg starrte ihn an. »Ich weiß, wie groß dein Hass auf Randall gewesen ist; das war dein ganzes Leben lang so. Ich war immerhin dabei – oder hast du das schon vergessen?«, fragte er leise und nicht sehr freundlich.
Hart weigerte sich, jemals über die Zeit ihrer Kindheit vor Lilys Tod nachzudenken. »Ja, Rick, ich habe meinen Vater gehasst. Das würde ich sogar vor Gericht unter Eid bestätigen«, gab Hart zurück. »Ts ts ts. Was für ein schrecklicher Mensch ich doch bin.« Hart gab vor zu erschauern und lachte dann.
»Spar dir das Getue für ein interessiertes Publikum auf!«, fuhr ihn Bragg an. »Die eigentliche Frage lautet, hast du es nun getan oder nicht?«
»Ich werde mich nicht wiederholen.«
»Warum also die Lüge? Darauf hätte ich gern eine Antwort, Calder.«
»Ich habe nun einmal einen erstaunlichen Selbsterhaltungstrieb«, erwiderte Hart.
»Ja, den hast du immer schon gehabt.« Bragg seufzte. »Ehrlich

gesagt, halte ich dich für viel zu klug, um Randall von hinten zu erschießen. Du magst überaus hitzköpfig und leidenschaftlich sein, aber du bist auch einer der intelligentesten Menschen, die ich kenne.«

»Danke für die Blumen«, sagte Hart mit einem ironischen Unterton. Ausnahmsweise stimmte er Bragg einmal zu.

»Du hast deinen Vater schon so viele Jahre gehasst, warum solltest du ihn also ausgerechnet jetzt umbringen? Mir fehlt einfach das Motiv«, sagte Bragg.

Hart ließ ihn nicht aus den Augen, erwiderte aber nichts.

»Ach, jetzt komm schon! Oder verachtest du mich etwa so sehr, dass du deine Gedanken nicht mit mir teilen willst?«

Hart lächelte. »Es ist nicht meine Aufgabe, deine Arbeit zu erledigen. Immerhin hast du sie freiwillig übernommen.« Er schüttelte den Kopf. »Auch wenn wir zusammen aufgewachsen sind, so versetzen mich deine Ambitionen doch immer wieder aufs Neue in Erstaunen. Wieso um alles in der Welt sollte jemand freiwillig die Stelle des Polizeichefs in dieser Stadt haben wollen?«

»Ich bin der Polizei-*Commissioner* dieser Stadt – einen Polizeichef muss ich erst noch ernennen. Und irgendjemand muss doch endlich etwas gegen die Korruption in den Reihen der Polizei unternehmen.« Bragg lehnte sich mit der Hüfte gegen den Schreibtischrand. »Aber ich erwarte nicht, dass du verstehst, was mich motiviert.«

»Wird es denn mit der Zeit nicht langweilig, immer der Gute zu sein?«

»Sag mir lieber, wer Randall gern tot gesehen hätte.«

»Abgesehen von mir? Keine Ahnung. Ich hatte nichts mit dem Mann zu schaffen, wie du ja weißt.«

»Aber du hast am Dienstagabend mit ihm gegessen, nicht

wahr? Machte er da einen aufgeregten, vielleicht sogar verängstigten Eindruck?«

»Nein.«

»Warum plötzlich dieses freundschaftliche Gebaren? Wann hattest du dich das letzte Mal mit deinem Vater getroffen?«

»Vor diesem Abend? Noch nie. Er ist auf mich zugekommen, und ich muss zugeben, dass ich ein wenig neugierig war.« In Wahrheit war es mehr als Neugierde gewesen – lächerlicherweise hatte sich der kleine Junge in ihm unglaublich darauf gefreut, sich mit seinem Vater zu treffen –, wenn auch nur für ein simples Abendessen. Bis dann der wahre Grund für die Einladung ans Licht gekommen war.

»Was hat er denn gewollt?«, fragte Bragg. »Hat er es plötzlich bedauert, dass er nie Interesse gezeigt hat, dich besser kennen zu lernen?«

»Er wollte Geld. Ich habe abgelehnt.« Hart zuckte mit den Schultern.

»Einfach so?«

»Einfach so. Es war sogar recht unterhaltsam, ihn so zu Kreuze kriechen zu sehen.«

Bragg straffte die Schultern. »Ich dachte, du hättest dich inzwischen vielleicht ein bisschen geändert. Aber offensichtlich ist das nicht der Fall. Du warst als Junge schon grausam und schwierig und bist es immer noch. Ist dir noch nie in den Sinn gekommen, dass es langsam an der Zeit ist, erwachsen zu werden?«

Hart schob sein Gesicht nach vorn, bis seine Nasenspitze beinahe die von Bragg berührte. »Maß dir bloß nicht an, über mich zu urteilen. Du bist doch nichts weiter als ein Meister der Verdrängung, der seine Gefühle unterdrückt, um den Moralvorstellungen der Gesellschaft zu entsprechen. Und alles nur, um Rathe und Grace zu gefallen. Was für ein Heuchler du doch bist! Ich bin wenigstens ehrlich. Ich habe Randall gehasst. Ich lebe für die Lust und das Vergnügen. Was sich übrigens hervorragend mit Geld kaufen lässt, wovon ich ja reichlich habe. Ich muss mich nicht verstellen!«

»Ach, hör doch auf! Du sehnst dich doch nur verzweifelt nach Aufmerksamkeit, und deshalb wirst du auch niemals mit diesem verabscheuungswürdigen Benehmen aufhören. Und bisher hat es ja auch immer funktioniert!«, rief Bragg. »Mein Vater hat wegen dir graue Haare bekommen, und Grace hat sich wegen dir nachts in den Schlaf geweint. Du hattest unsere Aufmerksamkeit rund um die Uhr, bis du mit sechzehn weggelaufen bist, um Randall zu suchen. Und bis zum Freitagabend ist es dir dank deines extravaganten und maßlosen Treibens gelungen, beinahe die ganze Stadt auf dich aufmerksam zu machen. Aber erst der Mord an Randall hat dich wirklich ins Rampenlicht gerückt. Und wenn du nicht einen so klugen Kopf hättest, wäre ich geneigt zu glauben, dass dies der Höhepunkt deines verzweifelten Heischens nach Aufmerksamkeit ist.«

Hart zitterte vor Wut. »Ich dachte, ich hätte mich klar ausgedrückt. Ich sagte, du sollst dir nicht anmaßen, über mich zu urteilen.« Er verspürte das Bedürfnis, seinem Bruder die Nase einzuschlagen, und ballte unwillkürlich die Hände zu Fäusten.

»Dann hör auf, dich wie ein verzogenes Kind zu benehmen, das ständig sämtliche Regeln bricht. Verzogenen Kindern zieht man die Ohren lang oder vertrimmt ihnen den Allerwertesten. Aber leider ist es Lily nie eingefallen, dich zu bestrafen, und jetzt haben wir das Malheur. Du bist einfach unverbesserlich.«

»Nenne in meiner Gegenwart nie wieder ihren Namen!«, brüllte Hart.

»Sie war auch *meine* Mutter, und es gibt keinen Grund, warum wir die Erinnerung an sie begraben sollten – sie war eine gute Mutter, verflixt noch mal!«, erwiderte Bragg mit immer lauter werdender Stimme.

»Ach, lass mich doch in Ruhe mit dem ganzen Mist!« Hart marschierte auf die Tür zu. Am liebsten hätte er seinen Bruder erwürgt. Er hasste es, an seine Mutter zu denken. So schön, so erschöpft ... voller Schmerz ... dem Tode nah.

Bragg stürzte hinter ihm her und packte ihn an der Schulter. »Wir sind noch nicht fertig! Ich bin mir sicher, dass du etwas weißt, was du mir verschweigst.«

Hart erstarrte, drehte sich aber nicht um. »Nimm deine verdammte Hand da weg, bevor ich sie dir breche.« Es war ihm bitterernst damit. Er spürte, wie seine Selbstbeherrschung allmählich zu bröckeln begann.

Bragg ließ ihn los. »Du weißt, wer Randall umgebracht hat, nicht wahr?«

Er wandte sich langsam um. »Wenn es so wäre, würde ich es dir bestimmt als Letztem erzählen.«

»Warum? Weil du den Mörder schützt? Oder weil du mich so sehr hasst?«

»Such es dir aus. Es könnte durchaus beides zutreffen«, zischte Hart.

»Wenn du weißt, wer Randall getötet hat, verlange ich, dass du es mir sagst, Calder.«

Hart lächelte verkrampft. »Ich weiß gar nichts. Und jetzt noch viel Spaß bei der Arbeit. Sie passt zu dir – Rick, der König der Bullen!«

»Vielleicht würde dir eine Nacht im Stadtgefängnis gut tun.«

Hart erstarrte. »Nur zu, versuch es doch«, erwiderte er. »Meine Anwälte hätten mich spätestens in einer Stunde wieder da rausgeholt – falls du es überhaupt wagen solltest, Anzeige gegen mich zu erstatten.«

»Vielleicht sollte ich deine Anwälte tatsächlich einmal auf die Probe stellen, um zu prüfen, wie fähig sie sind«, sagte Bragg.

Die beiden Männer starrten einander an. Da war sie wieder, die alte Rivalität, die schon immer zwischen ihnen existiert hatte, solange Hart denken konnte. Die Feindseligkeit, das Bedürfnis zu beweisen, dass er selbst stärker, besser, klüger als sein Bruder war. Als sie noch Kinder waren, hatten ihre Kämpfe zumeist unentschieden geendet. So oft, wie Lily Bragg von Harts Rücken heruntergezerrt hatte, hatte sie Hart von dem seines älteren Bruders heruntergezerrt. Einmal hatte Calder Rick im Kampf sogar ein Stück von seinem Ohr abgebissen. Die Narbe – wenn auch klein – war immer noch zu sehen.

»Tu's doch!«, gab Hart jetzt zurück, der diese Auseinandersetzung genoss.

Rick blickte ihn schweigend an, doch dieses Mal nahm er den Fehdehandschuh nicht auf, sondern schüttelte nur angewidert den Kopf.

In diesem Moment war die Tür aufgeflogen und hatte Hart im Rücken getroffen. Die Brüder starrten Francesca verblüfft an.

»Bitte, hören Sie auf!«, rief sie aufgeregt.

Die Überraschung wich aus Braggs Gesicht und verwandelte sich in Verdruss.

Francesca errötete. »Bitte – Sie sind doch Brüder!« Sie zögerte einen Moment lang und spürte, dass ihr die Tränen in die Augen traten. »Das ist doch einfach schrecklich«, fuhr sie schließlich fort, als sich keiner der Männer rührte oder einen Ton sagte. »Denken Sie doch nur einmal daran, was Sie damit Ihren Eltern, Rathe und Grace, antun.«

Hart gab ein verächtliches Schnauben von sich. »Ich habe

keine Eltern«, erwiderte er. »Meine Eltern sind tot. Rathe und Grace sind *seine* Eltern.«
»Sie haben sich nichts sehnlicher gewünscht, als auch deine zu werden, aber das hast du ja nicht zugelassen«, sagte Bragg nun wieder mit ruhiger Stimme.
»Meine Anwälte werden sich freuen, von dir zu hören«, gab Hart mit finsterem Blick zurück. Er nickte Francesca zu und verließ mit großen Schritten den Raum.
Francesca erschauerte.
Bragg wandte sich ab, und sie hörte, wie er einen tiefen Seufzer ausstieß. Ohne darüber nachzudenken, was sie tat, trat sie auf ihn zu und legte ihm ihre Hand auf die Schulter. Sie spürte, dass seine Muskeln angespannt waren. »Es tut mir ja so Leid, Bragg«, flüsterte sie.
Er seufzte erneut. »Das weiß ich doch. Aber er ist nun einmal ein unmöglicher Mensch.« Dann wandte er sich abrupt zu ihr um. »Jetzt hören Sie mir einmal ganz genau zu, Francesca. Ich kenne Sie inzwischen gut genug, um zu wissen, dass Sie meinen, ständig allen und jedem helfen zu müssen, und ich kenne auch Calder, der es liebt, Menschen zu verführen. Glauben Sie mir, Calder ist nicht zu helfen. Die Dämonen, die ihn quälen, hat er selbst erschaffen. Sparen Sie also Ihr Mitleid für jemanden auf, dem es etwas nützt.«
Francesca musterte ihn kritisch. »Aber es besteht doch immer Hoffnung und außerdem …« Sie brach ab.
»Und außerdem was? Außerdem ist er kein schlechter Mensch, wollten Sie sagen? Doch das ist er!«, rief Bragg.
Tatsächlich hatte er ihr die Worte aus dem Mund genommen. »Ich glaube, dass Sie Recht haben. Ich glaube, er sehnt sich nach Aufmerksamkeit, und die einzige Möglichkeit, sie zu erlangen, besteht in seinen Augen darin, den Bösen zu spielen.«

»Ich warne Sie, Francesca, er hat eine grausame Seite. Immerhin bin ich mit ihm aufgewachsen und muss es wissen. Großer Gott, er war mein kleiner Bruder! Unsere Mutter war immer so müde. Als kleines Kind von vier oder fünf Jahren war ich schon verantwortlich für Calder. Ich weiß noch, dass ich mir ständig Sorgen um ihn gemacht habe, ihm andauernd aus der Klemme helfen, ihn vor Schaden bewahren musste. Einmal wäre er fast von einem Fuhrwerk über den Haufen gefahren worden, wenn ich nicht auf die Straße gelaufen wäre und ihn fortgezerrt hätte. Ich weiß noch, wie er eines Tages eine Geldbörse stahl, die ich an Ort und Stelle zurücklegte, bevor jemand den Diebstahl bemerkte. Glauben Sie mir, er hat sich ständig in irgendwelche Schwierigkeiten hineingeritten.« Bragg wandte sich ab, trat vor den erkalteten Kamin und starrte hinein. Offenbar hatte sich niemand die Mühe gemacht, das Feuer anzuzünden. »Ich weiß noch, dass Lily mir erzählt hat, wie schwer Calders Geburt gewesen ist und dass sie danach mehrere Wochen im Bett liegen musste«, murmelte er. »Ich war gerade einmal zwei Jahre alt, als er auf die Welt kam, aber sie muss mir wohl gezeigt haben, wie man ihn hält und ihm die Flasche gibt. Sie konnte ihn nicht stillen«, fügte er mit ernstem Blick hinzu, als ihn die längst vergangenen Erinnerungen einholten.

»Er ist also zwei Jahre jünger als Sie?«, fragte Francesca.

»Ja, zwei Jahre und ein paar Monate.«

»Hatte Ihre Mutter noch das Verhältnis mit Randall, als Calder geboren wurde?«

»Nein. Es war nur eine kurze Affäre gewesen.« Bragg sah sie mit festem Blick an. »Und als ihr klar wurde, dass sie sterben würde, da hat sie meinen Vater und auch Randall davon in Kenntnis gesetzt. Rathe ist gekommen, Randall nicht.«

»Der arme Calder!«, rief Francesca und ergriff Braggs Hand. In diesem Moment schien es die natürlichste Sache der Welt zu sein, dass seine große Hand ihre schmale umschloss. »Wann war das?«, fragte sie.
»Sechsundachtzig«, sagte er, zog seine Hand weg und trat ein wenig beiseite.
Sie spürte, dass ihn die Macht der Erinnerung und der damit immer noch einhergehenden Schmerz zu überrollen drohten.
»Können Sie darüber reden?«, fragte sie leise.
»Gewiss.« Er lächelte, blickte ihr aber nicht in die Augen. »Lily starb an Darmkrebs. Sie wusste schon Monate vorher, dass sie sterben würde, und auch Calder und ich wussten es. Mein Vater hatte keine Ahnung von meiner Existenz, genauso wenig wie Randall von Calders. Lily schrieb beiden einen Brief, und Rathe kam sofort vorbei. Lily hatte meinen Vater in einem Tanzlokal kennen gelernt, wo sie damals arbeitete. Sie war erst siebzehn, ein Mädchen vom Lande und neu in der Stadt. Mein Vater sorgte dafür, dass sie ihre Arbeit aufgab, und hielt sie aus – zumindest für eine Weile.« Bragg lächelte ein wenig gequält. »Rathe war ein schrecklicher Schürzenjäger, bevor er sich in Grace verliebte. Die Affäre mit meiner Mutter hatte nur einige Monate gedauert. Lily war schon als junges Mädchen sehr stolz. Sie begann wieder zu arbeiten, bis man ihr die Schwangerschaft anzusehen begann. Als ich ungefähr ein Jahr alt war, traf sie Randall, den zweiten und letzten Mann in ihrem Leben. Ich glaube, als sie zum zweiten Mal ein Kind erwartete, wurde ihr klar, dass sie eine andere Möglichkeit finden musste, um den Lebensunterhalt für sich und ihre kleine Familie zu sichern. Nach Calders Geburt arbeitete sie bis zu ihrem Tod als Näherin. Ich weiß noch, dass sie immer irgendetwas zu nähen mit nach Hause brachte und bis in die frühen

Morgenstunden daran arbeitete. Oft schlief sie vor Erschöpfung an dem einzigen Tisch in unserer Wohnung bei Kerzenlicht ein.«

»Wie furchtbar!«, flüsterte Francesca. Sie stellte sich vor, wie Bragg als kleiner Junge zu diesem Tisch geschlichen war und die Kerze ausgeblasen hatte.

Er zuckte mit den Schultern. »Als Rathe den Brief erhielt, kam er sofort. Er war verheiratet und hatte bereits drei Kinder. Aber er nahm nicht nur mich auf, sondern auch Calder, als er begriff, dass Randall sich nicht um seinen Sohn kümmern würde.« Bragg sah Francesca an. »Rathe ist zu Randall gegangen und hat ihn gebeten, Calder aufzunehmen. Er ist ein guter Mensch.«

»Ich freue mich darauf, ihn – und auch seine Frau – einmal kennen zu lernen«, sagte Francesca aufrichtig.

»Das werden Sie, denn sie werden bald nach New York zurückkehren. Im Moment leben sie in Texas, wo meine Großeltern und meine Schwester mit ihrer Familie wohnen. Die beiden werden Ihnen bestimmt gefallen. Sie erinnern mich übrigens an Grace – sie ist eine ebenso eifrige Verfechterin von Reformen wie Sie und schon seit den Siebzigern eine überaus rührige Suffragette«, fügte er hinzu.

Francesca lächelte erfreut. »Oh, dann werden wir uns mit Sicherheit gut verstehen!«, rief sie. Grace Bragg hatte gewiss einige spannende Geschichten zu erzählen.

»Daran hege ich nicht den geringsten Zweifel«, erwiderte er trocken und lächelte. Er warf ihr einen, wie sie zu erkennen glaubte, liebevollen Blick zu, trat hinter seinen Schreibtisch und setzte sich. Francesca wusste, dass seine Gedanken zu Calder und dem Mordfall zurückkehrten.

Vorsichtig nahm sie auf einem der beiden Stühle vor seinem

Schreibtisch Platz. Sie dachte darüber nach, wie schmerzvoll es für Bragg gewesen sein musste, als seine Mutter starb und er anschließend sofort zu wildfremden Menschen ziehen musste. Bragg musste zu jener Zeit ungefähr zwölf und Calder zehn Jahre alt gewesen sein. Francesca ging durch den Kopf, dass andere Brüder unter solchen Umständen erst recht zusammengehalten hätten, aber bei Bragg und Hart schien das leider nicht der Fall gewesen zu sein.

Sie bemerkte, dass Bragg sie beobachtete. »Sie müssen mich nicht so ansehen«, sagte er leise. »Es gibt keinen Grund, Mitleid zu haben, schließlich hat ja alles doch noch ein gutes Ende genommen. Wenn Lily nicht gestorben wäre, weiß ich nicht, was für ein Mann aus mir geworden wäre, Francesca. Und das Gleiche gilt für Calder.«

Sie nickte. »Aber es zerreißt mir das Herz, wenn ich daran denke, und das wird sich auch niemals ändern.«

Sein Blick wanderte über ihr Gesicht hinweg. »Und das macht Sie zu einem ganz besonderen Menschen«, sagte er.

Francesca schlug das Herz bis zum Hals. »Bin ich wirklich etwas Besonderes, Bragg?«

Er blickte zur Seite, und wieder sah sie diesen kleinen, zuckenden Muskel in seiner Wange. Offenbar waren ihm die Worte herausgerutscht, und ganz offenbar bereute er sie bereits. »Sie wissen doch, dass es so ist«, sagte er schließlich, während er weiterhin ihrem Blick auswich.

Sie biss sich auf die Lippe. Erneut kamen ihr die Unheil verkündenden Worte in den Sinn, die er am Abend zuvor gesagt hatte. Doch sie wollte jetzt nicht darüber nachdenken, und genauso wenig darüber, dass Hart behauptet hatte, dass ihre Liebe zu Bragg unter einem schlechten Stern stehe. »Bin ich denn auch etwas Besonderes für *Sie?*«, fragte sie.

Er sprang auf und blickte sie an. »Francesca –«
Sie erhob sich ebenfalls. »Sie haben mich gestern Abend geküsst. Zum zweiten Mal.«
Es dauerte einen Moment, bevor er seine Stimme fand. »Das habe ich nicht vergessen, das können Sie mir glauben.«
Über diese Antwort hätte sich Francesca wohl gefreut, wäre da nicht sein grimmiger Gesichtsausdruck gewesen. »Was ist los, Bragg? Was wollen Sie mir sagen? Warum küssen Sie mich, als könnten Sie nicht ohne mich leben, und sehen mich dann an, als stünde die Welt kurz vor dem Untergang?«
»Weil ich Ihnen nicht wehtun möchte.«
Francesca klammerte sich unwillkürlich an der Schreibtischkante fest. Sie fühlte sich benommen. »Etwas steht zwischen uns, ist es nicht so?«, fragte sie heiser.
»Ja.«
Sie hatte das Gefühl, einer Ohnmacht nahe zu sein. »Sie sind gebunden«, flüsterte sie fassungslos.
»Ja.«
»Es gibt also eine andere Frau.« Plötzlich schien es ihr, als würde die ganze Welt zusammenbrechen.
»Francesca – ich wollte es Ihnen nicht auf diese Weise sagen. Ich wollte überhaupt nicht, dass so etwas geschieht.«
»Es gibt also eine andere Frau?«, wiederholte sie ungläubig.
»Ja.«
Sie starrte ihn schockiert an.
»Aber … ich verstehe das nicht«, hörte sie sich sagen. Dabei verstand sie alles ganz genau. Sie liebte Rick Bragg, hatte sich schon bei ihrer ersten Begegnung in ihn verliebt. Und er liebte sie, da war sie sich sicher.
Nein, sie verstand es doch nicht.

Irgendwelche Abmachungen ließen sich doch rückgängig machen!
Und er liebte gewiss keine andere!
Bragg trat plötzlich hinter dem Schreibtisch hervor und legte seinen Arm um ihre Taille. »Bitte setzen Sie sich wieder, Francesca«, sagte er.
Sie blickte in seine bernsteinfarbenen Augen mit dem goldenen Schimmer und spürte, dass sie diesem Mann vollkommen vertraute. »Sagen Sie es mir«, flüsterte sie und ließ sich gegen ihn sinken.
»Ich bin verheiratet«, sagte er.

KAPITEL 18

MONTAG, 3. FEBRUAR 1902 – 15 UHR
Im ersten Moment dachte Francesca, dass sie sich verhört hatte. Bragg konnte doch unmöglich verheiratet sein! Sie hatte kein einziges Wort über eine Frau in den Zeitungen gelesen, und schließlich lebte er auch allein in seinem Haus in der Madison Avenue. Nein, sie musste sich ganz bestimmt verhört haben – oder aber sie befand sich mitten in einem Alptraum.

»Francesca?«, fragte er, den Blick fest auf sie gerichtet.

Francesca blinzelte und bemerkte, dass er sie mit seinen Armen umfangen hielt. »Ich dachte, Sie hätten gesagt, Sie seien verheiratet«, erklärte sie mit unsicherer Stimme.

»Das habe ich auch«, erwiderte er ebenso unsicher.

Sie stieß ihn von sich. Das musste ein Albtraum sein! So etwas war doch nicht möglich! Sie hatte mit einer gewissen Verpflichtung gerechnet, einer Abmachung bezüglich einer Verlobung möglicherweise, etwas, das sich letztlich noch ändern oder rückgängig machen ließe. Aber nicht mit einer Ehe. *Unmöglich!*

Doch sie hatte sich nicht verhört. Er hatte es nicht abgestritten. Und dabei hatte er sie am Abend zuvor leidenschaftlich und hemmungslos geküsst.

»Bitte schauen Sie mich nicht so an!«, rief Bragg. »Es ist nicht so, wie Sie denken.«

Francesca versuchte sich seine Ehefrau vorzustellen. Gewiss war sie schön und intelligent – und sie teilte sein Bett und sein

Leben mit ihm. In diesem Moment verspürte Francesca einen großen Hass auf diese unbekannte Frau.

»Hören Sie, Francesca, ich habe meine Frau seit vier Jahren nicht mehr gesehen«, sagte er mit drängender Stimme.

Der Hass, den sie soeben noch empfunden hatte, verpuffte im Nichts. »Wie bitte?«, fragte sie und griff nach der Armlehne des Stuhls, da sie sonst womöglich zu Boden gesunken wäre.

»Ich habe Ihnen diese Erklärung niemals geben wollen«, sagte Bragg schroff. »Verdammt, Francesca, ich wollte nie, dass sich zwischen uns etwas entwickelt.«

»Dann hätten Sie mich wohl besser nicht geküsst – denn das haben Sie, und zwar nicht nur einmal, sondern gleich zweimal!«

Er starrte sie an, und sie erkannte die Qual in seinem Blick.

»Wieso sagen Sie denn nichts?«, rief sie. »Schließlich haben Sie …« Sie verstummte. Am liebsten hätte sie ihm ins Gesicht geschrien, dass er soeben ihr Leben ruiniert hatte. Sie hatte davon geträumt, diesen Mann zu heiraten, den Rest ihres Lebens mit ihm zu verbringen und an seiner Seite gegen die Missstände in der Gesellschaft und für mehr Gerechtigkeit und Freiheit zu kämpfen. Aber von alldem konnte er natürlich nichts wissen. Er hatte keine Ahnung von der Tiefe ihrer Gefühle, sondern war nur Zeuge ihrer Leidenschaft gewesen. »Lieben Sie sie?«, hörte sie sich mit scharfer Stimme fragen.

»Nein«, erwiderte er.

Francesca starrte ihn an und spürte, wie ihr Herz langsam zerbrach. Wie konnte das nur geschehen? »Sie haben mich geküsst … Sie haben mich getäuscht.«

»Das war nicht meine Absicht. Es fällt mir sehr schwer, gegen meine Gefühle für Sie anzukämpfen. Francesca, Sie scheinen mich für einen Heiligen zu halten, aber das bin ich nicht. Ich bin nichts weiter als ein Mann, der in einem moralischen Dilemma steckt, das er sich selbst geschaffen hat.«

Francesca stiegen die Tränen in die Augen, und das Atmen fiel ihr zunehmend schwer. »Wer ist sie? Wo ist sie? Warum haben Sie sie seit vier Jahren nicht gesehen?«

»Bitte weinen Sie nicht«, flüsterte er und legte seine Hand auf ihre Wange.

Mit einem Mal stieg eine fürchterliche Wut in ihr auf. »Fassen Sie mich nicht an! Fassen Sie mich nie wieder an!«

Er erbleichte und ließ seine Hand fallen. »Ich werde Ihnen alles erzählen, aber bitte hassen Sie mich nicht. Damit könnte ich nicht leben.«

»Ich weiß im Moment nicht, was ich empfinde. Nein, ich weiß sehr wohl, was ich empfinde. Ich bin maßlos enttäuscht und am Boden zerstört. Es fühlt sich an, als wäre ich von einem Fuhrwerk überrollt worden.« Mittlerweile liefen ihr die Tränen über die Wangen.

»Wir kennen einander doch erst seit ein paar Wochen. Wir haben uns erst am achtzehnten Januar kennen gelernt«, flüsterte er.

Er erinnerte sich also an das genaue Datum ihrer ersten Begegnung. Francesca schlang die Arme um ihren Körper und biss sich auf die Unterlippe, in der Hoffnung, dass sie dadurch aufhörte, wie bei einem wimmernden Kleinkind zu zittern. Aber es funktionierte nicht. »Warum haben Sie mich geküsst, wenn Sie doch wussten, dass Ihre Ehefrau irgendwo auf Sie wartet? Mein Gott, und ich dachte, Sie seien ein ehrenwerter Mann!«

»Meine Frau wartet nicht auf mich. Sie wartet höchstens darauf, dass ich tot umfalle.« Er sah sie mit einem grimmigen Blick an.

Francesca wäre beinahe das Herz stehen geblieben. »Das kann doch nicht Ihr Ernst sein!« Oder etwa doch? Hasste ihn seine Frau etwa so sehr, dass sie ihn am liebsten tot gesehen hätte?

»Oh doch, das ist mein Ernst. Nach meinem Tod wäre Leigh Anne endlich frei.«

Ihr Name war also Leigh Anne. »Warum ist sie nicht hier bei Ihnen? Wo steckt sie denn? Warum haben Sie sie seit so vielen Jahren nicht gesehen?«

Bragg musterte sie und deutete dann auf den Stuhl. »Möchten Sie sich nicht wieder setzen?« Offenbar wagte er es nicht mehr, sie anzufassen, was auch besser war.

»Nein«, erwiderte sie schnippisch.

»Na schön.« Er machte einen unglücklichen Eindruck. Ob es daran lag, dass er ihr jetzt die Wahrheit sagen musste? Oder bereitete ihm allein das Reden über seine unglückliche Ehe schon solchen Kummer?

»Sie stammt aus Boston«, begann Bragg mit bedächtiger Stimme zu erzählen. »Ich habe sie im ersten Studienjahr in Harvard kennen gelernt und mich Hals über Kopf in sie verliebt.« Er verstummte und verzog das Gesicht. Francesca hatte das Gefühl, als würde ihr das Herz aus der Brust gerissen. »Ich habe sie drei Monate nach unserer ersten Begegnung gebeten, meine Frau zu werden. Rathe hat mich angefleht zu warten, aber ich habe nicht auf ihn gehört.«

Jedes einzelne seiner Worte versetzte Francesca einen Stich. »Sie muss ja eine ganz besondere Frau sein«, sagte sie verbittert. »Wenn Sie sofort dermaßen vernarrt in sie waren.«

»Sie sieht wie ein Engel aus, ein blauäugiger, dunkelhaariger Engel. Aber ich habe mich von ihrem Äußeren täuschen lassen, Francesca. Sie hat wahrlich kein engelhaftes Wesen.«

Seine Frau sah also hinreißend aus. Wieder ein Stich, noch tiefer diesmal. Aber das war Francesca mittlerweile gleichgültig. Vielleicht würde sie diese Unterhaltung umbringen, das wäre dann wenigstens ein passendes Ende für diese hässliche Geschichte.

Sie durfte jetzt auf keinen Fall weinen.

»Es tut mir Leid, wenn ich Ihnen wehtue.«

Sie zuckte mit den Schultern. »Sie haben sie also gleich geheiratet.«

»Am Ende meines ersten Studienjahres.« Er blickte ihr in die Augen. »Ich war ein Narr.«

Sie sah ihn an, hoffte auf weitere erklärende Worte, und als diese nicht kamen, fragte sie: »Was ist dann geschehen?«

»Um es auf den Punkt zu bringen, ich habe ein Angebot von einer der führenden Anwaltskanzleien dieses Landes abgelehnt, ein Angebot, das uns nach Washington geführt hätte. Stattdessen habe ich eine eigene Kanzlei eröffnet, und zwar für Strafrecht – was natürlich nicht sehr lukrativ ist.« Er brachte ein verkrampftes Lächeln zustande. »Die Armen und Bedürftigen können es sich eben nicht erlauben, hohe Honorare für ihre Verteidigung zu bezahlen.«

Francesca spürte, wie sich die Liebe und das Mitgefühl für diesen Mann wieder in ihr zu regen begannen, doch sie kämpfte dagegen an. »Und?«

»Leigh Anne hat mich einen albernen Narren geschimpft und mich verlassen. Sie hat ihre Koffer gepackt und ist nach Europa gereist, wo sie sich heute immer noch aufhält.«

Francesca starrte ihn an. »Ich verstehe nicht ganz«, sagte sie langsam.

»Sie hat ein Leben in Saus und Braus erwartet – schließlich hatte sie ja einen Bragg geheiratet. Sie wusste auch, dass ich politische Ambitionen hatte. Irgendwie hat sie mich nie wirklich verstanden. Sie kam nicht damit zurecht, wie wir lebten, wollte nicht akzeptieren, dass ihr Mann oft bis tief in die Nacht arbeitete, um Menschen zu verteidigen, bei denen sie lieber die Straßenseite wechselte, wenn sie ihr begegneten. Es gefiel ihr auch nicht, allein auf Partys zu gehen und sich die Frage anhören zu müssen, wo ihr Mann steckt. Als sie nach Europa ging, hat sie mir in aller Deutlichkeit erklärt, dass sie erst zurückkommen würde, wenn ich das Angebot der Kanzlei aus Washington angenommen hätte – oder eines, das uns ein vergleichbares Ansehen und Einkommen sichern würde.«

Francesca starrte ihn überrascht an. »Sie hat Sie also erpresst?«

»Ja, das hat sie. Drei Monate nachdem sie mich verlassen hatte, bin ich ihr in dem Glauben nachgereist, dass sie im Grunde ein gutherziger Mensch ist, der eine Torheit begangen hat. Ich habe fälschlicherweise angenommen, dass sie mich liebt und mich vermisst und dass sie zu mir zurückkommen wird.« Er schwieg einen Moment. »Ich habe sie in Südfrankreich gefunden, wo sie mit ihrem Liebhaber lebte. Daraufhin bin ich nach Hause zurückgekehrt.«

Francescas Mitleid gewann die Oberhand. »Oh, Bragg!«, rief sie entsetzt. Sie streckte spontan die Hand nach ihm aus, ließ sie jedoch wieder fallen, bevor es zu einer Berührung gekommen war.

»Sie müssen mich nicht bemitleiden. Ich zahle einen hohen Preis für meine Dummheit und mein mangelndes Urteilsvermögen.« Er zuckte mit den Schultern. »Leigh Anne bleibt in Europa. Wir stehen nicht miteinander in Verbindung, aber wir haben eine Vereinbarung getroffen. Sie tut, was ihr gefällt, und ich bezahle ihre Rechnungen.«

Francesca starrte ihn an. »Was für eine schreckliche Frau!«, hörte sie sich flüstern.

»Kein Grund, mich zu bedauern, da ich sie nicht ausstehen kann und es vorziehe, getrennt von ihr zu leben. Es ist wohl bedauerlich, dass sie einen Großteil meines Geldes ausgibt, aber das ist nun einmal nicht zu ändern.« Mit finsterem Blick rammte er beide Hände in die Taschen seiner Hose.

Francesca fielen ein Dutzend Fragen ein, die sie ihm gern gestellt hätte. Ob er noch etwas für seine Frau empfand. Ob sie immer noch einen Liebhaber hatte. Ob er wohl eine Scheidung in Erwägung ziehen würde. Sie befeuchtete ihre Lippen und fragte vorsichtig: »Aber Sie sind doch nach Washington gegangen. Ich meine mich an einen Zeitungsartikel erinnern zu können, in dem zu lesen stand, dass Sie vor Ihrem Amtsantritt in der Hauptstadt als Anwalt praktiziert haben.«

»Ich habe mir in Boston einen Partner gesucht und die Kanzlei in seine fähigen Hände übergeben. Dann bin ich nach Washington gezogen, um dort die gleiche Arbeit zu tun, aber auch, um mich in meiner Freizeit der Politik zu widmen. Wie Sie wissen, ist mir der Dienst an der Allgemeinheit ein wichtiges Anliegen, Francesca.«

Sie nickte. »Ihr Vater bekleidete auch schon ein Amt während der ersten Regierungzeit von Grover Cleveland, nicht wahr?«

Er schenkte ihr ein erfreutes Lächeln. »Ja, das stimmt. Er war Handelsminister. Ich habe meine ersten gemeinsamen Jahre mit Rathe und Grace in Washington verbracht.«

Ganz offensichtlich waren es schöne Jahre gewesen. Francesca erwischte sich dabei, dass sie sein Lächeln unwillkürlich erwiderte. »Warum ist Ihre Frau denn nicht zurückgekommen? Warum kommt sie jetzt nicht zurück?«

»Ich bin noch immer kein vermögender Mann, Francesca«, entgegnete er gelassen. »Ich habe auch in Washington keine lukrativen Fälle übernommen. Und die Arbeit als Polizei-Commissioner wird sehr schlecht bezahlt, wie Sie sicherlich wissen.«

Francesca konnte einfach nicht verstehen, wie eine Frau derart von der Gier nach Reichtum und Macht getrieben werden konnte. Nicht anders verhielten sich die vielen Debütantinnen, die in ihren gesellschaftlichen Kreisen auf der Suche nach einem Ehemann mit Geld oder Titel waren. »Vielleicht wird ihr eines Tages ja doch noch ein Licht aufgehen«, bemerkte Francesca.

Er sah sie mit seinem durchdringenden Blick an. »Ich will diese Frau nicht hier haben, weder jetzt noch sonst irgendwann.«

»Sie würden ihr also niemals vergeben?«

»Ich könnte ihr vielleicht ihre ganzen Liebhaber vergeben. Ich könnte ihr vielleicht vergeben, dass sie jeden Cent, den ich verdiene, zum Fenster hinauswirft. Ja, ich könnte ihr tatsächlich alles vergeben, denn sie hat einen schwachen Charakter. Aber ich werde *mir* niemals vergeben, dass ich durch diese Ehe mein Leben ruiniert habe. Denn ich habe sie nie wirklich geliebt, und – was noch viel schlimmer ist – ich habe keinen Respekt vor ihr. Wir haben nichts, aber auch gar nichts gemein. Getrennt zu leben ist die beste Lösung für zwei Menschen, die so gar nicht zusammenpassen.«

Francesca musste unwillkürlich an Connie und Montrose denken und befand, dass diese beiden eigentlich wunderbar zusammenpassten.

»Hassen Sie mich jetzt, Francesca?«

Diese leisen und doch mit fester, ganz und gar nicht zögerlicher Stimme gesprochenen Worte unterbrachen ihre Gedanken. Sie blickte in seine Augen und spürte, dass ihr Herz diesem Mann immer noch vertraute. Es schien einen eigenen Willen zu besitzen und schlug erfüllt von Mitgefühl, Verständnis und Liebe in ihrer Brust. »Ich könnte Sie niemals hassen«, hörte sie sich sagen.

In der darauf folgenden Stille nahm sie eine Anspannung wahr, die nichts mehr mit Enttäuschung und Wut zu tun hatte. Francesca stand atemlos und ungläubig da. Bragg hatte ihr soeben gestanden, dass er verheiratet war, und dennoch war sie immer noch hier, und an ihren Gefühlen für ihn hatte sich nichts verändert. Er war noch immer der Mann, den sie bewunderte, respektierte, dem sie vertraute, den sie liebte. Er war der Mann, den sie wollte, und das mit Leib und Seele.

»Ich sollte jetzt besser gehen«, sagte sie nach einer Weile.

»Ja, das sollten Sie«, stimmte er ihr zu.

Francesca wandte sich um. Blind von den Tränen, die ihr plötzlich wieder in die Augen geschossen waren, schritt sie vor ihm auf die Tür zu. Doch bevor sie sie öffnen konnte, drückte er mit seiner Hand dagegen. Francesca erstarrte.

»Ich kann Sie jetzt nicht so einfach gehen lassen«, sagte er mit rauer Stimme.

Sie drehte sich um und war ihm so nahe, dass ihr ganz schwach wurde. »Ich möchte auch nicht auf diese Weise gehen.« Ihre Blicke senkten sich ineinander. »Aber Sie sind jetzt für mich tabu. Sie werden sich niemals von Ihrer Frau scheiden lassen, nicht wahr?« Die Frage war ihr einfach so herausgerutscht, aber es stand zu viel auf dem Spiel, als dass sie es bereut hätte.

Er zögerte. »Nein. Eine Scheidung würde es mir unmöglich machen, ein bedeutendes öffentliches Amt zu bekleiden«, sagte er nach einer Weile.

»Eines Tages werden Sie für den Senat kandidieren.«

»Ja. Eines Tages. Irgendwann einmal.«
Sie begann zu weinen. »Und ich werde sehr stolz auf Sie sein.«
»Ich weiß«, flüsterte er. »Francesca, bitte!«
»Nein.« Sie schüttelte den Kopf. »Ich muss gehen.« Sie wandte sich ab und drückte die Klinke hinunter.
Er öffnete die Tür für sie, da sie dazu nicht imstande zu sein schien. »Wann sehen wir uns wieder?«
Auf diese Frage wusste Francesca keine Antwort, aber das war nicht der Grund, warum sie schwieg – sie vermochte einfach keinen Ton herauszubringen.

Connie blieb zitternd auf der breiten Eingangsstufe ihres Hauses stehen, jenes Hauses, in dem sie mit ihrem Ehemann und ihren Töchtern lebte und das das Hochzeitsgeschenk ihres Vaters gewesen war. Eigentlich hätte sie – wie sie es ihrer Mutter versprochen hatte – bereits am Vorabend heimkehren und daran glauben sollen, dass alles wieder in Ordnung kommen würde, dass alles in Ordnung *war*. Aber als sie jetzt auf die glänzende, geschlossene Teakholztür starrte und versuchte, ihren Atem zu beruhigen, sah sie in Gedanken wieder einmal Neil in den Armen der wunderschönen Eliza Burton vor sich.
Was machte sie nur hier? Warum war sie gekommen? Dieses Haus schien nicht mehr länger ihr Zuhause zu sein.
»Lady Montrose?«, hörte sie Mrs Partridge wie aus weiter Ferne sagen. Die große, dünne Frau stand mit Charlotte an ihrer Seite und Lucinda auf dem Arm hinter ihr. »Sollten wir nicht hineingehen?«
Connie hatte das Gefühl, als befände sie sich in einem Traum. Am Abend zuvor hatte sie zunächst wirklich dem Rat ihrer Mutter folgen wollen, aber dann war sie auf ihr Zimmer gegan-

gen, hatte sich vor das Feuer gesetzt und in die tanzenden Flammen gestarrt. Bei diesem Anblick hatte sie gedacht, dass ihr Leben mit ihrem ehebrecherischen Mann einer Hölle glich, und dieser Gedanke hatte sie dermaßen geängstigt, dass sie eine kleine Dosis Laudanum eingenommen hatte.

Dadurch war sie so müde geworden, dass sie sich hinlegen musste und erst am nächsten Morgen wieder aufgestanden war, und irgendwie hatte es dann den ganzen Tag gedauert, bis sie ihren Koffer und die beiden kleinen Köfferchen der Mädchen gepackt hatte.

»Lady Montrose?«, ertönte erneut Mrs Partridges Stimme, die dieses Mal ernsthaft besorgt klang. »Gehen wir doch hinein; Lucinda muss gefüttert werden.«

Bilder aus ihrem bisherigen Leben zogen vor Connies innerem Auge vorbei, Bilder aus der Zeit, als sie Neil kennen gelernt hatte, ihre erste Begegnung, ihr erster Kuss, all die Partys und rauschenden Bälle. Und dann die Hochzeitsfeier und die anschließende Hochzeitsnacht. Connie zuckte zusammen, als Mrs Partridge an ihrer Hand zog.

»Was ist?«, fragte sie und setzte ein Lächeln auf.

»Wir sollten hineingehen«, wiederholte Mrs Partridge. Ihre freundlichen blauen Augen blickten hinter ihren Brillengläsern derart besorgt drein, dass Connie aus ihren Gedanken gerissen wurde.

»Aber natürlich werden wir hineingehen«, sagte sie und öffnete die Tür. Mrs Partridges Benehmen kam ihr seltsam vor – schließlich hatte Connie nicht getrödelt!

Ein Bediensteter hielt ihnen sogleich die Tür auf, woraufhin Charlotte an allen vorbeistürmte und »Daddy! Daddy!« schrie.

Connie spürte, wie sich eine große Last auf ihre Schultern

legte. Die Anspannung in ihrem Körper, die ohnehin schon groß war, nahm unerträglich zu. *Neil,* dachte sie, und eine Welle von Schmerz und Leid drohte sie zu erdrücken.

Er tauchte am anderen Ende der Eingangshalle auf, und für einen kurzen Moment begegneten sich ihre Blicke. Connie hatte das Gefühl, als würde ihr Herzschlag einige Male aussetzen. Neil sah schrecklich aus, krank und ein wenig ungepflegt, aber viel schlimmer war, dass er furchtbar grimmig dreinblickte.

»Daddy!«, schrie Charlotte erneut und flog in Neils Arme. Er fing sie auf und hob sie hoch in die Luft. Lachend wirbelte er seine dreijährige Tochter herum und drückte sie dann fest an seine Brust. »Ich habe dich vermisst, Prinzessin!«

»Ich dich auch, Daddy«, erwiderte Charlotte strahlend. Mit ihren hellblonden Haaren und den blauen Augen sah sie wie ein kleiner Engel aus, den jeder Maler gern auf seine Leinwand gebannt hätte. Connie fand, dass die Kleine ihrer Tante Francesca sehr ähnlich war, denn sie war ebenso klug und dickköpfig und hielt ihre Familie ganz schön auf Trab.

Neil setzte seine Tochter wieder auf dem Boden ab, worauf sie sich sofort auf die Suche nach dem Spanielwelpen machte, den sie zu Weihnachten von ihrem Onkel Evan geschenkt bekommen hatte. Mrs Partridge entschuldigte sich und folgte Charlotte. Als sie an Neil vorbeikam, blieb sie kurz stehen, damit er dem schlafenden Säugling einmal über die Pausbacke streicheln und ihm einen Kuss auf die Stirn geben konnte.

Connie wurde plötzlich bewusst, dass sie wie angewurzelt stehen geblieben war, seit sie das Haus betreten hatte. Um zu Neil zu gelangen, musste sie beinahe die gesamte Länge der Eingangshalle überwinden, und sie hatte keine Ahnung, ob ihr ihre Beine überhaupt gehorchen würden. Der Dienstbote, der ihr die Tür geöffnet hatte, stand noch hinter ihr, und am anderen Ende der Halle erschien der Butler, der ganz offensichtlich mit ihr zu sprechen wünschte.

Plötzlich kam Neil mit entschlossenen Schritten auf sie zu, wobei seine türkisfarbenen Augen keinen Moment von ihr wichen. Auf eine seltsam distanzierte Weise registrierte sie, dass er selbst in einem solch elenden Zustand immer noch umwerfend aussah. Sie spürte, wie sie erneut zu zittern begann. Was tat sie denn nur? Sie wollte eigentlich gar nicht hier sein, in diesem Haus, mit ihm – nicht unter diesen Umständen.

Sie sehnte sich nach jener Zeit zurück, als es zwischen ihnen nur Liebe und gegenseitigen Respekt gegeben hatte.

»Connie.« Er küsste sie auf die Wange, aber seine Lippen berührten dabei kaum ihre Haut. Wieder musterte er sie mit einem durchdringenden Blick. Sie senkte die Augen.

»Hallo, Neil.« Sie setzte ein strahlendes Lächeln auf, sah ihn dabei aber nicht an. »Wir hatten eine wundervolle Zeit. Es war ein solches Abenteuer für Charlotte! Ich bin so froh, dass Beth Anne uns über das Wochenende eingeladen hat«, fuhr sie fort, wobei sie sich fragte, ob ihre Stimme wohl ebenso gezwungen klang, wie sich die Worte anfühlten. Und dann wagte sie zum ersten Mal, ihm in die Augen zu blicken.

Er starrte sie noch immer an, und Connie lächelte tapfer weiter. »James wünscht mich offenbar zu sprechen. Hast du ihm schon eine Speisenfolge für das Abendessen genannt?«

»Nein«, erwiderte er gedehnt. »Das habe ich nicht. *Du* bist schließlich für die Menüplanung zuständig.«

Connie begriff, dass er sie schalt, weil sie nicht zu Hause gewesen war, um sich ihren Pflichten zu widmen. Aber das war ungerecht, denn sie führte den Haushalt nahezu perfekt, und dies war das erste Mal, dass sie es versäumt hatte, sich um die Essensplanung zu kümmern. »Dann werde ich jetzt mit James

reden. Ich bin ziemlich müde«, fügte sie hinzu und blickte an Neil vorbei zum Butler. »Ich werde mich in mein Zimmer zurückziehen, um mich vor dem Essen noch etwas auszuruhen.«
Der Butler trat vor, und Connie orderte eine Mahlzeit, von der sie wusste, dass sie ihren Mann zufrieden stellen würde und von der Köchin und ihrem Personal in der verbleibenden Zeit vorbereitet werden konnte. James nickte und eilte davon.
Connie lächelte ihren Mann noch einmal an und begann dann, die Treppe hinaufzusteigen. Zu ihrer Bestürzung folgte er ihr.
Ihr Herz begann laut zu pochen. Was machte er denn da? Was wollte er von ihr? Er war so dicht hinter ihr, dass sie spürte, wie der hintere Saum ihres Kleides über seine Schuhspitzen strich.
»Ich möchte mit dir reden«, sagte er leise.
Connie spürte, dass ihr das Atmen schwer fiel. Sie sehnte sich nach einem Sherry oder nach etwas Laudanum. »Wenn du es wünschst«, antwortete sie so leichthin wie möglich.
Als sie in ihrem Wohnzimmer ankam, das sich an das große, luxuriös eingerichtete Schlafzimmer anschloss, welches sie miteinander teilten, blieb sie stehen, ohne sich ihm zuzuwenden. Er ergriff ihren Arm und sagte: »Bitte sieh mich an.«
Sie vernahm die unterdrückte Wut in seiner Stimme, atmete tief durch und drehte sich langsam um. »Ja?«, fragte sie und blickte ihm in die Augen.
»Tu so etwas nie wieder«, sagte er und ließ ihren Arm los. »Das ist mein Ernst.«
Sie starrte ihn an. »Was willst du damit sagen?«
»Du bist einfach verschwunden. Du hast die Mädchen – meine Töchter – genommen und bist verschwunden. Ich war ganz außer mir vor Sorge«, erwiderte er mit gepresster Stimme.
Ob er sich wohl auch um sie Sorgen gemacht hatte, und nicht

nur um die Kinder? »Aber Neil, hast du denn meine Nachricht nicht erhalten?«, fragte sie mit unsicherer Stimme.

»Welche Nachricht?«

»Ich hatte dir doch eine Nachricht hinterlassen, dass wir über das Wochenende fort sein würden. Ehrlich gesagt, war ich ein wenig verwundert, dass ich nichts von dir gehört habe. Wie ich schon sagte, Charlotte hat sich wunderbar amüsiert. Beth Annes Nichten aus Pittsburgh waren auch über Nacht dort. Sie sind ein bisschen älter als Charlotte, und du weißt ja, wie sie ältere Kinder bewundert.« Connie rang sich ein Lächeln ab, das sich seltsam starr anfühlte.

»Du hast mir also eine Nachricht hinterlassen, dass du über das Wochenende bei Beth Anne bist?«, fragte er ungläubig und voller Misstrauen.

Sie brachte ein Nicken zustande. »Ich würde ja wohl kaum einfach so verschwinden und die Mädchen mitnehmen«, hörte sie sich sagen.

Er starrte sie an und befeuchtete seine Lippen. Dann sagte er: »Connie, du hast mir Angst eingejagt.«

Ihr Herz begann schneller zu schlagen, und sie wandte sich ab. Sie wollte jetzt nicht darüber reden.

Er packte sie erneut am Arm. »Wende dich nicht von mir ab, verdammt noch mal, und hör auf mich anzulächeln, als wäre ich irgendein Narr, den du beim Abendessen unterhalten musst! Ich sehe doch, was sich hinter diesem Lächeln verbirgt. Ich sehe, wie bekümmert du bist. Wir müssen reden.«

Seine Hand, die auf ihrem Arm lag, war so groß und stark und so schmerzhaft vertraut. Connie hatte tatsächlich für kurze Zeit vergessen gehabt, wie sehr sie es genoss, von Neil berührt zu werden – wie sehr sie ihn liebte. Aber sie durfte diese Gefühle jetzt nicht zulassen – oder etwa doch? In ihrem Kopf

schien sich alles zu drehen, und sie vermochte kaum einen klaren Gedanken zu fassen. »Ich bin sehr müde«, sagte sie schließlich und lächelte erneut.
Sein prüfender, gequälter Blick wollte nicht von ihr weichen. »Du kannst dich später ausruhen«, erwiderte er.
Dieser entschlossene Tonfall gefiel ihr gar nicht. Wenn er so bestimmend war, setzte er auch meistens seinen Kopf durch. Worüber wollte er denn nur mit ihr reden? Doch wohl nicht über seine schmutzige Affäre? »Wie du meinst.« Sie befreite sich aus seinem Griff, nahm auf dem weiß-gold gemusterten Sofa Platz und faltete die Hände im Schoß.
»Es war nie meine Absicht, dir wehzutun«, sagte Neil langsam.
»Dann hättest du dir keine Geliebte nehmen sollen«, hörte sich Connie sagen, obwohl sie wusste, dass sie darauf besser nicht geantwortet hätte.
Sie sah, wie ein Muskel in seiner Wange zuckte. »Ich habe versucht, dagegen anzukämpfen«, sagte Neil.
Was hatte das nun wieder zu bedeuten? Das Gespräch nahm eine Wendung, die Connie nicht gefiel, und sie fühlte sich immer unbehaglicher. »Ich bin mir sicher, dass du verführt worden bist. Neil, ich bin wirklich sehr müde«, sagte sie und erhob sich in der Absicht, zu Bett zu gehen. Sie hatte noch ein wenig Laudanum übrig. Eigentlich hatte sie es für nach dem Abendessen aufsparen wollen, aber sie entschied sich, es sofort zu nehmen.
In diesem Augenblick trat Neil auf sie zu und ergriff erneut ihren Arm. »Ich wurde nicht verführt!«, sagte er. »Lucinda ist acht Monate alt, und seit ihrer Geburt haben wir kaum mehr als ein halbes Dutzend Mal miteinander verkehrt, und während deiner Schwangerschaft sogar noch seltener! Ich weiß,

dass dir dieser Teil unserer Ehe nicht besonders gefällt, Connie, und habe versucht, dich nicht allzu sehr mit meinen Bedürfnissen zu belästigen.«

Was redete er denn da? Wie kam er nur dazu, dieses Thema mit ihr erörtern zu wollen? Sie sah ihn blinzelnd an und errötete. »Es schickt sich nicht, darüber zu sprechen«, brachte sie heraus.

»Es schickt sich also nicht? Zum Teufel noch mal, ich bin ein Mann, und ich habe eine wunderschöne Frau, eine Frau, die ich zufälligerweise liebe! Eine Frau, von der ich glaube, dass sie mich auch liebt, die aber nichts für die körperliche Liebe übrig hat. Ich weiß, wie viel Wert du auf Anstand legst und dass dir dieses Gespräch peinlich ist. Aber zum Teufel damit!«, rief er.

Das Gespräch war Connie in der Tat peinlich, aber schockiert war sie aus einem ganz anderen Grund. Neil und sie hatten seit der Geburt ihres zweiten Kindes tatsächlich nur noch selten miteinander geschlafen, aber es war immer wundervoll gewesen. Doch während der Schwangerschaft hatte sie es gehasst, wenn er ihren schrecklich fetten Körper ansah und berührte. Sie wusste, dass Neil von ihr erwartete, dass sie schön war – wäre sie es nicht, würde er sie nicht lieben. Sie mochte das intime Zusammensein mit ihm sehr wohl. Mehr als das, wenn sie ehrlich war. Sie begann zu zittern, wann immer er sie berührte, und er wusste, wie er ihren Körper in Ekstase versetzen konnte. Das konnte ihm doch unmöglich verborgen geblieben sein, oder etwa doch? Ach, es war so schwierig, die Grenze zwischen anständigem und unanständigem Verhalten zu ziehen! Es fiel ihr nicht leicht, sich wie eine Dame zu benehmen, wenn Neil sie berührte und küsste. Aber sie durfte sich doch nicht wie eine Dirne aufführen!

Er starrte auf sie herab. Seine Wangen hatten sich ebenfalls gerötet. »Connie, mir ist schon seit dem Beginn unserer Ehe klar, dass du keinen Spaß daran hast, das Bett mit mir zu teilen. Aber ich habe nun einmal gewisse Bedürfnisse, und es ist nicht leicht für mich gewesen, sie zu unterdrücken. Ich wollte dich nicht betrügen und habe mir wirklich große Mühe gegeben, enthaltsam zu leben. Aber ich habe versagt. Ich habe versagt, und das tut mir unendlich Leid. Ich wollte dir wirklich nicht wehtun, Connie, und ich verspreche dir, dass es nicht wieder vorkommen wird.«

Sie starrte ihn an und hätte ihm gern gesagt, wie sehr sie seine Berührungen genoss und dass es ein himmlisches Gefühl war, eins mit ihm zu sein. Doch sie wagte es einfach nicht, offen über diese Dinge zu reden, und brachte keinen Ton heraus.

War das alles womöglich ihre Schuld?

Er hatte die zu Fäusten geballten Hände auf die Hüften gestemmt und blickte sie mit ernstem Gesicht an. »Ich werde dieses Versprechen halten. Es wird nicht wieder vorkommen – selbst wenn du mich aus unserem Schlafzimmer verbannen solltest.«

Sie wusste nicht, was sie sagen sollte, und vermochte kaum zu atmen. Doch irgendwie gelang es ihr zu lächeln. »Ich werde dich nicht aus unserem Schlafzimmer verbannen, Neil.«

Sein Gesicht nahm einen erleichterten Ausdruck an. »Ich danke dir.« Sein Blick wanderte an ihr vorbei, zu der geöffneten Tür des Zimmers hinüber, das sie miteinander teilten, und das zu einem großen Teil von einem mächtigen Himmelbett eingenommen wurde.

Sie wandte den Kopf zur Seite und folgte seinem Blick. Beim Anblick ihres Ehebettes spürte sie, wie ihre Wangen zu bren-

nen begannen. Was sollte sie jetzt nur sagen? Was sollte sie tun?
Ihre Mutter hatte ihr geraten, sich so zu verhalten, als sei nichts geschehen. Aber es war etwas geschehen – Neil hatte sich einer anderen Frau zugewandt, weil sie selbst nun einmal doch nicht perfekt war.
Connie atmete tief durch. Sie verspürte einen bohrenden Schmerz in ihrem Herzen.
»Alles in Ordnung?«, fragte er.
»Es geht mir gut«, antwortete sie.
Er blickte sie forschend an. »Warum sagst du mir nicht die Wahrheit? Es wäre mir lieber, wenn du schreien und zetern und etwas nach mir werfen würdest!«
Das konnte unmöglich sein Ernst sein. Sie starrte ihn an. Es würde ihr niemals einfallen, sich zu einem solchen Verhalten hinreißen zu lassen.
Er stieß einen tiefen Seufzer aus. »Wir sehen uns dann beim Abendessen«, sagte er und warf noch einmal einen Blick zum Schlafzimmer hinüber.
Sie spürte, was er wollte. Aber es war doch erst Nachmittag, und sie war gerade erst nach Hause zurückgekehrt! Zudem hatte Connie nicht den Hauch einer Ahnung, wie sie sich ihrem Mann hätte nähern sollen.
Als Neil das Zimmer verließ, hätte Connie ihn am liebsten zurückgerufen, doch sie tat es nicht. Stattdessen schloss sie die Augen, und es dauerte einige Augenblicke, ehe sie bemerkte, dass ihr die Tränen über die Wangen liefen.

Hart war eine Dreiviertelstunde zu spät zu seinem Termin erschienen, aber die beiden Gentlemen, mit denen er verabredet war, hatten auf ihn gewartet. Um acht Uhr hatte er noch einen weiteren Termin – ein offizieller Empfang, für den er sich vorher umziehen musste. Auf dem Weg nach Hause stellte Hart fest, dass ihm der neue Frachtvertrag mit China, den er soeben an Land gezogen hatte, völlig gleichgültig war.

Er befand sich in äußerst schlechter Stimmung, war aber nicht imstande, den genauen Grund dafür zu benennen.

Als seine Kutsche gerade die Thirty-third Street und den Broadway kreuzte, klopfte er, einer spontanen Eingebung folgend, an die Trennscheibe, um die Aufmerksamkeit seines Kutschers zu gewinnen. »Zu Madam Pinke's, Raoul.«

Die Kutsche bog nach rechts in östliche Richtung ab, und Hart lehnte sich in seinen Sitz zurück und dachte an Daisy und Rose. Aber er stand unter einer so großen Anspannung, dass ihm selbst diese Gedanken – und die damit verknüpfte Erwartung – kein Lächeln abzuringen vermochten. Dann schweiften seine Gedanken ab zu seinem Bruder.

Rick hatte ihm gegenüber den Vorgesetzten herausgekehrt, was Hart aber lediglich amüsiert hatte. Ricks Macht würde ohnehin nur von kurzer Dauer sein. Selbst wenn er ein Jahr in seinem Amt überleben sollte, bezweifelte Hart doch sehr, dass Lowe wiedergewählt werden würde, und wenn Lowe ging, würde auch Rick gehen müssen.

Es war wirklich bedauerlich, dass diese absurde Ernennung zum Polizei-Commissioner seinen Bruder nach New York zurückgeführt hatte. Nun kreuzten sich ihre Wege zu ihrem gegenseitigen Verdruss ständig, und es würde nur noch schlimmer werden, wenn Rathe und Grace Bragg erst einmal in die Stadt zurückgekehrt waren.

Noch bedauerlicher war, dass Rick seine Arbeit mit einer solchen Hingabe betrieb. Wen zum Teufel scherte es denn schon, wer der Mörder von Paul Randall war?

Niemanden, dachte Hart grimmig. Weder ihn selbst noch Randalls trauernde Witwe oder seine Kinder.
Aber halt, seiner Mätresse war es bestimmt nicht gleichgültig! Immerhin hatte sie den alten Knacker verloren, der sie aushielt.
Hart lachte freudlos in sich hinein. Er spürte, wie der Kopfschmerz, der ihn schon den ganzen Tag geplagt hatte, schlimmer wurde. Randall war tot. Na und? Wen interessierte das schon? Ihn gewiss nicht! Es war keine Lüge gewesen, als er behauptet hatte, dass ihn Randalls Tod freue. Er hatte den Mann wirklich gehasst – seinen Vater, mit dem er genau zwei Mal in seinem Leben gesprochen hatte und der ihn ebenfalls gehasst hatte.
Aber konnte er das mit Sicherheit behaupten? Er hatte ihn doch gar nicht wirklich gekannt!
Hart hatte immer vorgehabt, Randall eines Tages einmal zur Rede zu stellen.
Nach einer Weile hielt die Kutsche vor Madam Pinke's neuem Etablissement an, das fünf Häuserblöcke weiter südlich und eine Avenue weiter westlich als das alte lag, dessen Fenster und Türen nach der Razzia mit Brettern vernagelt worden waren. Hart beobachtete, wie ein gut gekleideter Gentleman mit flottem Schritt und einem Spazierstock in der Hand auf das unscheinbare Backsteinhaus zustrebte.
Raoul Torelli, ein großer, übergewichtiger Mann, der eher so etwas wie eine Leibwache und weniger ein Kutscher war, schob die Trennscheibe zur Seite. »Wir sind da, Mr Hart«, sagte er.
Hart sprang mit finsterem Blick aus der Kutsche und nahm sich vor, nicht mehr an Randall zu denken.
Er eilte über den Gehweg und die Vordertreppe des Hauses hinauf – das bereits in dem gleichen Lachston gestrichen war

wie das alte Etablissement – und wurde umgehend eingelassen. Madam Pinke begrüßte ihn freundlich und führte ihn in ein kleines Büro, das sich neben einem größeren Salon befand, wo der Gentleman, den Hart auf der Straße bemerkt hatte, wartete. »Hart! Das ist aber eine Überraschung! Ich habe Sie für heute gar nicht in meinem Büchlein notiert.« Sie umarmte ihn und deutete einen Kuss auf seiner Wange an.
Er machte sich gar nicht erst die Mühe zu lächeln. »Ich möchte Daisy sehen. Es wird nicht lange dauern.«
Ihre Augen weiteten sich. »Daisy hat bereits einen Termin um sechs. Ich habe ein anderes Mädchen –«
»Ich will kein anderes Mädchen«, sagte er, wobei er selbst hörte, wie drohend seine Stimme klang. Er öffnete seine Brieftasche und reichte Madam Pinke mehrere hundert Dollar. Dann wandte er sich um und verließ das Zimmer. Er hörte, wie sie rasch das Geld zählte, bevor sie ihm hinterherrief: »Erster Stock, zweite Tür rechts. Eine halbe Stunde, Mr Hart!«
Bei dieser Bemerkung verdüsterte sich seine ohnehin schon schlechte Laune noch weiter. Diese ganze Situation war einfach unerträglich! Hart hatte Daisy zwei oder drei Wochen zuvor durch Zufall kennen gelernt. Sie hatte an der Verkaufstheke von B. Altman gestanden, wo Hart sich gerade gemeinsam mit einer Freundin aufgehalten hatte, die dort irgendetwas Albernes kaufen wollte. Es hatte nicht lange gedauert, bis er Daisy in eine Unterhaltung verwickelt hatte, und ihm war rasch klar geworden, was für eine Frau sie war und welches Glück er hatte. Nur wenige Stunden nach diesem ersten Treffen hatte er bereits eine Verabredung mit ihr und Rose gehabt. Und er war nicht enttäuscht worden – im Gegenteil. Als er jetzt die Treppe hinaufeilte, beschloss er, dass er es nicht mehr länger hinnehmen wollte, sich mit Madam Pinke abgeben

zu müssen. Für diese habgierige Närrin fehlte ihm einfach die Geduld.
Während er auf die Tür zusteuerte, verspürte er plötzlich eine kaum zu zügelnde Lust. Aber er mahnte sich, nichts zu überstürzen, und obwohl er bereits erregt war, versuchte er, seine Ungeduld zu bändigen, und klopfte an.
Die Tür öffnete sich, und vor ihm stand Daisy – der hübscheste Anblick, den er jemals in seinem Leben genossen hatte.
Er schaute in ihr atemberaubend schönes Gesicht mit den himmelblauen Augen und lächelte. »Meine süße Daisy«, murmelte er. »Du sollst heute meine Rettung sein.«
»Hart!« Sie war überrascht, lächelte dann aber ebenfalls. »Was ist denn los? Hat Madam Pinke dich etwa heraufgelassen?«, fragte sie mit ihrer leisen, stets ein wenig atemlos klingenden Stimme.
Statt einer Antwort schritt er an ihr vorbei ins Zimmer, und Daisy schloss die Tür hinter ihm. Sie trug einen kurzen, orangeroten Kimono, der mit einer feinen schwarz-goldenen Stickerei verziert war und ihr kaum bis zu den Oberschenkeln reichte. Sie war zweifellos die schönste Frau, die Hart jemals gesehen hatte.
»Das hat sie«, sagte er und lockerte seine Krawatte.
Ihr Lächeln vertiefte sich. »Da habe ich aber Glück« erwiderte sie. »Wird sich Rose uns anschließen?«
»Ich habe nicht nach ihr verlangt«, sagte er, während er seine Krawatte abnahm, und fragte sich, ob er es vielleicht besser getan hätte. Zwei so bezaubernden Frauen dabei zuzusehen, wie sie sich im Bett miteinander vergnügten, bildete immer einen herrlichen Auftakt für ihn, bevor er sich selbst den beiden widmete.
»Gut«, sagte Daisy, schritt anmutig zu einem Barwagen

hinüber und schenkte ein Glas Scotch ein. »Dann werde ich dich also zum zweiten Mal ganz für mich allein haben.«
Offenbar freute sie sich, und das freute wiederum Hart. »Ja, du hast mich ganz für dich allein. Welch ein Glück du doch hast!«
Sie erwiderte sein Lächeln. »Ich habe nur die Befürchtung, dass ich für den Rest des Abends erschöpft sein werde, wenn ich mit dir zusammen gewesen bin.«
Sein Lächeln erstarb. »Wie lange bist du jetzt eigentlich schon bei Madam Pinke, Daisy?«
Ihre hellen Brauen wanderten in die Höhe. »Ungefähr zwei Monate. Ich habe dir doch erzählt, dass wir noch nicht lange in der Stadt sind.« Sie trat auf ihn zu und reichte ihm das Scotchglas.
Hart war ein neugieriger Mensch und hatte bereits einmal versucht, Daisy und Rose über ihre Vergangenheit auszufragen. Doch sie hatten ihm lediglich verraten, dass sie aus einer Stadt im Nordosten stammten und erst zwei Monaten zuvor zusammen in New York angekommen waren. Wie geheimnisvoll das alles war! »Ich glaube, das sind zwei Monate zu viel«, sagte er und nahm einen großen Schluck von seinem Scotch.
Sie blickte ihn erstaunt an. »Ich bin hier aber nicht unglücklich.«
»Die eigentliche Frage lautet aber doch: Bist du glücklich?«, erwiderte er. Er nahm einen weiteren Schluck von seinem Scotch und umfing ihr Kinn mit seiner Hand. »Du erinnerst mich an einen Schmetterling, mein Schätzchen. An einen kostbaren, seltenen und zarten Schmetterling. Und als solcher brauchst du einen eleganten, goldenen Käfig mit einer Tür, die nicht abgeschlossen ist.«
Sie starrte ihn an.
Er schenkte ihr ein betörendes Lächeln, doch plötzlich kam

ihm das verstörende Bild von Randall in den Sinn, der ihn um Geld anflehte. Hart erstarrte und schob den Gedanken unwillig beiseite. »Du bist zu gut für diesen Laden hier«, sagte er. Bei diesen Worten veränderte sich Daisys Gesichtsausdruck, und sie blickte Hart leicht misstrauisch an. Er wusste, dass sie oft die Dumme spielte, in Wahrheit aber sehr klug war. »Das ist nicht wahr, Calder«, erwiderte sie.

»Ich möchte dich zu meiner Mätresse machen«, sagte er unvermittelt, setzte sein Glas ab und umfasste ihre Schultern.

Plötzlich wurde sie stocksteif. »Wie bitte?«, fragte sie.

»Du hast mich schon richtig verstanden. Ich werde mich sehr gut um dich kümmern. Du wirst deine eigene Wohnung bekommen, mit einer Einrichtung, die du dir selbst aussuchen kannst. Ich werde dir Kleider und Flitterzeug kaufen – teures Flitterzeug.« Er lächelte. »Wir werden eine Vereinbarung für, sagen wir, sechs Monate treffen. Wenn die sechs Monate um sind, darfst du gehen, wenn es dein Wunsch sein sollte, oder ich werde dich bitten zu gehen. Vielleicht erneuern wir auch unsere Vereinbarung. Aber während dieser sechs Monate bist du meine Mätresse, und ich werde mich um dich kümmern.«

Er blickte ihr lächelnd in die Augen, ließ seine Hände unter ihren Kimono gleiten und löste mit einer sanften Bewegung den locker gebundenen Gürtel, den sie um die Taille geschlungen hatte. Lächelnd betrachtete er ihre kleinen, perfekten Brüste.

Doch sie stand weiterhin wie erstarrt da, obgleich sie einmal tief einatmete, als er mit den Fingerknöcheln sanft über ihre Brustwarzen strich. »Aber was ist mit Rose?«, fragte sie.

»Es ist nicht Rose, die ich zu meiner Mätresse machen möchte, Daisy. Du bist es, die mir voll und ganz zur Verfügung stehen soll. Tag und Nacht, wie es mir beliebt, mein Engel.« Er

streifte ihr den Kimono von den Schultern und ließ ihn zu Boden fallen. Jetzt trug sie nichts mehr aus ihren weißen Strumpfbändern aus Spitze, weiße Strümpfe und hochhackige Schuhe. »Du bist einfach perfekt, und etwas so Perfektes sollte man doch nicht verhüllen.« Er ließ seine Hände an ihrem langen, geschmeidigen Rücken herabgleiten.
Sie lehnte sich ihm ein wenig entgegen und sagte: »Wie könnte ich Rose verlassen? Sie ist doch meine ... Schwester.«
»Ich bin meinen Mätressen gegenüber ausgesprochen großzügig, wenn die Beziehung beendet ist«, gab er zurück. »Du wirst über eine stattliche Summe verfügen und kannst dir mit Rose ein eigenes Haus kaufen und dich aus diesem Leben zurückziehen, wenn du es wünschst. Aber vielleicht möchtest du ja auch ein eigenes Etablissement eröffnen.« Er strich mit dem Handrücken über ihren Brustkorb und dann über ihren Nabel, und Daisy bekam eine Gänsehaut. »Hör dich nur um, jeder wird es dir bestätigen.«
»Ich habe bereits so etwas über dich gehört«, sagte sie atemlos.
Seine Hand bewegte sich weiter sanft über ihren Bauch und näherte sich ihrem Schambein, das vollkommen glatt rasiert war. »Du würdest es nicht bereuen«, versprach er. »Aber wenn ich herausfinden sollte, dass du mir nicht treu bist – und das schließt Rose mit ein –, würde ich dich umgehend hinauswerfen«, fuhr er nüchtern fort.
Sie blickte ihn nachdenklich an. Er ließ seine Hand nur wenige Zentimeter von ihrem Geschlecht entfernt ruhen, und sie sehnte sich danach, dass er sie weiter liebkoste. »Und ich darf nach sechs Monaten gehen?«, murmelte sie.
Er lächelte, denn er wusste, dass er sie geködert hatte. »Oh ja, meine süße Daisy. Aber nicht einen Tag früher.«
»Ich sollte wohl erst mit Rose darüber sprechen«, erwiderte sie

und lächelte ebenfalls. »Aber ich glaube nicht, dass es ihr viel ausmachen würde. Vielleicht wäre sie anfangs etwas aufgebracht, aber ich bin mir sicher, dass ich sie überreden kann, und daher lautet meine Antwort ja.«

»Willst du denn nicht erst wissen, wie viel ich dir geben werde, wenn sich unsere Wege später wieder trennen?«, fragte er grinsend.

»Ich vertraue dir, Calder. Du bist der einzige Mann, dem ich vertraue«, erwiderte sie mit ernstem Gesicht.

Hart dachte an all die Fragen, die sie ihm nie beantwortet hatte. Doch eines Tages würde er ihre Geheimnisse erfahren. Er wandte sich abrupt ab und setzte sich in einen großen Lehnstuhl, wobei er sich ihrer Überraschung und Enttäuschung bewusst war. Sein Blick wanderte über ihren schlanken Körper und ihre langen Beine und verweilte schließlich auf der Stelle, wo sie auf so perfekte Weise zusammentrafen.

»Aber ich habe gehört, dass du bereits eine Mätresse hast«, flüsterte sie, ohne sich zu rühren.

»Unsere Vereinbarung verlangt lediglich, dass *du mir* treu bist – und ich werde keine Eifersucht dulden«, sagte er leichthin. »Aber ich bin nun einmal kein treuer Mann.«

Sie lachte leise. »Und ich bin nicht eifersüchtig. Also wirst du zwei Mätressen aushalten?«

Er streckte die Hand aus, berührte die weiche, warme Innenseite ihrer Schenkel mit der Spitze seines Zeigefingers und fuhr damit langsam an ihrem Schenkel hinauf. »Ich habe sie seit einer Woche nicht mehr gesehen; sie weiß, dass unsere Beziehung kurz vor dem Ende steht. Nein – ich habe mich gerade entschieden, dass sie bereits beendet ist.«

Daisy trat einen Schritt auf ihn zu, sodass es leichter für ihn war, mit ihr zu spielen. »Irgendetwas scheint dich heute zu beschäftigen, Calder. Was auch immer dich beunruhigen mag, ich werde dafür sorgen, dass du es für eine Weile vergessen kannst.«

In diesem Augenblick sah er erneut Randall vor sich. Gott, wie hasste er diesen Mann! Und der Mann hatte ihn gehasst, ganz bestimmt. Nur ein Idiot würde etwas anderes vermuten.

Hart verbannte alle Gedanken an seinen toten Vater aus seinem Kopf und zog Daisy lächelnd auf seinen Schoß, sodass sie rittlings auf ihm saß. Dann ließ er seinen Finger an ihrem perfekten Körper entlanggleiten, immer tiefer und tiefer. Schließlich schob er ihn zwischen die Falten ihres Geschlechts und begann langsam, bedächtig und geschickt ihre Klitoris zu streicheln. Daisy war bereits feucht und wurde schnell bereit für ihn.

Sie atmete tief ein. »Ich dachte –«

»Schschsch«, machte er, ließ seinen Kopf gegen die Sessellehne sinken und beobachtete Daisys Gesicht, während er mit ihr spielte. Er sah, wie es sich vor Verlangen rötete, und spürte, wie sie unter seiner Hand immer schlüpfriger wurde.

Daisy stöhnte auf und griff in seinen Schritt, doch er zog ihre Hand weg.

»Ich will erst zusehen, wie du kommst«, sagte er.

Sie schaute ihn an, und ihre blauen Augen waren bereits verschleiert. »Du brauchst mich, Calder«, flüsterte sie. »Nicht umgekehrt.«

»Aber ich genieße es, wenn du dich so auf meinem Schoß windest«, murmelte er und schob ihren Oberkörper langsam nach hinten, wobei er ihre Beine festhielt. Daisy war überaus geschmeidig und beweglich, und sie bog sich nach hinten, bis ihr Kopf den Boden berührte. Hart beugte sich vor und begann sie zu lecken, worauf sie beinahe sofort kam.

Ihr Stöhnen steigerte sich bis zu einem Schrei, und Hart wusste, dass sie ihm den Orgasmus nicht vorspielte.
Er lächelte zufrieden, kostete noch einmal von ihr, bis sie in seinen Armen erschlaffte. Dann ließ er sie vorsichtig auf den Boden gleiten, stand auf und öffnete seine Hose.
»Sag mir, was du willst«, flüsterte er, während er auf sie hinunterblickte. Er dachte, dass dies der erotischste Anblick war, der sich einem Mann bieten konnte – eine atemberaubend schöne Frau, die ihm mit gespreizten Schenkeln zu Füßen lag.
Noch immer keuchend schaute sie zu ihm auf. Ihr Blick richtete sich auf sein erregtes Geschlecht, und sie lächelte. »Du weißt, was ich will.«
»Steh auf«, sagte er leise.
Daisy drehte sich anmutig herum, kroch auf Knien auf ihn zu und begann mit leisen Seufzern ihr Gesicht an seinem steifen Glied zu reiben. Dann fuhr sie mit der Zunge daran entlang, umkreiste es, quälte ihn damit, wie er es zuvor mit ihr getan hatte. Und schließlich, als ihm am ganzen Körper der Schweiß ausbrach, umfing sie es mit ihren Lippen nahm es tief in den Mund.
Da endlich packte er ihren Kopf, umklammerte ihn und stieß stöhnend in sie hinein.
Dann zog er sie auf die Beine, und fast gleichzeitig schob er sie rückwärts auf das Bett zu und drückte sie hinunter. Sie lag mit ihren Hüften auf der Bettkante, beide Beine auf dem Boden und weit gespreizt. »Tu mit mir, was immer du willst, Calder«, flüsterte sie, während sie bewegungslos liegen blieb.
Er betrachtete sie lächelnd, zog sein Jackett aus und knöpfte sein Hemd auf. »Du bietest einen herrlichen Anblick«, sagte er.

»Du aber auch«, erwiderte sie mit heiserer Stimme, ohne den Blick von seinem aufgerichteten Geschlecht zu nehmen.
Er ließ sein Hemd zu Boden fallen und zog ohne jede Eile seine Schuhe, die Hose und schließlich die Unterhose aus.
»Beeil dich«, flüsterte sie.
»Aber warum denn?«, fragte er, und als er sich vor sie kniete, tat er es nicht, um in sie einzudringen. Stattdessen presste er sein Geschlecht gegen das ihre, rieb sich an ihr, zwischen ihren Beinen, bis sie sich wand und nach Luft rang. »Magst du es, wenn man dich quält, süße Daisy?«, murmelte er.
»Ja, oh ja … ja!«
Er lachte und rieb mit der geschwollenen Spitze seines Glieds ganz langsam über ihre Klitoris. Die Rötung in ihrem Gesicht vertiefte sich, und plötzlich stieß sie kleine, spitze Schreie aus.
Als sie es nicht mehr aushielt und sich aufzubäumen begann, stieß er endlich in sie hinein, mit aller Macht und beinahe brutal. *Das* war es, was er wollte. Genau hier wollte er sein, und das konnte ihm kein verdammter Toter nehmen.
Dann kam die Explosion, überwältigend, glühend und heftig. Feuer und Licht, gefolgt von Dunkelheit und Tod. Hart brach auf Daisy zusammen.
Als er wieder zu atmen vermochte, lagen sie beide eng umschlungen ausgestreckt auf ihrem Bett. Er hielt sie fest, streichelte ihr feines, seidiges, hellblondes Haar und küsste sie auf den Scheitel. Und plötzlich sah er erneut Randall vor sich, der ihn anzüglich angrinste, und erstarrte.
Es war einfach unglaublich! Nicht einmal das Zusammensein mit dieser wundervollen Frau vermochte den Toten aus seinen Gedanken zu verscheuchen. Er musste sich anscheinend wohl oder übel der Tatsache stellen, dass er niemals erfahren würde, was der Mann wirklich für ihn empfunden hatte.

»Calder? Alles in Ordnung? Geht es dir gut?« Daisy rückte ein wenig von ihm ab, um ihn anzusehen.
Die Besorgnis in ihren Augen war echt. Aber er hatte diese Frau nur gekauft; es war sein Wunsch gewesen, doch in diesem Moment erschien es ihm irgendwie verwerflich.
Er lächelte sie an. »Mein Verlangen nach dir ist noch nicht gestillt«, sagte er.

KAPITEL 19

MONTAG, 3. FEBRUAR 1902 – 19 UHR
Francesca saß an ihrem Schreibtisch und lernte für ihr Studium – mit sehr wenig Begeisterung und noch weniger Aufmerksamkeit. Die Worte von *Madame Bovary* verschwammen vor ihren Augen, sie gerieten durcheinander und wollten einfach keinen Sinn ergeben.

Sie würde niemals Braggs Frau werden.

Sie würde niemals ihr Leben mit ihm teilen.

Sie würden niemals mehr sein als Freunde.

Es tat so weh! Das Buch glitt ihr aus den Händen und fiel zu Boden, während ihr eine einzelne Träne über die Wange lief. Sie fragte sich, wie lange es wohl dauern mochte, bis ein gebrochenes Herz zu heilen begann.

»Miss Cahill, Sie haben einen Besucher«, ertönte plötzlich die Stimme des Hausmädchens.

Francesca wischte sich über die Augen und blickte zu der Frau auf, die im Türrahmen ihres großen, erst kürzlich in einem Mauve-Ton gestrichenen Zimmers stand. Dann schaute sie auf die bronzene Louis-quatorze-Uhr, die auf dem Marmorsims über dem Kamin stand, und fuhr zusammen – es war ja bereits sieben Uhr! Sie hatte Mark Anthony ganz vergessen. Bestimmt war er gekommen, um sie abzuholen.

Sie musste sich zusammenreißen. Jetzt galt es, ihren Kummer zu vergessen – oder zumindest so zu tun –, denn sie hatte einen Fall zu lösen. Aber wo blieb nur Joel? Er war noch nicht wieder aufgetaucht, und Francesca hatte Angst, allein mit Anthony loszufahren. Wenn dieser Mann nun der Mörder war? Denn wer war er, wenn er nicht Georgettes Bruder war, und warum war er in ihre Angelegenheiten verwickelt? Einen Moment spielte Francesca mit dem Gedanken, Bragg anzurufen und ihm zu erzählen, was sie vorhatte, doch dann beschloss sie, es nicht zu tun. Er würde nur glauben, dass sie ihm nachliefe, was sie nun wirklich nicht wollte.

Aber viel schlimmer war, dass sie es nicht ertragen würde, seine Stimme zu hören.

Glücklicherweise waren ihre Eltern ausgegangen, sodass es ein Leichtes sein würde, sich hinauszuschleichen. Sie verspürte ein schmerzhaftes, beharrliches Pochen in den Schläfen. »Vielen Dank, Melinda. Ich komme sofort herunter«, sagte sie. »Wer ist es denn?«

»Mr Hart, Miss«, erwiderte das ältliche Dienstmädchen und hielt ein kleines Silbertablett in die Höhe.

Francescas Herz begann heftig zu klopfen. Hart war hier? Zu dieser Stunde?

Sie musste gar nicht erst seine Visitenkarte in die Hand nehmen, da sie seinen Namen darauf bereits erkannt hatte, tat es aber dennoch. »Vielen Dank. Richten Sie ihm bitte aus, dass ich gleich herunterkommen werde.«

Das Hausmädchen ging, und Francesca starrte auf Harts Karte und fragte sich, was er wohl von ihr wollte. Es war eine eigenartige Uhrzeit für einen Besuch. Gemeinhin empfing man Besucher zwischen zwölf und vier oder fünf Uhr nachmittags. Jeder wusste, dass sich eine Dame von Stand danach vor den abendlichen Veranstaltungen ausruhte. Aber natürlich scherte sich Hart einen Teufel um irgendwelche Konventionen.

Bei dem Gedanken musste Francesca unwillkürlich lächeln. Sie begab sich in ihr Badezimmer, und als sie ihr unglückliches Gesicht mit den geröteten Augen im Spiegel erblickte, erstarb ihr Lächeln. Seufzend trug sie einen Hauch Rouge auf Lippen und Wangen auf, was aber auch nichts half. Francesca wischte den Puder wieder ab, griff nach ihrer Handtasche, damit sie später nicht noch einmal heraufkommen musste, um sie zu holen, und eilte nach unten.

Hätte es diesen Tag doch niemals gegeben!

Aber das hätte auch nichts daran geändert, dass Bragg verheiratet war.

Wenn ihr doch nur das Herz nicht so schmerzte, dann würde sie wenigstens nicht ständig an ihren Kummer erinnert!

Hart wartete im Empfangszimmer – ein Zimmer, das normalerweise für die Begrüßung einer großen Zahl von Gästen benutzt wurde, die zu einer Party oder zu einem Ball eintrafen – und betrachtete das Landschaftsbild eines französischen Malers namens Corot. Francesca blieb zögernd auf der Türschwelle stehen. Hart, der sie offenbar hatte kommen hören, drehte sich um und lächelte sie an. »Corot ist viel zu zahm für meinen Geschmack«, sagte er.

Ihr Herz vollführte einen kleinen Hüpfer, als sie ihn ansah. Er trug einen Smoking; offenbar hatte er später am Abend noch etwas vor. Wie die meisten Gentlemen sah auch er am besten in Gesellschaftskleidung aus. Francesca konnte sich gut vorstellen, dass einige Frauen versuchen würden, sein Herz zu gewinnen, und fragte sich, ob wohl eine zu diesem Kunststück fähig sein würde. »Guten Abend, Calder. Das ist aber eine Überraschung!«

Lächelnd durchquerte er das Zimmer und trat auf sie zu. »Eine angenehme, wie ich hoffe.«

»Aber gewiss doch«, erwiderte sie.
Sein Blick wanderte langsam über sie hinweg und musterte sie aufmerksam. Francesca vermied es, Hart in die Augen zu blicken, und spürte, dass sie errötete. »Haben Sie etwa geweint?«, fragte er unvermittelt.
»Ich habe eine Allergie gegen Erdnüsse«, erwiderte sie mit der schlechten Imitation eines Lächelns.
Er nahm ihren Arm. »Lügen Sie mich nicht an.«
Sie fuhr zusammen. »Ich –«
»Sie haben geweint, das ist offensichtlich. Was hat Ihnen mein Bruder angetan?«
Sie starrte ihn an, und das Herz hämmerte ihr in der Brust.
»Ich habe mich kurz entschlossen entschieden, Ihnen einen Besuch abzustatten, bevor ich ausgehe«, sagte er, ohne sie aus den Augen zu lassen. »Ich wollte mich für Ihre Freundlichkeit heute bedanken.«
Sie war sich nicht ganz sicher, ob er auf den Vorfall vor der Kirche oder auf den in Braggs Büro anspielte, und lächelte – ein kleines Lächeln nur, aber dieses Mal war es echt. »Warum sollte ich auch unfreundlich zu Ihnen sein?«
Er erwiderte ihr Lächeln. »Ganz offensichtlich sind Sie eine überaus liebenswürdige, gütige Frau, und das weiß ich zu schätzen.«
Francesca wäre beinahe das Herz stehen geblieben. Sie löste ihren Arm aus seinem Griff und trat von ihm weg.
Er betrachtete sie mit einem wissenden Blick. »Sie finden mich anziehend und abstoßend zugleich, nicht wahr?«
Das überraschte sie. »Ich finde Sie nicht abstoßend, Calder.«
»Vielleicht wäre anziehend und Furcht einflößend die bessere Wortwahl«, konstatierte er.
Sie atmete tief ein. Dieses Gespräch behagte ihr nicht. »Warum

sind Sie hier? Doch wohl kaum, um mir mitzuteilen, dass ich ein freundlicher Mensch bin?«

»Doch, genau das ist der Grund meines Besuches. Ich wollte mich bei Ihnen für Ihre Freundlichkeit bedanken und zum Ausdruck bringen, wie erfrischend ich Sie finde, da Sie aufrichtig ist.« Er zuckte mit den Schultern.

Es meinte es ganz offensichtlich ehrlich, denn Francesca hatte keine Anzeichen von Spott in seinem Tonfall ausgemacht.

»Keine Ursache«, erwiderte sie lächelnd.

»Ich stehe in Ihrer Schuld, Francesca«, sagte er nüchtern.

»Aber nein, gewiss nicht«, gab sie erschrocken zurück.

Er sah sie lächelnd an. »Warum sahen Sie so bekümmert aus, als Sie vorhin das Zimmer betraten?«, fragte er.

Ihr Lächeln erstarb, und sie wandte sich ab. Sie konnte sich nicht entscheiden, ob sie sich ihm anvertrauen sollte oder nicht.

Er trat hinter sie. »Ich glaube, ich kenne die Antwort.«

Sein Atem strich über ihren Nacken. Sie wandte sich um und wich zurück.

»Ich bin ein wenig niedergeschlagen«, gestand sie, was eine Untertreibung war, die an eine Lüge grenzte.

»Verstehe.«

Sie schlang die Arme um ihren Leib. »Ich fürchte, ich hege gewisse Gefühle für Bragg, aber ich wusste nicht, dass er verheiratet ist.« Sie zwang sich zu einem Lächeln. »Oder besser gesagt, ich habe sie gehegt.« Wieder eine Lüge.

Er legte seine Hand auf ihre Wange. »Arme Francesca.«

Sie starrte ihn mit großen Augen an, und er ließ seine Hand fallen. »Ich hatte mich schon gefragt, wo dieses kleine Drama hinführen würde. Offenbar hat Rick also endlich den Mut gefunden, Ihnen die Wahrheit zu sagen. Aber, ehrlich gesagt, fällt

es mir schwer, Beifall zu klatschen. Sie haben allen Grund, wütend auf Rick zu sein, meine Liebe. Er hätte es Ihnen bereits sagen müssen, als sie sich kennen gelernt haben. Was werden Sie nun unternehmen?« Sein Blick wich nicht von ihrem Gesicht.
»Gar nichts, natürlich. Was gibt es da schon zu tun?«, erwiderte Francesca leichthin. Sie wollte sich gerade abwenden, als er plötzlich nach ihrer Hand griff.
»Bitte, meine Liebe, ich bin ein Mann von Welt – mir machen Sie nichts vor. Sie sind verliebt, und er hat Ihnen das Herz gebrochen.«
Bei diesen Worten hätte Francesca am liebsten ihren Tränen freien Lauf gelassen. Doch sie riss sich zusammen und starrte ihn an.
»Ich gebe Ihnen Folgendes zu bedenken, Francesca: Mein Bruder ist ein überaus ehrenhafter Mann. Und Sie, Sie sind eine junge Dame von Stand mit besten Aussichten auf eine gute Partie.«
»Ich schere mich ganz und gar nicht um eine gute Partie!«, unterbrach sie ihn.
»Schschsch.« Er berührte ihre Unterlippe mit seinem Daumen, und Francesca wich mit erschrockenem Blick zurück.
»Da könnte ich ja fast eifersüchtig werden«, sagte er und blickte sie nachdenklich an.
»Bitte –«, setzte sie an.
Er schüttelte den Kopf, als versuche er, ihn frei zu bekommen. »Bragg verfügt über eine unglaubliche Selbstbeherrschung. Er wird niemals eine Grenze überschreiten, wenn es um Sie geht. Daher sollten Sie Ihre Vernarrtheit vergessen und Ihr eigenes Leben weiterleben. Ansonsten wird es Ihnen lediglich Herzeleid und Kummer einbringen – von der verschwendeten Zeit einmal ganz zu schweigen.«

»Das hat es ja schon längst«, murmelte sie.
»Das sehe ich.« Er seufzte. »Wenn es dabei nicht um Sie ginge, würde ich das Ganze für ein überaus amüsantes Melodram halten. Aber ich muss zugeben, dass es mich schmerzt, Sie so zu sehen.«
»Ich weiß nicht, was ich sagen soll.« Sie zögerte einen Moment. »Liebt Bragg seine Frau eigentlich noch?«, fragte sie dann.
Hart lachte. »Sie ist ein Miststück.«
Francesca schnappte nach Luft.
»Verzeihen Sie. Aber Sie haben nun einmal gefragt. Diese Frau ist eine liederliche Schlampe. Ich glaube, ihr gegenwärtiger Liebhaber ist ein spanischer Graf.« Er schüttelte erneut den Kopf. »An Braggs Stelle würde ich sie herholen und zwingen, mit mir zu leben, und sie an der kurzen Leine halten. Stattdessen lässt er zu, dass sie mit ihren Liebhabern durch Europa tingelt und dabei in Saus und Braus lebt. Er zahlt weiterhin ihre ungeheuren Rechnungen – Rechnungen, die er sich übrigens gar nicht leisten kann – und zieht es vor, so zu tun, als sei nichts.«
War Leigh Anne wirklich ein so schlechter Mensch? Seltsamerweise fühlte sich Francesca ein wenig erleichtert, obwohl Hart damit immer noch nicht ihre Frage beantwortet hatte.
Er schien ihre Gedanken lesen zu können, denn er sagte: »Nein, meine liebe, süße Francesca, Bragg liebt Leigh Anne nicht. Aber sie ist das Kreuz, das tragen zu müssen er sich entschieden hat, da er zu anständig ist, um sie loszuwerden – auf welche Weise auch immer.«
Francesca blickte ihn mit offenem Mund an. »Ich hoffe doch sehr, dass ich Ihre Andeutungen falsch verstanden habe!«
Er lachte. »Sie sind so naiv! Was übrigens auch einen gewissen

Reiz hat. In welcher Welt sind Sie eigentlich aufgewachsen? In der wirklichen Welt oder in der Welt der Poesie, der Romane und Schulbücher?«

Francesca machte sich gar nicht erst die Mühe zu antworten. Sie ließ sich auf ein Sofa sinken. Wenigstens liebte Bragg seine Frau nicht. Wenigstens war sie ein schrecklicher Mensch. Dann wurde ihr klar, in welche Richtung ihre Gedanken gingen, und sie wurde wütend auf sich selbst. Sie musste sich diesen Mann aus dem Kopf schlagen! Was das anging, hatte Hart Recht, die Sache war nun einmal aussichtslos.

Er nahm neben ihr Platz und ergriff ihre Hand. »Sie wirken so niedergeschlagen. Ich muss gestehen, dass es mir gar nicht gefällt, Sie so zu sehen. Ich bin gerade auf dem Weg zu einem Abendessen. Warum begleiten Sie mich nicht einfach? Ich warte, bis Sie sich umgezogen haben. Es macht nichts, wenn wir ein wenig zu spät kommen – das ist ja heute en vogue.« Er lächelte sie an.

Francesca versuchte, ihm ihre Hand zu entziehen, doch es war unmöglich. Daher stand sie auf, sodass er ihre Hand loslassen musste. »Ich danke Ihnen für das Angebot und auch für Ihre Freundlichkeit, Calder, aber ich fürchte, ich muss ablehnen.«

Er erhob sich langsam. »Aber warum denn? Damit Sie in diesem leeren Haus Trübsal blasen können?« Francesca mied seinen forschenden Blick.

»Ich fürchte, ein wenig Trübsal zu blasen ist genau das, was der Doktor verordnet hat«, erwiderte Francesca mit einem kleinen Lächeln.

Hart musterte sie nachdenklich. »Ich habe ein gutes Gespür für Menschen, und ich glaube, dass Sie etwas im Schilde führen. Aber ich wüsste beim besten Willen nicht, was es sein könnte.«

»Wer, ich?«, fragte Francesca mit weit aufgerissenen Augen, von denen sie hoffte, dass sie unschuldig wirkten.
Er lachte, umfing ihre Taille und zog sie schamlos nah zu sich heran. Dann gab er ihr einen flüchtigen Kuss auf die Wange, der ihre Haut zum Brennen brachte. »Lassen Sie das lieber bleiben, Francesca; Koketterie steht Ihnen nicht. Ich werde mich dann auf den Weg machen. Falls Sie einmal meine Hilfe benötigen sollten, sagen Sie mir Bescheid. Sie dürfen mich jederzeit besuchen, ob Tag oder Nacht.« Er zwinkerte ihr zu. »Selbst wenn ich indisponiert sein sollte.«
Francesca begleitete ihn zur Tür. »Ich danke Ihnen, Calder. Ich weiß es zu schätzen.«
»Das sollten Sie auch. Ich kann mich nämlich nicht erinnern, jemals einer Frau ein solches Angebot gemacht zu haben. Und jetzt, Kopf hoch! Vergessen Sie meinen pflichtversessenen Bruder. Bei dieser Geschichte kann nichts Gutes herauskommen, weder für Sie noch für ihn. Es gibt noch mehr Männer auf dieser Welt, glauben Sie mir.« Er grinste sie an und nahm Hut und Mantel von einem Dienstboten in Empfang.
Während Hart noch damit beschäftigt war, seinen Mantel anzuziehen, kam ein Dienstmädchen auf Francesca zugeeilt. »Miss Cahill? Es tut mir ja so Leid, das hier ist eben gekommen, und Penelope hat vergessen, es Ihnen zu geben.«
Francesca nahm einen fleckigen, zusammengefalteten Zettel von ihr in Empfang, öffnete ihn und erkannte sogleich die Handschrift eines Kindes. Bevor sie die Worte überhaupt gelesen hatte, wusste sie, dass die Nachricht von Joel stammte.

Mis Cahill.
Kann heut abend nich kommen.
Tut mir leit. Joel.

Ihr Mut sank.
»Probleme?«
Sie zuckte zusammen und blickte Hart an, der sie neugierig beobachtete. »Nein«, erwiderte sie lächelnd. Verflixt noch mal, jetzt musste sie sich allein mit Anthony treffen!
Ein Dienstbote öffnete Hart die Haustür.
»Also bleiben wir Freunde«, sagte Francesca.
»Ja, das tun wir«, sagte er mit einem vergnügten Glitzern in den Augen. »Für gewöhnlich bin ich sehr nachtragend, aber nicht gegenüber einer so schönen, klugen und liebenswürdigen Frau.« Er vollführte eine kunstvolle Verbeugung.
Francesca lachte.
»Welch ein wundervoller Klang«, sagte er und verließ lächelnd das Haus.
Francesca blickte ihm nach, als er die Stufen hinunterschritt und auf seine große, elegante Kutsche zuging, die von vier atemberaubend schönen Rappen gezogen wurde. Ein Lakai in dunkler Livree öffnete Hart die Tür, und er stieg ein. Dann setzte sich die Kutsche ruckend in Bewegung, umkreiste die Auffahrt und fuhr in Richtung Straße davon. Francesca seufzte.
Sie wusste nicht, ob sie sich über Harts Besuch freuen oder beunruhigt sein sollte. Natürlich konnte es nicht schaden, einen Mann wie ihn zum Freund zu haben, ganz besonders in der Branche, in der sie gegenwärtig arbeitete.
Sie beobachtete, wie sich ein Schatten von einer großen Eiche löste, und sah, dass es ein Mann war, der sich mit schnellen Schritten dem Haus näherte.
Mark Anthony! Bei der Vorstellung, dass sie allein mit ihm würde gehen müssen, wurde Francesca ein wenig mulmig zumute. Sie wandte sich um »Wallace, bitte holen Sie mir Hut und Mantel. Ich werde ausgehen«, sagte sie ein wenig atemlos.

Mark Anthony war mit einer Mietdroschke gekommen, die auf der Fifth Avenue auf sie gewartet hatte. Während der Fahrt in die Stadt hatte er kein Wort gesagt, aber einen überaus wachsamen Eindruck gemacht. Es sprach allerdings für ihn, dass er den Fahrpreis dieses Mal selbst bezahlt hatte, als sie ihr Ziel – ein kleines Hotel an der Ecke von Broadway und Houston Street – erreicht hatten. »Da wären wir«, sagte er, als sie auf dem Gehsteig standen.

Das Hotel nannte sich unangemessenerweise das »Grande«. Es war ein ziemlich heruntergekommenes, vierstöckiges Gebäude, das weder einladend noch luxuriös wirkte. »Nach Ihnen«, sagte Mark Anthony lächelnd und wies auf die Eingangsstufen des Hotels.

Francesca zögerte. Sie war ausgesprochen nervös, und die Tatsache, dass Anthony während der Fahrt nicht besonders gesprächig gewesen war, hatte sie auch nicht gerade beruhigt. »Ich dachte, Georgette wollte nicht, dass jemand erfährt, wo sie sich aufhält«, sagte sie, um Zeit zu gewinnen. Ihre Gedanken überschlugen sich. Sollte sie wirklich hineingehen? Sie wollte unbedingt mit Georgette reden, aber was wäre, wenn es sich um eine Falle handelte?

Anthony hatte wieder einmal sein großspuriges Grinsen aufgesetzt. »Ich habe das Zimmer vor zwei Stunden gemietet«, erklärte er.

Auch das trug nicht dazu bei, ihr die Angst zu nehmen.

Er blickte ihr geradewegs in die Augen. »Warum sind Sie denn so nervös? Ich dachte, Sie halten meine Schwester für unschuldig.« Bei dem Wort »Schwester« vertiefte sich sein Grinsen.

»Das tue ich auch«, sagte sie kurz angebunden.

»Haben Sie etwa Angst vor mir?«, sagte er mit gespielter Ungläubigkeit.

Sie blieb ihm eine Antwort schuldig.
»Hören Sie« – sein Lächeln war verschwunden –, »man kann mir vieles vorwerfen, aber auf meine ganz eigene Weise bin ich ein Gentleman.«
Francesca war sich bewusst, dass ihr Gesichtsausdruck ihren Argwohn verriet.
Anthony vollführte eine unbestimmte Bewegung mit der Hand. »Das soll heißen, dass ich einer Dame niemals etwas antun würde.«
Sie blickte ihn an. Sollte dies etwa bedeuten, dass er anderen Menschen durchaus etwas antat?
»Ach, vergessen Sie's.« Er machte einen empörten Eindruck. »Wollen Sie Georgette jetzt sehen oder nicht?«
Francesca nickte. Sie ermahnte sich, am nächsten Tag als Erstes eine Pistole zu kaufen, für den Fall, dass sie jemals wieder in eine gefährliche Lage käme. Vielleicht würde ihr Calder ja dabei behilflich sein.
Anthony bedeutete ihr erneut, voranzugehen. Francesca hob ihren Rock an, stieg die Eingangsstufen zum Hotel hinauf und betrat das kleine, schäbige Foyer. Bis auf den Mann am Empfang, der in einer Zeitung las, war niemand zu sehen.
Anthony ignorierte den Mann und stieg, gefolgt von Francesca, die unbeleuchteten Stufen zum ersten Stock hinauf, wo er an die Tür von Nummer 200 klopfte.
»Wer ist da?«, ertönte Georgettes leise, angsterfüllte Stimme von der anderen Seite der Tür.
»Ich bin's – und Miss Cahill«, gab Anthony zurück.
Georgette öffnete die Tür, und Francesca betrat ein kleines Zimmer, das mit einem Einzelbett, einem Stuhl und einem Schreibtisch möbliert war. An der Wand waren einige Haken angebracht. Als Francesca sich umschaute, konnte sie keine

persönlichen Gegenstände entdecken. Also hatte Anthony offenbar die Wahrheit gesagt, als er behauptete, das Zimmer erst wenige Stunden zuvor gemietet zu haben.
Georgette blickte Francesca erleichtert an. Sie schien sehr aufgeregt zu sein und wirkte nervös und verzweifelt zugleich. »Miss Cahill!«, rief sie. »Ich bin ja so froh, dass Sie gekommen sind!«
»Aber das versteht sich doch von selbst. Ich mache mir Sorgen um Sie, Miss de Labouche«, erwiderte Francesca und ergriff die Hand der Frau für einen kurzen Moment.
»Ich mache mir ebenfalls Sorgen!«, rief Georgette. »Der Junge hat gesagt, Sie arbeiten für mich. Aber ich habe Ihnen doch gar keinen Auftrag erteilt! Und dann hat Sean gesagt, dass Sie's umsonst machen. Stimmt das?«
Francesca nickte und warf Anthony, der mit vor der Brust verschränkten Armen regungslos dastand, einen kurzen Blick zu. Sean war also sein richtiger Name, zumindest nahm sie es an.
»Er hat mir auch gesagt, dass die Polizei glaube, ich sei die Mörderin!«
Francesca packte sie am Ellenbogen. »Bitte, Georgette! Durch Ihr Verschwinden haben Sie den Argwohn des Commissioners erregt. Sie müssen mir vertrauen. Kommen Sie mit mir ins Polizeipräsidium. Er wünscht dringend mit Ihnen zu reden.«
Georgette warf Anthony einen furchtsamen Blick zu.
»Würden Sie auf die Bibel schwören, dass er sie nicht verhaftet?«, fragte er.
Francesca blickte zuerst ihn und dann Georgette an und befeuchtete ihre Lippen. »Das zu versprechen ist unmöglich.«
»Das dachte ich mir schon«, sagte er.
»Aber ich hab's nicht getan! Sie glauben mir doch immer noch, oder?«, fragte Georgette und zog an Francescas Ärmel.

»Aber gewiss tue ich das«, erwiderte diese. »Aber warum haben Sie denn nur solche Angst?«
»Weil ich doch seine Mätresse war! Ich bin eine unmoralische Frau – eine Hure! Wem werden sie wohl die Schuld geben? Also, ich glaube ja, dass es seine Frau war. Die beiden haben sich seit Jahren gehasst. Aber der Mord ist nun mal in meinem Haus passiert, und ich bin diejenige, die dafür ins Kittchen wandern wird. Ich werde dafür hängen müssen, und das nur, weil ich keine echte Dame bin!«
»Sie werden nicht ins Gefängnis kommen, da Sie unschuldig sind«, sagte Francesca mit fester Stimme.
»Das können Sie aber nicht garantieren!«, rief Georgette.
»Warum überzeugen Sie den Commissioner denn nicht, wo er doch ein ganz besonderer Freund von Ihnen ist«, sagte Anthony leise.
Francesca sah ihn an, und ihre Blicke begegneten sich. »Was hat diese Anspielung zu bedeuten?«, fragte sie steif.
Er grinste und zuckte mit den Schultern.
»Bragg ist verheiratet. Wussten Sie das etwa nicht?«, fuhr sie ihn an.
Er starrte sie an, und sein Grinsen verschwand. »Nein, das habe ich nicht gewusst. Das ist neu für mich. Und was ist dran an der Sache? Ist seine Frau 'ne Verrückte, die er irgendwo auf dem Dachboden weggesperrt hat?«
»Sie lebt in Europa«, gab Francesca kurz angebunden zurück.
»Trotzdem ist er ein ganz besonderer Freund von Ihnen. So erzählt man sich wenigstens. Sie dürfen jederzeit in sein Büro, heißt es. Also, überzeugen Sie ihn doch von Georgettes Unschuld!«
Francesca spürte, wie plötzlich eine unglaubliche Wut in ihr aufstieg. Sie marschierte zu Anthony hinüber und baute sich

vor ihm auf. Da sie drei Zentimeter hohe Absätze trug, war sie genauso groß wie er, sodass sie ihm direkt in die Augen blicken konnte. »Hören Sie, Mr Anthony oder Sean oder wie auch immer Ihr Name lauten mag, was geht Sie das eigentlich an? Warum wollen Sie Miss de Labouche partout beschützen? In welcher Beziehung stehen Sie eigentlich zu ihr? Sind Sie etwa ein ganz besonderer Freund von ihr?«, fauchte sie ihn an.

»Sieh an, sieh an, die kleine Dame von der Fifth Avenue fährt ihre Krallen aus!« Anthony schien sich köstlich zu amüsieren und grinste sie unverschämt an. »Georgette und ich sind in der Tat alte Freunde, wenn Sie wissen, was ich meine.«

»Sie waren also einmal ihr Liebhaber«, stellte Francesca fest.

»Na, da ist aber jemand sehr neugierig«, erwiderte Anthony, und seine grünen Augen funkelten verschmitzt.

»Wir sind schon seit Jahren kein Liebespaar mehr, aber wir sind gute Freunde geblieben, das ist alles«, schaltete sich Georgette plötzlich ein.

Francesca wandte sich um und sah sie an. »Ihre Nachbarn glauben, er sei Ihr Bruder.

Sie zuckte mit den Schultern. »Sie wissen ja, was die Leute so reden. Es ist leichter, zu sagen, er ist mein Bruder. Auf diese Weise kann er mich besuchen, ohne dass sich jemand darüber das Maul zerreißt.«

Francesca glaubte ihr. Sie wandte sich wieder Anthony zu. »Haben Sie Randall gekannt?«

»Das nicht, aber ich wusste von ihm und habe ihn auch mal gesehen. Aber wir verkehrten nicht gerade in denselben Kreisen«, erwiderte er mit ironischem Unterton.

»Hat er Georgette gut behandelt?«

Anthony starrte sie an. »Wenn die Frage darauf abzielt, ob ich ihn gemocht habe, dann lautet die Antwort ...« Er zuckte nachdrücklich mit den Schultern. »Georgette ist eine erwachsene Frau. Sie hat ein gutes Geschäft gemacht. Er hat die Miete und die Dienstboten bezahlt, hat ihr ein paar Schmuckstücke und Kleider gekauft. Er hat sie nicht geschlagen oder ihr in irgendeiner Weise wehgetan. Sie hat sich nie beschwert, dass er gemein oder eifersüchtig gewesen ist. Alles in allem war er also ganz in Ordnung.«

Francesca wusste nicht, ob sie ihm glauben sollte. Sie blickte Georgette an, die eine attraktive Frau mit üppigen Rundungen war – eine Frau, die sicherlich viele Männer begehrenswert fanden. Ob Anthony sich wohl auch noch zu ihr hingezogen fühlte? War er möglicherweise eifersüchtig gewesen und hatte Randall deshalb getötet? Francesca ließ ihren Blick wieder zu Anthony wandern.

Er schenkte ihr ein süffisantes Lächeln. »Sehen Sie mich nicht so an! Ich hatte verdammt noch mal keinen Grund, ihn umzubringen. Ich tauge gar nicht zum Mörder.«

Sie hatte sich gerade dazu durchgerungen, ihm zu glauben, als sie den warnenden Blick sah, den er Georgette zuwarf, die noch immer hinter ihr stand. Francesca wandte sich um.

Georgette schien kurz davor zu stehen, in Tränen auszubrechen, und rang die Hände. »Sean –«

»Halt die Klappe!«, fuhr er sie an.

Georgettes Augen füllten sich mit Tränen.

»Was ist hier los?«, fragte Francesca rasch. »Was verheimlichen Sie beide mir?«

Georgette begann zu weinen.

»Oh Scheiße!«, entfuhr es Anthony. »Jetzt sehen Sie nur, was Sie angerichtet haben.« Er ging zu Georgette und legte seinen Arm um sie.

Als Francesca sah, wie Georgette an seiner Schulter weinte,

war sie sich plötzlich sicher, dass die beiden immer noch intim miteinander waren.

»Miss Cahill wird jetzt gehen«, murmelte er. »Ich werde sie beim Polizeipräsidium absetzen. Sie wird den Commissioner überzeugen, dass du unschuldig bist, und ehe du dich versiehst, kannst du wieder nach Hause. Weine doch nicht!«

»Mein Leben ist vorbei ... Die werden mich ins Gefängnis stecken«, schluchzte Georgette.

Ein Schauer überlief Francesca.

»Sean ...«, flehte Georgette.

»Nein!«

Georgette rückte von ihm ab. »Irgendjemand wird es sowieso herausfinden! Diese kleine Wichtigtuerin hat dich und Paul doch auf der Straße belauscht! Sie wird es der Polizei schon erzählt haben. Nach all den Jahren mit Paul kenne ich Mary, glaub mir!«

In diesem Moment schoss Francesca plötzlich durch den Kopf, was Mary gesagt hatte, als Francesca den Randalls ihren Beileidsbesuch abgestattet hatte: Hart hat meinen Vater erpresst ... Ich habe zufällig mit angehört, wie sich die beiden am Mordtag vor dem Haus unterhalten haben.

Aber Hart war zu jener Zeit noch in Baltimore gewesen oder aber auf dem Rückweg nach New York, und Francesca wusste, dass er sich ohnehin nicht dazu herabgelassen hätte, seinen Vater zu erpressen.

Anthonys Gesicht trug einen angespannten Ausdruck. »Kein Wort mehr!«, presste er hervor.

Francesca blickte ihn an und begriff plötzlich, was er vor ihr verborgen halten wollte. »Sie haben ihn erpresst, nicht wahr? Haben Sie es gemeinsam getan? Oder waren Sie es allein, Anthony? Mary hat am Morgen des Mordtages eine

Unterhaltung belauscht, und sie dachte, sie hätte ihren Vater und Hart gehört, aber Hart hat sich zu der Zeit gar nicht in der Stadt aufgehalten. Sie waren es«, sagte sie und sah Anthony an. »Randall hat sich mit Ihnen gestritten.«

Anthony presste die Lippen aufeinander.

»Ich hatte keine Ahnung von der Erpressung, das müssen Sie mir glauben!«, rief Georgette. »Ich hab's erst erfahren, als es schon zu spät war, und selbst dann hatte ich nichts damit zu tun!«

Anthony schaute Francesca aus zusammengekniffenen Augen an, und plötzlich wurde sie von einer schrecklichen Angst erfasst. Seine Augen wirkten mit einem Mal eiskalt, so kalt wie die Augen eines Mörders.

Francesca begriff, dass sie so schnell wie nur irgend möglich aus diesem Zimmer verschwinden musste.

»Grundgütiger!«, sagte Anthony angewidert. Und dann: »Kein Wort mehr, Georgette. Und was Sie angeht, Miss Cahill, Sie haben mir soeben gründlich den Abend verdorben.«

Kapitel 20

Montag, 3. Februar 1902 – 20 Uhr
Francesca stand regungslos mit dem Rücken zur Tür. Das Herz schlug ihr bis zum Hals.

Georgette packte Anthonys Arm. »Aber das ist doch nicht ihre Schuld! Sie versucht doch bloß, uns zu helfen!«, rief sie.

»Den Teufel tut sie! Musstest du ihr denn von dieser dämlichen Erpressung erzählen?«, fragte Anthony grimmig.

»Genau, dämlich war das! Und Paul hatte es wahrlich nicht verdient!«, rief Georgette.

Francesca machte einen winzigen Schritt rückwärts.

»Vergiss Paul, der ist nun mal tot. Und was jetzt? Sie weiß von der Erpressung, und das lässt mich – und dich übrigens auch, Georgette – verdammt schlecht aussehen. Das macht uns doch so was von verdächtig, kapierst du denn das nicht?« Anthony verdrehte die Augen.

»Aber sie verdächtigen mich doch ohnehin schon.«

»Das stimmt allerdings. Und das hier ist jetzt der letzte Nagel zu deinem Sarg. Was zum Teufel sollen wir mit der da anstellen?« Er wies mit dem Daumen auf Francesca.

Georgette hörte auf zu weinen. »Wir schicken sie nach Hause.«

»Sie wird aber nicht nach Hause gehen. Sie wird schnurstracks zu Bragg marschieren und alles ausplaudern, verdammt noch mal!« Anthony warf Francesca einen zornigen Blick zu.

Sie hatte es unterdessen geschafft, noch ein paar Zentimeter weiter zurückzuweichen, und war sich sicher, dass sie von dieser Stelle aus den Türknauf erreichen könnte, wenn sie sich umdrehte. Wenn sie ihr Gedächtnis nicht täuschte, hatte Georgette weder die Sicherheitskette vorgelegt noch abgeschlossen, nachdem Francesca und Anthony das Zimmer betreten hatten.

Anthony seufzte. »Ich muss nachdenken.« Er starrte mit finsterem Blick auf seine abgewetzten braunen Schuhe.

In diesem Augenblick fuhr Francesca herum und riss die Tür auf.

»Verdammt!«, schrie Anthony und machte einen Satz auf sie zu.

Francesca spürte, wie seine Hand ihren Arm streifte, als sie aus dem Raum stürzte. Mit Anthony auf den Fersen eilte sie den schmalen Flur entlang.

Auf der Treppe drohte ihr ein Mann, der gerade die Stufen heraufkam, den Weg zu versperren. »Aus dem Weg!«, schrie Francesca verzweifelt. Jetzt würde Anthony sie zu fassen bekommen!

Sie stieß mit dem Mann zusammen, und er packte sie an den Schultern.

»Lassen Sie mich los!«, schrie Francesca, da sie sich bewusst war, dass Anthony direkt auf dem Treppenabsatz hinter ihr war und sie jeden Moment ergreifen würde. Dann blickte sie in die dunklen, vertrauten Augen des Mannes, der sie noch immer an den Schultern festhielt.

»Ich bin es, Francesca!«, rief Calder Hart.

Sie starrte ihn fassungslos an.

»Polizei!«, rief in diesem Moment jemand von unten, und zugleich hörte man eine Vielzahl eiliger, trampelnder Schritte. Eine Pfeife ertönte.

»Scheiße!«, brüllte Anthony und machte auf dem Absatz kehrt. Hart drückte sich mit Francesca gegen die Wand, als ein halbes Dutzend Polizisten von Bragg angeführt die Treppe hinaufstürmten. Im Vorbeieilen warf Bragg Francesca einen Blick zu, blieb aber nicht stehen.

Anthony war zu einem Fenster gerannt, das sich am Ende des Flures auf der ersten Etage befand, und riss es auf. Offenbar hatte er die Absicht hinauszuspringen, obwohl er riskierte, sich dabei die Beine – oder den Hals – zu brechen. Bragg packte ihn am Kragen.

Anthony richtete sich umgehend auf und streckte beide Hände in die Luft. »Ich gebe auf«, sagte er.

»Das ist auch gut so«, gab Bragg zurück und drückte ihn mit dem Gesicht gegen die Wand. »Durchsuchen!«, befahl er seinen Männern. »Und dann legt ihm Handschellen an, verfrachtet ihn ins Fuhrwerk und buchtet ihn wegen Mordverdachts ein.«

Francesca ließ sich erleichtert gegen die Wand sinken. Erst da bemerkte sie, dass Hart ihr den Arm um die Taille gelegt hatte und sie festhielt. Sie löste ihren Blick von Bragg und Anthony und sah Hart an. Er schaute forschend in ihr Gesicht.

»Ist alles in Ordnung?«, fragte er.

Sie nickte. Doch dann spürte sie, wie ihre Knie nachgaben. Sofort verstärkte sich sein Griff. Er zog sie hoch und drückte sie an seine Seite.

»Woher wussten Sie …?«, hob sie an und verstummte.

»Ich bin Ihnen gefolgt.« Er schenkte ihr ein kleines Lächeln. »Als ich Ihr Haus verließ, war ich überaus misstrauisch. Und neugierig, das muss ich zugeben. Als ich Sie mit diesem Mann wegfahren sah, wurde ich – nun ja, sagen wir einmal, noch ein wenig neugieriger. Als Sie dann das Hotel mit ihm betraten, habe ich bei dem Kerl vorn am Empfang seinen Namen erfahren.« Er schüttelte den Kopf. »Francesca, Randall hat mir an jenem Abend, als wir uns im Republican Club trafen, erzählt, dass er erpresst wurde, und ich habe natürlich keine Ruhe gegeben, bis er mir Anthonys Namen genannt hat. Als ich nun erfuhr, mit wem Sie da zusammen waren, bin ich sofort um die Ecke zum örtlichen Polizeirevier gelaufen und habe eine Nachricht an Bragg telegrafieren lassen.« Sein Gesicht verzog sich zu einem Lächeln, das seine Augen zum Strahlen brachte. »Der Zeitpunkt war ziemlich gut gewählt, nicht wahr?«

Sie nickte. »Ich danke Ihnen«, sagte sie. Doch dann erstarrte sie.

Bragg war neben sie getreten und schaute sie mit seinen bernsteinfarbenen Augen fragend an. Sein Blick schien nicht nur ihre Augen zu durchbohren, sondern bis in die Tiefen ihres Herzens und ihrer Seele vorzudringen. Ihr Herz vollführte einen Hüpfer und begann wie wild zu pochen. Francesca wusste, dass sie diesen Mann niemals würde hassen können.

Während ihr Blick über seine Züge glitt, wusste sie, dass sie für alle Zeiten mit ihm verbunden sein würde.

»Geht es Ihnen gut? Ist alles in Ordnung?«, fragte er leise, und ihr war klar, dass er damit nicht nur auf ihre körperliche Verfassung anspielte. Schließlich hatten sie sich nach seiner niederschmetternden Enthüllung nicht mehr gesprochen. Sie brachte mit Mühe ein Nicken zustande.

»Ich gebe mir Mühe ... Es ist nicht leicht.«

Er schien ihre Hand ergreifen zu wollen – eine Geste, die ihr bereits vertraut war –, doch dann zögerte er, und ihre Blicke senkten sich erneut ineinander. Wie schon so oft erkannte sie seine Stärke und Willenskraft in seinen Augen. Aber sie er-

kannte auch die Resignation. Bragg ließ seine Hand sinken, ohne Francesca zu berühren. »Ich muss mich mit Ihnen unterhalten, Francesca. Rein beruflich, natürlich.«
Francesca nickte. Wieso bloß tat es bloß immer noch so weh? Würde dieser Schmerz denn niemals vergehen?
»Sie hat viel mitgemacht und ist müde. Lass sie doch nach Hause gehen, damit sie sich ausruhen kann«, sagte Hart grimmig. »Und dann würde ich vorschlagen, dass du dich so weit wie möglich von ihr fern hältst.«
Francesca bemerkte, dass er seinen Arm immer noch auf eine überaus vertraute Weise um sie geschlungen hatte, und entwand sich seinem Griff. »Nein, nein, schon gut«, sagte sie. »Ich kann mit Ihnen ins Präsidium kommen.«
Ein Muskel in Braggs Wange zuckte. »Mein Bruder hat Recht. Calder, würde es dir etwas ausmachen, Miss Cahill nach Hause zu bringen?«
Hart lächelte. »Es wäre mir ein Vergnügen.«
Francesca starrte Bragg an. Sie wollte nicht nach Hause. Sie wollte hier bleiben, auf dieser schmalen Treppe, mit ihm. Und wäre Hart nicht gewesen, hätte sie sich möglicherweise nicht beherrschen können und die Hand ausgestreckt, um Braggs Wange zu berühren. Er machte einen so bekümmerten Eindruck.
Er sah sie mit einem schmerzlichen Ausdruck in den Augen an. »Dürfte ich morgen früh vorbeikommen?«
Sie nickte. »Aber gewiss, Bragg. Sie müssen doch nicht erst fragen.«
»Würde Ihnen neun Uhr passen?« Sein Blick wanderte über ihre Züge und verharrte auf ihrem Mund.
Hart gab einen angewiderten Laut von sich. »Ich werde unten warten. Ich kann das nicht mit ansehen«, verkündete er.

Francesca brachte kein Wort mehr heraus. Sie fühlte sich plötzlich völlig erschöpft.

In diesem Augenblick kamen die Polizisten, die Anthony abführten, an ihr vorüber, und Francesca trat auf den Treppenabsatz, um den Weg für sie frei zu machen. Anthony sah sie an.

»Ich war's nicht«, sagte er.

Francesca blickte zur Seite und schwieg.

Als Nächste wurde Georgette von einem Beamten nach unten geführt.

Sie sah Francesca mit Tränen in den Augen an. »Sie müssen uns helfen«, sagte sie. »Wir sind unschuldig.«

Francesca schloss die Augen. Als sie sie wieder öffnete, begegnete sie Braggs Blick.

»Sie haben heute gute Arbeit geleistet«, sagte er leise. »Sie sind eine gute Detektivin, Francesca.«

Ihr Herz begann zu jubilieren. »Danke«, flüsterte sie. Sie sehnte sich so sehr danach, seine Hand zu ergreifen.

Er schien noch etwas sagen zu wollen, zögerte aber zunächst, ehe er schließlich fortfuhr: »Wir sehen uns dann morgen. Um neun.«

»Morgen«, wiederholte Francesca. Sie spürte, wie ihr eine Träne über die Wange lief, und wandte erschrocken den Kopf zur Seite.

Er berührte ihren Arm. »Bitte weinen Sie doch nicht! Es bringt mich noch um, wenn ich sehe, wie Sie leiden«, flüsterte er.

»Ich weine ja gar nicht«, schwindelte sie und lächelte ihn tapfer an.

Er zögerte, und für einen Moment glaubte sie schon, dass er sie küssen würde.

In diesem Augenblick ertönte Harts Stimme von unten: »Euch beide kann man aber auch keine Sekunde aus den Augen

lassen. Es ist wohl besser, wenn ich Francesca in meine Kutsche begleite. Ich werde dann mit dir ins Stadtzentrum fahren, Rick.«
Bragg trat von ihr weg. »Das ist eine gute Idee«, sagte er.

Harts eleganter Brougham war im Inneren sogar noch luxuriöser ausgestattet, als es sein prachtvolles Äußeres vermuten ließ. Francesca versank in dem feudalen roten Lederpolster und legte sich eine Pelzdecke über die Beine, die in der Ecke lag. Sie wusste, dass sie sich eigentlich hätte freuen sollen, da sie Randalls Mörder gefunden hatten, aber stattdessen ging ihr Braggs Gesichtsausdruck nicht mehr aus dem Kopf, als sie sich auf der Treppe abgewandt hatte und nach unten gegangen war. Er quält sich offenbar ebenso wie ich, dachte Francesca bedrückt.
Sie schloss die Augen, und mit einem Mal war es ihr, als hörte sie Anthony erneut klar und deutlich sagen: »Ich war's nicht«. Erschrocken riss sie die Augen wieder auf.
Bei diesen Worten hatte er sie mit einem harten Blick direkt angeschaut. Nun, auf jeden Fall hatte er Paul Randall erpresst, ob mit oder ohne Georgettes Hilfe.
Ein weiteres Bild aus ihrer Erinnerung überfiel sie. »Wir sind unschuldig«, hatte Georgette gesagt und Fran dabei ebenso direkt in die Augen gesehen.
Francesca setzte sich grimmig auf. Trotz ihres Kummers war es ihr nicht möglich, die Gedanken an die beiden einfach beiseite zu schieben. Und was war davon zu halten, dass Bill Randall nach dem Mord in Georgettes Haus gewesen war? Francesca glaubte nicht, dass sie sich getäuscht hatte, sie hatte ihn dort gesehen, davon war sie überzeugt. Bill war im Haus gewesen und hatte zu diesem Zeitpunkt bereits gewusst, dass

sein Vater tot war. Was bedeutete, dass er den Mörder vermutlich kannte. Doch Francesca konnte sich beim besten Willen nicht vorstellen, dass Anthony und Bill Partner waren; es erschien ihr einfach undenkbar.

Zudem musste ein Erpresser doch nicht notgedrungen auch ein kaltblütiger Mörder sein.

Nein, irgendetwas stimmte bei der Sache nicht.

Ich bin eine unmoralische Frau – eine Hure! Wem werden sie wohl die Schuld geben? Also ich glaube ja, dass es seine Frau war.

Francesca erstarrte. Warum hatte sie Georgettes Worten nur nicht mehr Beachtung geschenkt, als diese Henrietta bezichtigte, ihren Mann getötet zu haben? Es hatte kein Hass aus ihrer Stimme geklungen. Sie hatte Angst gehabt, das wohl, aber sie hatte voller Überzeugung gesprochen. Was hatte sie sonst noch gesagt?

Die beiden haben sich seit Jahren gehasst!

Plötzlich fiel Francesca ein, dass Henrietta ihre Ohnmacht bei der Beerdigung nur vorgetäuscht hatte. Auch ihre Tränen waren nicht echt gewesen, denn als Francesca Henriettas Taschentuch aufgehoben hatte, war es knochentrocken gewesen.

Francescas Puls raste vor Aufregung. Es sah ganz so aus, als hätten sie den Falschen erwischt. Wer hatte ein besseres Motiv als die betrogene Ehefrau? Außerdem wäre das auch eine Erklärung für Bills Verhalten.

Francesca klopfte gegen die Trennscheibe, und als diese von dem Kutscher geöffnet wurde, sagte sie: »Fahren Sie mich bitte zur East Fifty-seventh Street. Die Nummer lautet neunundachtzig. Ich muss dort nur kurz etwas erledigen.«

»Wie Sie wünschen, Miss«, erwiderte der Kutscher.

Es war erst halb neun, aber das Dienstmädchen teilte Francesca mit, dass die Randalls zu dieser Stunde keine Besucher mehr empfingen. Mr Randall habe erst am nächsten Mittag für sie Zeit. Francesca hörte kaum, was das Mädchen sagte, denn von der Stelle in der Diele aus, wo sie stand, konnte sie die Tür zum Salon sehen, die einen Spaltbreit offen stand. Im Salon war das Licht eingeschaltet, außerdem hörte sie eine weibliche Stimme, die sie eindeutig als Marys erkannte.
Francesca lächelte das Dienstmädchen an und wandte sich zum Gehen. »Dann werde ich morgen Mittag wiederkommen«, sagte sie. Als die Tür hinter ihr zufiel, blieb Francesca auf dem Treppenabsatz stehen. Sie konnte genau hören, dass kein Schlüssel im Schloss herumgedreht wurde – aber es war ja auch noch viel zu früh am Abend.
Francesca zählte langsam bis hundert. Dann schob sie ihre aufkommenden Schuldgefühle beiseite, drehte den Türknauf herum und schlüpfte leise zurück in die Diele.
Ich werde immer geübter im unbefugten Betreten von Häusern, dachte sie. Erst eine gute Woche zuvor hatte sie das Haus der Burtons auf die gleiche gesetzwidrige Weise betreten. Beim zweiten Mal fiel es ihr nun schon viel leichter, obwohl sie natürlich eine gewisse Angst verspürte. Wenn Henrietta wirklich eine Mörderin war, so konnte Francesca leicht in Gefahr geraten, wenn man sie erwischte.
Die Tür zum Salon stand immer noch offen, und jetzt erkannte Francesca auch Bills Stimme, konnte aber nicht verstehen, was er sagte. Mit einem mulmigen Gefühl schlich sie auf Zehenspitzen den Flur entlang und drückte sich neben der Salontür dicht an die Wand. Nun konnte sie sie klar und deutlich verstehen, was in dem Raum gesprochen wurde.

»Findest du nicht, dass du schon ein Glas Sherry zu viel getrunken hast?«, fragte Bill gerade.

»Nein, das finde ich ganz und gar nicht. Es ist ein furchtbarer Tag gewesen«, gab Mary mit scharfer Stimme zurück. »Von jetzt an werden alle Tage furchtbar sein.«

»Sie dürften für mich ein wenig schlimmer werden als für dich«, sagte Bill finster. »Immerhin weiß ich nicht, ob ich mir die Studiengebühren noch leisten kann.«

Eine bedrückte Stille folgte.

Francesca vernahm ihre eigenen Atemzüge, die angestrengt und gequält klangen. Sie musste unbedingt versuchen, sich zu entspannen.

»Zumindest müssen wir jetzt nicht mehr länger mit dieser Heuchelei leben«, hörte sie Mary voller Verbitterung sagen.

»Aber die Frage ist, wovon wir überhaupt leben sollen. Er hat uns nichts hinterlassen. Ich bin sein Erbe und besitze nicht einen einzigen Penny.« Bill war offenbar wütend. »Du wirst wenigstens irgendwann einmal heiraten – wenn du dich endlich dazu überwinden kannst.«

»Ich werde niemals heiraten«, erwiderte Mary mit Nachdruck. »Du weißt doch, wie ich darüber denke. Jetzt mehr als jemals zuvor. Wie konnte uns Papa nur so etwas antun?«

»Ich verstehe nicht ganz, dass du all die Jahre die Augen vor der Wahrheit verschlossen hast. Schließlich wissen wir seit zehn Jahren von Calder Hart.«

»Aber das war doch, bevor er Mama kennen gelernt hat! Er hat es mir ganz genau erklärt, und ich konnte das verstehen. Andererseits« – sie verstummte für einen Moment – »war ich ja auch erst acht Jahre alt, als ich von diesem Bastard erfahren habe. Papa hätte mir erklären können, dass er vom Mond zu uns gekommen ist, und ich hätte ihm geglaubt.« Ihre Stimme klang tränenerstickt. »Aber du hättest mir von dieser Hure erzählen müssen! Ich bin immer die Letzte, die in diesem Haus etwas erfährt.«

»Arme Mary.«

Sie schwiegen. Plötzlich beschlich Francesca ein unbehagliches Gefühl. Waren das etwa Schritte, die sie da hörte? Sie spürte, wie sie zitterte. Kein Zweifel, da kam jemand die Treppe herunter!

Leider gab es in dem Flur keine Möglichkeit, sich zu verstecken. Ob es Henrietta war, die dort herunterkam, oder ein Dienstbote? Der Flur war nur schwach beleuchtet, aber falls derjenige in den Salon gehen wollte, saß Francesca wie eine Maus in der Falle. Bei diesem Gedanken brach ihr am ganzen Körper der Schweiß aus.

»Ich werde Miss de Labouche vor Gericht bringen. Ich habe vor, ihr das Haus aus ihren Fängen zu reißen«, hörte sie Bill mit einem Mal sagen. »Wie konnte Vater es nur ihr hinterlassen!«

Francesca wagte kaum noch zu atmen. Die Person war im Erdgeschoss angelangt, und Francesca sah, dass sie sich auf die Haustür zubewegte. Einen Augenblick später öffnete sie eine Seitentür und verschwand in ein anderes Zimmer.

Francesca wollte gerade erleichtert seufzen, als sie hörte, wie Mary mit gehässigem Tonfall sagte: »Gut! Und in der Zwischenzeit werden sie Hart aufknüpfen.« Sie lachte, aber ihr Lachen verwandelte sich rasch in ein Schluchzen. »Er hat kein Alibi, und er gibt auch noch ganz freimütig zu, dass er Vater gehasst hat. Gott, wenn er ihn doch nur wirklich umgebracht hätte!« Sie begann zu weinen.

Francesca fuhr zusammen. Was war das eben gewesen? Offenbar wussten die Randalls, dass Hart unschuldig war –

was bedeutete, dass sie die Identität des wirklichen Mörders kannten.

»Mary! Das reicht. Ich werde zu Bett gehen«, sagte Bill unvermittelt.

Francesca wurde klar, dass sie entweder umgehend das Haus verlassen oder aber das tun musste, was sie ursprünglich vorgehabt hatte, nämlich, Henrietta zu befragen. Doch ihr blieb keine Zeit zum Nachdenken. Sie schlich langsam an der Wand entlang vom Salon fort, wobei sie schreckliche Angst hatte, ein Geräusch zu verursachen und ertappt zu werden.

Als sie die Treppe erreicht hatte, hämmerte ihr Herz, und sie spürte, dass sich zwischen ihren Brüsten Schweißperlen sammelten. Sie wagte kaum, richtig Luft zu holen, als sie rasch die Stufen hinaufeilte.

Im ersten Stock brannte nur ein einziges Licht, doch die Tür zu Henriettas Zimmer stand weit auf, und Francesca konnte sehen, dass die Witwe mit einem Füllhalter in der Hand an ihrem Schreibtisch saß und einen Brief schrieb. Während Francesca sie heimlich beobachtete, stellte sie fest, dass Henrietta absolut harmlos wirkte. Mollig, gut gekleidet, mit einem zurückhaltenden Wesen. Sie kam ihr gar nicht wie eine Mörderin vor.

Francesca betrat das Zimmer.

»Mary?« Henrietta drehte sich um und riss vor Schreck die Augen auf, als sie Francesca sah.

Francesca schloss die Tür hinter sich. »Es tut mir Leid, dass ich Sie belästige, Mrs Randall, aber ich muss unbedingt mit Ihnen sprechen.«

Es dauerte einen Moment, ehe Henrietta ihre Stimme wiederfand. »Wie sind Sie hier heraufgekommen? Wer hat Sie hereingelassen?« Sie stand nicht auf.

»Ich möchte mich für mein Eindringen entschuldigen«, erwiderte Francesca und betrachtete die Frau forschend. Ihre Augen waren nicht verweint, und sie kam Francesca auch sonst nicht gramgebeugt vor. »Ihr Sohn hat heute eine wunderbare Lobrede auf Ihren Mann gehalten.«
»Ich glaube, Sie sollten besser gehen«, sagte Henrietta.
»Ein unschuldiger Mann ist für den Mord an Ihrem Ehemann verhaftet worden, Mrs Randall.«
Henrietta zog nicht einmal eine Augenbraue in die Höhe. »Und was habe ich damit zu tun?«
»Ist Ihnen das denn völlig egal?«
Sie öffnete den Mund und schloss ihn wieder. »Natürlich nicht.«
Francesca wartete ab.
»Ich will nur, dass der Mörder meines Mannes seine gerechte Strafe erhält.«
Francesca seufzte. Offenbar hatte es in dieser Ehe keine Liebe gegeben. »Es tut mir Leid, dass Sie den größten Teil Ihres Lebens mit einem Mann verbracht haben, aus dem Sie sich nichts gemacht haben, Henrietta.«
Henrietta starrte sie an. »Ich habe Paul geliebt.«
»Haben Sie das?«
»Aber natürlich.«
»Aber er hat viele Jahre lang Georgette de Labouche ausgehalten, eine schöne Frau, jünger als Sie. Er hat sie pünktlich wie ein Uhrwerk jeden Dienstag- und Freitagabend besucht. Er hat ihr Schmuck und Pelze gekauft. Und Sie haben davon gewusst.«
Henrietta sah sie mit einem angespannten Gesichtsausdruck an. »Ich bin keine Närrin«, sagte sie. »Natürlich habe ich davon gewusst.«

»Wie lange schon?«
»Seit einer Ewigkeit. Paul ist mir keinen Tag in seinem Leben treu gewesen. Miss de Labouche ist nicht die Erste und wäre auch nicht die Letzte gewesen, wenn er noch leben würde«, sagte sie ruhig, obwohl sie so angespannt wirkte. »Warum sind Sie hier, Miss Cahill?«
Francesca befeuchtete ihre Lippen. »Sind Sie Ihrem Mann am Freitagabend zum Haus seiner Mätresse gefolgt und haben ihn in den Hinterkopf geschossen?«, fragte sie.
Henrietta starrte sie entgeistert an.
»Sag nichts, Mutter!«, ertönte plötzlich Bills Stimme hinter Francesca.
Sie fuhr herum und sah Bill und Mary an der Tür stehen, die das Zimmer unbemerkt betreten hatten. Bill war wütend, während Marys Gesicht kalkweiß und wie erstarrt war vor Angst.
Henrietta, die inzwischen aufgestanden war, wurde ebenfalls kreidebleich und blickte ihre Kinder an. »Ja«, sagte sie. »Es stimmt. Ich habe über die Jahre eine Abneigung gegen meinen Mann entwickelt. Ich war das Ganze einfach leid. An jenem Morgen haben wir uns über Geld gestritten, und ich bin ihm gefolgt und habe ihn erschossen.«
»Mutter!«, rief Bill.
Mary stand mit zusammengepressten Lippen stumm und bleich da.
Francesca sah Henrietta an, dass sie log.
»Es tut mir Leid, Miss Cahill, aber Sie sind zu weit gegangen«, sagte Bill.
Francesca blickte zu ihm hinüber und begegnete seinen kalten grauen Augen. Und dann erst sah sie die Pistole, die er in der Hand hielt. Er wollte sie erschießen!

Doch bevor sie reagieren konnte, hob er die Waffe und schlug ihr mit dem Kolben auf den Kopf.
Francesca verspürte einen heftigen, stechenden Schmerz, und dann wurde plötzlich alles dunkel.

KAPITEL 21

MONTAG, 3. FEBRUAR 1902 – 22 UHR
Allmählich begann sich die undurchdringliche Schwärze aufzuhellen. Francesca hatte furchtbare Kopfschmerzen und stellte verwirrt fest, dass sie ihre Arme und Beine nicht bewegen konnte. Flatternd öffnete sie ihre Lider und versuchte sich aufzusetzen, doch es gelang ihr nicht.

Sie schaute an sich hinunter und sah, dass ihre Hand- und Fußgelenke mit Stricken gefesselt waren. Das Bett, auf dem sie lag, war schmal und stand an einer Wand, an der mehrere Regalbretter hingen. Der Raum hatte zwar eine weibliche Note, aber er war weder hübsch noch behaglich. Plötzlich erinnerte sie sich wieder daran, dass Bill Randall ihr einen heftigen Schlag auf den Kopf versetzt hatte, und offenbar hatte er sie danach an Marys Bett gefesselt.

Francesca war schockiert. Eigentlich hatte sie gehofft, ein schuldbewusstes Geständnis von Henrietta zu hören, und stattdessen war sie nun gefesselt – eine Gefangene!

Aber die Randalls würden ihr doch gewiss nichts antun, oder etwa doch?

Und dann kam ihr ein furchtbarer Gedanke. Was wäre, wenn Bragg sie so finden würde? Sie errötete angesichts der zu erwartenden Demütigung. Aber so weit durfte es nicht kommen, es musste ihr gelingen, sich selbst zu befreien.

In diesem Moment wurde die Zimmertür geöffnet, und Bill Randall trat auf die Schwelle. Er warf Francesca einen so finsteren Blick zu, dass plötzlich eine schreckliche Furcht von ihr Besitz ergriff. Ihr wurde bewusst, dass sie sich in großer Gefahr befand.

»Was haben Sie mit mir vor?«, flüsterte sie.

»Ich weiß es noch nicht.« Bill blieb im Türrahmen stehen. »Warum mussten Sie auch herumschnüffeln, Miss Cahill? Warum können Sie sich nicht wie andere junge Damen Ihres Alters benehmen? Jetzt stecke ich in einem schrecklichen Dilemma. Ich muss meine Familie schützen, koste es, was es wolle.«

Francesca versuchte ruhig zu atmen, um ihre Furcht in den Griff zu bekommen. »Sie werden damit niemals ungeschoren davonkommen.«

»Wenn man die nötige Motivation hat, findet man immer einen Weg«, erwiderte er, dann wandte er sich abrupt um und zog die Tür wieder hinter sich zu.

Francesca zerrte an ihren Fesseln, doch es nützte nichts, ihr wurde dabei nur warm, und sie begann zu schwitzen. Sie spürte, wie sich ihre Augen mit Tränen füllten, und ermahnte sich selbst, ruhig zu bleiben und nachzudenken.

Schließlich war sie eine kluge Frau und würde sich gewiss zu helfen wissen.

Ob Randall beabsichtigte, sie zu töten?

Bei dem Gedanken daran wurde ihr speiübel, und sie begann zu zittern.

Dann vernahm sie plötzlich Schritte vor der Tür und erstarrte. Die Tür öffnete sich langsam, und Henrietta betrat den Raum. Die beiden Frauen blickten einander an, und Francesca sah, dass Henrietta mit den Tränen kämpfte.

Das gab Francesca neue Hoffnung. »Man kann kein Unrecht mit einem zweiten auslöschen«, flüsterte sie.

Henriettas Blick wich nicht von ihr. Sie war noch immer kreidebleich im Gesicht. »Warum mussten Sie auch herkommen?«
»Sie kennen den Grund. Ihr Mann ist ermordet worden. Egal, wie schlecht er sich Ihnen und Ihrer Familie gegenüber auch verhalten haben mag – so ein Ende hat niemand verdient.«
Henrietta befeuchtete ihre Lippen. »Es tut mir Leid«, sagte sie.
»Bitte binden Sie mich los«, flehte Francesca.
»Das kann ich nicht«, erwiderte Henrietta, deren Augen in Tränen schwammen.
»Aber Bill wird niemals damit durchkommen, das wissen Sie.«
»Er ist sehr klug«, antwortete Henrietta.
»Wenn das hier vorbei ist, werden Sie ganz allein dastehen. Ihre ganze Familie wird Ihnen dadurch genommen.«
Eine Träne rann Henrietta über die Wange. »Ich liebe meine Kinder«, flüsterte sie. »Wie konnte das nur geschehen?«
»Ich weiß, dass Sie sie lieben. Und die beiden lieben Sie auch.«
»Sie haben etwas Besseres verdient als das hier.«
»Ja, das haben sie. Bitte, Henrietta, befreien Sie mich, bevor die Dinge außer Kontrolle geraten.«
Henrietta starrte sie an, und einen Augenblick lang glaubte Francesca, sie würde ihrer Bitte nachkommen, aber stattdessen wandte sie sich ab und verließ das Zimmer, ohne die Tür hinter sich zu schließen.
Francesca ließ den Kopf auf die Matratze zurücksinken. Und was jetzt? Niemand wusste, wo sie war – doch halt! Harts Kutscher wartete vor dem Haus auf sie!
Sofort schöpfte sie neue Hoffnung. Aber was wäre, wenn Bill sie tötete, bevor der Kutscher misstrauisch wurde?
Francesca wand und drehte ihre Handgelenke und hoffte, sich auf diese Weise von ihren Fesseln befreien zu können. Es waren feste Schnüre, wie man sie für Postpäckchen verwendete.

Nach einer Weile kam es ihr so vor, als würden sich die Schnüre lockern, aber ihre Handgelenke brannten wie Feuer. Francesca warf einen Blick auf die Fesseln und stellte resigniert fest, dass die Schnüre so fest saßen wie zuvor.
Erschöpft schloss sie die Augen und versuchte gegen ihre Furcht anzukämpfen. Als sie plötzlich einen Wadenkrampf bekam, schrie sie vor Schmerz laut auf und schüttelte ihr Bein so fest es eben ging, um die Muskulatur zu lockern. Als der Schmerz nachließ, bemerkte sie, dass die Schlinge an ihrem rechten Knöchel viel lockerer war als an ihrem linken. Vielleicht bestand ja doch noch Hoffnung! Sie schickte ein Stoßgebet zum Himmel und vollführte kreisförmige Bewegungen mit ihrem Fuß, bis es ihr nach einer Weile tatsächlich gelang, ihn zu befreien.
Francesca starrte ungläubig auf ihr rechts Bein. Und was jetzt? Sie blickte suchend zu den beiden Regalbrettern hinauf, auf denen allerlei Krimskrams und Bücher standen. Und dann fiel ihr Blick auf eine Porzellanpuppe.
Sie starrte die Puppe an und bemühte sich, ruhig zu bleiben, aber ihr Atem ging vor Aufregung schneller. Vorsichtig hob sie das Bein an und schob die Puppe mit dem Fuß langsam auf die Regalkante zu. Dann versetzte sie ihr einen sanften Stoß, und die Puppe fiel aufs Bett und landete neben ihrer rechten Hand.
Francesca seufzte erleichtert auf. Sie umschloss die Puppe mit den Fingern, nahm einen tiefen Atemzug und schleuderte sie so fest sie konnte gegen die Wand in der Nähe ihres Fußes. Mit einem splitternden Geräusch zerbrach die Puppe in Scherben.
Mit ihrem befreiten Fuß schob Francesca die Scherben nach und nach in die Nähe ihrer linken Hand, was ein mühsames Unterfangen war, das viele lange Minuten in Anspruch nahm.

Als sie endlich eine der Scherben mit den Fingerspitzen erreichen konnte, war Francesca bereits in Schweiß gebadet. Das Durchtrennen der Schnur an ihrem Handgelenk war leichter, als Francesca erwartet hatte, und in nur wenigen Augenblicken hatte sie ihre Hand befreit.
Vor Freude hätte sie am liebsten laut gejuchzt.
In Windeseile löste sie die anderen Fesseln und und setzte sich keuchend auf. Ohne sich eine Verschnaufpause zu gönnen, sprang sie vom Bett und eilte auf die Tür zu. Dort blieb sie stehen und spitzte die Ohren.
Niemand schien in der Nähe zu sein.
Jetzt oder nie! Francesca atmete einmal tief durch und rannte los. Als sie die Treppe erreicht hatte, eilte sie die Stufen hinunter.
In diesem Moment trat Bill aus seinem Zimmer im ersten Stock. »Was zum Teufel …?«, hob er an und schrie dann: »Sie flieht!«
Doch Francesca hatte bereits das Erdgeschoss erreicht und stürzte auf die Haustür zu, während sie hörte, wie Bill hinter ihr die Treppe heruntergepoltert kam. Sie würde es schaffen, er war noch nicht nah genug, um sie zu packen.
Francesca griff nach dem Türknauf, doch er ließ sich nicht drehen.
Die Tür war abgeschlossen.
In diesem Moment legte sich Bills Hand wie ein Schraubstock um ihre Schulter. »Wie zum Teufel sind Sie die Fesseln losgeworden?«, rief er und schleuderte sie herum. Sie sah, dass auch Mary in diesem Augenblick die Treppe herunterkam.
Francesca schenkte Bill ein strahlendes Lächeln und handelte, ohne nachzudenken. Sie bohrte ihren Absatz in den kleinen Teppich, auf dem sie standen, und ruckte ihn mit all ihrer Kraft

nach hinten. Bill schnappte vor Überraschung nach Luft, als der Teppich unter seinen Füßen wegrutschte. Er verlor das Gleichgewicht und fiel rückwärts gegen seine Schwester. Francesca floh durch die Zimmertür, die ihr am nächsten war.

Mark Anthony lümmelte sich auf dem schmalen Holzstuhl in dem winzigen, leeren Raum, der für Verhöre benutzt wurde. Zwei Kriminalbeamte saßen ihm gegenüber an einem kleinen, wackeligen Holztisch. Bragg lehnte mit vor der Brust verschränkten Armen an der Tür.

Seit einer Weile herrschte Schweigen in dem nach Schweiß, Tabak und Blut stinkenden Raum, in dem eine einzelne Glühbirne von der Decke herabhing.

»Commissioner?«, sagte einer der Kriminalbeamten fragend und blickte über seine Schulter hinweg Bragg an.

Er stieß sich von der Tür ab. »Letzte Chance«, sagte er leise.

»Leck mich doch!«, sagte Anthony, allerdings ohne großen Nachdruck. Er hatte ein blaues Auge. Der Beamte, der es ihm verpasst hatte, war sofort vom Dienst suspendiert worden. Die Tage der Prügel und Folter bei der Polizei waren vorbei.

»Bringen Sie ihn ins Stadtgefängnis und werfen Sie ihn in eine Zelle.« Bragg marschierte aus dem Zimmer und machte sich nicht einmal die Mühe, die Tür hinter sich zu schließen. Draußen kehrten seine Gedanken sofort wieder zu Francesca zurück, und ein schmerzhaftes Gefühl des Verlustes ergriff erneut Besitz von ihm, ein Gefühl, wie er es niemals zuvor erfahren hatte. Seit er Francesca von seiner Frau erzählt hatte, fühlte er sich ganz krank, und die einzige Möglichkeit, seinem Schmerz und seinem Kummer zu entfliehen, bestand darin, sich auf seine Arbeit zu konzentrieren.

Wie hatte es nur so weit kommen können? Sie kannten sich

doch erst so kurze Zeit! Wie um alles in der Welt hatte dies nur geschehen können?
Doch er konnte sich diese Frage leicht beantworten – Francesca war eine Frau, wie man sie nur ein einziges Mal im Leben traf – wenn man viel Glück hatte.
»Warten Sie!«, hörte er Anthony rufen.
Bragg fuhr erleichtert herum und betrat erneut den Verhörraum. Er starrte Anthony mit kaltem Blick an und schwieg.
»Ich war's nicht«, begann Anthony.
»Sie verschwenden meine Zeit«, sagte Bragg und wandte sich wieder zum Gehen.
»Verdammt, ich war's wirklich nicht! Warum sollte ich den Mistkerl umbringen? Für Georgette lief es doch prima mit ihm, und sie ist eine gute Freundin von mir. Wir kennen uns schon über fünfzehn Jahre. Na schön, ich hab den Herrn erpresst, aber Erpressung ist eine Sache, einen abzumurksen was völlig anderes«, knurrte er. »Ich war's wirklich nicht.«
Bragg verließ wortlos den Raum.
»Lassen Sie mich jetzt wieder laufen?«, schrie ihm Anthony nach.
Bragg antwortete nicht. Mit grimmigem Blick schob er die Gedanken an Francesca beiseite – Grübeln brachte nichts, und er musste dringend diesen Fall abschließen. Er war fest entschlossen, sich kein weiteres Mal von seinen Gefühlen ablenken zu lassen, und eilte mit forschem Schritt den Gang entlang. Es war schon sonderbar, wie leicht es ihm fiel, zu vergessen, dass Leigh Anne überhaupt existierte und dass bei Francesca, die er gerade erst kennen gelernt hatte, genau das Gegenteil der Fall war.
Er betrat die Vorhalle des Präsidiums, wo es – wie es für einen späten Montagabend üblich war – relativ ruhig zuging: Ein

Gentleman mit einem Zylinder brachte eine Beschwerde vor, ein zerlumpter Zeitgenosse mit Löchern in der Hose wurde soeben eingebuchtet, und ein oder zwei Telegrafen klickten. Die Gespräche wurden mit gedämpften Stimmen geführt. In der Zelle hinter dem Tresen schlief ein Betrunkener seinen Rausch aus. Georgette war in der Zelle daneben eingesperrt, und als sie Bragg erblickte, stand sie auf und umklammerte die Gitterstäbe. Er hatte eigentlich vorgehabt, sie zu ignorieren, doch stattdessen schwenkte er aus einem Impuls heraus in ihre Richtung. »Wie lange kennen Sie Anthony schon?«

»Ungefähr fünfzehn Jahre«, erwiderte sie und fügte hinzu: »Mein einziges Verbrechen besteht darin, dass ich mich gut um Paul gekümmert habe, Commissioner. Und Sean mag einiges auf dem Kerbholz haben, aber er ist kein Mörder.«

Bragg verriet ihr nicht, dass er zu der gleichen Ansicht gelangt war. »Gibt es vielleicht noch irgendetwas aus jener Nacht, was sie mir nicht erzählt haben? Jedes Detail könnte wichtig sein«, sagte er.

»Nein, ich habe Ihnen bereits alles gesagt. Ich habe Miss Cahill gebeten, die Leiche zu verstecken, weil ich solche Angst hatte. Und als sie sich weigerte, da habe ich mich entschieden, davonzulaufen. Ich weiß jetzt, dass das dumm war ...« Ihre Augen füllten sich mit Tränen. Dann blinzelte sie plötzlich und riss die Augen weit auf. Offenbar war ihr etwas eingefallen.

»Was ist los?«, fragte er mit scharfer Stimme.

»Mir ist doch noch etwas eingefallen, aber ich kann mir nicht denken, dass es von Wichtigkeit ist. Als ich mich aus dem Haus geschlichen habe, habe ich Pauls Sohn gesehen. Ich kenne ihn nur vom Ansehen und habe keine Ahnung, was er bei mir wollte, aber er ging den Flur entlang in Richtung des

Salons, wo Pauls Leiche lag. In dem Moment bin ich dann auch schon aus dem Haus gerannt.«

Ihre Worte versetzten Bragg umgehend in Hochstimmung. »Ich danke Ihnen, Miss de Labouche«, sagte er und wandte sich zum Gehen.

»Wann werden wir freigelassen?«

»Schon bald«, erwiderte er.

Dann wandte er sich ab und eilte davon.

»Sean Mackenzie ist ein polizeibekannter Schwindler und Betrüger«, ertönte plötzlich eine Stimme neben ihm. »Wird man ihn wegen des Mordes an Randall anklagen? Und wenn ja, warum? Welches Motiv hatte er?«

Himmel noch mal, es war nach zehn, schliefen diese Geier denn eigentlich nie? Bragg blickte zur Seite und erkannte den ausgesprochen lästigen Reporter von der *Sun* – jenen Mann, der so oft vor seinem Haus am Madison Square hockte, um dort in Braggs privaten und beruflichen Angelegenheiten herumzuschnüffeln.

»Hier ist längst Feierabend«, erwiderte Bragg knapp. »Ich schlage vor, Sie verlassen das Gebäude, bevor ich Sie hinauswerfen lasse.«

Kurland grinste ihn an. »Die Stadt schläft nie«, begann er.

Bragg packte den Mann an der Kehle und schleuderte ihn gegen die Wand. Kurland schrie auf, worauf ein Dutzend Polizeibeamte herbeigeeilt kamen, die sich aber nicht einmischten.

»Ich sagte, Sie sollen gehen«, sagte Bragg und ließ den Mann los. Er war über sich selbst entsetzt. Wie hatte er nur so die Beherrschung verlieren können? Es war ihm einfach nicht gelungen, die plötzlich aufsteigende Wut in den Griff zu bekommen.

Kurland war kreidebleich geworden. Er lockerte seinen Kragen und schnappte nach Luft. Schließlich sagte er: »Vielen Dank, Commissioner. Genau das habe ich gebraucht. Wie ich sehe, bewähren sich die Reformen in den Reihen unserer Polizei bereits auf ganz hervorragende Weise.« Er grinste, doch dann schien ihm bewusst zu werden, dass er sein Glück herausforderte, denn er erbleichte aufs Neue und machte sich rasch davon.

Bragg stand stocksteif da und sah ihm nach. Dieser Vorfall würde zweifellos am nächsten Tag in den Zeitungen aufgebauscht werden. Verdammt! Der Bürgermeister würde eine Erklärung verlangen – und Bragg hatte keine vernünftige auf Lager. Ein Polizei-Commissioner durfte grundsätzlich niemanden tätlich angreifen – nicht einmal Kriminelle.

»Da hat aber jemand ausgesprochen gute Laune«, ertönte plötzlich die Stimme seines Halbbruders hinter ihm.

Der hatte ihm jetzt gerade noch gefehlt! Bragg drehte sich um. Seine Männer hatten sich ohne ein Wort zu verlieren rasch wieder verzogen – sie mieden ihn offenbar, als leide er an der Pest.

»Was willst du, Calder?« Selbst in seinen eigenen Ohren klang seine Stimme erschöpft.

»Ich kann gar nicht glauben, was ich da gerade mit eigenen Augen gesehen habe.« Hart lachte hämisch. »Mein Bruder mit der blütenweißen Weste hat jemand angegriffen. Mein tugendhafter Bruder, der Polizist!«, frohlockte er.

»Ich muss einen Mörder verhaften und habe keine Zeit für irgendwelche Spielchen.«

Harts Lächeln verschwand. »Anthony war es also gar nicht?«

»Nein.« Bragg trat auf einen Beamten zu und gab den Befehl, ein Dutzend Beamte für eine Razzia zusammenzustellen. Dann wandte er sich seinem Halbbruder verärgert zu. »Warum bist du hier? Was willst du?«

Hart betrachtete ihn forschend und erkannte, dass mit ihm nicht zu spaßen war. »Ich will, dass du Francesca in Ruhe lässt.«

Bragg erstarrte, und die bevorstehende Verhaftung war vergessen. »Du bist derjenige, der sie in Ruhe lassen sollte, Calder«, erwiderte er kühl. »Aber ich glaube, das habe ich ja bereits zum Ausdruck gebracht.«

Hart stieß ein unfrohes Lachen aus. »Aber ich bin nicht derjenige, der verheiratet ist und der sie getäuscht hat. Und ich bin auch nicht derjenige, der ihr das Herz gebrochen hat.«

Leider hatte er damit Recht. »Und seit wann nennst du sie Francesca?«

Hart lächelte. »Wir sind Freunde.«

»Du hast sie doch gerade erst kennen gelernt!« Bragg spürte, dass er schon wieder kurz davor stand, in die Luft zu gehen. Er schien sich an diesem Tag einfach nicht beherrschen zu können. »Und du weißt doch überhaupt nicht, wie es ist, eine Dame zur Freundin zu haben.«

»Nun, bisher mag das zugetroffen haben. Aber Francesca ist mir irgendwie ans Herz gewachsen, und was da geschehen ist, gefällt mir absolut nicht.«

»Wage es ja nicht, dich zwischen mich und Francesca zu stellen!«, sagte Bragg mit einem drohenden Unterton.

Hart schenkte ihm ein kaltes Lächeln. »Mein lieber Bruder, es gibt doch gar kein ›du und Francesca‹, und das wird es auch niemals geben. Sie ist jung und wird einmal eine gute Partie machen, und du bist verheiratet und ein viel zu ehrenwerter Mann, um ihr die Zukunft zu ruinieren. Welch eine Schande! Sie wird schon über dich hinwegkommen und sich in einen anderen verlieben. So ist das im Leben nun einmal.« Nun war jeglicher Spott aus seiner Stimme verschwunden.

»Was genau willst du damit sagen?«, fragte Bragg ungläubig. Beabsichtigte sein amoralischer Bruder etwa, sich mit Francesca zu vergnügen? Wollte er ihr etwa den Hof machen?
Es hätte Bragg nicht verwundert, Calder war schließlich hinter jedem Rock her.
»Ich will damit sagen, dass du das einzig Ehrenwerte tun und aus ihrem Leben verschwinden solltest, bis ihre Wunden geheilt sind. Und später könntest du vielleicht so etwas wie ein mehr oder weniger guter Bekannter werden.«
Bragg starrte vor sich hin. »Damit du in ihr Leben treten kannst!«, stieß er schließlich hervor.
»Wie eifersüchtig du doch bist!«, erwiderte Hart lachend. »Ich habe nicht einen einzigen ehrenwerten Knochen im Leib und nicht die geringste Absicht, in den Hafen der Ehe einzulaufen – Francesca wird eine Freundin bleiben, das ist alles. Jetzt sag bloß, dass du Angst hast, ich könnte ihr den Hof machen?« Die Vorstellung schien ihn zu amüsieren.
»Du bist doch bestimmt nicht den ganzen Weg hierher gekommen, um mich zu bitten, Francesca in Ruhe zu lassen«, sagte Bragg. »Das zu glauben fällt mir allerdings sehr schwer.«
Hart betrachtete ihn forschend. »Ehrlich gesagt, vermag ich es auch kaum zu glauben, aber ich war ihr etwas schuldig, und jetzt bin ich mit ihr quitt.«
Bragg wusste nicht, was er davon halten sollte. »So etwas zu tun ist eigentlich nicht deine Art, mein Freund, und jetzt muss ich mich wieder um meine Arbeit kümmern.« Er schritt davon. »Es ist an der Zeit, Bill Randall aufs Präsidium zu bitten.«

»Lass sie nicht entkommen!«, schrie Mary mit schriller Stimme.
Francesca durchquerte das Esszimmer und stürzte in die hell

erleuchtete Küche. Sie hörte, wie Randall fluchte und die Verfolgung aufnahm. Das Dienstmädchen, das ihr früher am Abend die Tür geöffnet hatte, trocknete gerade Teller ab und stellte sie in einen Schrank. »Hilfe! Rufen Sie die Polizei! Die beiden haben ihren Vater ermordet!«, schrie Francesca dem verblüfften Mädchen zu, als sie an ihr vorbeistürmte.

In diesem Moment betrat Bill Randall mit seiner Schwester auf den Fersen die Küche. »Hier geht's nirgendwo raus, Miss Cahill!«, rief er.

Doch es gab eine Hintertür, auf die Francesca bereits zueilte, als ihr plötzlich durch den Kopf schoss, dass sie auf einen geschlossenen Hinterhof hinausführen könnte, wo sie dann wirklich in der Falle säße. Aus dem Augenwinkel heraus sah sie, dass auf dem Herd mehrere gusseiserne Töpfe und Pfannen standen. Ohne lange nachzudenken, griff sie nach einer Pfanne, holte aus und schlug, so fest sie nur konnte, nach Bill Randall, der direkt hinter ihr stand.

Die Bratpfanne traf ihn seitlich am Kopf, und er blieb wie angewurzelt stehen, bevor er mit vor Schreck weit aufgerissenen Augen zu Boden sank.

»Sie haben ihn umgebracht!«, schrie Mary.

Damit hatte sie womöglich Recht, doch das spielte augenblicklich keine Rolle. Mit der großen, schweren Pfanne in der Hand blickte Francesca von dem reglosen Mann zu ihren Füßen auf und sah Mary an, die vor Schreck leichenblass geworden war. Das Dienstmädchen war verschwunden. Francesca hoffte, dass sie sich irgendwo draußen die Lunge nach der Polizei aus dem Hals schrie. Mary und Francesca standen bewegungslos da und starrten einander schweigend an.

Francesca wusste, dass sie etwas unternehmen musste, aber was? Sie hob die Pfanne drohend in die Höhe, als ihr ein

Gedanke kam. »Rühren Sie sich nicht von der Stelle, sonst sind Sie die Nächste!«, rief sie.

Mary blieb wie angewurzelt stehen.

Francesca bezweifelte, dass sie die schwere Pfanne noch lange würde halten können. Außerdem befand sich Mary außerhalb ihrer Reichweite. »Sehen Sie nach, ob Ihr Bruder tot ist«, forderte sie Mary auf.

»Ich denke nicht daran«, erwiderte Mary mit eiskalter Stimme. »Halten Sie mich etwa für eine Närrin, Miss Cahill?«

»Ganz und gar nicht«, entgegnete Francesca. »Ich halte Sie für eine rücksichtslose Mörderin.«

Mary lächelte. »Wie klug Sie doch sind. Aber können Sie das auch beweisen?«

Francesca befeuchtete ihre Lippen. »Ich glaube nicht, dass das nötig sein wird.«

»Ich werde niemals gestehen«, gab Mary mit funkelnden Augen zurück und griff in ihr Mieder.

Sie zog eine kleine Derringer hervor, richtete sie auf Francesca und trat auf sie zu. Francesca holte mit der Pfanne aus, und in dem Moment, als Mary abdrückte, traf die Pfanne sie an der Schläfe. Das Mädchen brach auf dem Boden zusammen.

Francesca schrie auf und drohte durch den Schwung für einen Moment das Gleichgewicht zu verlieren.

Sie starrte auf die am Boden liegenden Geschwister hinunter und begann zu zittern. Oh Gott! Hatte sie etwa beide umgebracht?

Doch dann hörte sie jemanden stöhnen. Es war Bill Randall. Und dann versuchte sich Mary auf Händen und Füßen aufzurichten, doch es misslang ihr und sie brach erneut zusammen.

In diesem Augenblick tauchte Henrietta im Türrahmen auf.

Sie erblickte ihre am Boden liegenden Kinder und brach in Tränen aus.

»Es ist vorbei, Henrietta«, sagte Francesca mit sanfter Stimme. »Ich weiß, dass Sie nur versucht haben, Mary zu schützen, aber sie muss für ihr Verbrechen bezahlen.«

»Ich wollte doch niemandem wehtun!«, rief Henrietta. »Aber ich glaube, mit meiner Tochter stimmt irgendetwas nicht!«

Francesca stimmte ihr im Stillen zu – ihrer Ansicht nach verhielten sich sämtliche Mitglieder der Familie Randall ein wenig sonderbar –, doch sie behielt ihre Meinung für sich. Stattdessen umklammerte sie den Griff der Pfanne noch fester, denn Bill begann sich erneut zu rühren. Im selben Moment nahm sie eine Bewegung im gegenüberliegenden Türrahmen wahr, und als sie aufblickte, erkannte sie Bragg, der entgeistert auf die Szene starrte, die sich ihm in der Küche darbot. Gerade noch rechtzeitig, dachte Francesca und ließ die Pfanne erleichtert sinken.

Hinter Bragg tauchten mehrere Polizeibeamte auf.

»Ich habe Ihren Mörder gefunden, Bragg«, sagte sie.

Sein Blick glitt über die beiden zusammengesunkenen Gestalten auf dem Boden hinweg und wanderte dann zu ihrem Gesicht. »Das sehe ich«, sagte er lächelnd. Doch dann veränderte sich seine Miene plötzlich. »Großer Gott, Francesca! Sie bluten ja!«

Sie blickte an sich hinunter, sah die roten Flecken und begriff, dass er Recht hatte.

KAPITEL 22

Francesca hatte sich bei dem Versuch, sich ihrer Fesseln zu entledigen, die Handgelenke aufgescheuert. Doch bevor sie Bragg versichern konnte, dass es ihr gut ging, war er auch schon an ihrer Seite und hielt ihre Hand in die Höhe, um sie zu untersuchen. Er starrte auf die Hautabschürfungen und sagte grimmig: »Ich dachte schon, Sie seien angeschossen worden.«
Erst jetzt sah Francesca Marys kleine Pistole nicht weit von der Stelle entfernt auf dem Boden liegen, wo das Mädchen auf dem Boden zusammengesunken war.
»Nein. Ich …« Francesca verstummte.
»Gott sei Dank geht es Ihnen gut«, sagte er und musterte sie besorgt mit seinen bernsteinfarbenen Augen.
Ihr Herz schmolz dahin. »Ja, es geht mir gut, Bragg«, erwiderte sie leise. Keine Frage, er sorgte sich um ihr Wohlergehen! Aber zugleich wurde ihr bewusst, dass dies rein gar nichts an der Situation änderte – Hart hatte Recht gehabt: Ihre Liebe stand unter einem schlechten Stern.
Aber der Mord an Randall war aufgeklärt, und sein Mörder würde seiner Strafe nicht entgehen. Francesca war nur knapp einem schlimmen Schicksal entkommen und hatte Bragg an ihrer Seite. Und doch begann in diesem Moment ihre anfangs so große Freude zu schwinden.
Bragg hielt seinen Blick unverwandt auf sie gerichtet. »Sie werden mir gewiss gleich erklären, warum Sie hier sind und was geschehen ist«, sagte er.

Sie lächelte. »Aber natürlich.«
Bragg nickte seinen Männern zu. »Bringen Sie Bill und Mary ins Polizeipräsidium. Sperren Sie sie in verschiedene Zellen. Sie dürfen auf keinen Fall miteinander reden.« Dann wandte er sich Henrietta zu, die sich auf einen Küchenstuhl gesetzt hatte und kalkweiß war. »Mrs Randall, würden Sie bitte im Salon auf mich warten? Ich fürchte, wir müssen uns unterhalten.«
Sie nickte ergeben.
»Murphy, bitte begleiten Sie Mrs Randall in den Salon.«
Der beleibte Kriminalbeamte schritt zu der molligen Frau hinüber, half ihr auf und geleitete sie aus der Küche.
»Die beiden benötigen möglicherweise einen Arzt«, bemerkte Francesca, als Mary plötzlich aufstöhnte, sich aber nicht rührte.
»Zweifellos«, erwiderte Bragg. »Wie sind Sie denn nur darauf gekommen, dass Mary die Mörderin ist?«
»Anfangs hatte ich Henrietta im Verdacht«, berichtete Francesca. »Es lag an der Art und Weise, wie Georgette und Anthony auf ihrer Unschuld beharrten. Aber nachdem ich mit Henrietta gesprochen hatte, wurde mir klar, dass auch sie unschuldig war und nur versuchte, ihre Tochter zu schützen. Verraten hat sie letztlich der Blick, den sie Bill über Marys Kopf hinweg zuwarf, als ich versuchte, mit ihr zu sprechen. Da wurde mir bewusst, dass die beiden versuchten, Mary zu decken. Außerdem erkannte ich, wie verängstigt Mary war, und da wurde mir alles klar.« Francesca graute davor, Bragg alles erzählen zu müssen, was an diesem Abend geschehen war, aber es war natürlich unumgänglich.
Als Bill Randall wieder zu sich kam, zogen ihn zwei Polizisten auf die Füße und schafften ihn aus der Küche. Von der Tür aus warf er Francesca noch einen bösen Blick zu.
»Ich glaube, Sie haben sich nicht gerade einen Freund ge-

macht«, konstatierte Bragg nüchtern. »Francesca, Sie sollten Ihre Vorliebe für die Kriminalistik ein wenig zügeln.«
»Aber ich habe den Fall doch gelöst, Bragg«, erwiderte sie mit zufriedener Stimme. Als sie seinen Blick sah, fügte sie rasch hinzu. »Mit Ihrer Hilfe natürlich.«
»Natürlich.« Er schüttelte den Kopf. »Was ist denn mit Ihren Handgelenken geschehen?«
Man würde Bill Randall für den Versuch, die Tat seiner Schwester zu vertuschen, anklagen, aber wenn Francesca Bragg nicht erzählte, was er ihr angetan hatte, würde man ihn dafür nicht zur Rechenschaft ziehen. »Er hat mich mit einem Schlag auf den Kopf bewusstlos gemacht und mich dann gefesselt«, erwiderte sie leichthin.
»Wie bitte?«, rief er mit weit aufgerissenen Augen.
Sie hoffte, eine gewisse Nonchalance und Unschuld auszustrahlen, und lächelte ihn weiter tapfer an. »Aber es geht mir gut, wie Sie sehen können.« Sie beschloss, ihm zu verschweigen, dass ihr Kopf schmerzte und sie später einen Arzt aufsuchen würde.
»Francesca, es geht Ihnen ganz und gar nicht gut; ihre Handgelenke sind aufgeschürft und bluten, und Sie hätten ernsthaft verletzt werden können. Zudem hat Mary auf Sie geschossen, nicht wahr? Ich kann es riechen«, sagte er.
Tatsächlich hing der beißende Geruch der abgefeuerten Waffe noch in der Luft. Francesca sah Bragg mit einem lammfrommen Blick an. »Jetzt, wo Sie es sagen, fällt es mir wieder ein. Ja, sie hat tatsächlich auf mich geschossen.«
»Was fange ich bloß mit Ihnen an?«, rief er. »Wie kann ich Sie nur davon überzeugen, Abstand davon zu nehmen, sich weiterhin als Kriminalistin zu versuchen?«
Sie begegnete seinem Blick. Er sorgte sich offenbar aufrichtig

um ihr Wohlergehen, und das freute sie törichterweise über alle Maßen. »Aber Bragg, Sie müssen doch wohl zugeben, dass ich eine gute Detektivin bin!«

»Ich weigere mich, darauf zu antworten«, brummte er. »Und wenn Ihre Handgelenke nicht so aufgeschürft wären, würde ich sie packen und versuchen, Ihnen Vernunft beizubringen. Stattdessen schicke ich Sie nun nach Hause. Lassen Sie sich etwas Salbe für die Schürfwunden geben!«

»Jawohl, Commissioner«, erwiderte sie lächelnd und mit einem, wie sie hoffte, gehorsamen Tonfall.

»Machen Sie sich etwa über mich lustig?«

»Das würde mir nie in den Sinn kommen«, antwortete sie. Nach einer Weile fuhr sie mit funkelnden Augen fort: »Wir haben es wieder einmal geschafft, Bragg.«

Er seufzte nur.

DIENSTAG, 4. FEBRUAR 1902 – 14:00 UHR

Als Francesca pünktlich zu ihrer Verabredung mit ihrer Schwester in dem großen, eleganten Speisesaal des Plaza Hotel erschien, saß Connie bereits an einem gedeckten Tisch und lächelte ihr entgegen. Connie sah gut aus, beinahe schon unverschämt gut, und Francesca hoffte, dass es etwas mit der Tatsache zu tun hatte, dass sie nach Hause zurückgekehrt war.

Im Restaurant war es voll, da die Mittagszeit bereits vorangeschritten war. Francesca lächelte ihrer Schwester zu und nahm auf dem Stuhl gegenüber von ihr Platz. »Gut siehst du aus!«, sagte sie. »Wie ist das nur möglich? Ich habe letzte Nacht kaum ein Auge zugetan – ich bin vollkommen erledigt.« Sie hatte über die Ereignisse des Abends nachgegrübelt, war sie in Gedanken immer und immer wieder durchgegangen und hatte über Bragg nachgedacht.

»Du siehst in der Tat ein wenig erschöpft aus«, bestätigte Connie, die ihre Schwester mit ihren blauen Augen musterte. Dann fiel ihr Blick auf die Abschürfungen an Francescas Handgelenken. »Fran! Was ist denn nur passiert?«

»Stell dir vor, Con, gestern Abend habe ich Randalls Mörder gestellt!«, rief Francesca strahlend.

Mehrere Köpfe drehten sich in ihre Richtung.

»Du hast was?« Connies Augen weiteten sich vor Überraschung. »Wer ist es denn? Und was ist mit deinen Handgelenken passiert?«

Francesca senkte ihre Stimme. »Ich werde dir lieber nicht verraten, warum meine Handgelenke so abgeschürft sind, du würdest es ja doch nur Mama erzählen.«

Connie sah sie erstaunt an. »Das ist aber nicht fair.« Dann kniff sie misstrauisch die Augen zusammen. »Was hast du angestellt?«

In Wahrheit konnte Francesca es kaum erwarten, Connie alles zu erzählen – vor allem, dass Bragg verheiratet war, wenn auch mit einer schrecklichen Frau. Sie lehnte sich nach vorn. »Schwörst du auf die Bibel, dass du niemandem etwas verraten wirst?«

»Meine Güte, nun mach es doch nicht so spannend!«, beschwerte sich Connie. »Na schön, ich werde niemandem davon erzählen, nicht einmal Neil.«

Francesca musterte ihre Schwester aufmerksam, die darauf den Blick abwendete. »Wie geht es Neil?«, flüsterte Francesca.

Connie betrachtete eingehend die Serviette auf ihrem Schoß. »Gut.« Dann blickte sie wieder auf. »Also? Wie hast du dich verletzt?«, fuhr sie fort, und Francesca begriff, dass ihre Schwester nicht über ihr Privatleben reden wollte.

Dabei hätte Francesca gern mehr über die Entwicklung mit

Neil erfahren, aber das musste offenbar warten, bis Connie bereit war, darüber zu sprechen. »Eigentlich ist es gar keine richtige Verletzung.« Dr Finney hatte ihren Kopf untersucht und ihr versichert, dass sie noch einmal Glück gehabt habe, da es sich lediglich um eine kleine Beule handele. Francesca war von den Randalls aus direkt zu ihm nach Hause gegangen, weil sie vermeiden wollte, ihn noch so spät am Abend in die Cahill'sche Villa zu rufen. Finney war der Hausarzt der Cahills, und Francesca hatte ihm in ihrer Aufregung alles erzählt. Er hatte ihr mit strenger Miene geraten, das Detektivspielen aufzugeben, und ihr einige Tage Ruhe verordnet.

Francesca erzählte Connie rasch eine mit Anmerkungen versehene Fassung dessen, was geschehen war. Als ihre Schwester sie daraufhin mit offenem Mund sprachlos ansah, fügte sie hinzu: »Es wird gewiss alles in den Nachmittagsausgaben der Zeitungen stehen. Es ist einfach unglaublich, dass es Mary gewesen ist, nicht wahr? Offenbar hat sie die blinde Wut gepackt, als sie herausfand, dass ihr Vater eine Mätresse hat. Daraufhin ist sie ihm zu Miss de Labouches Haus gefolgt und hat ihn in den Hinterkopf geschossen.« Francesca war ganz atemlos. »Das ist vorsätzlicher Mord, Con!«

Connie starrte ihre Schwester fassungslos an. »Fran, dieser schreckliche Bill Randall hätte dich umbringen können!«

»Ich glaube nicht, dass er so weit gegangen wäre«, entgegnete Francesca. »Und nach dem Mord ist Mary nach Hause gelaufen, um ihren Bruder zu holen, und hat ihn angefleht, ihr dabei zu helfen, die Leiche loszuwerden und das Verbrechen zu vertuschen. Aber in der Zwischenzeit hatte Miss de Labouche mich schon angesprochen, als ich von Stanford Whites Feier kam. Da ich nach der Polizei geschickt hatte, war es zu spät für Bill und Mary, die Leiche ihres Vaters zu verstecken.«

Francesca schüttelte den Kopf. »Offenbar haben sie ihren Vater abgrundtief gehasst. Stell dir nur vor, er hat ihnen überhaupt nichts hinterlassen!«

»Grundgütiger!«, sagte Connie. Dann griff sie über den Tisch hinweg nach Francescas Hand und umklammerte sie. »Bitte versprich mir, dass dein Detektivspielen damit ein Ende hat.«

»Wie könnte ich!«, rief Francesca voller Leidenschaft. »Ich bin eine hervorragende Kriminalistin. Selbst Bragg musste das zugeben.«

Connie blickte ihre Schwester an, und die Angst stand ihr ins Gesicht geschrieben. Schließlich seufzte sie. »Und wie schreitet deine Romanze mit unserem gut aussehenden und unwiderstehlichen Commissioner voran?«

Francesca lehnte sich in ihrem Stuhl zurück. Für ein paar Minuten hatte sie die Tatsache, dass Bragg und sie nun nichts weiter als Freunde sein durften, ganz vergessen. Wie aufgeregt er am Abend zuvor gewesen war, als er glaubte, sie sei angeschossen worden! Davon hatte sie Connie nichts erzählt. Francesca seufzte. »Bragg ist verheiratet.«

Connie fielen beinahe die Augen aus dem Kopf. »Wie bitte?«

»Bragg ist verheiratet. Er hat eine Frau.«

Connie saß erst wie betäubt da, dann ergriff sie erneut Francescas Hand. »Ach, du meine Güte! Und das hält er vor der Gesellschaft geheim?« Sie war wie vom Donner gerührt.

Fran spürte, wie der Schmerz, den sie tief in ihrem Inneren verbannt zu haben glaubte, aufs Neue in ihr aufstieg. »Er hat seine Frau seit vier Jahren nicht gesehen, Con. Sie lebt in Europa. Die beiden haben sich bereits wenige Monate nach ihrer Hochzeit getrennt, weil sie einander nicht lieben.«

Connie drückte ihre Hand. »Das tut mir ja so Leid, Fran. Ich muss gestehen, dass ich keine Ahnung hatte ... ich bin schockiert.« Ihre Wangen röteten sich. »Was für ein schrecklicher Mann! Man sollte doch meinen, dass er einmal einen Moment gefunden haben könnte, dir dies zu sagen, seit ihr euch vor ein paar Wochen zum ersten Mal begegnet seid!«

»Wir haben uns erst am 18. Januar kennen gelernt, und keiner von uns war auf eine Romanze aus.«

»Du verteidigst ihn auch noch?«, fragte Connie ungläubig. »Fran, du hast allen Grund, wütend auf ihn zu sein!«

»Wir sind immer noch Freunde«, erwiderte Francesca, ohne auch nur einen Moment zu zögern. Sie hatte nicht vor, ihrer Schwester oder sonst jemandem zu erzählen, wie schmerzlich diese Ehe für Bragg war und was für eine schreckliche Frau er hatte. Das war seine Privatangelegenheit.

Connie starrte sie an. »Nein, Fran, du bist immer noch in diesen Mann verliebt und solltest ihn dir ganz schnell auf dem Kopf schlagen! Er ist in der Politik und wird sich niemals scheiden lassen. Solange seine Frau nicht unerwartet sterben sollte, besteht also keine Hoffnung. Vergiss ihn, und sieh dich nach einem anderen Mann um«, sagte sie mit Nachdruck.

»So, wie du Neil vergessen hast?«, fragte Francesca. Die Worte waren ihr einfach so herausgerutscht.

Connie errötete. »Das ist etwas anderes. Wir sind verheiratet und haben zwei Kinder.«

»Liebe kommt in vielerlei Verkleidungen daher«, erwiderte Francesca, und es war ihr ernst damit.

»Meine Güte, du bist wirklich der dickköpfigste Mensch, den ich kenne! Ich mache mir langsam ernsthafte Sorgen um dich!«, rief Connie.

Obwohl es Francesca tief in ihrem Herzen nicht anders erging – wobei sie sich nicht nur um sich selbst, sondern auch um Bragg sorgte, denn das Band zwischen ihnen schien mit jedem Augenblick, der verging, stärker zu werden anstatt schwächer –, legte Francesca ihre Hand auf die ihrer Schwester und tätschelte sie beruhigend. »Dazu besteht aber gar kein Grund«, sagte sie. »Mir geht es gut.«

Connie musterte ihre Schwester kritisch und sagte: »Hast du heute Morgen die *Sun* gelesen? Offenbar hat der Commissioner gestern Abend im Polizeipräsidium einen Reporter angegriffen.«

Francesca hatte den Artikel gelesen und ahnte, was geschehen war. Sie starb beinahe vor Neugierde und wollte unbedingt in Erfahrung bringen, was sich tatsächlich zugetragen hatte. Für einen Moment lenkte sie das von ihrem eigenen Schicksal ab.

»Ja, ich habe den Artikel gesehen«, erwiderte sie. »Ich kenne den Reporter und bin mir sicher, dass er die Wahrheit recht verzerrt darstellt.«

»Ich kann mir auch nicht vorstellen, dass Commissioner Bragg jemanden schlägt. Er ist ein solcher Gentleman – oder zumindest habe ich ihn bis heute immer dafür gehalten.«

»Er ist auch ein Gentleman«, sagte Francesca mit fester Stimme. Und in ihren Augen war er es tatsächlich, obgleich er in einem Mietshaus auf der Lower East Side aufgewachsen war und einer Gang angehört hatte. Wenige Wochen zuvor hatte Francesca Bragg in einem brutalen Kampf gegen einen Schurken namens Gordino erlebt. Sie wusste, dass Bragg bisweilen die Beherrschung verlieren konnte, aber das änderte für sie nichts an der Tatsache, dass er ein Ehrenmann war. Dennoch fürchtete Francesca, dass der Artikel ein Körnchen Wahrheit enthielt, und sie hoffte inständig, dass Bragg durch den Vorfall nicht seine Stellung verlieren würde.

»In dem Artikel klang durch, dass ihn der Mann, den er angegriffen hat, möglicherweise verklagen wird.«

»Ich weiß, ich habe es gelesen. Sollten wir nicht langsam bestellen?«, fragte Francesca. Sie machte sich große Sorgen um Bragg. Vielleicht würde sie nach dem Essen kurz zum Polizeipräsidium fahren, um herauszufinden, wie es nun mit dem Randall-Fall weiterging – und um zu erfahren, was wirklich zwischen Bragg und diesem widerlichen Arthur Kurland vorgefallen war.
»Ich wünsche den Damen einen guten Tag.« Die vertraute Stimme ließ Francesca zusammenzucken, und sie blickte auf. Calder Hart stand in einen eleganten grauen Straßenanzug gekleidet neben ihrem Tisch und lächelte sie an.
»Mr Hart!«, rief Connie und strahlte, als freue sie sich ungemein, ihn zu sehen. »Was für eine unerwartete Überraschung!«
Sein Blick wanderte langsam über sie hinweg, als genieße er ihren Anblick. »Und ich hoffe, es ist eine ebenso angenehme Überraschung für Sie, wie sie es für mich ist, Lady Montrose«, sagte er. »Sie sind zweifellos die schönste Frau in diesem Speisesaal.«
Connie errötete. »Wie könnte es kein Vergnügen sein, Sie zu sehen?«, murmelte sie.
Francesca blickte sprachlos von Hart zu ihrer Schwester und fragte sich, was in aller Welt da vor sich ging.
»Ich fürchte allerdings, Sie schmeicheln mir allzu sehr«, fügte Connie hinzu.
»Ich kenne mich nicht nur mit Kunst aus, sondern auch mit Schönheit«, bemerkte Hart und wandte sich dann Francesca zu. »Wie geht es Ihnen heute, Francesca?«
Sie spürte, dass sie ebenfalls errötete, als sie ihn ansah. »Sehr gut, vielen Dank.«
»Sie machen einen erschöpften Eindruck«, bemerkte er freundlich.

Hatte sie etwa nicht die gleichen Schmeicheleien wie ihre Schwester verdient? »Nun, ich bin in der Tat ein wenig müde«, erwiderte sie.
»Wie ich höre, nimmt Sie das Detektivspielen immer noch sehr in Anspruch«, sagte er, und seine Augenbrauen wanderten in die Höhe.
»Sie wissen davon?«
»Rick hat mich gestern Abend angerufen. Wenn ich ihn recht verstanden habe, haben Sie meine böse Halbschwester und ihren nicht minder verwerflichen Bruder eigenhändig gestellt. Mit einer Bratpfanne«, fügte er augenzwinkernd hinzu.
Bevor Francesca darauf antworten konnte, rief Connie anklagend: »Francesca! Ich dachte, Bragg sei mit dir zusammen dort gewesen!«
Sie warf ihrer Schwester einen zaghaften Blick zu. »Na ja, Bragg ist ja eine Minute nach mir eingetroffen, wirklich nur eine Minute!«
»Du kannst doch nicht einfach allein losziehen, um irgendwelche Mörder zur Strecke zu bringen«, sagte Connie mit fester Stimme.
»Da stimme ich Ihrer Schwester voll und ganz zu«, bekräftigte Hart mit funkelnden Augen. Er griff in die Innentasche seines Jacketts und reichte Francesca einen Umschlag.
»Was ist das?«, fragte sie verwirrt.
»Ein Scheck.« Er lächelte. »Ich möchte der Damengesellschaft zur Abschaffung der Mietshäuser beitreten und Mitglied des Beirats werden.«
Voller Verblüffung öffnete Francesca den Umschlag, warf einen Blick auf den Scheck und erstarrte – die Summe betrug 5000 Dollar. »Hart! Ich danke Ihnen!«, rief sie fassungslos.
»Gern geschehen«, erwiderte er, doch er wendete seinen Blick

nicht von Connies Dekolleté ab. Obwohl ihr elegantes, rosé- und elfenbeinfarbenes Ensemble keinen tiefen Ausschnitt hatte und für die Tageszeit völlig angemessen war, war Harts Blick unmissverständlich.
Francesca machte ein finsteres Gesicht. Obwohl sie wusste, dass es ausgesprochen töricht von ihr war, fragte sie sich, ob Hart sie jemals auf diese Weise angesehen hatte.
Ja, erinnerte sie sich, als er sturzbetrunken gewesen war.
Connie lehnte sich zu Francesca hinüber, um ebenfalls einen Blick auf den Scheck zu werfen. Ihre Augen wurden kugelrund. »Oh, Mr Hart, das ist schrecklich großzügig von Ihnen«, sagte sie.
Hart lächelte sie an und sah ihr dabei direkt in die Augen. »Es ist mir ein Vergnügen, Ihrer Schwester bei ihren Reformbemühungen behilflich zu sein.«
»Offensichtlich.« Connie erwiderte seinen Blick. »Wenn doch nur mehr Bürger dieser Stadt wie Sie wären.«
Er lachte laut auf. »Ich glaube nicht, dass das so gut wäre. Also, was sollen wir nur gegen Francescas Vorliebe für das Detektivspiel unternehmen?«, fuhr er fort.
»Ich glaube, wir sollten meine kleine Schwester von unserer Denkweise überzeugen«, erwiderte Connie leichthin, die dieses Kokettieren offenbar genoss.
Harts Blick wich nicht von ihr. »Ich fürchte, dass wir das nur mit vereinten Kräften erreichen können.«
»Francesca kann sehr dickköpfig sein«, warnte Connie.
»Das kann ich auch«, erwiderte er leise. »Und Sie, Lady Montrose? Sind Sie auch ein kleiner Dickkopf?«
Francesca blickte mit weit aufgerissenen Augen von einem zum anderen. Das musste sofort aufhören!
»Nun, Entschlossenheit gilt nicht gerade als damenhaft«, sagte

Connie mit sanfter Stimme. »Wollen Sie mich etwa dazu verleiten, meine Geheimnisse mit Ihnen zu teilen?«

»Die Geheimnisse einer Dame sind bei mir gut aufgehoben«, murmelte Hart. »Und die Ihren würde ich ganz besonders gut hüten.«

Connie errötete erneut. »Das zu glauben fällt mir nicht schwer«, murmelte sie und blickte verschämt zur Seite. »Sie bringen mich in eine heikle Lage, Mr Hart.«

»Ja, das weiß ich«, stimmte er ihr zu, woraufhin ihn beide Schwestern verblüfft ansahen.

Connies Wangen nahmen einen noch tieferen Rotton an. »Sie sind von einer schockierenden Offenheit.«

»Dessen bin ich mir bewusst. Vielleicht werden Sie diese Offenheit einmal zu schätzen wissen.«

Sie schenkte ihm ein kleines Lächeln. »Vielleicht.«

»Ah!« Sein Lächeln wurde breiter. »Heißt das etwa, dass Sie meine Einladung zum Mittagessen endlich annehmen werden?«

»Es sind ja erst drei Tage vergangen, seit Sie sie ausgesprochen haben«, erwiderte Connie lächelnd.

»Vier, heute mitgerechnet«, konterte er rasch.

Francesca mochte einfach nicht glauben, was sich da vor ihren Augen abspielte. Ob die beiden vergessen hatten, dass sie auch noch da war? »Ich frage mich, ob Neil wohl schon die Neuigkeiten gehört hat«, sagte sie unvermittelt. »Glauben Sie, dass er schon weiß, dass wir den Mörder Ihres Vaters gefasst haben?«

Doch Hart und Connie ignorierten sie – es war beinahe so, als existiere Francesca überhaupt nicht.

»Na schön, dann vier«, sagte Connie. »Mir war nicht klar, dass Sie die Tage so genau zählen.«

»Wie könnte ich anders? Immerhin habe ich die entzückendste Frau eingeladen, die mir seit vielen Jahren begegnet ist. Und?

Werden Sie meine Einladung annehmen?«, drängte er, den Blick fest auf ihr Gesicht gerichtet.

»Mit dem allergrößten Vergnügen«, sagte Connie und erwiderte seinen Blick.

Einen scheinbar endlosen Moment lang – so kam es Francesca jedenfalls vor – schauten sich die beiden in die Augen.

»Connie!«, rief Francesca schließlich schockiert.

Hart grinste. »Ich müsste erst noch in meinem Kalender nachschauen, aber ich glaube, dass ich an diesem Freitag Zeit habe. Sagen wir um eins?«

»Freitag um eins passt mir ganz wunderbar.«

Hart nickte ihr zu und strahlte wie ein Honigkuchenpferd. »Ich werde mich melden, um Ihnen die Details mitzuteilen«, sagte er mit einer Verbeugung. Dann sah er Francesca an. »Werden Sie uns Gesellschaft leisten?« Seine Augen funkelten vor Vergnügen.

»Francesca hat am Freitag bereits etwas vor«, warf Connie ein, bevor Francesca überhaupt den Mund öffnen konnte. »Ist es nicht so?«

Hart schien ein Lachen zu unterdrücken.

Francesca hätte ihre Schwester am liebsten erwürgt. »Nein, eigentlich habe ich am Freitag noch nichts vor«, sagte sie.

Connie schenkte ihr ein strahlendes Lächeln. »Du hast offenbar vergessen, dass du bereits eine Verabredung hast«, sagte sie mit süßlicher Stimme.

Francesca warf ihrer Schwester einen Blick zu, bei dem sie eigentlich hätte tot umfallen müssen, aber leider tat sie es nicht.

Hart begann lautstark zu lachen, woraufhin sich erneut einige Köpfe zu ihnen umdrehten. »Ich wünsche Ihnen einen guten Tag, meine Damen. Und Francesca?« Für einen Moment wurde er wieder ernst. »Ich danke Ihnen.«

Sie blickte in seine dunklen Augen, und die Aufrichtigkeit, die sie darin erkannte, versetzte ihr einen Stich. »Gern geschehen, Calder«, erwiderte sie leise.
Er verbeugte sich noch einmal und verließ das Restaurant mit großen, anmutigen Schritten. Sowohl Männer als auch Frauen drehten sich nach ihm um und blickten ihm tuschelnd nach.
Francesca wandte sich Connie zu, die ihm mit einem strahlenden, aber auch nachdenklichen Blick nachsah. »Was hast du dir dabei gedacht?«, rief Francesca. »Hast du den Verstand verloren? Hast du vergessen, dass du verheiratet bist?«
Es dauerte einen Moment, ehe Connie antwortete, weil sie wartete, bis Hart den Speisesaal verlassen hatte. »Nein, ich habe nicht vergessen, dass ich eine verheiratete Frau mit zwei Kindern bin«, erwiderte sie dann ruhig.
»Du hast mit Hart geschäkert«, sagte Francesca vorwurfsvoll.
»Na und? Das ist doch wohl kein Verbrechen.« Connie war offenbar völlig gelassen. »Meine Freundinnen schäkern andauernd mit Herren, die nicht ihre Ehemänner sind.«
»Aber du bist keine Kokette!«
»Nun, ich habe mich entschieden, es einmal zu versuchen, und ich muss sagen, dass es recht unterhaltsam ist.«
Francesca starrte ihre Schwester mit offenem Mund an. »Con, der Mann ist berüchtigt für seine Affären, und ich glaube, verheiratete Frauen sind seine Spezialität.«
Connie lächelte. »Wir werden sehen.«
»Wie bitte? Warte mal!« Francesca war entsetzt. »Ist das etwa deine Vorstellung von Rache?«
»Sei doch nicht albern, Fran. Ein charmanter Mann hat mich zum Mittagessen eingeladen, und ich habe angenommen. Es ist doch nichts weiter als ein kleiner, belangloser Flirt.« Bei diesen Worten machte sie einen überaus zufriedenen Eindruck und

strahlte, wie Francesca sie schon lange nicht mehr gesehen hatte.
»An so etwas kann man sich leicht die Finger verbrennen«, sagte Francesca.
Connie zuckte nonchalant die Schultern. »Nicht, wenn man die Streichhölzer richtig hält«, erwiderte sie.

Nach dem Essen zahlten sie die Rechnung und verließen den Speisesaal. Als sie das Foyer des Plaza durchquerten – einen riesigen Raum mit mächtigen, korinthischen Säulen und einem Atrium in der Mitte –, erblickte Francesca eine Gruppe von Herren, die soeben das Hotel betraten. Unter ihnen war Bragg, und als sie ihn sah, blieb sie wie angewurzelt stehen.
Er war umgeben von Zeitungsreportern, von denen jeder einen schmalen Notizblock und einen Bleistift in der Hand hielt. Als er Francesca sah, brach er mitten im Satz ab und blieb ebenso abrupt stehen wie sie. Ihre Blicke senkten sich ineinander.
»Fran?«, fragte Connie besorgt, doch Francesca hörte sie gar nicht.
Lächelnd ging sie auf Bragg zu. Es war beinahe so, als würde sie von einem Magneten angezogen.
Bragg löste sich von der Gruppe der Reporter, als erginge es ihm ebenso. Auf Höhe des langen Empfangstresens aus Walnussholz und Marmor blieben sie voreinander stehen.
»Guten Tag, Francesca«, sagte Bragg leise und lächelte sie an.
»Hallo, Bragg. Es ist schon ein wenig spät für ein Mittagessen, nicht wahr?«
Er blickte sie prüfend an. »Ja, das ist es. Wie geht es Ihnen?«
»Gut. Ich bin nur ein wenig müde.«
»Das ist auch kein Wunder. Ich fühle mich auch etwas erschöpft.«

Sie berührte seinen Arm, aber nur kurz, damit es niemand bemerkte. »Wie lange haben Sie denn gestern Abend noch gearbeitet?« Sie hatte bereits die Schatten unter seinen Augen bemerkt, und wenn er sich am Morgen überhaupt rasiert hatte, so war es nur eine überaus flüchtige Rasur gewesen.

»Bis nach Mitternacht. Mary hat ein umfassendes Geständnis abgelegt.«

»War es schwer, sie zum Reden zu bewegen?«

»Nein, sie hat bereitwillig ausgesagt. Aber sie scheint eine gestörte junge Frau zu sein.«

Francesca nickte. »Und Bill?«

Braggs Augen wichen keinen Moment von ihr. »Er wird wegen Körperverletzung angeklagt.« Bei diesen Worten veränderte sich der Ausdruck in seinen Augen. »Sie haben mir nicht erzählt, dass er sie mit einem Pistolenkolben bewusstlos geschlagen hat.«

»Daran konnte ich mich auch gar nicht mehr richtig erinnern. Aber ich habe bereits Dr. Finney aufgesucht, und er hat mir versichert, dass ich keine dauerhaften Schäden davontragen werde«, sagte sie lächelnd.

Er ergriff ihre Hand und hob sie hoch, um einen Blick auf ihr Handgelenk zu werfen. Dann nickte er und ließ sie wieder sinken. »Die Abschürfungen verheilen gut.«

»Ja.« Wie leicht sie eine Berührung von ihm doch zu erregen vermochte!

»Und wie geht es Ihnen sonst – abgesehen davon, dass man Sie mit einem Pistolenkolben bewusstlos geschlagen hat, Sie Abschürfungen an den Handgelenken haben und sich ein wenig erschöpft fühlen?«, fragte er.

»Recht gut«, erwiderte sie nach einem kurzen Zögern.

Nun war er es, der zögerte. »Dürfte ich Sie wohl für einen kurzen Moment draußen sprechen?«, fragte er ernst.
Nichts war ihr lieber als das. »Aber gewiss.«
Für den Bruchteil einer Sekunde ergriff er ihren Ellenbogen, bevor sie nebeneinander das Foyer durchquerten, darauf bedacht, sich nicht anzusehen und einander nicht zu berühren. Dennoch spürte Francesca, wie ihr Rock an seinem Bein vorbeistrich, als sie blinzelnd in die strahlende Wintersonne hinaustraten.
Sie blieben unter dem stattlichen bronzenen Vordach des Hotels stehen, das nur einen Steinwurf weit vom Central Park entfernt lag. »Was für ein ungewöhnlich schöner Tag«, bemerkte Francesca, die sich Braggs Gegenwart schmerzlich bewusst war.
»Ich hoffe, Sie werden die Zeit finden, ihn zu genießen«, erwiderte er. »Sie haben einen kleinen Urlaub verdient.«
Sie sah ihn lächelnd an. »Ich habe keine Zeit, mich zu erholen. Ich fürchte, ich werde in all meinen Fächern durchfallen, wenn ich nicht langsam ernsthaft mit dem Lernen beginne.«
Er lachte. »Dann sollten Sie sich aber ganz schnell auf den Weg in die Bibliothek machen.« Dann wurde er rasch wieder ernst und setzte hinzu: »Francesca, ich habe das Gefühl, dass ich Ihnen noch etwas sagen muss.«
»Mir geht es ebenso.« Ihr Herz begann unwillkürlich schneller zu schlagen.
Er schüttelte den Kopf. »Aber ich fürchte, es ist bereits alles gesagt worden.«
»Sind Sie sich da auch ganz sicher?«, fragte sie leise.
Er zögerte. »Nein.«
Sie blickten einander an, und Francesca wäre am liebsten in seine Arme gesunken. Doch sie tat es nicht, denn es wäre nicht

recht gewesen. Sie spürte, dass eine Träne in ihren Wimpern hing.
Unvermittelt streckte er die Hand aus, und Francesca zögerte keinen Augenblick und ließ ihre Hand hineingleiten.
Für einen kurzen Moment schloss sie die Augen. Das Gefühl, wie sich seine Hand um die ihre schloss, hatte etwas Magisches an sich. Ihre Hand passte auf eine Weise in die seine, wie sie, Francesca, in sein Leben passte, und er in das ihre. Und dennoch war es verboten.
»Alles, was ich sagen könnte, würde es nur schlimmer machen«, flüsterte er, bevor er widerstrebend ihre Hand losließ.
»Das glaube ich nicht«, erwiderte sie und warf aus dem Augenwinkel einen Blick auf die beiden livrierten Türsteher. Aber wenn diese bemerkt haben sollten, dass der verheiratete Commissioner der New Yorker Polizei ihre Hand gehalten hatte, so zuckten sie mit keiner Wimper.
»Was wollen Sie von mir hören?«, fragte er mit angespannter Stimme. »Es tut mir unendlich Leid, dass ich Ihnen wehgetan und Sie getäuscht habe. Aber ich würde lügen, wenn ich behauptete, es sei besser, wir wären uns nie begegnet, denn ich schätze Ihre Freundschaft über alle Maßen. Ich wünschte so sehr, dass meine persönlichen Umstände andere wären!«
»Sie dürfen sich nicht für einen Fehler strafen, den Sie begangen haben, als Sie noch jung waren und weitaus weniger Lebenserfahrung hatten als jetzt«, sagte Francesca.
»Nur Sie bringen es fertig, mir in dieser Situation etwas so Tröstliches zu sagen«, erwiderte er mit sanfter Stimme. »Es ist nur so –« Er verstummte.
Ihr Herz klopfte schneller. »Was wollten Sie sagen?«, fragte sie leise.
»Nichts«, erwiderte er.

Sie packte sein Handgelenk. »Doch, das wollten Sie! Lieben Sie mich, Bragg?« Francesca mochte selbst kaum glauben, dass sie ihm diese Frage gestellt hatte. Aber sie scherte sich nicht darum, ob sie damit gegen jede Etikette verstieß.
»Ja«, sagte er, und seine bernsteinfarbenen Augen, die beinahe golden schimmerten, waren auf ihr Gesicht gerichtet.
Sie nickte und spürte, wie ihr die Tränen in die Augen stiegen. Seine Antwort überraschte sie nicht, denn sie hatte sie erwartet. »Ich liebe Sie auch, Bragg«, flüsterte sie.
»Verdammt!«, sagte er, nahm erneut ihre Hand und drückte sie, so als wolle er die Gesellschaft herausfordern, sie beide anzusehen und zu tuscheln und mit den Fingern auf sie zu zeigen.
Francesca sah ihn mit tränenverschleiertem Blick an. »Was sollen wir nur tun?«, fragte sie leise. »Wie geht es jetzt weiter?«
»Ich weiß es nicht«, erwiderte er und lächelte unsicher. »Aber ich wünschte, ich wüsste es.«
Ihr eigenes Lächeln fühlte sich ebenso unsicher an.
»Miss Cahill!«, ertönte plötzlich eine Stimme.
Francesca erstarrte. Nur ein Reporter würde ihren Namen auf diese Weise schreien. Bragg ließ ihre Hand los, und sie drehten sich um und sahen Walter Isaacson von der *Tribune,* der aus den Eingangstüren des Hotels geeilt kam. Er befand sich in der Begleitung zweier weiterer Reporter. »Stimmt es, dass Sie Mary Randall und ihren Bruder gestern Abend gefasst haben? Und das ganz allein?«, rief Isaacson schon von weitem.
Francesca warf Bragg einen fragenden Blick zu, und er lächelte ihr aufmunternd zu. »Ja, das stimmt«, sagte sie.
»Aber woher wussten Sie, dass sie die Mörderin ist?«, fuhr der Reporter fort, der mittlerweile atemlos vor ihr stand. »Hatten Sie sie von Anfang an in Verdacht? Und wie kam es überhaupt,

dass Sie in die Sache verwickelt wurden?« Die drei Reporter standen mit gezückten Bleistiften da, um jedes ihrer Worte aufzuschreiben.

»Nun ja«, begann Francesca, die sich über diese Aufmerksamkeit freute – obgleich sie ihre Eltern gewiss für Tage, Monate, wenn nicht Jahre in ihr Zimmer einsperren würden, wenn sie die Wahrheit erfuhren, daher musste sie ihre Worte sorgfältig wählen –, »das ist eine lange Geschichte, die ich ihnen aber gern erzählen werde.« Sie blickte an Isaacson und seinen Kollegen vorbei und sah, dass Bragg auf die Eingangstüren des Hotels zuging und für einen Moment davor stehen blieb. Ihre Blicke begegneten sich, und er hob noch einmal seine Hand zum Gruß. In seinen Augen lag ein Ausdruck, der von mehr als Liebe sprach – Francesca erkannte Respekt und auch Bewunderung darin.

Sie lächelte ihm zu, und obgleich es dem gesunden Menschenverstand widersprach, jubilierte sie innerlich. Dann wandte sie sich wieder an die Reporter. »Wo war ich stehen geblieben?«, fragte sie.

Die drei begannen fast gleichzeitig, ihre Fragen abzufeuern.

»Wie wurden Sie in den Mord an Randall verwickelt?«

»Waren Sie nicht auch an der Aufklärung der Burton-Entführung beteiligt?«

»Beabsichtigen Sie, die erste Polizistin der Stadt zu werden?«

Francesca wollte gerade antworten, als ihr Blick plötzlich auf eine Frau fiel, die in einem abgetragenen Umhang mit Kapuze neben Isaacson stand. Die Frau starrte Francesca durchdringend an, und sie zuckte unwillkürlich zurück.

»Wie sind Sie Mary Randall auf die Spur gekommen?«

Bevor sie antwortete, blickte Francesca noch einmal zu den Bronzetüren des Hotels hinüber, aber Bragg war verschwunden.

Dann widmete sie ihre Aufmerksamkeit den Reportern. Irgendwann würde es schon einen neuen Fall geben, den Bragg und sie gemeinsam lösen würden, daran hegte sie nicht den geringsten Zweifel. Sie hatte ohnehin vor, noch am selben Tag zum Polizeipräsidium zu fahren, denn sie hatte vergessen, Bragg nach dem Vorfall mit Kurland zu fragen. Und was ihren gemeinsamen Weg anging, so wusste sie nur, dass es mit Bragg an ihrer Seite eine aufregende Reise werden würde. Über alles andere würde sie sich ein anderes Mal Gedanken machen.

Während sie die Fragen der Reporter beantwortete, spürte sie erneut den Blick der fremden Frau auf sich ruhen. Als Francesca zu ihr hinübersah, wandte sich die Frau errötend ab und ging.

Francesca war davon überzeugt, dass die Fremde, die ungefähr in ihrem Alter war, furchtbar aufgeregt und ängstlich gewesen war. Was hatte das wohl zu bedeuten? »Miss? So warten Sie doch!«, rief Francesca spontan.

Die Frau wirbelte herum. Durch die plötzliche Bewegung rutschte ihre Kapuze ab und enthüllte das volle, schokoladenbraune Haar der Frau. Sie rannte die Stufen zum Gehsteig hinunter.

»So warten Sie doch!«, rief Francesca erneut und eilte ihr nach.

Ihr Ruf veranlasste die Frau, nur noch schneller zu laufen. Francesca bemerkte plötzlich, dass sich ein Brougham näherte und die junge Frau genau darauf zusteuerte.

»Bleiben Sie stehen!«, schrie sie voller Panik.

Die Frau bemerkte das herannahende Gefährt zu spät. Sie blieb wie angewurzelt stehen, die Augen weit aufgerissen vor Schreck.

Als der Kutscher sie sah, betätigte er fluchend die Bremse und versuchte verzweifelt, die Pferde zu zügeln. Die beiden Braunen bäumten sich wiehernd auf.

Ohne darüber nachzudenken, was sie tat, hechtete Francesca auf die Frau zu, versetzte ihr einen Stoß und beförderte sie dadurch aus der Reichweite der Pferdehufe. Francesca landete am Straßenrand auf der fremden Frau und spürte, wie ein Rad ihre Schulter streifte, als die Kutsche vorüberrollte. Sie kam einige Meter weiter zum Stehen.

Die Fremde blickte blinzelnd zu Francesca auf, und für einen kurzen Augenblick sahen sie einander an. Francesca war sich sicher, dass die Angst, die sie in den Augen der Frau lesen konnte, nichts damit zu tun hatte, dass sie beinahe von einer Kutsche überfahren worden wäre.

Dann sprang die Frau plötzlich auf, raffte ohne ein Wort zu verlieren ihren Rock und rannte davon.

»Warten Sie!«, keuchte Francesca, die immer noch auf der Straße saß, als drei Reporter und ein halbes Dutzend Passanten auf sie zugeeilt kamen. »Haben Sie sich etwas getan, Miss?«, fragte jemand.

»Miss Cahill! Wer war das?«, rief Isaacson.

Innerhalb kürzester Zeit hatte sich eine kleine Menschenmenge um sie versammelt, die wild durcheinander redete.

»Haben Sie das gesehen? Die Frau muss verrückt gewesen sein, so vor eine Kutsche zu laufen!«

»Wird wohl eine Wahnsinnige gewesen sein.«

Plötzlich drängte sich Bragg durch die Menschen, und Francesca spürte seine Anwesenheit schon, bevor sie ihn sah. Sie schaute auf und begegnete seinem Blick. Er kniete sich neben sie. »Geht es Ihnen gut?«, fragte er rasch.

Sie nickte. Als sie wieder zu Atem gekommen war, half er ihr auf die Füße. Sie lehnte sich gegen ihn, da ihr nach dem Vorfall noch leicht die Knie zitterten. »Eine Frau ist in Gefahr, Bragg. Sie wollte mich um Hilfe bitten, da bin ich mir sicher, aber dann ist sie weggerannt und wurde beinahe überfahren!«

Er packte ihre Oberarme und schaute sie besorgt und grimmig zugleich an. »Das können Sie doch gar nicht wissen, Francesca. Ich kam gerade aus dem Hotel, weil ich Ihnen noch etwas sagen wollte, und sah, wie Sie der Frau nachgerannt sind.«

»Ich bin mir sicher, dass sie mit mir reden wollte!«, rief Francesca, als er sie wieder losließ. Plötzlich begriff sie, warum er ihr nicht glauben wollte. Sie sah ihn blinzelnd an, und ihr Mund verzog sich zu einem Lächeln.

»Oh nein!«, stöhnte Bragg. »Ich weiß genau, was Sie jetzt denken.«

»Es gibt einen neuen Fall zu lösen«, sagte sie mit süßlicher Stimme.

»Francesca! Sie sind gestern Abend beinahe getötet worden –«

»Unsinn«, schnitt sie ihm das Wort ab.

Er starrte sie an, und sie grinste über das ganze Gesicht.